mtb

Zum Buch:

Nur fort, nur weg von ihrem gewalttätigen Exmann! Auf ihrer verzweifelten Suche nach einem sicheren Versteck landet Paige mit ihrem Sohn in Virgin River, wo John „Preacher" Middleton sie bei sich aufnimmt. Eigentlich wollte sie nur für eine Nacht in dem kleinen Ort bleiben, doch in der Gegenwart des ehemaligen Marines mit dem sanften Wesen fühlt sie sich seit langer Zeit wieder einmal geborgen. Mit jedem weiteren Tag in Virgin River scheinen ihre seelischen Narben mehr zu verblassen – und Paige empfindet immer mehr für Preacher. Aber bevor sie ein neues Glück finden kann, spürt ihr Exmann sie auf …

Zur Autorin:

Seit Robyn Carr den ersten Band ihrer von den Kritikern gefeierten Virgin-River-Serie veröffentlichte, stehen ihre Romances regelmäßig auf der Bestsellerliste der *New York Times*. Auch ihre herzerwärmende Thunder-Point-Serie, die in einem idyllischen Küstenstädtchen spielt, hat auf Anhieb die Leser begeistert. Robyn Carr hat zwei erwachsene Kinder und lebt mit ihrem Ehemann in Las Vegas.

Lieferbare Titel:

In der Virgin-River-Serie sind u. a. erschienen:

Neubeginn in Virgin River
Happy End in Virgin River
Zuhause in Virgin River
Weihnachtsmärchen in Virgin River

Robyn Carr

Wiedersehen in Virgin River

Roman

Aus dem amerikanischen Englisch von
Barbara Alberter

mtb

MIRA® TASCHENBUCH

FSC MIX Papier FSC® C014496

1. Auflage: März 2020

Originaltitel: »Shelter Mountain«
Erschienen bei: MIRA Books, Toronto

Published by arrangement with
HARLEQUIN ENTERPRISES II B.V./SARL

Umschlaggestaltung: bürosüd, München
Umschlagabbildung: South agency / Getty Images, RAY-BON, Surkov
Vladimir, Pabkov, AVS-Images, Von Le Do, Henrik Larsson,
Satz: GGP Media GmbH, Pößneck
Printed in Germany
Dieses Buch wurde auf FSC®-zertifiziertem Papier gedruckt.
ISBN 978-3-7457-0081-7

www.mira-taschenbuch.de

Werden Sie Fan von MIRA Taschenbuch auf Facebook!

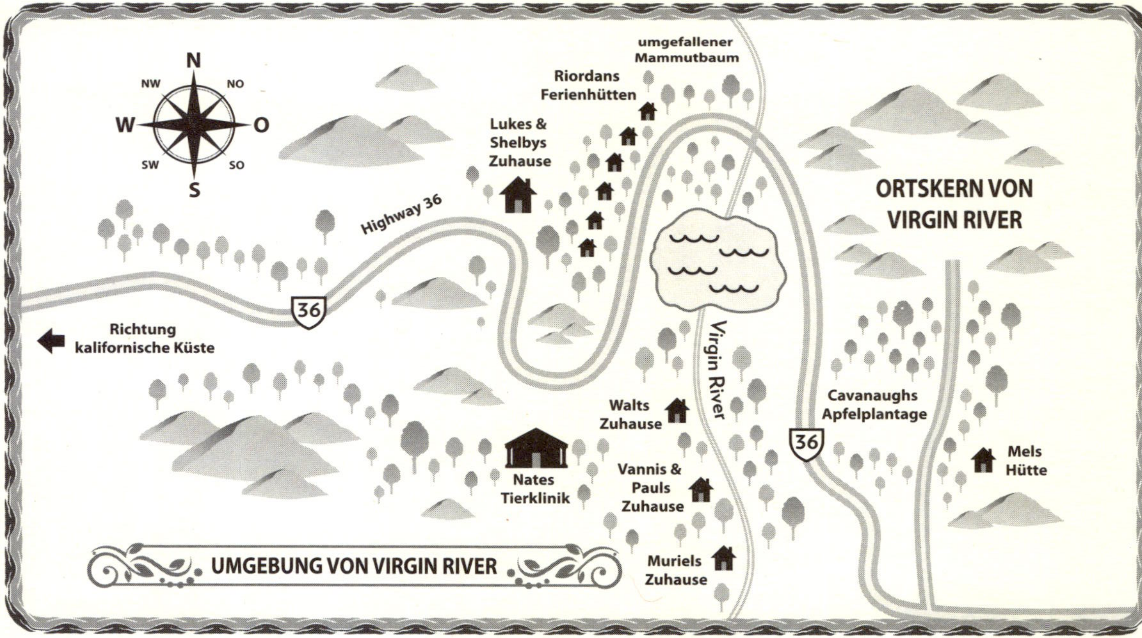
N
NW
NO
W
O
SW
SO
S
umgefallener Mammutbaum
Riordans Ferienhütten
Lukes & Shelbys Zuhause
Highway 36
36
Richtung kalifornische Küste
ORTSKERN VON VIRGIN RIVER
Virgin River
Walts Zuhause
Nates Tierklinik
Vannis & Pauls Zuhause
Muriels Zuhause
Cavanaughs Apfelplantage
36
Mels Hütte
UMGEBUNG VON VIRGIN RIVER

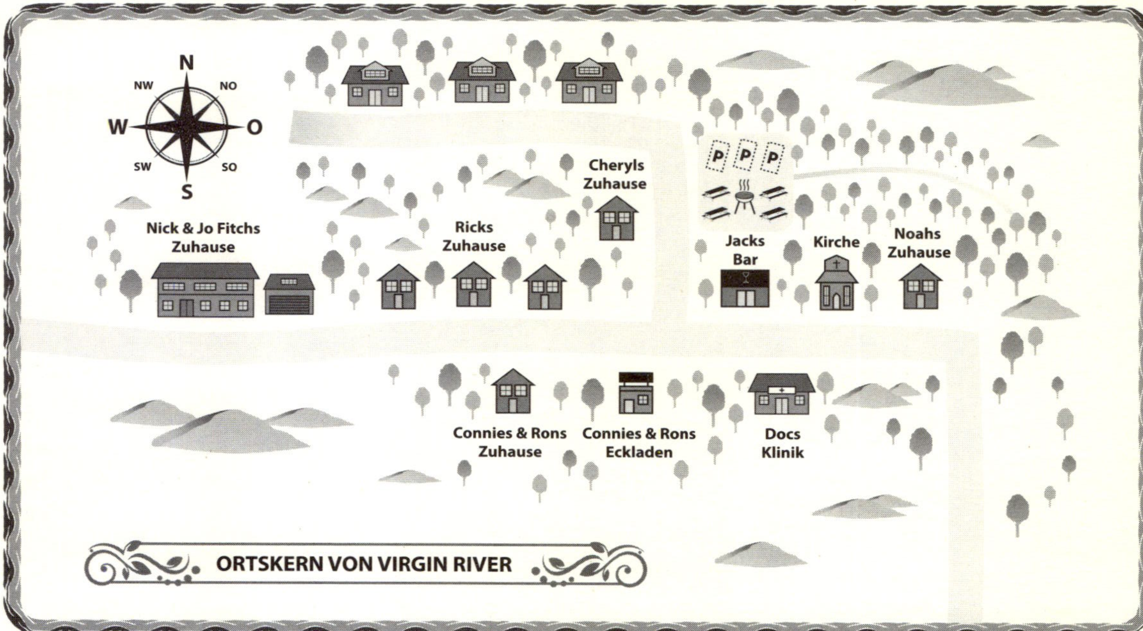
N
NW
NO
W
O
SW
SO
S
Nick & Jo Fitchs Zuhause
Ricks Zuhause
Cheryls Zuhause
P P P
Jacks Bar
Kirche
Noahs Zuhause
Connies & Rons Zuhause
Connies & Rons Eckladen
Docs Klinik
ORTSKERN VON VIRGIN RIVER

1. KAPITEL

Ein für September ungewöhnlich heftiger, kühler Wind peitschte kalten Regen gegen die Fensterscheiben, und es war bereits dunkel, obwohl es erst halb acht war. Preacher reinigte den Tresen, denn niemand in Virgin River würde in einer solchen Nacht noch ausgehen. An kalten, regnerischen Abenden blieben die Leute nach dem Abendessen lieber zu Hause, und die Camper und Angler, die in der Gegend waren, dürften sich längst gegen den Sturm verbarrikadiert haben. Es war zwar Jagdsaison auf Bären und Rehe, aber bei einem solchen Wetter war kaum damit zu rechnen, dass ein Jäger um diese Zeit noch auf dem Weg von oder zu den Jagdhütten und Schießständen vorbeikam. Sein Partner Jack, der Besitzer der Bar, und dessen frischgebackene Ehefrau hatten sich bereits in ihr Waldhaus zurückgezogen, denn er wusste, dass es nur noch wenig, wenn überhaupt etwas zu tun gab. Auch ihre siebzehnjährige Hilfskraft Rick hatte Preacher längst heimgeschickt, und er selbst plante, das „Geöffnet"-Schild auszuschalten und die Tür abzuschließen, sobald das Feuer ein wenig weiter heruntergebrannt war.

Er schenkte sich einen Schluck Whiskey ein und trug ihn zu dem Tisch, der dem Feuer am nächsten stand. Dann drehte er einen Sessel zum Kamin und legte die Beine hoch. Preacher mochte solche ruhigen Abende wie heute, denn er war ein eigenbrötlerischer Typ.

Der Frieden sollte jedoch nicht lange dauern. Jemand zerrte an der Tür, und er runzelte die Stirn. Einen Spaltbreit ging sie auf, wurde dann vom Wind erfasst und flog mit einem lauten Knall ganz auf. Sofort war er auf den Beinen. Eine junge Frau mit einem Kind auf dem Arm war hereingekommen und kämpfte nun damit, die Tür wieder zuzuziehen. Sie trug eine Baseballkappe und hatte eine schwere Patchworktasche über der Schulter hängen. Preacher ging hinüber, um die Tür festzuhalten. Die Frau drehte sich um, sah zu ihm hoch, und beide fuhren überrascht zurück. Sie war vermutlich vor Schreck erstarrt, weil Preacher so bedrohlich aussah mit seinen ein Meter fünfundneunzig, der Glatze, den buschigen schwarzen Augenbrauen, einem diamantenen Ohrstecker und Schultern so breit, wie ein Axtstiel lang war.

Preacher seinerseits sah unter dem Schirm der Baseballkappe das hübsche Gesicht einer jungen Frau mit einem blauen Fleck auf der Wange und einem Riss in der Unterlippe.

„Es tut … Es tut mir leid. Ich sah das Schild …“

„Ja, kommen Sie nur herein. Ich hatte nicht damit gerechnet, dass heute Abend noch jemand unterwegs sein würde.“

„Wollten Sie schließen?“, fragte sie und schob ihre Last ein wenig nach oben. Es war ein kleiner Junge, nicht älter als drei oder vier Jahre, der an ihrer Schulter schlief und die Beine lang und schlaff herunterbaumeln ließ. „Weil ich … Schließen Sie?“

„Kommen Sie schon“, sagte er und trat einen Schritt zurück, sodass sie an ihm vorbei konnte. „Es ist in Ordnung. Ich hab nichts anderes vor.“ Mit ausgestrecktem Arm wies er auf einen Tisch. „Setzen Sie sich dort ans Feuer. Wärmen Sie sich. Trocknen Sie sich.“

„Danke“, sagte sie leise und ging zu dem Tisch am Feuer. Als sie den Drink sah, fragte sie ihn: „Ist das Ihr Platz?“

„Nur zu. Setzen Sie sich ruhig dorthin. Ich wollte nur einen Schluck trinken, bevor ich dichtmache. Aber ich habe keine Eile. Normalerweise schließen wir eh nicht so früh, aber heute, bei dem Regen …“

„Wollten Sie nach Hause?“, fragte sie.

Er lächelte ihr zu. „Ich wohne hier. Deshalb bin ich wirklich flexibel mit der Zeit.“

„Wenn Sie sicher sind …“

„Ich bin mir sicher“, beruhigte er sie. „Bei gutem Wetter haben wir mindestens bis neun Uhr geöffnet.“

Also nahm sie auf dem Sitz am Feuer Platz und spreizte die schlaffen Beine des Jungen über ihren Schoß. Die Patchworktasche ließ sie von der Schulter auf den Boden fallen und zog das Kind enger an sich, nahm es fest in die Arme und streichelte seinen Rücken.

Preacher verschwand nach hinten und gab ihr Zeit, sich einen Moment lang aufzuwärmen. Mit ein paar Kissen von seinem Bett und der Decke von seiner Couch kehrte er dann zurück. Er legte die Kissen auf den Tisch neben sie und sagte: „Hier. Legen Sie das Kind darauf. Der Junge dürfte etwas schwer für Sie sein."

Sie sah ihn mit Augen an, die jeden Augenblick überzulaufen drohten. Oh, er hoffte, sie würde es nicht tun. Er hasste es, wenn Frauen weinten, denn er wusste nie, was er dann tun sollte. Jack konnte damit umgehen. Jack war ritterlich und wusste in allen Situationen immer ganz genau, wie man eine Frau behandeln musste. Preacher hingegen fühlte sich in Gegenwart von Frauen unwohl, bis er sie näher kannte. Um genau zu sein, er war unerfahren, und obwohl es nicht seine Absicht war, jagte er Frauen und Kindern einfach schon aufgrund seiner äußeren Erscheinung häufig Angst ein. Allerdings wussten sie auch nicht, dass er hinter seiner manchmal grimmigen Miene bloß seine Schüchternheit verbarg.

„Danke", sagte sie noch einmal und legte das Kind auf die Kissen, wo es sich augenblicklich zusammenrollte und den Daumen in den Mund steckte. Lahm stand Preacher daneben und hielt die Decke bereit. Erst als sie sie ihm nicht abnahm, legte er sie über den Jungen und steckte sie um ihn herum fest. Dabei fiel ihm auf, dass er rote Wangen und hellrosa Lippen hatte.

Bevor sie sich wieder setzte, sah sie sich um, und als sie über der Eingangstür den Hirschkopf entdeckte, schreckte sie zurück. Dann drehte sie sich einmal im Kreis herum und fand auch noch das Bärenfell an der Wand und den Stör über der Bar. „Ist das hier so etwas wie eine Jagdhütte?", fragte sie.

„Nicht direkt, aber es kommen viele Jäger und Angler hierher. Den Bären hat mein Partner in Notwehr erschossen, aber den Stör hat er mit Absicht gefangen. Das war einer der größten Störe in diesem Fluss. Den Hirsch habe ich erlegt, aber eigentlich gehe ich lieber angeln. Ich mag die Ruhe." Er zuckte die Schultern. „Ich bin der Koch hier. Wenn ich etwas töte, dann essen wir es."

„Ja, Rehe kann man essen", stellte sie fest.

„Und das haben wir auch getan. Letzten Winter hatten wir eine Menge Wildfleisch auf dem Tisch. Vielleicht sollten Sie etwas trinken", sagte er und bemühte sich, seine Stimme sanft und nicht bedrohlich klingen zu lassen.

„Ich muss einen Platz finden, wo wir bleiben können. Wo bin ich hier überhaupt?"

„Virgin River. Das ist schon ziemlich abgelegen. Wie haben Sie uns gefunden?"

„Ich ...", sie schüttelte den Kopf und lachte kurz. „Ich bin vom Highway runtergefahren, weil ich nach einem Ort mit Hotel suchte ..."

„Es ist aber schon eine Weile her, dass Sie den Highway verlassen haben."

„Hier gibt es nicht so viele Stellen, die breit genug sind, dass man wenden kann", erklärte sie. „Dann sah ich dieses Lokal, Ihr Schild. Mein Sohn ... ich glaube, er hat Fieber. Wir sollten nicht mehr weiterfahren."

Preacher wusste, dass in der Nähe kein Zimmer zu finden war, und sie war eine Frau, die in Schwierigkeiten steckte. Man musste kein Genie sein, um das zu erkennen. „Irgendwie werde ich Sie schon unterbringen", versprach er. „Aber erst einmal – möchten Sie etwas trinken? Essen? Heute Abend habe ich eine gute Suppe da. Bohnen mit Speck. Und Brot. Das Brot habe ich heute frisch gebacken. Wenn es kalt und regnerisch ist, mache ich das gern. Wie wär's mit einem Brandy, damit Sie erst einmal warm werden?"

„Brandy?"

„Oder was Sie sonst gern mögen ..."

„Das wäre gut. Suppe auch. Ich habe seit Stunden nichts mehr gegessen. Danke."

„Warten Sie."

Er ging zum Tresen, nahm ein Kognakglas und schenkte ihr einen Remy ein. An diesem Ort eine ziemlich ungewöhnliche Sache, denn für seine üblichen Gäste brauchte er nur selten einmal ein Kognakglas. Für das Mädchen aber wollte er etwas Besonderes tun, denn mit Sicherheit war sie vom Glück verlassen. Er brachte ihr den Weinbrand und ging dann nach hinten in die Küche.

Die Suppe hatte er für die Nacht schon weggestellt, aber nun nahm er sie aus dem Kühlschrank, schöpfte eine Kelle voll heraus und stellte sie in die Mikrowelle. Während sie aufwärmte, brachte er ihr eine Serviette und Besteck. Als er wieder in die Küche zurückkam, war die Suppe fertig und er nahm das Brot heraus. Es war ihm besonders gut gelungen – weich, lecker und herzhaft. Er wärmte es ein paar Minuten in der Mikrowelle und legte es dann mit ein wenig Butter auf einen Teller. Als er aus der Küche trat, sah er, wie sie damit kämpfte, sich die Jacke auszuziehen, als wäre sie ganz steif oder hätte Schmerzen. Bei diesem Anblick blieb er kurz stehen und runzelte die Stirn. Über die Schulter warf sie ihm einen Blick zu, als hätte jemand sie dabei ertappt, wie sie etwas Böses tat.

Preacher stellte das Essen vor sie hin, und in seinem Kopf überschlugen sich die Gedanken. Sie war vielleicht ein Meter siebenundsechzig groß und schlank. Sie trug Jeans und hatte ihr lockiges braunes Haar wie einen Pferdeschwanz hinten durch die Baseballkappe gezogen. Zwar sah sie aus wie ein Mädchen, aber er schätzte, dass sie mindestens in ihren Zwanzigern sein musste. Vielleicht hatte sie einen Autounfall gehabt, aber wahrscheinlicher schien ihm, dass jemand sie verprügelt hatte. Und wenn er nur daran dachte, fing er auch schon an, innerlich zu brodeln.

„Das sieht ja gut aus“, sagte sie und zog sich die Suppe heran.

Während sie aß, ging er zum Tresen zurück und sah ihr zu, wie sie die Suppe in sich hineinlöffelte, die Butter aufs Brot schmierte und es gierig verschlang. Nachdem sie mit ihrem Mahl zur Hälfte fertig war, sah sie mit einem verlegenen, beinahe um

Entschuldigung bittenden Lächeln zu ihm herüber. Innerlich zerriss es ihn – dieses blau geschlagene Gesicht, der Riss in der Lippe. Ihr Hunger.

Als sie mit dem letzten Stückchen Brot auch noch das letzte bisschen Suppe aufgetunkt hatte, kehrte er an ihren Tisch zurück. „Ich hole Ihnen noch etwas."

„Nein. Nein, es reicht. Ich glaube, ich werde jetzt etwas von diesem Kognak nehmen. Aber ich danke Ihnen. Gleich danach werde ich mich dann wieder auf den Weg …"

„Entspannen Sie sich", unterbrach er sie und hoffte, dass es nicht barsch klang. Es dauerte immer eine Weile, bis die Leute anfingen, ihn zu mögen. Er räumte den Tisch ab und trug das Geschirr zum Tresen. „Hier in der Gegend werden Sie nirgends ein Zimmer finden", sagte er, als er wieder zurückkam. Er setzte sich ihr gegenüber und beugte sich zu ihr vor. „In dieser Richtung sind die Straßen nicht besonders gut, vor allem nicht im Regen. Wirklich, Sie werden nicht wieder da hinaus wollen. Gewissermaßen sitzen Sie fest."

„Oh, nein! Hören Sie, wenn Sie mir nur sagen, wo der nächste Ort ist … Ich muss etwas finden …"

„Nicht aufregen", sagte er. „Ich habe ein separates Zimmer. Kein Problem. Heute Abend ist das Wetter einfach scheußlich." Wie zu erwarten, machte sie große Augen. „Es ist in Ordnung. Das Zimmer hat ein Schloss."

„Ich hatte nicht die Absicht …"

„Schon okay. Ich sehe irgendwie furchterregend aus. Das weiß ich."

„Nein. Es ist nur …"

„Machen Sie sich deshalb keine Sorgen. Ich weiß, wie ich aussehe. Bei Männern ist die Wirkung prima. Die machen gleich einen Rückzieher." Er schenkte ihr ein leises Lächeln, ohne dabei die Zähne zu zeigen.

„Das ist aber nicht nötig", sagte sie. „Ich habe ein Auto …"

„Um Himmels willen! Ich würde es nicht ertragen, mir vorzustellen, dass Sie im Auto schlafen!", unterbrach er sie. „Tut mir leid, manchmal klinge ich so böse, wie ich aussehe. Aber im Ernst – wenn der Kleine sich doch nicht wohlfühlt …"

„Das kann ich nicht machen. Ich kenne Sie nicht …"

„Ja, ich weiß. Wahrscheinlich wundern Sie sich, hm? Aber ich bin sehr viel harmloser, als es scheint. Hier wären Sie gut untergebracht. Besser hier als in irgendeinem Hotel an der Straße. Und bei Weitem sicherer, als wenn Sie versuchen, da draußen im Sturm auf diesen Bergstraßen klarzukommen."

Eine Minute lang sah sie ihn prüfend an. Dann sagte sie: „Nein. Ich werde weiterfahren. Wenn Sie mir bitte sagen wollen, wie viel …"

„Sie haben da eine ziemlich heftige Prellung", meinte Preacher. „Soll ich Ihnen etwas für Ihre Lippe holen? In der Küche habe ich einen Verbandskasten."

„Danke, geht schon", wehrte sie ab und schüttelte den Kopf. „Wie wär's, wenn Sie mir jetzt die Rechnung machen, und …"

„Ein Fiebermittel für Kinder habe ich nicht. Außer einem Zimmer. Mit einem Schloss an der Tür, sodass Sie sich sicher fühlen können. Bei diesem Wetter wollen Sie doch ein solches Angebot nicht ausschlagen, mit einem Kind, das vielleicht eine Krankheit ausbrütet. Ich sehe groß und böse aus, aber bei mir können Sie sich absolut sicher fühlen. Es sei denn, Sie wären Jagdwild." Er grinste sie an.

„Sie sehen nicht böse aus", sagte sie ängstlich.

„Frauen und Kinder kann ich wirklich nervös machen, und diese Rolle hasse ich. Sind Sie auf der Flucht?", fragte er sie.

Sie senkte den Blick.

„Was glauben Sie denn? Dass ich die Polizei rufe? Wer hat Ihnen das angetan?"

Auf der Stelle fing sie an zu weinen.

„Ah. Hey. Nicht doch."

Sie legte ihren Kopf auf die Arme, die sie auf der Tischplatte gekreuzt hatte, und schluchzte los.

„Ah. Nicht doch. Tun Sie das nicht. Ich weiß doch nie, was ich dann machen soll." Zögernd und vorsichtig berührte er ihren

Rücken, und sie zuckte zusammen. Ganz leicht tippte er ihr auf die Hand. „Nun kommen Sie schon. Weinen Sie nicht. Vielleicht kann ich ja helfen."

„Nein. Können Sie nicht."

„Man kann nie wissen", meinte er und tätschelte zögernd ihre Hand.

Sie hob den Kopf. „Tut mir leid", sagte sie und wischte sich über die Augen. „Ich bin erschöpft, glaube ich. Es war ein Unfall. Eine wirklich dumme Sache, aber ich hatte mit Chris gekämpft ..." Plötzlich unterbrach sie sich, sah sich nervös um, als fürchtete sie, er könne sie hören, und leckte sich über die Unterlippe. „Ich hatte versucht, Christopher ins Auto zu setzen, der sich irgendwo festhielt, und dabei habe ich mir die Tür beim Öffnen direkt ins Gesicht geschlagen. Heftig. Man sollte nie etwas in Eile tun, wissen Sie? Es war nur ein kleines Missgeschick. Alles in Ordnung." Sie putzte sich die Nase mit der Serviette.

„Klar", sagte Preacher. „Sicher. Es tut mir schrecklich leid. Sieht aus, als würde es wehtun."

„Das wird schon wieder."

„Sicher wird es das. Also, wie heißen Sie?" Nachdem sie eine ganze Weile nicht antwortete, fügte er hinzu: „Das ist schon in Ordnung. Ich werde es niemandem sagen. Falls jemand auftauchen und nach Ihnen fragen sollte, werde ich nicht einmal erwähnen, dass ich Sie gesehen habe." Sie bekam ganz runde Augen und öffnete den Mund ein wenig. „Oh, verdammt, das hätte ich jetzt wohl lieber nicht sagen sollen, oder? Ich meine ja nur, falls Sie sich verstecken oder auf der Flucht sind, es ist in Ordnung. Sie können sich hier verstecken oder hierher flüchten. Ich werde Sie nicht verraten. Wie heißen Sie?"

Sie streckte die Hand aus und strich zärtlich mit den Fingern durch das Haar des Jungen. Und schwieg.

Preacher erhob sich, schaltete das „Geöffnet"-Schild aus und verschloss die Tür. „Also", begann er, als er sich wieder zu ihr setzte. Der kleine Junge nahm einen großen Teil des Tisches neben ihnen ein. „Lassen Sie sich Zeit", sagte er sanft. „Hier wird Ihnen niemand etwas tun. Ich kann ein Freund sein, und ich habe bestimmt keine Angst vor einem Schlappschwanz, der einer Frau so etwas antut. Entschuldigung."

Sie hielt den Blick gesenkt, um Augenkontakt zu vermeiden. „Es war die Autotür ..."

„Auch vor einer bösen, ollen Autotür habe ich keine Angst."

Sie lachte leicht schnaubend, hatte aber immer noch Mühe, ihm in die Augen zu schauen. Ihre Hand zitterte ein wenig, als sie zu ihrem Kognak griff und ihn an die Lippen hob.

„Ja, so ist's gut", sagte Preacher. „Wenn Sie meinen, dass der Junge heute Abend noch von einem Arzt untersucht werden sollte, gleich gegenüber auf der anderen Straßenseite gibt es einen. Ich könnte ihn holen oder Sie zu ihm bringen."

„Ich denke, dass er sich nur erkältet hat. Aber ich werde ihn gut im Auge behalten."

„Sollte er irgendein Medikament brauchen oder sonst etwas ..."

„Ich glaube, das wird nicht nötig sein ..."

„Mein Kumpel, der Typ, dem der Laden hier gehört, also dessen Frau ist Krankenschwester. Irgendeine besondere Krankenschwester, die auch Medikamente verschreiben darf, Patienten untersucht ... Sie kümmert sich sehr gut um die Frauen hier in der Gegend. In zehn Minuten wäre sie hier. Falls eine Frau unter diesen Umständen besser wäre."

„Umstände?", fragte sie, und in ihrem Gesicht stand Panik.

„Die Autotür und all das ..."

„Nein. Wirklich. Es war bloß ein langer Tag. Verstehen Sie?"

„Ja, das wird es wohl sein. Und die letzte Stunde oder so, nachdem Sie den Highway verlassen hatten, das war sicherlich ziemlich schrecklich. Wenn man sich mit solchen Straßen nicht auskennt."

„Es hat mir etwas Angst gemacht", gab sie leise zu. „Und ohne zu wissen, wo ich war ..."

„Jetzt sind Sie in Virgin River, das ist das, worauf es ankommt.

Es ist zwar nur eine kleine Biegung in der Straße, aber die Leute sind gut und helfen, wo sie können. Verstehen Sie?“

Sie schenkte ihm ein kleines, schüchternes Lächeln, aber die Augen hatte sie wieder niedergeschlagen.

„Wie heißen Sie?“, wiederholte er die Frage. Mit fest zusammengepressten Lippen schüttelte sie den Kopf. Und wieder stiegen ihr die Tränen in die Augen. „Ist schon gut“, besänftigte er sie. „Wirklich.“

„Paige“, flüsterte sie, und eine Träne lief ihr über die Wange. „Paige“, wiederholte sie leise.

„Ja, so ist es gut. Ein hübscher Name. Hier können Sie Ihren Namen nennen, ohne Angst haben zu müssen.“

„Und wie heißen Sie?“

„John“, antwortete er und wunderte sich gleich darauf, warum er das getan hatte. Das musste wohl an ihr liegen. „John Middleton. Aber niemand nennt mich John. Für alle bin ich Preacher.“

„Sind Sie denn ein Prediger?“

„Nein“, er lachte kurz auf. „Weit davon entfernt. Aber der einzige Mensch, der mich je John genannt hat, war meine Mutter.“

„Und wie hat Ihr Vater Sie gerufen?“

„Kid“, sagte er mit einem Lächeln und dann mit Betonung: „Hey Kid.“

„Und warum nennt man Sie Preacher?“

„Ah“, scheu versuchte er, der Frage auszuweichen. „Ich weiß nicht. Diesen Spitznamen haben sie mir schon vor Langem verpasst, damals, als ich als Junge zum Marine Corps kam. Die Jungs fanden mich irgendwie puritanisch und konservativ.“

„Tatsächlich? Sind Sie das denn?“

„Nee, nicht wirklich. Aber ich habe nie geflucht und bin immer zur Messe gegangen, wenn es eine Messe gab. Ich bin mit Priestern und Nonnen aufgewachsen, denn meine Mutter war unheimlich gläubig. Und von den Jungs ist nie mal einer zur Messe gegangen. Daran kann ich mich noch erinnern. Und dann habe ich mich auch immer zurückgehalten, wenn sie ausgingen, um sich zu betrinken und Frauen zu suchen. Ich weiß nicht ... irgendwie hatte ich nie Lust, dabei mitzumachen. Ich komme bei Frauen nicht so gut an." Er lächelte plötzlich. „Das merkt man ja wohl auf den ersten Blick, oder? Und es hat mir auch noch nie wirklich gefallen, mich zu betrinken."

„Aber Sie haben doch eine Bar?"

„Die Bar gehört Jack. Und er behält die Leute sehr genau im Auge. Wir lassen hier niemanden raus, wenn es nicht sicher ist, verstehen Sie? Nach Feierabend trinke ich dann ganz gerne einen Schluck, aber das ist ja kein Grund, sich Sorgen zu machen, nicht wahr?" Er grinste sie an.

„Soll ich Sie John nennen?", fragte sie ihn. „Oder Preacher?"

„Wie Sie möchten."

„John", sagte sie. „Okay?"

„Wenn Sie wollen, gerne. Ja, gut, das gefällt mir. Es ist schon eine Weile her, dass mich jemand so genannt hat."

Einen Moment lang senkte sie den Blick, sah dann aber gleich wieder auf. „Ich bin Ihnen wirklich sehr dankbar, John. Dass sie die Bar aufgelassen haben und überhaupt für alles."

„Das ist wirklich nichts Besonderes. Wir haben meistens abends länger geöffnet als heute." Preacher deutete mit einer Kopfbewegung auf den Jungen. „Wird er hungrig sein, wenn er aufwacht?"

„Vielleicht", antwortete sie. „Ich hatte etwas Erdnussbutter und Marmelade im Auto, und das hat er ganz schön schnell verputzt."

„Also gut, da oben ist ein separates Zimmer, gleich über der Küche. In der Küche bedienen Sie sich einfach. Ich werde ein Licht für Sie anlassen. Nehmen Sie sich, was Sie wollen. Im Kühlschrank stehen Milch und Orangensaft. Dann gibt's auch noch Cornflakes, Brot, Erdnussbutter, und von der Suppe ist auch noch etwas im Kühlschrank. Eine Mikrowelle haben wir auch. Alles klar?"

„Das ist sehr freundlich von Ihnen, aber ..."

„Paige, Sie sehen aus, als könnten Sie etwas Schlaf gebrauchen, und wenn der Junge auch noch krank werden sollte, dann wollen Sie ihn doch wohl nicht diesem nasskalten Mistwetter aussetzen."

Einen Moment lang dachte Sie darüber nach, dann fragte sie: „Wie viel?"

Unwillkürlich musste er lachen, wurde dann aber schnell wieder ernst. „Entschuldigen Sie, ich wollte nicht lachen. Es ist nur – das ist mein altes Zimmer. Es ist kein Hotelbett oder so. Zwei Jahre lang habe ich da oben gewohnt, aber dann haben Jack und Mel geheiratet, und ich konnte in das Apartment dort hinten umziehen. Das Zimmer liegt über der Küche, und manchmal riecht es dort morgens ein bisschen nach Schinken und Kaffee, aber es ist ganz geräumig und hat ein großes Badezimmer. Für eine Nacht reicht es bestimmt." Er zuckte die Schultern. „Einfach Nachbarschaftshilfe. Okay?"

„Das ist sehr großzügig", sagte sie.

„Es ist ja nicht so, als würde ich dabei auf irgendwelchen Komfort verzichten. Der Raum steht leer. Ich freue mich, Ihnen helfen zu können." Er räusperte sich. „Haben Sie einen Koffer, den ich Ihnen holen kann, oder sonst etwas?"

„Nur einen. Auf dem Rücksitz."

„Ich werde ihn für Sie holen. Trinken Sie nur Ihren Brandy, und nehmen Sie sich noch einen Schluck, wenn Sie ihn brauchen. Wenn ich an Ihrer Stelle bei dem Regen durch diese Berge hier gefahren wäre, würde ich ihn brauchen." Er stand auf. „Nehmen Sie das Glas mit, und ich zeige Ihnen das Zimmer. Es ist oben. Hm, soll ich das Kind für Sie rauftragen?"

Auch sie stand auf. „Danke." Sie reckte die Schultern, als wären sie vom Fahren steif. „Wenn es Ihnen nichts ausmacht."

„Kein Problem", sagte er. „Hören Sie, damit Sie sich keine Sorgen machen. Mein Apartment und Ihr Zimmer sind nicht einmal miteinander verbunden. Wir sind durch die Küche und die Treppe voneinander getrennt. Schließen Sie einfach die Tür ab, dann können Sie entspannen." Vorsichtig und etwas unbeholfen nahm Preacher den kleinen Jungen in die Arme, und als der Kopf des Kindes an seine Schulter rutschte, fühlte sich das für ihn ganz seltsam an. Preacher hatte nicht viel Erfahrung damit, Kinder herumzutragen, aber er mochte das Gefühl und strich dem Jungen ein paarmal langsam über den Rücken. „Hier entlang."

Er ging ihr durch die Küche voraus und stieg die Hintertreppe hinauf. Dann öffnete er die Tür und entschuldigte sich: „Es ist etwas unordentlich. Ein paar Sachen, wie meine Gewichte, habe ich hiergelassen. Aber die Bettwäsche ist sauber."

„Es sieht doch gut aus", meinte sie. „Morgen, ganz früh, bin ich ja auch wieder weg."

„Machen Sie sich deswegen keine Gedanken. Wenn Sie ein paar Tage brauchen, lässt sich das regeln. Wie gesagt, es ist nicht unbedingt ein Mietzimmer oder so. Steht einfach nur leer. Ich meine, falls der Junge sich einen kleinen Virus eingefangen hat oder so ..."

Vorsichtig legte er den Kleinen aufs Bett und war dann seltsam unwillig, ihn loszulassen. Das Kind hatte an seiner Brust eine angenehme Wärme hinterlassen. Er musste einfach noch mal sein weiches blondes Haar berühren. Ein hübscher kleiner Junge. „Was ist mit den Autoschlüsseln? Ich sollte wohl besser mal den Koffer holen ..."

Sie wühlte in dieser Patchworktasche, die irgendwie aussah wie eine Windeltasche, obwohl der Junge für Windeln zu alt war. Dann gab sie ihm die Schlüssel.

„Dauert bloß eine Minute", sagte er.

Preacher ging zu ihrem Wagen, einem kleinen Honda, und setzte sich hinein. Dazu musste er den Sitz ganz nach hinten schieben, und trotzdem rieben sich seine Knie noch immer am Lenkrad. Er fuhr hinter das Gebäude und parkte ihn neben seinem Truck, wo er von der Hauptstraße aus nicht gesehen werden konnte. Nur für den Fall, dass jemand nach ihr suchen würde. Dabei wusste er nicht einmal, wie er ihr das erklären sollte, ohne dass sie Angst bekam.

Er zog den Koffer vom Rücksitz, der viel zu klein war für jemanden, der eine Reise machte, allerdings groß genug für eine Frau, die mit den Kleidern, die sie am Leibe trug, flüchtete.

Als er wieder nach oben ins Zimmer kam, saß sie steif auf dem Bettrand, hinter sich ihren Sohn. Er stellte den Koffer ab, legte den Schlüssel auf die Kommode neben der Tür und blieb dann unschlüssig im Türrahmen stehen. Sie stand auf und sah ihn an. „Sehen Sie, äh, ich habe Ihren Wagen umgesetzt. Er steht jetzt hinter dem Haus, gleich neben meinem Truck. Weg von der Straße. Jetzt kann man ihn von der Straße aus nicht mehr sehen. Also, wenn Sie aufstehen oder hinaussehen, wundern Sie sich nicht. Er steht gleich dort hinten. Ich würde Ihnen ja empfehlen abzuwarten. Warten Sie, bis es aufgehört hat zu regnen, und dann fahren Sie im Trockenen bei Tageslicht weiter. Aber für den Fall, dass Sie doch nervös werden, wissen Sie, die Bar kann nur von innen abgeschlossen werden, und hier sind Ihre Schlüssel. Es wäre kein großes Problem, wenn Sie … also, wenn Sie sich nicht entspannen können und weg müssen, wäre es kein Problem, wenn die Tür der Bar eine Zeit lang offen bleibt. Das hier ist wirklich ein ruhiger, sicherer Ort und wir vergessen eh manchmal abzuschließen. Heute Abend werde ich sie aber ganz bestimmt abschließen, wo Sie und das Kind hier sind. Hm … Paige … Sie brauchen sich keine Sorgen zu machen oder so. Ich bin ein ganz zuverlässiger Mensch. Sonst würde Jack mich auch nicht mit der Bar allein lassen. Okay? Ruhen Sie sich einfach etwas aus.“

„Danke“, flüsterte sie so leise, dass kaum ein Ton zu hören war.

Er zog die Tür hinter sich zu und hörte noch, wie sie den Riegel vorschob, um sich zu schützen. Zum ersten Mal, seit er in diesen kleinen Ort gekommen war, fragte er sich, warum man diesen Riegel überhaupt angebracht hatte.

Einen Moment lang blieb er dort stehen. Er hatte keine fünf Sekunden gebraucht, um zu erkennen, dass jemand – mit neunundneunzig prozentiger Sicherheit ein Freund oder Ehemann –

sie ins Gesicht geschlagen hatte, und dass sie sich mit dem Kind auf der Flucht vor ihm befand. Es war ja nicht so, als wüsste er nicht, dass solche Dinge vorkommen. So etwas passierte ständig. Was er jedoch einfach nicht verstehen konnte, war, welche Befriedigung ein Mann daraus zog, eine Frau zu schlagen. Für ihn ergab das überhaupt keinen Sinn. Wenn man eine hübsche junge Frau wie sie hatte, behandelte man sie doch anständig. Man sorgte dafür, dass sie bei einem blieb, und beschützte sie.

Er ging in die Bar und löschte das Licht, warf einen Blick in die Küche und ließ dort eine Lampe an, für den Fall, dass sie herunterkam. Dann ging er in sein Apartment hinter der Küche. Nach ein paar Minuten fiel ihm noch ein, dass es oben keine sauberen Handtücher mehr gab, denn er hatte das Badezimmer dort leergeräumt und all seine Sachen nach unten gebracht. Also ging er ins Bad, nahm sich einen Stapel sauberer weißer Handtücher und begab sich wieder nach oben.

Die Tür stand einen Spaltbreit offen, als wäre sie bereits in der Küche gewesen. Auf der Kommode neben der Tür sah er ein Glas Orangensaft stehen, und es gefiel ihm, dass sie sich selbst bedient hatte. Durch diese Öffnung von zwei bis drei Zentimetern sah er dann aber auch ihr Spiegelbild über der Kommode. Sie hatte sich mit dem Rücken zum Spiegel gedreht, das dicke Sweatshirt über Kopf und Schultern hochgezogen und versuchte, einen Blick auf ihren Rücken und die Oberarme zu werfen. Sie war *übersät* mit Prellungen. Er sah zahllose große Blutergüsse auf ihrem Rücken, dann einen auf Schultern und Oberarmen.

Preacher war wie hypnotisiert. Einen Moment lang klebte sein Blick an diesen blauen Flecken, und mit angehaltenem Atem flüsterte er: „Ach Herrgott!"

Schnell trat er dann aber von dem Türspalt weg und brachte sich außer Sichtweite. Er brauchte einen Augenblick, um sich wieder zu fassen. Er war erschüttert, entsetzt und hatte nur einen Gedanken: Welches Tier ist zu so etwas fähig? Mit offenem Mund stand er dort und konnte es sich nicht vorstellen. Er selbst war ein Krieger, ein trainierter Kämpfer, und dabei ziemlich sicher, niemals einen Mann seiner eigenen Größe in einem fairen Kampf so stark verletzt zu haben.

Instinktiv war ihm klar, dass er nicht zeigen durfte, dass er das gesehen hatte. Sie hatte schon jetzt vor allem Angst, ihn selbst mit eingeschlossen. Aber trotzdem war es eine Tatsache, dass sie keine Frau war, die sich mal eine Ohrfeige eingefangen hatte. Sie war verprügelt worden. Und obwohl er das Mädchen nicht einmal kannte, hatte er nur noch einen Wunsch, nämlich den Hurensohn zu killen, der ihr das angetan hatte. Erst fünf oder sechs Monate Prügel und dann Tod diesem armseligen Scheißer!

Sie durfte nicht wissen, was er empfand; es würde sie zu Tode erschrecken. Also atmete er ein paarmal tief durch und beruhigte sich wieder. Dann klopfte er leise an die Tür.

„Hm?“, hörte er sie. Es klang aufgeschreckt.

„Nur ein paar Handtücher.“

„Einen Moment, okay?“

„Lassen Sie sich Zeit.“

Gleich darauf öffnete sie die Tür ein wenig weiter. Ihr Sweatshirt war wieder an seinem Platz.

„Ich hatte vergessen, dass ich alle Sachen aus dem Badezimmer rausgenommen hatte“, erklärte er. „Sie werden ein paar Handtücher brauchen. Jetzt lasse ich Sie in Ruhe. Ich werde Sie nicht wieder stören.“

„Vielen Dank, John.“

„Kein Problem, Paige. Schlafen Sie gut.“

Vorsichtig und so leise wie möglich schob Paige die Kommode vor die Tür. Sie hoffte wirklich sehr, dass John es nicht hören würde, aber soweit sie wusste, befand sich direkt unter diesem Zimmer die Küche. Und dann – wenn dieser Mann ihr oder Christopher etwas antun wollte, hätte er das schon längst tun können, einmal ganz abgesehen davon, dass eine verschlossene Tür und eine leere Schlafzimmerkommode ihn sicherlich nicht daran hindern würden einzudringen.

Sosehr sie sich jetzt gerne ein heißes Bad gegönnt hätte, sie fühlte sich viel zu schutzlos, um sich nackt auszuziehen. Nicht einmal zu einer Dusche konnte sie sich durchringen, denn vielleicht würde sie dann ja nicht hören, falls der Türknopf sich bewegte oder Christopher sie rief. Also wusch sie sich am Becken und zog sich saubere Sachen an. Anschließend ließ sie das Licht im Bad brennen und legte sich vorsichtig aufs Bett. Oben auf die Bettdecke, denn sie wusste, dass sie nicht schlafen könnte. Nach kurzer Zeit wurde sie dann aber doch etwas ruhiger. Sie starrte zur Decke hinauf, wo die Holzbalken ein perfektes V bildeten, und erinnerte sich daran, dass es jetzt das dritte Mal in ihrem Leben war, dass sie vom Bett aus zu einer solchen Decke aufschaute.

Zum ersten Mal war es das Haus gewesen, in dem sie aufgewachsen war. Damals waren es unbehandelte Holzlatten gewesen, zwischen denen rosafarbenes Isoliermaterial hervorquoll. Es war ein kleines Haus mit nur zwei Schlafzimmern, und es war bereits alt gewesen, als ihre Eltern dort eingezogen waren. Aber vor zwanzig Jahren war das Wohnviertel dort noch sauber und ruhig gewesen. Seit ihrem zehnten Lebensjahr hatte ihre Mutter sie auf dem Speicher untergebracht, wo sie den Platz mit Kisten voller eingelagertem Hausrat teilte, die man gegen eine Wand geschoben hatte. Aber es war ihr Raum, und dorthin zog sie sich zurück, wann immer sie konnte. Von ihrem Bett aus konnte sie hören, wie sich ihre Mutter und ihr Vater stritten, und nachdem ihr Vater gestorben war, hörte sie, wie sich ihr älterer Bruder Bud mit der Mutter stritt.

Nach allem, was sie in den letzten Jahren über häusliche Übergriffe gelernt hatte, war eigentlich zu erwarten gewesen, dass sie bei einem Schläger landen würde, auch wenn ihr Vater sie oder ihre Mutter niemals geschlagen hatte und das Schlimmste, das sie von ihrem Bruder je erhalten hatte, ein Stoß oder ein Schlag in den Arm gewesen war. Aber Mann, was konnten die Männer in ihrer Familie brüllen! So laut, so wütend, dass sie sich nur wunderte, wieso die Fenster nicht zersprungen waren. Die schlimmsten Ausdrücke kamen zum Einsatz, um zu fordern, herabzusetzen, zu beleidigen, beschuldigen, grollen und zu strafen. Es war eigentlich nur ein gradueller Unterschied: Misshandlung ist Misshandlung.

Das nächste Mal sah sie dann wieder zu einer solchen Decke hoch, als sie von zu Hause ausgezogen war. Nach der Highschool hatte sie eine Kosmetikschule besucht, während sie noch bei ihrer Mutter wohnte, der sie Miete zahlte, bis sie einundzwanzig war. Zusammen mit zwei Freundinnen, Kosmetikerinnen wie sie, mieteten sie dann die Hälfte eines alten Hauses. Paige war glücklich, wieder den Speicher als Schlafzimmer nehmen zu können, auch wenn er nicht einmal so groß war wie ihr Kinderzimmer und sie sich größtenteils bücken musste, um nicht mit dem Kopf an die schrägen Wände zu stoßen.

Ihre Augen füllten sich mit Tränen, denn die zwei Jahre mit Pat und Jeannie waren in ihrer Erinnerung die glücklichsten ihres Lebens gewesen. Manchmal vermisste sie die beiden so sehr, dass es schon wehtat. Drei Friseurinnen, die nach Miete, Lebensmitteln und Kleidung meist pleite waren, und ihr war es vorgekommen wie im Paradies. Wenn sie es sich nicht leisten konnten auszugehen, kauften sie sich eben Popcorn und billigen Wein und feierten damit eine Party zu Hause, wo sie über die Frauen herzogen, deren Haare sie geschnitten und gesträhnt hatten, über ihre Freunde und Sex, und dabei lachten sie, bis sie nicht mehr gerade sitzen konnten.

Dann trat Wes in ihr Leben. Ein erfolgreicher Geschäftsmann, sechs Jahre älter als sie. Die Vorstellung, dass er damals erst so alt war wie sie heute, nämlich neunundzwanzig, war schockierend, denn er war ihr so erwachsen und weltmännisch vorgekommen. Sie hatte ihm erst zwei Monate lang die Haare gestylt, bevor er sie einlud und in ein vornehmes Restaurant ausführte, in dem die Bedienung besser gekleidet war als sie selbst. Er fuhr einen nagelneuen Grand Prix mit weichen Ledersitzen und dunkel getönten Scheiben. Und er fuhr zu schnell, was sie mit dreiundzwanzig nicht gefährlich fand. Es war aufregend. Und selbst wenn er andere Fahrer anbrüllte und ihnen den Stinkefinger zeigte, kam es ihr vor, als sei es sein gutes Recht. Sie fand ihn beeindruckend, und nach ihren Maßstäben war er reich.

Er besaß bereits ein Haus, und das musste er nicht einmal mit Hausgenossen teilen. Mit dem Handel von Aktien und Rohstoffen hatte er Karriere gemacht, ein anstrengender Job, der Scharfsinn und ein hohes Maß an Energie erforderte. Jeden Abend wollte er mit ihr ausgehen, kaufte ihr Sachen oder zog seine Brieftasche hervor und sagte: „Ich weiß ja nicht, was du dir wirklich wünschst, welche Kleinigkeit dich zu Tränen rühren könnte, weil sie einfach so perfekt ist. Deshalb möchte ich, dass du dir selbst etwas kaufst, denn ich will auf der Welt nichts weiter, als dass du glücklich bist." Er zog zwei Scheine heraus und gab ihr zweihundert Dollar, ein wahres Vermögen für sie.

Pat und Jeannie mochten ihn nicht, was allerdings kaum ein Wunder war, denn ihnen gegenüber war er weniger nett. Er behandelte sie wie Tapeten, wie Möbel. Wenn möglich, beantwortete er ihre Fragen mit einem Wort. Tatsächlich konnte sie sich gar nicht mehr daran erinnern, was sie über ihn gesagt hatten, als sie versuchten, sie vor ihm zu warnen.

Dann begann der Wahnsinn ihres Lebens und geriet so außer Kontrolle, wie es bis zu diesem Tag unmöglich erschienen war: Obwohl er sie schon vor ihrer Ehe geschlagen hatte, heiratete sie ihn trotzdem. Sie saßen in seinem schicken Auto. Er hatte geparkt und sie stritten darüber, wo sie wohnen sollte. Seiner Ansicht nach war sie besser bei ihrer Mutter aufgehoben als in dieser alten Haushälfte in einer fragwürdigen Nachbarschaft, zusammen mit zwei Lesben. Es wurde ganz schön gemein, und auch sie hatte ihm ihren Teil an hässlichen Dingen an den Kopf geworfen. Er sagte etwas wie: „Ich möchte dich bei deiner Mutter sehen, nicht in einem kleinen Puff im Getto."

Für wen hältst du dich eigentlich, verdammt noch mal, dass du glaubst, das Haus, in dem ich lebe, einen Puff nennen zu können?

Wie kannst du so mit mir reden?

Du nennst meine besten Freundinnen Lesben und Huren, und dann kritisierst du die Art, wie ich rede?

Ich denke doch nur an deine Sicherheit. Du hast gesagt, dass du mich eines Tages heiraten willst, und ich hätte gern, dass du noch da bist, wenn es so weit ist.

Du kannst mich mal, denn ich wohne gerne dort, und du kannst mir nicht vorschreiben, was ich tun soll! Und ich werde niemanden heiraten, der es fertigbringt, so von meinen besten Freundinnen zu reden!

In dem Stil ging es weiter. Immer weiter. Vage erinnerte sie sich daran, dass sie ihm Schimpfworte an den Kopf warf, so etwas wie „Scheißkerl" oder „Arschloch". Er nannte sie „Schlampe", eine „komplizierte Schlampe". In jedem Fall hatten sie beide dazu beigetragen, da war sie sicher.

Dann schlug er sie, mit offener Hand. Gleich darauf bekam er einen Nervenzusammenbruch, fiel in sich zusammen, heulte wie ein Baby und sagte, dass er nicht verstand, was mit ihm geschehen war, aber vielleicht läge es ja daran, dass er noch nie zuvor jemanden so geliebt hätte. Es wäre ein Fehler, er wisse, dass es ein Fehler war, auf diese Weise überzureagieren. Er sei verrückt, er schäme sich. Aber ... er wolle sie jede Nacht in den Armen halten, ihr ganzes Leben lang für sie sorgen, sie niemals verlieren. Er entschuldigte sich für das, was er über ihre Mitbewohnerinnen gesagt hatte. Vielleicht sei er ja auch nur eifersüchtig, weil sie sich ihnen gegenüber so loyal zeigte. Ein Leben ohne sie könnte er sich gar nicht mehr vorstellen; noch nie hätte er jemanden so geschätzt wie sie. Er liebe sie so sehr, es mache ihn verrückt, sagte er. Sie sei die erste Person, für die er so empfand. Ohne sie wäre er *nichts!*

Sie glaubte ihm. Aber hinterher benutzte sie in seiner Gegenwart nie wieder vulgäre Ausdrücke.

Pat und Jeannie hatte sie nichts davon erzählt, denn auch wenn sie keine Ahnung hatte, was da eigentlich geschah, wusste sie immerhin doch so viel, dass sie weiteres Missfallen von ihrer Seite nicht riskieren wollte. Es dauerte ja auch nur ein paar Tage, bis sie über die Ohrfeige hinweg war. Er hatte nicht besonders hart zugeschlagen. Höchstens einen Monat brauchte sie, um fast zu vergessen, dass es überhaupt geschehen war, und konnte ihm wieder vertrauen. Sie fand ihn attraktiv, aufregend, sexy. Er war cool, selbstsicher und klug. Passive Männer konnten nicht so erfolgreich sein wie er. Zu passiven Männern fühlte sie sich nicht hingezogen.

Dann sagte er: „Paige, ich will nicht länger warten. Ich möchte, dass wir heiraten, sobald du so weit bist. Eine schöne Hochzeit, egal, was es kostet. Was immer du willst, ich kann es mir leisten. Bitte doch Pat und Jeannie, unsere Trauzeugen zu sein. Und deinen Job kannst du kündigen. Du wirst nicht mehr arbeiten müssen."

Die Beine taten ihr weh; sie hatte schon entzündete Fußballen gehabt. Sechs Tage in der Woche Haare zu frisieren war kein leichter Job, auch wenn sie es gerne tat. Schon oft hatte sie gedacht, wie viel lieber sie es täte, wenn es nur sechs Stunden am Tag wären, an vier Tagen in der Woche, aber das erschien ihr wie ein unerfüllbarer Traum. Bereits jetzt schaffte sie es kaum, über die Runden zu kommen, und ihre Mutter hatte einen zweiten Job angenommen, nachdem ihr Vater gestorben war. In ihrer Mutter erkannte sie ihre eigene Zukunft – allein, schwach und von der Arbeit zu Tode erschöpft. Sie stellte sich vor, wie ihre mürrischen Mitbewohnerinnen auf ihrer Hochzeit hübschen Satin tragen würden, lächelten und sie dabei um ihr glückliches Schicksal und das bequeme Leben, das vor ihr lag, beneideten. Und schon hatte sie Ja gesagt.

In den Flitterwochen schlug er sie erneut.

Während der folgenden sechs Jahre hatte sie alles versucht. Beratung, Polizei, Flucht. Immer wurde er gleich wieder entlassen, wenn sie sich überhaupt einmal die Mühe machten, ihn festzunehmen. Und wenn sie sich versteckte, fand er sie, und dann wurde alles nur noch schlimmer. Selbst die Schwangerschaft und Christophers Geburt hatten den Misshandlungen kein Ende gesetzt. Zufällig entdeckte sie dann, dass noch ein anderer Faktor an der Situation beteiligt sein könnte. Eine gewisse Chemie, die ihm die Energie verlieh, so lange arbeiten zu können und sich so dabei zu verausgaben, sie zu kontrollieren. Diese Anfälle von Euphorie, seine unberechenbaren Stimmungen – ein weißes Pulver in einem kleinen Fläschchen. Kokain? Und dann nahm er auch noch etwas, das ihm von seinem persönlichen Trainer verabreicht wurde, obwohl er schwor, dass es keine Steroide wären. Viele Börsianer nahmen Amphetamine, um den Anforderungen ihres Jobs standhalten zu können. Kokainkonsumenten waren gewöhnlich gertenschlank, aber Wes war stolz auf seinen Körper, seine Statur, und er arbeitete hart daran, seine Muskeln aufzubauen. Sie erkannte, dass eine Diät aus Koks und Steroiden ihn überaus reizbar machen konnte. Und auch wenn sie nicht wusste, wie sehr und wie lange schon, eins wusste sie: Er war verrückt.

Dies war ihre letzte Chance. Über ein Asyl hatte sie eine Frau kennengelernt, die sagte, sie könne ihr dabei helfen zu entkommen, ihre Identität zu wechseln und zu fliehen. Es gab eine Untergrundorganisation, die misshandelten Frauen und Kindern in ausweglosen Situationen half. Wenn sie und Christopher es nur schafften, bis zur ersten Kontaktadresse zu gelangen, würde man sie von Ort zu Ort weiterleiten, wobei sie auf diesem Weg mit neuen Personalpapieren, Namen, Geschichten und einem neuen Leben ausgestattet würden. Das Gute daran war, oft funktionierte es. Wenn die Frauen den Anweisungen folgten und die Kinder jung genug waren, war es beinahe wasserdicht. Das Schlechte daran war, es war illegal, und es war für *immer*. Ein Leben wie dieses, überdeckt mit blauen Flecken und in ständiger Angst, eines Tages umgebracht zu werden? – Oder das Leben einer anderen Person, einer Frau, die nicht verprügelt wird?

Sie begann Geld von ihrem Haushaltsgeld abzuzweigen und packte eine Tasche, die sie bei einer Kontaktperson von einem Asyl versteckte. Es gelang ihr, fast fünfhundert Dollar zu sparen, und sie war fest entschlossen, sich selbst und Christopher in Sicherheit zu bringen, bevor es zu einem weiteren schlimmen Übergriff kam. Nach der letzten Episode wusste sie, dass es beinahe zu spät war.

Und hier lag sie also nun und sah zu ihrer dritten V-förmigen Decke auf. Sie wusste, dass sie nicht schlafen würde. In sechs Jahren hatte sie kaum geschlafen. Über die Autofahrt machte sie sich keine Sorgen, denn mit so viel Adrenalin im Blut würde sie es schon schaffen.

Dann aber wurde sie vom Sonnenlicht geweckt, und von einem regelmäßigen *Schlagen.* Jemand war dabei, Holz zu hacken. Vorsichtig setzte sie sich auf und roch Kaffee. Sie hatte also doch geschlafen, und ebenso Christopher.

Die Kommode stand noch immer vor der Tür.

2. KAPITEL

Preacher hatte kaum ein Auge zugetan, denn die halbe Nacht hatte er am Computer verbracht. Diese kleine Maschine schien wie für ihn geschaffen, denn er informierte sich immer gerne über alles Mögliche. Er hatte auch schon versucht, Jack dazu zu bringen, die Inventarliste und die Rezepte in den Computer einzugeben, aber Jack besaß ein Klemmbrett, und das war wie die Verlängerung seines Arms. Mit Preachers Technik wollte er nichts zu tun haben. Leider hatten sie keinen Kabelanschluss, deshalb dauerte es immer lange, aber Preacher war geduldig und letztendlich funktionierte es ja.

Den Rest der Nacht hatte er dann versucht einzuschlafen, was ihm aber völlig misslungen war. Mehrmals war er aus dem Bett gestiegen und hatte aus dem hinteren Fenster geschaut, um herauszufinden, ob der kleine Honda noch dort stand. Schließlich war er dann um fünf Uhr endgültig aufgestanden, als es draußen noch stockfinster gewesen war. Er ging in die Küche, setzte die Kaffeemaschine in Gang und machte ein neues Feuer. Von oben war nichts zu hören.

Es hatte aufgehört zu regnen, aber es war bedeckt und kühl. Am liebsten wäre er nach draußen gegangen, um Holz zu hacken und seine Aggressionen abzubauen, aber er wusste ja, dass Jack das gerne tat, also ließ er es sein. Um halb sieben kam Jack in die Bar und strahlte. Seit seiner Hochzeit war er der glücklichste Mann in Virgin River, und wie es aussah, konnte er gar nicht mehr damit aufhören zu grinsen.

Preacher stand mit einem Becher Kaffee hinter der Bar und begrüßte seinen besten Freund mit einer knappen Kinnbewegung. „Hey“, sagte Jack. „Das hat ja ganz nett geregnet.“

„Jack, hör zu. Ich habe da etwas getan ...“

Jack zog sich seine Jacke aus und hängte sie über den Haken an der Tür. „Etwa schon wieder in die Suppe gepisst, Preacher?“

„Ich habe da oben eine Frau ...“

In Jacks Gesicht stand der pure Schock. Preacher hatte doch mit Frauen einfach gar nichts zu tun. Er lief ihnen nicht nach, er flirtete nicht. Nichts dergleichen. Natürlich hatte Jack keine Ahnung, wie Preacher so leben konnte, aber so war Preacher nun mal. Wenn die Jungs, das heißt, die Marines, mit denen sie zusammen gedient hatten, sich alle aufmachten, um eine Frau für die Nacht zu finden, hatte Preacher sich immer zurückgehalten. Zum Scherz hatten sie ihn schon Großer Eunuch genannt. „Ach ja?", fragte er.

Preacher zog einen Becher hervor und füllte ihn für Jack. „Sie ist gestern Abend hier aufgetaucht, während des Gewitters. Sie hat ein Kind dabei – so klein." Mit seinen riesigen Händen zeigte er, wie groß es war. „Der Kleine könnte sich was gefangen haben. Sie sagt, er hat Fieber. Ich habe sie in meinem alten Zimmer untergebracht, weil es hier in der Gegend ja keine Unterkunft gibt ..."

„Also", sagte Jack und nahm sich seinen Kaffee. „Das war nett von dir, denk ich mal. Hat sie jetzt das Silber mitgehen lassen oder so?"

Preacher verzog das Gesicht. Silber besaßen sie überhaupt nicht; das Einzige, das sich zu stehlen gelohnt hätte, war das Bargeld, aber das war gut verschlossen. Oder Alkohol. Aber für eine Frau mit Kind wäre das wohl ein viel zu großer Aufwand, und ihm selbst war nichts dergleichen überhaupt in den Sinn gekommen. „Wahrscheinlich steckt sie in Schwierigkeiten", begann er. „Sie hat ... Wie es aussieht, hatte sie wohl irgendwelchen Ärger. Gut möglich, dass sie auf Flucht ist oder so."

Und wieder war Jack völlig perplex. „Häh?"

Preacher sah Jack fest in die Augen. „Ich glaube, sie könnte etwas Hilfe gebrauchen", sagte er, obwohl er doch in Wirklichkeit *wusste,* dass sie Hilfe brauchte. „Sie hat eine Prellung im Gesicht."

„Oh Junge", stöhnte Jack.

„Kommt Mel heute in die Praxis?"

„Selbstverständlich."

„Sie muss sich das Kind einmal ansehen. Sicherstellen, dass es nicht krank ist. Und die Frau – Paige – also, sie sagt, dass sie nichts hat, aber vielleicht … Vielleicht kann Mel ja … ich weiß nicht … sich davon überzeugen.“

„Klar“, sagte Jack und nahm einen Schluck aus seinem Becher. „Und was dann?“

Preacher zuckte die Schultern. „Ich denke, sie wird von hier wegwollen. Sie ist sehr scheu. Scheint Angst zu haben. Ich will, dass Mel sie wenigstens sieht.“

„Wahrscheinlich eine gute Idee.“

„Ja, das werden wir machen. Wir werden sie bitten, Mel einmal nachsehen zu lassen. Aber ich kann sie nicht dazu überreden, weißt du. Ich glaube, du solltest das tun. Sprich mit ihr, schlag es ihr vor …“

„Nee, Preach, damit wirst du schon fertig. Es ist deine Angelegenheit. Ich habe sie doch noch nicht einmal gesehen oder was. Du sprichst einfach mit ihr. Ruhig und sanft. Versuche, ihr keine Angst einzujagen.“

„Sie hat aber jetzt schon Angst, deshalb denke ich auch, dass sie in Schwierigkeiten steckt. Und das Kind hat mich noch gar nicht gesehen. Es hat geschlafen. Wahrscheinlich wird es schreiend davonlaufen.“

Um halb acht stellte Preacher zwei Schalen Cornflakes, Toast, Kaffee, Orangensaft und Milch auf ein Tablett, stieg die Treppe hoch und klopfte leise an die Tür. Sie ging sofort auf. Paige hatte bereits geduscht und war angezogen. Sie trug dieselben Jeans und ein langärmliges Chambrayshirt. Unter dem geöffneten Kragen schaute ein kleiner schwarz-blauer Fleck hervor und Preacher merkte, wie der Zorn gleich wieder in ihm hochkam, aber er gab sich Mühe, ihn aus seinem Gesicht zu bannen. Stattdessen konzentrierte er sich auf ihre Augen, die ein tiefes Smaragdgrün aufwiesen, und ihr feuchtes Haar, das ihr in welligen Strähnen auf die Schultern fiel. „Guten Morgen“, sagte er und versuchte, seine Stimme ruhig und leise klingen zu lassen, so wie Jack es tun würde.

„Hey“, antwortete sie. „Sie sind aber früh auf.“

„Ich bin schon ewig auf den Beinen.“

„Mom?“, erklang eine Stimme hinter ihr, und an ihr vorbei sah er den kleinen Jungen Christopher mit gekreuzten Beinen mitten auf dem Bett sitzen.

Sie hielt Preacher die Tür auf, er trat ein und stellte das Tablett auf die Kommode neben der Tür. Dort blieb er dann stehen und nickte dem Kind zu. Dabei versuchte er, seine Gesichtszüge weich erscheinen zu lassen, aber er wusste nicht so recht, wie er das anstellen sollte. „Hey, kleiner Kumpel. Möchtest du was frühstücken?“

Das Kind zuckte die Schultern, bekam aber ganz runde Augen, die sich an Preacher hefteten.

„Mit Männern kommt er nicht so gut klar“, flüsterte Paige leise. „Er ist schüchtern.“

„Ach ja?“, fragte Preacher. „Bin ich auch. Keine Sorge. Ich werde mich zurückhalten.“

Er sah das Kind an und versuchte es mit einem Lächeln. Dann zeigte der Kleine mit dem Finger auf Preachers Kopf und sagte: „Mussu rasieren.“

Preacher musste lachen. „Richtig. Willst du mal fühlen?“ Langsam trat er auf das Bett zu und beugte sich dann vorsichtig nach unten, um dem Kind seine Glatze hinzuhalten. Er merkte, wie eine kleine Hand ihm über den Schädel rieb, und das brachte ihn wieder zum Lachen. Dann hob er den Kopf und sagte: „Cool, was?“ Und das Kind nickte.

Preacher ging wieder zu Paige. „Melinda, die Frau meines Kumpels, sie wird heute Morgen in Docs Praxis kommen, und ich möchte Sie gern dort rüberbringen. Sie soll sich den Kleinen mal ansehen und sicherstellen, dass ihm nichts fehlt. Und wenn er ein Medikament braucht oder was, wird sie es Ihnen geben können.“

„Sie hatten gesagt, sie ist Krankenschwester?“

„Ja, aber eine spezielle Krankenschwester. Eine Hebamme. Sie bringt Kinder zur Welt und so.“

„Oh“, sagte Paige und zeigte sich jetzt etwas mehr interessiert. „Das ist vermutlich eine gute Idee. Aber ich habe nicht viel Geld …“

Er lachte. „Um so etwas machen wir uns hier nicht viele Gedanken, wenn jemand eine kleine Hilfe braucht. Das geht schon in Ordnung.“

„Wenn Sie sicher sind …“

„Alles bestens. Kommen Sie runter, wenn Sie fertig sind. Mel wird gegen acht drüben sein, aber lassen Sie sich nur Zeit. Hier in der Gegend werden nicht allzu viele Leute krank, und normalerweise ist dort nicht viel los.“

„Okay, und dann fahren wir weiter …“

„Hm, wenn nötig, können Sie auch ein paar Tage hierbleiben. Ich meine, es geht ihm nicht so gut. Oder auch, falls Sie vom Fahren müde sind.“

„Ich sollte mich wohl lieber gleich wieder auf den Weg machen.“

„Wo geht es denn hin?“, fragte er. „Das hatten Sie noch gar nicht erwähnt.“

„Nur noch ein Stückchen weiter. Ich habe eine Freundin … Wir wollen eine Freundin besuchen.“

„Ah“, sagte er, dachte aber, dass sie ja wohl durchgefahren wäre, wenn es nur ein kleines Stück weiter wäre. „Also denken Sie darüber nach. Das Angebot steht.“

Während Christopher mit gekreuzten Beinen auf dem Bett saß und seine Cornflakes aß, hielt Paige ihr Gesicht vor den Spiegel und tupfte Make-up auf die blau verfärbte Wange, um sie so gut wie möglich abzudecken. Zumindest war es inzwischen etwas heller geworden. Gegen den Sprung in der Lippe, auf dem sich jetzt eine Kruste bildete, konnte sie allerdings nichts machen. Manchmal berührte Christopher die Wunde und sagte: „Mommy Aua.“

Ihre Gedanken wanderten zurück zu diesem letzten Übergriff. Was sie immer noch fertigmachte, war, dass sie sich nicht daran erinnern konnte, wie es eigentlich dazu gekommen war. Irgendwie ging es um Christophers Spielzeug, das im ganzen Wohnzimmer verstreut herumlag, und dann war auch sein Anzug noch nicht aus der Reinigung zurück. Wes hatte nicht gefallen, was sie zum Abendessen gekocht hatte. Oder hatte es daran gelegen, was sie zu diesen Spielsachen gesagt hatte? – „Mein Gott, Wes, er hat Spielzeug und er spielt damit. Ich brauche nur eine Minute …" – Hatte er sie in diesem Moment geschlagen? Nein, aber gleich darauf, als sie mit angehaltenem Atem noch murmelte: „Reg dich nicht auf, werd' nicht böse, lass es mich einfach wegräumen …"

Wie konnte es sein, dass sie nicht gewusst hatte, dass er so reagieren würde? Weil sie nie wusste, wie er reagieren würde. Es waren Monate gewesen, in denen es keine Gewalt zwischen ihnen gegeben hatte. Aber als er an diesem Tag vom Büro nach Hause kam, hatte sie es seinen Augen bereits angesehen. Dort hätte sie es erkennen können – Augen, die sagten, ich werde dich schlagen und schlagen und noch einmal schlagen, und keiner von uns wird genau wissen, warum. Und wie immer, wenn sie sich von diesem gefährlichen Glühen in Bann ziehen ließ, war es bereits zu spät.

Weil er sie getreten hatte, war es zu Schmierblutungen gekommen, sodass Gefahr bestand, das Baby zu verlieren. Das Baby, von dem sie ihm kurz vorher erzählt hatte. Also zwang sie sich aus dem Bett und ging zur Kindertagesstätte, um Christopher abzuholen. Debbie, das Mädchen an der Rezeption, schnappte nach Luft, als sie ihr Gesicht sah. Dann stotterte sie: „M… Mr. Lassiter hat uns gesagt, wir sollen ihn anrufen, falls Sie Christopher abholen wollten."

„Sehen Sie mich doch an, Debbie. Vielleicht könnten Sie es ja einfach mal vergessen, ihn anzurufen. Bloß dieses eine Mal. Und vielleicht auch für eine ganze Weile."

„Ich weiß nicht …"

„*Sie* wird er ja nicht verprügeln", sagte sie mutig.

„Mrs. Lassiter, vielleicht sollten Sie lieber die Polizei anrufen oder so etwas."

Paige hatte nur hohl gelacht. Richtig. „Sie denken anscheinend, das hätte ich noch nicht getan."

Wenigstens war es ihr gelungen, die Stadt zu verlassen. Mit ihrem einen Koffer, knapp fünfhundert Dollar und einer Adresse in Spokane.

Und dann war sie hier wieder einmal unter einem V-förmigen Dach aufgewacht. Immer noch in Todesangst, aber anscheinend zumindest für den Moment sicher.

Während Christopher aß, sah sie sich ein wenig um. Das Zimmer war nicht wirklich groß, hatte aber genügend Platz für Preachers Flachbank und seine Gewichte. Ein paar Hantelscheiben, die am Boden lagen, sah sie sich genauer an. Alle wogen siebenundzwanzig Kilo. Auf die Langhantel hatte er hundertachtzig Kilo gepackt, und Wes hatte schon unendlich mit seinen hundertdreizehn geprahlt.

An der Wand stand ein mittelgroßer Bücherschrank, vollgestopft mit Büchern. Weitere lagen oben auf oder waren daneben gestapelt. Die Hände hielt sie dabei hinter dem Rücken, die Macht der Gewohnheit, denn Wes mochte es nicht, wenn sie seine Sachen anfasste, mit Ausnahme seiner schmutzigen Wäsche. Seltsame Titel waren das: Die Biografie Napoleons, Militärflugzeuge im Zweiten Weltkrieg, Hitlers Besatzung der ... ihr schauderte. Die meisten Bücher waren ziemlich alt und abgewetzt. Ein paar davon waren auch neu. Nicht einen Romantitel konnte sie entdecken. Es waren alles Sachbücher, und zwar zu militärischen oder politischen Themen. Vielleicht hatten sie ja einmal seinem Vater oder Onkel gehört, denn er sah eigentlich nicht gerade aus wie jemand, der viel las. Mit Sicherheit aber sah er aus wie jemand, der Gewichte hob.

Als Chris mit seinem Frühstück fertig war, zog sie erst ihm die Jacke an, dann sich selbst, nahm die Patchworktasche und hängte sie sich über die Schulter. Den Koffer ließ sie fertig gepackt auf dem Bett stehen und trug das Frühstückstablett die Treppe hinunter. John stand in der Küche. Er trug eine

Schürze und war damit beschäftigt, *Sausage Patties* in einer Omelett-Pfanne zu wenden, die über einer hohen Flamme dampfte. „Stellen Sie es einfach auf die Arbeitsplatte und warten Sie einen Moment“, sagte er. „Ich werde Sie gleich rüberbringen.“

„Ich kann ja schon mal abwaschen“, meinte sie schüchtern.

„Nee, bin schon fertig.“ Paige sah zu, wie er die Patties mit seinem großen Pfannenwender platt drückte, Käse auf dem Omelett verteilte und es dann geschickt zusammenklappte und wendete. Aus dem Toaster sprangen zwei Scheiben Toast, die mit Butter bestrichen wurden. Dann kam das Ganze auf einen großen ovalen Teller. Er nahm die Schürze ab und hängte sie an einen Haken. Über seinen Jeans trug er ein schwarzes T-Shirt, das bei seinem gewaltigen Brustumfang so sehr spannte, dass es zu platzen schien. Die Bizepse dieses Mannes waren groß wie Melonen, und wenn er ein weißes T-Shirt tragen würde, sähe er aus wie Meister Propper.

Er nahm eine Jeansjacke vom Haken und schlüpfte hinein. Dann griff er nach dem Teller und sagte: „Kommen Sie mit.“ Er ging ihr in die Bar voraus und stellte den Teller einem Mann hin, der am Tresen saß. Dem goss er dann schnell noch einmal Kaffee nach und erklärte ihm: „Bin in ein paar Minuten zurück. Hier ist die Kanne. Jack ist hinten im Hof, falls du etwas brauchst.“

Paige warf einen Blick aus dem hinteren Fenster und sah einen Mann in Jeans und kariertem Flanellhemd, der eine Axt über den Kopf schwang und wieder fallen ließ, um ein Stück Holz zu spalten. Das war es also, was sie aufgeweckt hatte. Sie bemerkte, dass er muskulöse Schultern und einen breiten Rücken hatte, zwar nicht ganz so ausgeprägt wie bei John, aber doch immer noch sehr beeindruckend.

Wes war nicht einmal ansatzweise so schwer wie diese beiden Männer. Zwar war er etwas über eins achtzig groß und gut gebaut, was aber seine Muskeln anging, da war er im Vergleich zu ihnen gar nichts, und das trotz seiner chemischen Helfer. Würde

John einer Frau gegenüber die Faust erheben, wie Wes es getan hatte, sie wäre hinterher nicht mehr in der Lage, es jemandem zu erzählen. Bei dem Gedanken musste sie sich unwillkürlich schütteln.

„Mommy, sieh mal!", rief Chris und wies auf den präparierten Hirschkopf über der Tür.

„Ja, ich sehe ihn. Wow." Das Lokal sah wirklich aus wie eine Jagdstube.

John steckte den Kopf zur Hintertür raus und rief: „Jack! Ich geh kurz rüber zu Doc. Bin gleich wieder da."

Dann drehte er sich um und nickte ihr zu. Als sie nach draußen gingen, hielt er hinter sich die Tür für sie auf. „Wie geht es ihm denn heute Morgen?", fragte er.

„Er hat sein Frühstück aufgegessen. Das ist gut."

„Ein gutes Zeichen", bestätigte John. „Und das Fieber?", flüsterte er.

„Ich habe kein Thermometer dabei, deshalb weiß ich es nicht genau. Er fühlt sich aber etwas warm an."

„Dann ist es ja nur gut, wenn Mel einmal die Temperatur misst." Während er neben ihr herging, war er sorgsam darauf bedacht, ihr nicht zu nahe zu kommen. Sie hielt ihren Sohn an der Hand, aber Preacher stopfte seine Hände in die Tasche. Als er dem Jungen einen Blick zuwarf, sah er, wie der ihn um seine Mutter herum anschielte. Vorsichtig beäugten sie sich gegenseitig. „Es wird schon alles in Ordnung gehen", sagte er zu ihr. „Mel ist die Beste, Sie werden sehen."

Paige sah zu ihm hoch und lächelte so süß, dass er innerlich zerfloss. Ihre Augen wirkten so traurig, so verängstigt. Sie konnte nicht anders, das verstand er. Und wenn da nicht diese Angst wäre, er würde tatsächlich nach ihrer Hand greifen, um ihr Mut zu machen. Aber sie hatte nicht nur Angst vor demjenigen, der ihr das angetan hatte, sie hatte Angst vor allem, ihn selbst mit eingeschlossen. Also sagte er nur: „Sie müssen nicht nervös sein. Mel ist sehr nett."

„Ich bin nicht nervös."

„Wenn ich Sie vorgestellt habe, gehe ich gleich wieder zurück in die Bar. Es sei denn, Sie wollen, dass ich bleibe? Falls Sie mich aus irgendeinem Grund brauchen?“

„Ich werde schon klarkommen. Danke.“

Melinda saß mit ihrem Frühstückskaffee auf den Stufen der Eingangstreppe zu Docs Praxis und hörte zu, wie Jack mit seiner Axt laut krachend Holz spaltete. Er hatte sie angerufen, nachdem er in der Bar angekommen war. „Schwing die Hufe, Schatz. Preacher hat eine Patientin für dich.“

„Ach, tatsächlich?“, hatte sie ihn gefragt.

„Gestern Abend, während des Gewitters, ist eine Frau in der Bar aufgetaucht, und er hat sie dort übernachten lassen. Er sagt, sie hätte ein Kind, das etwas fiebrig ist. Und er sagt auch, dass er glaubt, sie hätte Probleme ...“

„Oh, was denn für Probleme?“

„Keine Ahnung. Ich habe sie noch nicht gesehen. Er hat sie oben in seinem ehemaligen Zimmer untergebracht.“

„Also gut, ich bin gleich da.“ Einer Eingebung folgend, hatte sie ihre Digitalkamera in die Tasche gepackt, und während sie nun die Vorderseite der Bar im Auge hielt, sah sie etwas, das sie niemals für möglich gehalten hätte. Preacher hielt einer Frau mit Kind die Tür auf und begleitete sie über die Straße. Er schien in leisem Tonfall mit ihr zu sprechen, wobei er sich zu ihr hinunterbeugte und ein besorgtes Gesicht machte. Das war erstaunlich, denn Preacher war ein Mann, der wenig sprach. Mel glaubte sich erinnern zu können, dass sie damals bereits einen Monat im Ort gewesen war, bevor er einmal zehn Worte am Stück mit ihr geredet hatte. Eine Fremde einfach so aufzunehmen, entsprach zwar einerseits völlig seinem Charakter, war andererseits aber auch noch nie vorgekommen.

Als sie sich näherten, stand Mel auf. Die Frau schien irgendwo in ihren Zwanzigern zu sein und hatte einen dunklen Fleck auf der Wange, den sie mit Make-up zu überdecken versuchte. Den Riss in der Lippe allerdings hatte sie nicht verbergen können.

Das also war das Problem, das Preacher erkannt hatte, und sie erschrak. Aber sie lächelte und sagte: „Hi. Mel Sheridan."

Die Frau zögerte. „Paige", sagte sie schließlich und sah sich dann nervös über die Schulter um.

„Es ist in Ordnung, Paige", beruhigte sie Preacher. „Mit Mel können Sie sich sicher fühlen. Bei ihr ist immer alles topsecret. Darin ist sie schon richtig lächerlich."

Mel lachte, als würde es sie amüsieren. „Nein, das ist überhaupt nicht lächerlich. Dies ist eine Arztpraxis hier, eine Klinik. Wir achten auf Vertraulichkeit, das ist alles. Ganz einfach Standard." Sie hielt Paige die Hand hin. „Es freut mich, Sie kennenzulernen, Paige."

Paige griff nach ihrer Hand und sah über die Schulter zu Preacher. „Vielen Dank, John."

„John?", fragte Mel schmunzelnd. „Ich glaube, ich habe noch nie gehört, dass dich jemand John nennt." Sie legte den Kopf ein wenig zur Seite. „Klingt irgendwie nett. John." Dann sagte sie: „Kommen Sie mit, Paige." Und ging voraus.

Im Haus trafen sie auf Doc, der hinter dem Empfangstresen am Computer saß. Er sah nur kurz auf, nickte zur Begrüßung und widmete sich dann wieder seiner Arbeit. „Das ist Doc Mullins", erklärte Mel. „Hier entlang." Sie öffnete die Tür zu einem Untersuchungszimmer und ließ Paige vor ihr eintreten. Dann schloss sie die Tür und sagte: „Ich bin Krankenschwester und Hebamme, Paige. Ich kann mir Ihren Sohn ansehen, wenn Sie möchten. Also, mir wurde gesagt, Sie fürchten, er könnte Fieber haben."

„Irgendwie fühlt er sich ziemlich warm an und besonders viel Energie hat er auch nicht ..."

„Dann wollen wir doch einmal sehen", sagte Mel munter und nahm die Sache in die Hand. Sie beugte sich zu dem kleinen Jungen hinunter und fragte ihn, ob er schon einmal beim Doktor gewesen war. Anschließend hob sie ihn auf den Untersuchungstisch, zeigte ihm das digitale Thermometer und fragte ihn, ob er wüsste, was man damit macht. Er wies auf sein Ohr, und Mel lachte erfreut. „Du bist ja ein richtiger Experte", lobte sie ihn und nahm das Stethoskop in die Hand. „Was dagegen, wenn ich mal dein Herz abhöre?“ Er schüttelte den Kopf. „Ich will ja versuchen, dich nicht zu kitzeln, aber das fällt mir ganz schön schwer, denn Kitzeln macht irgendwie Spaß. Ich höre das Lachen so gern.“ Nach diesem Hinweis lachte er, aber nur ganz leise. Mel erlaubte ihm auch, erst selbst sein eigenes Herz zu hören und dann ihres. Während er damit fortfuhr, seine Brust, sein Bein und seine Hand abzuhorchen, tastete sie seine Lymphknoten ab. Sie untersuchte seine Ohren und seinen Hals, und als sie so weit gekommen war, hatte er schon angefangen, sich richtig wohl bei ihr zu fühlen.

„Wie es aussieht, könnte er einen kleinen Virus haben. Scheint aber nicht allzu ernst zu sein. Seine Temperatur ist nur leicht erhöht. Haben Sie ihm etwas verabreicht?“

„Tylenol für Kinder, gestern Abend.“

„Ah, dann ist sein Zustand ganz gut. Sein Hals ist etwas gerötet. Machen Sie mit Tylenol weiter und immer viel Flüssigkeit. Ich glaube nicht, dass Sie sich Sorgen machen müssen. Wenn es allerdings schlimmer wird, sollten Sie natürlich ...“

„Dann kann also nichts passieren, wenn ich einfach weiterfahre?“

Mel zuckte die Schultern. „Ich weiß nicht, Paige. Wollen Sie nicht einmal von sich reden? Ich bin hier, um Ihnen zu helfen, wenn ich kann.“

Sofort schlug Paige die Augen nieder, und mehr war nicht nötig. Mel wusste, worauf das hinauslief. Jahrelang hatte sie in der Krankenhausnotaufnahme einer Großstadt zugebracht und mehr als genug Opfer von häuslicher Gewalt zu Gesicht bekommen. Der blaue Fleck auf der Wange der jungen Frau, der Riss in der Lippe, ihr Wunsch, weiterfahren zu wollen ... weg ...

Paige hob die Augen. „Ich bin ein bisschen schwanger. Und ich habe Schmierblutungen.“

„Und einige Prellungen?“

Mit abgewandtem Blick nickte Paige.

„Okay. Möchten Sie, dass ich mir das einmal ansehe?“

Paige sah zu Boden. „Bitte“, sagte sie leise. „Aber was ist mit Chris?“

„Oh, kein Problem. Da habe ich eine Lösung.“ Mel beugte sich in der Taille vor und sah in Christophers hübsche braune Augen. „Mein Freund, hast du Lust, etwas auszumalen? Ich habe nämlich massenhaft Malbücher und Farbstifte.“ Schüchtern nickte er. „Gut. Dann komm mal mit.“ Sie half dem kleinen Kerl vom Untersuchungstisch herunter und zog mit der anderen Hand einen Umhang aus dem Schrank, den sie Paige reichte. „Warum ziehen Sie sich nicht schon einmal den Umhang über? Ich lasse Ihnen ein paar Minuten Zeit. Und versuchen Sie, keine Angst zu haben. Ich werde es langsam machen und ganz behutsam sein.“

„Hm … Wollen Sie ihn denn allein lassen?“, fragte Paige.

„Mehr oder weniger.“ Mel lachte. „Ich werde ihn bei Doc lassen.“

„In Gegenwart von … Männern ist er aber … scheinbar scheu.“

„Das geht schon klar. Doc kann mit Kindern gut umgehen, vor allem mit den scheuen. Er wird einfach nur aufpassen, dass dieses Kerlchen nicht anfängt zu operieren oder wegläuft. Im Übrigen wird er nur malen, am Küchentisch.“

„Wenn Sie sicher sind …“

„Wir machen das immer so, Paige. Alles ist in Ordnung. Versuchen Sie sich zu entspannen.“

Mel brachte Christopher in die Küche, und nachdem sie ihn mit Malbüchern und Farbstiften versorgt hatte, goss sie sich Kaffee nach. Koffeinfreien. Zurzeit genoss sie ihren Kaffee nicht mehr ganz so sehr wie früher. Dann ging sie ins Büro und zog ein neues Patientenformular heraus. In der Situation allerdings, mit der sie rechnete, würde sie die Patientin lieber erst einmal untersuchen, bevor sie sie mit Formalitäten verschreckte. Mit dem Klemmbrett in der Hand bat sie dann Doc, das Kind im Auge zu behalten, während sie die gynäkologische Untersuchung durchführte.

Da sie selbst seit ein paar Monaten schwanger war, wurde Mel schon bei dem Gedanken daran übel, dass jemand eine schwangere Frau verprügelte. Sie hörte nie auf, sich darüber zu wundern, wie ein Mann einfach so weiterleben konnte, nachdem er etwas Derartiges getan hatte. Mit dem Formular auf dem Klemmbrett, die kleine Digitalkamera in der Hemdtasche, das Stethoskop um den Hals, den Kaffee in der Hand klopfte sie an die Tür und hörte, wie Paige leise sagte: „Kommen Sie herein."

Klemmbrett und Kaffeetasse stellte sie auf dem Tresen ab und sagte: „Gut, dann wollen wir zuerst einmal Ihren Blutdruck messen." Sie nahm die Manschette des Blutdruckmessgeräts in die Hand und wollte sie Paige um den Arm legen, als sie erstarrte. Ein riesiges Hämatom bedeckte den größten Teil des Oberarms.

Mel legte die Manschette aus der Hand und schob behutsam den Umhang auf dem Rücken ein wenig zur Seite. Sie musste sich zusammennehmen, um nicht laut nach Luft zu schnappen. Dann zog sie Paige den Umhang von den Schultern über die Arme nach unten und legte so die Prellungen auf Rücken, Armen und Brust frei. Vorsichtig zog sie den Umhang unter dem Po hervor, womit sie auch noch ihre Hüften enthüllte. Noch mehr Prellungen. Sie sah dem Mädchen ins Gesicht. Auf ihren Wangen schimmerten Tränen. „Paige", flüsterte Mel. „Mein Gott …"

Paige bedeckte ihr Gesicht mit den Händen. Es war die Scham, dass sie das geschehen lassen konnte.

„Sind Sie vergewaltigt worden?", fragte Mel vorsichtig.

Mit fließenden Tränen schüttelte Paige den Kopf. „Nein."

„Wer hat Ihnen das angetan?", fragte Mel weiter, aber Paige schüttelte nur mit geschlossenen Augen den Kopf. „Es ist in Ordnung. Im Augenblick sind Sie in Sicherheit."

„Mein Mann", antwortete sie flüsternd.

„Und Sie flüchten vor ihm?"

Paige nickte.

„Hier, ich helfe Ihnen beim Hinlegen. Langsam. Vorsichtig …

Ist es gut so für Sie?" Paige nickte und legte sich zurück, ohne Augenkontakt aufzunehmen.

Behutsam verschob Mel den Umhang. Der Brustkorb, die Brüste, Arme und Beine – alles war mit Prellungen bedeckt. Vorsichtig tastete Mel ihr den Unterleib ab, wobei Paige immer wieder zusammenzuckte. „Tut es hier weh? Hier?" Sowie Paige nickte oder den Kopf schüttelte, machte Mel weiter. „Hier? Hier?" Sanft drehte Mel sie von einer Seite auf die andere. Ihr Gesäß war blau, ebenso Lenden und Hüften. „Haben Sie Blut im Urin?", fragte sie, und Paige zuckte die Schultern. Sie wusste es nicht. „Paige, wenn Sie Blutungen haben, kann man nur mit einem Katheder eine saubere Urinprobe von Ihnen bekommen. Wollen Sie das? Einfach nur, um sicher zu sein?"

„Oh Gott … muss das sein?"

„Schon gut. Dann wollen wir erst einmal alle anderen Untersuchungen machen, die wir machen können. Hatten sie schon eine Ultraschalluntersuchung während dieser Schwangerschaft?"

„Bisher bin ich nicht einmal beim Arzt gewesen."

Ein weiteres Symptom, dachte Mel. Geschlagene Frauen sorgten nicht für sich und nicht für ihre Schwangerschaften. Aus Angst.

Während Mel sie untersuchte, lutschte Paige an ihrer wunden Unterlippe und starrte mit glasigen Augen zur Decke. „Okay. Ich werde Ihnen jetzt helfen, sich wieder aufzusetzen. Immer mit der Ruhe." Mel horchte Paige das Herz ab, sah sich ihre Augen an und untersuchte ihren Kopf auf Beulen und Platzwunden. „Nun, es scheint nichts gebrochen zu sein, Paige. Zumindest habe ich so weit nichts entdeckt. Ich hätte gerne ein Röntgenbild von Ihren Rippen, nur zur Sicherheit, denn da sind Sie doch sehr schmerzempfindlich. Aber bei Ihrer Schwangerschaft und allem … Also ehrlich gesagt, wenn ich zu entscheiden hätte, ich würde Sie ins Krankenhaus überweisen."

„Nein. Keine Krankenhäuser. Ich darf nirgendwo registriert werden …"

„Verstehe, aber sehen Sie, es sieht sehr beängstigend aus. Wie stark ist die Blutung?“

„Nicht allzu schlimm. Ich will mal sagen, weniger als eine Menstruation.“

„Also gut, dann legen Sie sich wieder zurück und rutschen ein wenig nach vorne. Ich werde so vorsichtig sein wie möglich.“

Als sie in der richtigen Position lag, streifte Mel sich Handschuhe über und zog ihren Stuhl heran. Sie berührte erst die Innenseite ihrer Schenkel, bevor sie die äußeren Genitalien anfasste. „Bei dieser gynäkologischen Untersuchung werde ich kein Spekulum verwenden, Paige. Ich will bloß einmal die Größe der Gebärmutter abschätzen. Wenn Ihnen etwas unangenehm ist, sagen Sie es mir bitte.“ Sie führte zwei Finger ein und drückte mit der anderen Hand vorsichtig auf ihren Unterbauch. „Wissen Sie, wie weit Sie sind?“

„Etwas mehr als acht Wochen.“

„Okay. Wenn wir hier fertig sind, werde ich Sie einen Schwangerschaftstest machen lassen. Wenn der Fötus vor einem Tag oder so noch viabel, also lebendig war, dann müsste er positiv ausfallen. Das wird uns allerdings wenig über die letzten vierundzwanzig Stunden sagen, fürchte ich. Hier habe ich kein Ultraschallgerät, aber ein paar Ortschaften weiter gibt es eins, das wir benutzen können, wenn nötig. Aber … immer eins nach dem anderen. Die Gebärmutter ist völlig normal für eine Schwangerschaft in der achten Woche.“ Mel schnaubte verächtlich. „Und das, nachdem Sie so viel durchgemacht haben, Paige.“ Sie streifte die Handschuhe ab und hielt ihr die Hand hin. „Können Sie sich setzen, bitte?“

Paige richtete sich auf, und Mel setzte sich wieder auf ihren Stuhl, von wo aus sie ihr von unten in die Augen sah. „Wie alt sind Sie?“

„Neunundzwanzig.“

„Ich weiß, wie schwierig es ist, in einer solchen Situation Hilfe zu finden, aber ich frage mich doch, ob Sie schon versucht haben, die Polizei zu rufen.“

„Das habe ich", antwortete sie sehr leise. „Ich habe alles getan. Polizei, einstweilige Verfügungen, Frauenhäuser, Auszug, psychosoziale Therapie …" Sie lachte. „Psychosoziale Therapie", wiederholte sie. „In fünf Minuten hatte er es geschafft, dass die Therapeutin sich in ihn verknallt hat." Sie atmete tief durch. „Danach ist es dann nicht mehr allzu gut gelaufen."

„Das kann ich sehr gut verstehen."

„Irgendwann dieser Tage wird er mich umbringen. Und zwar ziemlich bald."

„Hat er damit gedroht, Sie umzubringen?"

„Oh, ja." Sie senkte den Blick und wiederholte leise: „Oh, ja."

„Wie haben Sie nach Virgin River gefunden?", fragte Mel.

„Ich glaube … ich hatte mich verfahren. Ich hatte den Highway verlassen, weil ich eine Übernachtungsmöglichkeit suchte und etwas essen wollte. Und dann habe ich mich verfahren. Gerade wollte ich schon wieder umdrehen, als ich den Ort sah und dann die Bar."

Mel holte Luft. Es war Zeit, sich an ein paar Fakten zu erinnern. Den Opfern von häuslicher Gewalt fiel es nicht nur schwer, die Vorwürfe nachzuweisen, wenn die Polizei nicht direkt zum Tatort gerufen wurde, in der Hälfte aller Fälle war es dann auch noch das Opfer, das aus Angst um sein Leben die Kaution für den Täter stellte. Und das war keinesfalls eine leere Drohung. Die Täter töteten ihre Opfer tatsächlich. Das kam immer wieder vor. „Paige, ich habe in der Notaufnahme in Los Angeles gearbeitet, bevor ich hierhergekommen bin, und leider habe ich einige Erfahrung mit Problemen wie Ihren. Wir müssen Ihnen irgendwie helfen."

„Ich wollte fliehen", erklärte Paige schluchzend, verzweifelt darum bemüht, ihre Gefühle unter Kontrolle zu halten. „Dann habe ich mich verfahren, Chris fühlte sich nicht gut und mir tat alles so weh, dass ich kaum noch eine Minute länger hätte fahren können …"

„Wohin wollten Sie denn?", fragte Mel.

Paige ließ den Kopf hängen, schüttelte ihn dann und sagte: „Zu einer Freundin, von der er nichts weiß."

„Bleiben Sie doch ein paar Tage hier. Dann können wir Ihren Gesundheitszustand abklären, bevor Sie ..."

Nun aber schoss ihr Blick in Mels Augen. „Ich kann nicht! Ich muss mich jetzt sehr beeilen! Ich bin schon nicht mehr im Zeitplan! Ich muss ..." Abrupt unterbrach sie sich, riss sich offensichtlich zusammen und versuchte dann, gefasst weiterzusprechen. „Ich muss dort ankommen, bevor er mich als vermisst melden kann. Bevor mein Wagen ..."

„Nein, das ist schon in Ordnung", sagte Mel ruhig. „Es ist in Ordnung, Paige. Lassen Sie Ihren Wagen nur hinter der Bar stehen, außer Sichtweite. Und wenn es so weit ist, dass Sie wirklich wegmüssen, dann nehmen Sie sich doch ein Brotmesser aus der Küche. Damit können Sie die Schrauben an der Halterung der Nummernschilder lösen. Tauschen Sie einfach die Autokennzeichen mit irgendjemandem aus. Und wenn Sie nicht zu schnell oder auffällig fahren oder in einen Unfall verwickelt werden, dann hat die Verkehrspolizei auf dem Highway keinerlei Grund, Ihr Kennzeichen zu überprüfen." Sie zuckte die Schultern. „Und bevor hier jemandem überhaupt auffällt, dass seine Nummernschilder vertauscht wurden, werden Wochen vergehen. Monate. Ich selbst achte nie darauf."

Während Mel sprach, starrte Paige ihr in die Augen, und vor Erstaunen stand ihr Mund ein wenig offen. „Haben Sie da gerade vorgeschlagen, die Autokennzeichen von irgendjemandem einfach zu ste...?"

Mel lächelte. „Oh! Habe ich tatsächlich laut geredet? Ich muss wirklich darauf achten, dass ..."

„Sie verhalten sich so, als ob Sie wüssten ..."

„Wir wollen nicht darüber reden, was Sie tun werden. Ich habe einmal kurze Zeit ehrenamtlich in einem Asyl für Frauen gearbeitet. Es hat mich fertiggemacht, mich zerrissen. Aber ein paar Dinge habe ich dabei gelernt. Lassen Sie mich so viel sagen: Es ist nicht gut, wenn Sie in Hast sind, wenn Sie sich zu sehr beeilen. Sie könnten zu schnell fahren oder beim Fahren zu starke Schmerzen bekommen oder zu müde werden. Lassen Sie sich ein paar Tage Zeit. Nehmen Sie sich etwas Zeit für Ihre Heilung und warten Sie ab, bis das Fieber des Jungen fällt. Und dann seien Sie klug. Wohin auch immer Sie wollen. In ein paar Tagen wird es auch noch da sein, oder in ein paar Wochen. Sie sind verletzt."

„Und was, wenn er mich hier findet ...?"

„Oh, mein Gott, wenn er Sie hier findet, da gefällt mir aber überhaupt nicht, was er dann zu erwarten hat."

„Er hat auch eine Waffe. Obwohl er sie immer unter Verschluss hält."

„Eine Pistole?", fragte Mel, und Paige nickte. Und tatsächlich hörte Mel sich selbst erleichtert aufatmen, sie, die eine solche Angst vor Waffen gehabt hatte, bevor sie nach Virgin River gekommen war. Es gab hier zwar nicht viele Pistolen, dafür aber eine Menge Gewehre, die einen Bären mit einem Schuss niederstrecken konnten – oder einen Mann in zwei Hälften teilten. „Da ist vieles, das Sie von unseren Männern hier noch nicht wissen. Also gut, mit Ihrer Erlaubnis würde ich gern ein paar Fotos machen."

„Nein!"

Mel legte ihr die Hand auf den Arm. „Nur als Beweismittel, Paige. Ich verspreche Ihnen, dass Sie allein entscheiden werden, was damit geschieht. Aber wir sollten Ihnen doch ein Beweismittel an die Hand geben, für den Fall, dass Sie sich dazu entschließen, es zu gebrauchen. Ich werde Sie nicht nach Ihrem Familiennamen fragen oder danach, wo Sie herkommen, in Ordnung? Ich werde eine Karte ohne Ihren Familiennamen anlegen, aber ich werde das Datum einsetzen. Dann will ich mit einer Digitalkamera ein paar Fotos machen. Und falls Sie sich davon überzeugen lassen können, ein paar Tage an Ort und Stelle zu bleiben, würde ich Sie gerne nach Grace Valley zu einer Ultraschalluntersuchung bringen und sehen, wie es diesem Baby geht. Bleiben Sie doch einfach so lange, bis Sie sicher sein können, dass

Ihre Verletzungen am Ende nicht doch ernster sind als das, was ich nach dieser Untersuchung hier sagen kann. Sie wissen doch auch bereits, dass Ihnen niemand etwas antun kann, solange Sie unter Preachers Schutz stehen."

„Er hat gesagt ... John hat gesagt, ich könnte ein paar Tage bleiben. Aber er ist ..."

„Er ist was?", fragte Mel und runzelte die Stirn.

„Er ist ein wenig furchterregend."

Mel kicherte. „Nein, er ist sehr furchterregend. So wie er aussieht. Als ich ihn das erste Mal sah, hatte ich Angst, mich vom Fleck zu rühren. Aber seit ungefähr fünfzehn Jahren ist er jetzt der beste Freund meines Mannes und seit mehr als zwei Jahren sein Partner in dieser Bar. Er ist sanft wie ein Lamm. Ein bisschen gewöhnungsbedürftig ... Aber er ist so gut", fügte sie weich hinzu. „Sein Herz ... es ist so groß. So groß wie er selbst."

„Ich weiß nicht ..."

„Sie können auch zu uns rauskommen", bot Mel an. „Ein weiteres Bett könnten wir auftreiben. Oder Sie bleiben in der Klinik. Oben haben wir zwei Krankenhausbetten für unsere Patienten. Aber Preacher kann Sie besser beschützen, als Doc oder ich es könnten. Das garantiere ich Ihnen. Wie Sie sich auch entscheiden, tun Sie das, womit Sie sich wohlfühlen. Also, ich werde Ihnen jetzt den Umhang ein Stückchen von der Schulter ziehen", sagte Mel und zog ihre Digitalkamera aus der Hemdtasche. „Wir werden das so schmerzfrei machen wie möglich." Sie schob den Umhang etwas von der Schulter nach unten. „So, das hätten wir", sagte sie leise, drückte auf den Auslöser und schob den Umhang gleich wieder hoch. Dann, langsam und vorsichtig, die andere Schulter, und schnell das Bild gemacht. Ein Körperteil nach dem anderen, ihren Rücken, ihre Schenkel, die Arme, die Brust oberhalb der Brüste. Am Schluss ihr Gesicht, und auf diesem Bild hielt Paige die Augen geschlossen.

Nachdem sie mit den Bildern fertig waren, wollte Mel ihre komplette Krankengeschichte aufnehmen. „Aber ohne den Familiennamen. Nur zu medizinischen Zwecken, damit man Sie behandeln kann, falls nötig. Wenn wir fertig sind, sollten Sie sich hinlegen. Wo möchten Sie das tun?“

„Aber was ist mit Christopher?“

„Vielleicht wird er ja auch ein wenig schlafen. Oder wir können auf ihn aufpassen. Wir werden ihn schon beschäftigen, mein Mann, ich, Preacher, Doc. Mädel, Sie wissen ja gar nicht, was Sie für ein Glück haben, dass es Sie nach Virgin River verschlagen hat. Was Technik angeht oder Einkaufsmöglichkeiten, da ist hier nicht viel los, aber Sie werden keinen Ort mit herzlicheren Menschen finden.“ Sie lächelte. „Oder mit besserem Essen.“

„Ich will aber doch dieses kleine Dorf hier nicht mit meinen Problemen belasten“, erwiderte Paige kläglich.

Vorsichtig griff Mel nach ihrer Hand und sagte: „Also, da wären Sie wohl kaum die Erste.“

3. KAPITEL

Jack stand mit einem Kaffee hinter dem Tresen bei einem seiner Stammgäste, der sein Frühstück verzehrte, als Paige und Christopher eintraten. Zögernd blieb Paige in der Tür stehen und sah sich im Raum um. Jack nickte ihr lächelnd zu und sagte: „Preacher ist in der Küche."

Mit gesenktem Blick ging sie an ihm vorbei in die Küche. Jack gab ihr ein paar Minuten, füllte Harv noch einmal die Tasse auf und ging dann hinter ihr her. Preacher war schon wieder allein. Gerade hatte er ein Gestell mit Gläsern aus der Spülmaschine gehoben. „Wenn du nichts dagegen hast, wird sie noch ein paar Tage bleiben. Bis es dem Kind wieder bessergeht", sagte er.

„Ist das alles?", fragte Jack. „Ich dachte, sie steckt in Schwierigkeiten?"

Preacher zuckte die Achseln und stellte das Gestell auf dem Küchentresen ab.

„Du weißt doch gar nicht, wer sie ist, Preacher. Du hast keine Ahnung, wer das mit ihrem Gesicht gemacht hat."

„Um diesen *Wer* mache ich mir keine Sorgen. Wahrhaftig, diesen *Wer* würde ich gerne einmal kennenlernen."

„Wenn du willst, dass sie bleibt, dann bleibt sie. Ich sage ja nur ..."

„Es ist aber dein Haus", warf Preacher ein.

„Lasse ich dich das etwa fühlen? Dass es mein Haus ist? Weil ..."

„Nee", sagte Preacher. „Das machst du schon gut, auch wenn es natürlich dein Haus ist. Ich will ja auch nur vermeiden, dass du ihr ... ihnen ... deswegen ein ungutes Gefühl vermittelst."

„Das werde ich doch nicht. Jetzt mach aber mal einen Punkt. Du weißt doch, dass wir Partner sind. Das ist genauso gut dein Haus. Es ist dein Zimmer."

„Also gut dann." Preacher trug das Gestell mit den Gläsern raus in die Bar.

Jack folgte ihm. „Wenn du hier zurechtkommst, bin ich mal kurz weg."

„Sicher."

„Bin gleich wieder da."

Jack überquerte die Straße zu Docs Haus. Patienten waren keine da, aber Doc und Mel befanden sich im Eingangsbereich, wo Doc hinter dem Empfangspult am Schreibtisch saß, die Augen auf den Computer geheftet.

Mel stand hinter Doc und hatte ihm eine Hand auf die Schulter gelegt. Als Jack eintrat, sah sie kurz hoch und bedeutete ihm mit einer leichten Kopfbewegung, hinter den Tresen zu kommen. Ihr Blick war so besorgt und wütend, dass er das auch sofort machte, und Mel wandte sich wieder dem Bildschirm des Computers zu.

So etwas hatte Jack bisher noch nie getan. Noch nie hatte Mel ihn in ihre medizinischen Angelegenheiten eingeweiht, auch wenn für Jack Diskretion ebenso selbstverständlich war wie für sie und Doc. In medizinischen Fällen allerdings beachtete sie auch gegenüber ihrem Mann die Schweigepflicht, ein ethischer Grundsatz, an dem sie festhielt.

Auf dem Bildschirm waren die Fotos zu sehen, die sie mit der Digitalkamera aufgenommen hatte und die Paiges misshandelten Körper aus vielen verschiedenen Perspektiven zeigten. Die Prellungen waren schockierend. Sollte er Mel einmal mit solchen Hämatomen sehen müssen, er würde sich unmöglich davon abhalten können, jemanden umzubringen.

„Du meine Güte", sagte er mit angehaltenem Atem und fragte sich, ob Preacher wohl wusste, dass sein Hausgast so viel mehr aufzuweisen hatte als nur einen kleinen blauen Fleck auf der Wange.

Als Mel zu ihrem Mann hochsah, bemerkte sie, wie er grimmig die Kiefer aufeinander presste und eine Vene an seiner Schläfe pochte. Seine Augen waren ganz schmal geworden. „Das bleibt aber unter uns", warnte sie ihn.

„Selbstverständlich."

„Verstehst du, warum du hier stehst und dir das mit uns zusammen ansiehst?“

„Ich denke schon. Sie ist in der Bar. Preacher will, dass sie bleibt.“

„Nun, du musst wissen, dass ich ihr gesagt habe, sie könnte auch bei uns bleiben, wenn sie will. Ich denke aber, dass sie sich in eurer Bar wohlfühlt, zumal ich für Preacher gebürgt habe. Wir müssen ihr irgendwie helfen, oder diese Bestie wird sie umbringen.“

„Natürlich. Glaubst du, dass Preacher weiß, wie schlimm es ist?“

„Ich habe keine Ahnung, und ich werde es ihm nicht mitteilen. Aber du solltest wissen, was los ist, wenn sie sich unter deinem Dach aufhält.“

„Unter unserem Dach“, verbesserte er sie. Mel und das Baby, sie waren sein Leben. Er konnte sich gar nicht vorstellen, sie anders als liebevoll zu berühren. „Weißt du etwas über sie? Ich will nämlich nicht, dass Preacher nur benutzt wird. Oder verletzt.“

Mel zuckte die Schultern. „Ich weiß nicht einmal, wo sie herkommt. Aber ich glaube nicht, dass Preacher im Moment derjenige ist, um den du dir Sorgen machen musst.“

„Er ist aber schon involviert. Und engagiert.“

„Nun, gut für ihn. Sie braucht nämlich jemanden, der sich da engagiert. Und Preacher kann auf sich aufpassen.“

„Ja, das Thema hatten wir gerade.“

Mel lehnte sich bei Jack an, und er schloss sie in die Arme. „So etwas habe ich noch nie gesehen, und ich habe schon viel gesehen“, sagte sie leise. „Das ist ein richtig gefährliches Arschloch.“

„Ich will aber auch nicht, dass du dich da zu sehr hineinsteigerst.“

„Spar dir das. Es ist mein Job.“

„Das sieht wirklich übel aus, Mel.“

„Ein Grund mehr, weshalb ich meine Arbeit machen sollte.“

Als Paige von Mel zurückkam, war Preacher überrascht, zu hören, dass sie beschlossen hatte, noch ein paar Tage zu bleiben. Wo sie doch so wild entschlossen schien fortzukommen. Am Vormittag war sie dann mit Christopher nach oben gegangen, und seitdem hatte er von dort keinen Ton mehr gehört. Das Mittagessen hatten sie völlig ausgelassen. Aber, überlegte er, wenn das Kind sich nicht wohlfühlte, schlief es vielleicht besonders lange, was seiner geschlagenen Mutter die Ruhe verschaffen würde, die sie so dringend brauchte.

Normalerweise nutzte er die ruhige Phase am Nachmittag, um das Abendessen vorzubereiten, aber heute griff er zu einem seiner älteren Kochbücher. Er empfand größte Hochachtung für Martha Stewart, auch wenn die meisten ihrer Rezepte für eine Bar zu aufwendig waren. Aber er liebte diese wirklich altmodischen Sachen – die alte Betty Crocker, Julia Child – aus der Zeit, bevor alle anfingen, leicht zu essen und auf ihr Cholesterol achtzugeben.

Er schlug *Plätzchen* nach.

Preacher wusste zwar nicht viel über Kinder, und in einer Bar waren Plätzchen auch wenig gefragt, aber er hegte zärtliche Erinnerungen an seine Mutter, wenn sie Plätzchen machte. Ein winzig kleines Persönchen war sie. Klein, charakterfest, von leisen Tönen, aber streng. Und wirklich schüchtern. Wahrscheinlich hatte er seine Zurückhaltung von ihr geerbt. Sein Dad war gestorben, als er noch jung gewesen war, aber auch er war kein großer Typ gewesen, allenfalls Durchschnitt. Und dann kam Preacher. Mehr als vier Kilo brachte er bei der Geburt auf die Waage, und in der siebten Klasse maß er dann schon fast ein Meter achtzig.

Auf das Backen von Plätzchen war er nicht eingerichtet. Aber Mehl, Zucker, Butter und Erdnussbutter hatte er. Nicht schlecht. Mit diesen Zutaten konnte er jedenfalls diese weichen, süßen Plätzchen machen. Während er den Teig anrührte und dann kleine braune Kugeln daraus formte, schwebte ihm das Bild vor Augen, das er mit seiner Mutter während der Messe abgegeben hatte: Sie schmalschultrig in einem hochgeschlossenen Kleid, das ergrauende Haar ordentlich zu einem Knoten im Nacken zusammengebunden. Daneben er selbst, wie er schon mit fünfzehn in der Kirchenbank zwei Sitzplätze belegte. Während er behutsam die kleinen Bälle mit der Gabel platt drückte, lachte er in sich hinein, als er sich daran erinnerte, wie sie ihm das Fahren beigebracht hatte. Es war einer der seltenen Momente, dass er einmal hörte, wie sie die Stimme erhob, und wo sie ganz nervös und aufgeregt war. Seine Füße waren so groß und seine Beine so lang, dass er mit Gaspedal und Bremse ziemlich grob umging. *Jesus, Maria und Josef, John! Du musst behutsamer sein! Langsamer, ein bisschen eleganter! Ich hätte dich lieber zum Ballettunterricht schicken sollen, anstatt zum Football!* Es war ein Wunder, dass sie keinen Herzanfall bekommen hatte, als sie mit ihm fuhr.

Kurze Zeit später war sie dann an einem Herzanfall gestorben. Das war in dem Sommer vor Preachers Abschlussjahr an der Highschool. Sie hatte nicht ausgesehen wie eine Frau mit einem schwachen Herzen, aber wie sollte man so etwas wissen? Einen Arzt hatte sie nie aufgesucht.

Preacher war mit seinem zweiten Blech beschäftigt, als er aufsah und den kleinen Blondschopf entdeckte, der auf der untersten Treppenstufe stand und zu ihm herüberspähte. „Hi", sagte Preacher. „Gut geschlafen?" Christopher nickte. „Schön. Geht's dir jetzt besser?" Chris nickte noch einmal.

Mit einem Finger schob Preacher nun ein frisch gebackenes Plätzchen über den Tresen bis zum Rand, wobei er das Gesicht des Jungen beobachtete. Es dauerte eine gute Minute, ehe Chris einen Schritt auf das Plätzchen zuging, und dann noch einmal eine volle Minute, bevor er es mit seiner kleinen Hand berührte. Aber er nahm es nicht. Er fasste es nur an und sah zu Preacher hoch. „Nur zu. Sag mir, ob es einigermaßen schmeckt."

Langsam brachte Chris das Plätzchen vom Tresen herunter an seinen Mund und biss dann vorsichtig ein kleines Stückchen ab.

„Gut?“, fragte Preacher, und Chris nickte.

Also füllte Preacher Milch in ein Glas und stellte es dorthin, wo vorher das Plätzchen gelegen hatte. In winzig kleinen Stückchen knabberte der Junge das Plätzchen auf. Dazu brauchte er so lange, dass Preacher schon das zweite Blech aus dem Ofen gezogen und alle Plätzchen abgenommen hatte, ehe er damit fertig war. Auf der anderen Seite des Tresens, dort, wo die Milch stand, befand sich ein Hocker, und schließlich versuchte Chris hinaufzuklettern. Allerdings hielt er ein Stofftier in der Hand, sodass er den Aufstieg nicht schaffte. Preacher ging also hinüber und hob ihn hinauf. Dann begab er sich wieder zurück auf seine Seite des Tresens und schob Chris ein weiteres Plätzchen zu. „Wart einen Moment. Es ist noch etwas heiß. Probier mal die Milch.“

Wieder fing Preacher an, Erdnussbutterteig in Bälle zu rollen, die er dann auf das Backpapier legte. „Wer ist denn das?“, fragte er und wies mit dem Kopf auf das Stofftier.

„Bär“, sagte Christopher und streckte die Hand nach dem Plätzchen aus.

„Pass auf, dass du dir nicht den Mund verbrennst. So, sein Name ist also einfach Bär?“ Christopher nickte. „Sieht aus, als würde ihm da ein Bein fehlen.“

Wieder nickte der Junge. „Tut aber nicht weh.“

„Gut zu wissen. Er sollte aber schon eins haben, meine ich. Natürlich wäre es nicht dasselbe wie sein eigenes, aber es würde ihm helfen voranzukommen. Wenn er mal weit laufen muss.“

Das Kind lachte. „Der läuft doch nicht. Ich laufe.“

„Ach, er läuft gar nicht? Dann müsste er aber eins bekommen, weil es besser aussieht.“ Er zog eine seiner buschigen schwarzen Augenbrauen hoch. „Meinst du nicht?“

Christopher hob den kleinen abgewetzten braunen Teddybär hoch. „Hmm“, antwortete er nachdenklich. Dann biss er in das Plätzchen, riss aber den Mund gleich ganz weit wieder auf und ließ den feuchten Bissen auf den Tresen fallen. Einen Moment lang wirkte er verletzt. Vielleicht auch ängstlich.

„Heiß, hm?“, fragte Preacher, ohne darauf einzugehen. Er griff hinter sich, riss ein Papiertuch ab und wischte das Ausgespuckte weg. „Vielleicht solltest du doch lieber noch ungefähr eine Minute warten. Trink mal einen Schluck Milch. Das wird deinen Mund abkühlen.“

Eine Weile verkehrten sie nun schweigend miteinander – Preacher, Chris, der dreibeinige Bär. Nachdem Preacher dann all seine kleinen Bälle fertig gerollt hatte, begann er, sie mit der Gabel flachzudrücken. Schöne saubere Linien, erst von links, dann von rechts.

„Was masse denn da?“, fragte Christopher.

„Ich mache Plätzchen. Erst musst du den Teig anrühren, dann die Bälle rollen, und dann machst du die mit der Gabel wieder kaputt, aber nur ganz leicht und schön. Und dann kommen sie in den Ofen.“ Unter seinen schweren Brauen hervor spähte er zu Christopher hinüber. „Ich wette, das hier könntest du jetzt auch. Wenn du ganz vorsichtig wärst und alles schön langsam machen würdest.“

„Könnte ich.“

„Du müsstest aber hier herumkommen und dich von mir hochheben lassen.“

„Okee“, sagte Chris, legte seinen Bären auf den Tresen, rutschte von seinem Hocker und kam zu Preacher.

Preacher hob ihn auf und setzte ihn auf die Kante des Tresens. Er half ihm, die Gabel zu halten, und zeigte ihm, wie er sie nach unten drücken musste. Sein erster Solo-Versuch war ein wenig chaotisch, also fasste Preacher noch einmal mit an. Dann schaffte er es ganz gut allein. Preacher ließ ihn das Blech fertig machen und schob es anschließend in den Ofen.

„John?“, fragte der Junge. „Wie viele davon müssen wir machen?“

Preacher lächelte. „Weißt du was, Partner? Wir werden davon so viele machen, wie du willst.“

Christopher lächelte. „Okee.“

Paige erwachte langsam, und das Erste, das ihr auffiel, war, dass sie so tief geschlafen hatte, dass sie auf das Kissen gespeichelt hatte. Verschlafen wischte sie sich über den Mund und drehte den Kopf, um nach Christopher zu sehen, musste aber feststellen, dass seine Hälfte des Bettes leer war. Mit einem Ruck, der ihren verletzten schmerzenden Körper erschütterte, fuhr sie hoch. Sie stand auf und sah sich kurz im Schlafzimmer um, aber dort war er nicht. Dann ging sie auf Strümpfen die Treppe hinunter. Als sie unten ankam, blieb sie abrupt stehen.

Chris saß auf dem Tresen, und John stand neben ihm. Beide waren damit beschäftigt, braunen Teig zu kleinen Bällen zu formen. Sie verschränkte die Arme vor der Brust und sah zu. John hatte gehört, wie sie die Treppe heruntergekommen war, und lächelte ihr zu. Dann stupste er Chris an und wies mit dem Kopf zu Paige, sodass er sich umdrehte.

„Mom“, rief er. „Wir machen Plätzchen.“

„Das sehe ich.“

„John sagt, Bär braucht ein Bein …“

„Er ist doch gut zurechtgekommen …“

„… weil er dann besser aussieht.“

Paige dachte nur, dass Bär jetzt schon eine lange Zeit ziemlich schrecklich aussah, aber zum ersten Mal seit Langem war Christophers Aussehen okay.

Als Rick nach der Schule zur Arbeit kam, fand er Preacher allein vor, der in der Küche das Abendessen zubereitete. Der nunmehr siebzehnjährige Rick war Jacks Schatten, seit dieser den ersten Schritt ins Dorf gesetzt hatte. Preacher war nur kurze Zeit später angekommen, und so waren sie bald ein Dreiertrupp. Ricks Eltern waren schon lange tot, und er lebte bei seiner verwitweten Großmutter. Die beiden Männer hatten ihn unter ihre Fittiche genommen, ließen ihn beim Bau der Bar mit anfassen, brachten ihm das Jagen und Fischen bei und halfen ihm beim Kauf seines ersten Gewehrs. Manchmal war er eine Nervensäge, denn er redete zu viel. Aber damals war er ja auch noch ein pubertierender Jüngling mit Pickeln gewesen, die versuchten, die Sommersprossen zu besiegen, und dementsprechend etwas überdreht. In den letzten Jahren war er dann gewachsen und fülliger geworden, und er redete auch weniger. Nachdem sie ungefähr ein Jahr lang mit dem Bau beschäftigt gewesen waren, wurde die Bar eröffnet, und sie ließen ihn dort arbeiten.

„Rick, du brauchst eine Einweisung", informierte ihn Preacher.

„Ach ja? Was ist denn los?"

„In meinem alten Zimmer oben ist eine Frau mit Kind. Ich kümmere mich um sie. Dem Kleinen geht's momentan nicht besonders. Kann sein, dass er irgendwas ausbrütet. Sie bleiben eine Weile. Wie es aussieht, könnte es vielleicht … Also …" Preacher suchte nach den richtigen Worten. „Sie hat eine Prellung im Gesicht und einen Riss in der Lippe. Sie dürfte in Schwierigkeiten stecken, denke ich, und auf der Flucht sein. Also … Wir werden ihre Namen hier nicht erwähnen, für den Fall, dass jemand nach ihr sucht. Ihr Name ist Paige und der Name des Kindes ist Christopher, aber wir werden die Namen eine Zeit lang nicht nennen. Und sie werden hierbleiben, bis es ihnen bessergeht. Verstehst du?"

„Lieber Himmel, Preach", sagte Rick. „Was tust du da?"

„Das habe ich dir doch gesagt. Ich kümmere mich um sie."

Mit Kindern hatte Preacher keinerlei Erfahrung, und er hatte auch nicht vor, selbst welche zu bekommen. Er war einunddreißig Jahre alt und hatte noch nie eine ernsthafte Beziehung zu einer Frau gehabt. Seine Vorstellung vom Leben bestand darin, mit Jack zu angeln, die Bar weiter zu betreiben, gelegentlich auf die Jagd zu gehen und die regelmäßigen Zusammenkünfte mit der alten Truppe wahrzunehmen, aber er rechnete nicht damit, dass sein Leben sich großartig ändern könnte. Dass Jack sich verliebt hatte und jetzt verheiratet war, hatte Preachers Erwartungen nicht erschüttert, denn für ihn war Mel die Beste, und sein eigenes Leben hatte sich dadurch ja auch nicht geändert. Einer der Gründe, weshalb ihm Virgin River so gut gefiel, war der, dass es hier weniger auffiel, wenn er immer allein war.

Und dann begann sein Leben sich innerhalb von Tagen völlig zu verändern. Eigentlich waren es nur Stunden.

Christopher kam morgens im Schlafanzug die Treppe heruntergelaufen, bevor seine Mutter ihn zu fassen bekam und davon abhalten konnte. Es machte ihm Spaß, am Küchentresen zu frühstücken und Preacher dabei zuzusehen, wie er Gemüse schnitt, Käse rieb und die Eier für Omeletts aufschlug. Hinterher gab es auch immer etwas wegzukehren, und Chris freute sich, dass er seinen eigenen Besen dafür bekam. Und dann dieses Bärenfell und der präparierte Hirschkopf. Er wollte unbedingt hochgehoben werden, damit er ihn einmal anfassen konnte. Mel überließ ihnen ein paar Malbücher und Farbstifte aus der Klinik, damit Chris sich beschäftigen konnte, wenn Preacher das Mittag- oder Abendessen zubereitete. Und es mussten mehr Plätzchen gebacken werden, als verzehrt werden konnten, denn schließlich gehörten Plätzchen nicht unbedingt zum Angebot einer Bar. Überraschend fing Paige dann an, in der Küche beim Abwasch zu helfen, wahrscheinlich, weil sie bei Chris sein wollte, der wiederum in der Nähe von Preacher sein wollte, vielleicht aber auch, um sich ein wenig ihren Lebensunterhalt zu verdienen. Preacher fand das nicht nur hilfreich, sondern ausgesprochen angenehm.

Paige musste sich ausruhen, doch anfangs zögerte sie noch, ihr Kind unter Johns Aufsicht zu lassen. Diese Unruhe schien sie dann aber zu überwinden, was sicherlich daran lag, dass sie ja gewöhnlich in der Nähe war und Chris einen entspannten Eindruck machte. Und am vierten Tag ihres Aufenthalts ließ sie sich dann tatsächlich von Mel überzeugen, Chris bei Preacher zu lassen und mit ihr irgendwohin zu fahren. Preacher stellte keine Überlegungen an, wohin genau sie gefahren sein könnten, er fühlte sich einfach geschmeichelt, dass sie nun genügend Vertrauen hatte, ihn ohne Supervision babysitten zu lassen.

Und Preacher nutzte die Zeit zu seinem Vorteil.

Er hatte im Internet gesucht und sich über häusliche Gewalt und die entsprechende Gesetzgebung in Kalifornien informiert. Das hatte er spätabends getan, denn er musste sich einfach ein paar Dinge im Zusammenhang mit ihrer Situation, den schrecklichen Prellungen und ihrer Flucht klarmachen. Als Erstes fand er heraus, dass es keinen Unterschied machte, ob es der Ehemann oder ein Liebhaber war, in beiden Fällen war es gleichermaßen gefährlich für sie. Dann gab es eine Menge Zeug darüber, wie sie wegen elterlicher Kindesentführung belangt werden könnte, wenn sie ihrem Mann das Kind entzog, trotz allem, was er ihr angetan hatte, und wie derjenige, der sie verprügelt hatte, die ersten beiden Male noch mit einem Vergehen davonkommen konnte, es beim dritten Mal dann aber ein Verbrechen war, auf das eine Freiheitsstrafe stand.

Auch hatte er einiges über die Psychologie dieses Syndroms gelesen, wie man sich einfangen lassen konnte, manipulierbar wurde und Angst bekam und wie man schließlich in eine lebensbedrohliche Situation geraten konnte. Geschlagene Frauen, die mit dem Tod bedroht wurden, falls sie reden, fliehen oder sich wehren würden – sie wurden tatsächlich oft umgebracht.

Während Chris also jetzt ein Nickerchen machte und Paige irgendwo mit Mel unterwegs war, rief Preacher einen seiner besten Freunde aus dem Corps an, einer von denen, die regelmäßig zu ihren Treffen nach Virgin River kamen, um zu jagen, zu fischen und zu pokern. Mike Valenzuela war beim Los Angeles Police Department Sergeant in der Abteilung für Bandenkriminalität, und es war nur schade, dass er nicht in der Abteilung für häusliche Gewalt arbeitete. Preacher erzählte ihm also von Paige.

„Sie weiß nicht, dass ich es zufällig gesehen habe“, schloss er seinen Bericht. „Die Tür stand bloß einen Spaltbreit offen, und ich sah sie im Spiegel. Und, mein Gott ... Sie ist so verprügelt worden, dass man sich nur wundern kann, dass sie nicht tot ist. Sie läuft um ihr Leben, Mann. Und sie ist geflohen, um ihr drei Jahre altes Kind da rauszuholen. Wie kann es also sein, dass er sie wegen Kindesentführung anzeigen und zurückholen kann?"

„Elterliche Kindesentführung. Aber die Sache ist die, wenn es Beweise dafür gibt, dass er sie in der Vergangenheit bereits geschlagen hat und deswegen vielleicht sogar schon vorbestraft ist, dann kann es zwar sein, dass sie umkehren und sich dem Vorwurf der Entführung stellen muss, aber unter diesen Umständen wird es wahrscheinlich auf eine geringfügige Strafe hinauslaufen, wenn das Verfahren nicht sogar ganz eingestellt wird. Und dann könnte sie zumindest eine temporäre Freiheitsstrafe gegen ihn durchsetzen, die Scheidung und eine einstweilige Verfügung, also alles, was nötig ist, um ihre Sicherheit zu gewährleisten."

„Aber dazu müsste sie *zurückgehen*", sagte Preacher mit einem Hauch von Verzweiflung in der Stimme.

„Preacher. Sie würde ja nicht unbedingt alleine zurückgehen müssen. Hey, was bedeutet dir diese Frau?"

„Es ist nicht, was du denkst, Mann. Ich versuche nur, ihr zu helfen. Der Kleine. Er ist ein lieber kleiner Kerl. Wenn ich da helfen könnte, auch wenn es nur wenig ist, dann hätte ich das Gefühl, wenigstens einmal etwas getan zu haben, worauf es ankommt. Ausnahmsweise mal."

„Preach." Mike lachte. „Ich war mit dir im Irak! Um Himmels willen, auf dich kam es da fast jeden verdammten Tag an! Hey, wo hast du das alles über Körperverletzung und häusliche Gewalt gelernt? Hm?"

„Ich habe einen Computer", antwortete Preacher. „Außer Jack hat doch jeder einen Computer, oder nicht?"

„Vermutlich." Mike lachte.

„Es gibt aber etwas, das ich online nicht rauskriegen kann. Ich möchte wissen, wer sie ist, wie schuldig er ist und wie man in der Sache am besten vorgeht. Alles was ich habe, ist ihr Autokennzeichen ... ein Kennzeichen aus Kalifornien."

„Ach, Preach. Das darf ich doch nicht."

„Macht es dich denn gar nicht neugierig?", fragte Preacher. „Weil hier doch wirklich irgendwie ein Verbrechen vorliegen könnte. Du musst doch nur mal nachsehen, Mike."

„Hey, Preacher", warnte Mike. „Und was ist, wenn es keine guten Nachrichten sind?"

„Wäre es die Wahrheit?", fragte Preacher. „Weil ich nämlich glaube, dass die hier wichtig sein könnte."

„Ja", stimmte Mike ihm zu. „Gut möglich."

Preacher schluckte schwer und hoffte, dass alles in Ordnung sein würde. „Danke", sagte er. „Nun mach schon und beeil dich, hm?"

Paige war mit Mel nach Grace Valley gefahren, wo Dr. John Stone sie untersuchte, und zwar auch mit Ultraschall. Er zeigte ihr ein winziges schlagendes Herz in einer kleinen Masse, die weit davon entfernt war, wie ein Baby auszusehen. Aber es gab ihr Hoffnung. Sie war rechtzeitig geflohen. Gerade eben noch rechtzeitig.

Natürlich war die Schwangerschaft ein Unfall gewesen. Wes wollte keine Kinder haben. Er hatte auch Christopher nicht gewollt. Er störte seinen Fokus, und das waren seine Arbeit und seine Besitztümer, wozu er Paige als das Wichtigste dazuzählte. Vielleicht hatte dieses neue Baby den Gewaltausbruch forciert. Sie hatte es ihm erst zwei Tage zuvor gesagt. Tatsächlich hatte sie Angst gehabt, ihm davon zu erzählen. Aber andererseits, wenn er es nicht haben wollte, warum ließ er sie dann so leiden? Warum sagte er nicht einfach, dass sie die Schwangerschaft abbrechen sollte?

Die größere Frage aber war, wie es überhaupt sein konnte, dass sie so erleichtert war, zu hören, dass das Baby überlebt hatte, wenn doch schon die kleinste Berührung von Wes sie abstieß? Paige war es, nichts weiter. Aber dann hatte sie ja auch angefangen, in ihrem Sohn das einzig Gute zu sehen, das aus dem größten Fehler entstehen konnte, den sie in ihrem Leben gemacht hatte. *Wurden Sie vergewaltigt?*, hatte Mel gefragt. Oh, nein – nicht vergewaltigt. Sie hätte es ja nicht gewagt, zu Wes Nein zu sagen …

Zurück in Virgin River fand sie Chris mit John beim Brotbacken, wobei er den Teig knetete, darauf herumklopfte und lachte.

So eine einfache Sache, dachte sie. Wie oft hatte sie Wes, wenn er gestresst war und sich über seinen Job und die finanzielle Belastung ihres Lebensstils aufregte, gesagt, dass es ihr wirklich angenehm wäre, die Dinge etwas zu vereinfachen. Nein, natürlich wollte sie nicht in Schmutz und Armut leben und sich zu Tode arbeiten, aber in einem kleineren Haus mit einem glücklicheren Mann könnte sie sehr zufrieden sein. Nicht lange bevor Chris zur Welt kam, hatte Wes das große Haus in einer exklusiven, bewachten, geschlossenen Wohnanlage in L. A. gekauft. Mehr Haus, als sie je gebrauchen könnten, und dass er daran festhielt, brachte ihn um; brachte sie beide um.

Und jetzt war sie also hier. Das Baby hatte es geschafft. Sie musste weiter, zu dieser Adresse in Spokane, der ersten Etappe auf ihrer Flucht in den Untergrund. Nach der ersten Nacht hier hatte sie die Kommode nicht wieder vor die Tür gestellt, und sie dachte, dass sie sich noch einmal vierundzwanzig Stunden gönnen sollte, um auszuruhen. Dann aber wollte sie in der Stille der Nacht aufbrechen. Wenn es nicht regnete, würden die Straßen weniger schwierig sein, und die Fahrt wäre leichter, wenn Christopher schlief.

Ein leises Klopfen an der Tür. Spontan wollte sie schon fragen, wer da sei, aber es gab ja nur eine Möglichkeit. Also machte sie auf, und da stand John, der ganz nervös aussah. Trotz seiner Größe und seines Körperumfangs wirkte er wie ein Teenager, gut möglich, dass er sogar etwas rot im Gesicht war.

„Ich habe die Bar geschlossen und dachte an einen kurzen Drink, bevor ich Feierabend mache. Wie sieht's mit Ihnen aus? Wollen Sie nicht ein bisschen runterkommen?"

„Auf einen Drink?"

Er zuckte die Schultern. „Was Sie wollen." Er spähte an ihr vorbei. „Schläft er?"

„Wie ein Murmeltier, trotz der Überdosis Plätzchen."

„Ja, ich habe ihm wahrscheinlich zu viele gegeben. Tut mir leid."

„Keine Sorge. Das Backen hat ihm so viel Spaß gemacht. Und wenn er sie selbst macht, dann muss er sie auch essen. Er freut sich, und das ist manchmal wichtiger als die richtige Ernährung."

„Ich werde tun, was Sie mir sagen. Ich könnte ihn langsam entwöhnen. Aber er mag sie. Vor allem verbrennt er sich gern den Mund daran. Warten liegt ihm nicht so."

„Ich weiß", sagte sie lächelnd. „Haben Sie auch so etwas wie ... Tee?"

„Sicher. Abgesehen von Sportlern, serviere ich ihn meist kleinen alten Damen." Sofort machte er einen ganz bestürzten Eindruck. „Ich wollte damit nicht sagen ..."

„Eine Tasse Tee wäre schön. Also gut."

„Prima", sagte er, drehte sich um und ging ihr voraus die Treppe hinunter, wobei er fast dankbar zu sein schien davonzukommen.

Er fing an, in der Küche den Tee zu kochen, also ging Paige in die Bar und setzte sich an den Tisch beim Feuer, wo sie auch seinen Drink stehen sah. Als er ihr schließlich den Tee brachte, fragte er: „War es schön heute mit Mel?"

„Ja. Hat Christopher Sie auch nicht zu sehr gestört?"

Er schüttelte den Kopf und lachte leise. „Nee, er ist ein pfiffiges Kerlchen. Er will alles wissen. Jedes Detail. ‚Warum einen Viertel Teelöffel hiervon?' ‚Was passiert, wenn man Butter aufs Blech tut?' Und von Hefe ist er völlig begeistert. Ich glaube, er hat was von einem Forscher an sich."

Paige dachte daran, dass er seinem Vater nie Fragen stellen konnte. Wes besaß nicht die Geduld, ihm Antworten zu geben. „John, haben Sie eine Familie?"

„Nicht mehr. Ich war ein Einzelkind. Meine Eltern waren nicht mehr ganz so jung, jedenfalls hatten sie wohl schon geglaubt, dass sie keine Kinder mehr bekommen würden. Dann habe ich sie überrascht. Junge, und wie ich sie überrascht habe. Mein Vater starb, als ich sechs war. Er ist auf einer Baustelle verunglückt. Und dann meine Mutter. Da war ich siebzehn, kurz vor meinem Abschlussjahr."

„Das tut mir leid."

„Ja, danke. Ist okay. Ich hatte ein gutes Leben."

„Was haben Sie gemacht, nachdem Sie Ihre Mutter verloren hatten? Sind Sie bei Tanten untergekommen oder so?"

„Es gab keine Tanten", sagte er und schüttelte den Kopf. „Mein Footballtrainer hat mich aufgenommen. Das war gut. Er hatte eine nette Frau und einen ganzen Haufen kleiner Kinder. Da konnte ich gut auch noch bei ihm wohnen. Beim Football hat er sich eh so verhalten, als würde ich ihm gehören", sagte er lachend. „Nee, Scherz beiseite, es war gut, dass er das getan hat. Ein guter Kerl. Wir haben uns immer Briefe geschrieben und jetzt E-Mails."

„Was ist mit Ihrer Mutter passiert?"

„Ein Herzanfall." Einen Moment lang schwieg er respektvoll, den Blick auf seinen Schoß gesenkt, dann lachte er leise. „Sie werden es nicht glauben, aber sie starb während der Beichte. Anfangs hat mich das völlig fertiggemacht, denn ich stellte mir vor, dass sie vielleicht wirklich irgendein tiefes, dunkles Geheimnis haben könnte, das den Anfall ausgelöst hatte. Aber ich kannte den Priester ganz gut. Ich war ja sein Messdiener. Und auch wenn es ihm schwergefallen ist, am Ende war er dann ehrlich mit mir. Sehen Sie, meine Mutter war die Gemeindesekretärin und wirklich … wie soll ich sagen? So eine Art Kirchenfrau. Schließlich hat mir Pater Damien also erzählt, dass die Beichten meiner Mutter so langweilig waren, dass er immer eingenickt ist. Er hatte geglaubt, dass sie diesmal bloß beide eingeschlafen wären, aber dann war sie tot." Er zog die Augenbrauen hoch. „Eine gute Frau, meine Mutter. Da gab es keine großen Aufregungen. Sie lebte für diesen Job, liebte die Geistlichen und liebte die Kirche. Sie wäre eine gute Nonne gewesen. Aber wissen Sie was? Sie war glücklich. Ich glaube nicht, dass sie im Geringsten daran dachte, sie könnte langweilig oder verklemmt sein."

„Sie müssen sie sehr vermissen", sagte Paige, nippte an ihrem Tee und versuchte, sich daran zu erinnern, wann sie das letzte Mal ein solches Gespräch geführt hatte. In Ruhe, harmlos und warm vor einem gemütlichen Feuer.

„Das tue ich. Und das wird jetzt dumm klingen, vor allem, weil ich ja kein Kind mehr bin, aber manchmal stelle ich mir vor, sie wäre wieder dort in dem kleinen Haus, in dem wir gelebt haben, und dass ich nur schnell meine Sachen packe, um sie zu besuchen."

„Das klingt überhaupt nicht dumm ..."

„Gibt es jemanden, den Sie wirklich vermissen?", fragte er sie.

Bei der Frage wurde sie plötzlich ganz still, wobei ihre Tasse mitten in der Luft hängenblieb. Ihr rauflustiger, aufbrausender Vater war es sicher nicht. Ebenso wenig ihre Mutter, die ihr, ohne es zu wissen oder zu wollen, gezeigt hatte, wie man eine geschlagene Frau war. Auch Bud nicht, ihr Bruder, ein gemeiner kleiner Mistkerl, der es versäumt hatte, ihr in der dunkelsten Stunde beizustehen. „Ich hatte einmal zwei wirklich enge Freundinnen. Hausgenossinnen. Wir haben den Kontakt verloren. Die vermisse ich manchmal."

„Wissen Sie denn, wo sie leben?", fragte er sie.

Sie schüttelte den Kopf. „Beide haben geheiratet und sind umgezogen. Ich habe ein paarmal geschrieben ... Da sind die Briefe wieder zurückgekommen." Sie wollten keinen Kontakt mit ihr. Sie wussten, dass die Dinge schlecht standen. Sie hassten Wes, und Wes hasste sie. Sie hatten versucht zu helfen, eine kurze Zeit lang, aber Wes hatte sie verjagt, und sie selbst hatte ihre Hilfe aus purer Scham zurückgewiesen. Was hätten sie sonst tun sollen? „Wie kommt es, dass Sie und Jack sich so nahestehen?", fragte sie ihn.

„Marines", antwortete er achselzuckend.

„Haben Sie sich gemeinsam zum Militär verpflichtet?"

„Nee." Er lachte. „Jack ist älter als ich, ungefähr acht Jahre. Ich habe schon immer älter ausgesehen, als ich bin. Schon mit zwölf. Und Jack, ich wette, er hat immer jünger ausgesehen. Er war mein erster Sergeant im Gefecht, damals beim Desert Storm." Und für den Bruchteil einer Sekunde war er wieder dort, als er den Reifen eines Trucks wechseln wollte und der dann explodierte. Die Felge hatte ihn zwei Meter weit zurückgeschleudert, und er konnte nicht wieder aufstehen. Einen Moment lang musste er wohl auch bewusstlos gewesen sein, denn er sah, wie seine Mutter sich über ihn beugte, ihm geradewegs in die Augen blickte und sagte: „John, steh auf. Steh auf, John." Direkt dort vor ihm stand sie, in diesem hochgeschlossenen Paisleykleid, das graue Haar zurückgebunden.

Aber er konnte sich ja nicht bewegen, also fing er an zu weinen und zu brüllen. *Mom!*

Ja, du hast große Schmerzen, nicht wahr, Kumpel?, hatte Jack ihn dann gefragt, als er sich über ihn beugte.

Und Preacher hatte geantwortet: *Es ist meine Mom. Ich will zu meiner Mom. Ich vermisse meine Mom.*

Wir werden dich zu ihr zurückbringen, Junge. Atme ein paarmal tief durch.

Sie ist doch tot, hatte Preacher gesagt. *Sie ist gestorben.*

Und einer der Jungs aus der Truppe hatte Jack dann erzählt, dass sie schon mindestens seit zwei Jahren tot sein müsste.

Tut mir leid, Sarge. Ich kann nicht anders. Das ist mir noch nie zuvor passiert. Dass ich so geheult habe. Wir sollen doch nicht heulen … Und ich habe das noch nie gemacht. Das schwöre ich. Aber noch während er sprach, weinte er hilflos weiter.

Wir weinen nun mal, wenn wir einen Menschen verlieren, Kumpel. Das ist in Ordnung.

Pater Damien hat aber gesagt, denke daran, dass sie bei Gott ist und glücklich ist, und beschmutze nicht die Erinnerung an sie, indem du weinst.

Normalerweise sind Priester klüger als das, hatte Jack gesagt und dabei verächtlich geschnaubt. *Wenn du wegen so etwas nicht weinst, werden die Tränen zu Schlangen, die dich innerlich verzehren. Das Weinen, das muss sein.*

Tut mir leid …

Lass es raus, Junge, oder es wird dir später damit nur noch schlechter gehen. Ruf sie, ruf nach deiner Mutter, mach, dass sie dich hört, wein um sie. Das ist verdammt schon längst überfällig!

Und das hatte er dann auch getan. Er hatte geheult wie ein Baby, während Jack die Arme unter seine Schultern schob, ihn etwas hochhielt und schaukelte. Dabei redete er ihm zu: *Ja, gut so. So ist's gut …*

Eine ganze Weile war Jack so bei ihm sitzen geblieben und redete mit ihm über seine Mutter. Preacher erzählte ihm, dass er das letzte Schuljahr geschafft hatte, zäh und schweigsam. Und da er anschließend nicht die geringste Idee hatte, wohin er gehen oder was er tun sollte, hatte er sich verpflichtet. Er hatte Brüder gesucht, die er ja nun auch hatte, aber es war nicht genug, um ihn von der Sehnsucht nach seiner Mutter zu befreien. Und diese verdammte Reifenfelge hätte ihn fast zerrissen, und es war, als würde der Schmerz über ihren Verlust nun aus ihm herausfließen. Es war demütigend, fast ein Meter sechsundneunzig groß zu sein und dabei um seine ein Meter achtundfünfzig kleine Mutter zu jammern. Aber Jack sagte ihm: *Nein, das ist genau das, was du brauchst. Lass es raus.*

Kurz darauf zog Jack ihn hoch und schulterte ihn. Dann trug er ihn ungefähr eine Meile weit die Straße entlang, um ihren Konvoi zu erreichen. Und Jack hatte gesagt: *Lass es raus, Junge. Wenn alles raus ist, dann hältst du dich an mir fest wie ein Panzerband. Ich bin jetzt deine Mutter.*

„Es tut nicht gut, den Kontakt zu den Leuten zu verlieren, die einem viel bedeuten“, sagte Preacher zu Paige. „Haben Sie schon einmal daran gedacht, diese Freundinnen wiederzufinden?“

„Daran habe ich jetzt schon eine ganze Zeit lang nicht mehr gedacht“, antwortete sie.

„Wenn Sie es irgendwann einmal versuchen wollen, könnte ich Ihnen dabei helfen."

„Wie könnten Sie das?"

„Mit dem Computer. Ich schlage gern Dinge nach. Die Verbindung ist zwar etwas langsam, aber es geht. Denken Sie darüber nach."

Sie sagte, dass sie das tun würde. Dann sagte sie, dass sie schrecklich müde sei und etwas Schlaf brauche. Also wünschten sie sich eine gute Nacht. Sie ging nach oben und er nach hinten in sein Apartment.

An diesem Punkt beschloss sie, dass sie sich wohl besser auf den Weg machen sollte. Keine lauschigen Schwätzchen mehr, keine spätabendlichen Fragen. Und Zuneigungen standen schon gar nicht zur Debatte.

4. KAPITEL

Paige packte den Koffer und suchte nach Bär. Sie zog die Bettdecke von ihrem Sohn, der noch schlief, aber dort war er nicht. Dann durchwühlte sie um ihn herum das ganze Bett und hätte es fast noch abgezogen, kniete sich hin, um darunter nachzusehen. Sie suchte im Badezimmer, in allen leeren Schubladen der Kommode. Nichts. Bevor sie aufbrach, wollte sie noch in der Küche nachsehen, aber wenn Bär wirklich verschwunden war, würde er eben zurückbleiben müssen.

Sie nahm zweihundert Dollar aus der Brieftasche und legte sie auf die Kommode. Dann faltete sie die Hände und steckte sie zwischen die Knie und blieb dann wie versteinert neben Christopher auf der Bettkante sitzen und wartete. Gegen Mitternacht zog sie sich ihre Jacke an und schlich leise die Treppe nach unten. Das Haus war so solide gebaut, dass nicht mal eine Bohle quietschte.

In der Küche hatte John eine Lampe für sie angelassen. Es war das einzige Mal nach jener ersten Nacht, dass sie nach dem Schlafengehen noch einmal herunterkam, aber sie vermutete, dass John die Lampe jede Nacht für sie brennen ließ. Auf Zehenspitzen schlich sie sich verstohlen zur Tür seines Apartments und lauschte. Da war kein Ton, und sie sah auch kein Licht unter der Tür.

Glücklicherweise hatte sie in der Küche mal eine Taschenlampe entdeckt, als sie John beim Saubermachen half. Bis dahin war ihr allenfalls ein Streichholzheftchen in den Sinn gekommen, wenn sie überlegte, wie sie sich Licht verschaffen könnte, während sie an den Nummernschildern hantierte. Sobald sie die Schilder vertauscht hätte, wollte sie erst den Koffer holen, dann Chris. Sie nahm ein Buttermesser aus der Schublade und schlüpfte leise durch die Hintertür aus der Küche.

Draußen hinter der Bar stellte sie erleichtert fest, dass in Johns kleinem Apartment kein Licht angegangen war. Sie hockte sich hin und machte sich daran, ihre eigenen Nummernschilder abzumontieren, was ihr problemlos gelang, auch wenn ihr die Finger dabei zitterten. Dann wandte sie sich Johns Truck zu, schraubte seine Schilder ab und ersetzte sie durch ihre. Wieder zurück bei ihrem Honda, bückte sie sich, um das erste neue Kennzeichen anzubringen.

„Geht's wieder auf die Straße, Paige?", hörte sie Preacher hinter sich.

Erschrocken fuhr sie zusammen und ließ Schild, Taschenlampe und Messer fallen. Sie hielt den Atem an und fühlte, wie ihr Herz pochte, als sie sich aufrichtete. Die Taschenlampe warf eine Art Lichtpfad auf den Boden, der seine Füße anstrahlte. Dann trat er zwei Schritte auf sie zu und war nun in voller Größe sichtbar.

„So kann das nicht funktionieren." Mit einem Kopfnicken wies er auf ihren Wagen. „Das sind Truck-Kennzeichen, Paige. Jeder, wie etwa der Sheriff oder die *California Highway Patrol*, wird auf der Stelle Bescheid wissen, wenn er ein Truck-Kennzeichen an Ihrem kleinen Auto entdeckt."

Sie fühlte, wie ihr die Tränen in die Augen stiegen. An so etwas hätte sie nie gedacht. In der kalten Nacht fröstelte sie eh schon, und nun zitterten ihr die Hände noch stärker. Ihr Magen hatte sich zu einem festen, harten Knoten zusammengezogen.

„Keine Panik", beruhigte er sie. „Ich glaube eigentlich gar nicht, dass Sie andere Kennzeichen brauchen, jedenfalls nicht sofort. Aber wir können es machen. Gegenüber auf der anderen Straßenseite steht Connies kleiner Wagen, und ihr würde es ganz bestimmt niemals auffallen."

Eine Träne lief ihr über die Wange, und sie bückte sich, um die Taschenlampe aufzuheben. „Ich ... Ah ... Ich habe etwas Geld hingelegt. Oben. Für das Zimmer. Das Essen. Es ist nicht viel, aber ..."

„Oh, Paige. Wenn Sie so etwas machen, stehe ich doch ganz schlecht da. Sie sollten doch wissen, dass ich an Geld überhaupt nicht gedacht habe."

Schniefend hielt sie die Tränen zurück und fragte: „Und woran *haben* Sie gedacht?"

„Kommen Sie", sagte er und hielt ihr die Hand hin. „Es ist kalt hier draußen. Kommen Sie wieder rein, ich werde Ihnen einen Kaffee machen, damit Sie unterwegs nicht einschlafen. Dann will ich für Sie die Kennzeichen austauschen, wenn Sie sich damit auf der Fahrt sicherer fühlen. Aber wirklich nötig ist es nicht."

Sie blieb außerhalb seiner Reichweite, ging aber neben ihm her. „Und wie kommen Sie darauf? Dass ich sie nicht brauche?"

„Niemand sucht sie", antwortete er. „Zumindest nicht offiziell. Noch ist so weit alles in Ordnung."

„Woher *wissen* Sie das?", fragte sie und stand nun kurz davor, völlig zusammenzubrechen und einfach nur noch hilflos zu schluchzen.

„Ich will es Ihnen erklären", antwortete er. „Lassen Sie mich nur ein Stück Holz aufs Feuer legen, damit Sie wieder warm werden. Dann können wir reden. Ich werde auch für Sie die Kennzeichen austauschen. Aber nachdem wir geredet haben, werden Sie wahrscheinlich hochgehen und schlafen wollen und dann morgen früh bei Tageslicht fahren." Er hielt ihr die Hintertür zur Küche auf. „Außerdem habe ich auch noch den Teddy. Ich werde ihn holen, denn ohne Bär können Sie nicht fahren."

Sowie sie in die Küche trat, fing sie an zu weinen und presste dabei die Hand vor den Mund. Sie kam sich vor wie ein Schwerverbrecher, den man auf frischer Tat ertappt hatte, und dass er so freundlich zu ihr war, machte es für sie nur noch schlimmer. „Nach diesem verfluchten Bär habe ich überall gesucht", wimmerte sie leise.

Preacher drehte sich zu ihr um. Die Hand vor den Mund gepresst und tränenüberströmt, schien sie vor lauter Anstrengung zu zittern, um nicht auch noch laut loszuschluchzen. Da zog er sie langsam und vorsichtig an den Schultern zu sich heran, an seine breite Brust, und schloss sie behutsam in die Arme.

So an ihn gelehnt, brach sie nun innerlich völlig zusammen und schluchzte hemmungslos. Jetzt stürzten die Tränen nur so aus ihr heraus, ohne dass sie sich bemühte, Laute zu unterdrücken. „Ah, Sie haben das viel zu lange zurückgehalten, nicht wahr? So etwas kenne ich. Es ist in Ordnung, Paige. Ich weiß, Sie haben Angst und machen sich große Sorgen, aber es wird alles gut."

Da hatte sie zwar ihre Zweifel, aber im Moment war sie hilflos. Alles, was sie zustande brachte, war, heulend den Kopf zu schütteln. Sie versuchte, sich daran zu erinnern, wann zuletzt jemand sie in seine starken Arme geschlossen und versucht hatte, ihr ein Gefühl von Sicherheit zu geben. Das war lange her. So lange, dass ihr das letzte Mal schon gar nicht mehr einfiel. Nicht einmal in der Anfangszeit, als er noch äußerst bemüht war, sie zu manipulieren, hatte Wes das getan. Nein, *er* war es, der heulte. Er schlug sie, verprügelte sie, und dann fing *er* an zu heulen, und sie musste *ihn* trösten.

In der schwach beleuchteten Küche wiegte Preacher sie eine lange Zeit hin und her, bis sie ruhiger wurde. Dann schob er sie mit einer Hand im Rücken durch die Küche in die Bar. Er führte sie zu dem Sessel beim Feuer, schürte die Flammen, legte ein neues Holzscheit auf und ging dann hinter den Tresen, um ihr einen Brandy einzuschenken. Als er ihn vor sie hinstellte, wehrte sie ab: „Ich muss noch fahren."

„Sie werden nicht fahren können, wenn Sie sich nicht beruhigen. Trinken Sie wenigstens einen Schluck, und wenn Sie Kaffee möchten, werde ich welchen machen." Er setzte sich auf den Stuhl neben sie, stützte die Ellbogen auf die Knie und beugte sich zu ihr vor. „Als Sie hierher kamen, hatte ich keine Ahnung, was Ihnen zugestoßen war, aber ich wusste, dass es nichts Gutes sein konnte, und ich wusste auch, dass es keine Autotür war. Sie haben kalifornische Kennzeichen. Also habe ich einen guten Freund angerufen, jemanden, von dem ich weiß, dass ich ihm vertrauen kann. Er hat die Kennzeichen überprüft, die auf Ihren Mann registriert sind. Er hat Eintragungen wegen häuslicher

Gewalt.“ Preacher zuckte die Schultern. „Mehr brauchte ich ja dann wohl nicht zu wissen, oder?“

Paige schloss die Augen und öffnete sie langsam wieder. Sie sah ihm ins Gesicht, während sie den Brandy an die Lippen hob und einen kleinen Schluck trank, ohne dabei etwas zu bestätigen oder zu leugnen.

Preacher fuhr fort: „Er hat Sie nicht als vermisst gemeldet, also werden Sie auch nicht von der Polizei gesucht. Ich habe ja keine Ahnung, was Sie vorhaben, Paige, aber wenn Sie Christopher über die Staatsgrenze bringen, würden Sie damit das Gesetz brechen, und das könnte schwer gegen Sie sprechen, wenn Sie ihn behalten wollen. Vermutlich hatten Sie das ja vor, denn Sie sind doch den ganzen Weg von L. A. hierhergekommen, und hier sind Sie schon beinahe über die Staatsgrenze hinaus. Falls Sie daran denken, auf eigene Faust zu fliehen und unterzutauchen, Mann, ich glaube nicht, dass das eine gute Idee ist. Sie wissen nicht, worauf Sie sich da einlassen, und man wird Sie zum Stolpern bringen. Nicht einmal den Unterschied zwischen Truck- und Pkw-Kennzeichen kennen Sie, und besonders verschlagen im Kopf sind Sie auch nicht.“

Schnaubend lachte sie kurz auf. Vielleicht war das ja ihr Problem. Sie war nicht hinterhältig genug.

„Aber vielleicht haben Sie ja auch einen Platz, wohin Sie gehen können und wo man Sie versteckt und beschützt. Das wäre schon besser. Ich hoffe nur, dass dort, wo immer es sein mag, ein paar große, böse, zornige Kerle wie Jack und ich zur Verfügung stehen, für den Fall, dass dieser Schweinehund Sie jagt und aufstöbert.“

„Ich habe nicht viele Möglichkeiten“, flüsterte sie. „Ich muss da raus.“

„Natürlich müssen Sie das“, sagte er. „Aber wissen Sie denn auch, dass es noch einen Weg gibt? Wenn der Vater ein solches Strafregister hat, auch wenn es nicht als Verbrechen gilt, Sie würden überhaupt kein Problem damit haben, das Sorgerecht für Chris zu bekommen, zumindest das vorläufige Sorgerecht. Sie brauchen seine Zustimmung nicht, um sich scheiden zu lassen. Nicht in diesem Staat. Und sie hätten keine Schuld." Sie schüttelte den Kopf und schloss wieder die Augen, dabei lief ihr wieder eine Träne über die Wangen. „Es gibt einstweilige Verfügungen, und selbst wenn er das ignorieren würde, Sie hätten das Gesetz auf Ihrer Seite. Haben Sie je über diese Dinge nachgedacht, Paige?"

„Woher wissen Sie das alles? Hat Ihr Freund Ihnen das erzählt?"

„Wenn ich etwas wissen will, schlage ich es nach."

„Wissen Sie dann auch, dass er mich umbringen wird, während ich all diese Dinge tue? Er ist böse, und er ist verrückt. Er wird mich töten."

„Nicht, wenn Sie hierbleiben", entgegnete Preacher.

Verblüfft schwieg sie einen Moment. Dann sagte sie: „Ich kann nicht hierbleiben, John. Ich bin schwanger."

Jetzt war Preacher an der Reihe, geschockt auszusehen. Schweigsam und finster setzte er sich im Stuhl zurück, während es sich langsam in Augen und Miene abzeichnete. Dann stand er auf. Er ging hinter den Tresen, goss sich einen Schluck ein und kippte ihn hinunter. Als er wieder zu seinem Stuhl ans Feuer zurückkam, fragte er: „Wusste er das? Als er Sie zusammengeschlagen hat, wusste er da, dass Sie schwanger sind?"

Sie nickte, und mit zusammengepressten Lippen wandte sie den Blick von ihm ab. Vom Kopf her war es ihr zwar klar, dass das alles nicht ihr Fehler war, aber da gab es irgendeine emotionelle Fehlzündung in ihrem Hirn, die sagte: Du hast ihn geheiratet, du hast ein Kind mit ihm gezeugt, du bist nicht rechtzeitig weggegangen, hast es zugelassen, bist völlig verkorkst, und dann wurdest du wieder schwanger. Nie bist du rechtzeitig weggelaufen, und du hast es nie kommen sehen, auch wenn es klar wie Kloßbrühe war.

„Waren Sie schon einmal in einem Asyl?", fragte er, und sie nickte.

„Sie haben jetzt folgende Möglichkeiten", erklärte Preacher

ihr ruhig. „Sie können hierbleiben und versuchen, die Dinge auf die Reihe zu bringen, damit Sie, wenn Sie weggehen, nicht irgendein Gesetz brechen und für den Rest Ihres Leben untertauchen müssen. Es ist okay, wenn Sie bleiben. Gegenüber, auf der anderen Straßenseite, können Sie sich medizinisch versorgen lassen, wenn nötig. Und wenn Sie möchten, können Sie auch in der Küche helfen, damit Sie nicht das Gefühl bekommen, Sie würden jemanden ausnutzen. Falls dieser Schweinehund Ihnen hier über den Weg laufen sollte – wir sind ihm gewachsen. Sehen Sie es als Asyl an, wie irgendein anderes Asyl auch. Manchmal wollen die Menschen auch einfach nur helfen. Oder aber Sie fahren und verfolgen Ihren ursprünglichen Plan. Was auch immer. Auf keinen Fall werden Sie aber nachts fahren müssen. Bei Tageslicht ist es sicherer. Hm?“ Er stand auf. „Bleiben Sie eine Minute sitzen und denken Sie darüber nach. Nehmen Sie ruhig noch etwas von dem Brandy. Ein kleiner Schluck Brandy wird dem Baby nicht schaden, und ich kann mir vorstellen, dass Sie ihn brauchen können. Ich werde mich für Sie um diese Kennzeichen kümmern, und dann gehe ich Bär holen. Wie Sie sich auch entscheiden, ohne Bär können Sie hier nicht weg, das wissen Sie.“

Er verließ sie und ging in sein Apartment. Sie hörte, wie er durch seine Hintertür nach draußen ging. Er musste den Teddy in der Küche gefunden und ihn an einen sichereren Platz gelegt haben. Im Kamin fiel ein Holzscheit, und sie zog die Jacke fester um sich. Dann trank sie noch ein kleines Schlückchen von dem Brandy, der ihr in der Kehle brannte und wunderbarerweise Magen und Nerven beruhigte, wenn auch nur leicht. Vielleicht war es aber auch die Information, dass Wes ihr nicht die Polizei auf den Hals gehetzt hatte, die sie ein wenig ruhiger machte. Kurze Zeit später kam John aus seinem Apartment zurück. Er trug noch die Jacke, die er sich offensichtlich übergeworfen hatte, und hielt den Teddy in der Hand.

„Connie wird niemals auffallen, dass sie jetzt andere Kennzeichen hat“, sagte er und hielt ihr Bär hin. „Abgesehen davon, wenn sie wüsste, worum es hier geht, würde sie Ihnen sagen, Sie sollen sie sich nur nehmen."

Als sie Bär sah, runzelte sie die Stirn. Er hatte sich verändert und besaß nun ein neues Bein, das aus einem blau-grau karierten Stoff genäht war. Es war nicht gerade dieselbe Form wie das überlebende Bein, eher ein ausgestopfter Flanellschlauch, der an Bär befestigt worden war. Aber jetzt war er symmetrisch. „Was haben Sie da gemacht?", fragte sie und nahm sich das Stofftier.

Preacher zuckte die Achseln. „Ich hatte Chris versprochen, ich würde es versuchen. Schätze, es sieht ziemlich blöd aus, aber in dem Moment schien es ein guter Gedanke zu sein." Er steckte die Hände in die Taschen. „Glauben Sie, dass Sie heute Nacht noch etwas Ruhe finden können? Oder haben Sie immer noch das Gefühl, Sie müssten sofort aufbrechen? Falls Sie wirklich nur noch von hier weg wollen, könnte ich Ihnen noch einen Kaffee aufsetzen. Ich glaube, da ist sogar noch eine Thermoskanne, die ich …"

Sie stand auf und ließ ihren Brandy auf dem Tisch stehen. Bär hielt sie fest an sich gedrückt. „Ich werde mich wieder hinlegen", sagte sie. „Morgen früh, wenn Chris etwas gefrühstückt hat, werde ich fahren."

„Wenn es das ist, was Sie wollen", sagte er.

Paige wurde vom Licht der Morgendämmerung geweckt, das durch das Mansardenfenster fiel, und von dem Geräusch einer Axt beim Holzspalten. Sie drehte sich auf die Seite, um nach Christopher zu schauen, der noch friedlich schlief und Bär mit seinem grau-blauen Flanellbein im Arm hielt. Sie wusste, dass sie eine Weile über Preachers Angebot nachdenken sollte, und fürchtete sich davor, ein solches Risiko einzugehen. Dann war der Gedanke aber auch wieder nicht beängstigender als die Vorstellung, zu irgendeiner Adresse in Spokane zu fahren und sich einem Leben zu überlassen, von dem sie nichts wusste und für das sie möglicherweise gar nicht gerissen genug war, um es wirklich durchziehen zu können.

Sie wollte gern daran glauben, dass sie das eine oder andere ja doch aus ihren Erfahrungen gelernt hätte. Falls sich etwas einstellen sollte, das sie irgendwie als bedrohlich empfände und ihren Radar hochfahren ließe, würde sie einfach blitzschnell verschwinden. Mit Autokennzeichen und Abschiednehmen wollte sie sich dann nicht mehr aufhalten.

Hinzu kamen noch diese Schuldgefühle. Sie wollte nicht, dass diese Menschen in Gefahr gerieten, weil sie sich zwischen Wes und sie stellten. Aber es war nun einmal auch ihre Realität, dass alle Menschen, die ihr halfen, in Gefahr schwebten, egal wohin sie ging, ob es die Familie war, ein Asyl oder ein Versteck. Manchmal war es schlicht unerträglich, darüber nachzudenken.

Leise zog sie sich an, und ohne Chris aufzuwecken, schlich sie die Treppe zur Küche hinunter. Preacher stand am Küchentresen und schnitt Scheibchen und Würfelchen für seine Frühstücksomeletts. Als er sie am Fuß der Treppe stehen sah, unterbrach er sich, ließ aber die Hand auf dem Messer und wartete ab.

„Ich werde Ihre Waschmaschine und den Trockner brauchen, denn wir haben nicht so viel mitgebracht."

„Natürlich."

„Ich denke, es ist sinnvoller hierzubleiben. Für kurze Zeit. Ich würde gerne helfen. Wenn Sie sich sicher sind."

Langsam fing er an, wieder Würfel zu schneiden. „Das lässt sich leicht regeln. Wie wär's mit einem Mindestlohn plus Unterkunft und Verpflegung. Schreiben Sie sich Ihre Stunden auf. Jack wird Sie bezahlen, wie es Ihnen am besten passt. Egal, täglich, wöchentlich, monatlich. Unterm Strich ist es dasselbe."

„Das ist zu viel, John. Ich sollte nur für das Zimmer und die Mahlzeiten helfen."

„Wir öffnen um sechs und haben bis nach neun Uhr abends Betrieb. Wir sind zu zweit, und dann kommt Rick noch nach der Schule. Zwei Tage, und Sie werden sich darüber beklagen, dass es Sklavenarbeit ist."

Lächelnd schüttelte sie den Kopf. „Mit allem anderen bin ich aber noch nicht so weit. Diese einstweilige Verfügung, die Sache mit dem Sorgerecht ... Solche Gerichtsdokumente werden ihm nur zeigen, wo ich mich aufhalte, und daran habe ich überhaupt kein Interesse."

„Verständlicherweise", meinte er.

„Denn er wird hinter mir her sein. Er wird auch Anzeige erstatten, die Polizei suchen lassen, vielleicht wird er einen Privatdetektiv beauftragen. Jedenfalls wird er versuchen, mich zu finden. Er wird mich nicht einfach gehen lassen."

„Immer eins nach dem anderen, Paige."

„Nur, damit Sie Bescheid wissen ..."

„Darum mache ich mir keine Sorgen. Wir sind darauf eingestellt."

Sie atmete tief durch. „Also gut. Wo ist die Waschmaschine?"

„In meinem Apartment. Die Tür ist nie abgeschlossen." Und dann unterbrach er sein Schnibbeln noch einmal, sah sie an und fragte: „Was ist der Grund für diese Entscheidung?"

„Bärs neues Bein. Dieser alte blau-karierte Flanell..."

„Alt?", fragte Preacher und grinste leicht. „Das Hemd war vollkommen in Ordnung."

Preacher brachte Ron und Harv ihr Frühstück in die Bar und warf dann auf dem Weg zurück in die Küche einen Blick aus dem Fenster. Jack stand mit der Axt beim Hackklotz, gleichzeitig hörte er, wie in seinem Apartment die Waschmaschine ansprang.

Also goss er Kaffee in zwei Tassen und ging nach hinten. Als Jack ihn kommen sah, ließ er die Axt im Holz stecken. Preacher reichte ihm eine Tasse.

„Lieferservice", stellte Jack fest. „Da muss ja was anliegen." Er trank einen Schluck und sah Preacher über den Rand seiner Tasse hinweg an.

„Ich habe nur gedacht, wir könnten vielleicht etwas Hilfe in der Bar gebrauchen."

„Tatsächlich?"

„Paige hat erwähnt, dass sie etwas sucht. Das Kind wäre kein Problem."

„Hmm."

„Ich halte es für eine gute Idee", fuhr Preacher fort. „Für das Schlafzimmer über der Küche habe ich eh keine Verwendung. Du kannst ihr Gehalt von meinem abziehen."

„Aber die Bar bringt doch Geld ein, Preach, und kann eine Angestellte verkraften. Sie wird ja wohl keine fünfzig Riesen verlangen und einen Arbeitgeberbeitrag für die Pensionskasse oder so?"

Preacher verzog das Gesicht, was Jack amüsiert zur Kenntnis nahm. „Es wird ja wahrscheinlich auch nur vorübergehend sein."

„Meine Verantwortlichkeiten ändern sich", sagte Jack und fügte mit einem stolzen Lächeln hinzu: „Sie wachsen. Es wäre doch schön, hier ein wenig Hilfe zu haben, wenn es so weit ist, dass ich mich um andere Dinge kümmern muss."

„Also gut. Dann werde ich es ihr sagen." Preacher drehte sich um und wollte gehen.

„Äh, Preacher", hielt Jack ihn zurück, also drehte er sich noch einmal um. Jack hielt ihm seine Tasse entgegen, damit er sie wieder mit zurück in die Küche nahm. „Du hast es ihr doch schon längst gesagt, oder etwa nicht?"

„Möglich, dass mir rausgerutscht ist, dass wir sie brauchen könnten."

„Das dachte ich mir doch. Eine Frage noch. Hat sie auf dem Weg hierher ihre Spuren verwischt?"

„Niemand weiß, dass sie hier ist, Jack. Nicht, dass es uns etwas angeht ..."

„Ich bin nicht neugierig, Preacher. Ich bin vorbereitet."

„Gut", sagte Preacher. „Das ist gut. Das gefällt mir. Wenn sich da etwas ändert, werde ich dich informieren."

Virgin River hatte einiges, das Paige ihren Seelenfrieden gab. Es waren kleine Dinge, wie etwa, dass ihr Wagen hinter der Bar zwischen zwei großen Trucks mit erweiterter Fahrkabine stand und sie keinerlei Grund hatte, ihn dort herauszuholen, um irgendwohin zu fahren. Das Krachen beim Holzspalten im frühen Morgengrauen, das fast genau mit dem Duft von Kaffee zusammenfiel. Und die Arbeit. Ihr gefiel diese Arbeit. Mit Tischabräumen und Geschirrspülen hatte es angefangen, aber es dauerte nicht lange, bis John ihr zeigte, wie er seine Suppe machte, sein Brot und die Torten.

„Die wirkliche Herausforderung ist dabei, das zu verarbeiten, was wir zur Hand haben", erklärte er ihr. „Ein Grund dafür, dass die Bar so gut läuft und wir so leben können, wie wir es tun, ist der, dass wir kochen, was wir erlegen oder fangen. Dann verwerten wir auch noch die Honorare von Doc und Mel, die die Patienten häufig in Obst und Gemüse oder Fleisch zahlen. Und wir legen Wert darauf, uns um unsere Leute zu kümmern. Jack sagt, wenn wir als Erstes daran denken, sicherzustellen, dass das Dorf versorgt ist, wird bei uns alles gut laufen. Und so ist es."

„Und wie versorgen Sie ein Dorf?", fragte sie verwirrt.

„Ach, das ist wirklich leicht", antwortete er. „Wir bieten drei gute Mahlzeiten am Tag, auf ihre Rechnung. Und die ganz Schlauen wissen längst, was dann mit den Resten geschieht. Wenn wir einkaufen, erkundigen wir uns bei den Leuten, die nicht so weit fahren können – also Alte, Kranke, vielleicht auch frischgebackene Mütter – ob wir ihnen etwas mitbringen können, denn wir fahren ja bis ganz runter in die Orte an der Küste und in die großen Supermärkte und haben die Trucks. Das wissen sie zu schätzen und kommen dann ein, zwei Mal zum Essen in die Bar. Für besondere Gelegenheiten stellen wir auch einfach nur den Raum zur Verfügung, und die Frauen bringen ihre eigenen Gerichte in Kasserolen mit. Dann verkaufen wir nur die Mixgetränke, aber wir stellen ein Spendenglas für Raum, Sodawasser und Bier auf und haben am Ende mehr eingenommen, als Sie denken würden. Für die Jäger und vielleicht auch die Fliegenfischer, wenn sie hier irgendwelche Wettkämpfe austragen, haben wir gute Spirituosen auf Lager, aber wir berechnen dieselben Preise wie sonst, und sie danken es uns fürstlich. Wirklich nett." Als er ihr verdutztes Gesicht sah, fügte er hinzu: „Sie geben uns Trinkgeld, Paige. Die wissen doch, was ein Johnny Walker Black Label kostet, und es gefällt ihnen, wie wir versuchen, ihnen das zu bieten, was sie sich wünschen. Sie haben Geld, und sie lassen es auf dem Tisch oder der Bar liegen." Er grinste.

„Genial", sagte sie.

„Nee. Jack und ich, wir waren selbst Jäger und wir angeln. Es ist gut, sich um die Leute zu kümmern, die uns erdulden. Das Wichtigste ist vielleicht, dass man sich an sie erinnert, wenn sie hereinkommen, denn dann haben sie das Gefühl, willkommen zu sein. Darin ist Jack gut. Aber auch das Essen zählt. Wir sind klein und haben nicht sehr viel Erfahrung, doch das Essen hat allmählich schon einen guten Ruf." Dabei warf er sich stolz in die Brust.

„Stimmt", bestätigte sie. „Man setzt dabei zwar an, aber gut ist es."

Paige fühlte sich in dieser winzigen Dorfkneipe wie in einem Kokon, der sie von der Außenwelt abschirmte. Rick und Jack hatten eine gute Art, damit umzugehen, dass sie jetzt da war, und beide übertrugen sie ihr irgendwelche Sachen, die sie erledigen konnte. Sie selbst hatte zwar nicht den Eindruck, als würde ihre geringe Beteiligung viel ausmachen, aber die beiden behandelten sie, als wüssten sie nicht, wie sie es früher ohne sie überhaupt schaffen konnten. Dann waren da noch die Stammgäste, die fast täglich kamen, manchmal sogar zweimal am Tag, und es dauerte gar nicht lange, da kam es ihnen schon so vor, als wäre Paige ewig dort.

„Auf jeden Fall gibt es hier jetzt neuerdings öfter mal einen Keks für uns", stellte Connie fest. „Da muss schon eine Frau in die Küche, um so etwas hinzukriegen."

Paige machte sich nicht die Mühe, zu erklären, dass das allein Preachers Werk war, und zwar für Christopher, nicht für die

Gäste in der Bar, die aber inzwischen gerne zu ihrem Kaffee ein Plätzchen serviert bekamen.

„Was wird er denn heute Abend kochen, Paige?", fragte Doc.

„Bouillabaisse", antwortete sie. „Sie ist köstlich."

„Ach, so einen Mist mag ich nicht." Doc beugte sich zu ihr vor. „Hat er nicht da hinten noch etwas von der gefüllten Forelle versteckt, die es gestern gab?"

„Ich werde mal nachsehen", sagte sie und fühlte sich schon irgendwie ganz zugehörig.

Mel kam mindestens zweimal am Tag in die Bar, manchmal auch öfter. Wenn es ruhig war und Mel keine Patienten hatte, setzte sie sich zu ihr, und sie unterhielten sich eine Weile. Mel war besser als alle anderen über ihre besonderen Umstände informiert, daher erkundigte sie sich auch nach ihrer Genesung. „Es geht mir besser", berichtete Paige. „Alles ist besser geworden, und ich habe auch keine Blutungen mehr."

„Sieht aus, als hätten Sie da eine richtig gute Idee gehabt", sagte Mel und meinte damit ihre Arbeit in der Bar, in der sie sich kurz umsah.

„Das war nicht meine Idee", erklärte Paige. „John meinte, ich könnte bleiben und hier ein bisschen helfen, wenn ich wollte."

„Aber es scheint Ihnen zu gefallen", stellte Mel fest. „Sie lächeln so oft."

Überrascht gab Paige ihr recht: „Das stimmt wirklich. Wer hätte das gedacht? Es war eine schöne …", sie unterbrach sich und sagte schließlich: „Pause. Ich schätze, ich kann es wenigstens noch eine Weile so laufen lassen. Bis man es mir …" Wieder unterbrach sie sich, „ansieht." Sie sah auf ihren Bauch hinunter.

„Weiß John Bescheid?", fragte Mel.

Paige nickte. „Es war nur fair, es ihm zu sagen, als er mir das Angebot machte."

„Nun, auch wenn kaum jemand weiß, welche Umstände Sie hierhergeführt haben, man kann sicherlich sagen, dass jeder hier begreift, dass Sie vorher ein anderes Leben geführt haben. Vor Virgin River, meine ich. Immerhin haben Sie einen Sohn."

„Das wird wohl so sein“, bestätigte Paige.

„Außerdem“, Mel lehnte sich zurück und strich mit beiden Händen über ihren kleinen Bauch. „Hier gibt es einige Leute, denen man es allmählich ‚ansehen‘ kann. Wussten Sie schon, dass ich jetzt im vierten Monat bin?“

„Könnte hinkommen, so wie es aussieht“, sagte Paige lächelnd.

„Hm. Und ich bin jetzt seit sieben Monaten hier im Dorf und mit Jack weniger als einen Monat verheiratet. Es ist meine zweite Ehe, nachdem mein erster Mann gestorben ist. Nach Meinung der Experten war ich nicht in der Lage, schwanger zu werden.“ Paige bekam vor Staunen ganz runde Augen, und ihr Mund formte ein *O*. Mel lachte. „Wie es scheint, brauche ich bessere Experten. Oh, und Sie glauben wirklich, die Einzige zu sein, die diesen Ort gefunden hat, weil sie einmal falsch abgebogen ist.“

„Da steckt doch sicher noch viel mehr dahinter“, bemerkte Paige und zog fragend eine Augenbraue hoch.

„Bloß die Details, Schwester. Wir haben noch viel Zeit“, antwortete Mel mit einem hellen Lachen.

Seit zehn Tagen lebte Paige jetzt in dem kleinen Zimmer über der Küche, wobei sie die ersten vier damit zugebracht hatte, ihre Abreise zu planen. Preacher versicherte ihr, dass seiner Meinung nach alles sehr gut lief. Sie hatten eine nette kleine Routine entwickelt. Sobald Chris mit dem Frühstück fertig war und Paige sich geduscht und verschönert hatte, machte sie sich an die Arbeit in der Küche, die nach dem Frühstück aufgeräumt werden musste. Während Chris dann bei John blieb und entweder Bilder ausmalte, mit einem Kartendeck Mau-Mau spielte, mit seinem Besen herumfegte oder sich mit anderen Hausarbeiten beschäftigte, kümmerte Paige sich um ihr Zimmer und ihre Sachen. Weil sie nicht viel mitgenommen hatte, musste sie häufig in Johns Wäschezimmer, um zu waschen, und während dann Waschmaschine und Trockner vor sich hin summten, erledigte sie ein paar

Dinge, von denen sie hoffte, dass es ihm helfen würde. Sie putzte sein Bad, wischte Staub, machte sein Bett und ging auch schon mal mit dem Besen durch sein Zimmer.

„Soll ich nicht auch für Sie mal eine Maschine mit anstellen?“, schlug sie ihm vor.

„Darum kümmere ich mich schon. Hören Sie, es ist nicht nötig, dass Sie hinter mir herräumen.“

Sie lachte ihn aus. „John, den ganzen Tag bin ich in der Küche damit beschäftigt, Ihre Töpfe einzusammeln, die Pfannen und das Geschirr. Es wird schon zur Gewohnheit.“ Über seine verblüffte Miene musste sie lachen. „Und Sie passen den ganzen Tag lang auf mein Kind auf. Da sind Sie nun mal ziemlich hilflos, denn er lässt Sie ja nicht in Ruhe. Das Mindeste, was ich tun kann, ist, Ihnen etwas zu helfen.“

„Ich passe nicht auf ihn auf“, klärte John sie auf. „Wir sind Kumpel.“

„Ah, ja“, sagte Paige und dachte, aber sicher doch. Kumpel.

Mittags war meist viel Betrieb. Paige servierte und räumte die Tische ab. Auch zwischen fünf und acht, in der Zeit für die Hauptmahlzeit, war viel los, zumal in dieser Jahreszeit. Es war Herbst und damit Jagdsaison, und auch für Angler wurde die Gegend allmählich wieder interessant. Nach acht blieben gelegentlich noch ein paar Gäste bei einem Bier oder irgendwelchen Drinks sitzen, aber das Kochen war dann für den Abend erledigt. Damit war es auch an der Zeit, Chris nach oben zu befördern, ihn zu baden und ins Bett zu bringen. Anschließend sah sie dann nur noch einmal schnell nach, ob es vor Toresschluss noch etwas für sie zu tun gab, und gelegentlich trank sie dann auch zusammen mit John noch eine Tasse Tee.

Preacher mochte diese Zeit am Abend, wenn kein Essen mehr serviert werden musste, wenn die Küche sauber war und wenn er hörte, wie Paige oben Wasser einlaufen ließ. Manchmal konnte er hören, wie sie mit Chris irgendwelche Kinderlieder sang. Aber bevor er sich seinen üblichen Schlummertrunk gönnte, stöberte er immer noch in seinen Kochbüchern und plante die Mahlzeiten für den nächsten Tag, manchmal auch schon für die nächste Woche, und erstellte die Einkaufslisten. Dieses Vorgehen gab ihm das Gefühl, alles effizient zu bewältigen. Preacher war sehr gut organisiert.

Es war gegen halb neun, und in der Bar saßen noch ein paar Jäger. Jack kümmerte sich um den Tresen. Buck Anderson hatte Mel ein paar schöne große Lammkeulen gebracht, die natürlich gleich an Preacher weitergereicht wurden. Er studierte gerade ein Rezept – Lammkeule Hestia mit Gurken-Raita – als er ein leises Schlurfen vernahm. Über den Küchentresen hinweg sah er Christopher unten auf der Treppe stehen, splitterfasernackt, unter einem Arm ein Buch geklemmt, unter dem anderen seinen Bären.

Preacher zog eine buschige Braue nach oben. „Hast du hier was vergessen, Kumpel?"

Chris patschte sich an die linke Pobacke, hielt Bär aber weiter gut dabei fest. „Liest du mir jetzt was vor?"

„Hm … Hast du denn schon gebadet?", fragte Preacher. Der Junge schüttelte den Kopf. „Du siehst auch aus, als ob du gerade dein Bad nehmen wolltest." Er hörte, wie oben das Wasser einlief.

Chris nickte und sagte dann: „Liest du?"

„Na, komm schon her", gab Preacher nach, und glücklich lief Chris um den Tresen herum und streckte die Arme aus, um sich hochheben zu lassen.

„Wart mal 'ne Sekunde", sagte Preacher. „Auf meinem sauberen Tresen will ich keine Popos von kleinen Jungen. Momentchen." Er zog ein sauberes Küchenhandtuch aus der Schublade, breitete es auf dem Tresen aus, hob ihn auf und setzte ihn darauf. Dann sah er sich den kleinen Kerl von oben an, legte die Stirn in Falten und nahm dann noch ein Geschirrtuch aus der Schublade, schüttelte es auseinander und legte es ihm über seinen nackten Schoß. „So. Jetzt ist es besser. Also, was hast du denn da?"

„Horton", sagte Chris und hielt das Buch hoch.

„Gut möglich, dass deine Mutter von der Idee gar nicht begeistert ist", warnte Preacher, nahm aber das Buch und fing an zu lesen. Weit waren sie noch nicht gekommen, als er hörte, wie oben das Wasser abgedreht wurde, dann schwere Schritte, die im Schlafzimmer herumliefen, und schließlich Paige, die ihren Sohn rief: „Christopher!"

„Wir sollten unsere Geschichte lieber mal unterbrechen", sagte Preacher zu ihm.

„Unsere Geschichte", wiederholte Chris und zeigte mit dem Finger vor sich auf die Seite.

Einen Moment lang waren Schritte zu hören, die schnell die Treppe herunterkamen. Als sie unten angelangt war, blieb sie abrupt stehen.

„Er ist mir weggelaufen, während ich das Wasser einließ."

„Ja, er sieht tatsächlich so aus, als ob er nur knapp entkommen konnte."

„Es tut mir leid, John. Christopher, komm her. Wir werden lesen, wenn du gebadet hast."

Chris fing an zu quengeln und hampelte herum. „Ich will aber John!"

Ungeduldig kam Paige um den Tresen herum und nahm ihn auf den Arm, wobei er sich zappelnd wehrte.

„Ich will John!"

„John hat zu tun, Chris. Benimm dich jetzt."

„Hm – Paige? Ich habe überhaupt nichts zu tun. Wenn Sie nur Jack Bescheid sagen, dass ich ein Weilchen nicht hier bin, dann könnte ich ihn baden. Sagen Sie's Jack, damit er weiß, dass er abschließen muss, wenn alle weg sind."

Am Fuß der Treppe drehte sie sich um. „Sie wissen, wie man ein Kind badet?"

„Eigentlich nicht. Aber ist das denn so schwer? Schwerer als einen Bratrost abzuschrubben?"

Jetzt musste sie einfach kichern, und dann stellte sie Chris auf die Beine.

„Vielleicht sollten Sie es doch lieber ein wenig sanfter angehen. Keine Stahlwolle, kein Schrubben. Und wenn möglich, sollte keine Seife in die Augen gelangen."

„Das schaffe ich", sagte Preacher und kam um den Tresen herum. „Und wie oft tauchen Sie ihn ein?" Sie schnappte nach Luft, und Preacher grinste sie an. „War nur ein Scherz. Ich weiß doch, dass Sie ihn bloß zweimal eintauchen."

Sie lachte. „Ich schau mal nach, ob Jack irgendwas braucht, dann komme ich hoch und werde die Aufsicht übernehmen."

Als Jack in die Küche kam, war Paige damit beschäftigt, Äpfel zu schälen und in Stücke zu schneiden, während Preacher Kuchenteig ausrollte. „Mel ist vorne", informierte er sie. „Sie will rüber nach Eureka ins Einkaufszentrum, Paige. Ihre Hosen passen nicht mehr. Sie meint, Sie können gerne mitkommen, falls Sie etwas brauchen."

Mit hochgezogenen Brauen sah Paige John fragend an.

„Nur zu, Paige", meinte er. „Chris wird in der nächsten Stunde nicht aufwachen, und ich kümmere mich um die Küche. Bestimmt werden Sie alle möglichen Sachen brauchen."

„Das ist richtig, danke", sagte sie, legte den Apfel und das Messer in die Schüssel und zog sich die Schürze aus.

„Hören Sie", sagte Preacher und wischte sich die Hände an einem Geschirrtuch ab. „Ich weiß nicht einmal, ob Sie Kreditkarten besitzen, aber damit werden Sie wirklich sehr vorsichtig sein müssen. Sie sollten beim Einkaufen bar bezahlen, hm?" Er zog seine Brieftasche hervor, nahm ein paar Scheine heraus und fing an, sie auseinanderzufalten, indem er erst einen hinlegte, dann den zweiten, dann …

Paige verlor jede Farbe aus dem Gesicht. Sie riss die Augen auf und hatte offensichtlich Angst. Dann schüttelte sie den Kopf und trat zurück.

„Sagen Sie … Sagen Sie Mel, dass ich einiges … zu tun habe … Okay?"

Mit gerunzelter Stirn legte Jack den Kopf zur Seite und fragte: „Paige?"

Paige wich immer weiter zurück, bis sie an der Wand stand, die Hände hinter dem Rücken, das Gesicht weiß wie Alabaster. Dann lief ihr eine Träne über die Wange.

Preacher legte seine Brieftasche auf den Tresen und sagte: „Lass uns mal eine Minute allein, Jack." Dann nahm er seine Schürze ab und ging auf sie zu. Als er näher kam, ließ sie sich an der Wand zu Boden gleiten und bedeckte das Gesicht mit den Händen.

Preacher kniete sich vor sie hin, nahm sanft ihre Hände, zog sie ihr vom Gesicht und hielt sie fest. „Paige", sagte er leise. „Paige, sehen Sie mich an. Was ist da gerade geschehen?"

In ihrem Gesicht stand Panik, und die Tränen liefen ihr über die Wangen, doch er hörte, wie sie flüsternd sagte: „Genauso hat er es immer gemacht. Er hat sein Geld aus der Tasche gezogen und gesagt: ‚Geh und kauf dir was Nettes.' Das hat er so oft getan. Später hat er mir das Geld dann hingeworfen und gesagt, er könne es sich nicht leisten, eine Frau zu haben, die aussieht wie eine Landstreicherin."

Preacher setzte sich neben sie auf den Boden. „Aber haben Sie denn auch zugehört, was ich gesagt habe? Das war überhaupt nichts in der Art, oder? Ich habe gesagt, Sie sollten vorsichtig sein und Ihre Kreditkarte nicht benutzen."

„Das hatte ich verstanden", flüsterte sie. „Aber habe ich Ihnen denn schon erzählt, dass ich ihn geheiratet habe, weil mir die Beine wehtaten?"

„Sie haben gar nichts über ihn erzählt. Überhaupt nichts. Das ist auch in Ordnung so. Sie müssen gar nichts sagen, es sei denn, Sie wollen es."

„Ich war Kosmetikerin. Haare, ich habe Haare frisiert. Manchmal zwölf Stunden am Tag, weil die Bezahlung so schlecht war. Wir haben wirklich hart gearbeitet, aber es hat kaum für die Miete gereicht, und es war wirklich ein Loch, in dem meine Mitbewohnerinnen und ich gelebt haben. Es hat mir dort gefallen, aber ich war müde, hatte nie Geld und ich hatte Schmerzen. Meine Beine taten mir weh", wiederholte sie. „Ich wusste, er war nicht gut für mich, und meine Freundinnen haben ihn gehasst. Ich habe ihn geheiratet, weil er gesagt hatte, dass ich dann nicht mehr arbeiten müsste." Nun lachte und weinte sie zugleich. „Weil ich doch überhaupt nichts besaß. Ich hatte nichts ..."

„Typen wie er wissen, welchen Köder sie auslegen müssen", erklärte Preacher. „So etwas haben die im Gespür."

„Woher wissen Sie das?"

Er zuckte die Schultern. „Habe ich irgendwo gelesen." Dann wischte er ihr eine Träne von der Wange. „Es war nicht Ihre Schuld. Nichts davon war Ihre Schuld. Sie wurden betrogen."

„Jetzt habe ich wieder nichts", fuhr sie fort. „Einen kleinen Koffer, ein Auto mit gestohlenen Nummernschildern, ein Kind und ein weiteres Kind unterwegs ..."

„Sie haben *alles*", hielt er ihr vor. „Ein Auto mit gestohlenen Nummernschildern, einen Sohn, ein Baby, das unterwegs ist, Freunde ..."

„Ich hatte einmal Freundinnen", jammerte sie. „Sie hatten Angst vor ihm. Er hat sie vertrieben, und ich habe sie für immer verloren."

„Sehe ich etwa aus wie ein Freund, dem er Angst einjagen kann? Den er vertreiben kann?" Behutsam zog er sie auf seinen Schoß, und sie legte den Kopf an seine Brust.

„Ich weiß nicht, warum ich noch immer so verrückt bin", sagte sie leise. „Er ist nirgendwo in der Nähe. Auf diesen Ort hier wird er niemals kommen. Und doch habe ich immer noch Angst."

„Ja, so etwas kommt vor."

„Du hast nie Angst", meinte sie.

Leise lachte er in sich hinein, freute sich, dass sie ihn endlich einfach duzte, und streichelte ihren Rücken. Er fürchtete so manches, und an erster Stelle fürchtete er den Tag, an dem sie diese Probleme gelöst haben und mit Christopher abreisen würde. „Das glaubst du. Bei den Marines hieß es immer, dass jeder Angst hat und dass es nur darauf ankäme, zu lernen, wie man seine Angst zu seinem Vorteil nutzen kann. Und Mann, wenn du irgendwann mal herausgefunden hast, wie das gehen soll, dann sagst du mir Bescheid. Okay?"

„Was hast du getan, wenn du Angst hattest?", fragte sie.

„Da gab es zwei Möglichkeiten. Entweder ich habe mir in die Hose gemacht, oder ich bin wütend geworden."

Sie löste den Kopf von seiner Brust, sah ihn an und lachte ein wenig.

„So ist's gut", sagte er und wischte ihr die Tränen ab. Ich glaube zwar schon, dass du mal ein bisschen aus Virgin River raus musst, aber heute wirst du wohl kaum noch in der Stimmung sein, einkaufen zu gehen."

Sie schüttelte den Kopf. „Es tut mir leid, dass ich so eine Szene gemacht habe."

„Das hier ist eine kleine Bar auf dem Lande, Paige. Hier ist doch sonst nie was los." Er grinste und wurde gleich wieder ernst. „Und dann haben sie uns auch noch gesagt, sieh der Gefahr ins Auge. Tu so, als ob du mutig wärst. Und sie haben uns beigebracht, böse auszusehen."

Sie schüttelte sich.

„Vergiss das alles. Morgen werde ich anstelle von Jack unsere Vorräte einkaufen. Einmal kann ja auch er das Mittagessen zubereiten. Ich werde dich und Chris mitnehmen, damit ihr mal aus dem Ort rauskommt. Wenn du willst, kannst du dann ein paar Sachen für euch besorgen. Ich werde jedoch nichts für dich kaufen. Aber ich will die Kreditkarte der Bar benutzen, damit wir auf unseren Jahresbonus kommen, und du hebst die Rechnungen dann auf und zahlst es mir später zurück, wenn du dein erstes oder zweites Gehalt bekommen hast." Er tippte ihr auf die Nase. „Chris läuft schon nackt herum. Das ist ja wohl ein Zeichen dafür, dass es hier ein Problem mit der Kleidung gibt."

Auf Preachers Bitte hin hatte Jack sich nur langsam aus der Küche zurückgezogen. So langsam wie möglich, denn da geschah doch gerade etwas Bedeutsames, und er war neugierig. Als er in die Bar zurückkam, saß Mel auf einem Barhocker vor dem Tresen. „Was ist los?“, wollte sie wissen.

Jack legte einen Finger an die Lippen, machte: „Pst!“, und flüsterte: „Da ist irgendwas los.“

Kein bisschen schlauer fragte sie: „Ach, und was?“

Jack legte den Kopf zurück, ganz nahe zur Tür hin und lauschte.

„Jack!“, schimpfte sie zornig flüsternd.

Wieder legte er den Finger an die Lippen. Dann trat er mit finsterer Miene hinter den Tresen und sah düsteren Blickes auf seine hübsche junge Frau. „Paige hat da drin gerade einen Zusammenbruch ...“

„Oh? Braucht Preacher Hilfe?“

Jack schüttelte den Kopf. „Er hat mich darum gebeten, sie allein zu lassen. Ich habe bloß ein paar Dinge aufgeschnappt, rein zufällig.“

„Das habe ich gesehen ...“

„Die Nummernschilder an ihrem Wagen sind gestohlen?“

Abrupt setzte Mel sich gerade und riss die Augen auf. „Du scherzt? Dann sollte ich wohl lieber mal prüfen, ob meine auch noch meine sind.“ Sie lächelte verschmitzt.

„Und ein Baby ist unterwegs?“

„Tatsächlich?“, fragte sie.

„Du kannst mir doch nichts vormachen“, sagte er. „Du weißt Bescheid.“

Mel sah ihn an, als wollte sie sagen: *Du Dummchen! Natürlich weiß ich Bescheid. Aber es geht doch um eine Patientin.* Soweit es die Prellungen anging, mochte sie ihn ja eingeweiht haben, denn er sollte sich auf alles einstellen und dabei helfen können, Paige zu beschützen. Aber eine Plaudertasche war sie nicht. Sie rutschte vom Barhocker, ging zu der Schwingtür, die in die Küche führte, und warf einen kurzen Blick durch den Spalt. Preacher saß auf dem Boden und wiegte Paige sanft auf seinem Schoß. Ah, das war wahrscheinlich genau das, was sie im Moment brauchte. Besser als ein Beruhigungsmittel.

Mel trat hinter den Tresen und stellte sich auf die Zehenspitzen, um Jack einen Kuss zu geben. „Ich glaube nicht, dass sie jetzt noch einkaufen will. Sag ihr, dass ich losgefahren bin. Ich muss doch das Baby verbergen."

„Ja, mach nur."

„Hm, Jack? Ich weiß nicht genau, wie ich dir das erklären soll. Du und ich, wir haben in diesen Dingen so unterschiedliche Lebenserfahrungen …"

„Das fängt mal damit an, dass ich *niemals* eine Frau schlagen würde."

„Das ist wirklich reizend, Jack. Aber es ist eigentlich nicht das, was ich meine. Hmm", sagte sie und verdrehte die Augen zum Himmel. „Vielleicht ist es für dich am leichtesten, wenn du dir Paige als Kriegsgefangene vorstellst."

„Als Kriegsgefangene?", fragte er aufgeschreckt und verwirrt zugleich.

„Mir fällt nichts Besseres ein, wozu du einen Bezug haben könntest. Ich brauche nur ein paar Hosen mit verstellbarem Bund, dann bin ich gleich wieder zurück, okay?"

„Sicher. Klar."

Zwei Stunden später, noch immer lange vor der Mittagszeit, saß Jack auf der Veranda und stellte Angelfliegen her, als Paige mit einem Teller in der Hand herauskam und ihm ein Stück frischen Apfelkuchen anbot. „Hmmm, noch ganz warm …", freute er sich.

„Tut mir leid, was da eben passiert ist, Jack. Es ist mir etwas peinlich."

Er hob den Kopf und sah in ein süßes, sanftes Gesicht, das Gesicht einer hingebungsvollen jungen Mutter, einer schwangeren Frau, die auf der Flucht war, um ihr ungeborenes Baby zu schützen. Und genau wie Mel ihm geraten hatte, dachte er an eine verstärkte Barrikade, Entbehrung, regelmäßige Prügel, Todesangst … und das über *Jahre* hinweg. Dabei fiel es ihm nicht nur schwer, sich vorzustellen, dass so etwas einer jungen hilfsbereiten, liebevollen Frau wie Paige geschah, es war ihm schlicht *unmöglich*, sich ein Bild von dem Mann zu machen, der ihr das antun konnte. „Machen Sie sich deswegen keine Sorgen, okay? Solche Momente erleben wir doch alle einmal."

„Nein, wir nicht. Nur ich ..."

Lachend unterbrach er sie. „Oh, damit fangen Sie jetzt gar nicht erst an. Ersparen Sie sich diese ‚nur ich hab diese Last zu tragen'-Tour. Fragen Sie Mel. Kurz bevor wir geheiratet haben, hatte ich einen grandiosen Nervenzusammenbruch. Und wo ich jetzt daran denke, sie ebenfalls!" Mit einem leichten Stirnrunzeln fügte er hinzu: „Aber das bleibt besser unter uns. Wollen Sie mir das einfach mal glauben?"

Paige legte den Kopf zur Seite. „Es wäre ihr wohl unangenehm, wenn ich sie danach fragen würde?"

„Nee, ich glaube eigentlich nicht, dass es ihr etwas ausmacht. Ich bin nur einfach ein bisschen angefressen, weil sie mir nie etwas erzählt und ich immer mit allem so herausplatze. Keine Ahnung, wie sie das macht."

„Ist schon in Ordnung, Jack." Sie lachte. „Ich werde Mel nicht danach fragen. Aber entschuldigen will ich mich schon."

„Das ist wirklich nicht nötig, Paige. Ich hoffe nur, dass es Ihnen jetzt besser geht."

John fuhr mit der Einkaufsliste, begleitet von Chris und Paige nach Eureka. Um zu vermeiden, dass die Lebensmittel im Truck schlecht wurden, während sie sich nach Klamotten umsahen, gingen sie als Erstes zu Target, wo Paige ein paar Sachen kaufte. Unterwäsche, Jeans, Shirts. John stand mit Chris an der Hand vor der Umkleidekabine, während sie einiges anprobierte. Anschließend machten sie noch einen Abstecher in die Buchhandlung, wo John geraume Zeit in der Abteilung für Geschichte zubrachte und ein paar Bücher aussuchte – alle in derselben Richtung wie die, die Paige in seinem Bücherregal gesehen hatte. Als er dann in die Kinderbuchabteilung zurückkam, um festzustellen, ob sie bereit waren zu gehen, stellte Paige die Bücher, die sie angeschaut hatten, zurück und sagte: „Okay."

„Vielleicht sollten wir ihm mal ein neues Buch kaufen, oder auch zwei“, schlug er vor.

„Seine Lieblingsbücher haben wir mitgenommen“, sagte sie.

„Zwei neue könnten wir aber schon brauchen“, beharrte er. „Wär's okay für dich, wenn ich das übernehme?“

„Natürlich“, willigte sie ein.

Vielleicht das Schönste an diesem Ausflug aber war die Fahrt selbst. Paige war nachts im Regen nach Virgin River gekommen, und außer ihrem kurzen Trip über die Straßen hinter den Bergen nach Grace Valley hatte sie noch nicht viel von der Landschaft gesehen. John machte einen kleinen Umweg zu den hohen Felsklippen an der Pazifikküste, die hier oben im Norden völlig anders aussah als in L.A. Dann ging es durch ein Redwood-Wäldchen weiter die Berge hinauf in Richtung Virgin River.

Einmal sah sie zu ihm hinüber, während er fuhr, und stellte fest, dass er grinste. „Warum lachst du?“, fragte sie ihn.

Er drehte den Kopf und sah sie an. „Ich war noch nie mit einer Frau zusammen einkaufen“, antwortete er. „Und ich fand es überhaupt nicht furchtbar.“

5. KAPITEL

Ihr Aufenthalt in Virgin River hatte für Paige in dem Schlafzimmer über der Küche begonnen, das sie nur ungern verließ. Als Nächstes kam die Küche, dann die Bar. Es folgten die langen Abende, an denen sie mit John vor dem Feuer plauderte. Und als sie dann anfing zu arbeiten, lernte sie auch die Einwohner des Orts kennen. Nach und nach wurde ihr Kreis immer größer, bis sie schon einige Male den Laden an der Ecke aufgesucht hatte und dann auch die kleine Bücherei, die immer dienstags geöffnet hatte. Dort lieh sie Bilderbücher für Chris aus und Romane für sich selbst.

Es dauerte keine drei Wochen, und sie empfand sich schon nicht mehr als Gast. Natürlich war sie ein Neuling, aber zum ersten Mal seit Jahren fühlte sie sich in ihrer Umgebung wohl. Die Tage waren lang, die Arbeit nicht leicht. Wieder einmal taten ihr die Beine weh, nur diesmal war sie dankbar für die Gelegenheit, sich auf diese Weise physisch verausgaben zu können, anstatt sich eingesperrt und von der ständigen Anspannung und Unsicherheit ihres Lebens ausgelaugt zu fühlen. Für ihr Frühstück und Mittagessen sorgte sie selbst. Das Abendessen nahm sie dann zwischen eiligen Bestellungen und schmutzigem Geschirr zusammen mit Rick und John in der Küche ein, und dabei ging es ihr richtig *gut*.

Nachdem Chris eingeschlafen war, hatte sie ein paar Stunden gelesen. Dabei war sie regelrecht in die Geschichte eingetaucht, wozu sie seit Jahren nicht mehr fähig gewesen war. Sie ließ ihren schlafenden Jungen allein und ging nach unten, um sich ein Glas Milch zu holen. Während sie die Stufen hinunterging, lächelte sie, denn immer brannte nachts ein Licht in der Küche und hieß sie willkommen. Aus der Bar fiel ein Feuerschein, also sah sie dort nach. John saß in dem dunklen Raum neben dem Tisch am Feuer und hatte die Füße auf dem Sims des offenen Kamins liegen. Sie ging hinein.

„Ist es nicht schrecklich spät für dich?“, fragte sie ihn.

Überrascht schreckte er auf, stellte die Füße auf den Boden und setzte sich gerade. „Paige! Ich habe gar nicht gehört, wie du heruntergekommen bist."

„Ich schleiche hier nur herum, weil ich mir ein Glas Milch holen wollte. Was ist los mit dir? Kannst du nicht schlafen?"

„Ja, ich habe ein kleines Problem. Aber in einer Minute bin ich weg."

„Soll ich dir Gesellschaft leisten?" Sein Gesichtsausdruck war ganz seltsam. „Oh, ich nehme an, du wirst etwas Zeit für dich allein wollen."

„Ist schon okay ...", meinte er.

„Nein, das kann ich verstehen. Die ganze Zeit warst du hier allein, und jetzt stolperst du ständig über Leute. Wir sehen uns morgen ..."

„Nun setz dich schon, Paige", forderte er sie finster auf. Unglücklich.

„Ist alles in Ordnung?", fragte sie und zog sich einen Stuhl heran.

Er schüttelte den Kopf. „Es sieht nicht so gut aus. Ich hatte nicht vor, es dir heute Abend zu sagen. Ich wollte bis morgen früh damit warten."

„Habe ich etwas falsch gemacht?", fragte sie und runzelte die Stirn. „Gibt es etwas, worauf ich ..."

„Mit dir ist alles bestens", beruhigte er sie. „Es liegt nicht an dir, du bist perfekt. Ich habe nur eben eine schlechte Nachricht erhalten. Wes hat es getan. Das, womit du gerechnet hast. Letztendlich hat er es also doch getan. Er hat dich und Chris als vermisst gemeldet. Vor fast zwei Wochen."

Einen Moment lang war sie wie gelähmt und völlig sprachlos. Schwach sank sie in ihrem Stuhl zurück. Die ganze Zeit, während sie sich eingelebt hatte und zunehmend wohler fühlte – in ihrer Umgebung, mit ihren neuen Freunden – war ihr Wes öfter in den Sinn gekommen. Dann musste sie einfach einen Blick über die Schulter hinter sich werfen. Sie konnte nicht anders. Manchmal überkam sie dann auch ein Schaudern, und öfter geschah es, dass ihr Herz anfing, wie wild zu pochen. Jedes Mal musste sie all ihre Energie zusammennehmen und sich darauf konzentrieren, gleichmäßig zu atmen, wobei sie sich vorsagte, dass er nirgendwo in der Nähe war und es gleich wieder vorbei sein würde.

Einen kurzen Moment lang schloss sie die Augen. „Ich werde hochgehen und packen", sagte sie leise. „Ich muss sehen, dass ich fortkomme. Zurück zu meinem Plan ..."

„Pack noch nicht sofort, Paige", unterbrach er sie. „Lass uns darüber reden."

Sie schüttelte den Kopf. „Da gibt es nichts, worüber man reden könnte, John. Er ist hinter mir her, und ich muss zusehen, dass wir davonkommen. Ich kann kein Risiko eingehen."

„Aber wenn du wegläufst, gehst du ein viel größeres Risiko ein. Wenn sie dich finden, wirst du verhaftet, und Chris wird dann zu ihm gebracht. Du musst es einfach tun, Paige. Sieh ihm ins Gesicht und zwing ihn in die Knie", drängte Preacher. „Ich werde dir helfen. Ich werde einen Weg finden, dich da durchzubringen."

„Es gibt nur einen Weg, um da durchzukommen. Ich muss hier weg. Du hast es doch selbst gesagt, er wird mich austricksen."

„Das habe ich nie gesagt", erwiderte er. „Ich habe nur gesagt, dass du nicht hinterhältig bist. Aber ich glaube, dass du ihn besiegen kannst. Ich kenne einige Leute. Da ist einmal mein Kumpel, der Cop. Dann gibt es da einen Richter in Grace Valley, mit dem ich öfter angeln war. Ich weiß, dass er helfen wird, wenn er kann. Jacks jüngste Schwester Brie ist Juristin, eine Topstaatsanwältin in der Hauptstadt unseres Staates. Und sie kennt jeden. Brie – sie ist so clever, dass man schon Angst bekommen kann. Wir werden ein paar dieser Leute fragen müssen, wie du aus dieser Schweinerei rauskommen und wieder ein richtiges Leben haben kannst. Ich steh das mit dir durch, bis du frei und in Sicherheit bist."

Sie lehnte sich in ihrem Stuhl ein Stück vor. „Hör mal, warum tust du das? Was versprichst du dir davon?"

„Ich? Schlaf, das ist alles. Wenn das vorbei ist, werde ich nachts schlafen können, weil ich dann weiß, dass du nicht gerade verprügelt wirst. Und ich weiß dann auch, dass Chris nicht verkorkst wird, während er aufwächst und lernt, wie man Frauen schlägt. Paige, ich habe es gesehen. In dieser ersten Nacht, als ich dir die sauberen Handtücher gebracht habe, da stand die Tür ein Stück offen und du hattest dir das Hemd hochgezogen …“ Er verstummte und ließ den Kopf hängen. Dann hob er ihn wieder und sah ihr gerade in die Augen. „Das war kein kleiner Klaps. Keine kleine Auseinandersetzung.“

Sie senkte den Blick und sah in ihren Schoß. Die Vorstellung, dass er sie in diesem grässlichen Zustand gesehen hatte, war ihr unerträglich.

„Hör mir zu“, sagte er und hob mit einem Finger ihr Kinn. „Ich war mit meinem Leben ganz zufrieden, bis zu diesem Abend, als du mit deinem Kind und deinen Verletzungen zur Tür hereinkamst. Für mich war es völlig in Ordnung, zu angeln, zu kochen und sauberzumachen. Und es hat mir noch nie etwas ausgemacht, allein zu sein. Ich werde nie heiraten und eigene Kinder haben. Das weiß ich. Aber hier kann ich etwas tun …“

„Das hier geht dich doch überhaupt nichts an!“

„Mittlerweile schon! Selbst wenn du dich nicht auf mich verlassen willst, der Junge rechnet mit mir! Das tut er jeden Tag, von dem Moment an, wo er in seinem Pyjama hier runtergelaufen kommt, bis er schließlich fest eingeschlafen ist! Wenn du mit Chris von hier weggehst, dann werde ich wissen, dass wir alles getan haben, um euch vor diesem Mistkerl in Sicherheit zu bringen!“ Er schnappte nach Luft. „Tut mir leid“, entschuldigte er sich, „manchmal kann ich so furchterregend klingen, wie ich aussehe.“

„Du siehst nicht furchterregend aus“, sagte sie so leise, dass er sie kaum hörte. „Und was ist, wenn es nicht funktioniert?“

Er richtete sich auf. „Dann werde ich euch helfen, an einen sicheren Ort zu kommen. Ich werde alles tun, was nötig ist. Lieber Himmel, Paige, wenn ich das nicht mache, was soll ich dann mit meinem Leben noch anfangen? Wenn mir doch eine Sache wie diese vierkant ins Gesicht schlägt und ich das ignoriere, was wäre ich dann wert, hm?"

Sie sah seine flehende Miene und schüttelte beinahe traurig den Kopf. „Woher willst du wissen, dass du niemals heiraten und Kinder haben wirst?", fragte sie ihn.

„Jetzt komm aber", erwiderte er frustriert.

„Nein wirklich."

„Fangen wir mal damit an, dass es hier am Ort nicht eine einzige unverheiratete Frau über achtzehn und unter sechzig gibt. Das wäre schon mal die erste Erklärung."

„Es gibt so viele Ortschaften ..."

„Jesses, müssen wir jetzt von mir reden? Dein Junge ist das erste Kind, das mir jemals nahegekommen ist. Herr Gott noch mal, sie verstecken sich hinter ihren Müttern, wenn sie mich sehen."

Sie musste über ihn lächeln. „Du fluchst wie verrückt. Ich wette, deine Mutter dreht sich gerade im Grabe um ..."

„Wie ein Kreisel", bestätigte er und fuhr dann eindringlich fort: „Ich weiß, dass du Angst hast. Aber hast du auch dann noch zu viel Angst, dem Arschloch in die Augen zu sehen und ihn in die Knie zu zwingen, wenn ich schwöre, dass ich hinter dir stehen werde? Wenn du mit sehr viel Hilfe rechnen kannst?" Er holte Luft. „Wusstest du, dass du niemals weglaufen darfst, wenn du plötzlich einem Bär gegenüberstehst? Dann machst du dich so groß, wie du kannst. Du musst dich aufplustern und versuchen, kräftig auszusehen. Mach viel Lärm und tue so, als wärst du hart, auch wenn du nicht hart bist." Er schüttelte den Kopf. „So klein, wie du bist, hättest du dabei natürlich Schwierigkeiten. Denk aber trotzdem mal über die Theorie nach. Wenn du handelst, als würdest du dich nicht vor ihm fürchten, und dabei Hilfe hast – gute, starke und clevere Hilfe –, dann könntest du das überstehen. Wir werden dir helfen. Der Richter, Mel, Jack, Brie, Mike."

„Mike?"

„Mein Freund, der Cop. Mike." Er schluckte. „Er sagt, was du jetzt wirklich tun musst, ist, dich zu stellen. Vielleicht nicht gerade bei der Polizei, aber bei irgendjemand, der mit dem Gesetz zu tun hat. Jemand, der deine Geschichte anhören wird. Ich denke da an einen Anwalt oder an den Richter."

„Okay", sagte sie.

„Okay?", wiederholte er überrascht.

„Okay. Ich habe schreckliche Angst, aber okay." Sie schauderte. „Entweder dein Weg oder weglaufen und mich verstecken. In beiden Fällen ist die Gefahr ungefähr dieselbe, nämlich er." Und ruhig fuhr sie fort: „Danke. Dafür, dass du mir deine Hilfe anbietest."

„Es ist schön, helfen zu können", meinte er. „Tu's einfach für Chris. Lass uns ihn aus diesem Mist herausziehen."

„Ja, das will ich versuchen", sagte sie, wenn auch mit zitternder Stimme.

Preacher sah eigentlich nicht aus wie ein Kerl, der es nötig hätte, dass man auf ihn aufpasste, aber es war genau das, was Jack tat. Zum Teil schon aus Gewohnheit. Seit der Zeit, als sie zusammen bei den Marines waren, hatte er dem großen Mann den Rücken gedeckt. Zweimal hatte Preacher unter ihm gedient, während des ersten und zweiten Irakkriegs.

Momentan gab es aber noch einen anderen Grund, weshalb Jack ihn sehr genau beobachtete. Preacher veränderte sich. Jack hatte es sofort bemerkt, denn es war noch gar nicht so lange her, dass er selbst eine ähnliche Verwandlung durchlaufen hatte. Allerdings hatte Jack genau gewusst, was ihm da geschah, und bei Preacher war er sich nicht so sicher.

Während der zwanzig Jahre beim Marinecorps und den drei Jahren in Virgin River hatte Jack sich nie auf eine enge Beziehung zu einer Frau eingelassen. Es war ihm gar nicht in den Sinn gekommen, solide zu werden und sich an eine Frau zu binden. Mehr, als dass er immer nur eine Frau auf einmal hatte, war nicht drin. Und dann war Mel ins Dorf gekommen, um dem alten Doc

Mullins bei der Arbeit zu helfen. Es hatte keine Woche gedauert, und Jack war weichgekocht. Der richtige Zeitpunkt, die richtige Frau, die richtigen Umstände. Aber auch wenn es ihn erschüttert hatte und er über seine eigenen Gefühle erschrocken war, es hatte ihn nie verwirrt. Es war eindeutig. Er hatte sich mit einem solch fürchterlichen Knall verliebt, dass er beinahe überrascht war, dass die Redwoods nicht zitterten, als würde ein Erdbeben sie schütteln.

Mit Preacher war es fast genauso schnell passiert. Paige war in dieser regnerischen Nacht vor gerade mal drei Wochen aufgetaucht, mit ihrem Kind und ihren Verletzungen, und vom ersten Moment an konnte Jack Preacher anmerken, wie er entflammte. Anfangs zeigte es sich in dem starken Bedürfnis, Unrecht wiedergutzumachen und Schutz zu gewähren, was typisch für Preacher war. Er gehörte zu dieser Kategorie von Mann. Nach außen hin hart und innen weich wie Butter. Gerechtigkeit und Loyalität, diese Werte bedeuteten ihm alles. Aber in den darauffolgenden Tagen hatte sich das, was Jack beobachtete, weiterentwickelt. Preacher behütete Paige in einem Ausmaß, das von mehr sprach als nur von seinem guten Herzen. Wenn er sie ansah, wurden seine Augen ganz dunkel. Sie glühten. Dann schüttelte er sich, sah schnell weg und runzelte die Stirn, als wollte er Gefühle begreifen, die er vorher nie gekannt hatte.

Was das andere Geschlecht betraf, da hatten Jack und Preacher einen völlig unterschiedlichen Hintergrund. Durch Abstinenz hatte Jack sich noch nie ausgezeichnet. Für ihn gab es immer irgendwo eine Frau, immer war er von diesen Bedürfnissen getrieben. Preacher dagegen war ein Einzelgänger. Aber auch wenn er eine sehr zurückhaltende Persönlichkeit war, er war nicht verschlossen. Tatsächlich war er sehr offenherzig. Transparent. Jack war überzeugt, dass er davon wüsste, wenn Preacher mit Frauen zu tun gehabt hätte. Nein, da war er sich ziemlich sicher. Das hier war für Preacher eine erste Erfahrung. Er wurde mächtig von einer Frau angezogen und hatte nicht die geringste Idee, wie er damit umgehen sollte.

Und weil ihm sein Freund so sehr am Herzen lag, hielt Jack auch ein Auge auf Paige. Sie war eine gutherzige Frau in einer prekären Lage, und Preacher gegenüber verhielt sie sich liebevoll. Aber es war absolut möglich, dass es nicht mehr war als Dankbarkeit. Sollte es ihr je gelingen, mit der Gefahr, der sie sich gegenübersah, fertig zu werden, war damit zu rechnen, dass sie fortgehen würde. Vielleicht zurück zu einer Familie, die sie irgendwo hatte. Oder vielleicht auch an einen ganz neuen Ort.

Vorläufig aber waren sie unzertrennlich. Alle drei. Preacher hielt Paige und Christopher unter seinen schützenden Fittichen, als lauerte ganz in der Nähe eine Gefahr, die jeden Augenblick zuschlagen konnte. Waren keine Gäste in der Bar, saßen Preacher und Paige an einem der Tische und unterhielten sich oder spielten Kribbage. Und falls Christopher nicht gerade ein Nickerchen hielt, saß er dabei auf Preachers Knie. Wenn viel Betrieb war, wenn die Angler nach einem langen Tag am Virgin auf ein paar Drinks oder zum Abendessen hereinkamen, hielten Paige und ihr Sohn sich bei Preacher in der Küche auf, halfen ihm oder leisteten ihm einfach nur Gesellschaft. Sie arbeitete auch in der Bar und war offensichtlich mit ihren Aufgaben zufrieden, wobei sie ständig bei Preacher nachfragte, was sie noch tun sollte.

Preachers aufkeimende Gefühle waren offenkundig. Weniger deutlich war das, was Paige empfand. Und nie ergab sich eine Gelegenheit, wo Jack einmal unter vier Augen mit Preacher reden konnte. Natürlich war er sich auch gar nicht so sicher, was er eigentlich sagen wollte. Aber es gab da etwas, das Jack gehört hatte. Bei häuslicher Gewalt war die Sache nämlich die, dass solche Situationen womöglich gefährlicher waren als ein Krieg. Explosiv, unberechenbar, tödlich. Die Cops hatten schon oft gesagt, dass sie lieber bei einem bewaffneten Raubüberfall eingesetzt würden als bei häuslicher Gewalt. Jack wollte nicht, dass dieser Frau etwas Böses zustieß. Er mochte sie. Aber er wollte auch nicht, dass Preacher etwas Schlimmes geschah.

Es bedrückte ihn und er wollte mit seiner Frau darüber reden. „Ich bin mal kurz weg", wandte er sich an Preacher. „Kommst du klar in der Bar?"

„Kein Problem."

Jack ging über die Straße zur Praxis, wo er Mel und Doc dabei antraf, wie sie am Küchentisch *Gin* spielten. Mel hatte bereits einen netten kleinen Stapel Pennys neben ihrer Hand stehen. Als sie ihn sah, leuchteten ihre blauen Augen auf, und sie lächelte ihn an. „Wenn du mit dem Spiel fertig bist, kannst du dann mit mir einen kleinen Trip machen?", fragte er sie.

„Wohin?"

Er zuckte die Schultern. „Bloß eine kleine Tour. Du und ich. Ausnahmsweise scheint einmal die Sonne."

„Meinetwegen können Sie auch jetzt gleich das Spiel beenden", meinte Doc. „Ich hab nicht ein einziges Mal gewonnen." Er warf seine Karten hin und stand auf.

„An Ihrem Sportsgeist müssen Sie noch arbeiten", sagte sie ihm.

„Ich muss daran arbeiten, besser zu schummeln", erwiderte Doc und verzog sich aus der Küche.

Mel holte ihren Mantel und ging mit Jack nach draußen. „Wohin fahren wir?", wiederholte sie ihre Frage.

„Nur eine kleine Runde. Erzähl mir, wie war dein Vormittag?"

Sie hielten sich an den Händen, während sie zu Jacks Truck gingen, dann öffnete er die Tür für sie. Als er neben ihr saß und losfuhr, sagte sie: „Es gab nichts besonders Interessantes. Dieses andauernde scheußliche Wetter scheint die Viren auszubrüten. Jede Menge Triefnasen, Husten und Fieber. Wir brauchen die ganze Palette von Erkältungsmitteln. Ich glaube, auch bei mir ist ein Schnupfen im Anmarsch."

„Bist du krank?"

„Nein, aber irgendwie habe ich einen dicken Kopf und ein Ohr ist zu. Ein Erkältungsmittel kann ich nicht nehmen, du weißt ja, wegen wem."

„Vielleicht solltest du im Moment lieber nicht in einer Arztpraxis arbeiten. All diese Bazillen“, meinte er.

„Ach, hör auf.“ Sie lachte und strich mit den Händen über ihren Minibauch. „Du kippst mir allmählich ein bisschen auf die überbeschützerische Seite.“

Sie verließen den Ort und fuhren dann ungefähr zehn Minuten lang in westlicher Richtung. Dann bog Jack von der Straße ab und hielt an. „Es wird jetzt holprig, der Weg ist katastrophal. Ist das okay für dich?“

„Solange ich mir nicht den Kopf oben anstoße, geht's schon. Was gibt es denn hier?“

„Ich habe da etwas entdeckt, das ich dir zeigen will. Halt dich fest, und ich fahre langsam. Es geht bergauf.“ Und in der Tat fuhren sie immer weiter hinauf, wobei sie einem Feldweg folgten, der gerade mal für ein Fahrzeug breit genug war und sich durch die Bäume schlängelte. Dann öffnete sich der Wald und gab eine große grasbewachsene Lichtung frei, von der aus man meilenweit sehen konnte. „Ich dachte, dir würde die Aussicht hier gefallen.“

„Oh, wie schön“, sagte sie begeistert. Sie ließ den Blick über eingezäunte Weideflächen, Ranchen und Farmen, Obstgärten und Weinberge schweifen. Im Hintergrund erhoben sich die kieferbedeckten Berge, und vor ihnen neigte sich der Berghang ins Tal.

„Komm mit“, sagte er und öffnete seine Tür.

Sie stiegen aus und standen nun auf dieser grünen Anhöhe mit dem Blick über das Vorgebirge und das Tal. In der Ferne schienen sich Wolken von der Pazifikküste aus heranzuschieben. Jack legte einen Arm um ihre Schultern, und sie lehnte sich an ihn. „Jack, das ist wunderschön. Ich wusste nicht einmal, dass dieser Platz hier existiert.“

„Ich auch nicht. Mel, wie wäre es denn, wenn dieser Fleck hier, genau da, wo wir gerade stehen … wenn das jetzt hier unsere Vorderveranda wäre?“

Ihr Kopf schoss hoch, und sie sah ihn mit leicht geöffnetem Mund und großen Augen an. „Jack!“, hauchte sie.

„Ich glaube, ich kann es bekommen. Das Land gehört den Bristols. Viel zu zerklüftet, um es zu bepflanzen, viel zu weit weg von ihrem Gelände, viel zu viel Wald, um als Weideland genutzt zu werden. Und wir brauchen ja auch nicht viel, zwei Morgen vielleicht."

In ihren Augen standen Tränen. „Oh, Jack", wiederholte sie. „Du hast dich nach Land umgesehen."

Er lachte. „Ich habe mich am hinteren Ackerrand der Besitztümer unserer Nachbarn herumgeschlichen, immer auf der Suche nach einem schönen Fleckchen, das ich jemandem abschwatzen könnte. Eine schöne Aussicht, eine gute Hoffläche, irgendwo dort, wo die Rehe direkt bis zum Haus durchspazieren und deinen Gemüsegarten zerstören ..."

„Ich hatte noch nie einen Gemüsegarten."

„Würde dir das gefallen?"

„Ich würde es lieben. Ich liebe dich."

Er stellte sich hinter sie und schloss sie in die Arme. Dabei schob er seine Hände unter ihre Jacke, unter ihren Pullover und dorthin, wo ihre Jeans nicht mehr schloss und aufklaffte. Als seine großen Hände auf ihrem Bauch lagen, legte sie ihre Hände auf seine und lehnte sich rückwärts an ihn. So blieben sie stehen und sahen auf das schöne Land hinaus, als sie ein winziges Flattern in sich spürte. Diese kleinen Bewegungen hatten gerade erst begonnen. „Es tut mir leid, dass du das nicht fühlen kannst", flüsterte sie. „Das Baby hat sich gerade ein bisschen bewegt."

Er beugte sich hinunter, um ihren Hals zu küssen. „Ihr gefällt es hier."

„Wie könnte es auch anders sein? Oh, Jack, du hättest es mir nicht zeigen sollen. Wenn du jetzt Fish und Carrie Bristol nicht dazu überreden kannst, sich davon zu trennen, wird es mir das Herz brechen." Sie drückte seine Hände.

„Denk positiv", riet er ihr und massierte sanft ihren Bauch. „Ich dachte immer, dass die Männer völlig durchdrehen, wenn ihre Frauen schwanger sind. Dass sie sie nicht mehr anfassen wollen. Keinen Sex mehr wollen."

„Nicht alle Männer."

„Gott, ich will dich mehr als je zuvor", flüsterte er und küsste noch einmal ihren Hals.

„Das ...", sagte sie schmunzelnd, „... ist schlicht unmöglich."

„Wollen wir nicht den Boden unseres neuen Heims einweihen?"

Sie lachte über ihn. „Ich werde doch nicht mit Grasflecken am Po in die Praxis zurückgehen. Beherrsche dich."

„Hier werde ich ein Haus für dich bauen", verkündete er. „Als Erstes werde ich den Weg hier herauf planieren und verbreitern lassen, dann wird die Erde ausgehoben. Das kann ich nicht selbst machen. Während das geschieht, werden wir ein paar Pläne zeichnen lassen. Beim Fundament brauche ich Hilfe, aber dann ..."

„Jack, hör auf damit. Erst einmal musst du das Land kaufen."

Er drehte sie zu sich um. „Ich werde dir hier ein Haus bauen, Mel."

„Okay", sagte sie. „Dann tu das."

Irgendwann gingen sie wieder zum Truck zurück, aber dort saßen sie dann noch eine ganze Weile und sahen schweigend über das Tal. Mel erinnerte sich an den vergangenen März, als sie hier eingetroffen war. Nicht lange vorher war sie Witwe geworden und hergekommen, um einen Neuanfang zu versuchen. Als Erstes dachte sie damals, dass es ein schrecklicher Fehler war, in dieses schäbige Nest gekommen zu sein. Für ein Leben in den Wäldern war sie nicht geschaffen. Sie war eine Stadtpflanze. Und jetzt blickte sie auf die herrlichste Landschaft Amerikas und wusste, dass sie niemals von hier weggehen würde.

Im kommenden März würde ihr Baby zur Welt kommen, ein Mädchen. Das hatte ihr der Geburtshelfer John Stone gesagt. Sie hatte einen langen Weg hinter sich, sowohl emotional als auch physisch. Von der Frau, die geglaubt hatte, niemals wieder lieben zu können, zu der Frau, die die leidenschaftlichste romantische Liebesbeziehung erlebte, die sie sich vorstellen konnte. Von der Frau, die geglaubt hatte, niemals ein Kind haben zu können, zur Mutter.

„Du bist sehr still", wandte sie sich an ihren Mann.

„Ja. Ich denke zu viel", gestand er. „Mel, lass uns über etwas reden. Du musst mir bei etwas helfen."

„Oh, du hast mich also nicht hierhergebracht, um mir die Aussicht zu zeigen. Nein ... damit hättest du mich später, wenn du dir sicher sein könntest, dass es auch zu haben ist, überrascht. Du wolltest ungestört sein", stellte sie fest. „Was liegt dir auf dem Herzen?"

„Ich habe Preacher beobachtet", begann er.

„Ah. Das tun viele."

„Was soll das heißen?"

„Nun, es ist doch wohl ziemlich offensichtlich, dass er seinem Hausgast mehr und mehr Zuneigung entgegenbringt."

„Ja. Das ist auch das, was ich glaube, und ich habe so ein Gefühl, dass er gar nicht weiß, was ihn da getroffen hat."

Sie griff nach seiner Hand. „Er wird schon damit klarkommen."

„Mel, ich bin mir nicht sicher, dass die Blicke, die Paige ihm zuwirft, etwas anderes bedeuten als ein Dankeschön. Ich meine ... Preacher ist doch genau der Typ, den man gern in seiner Nähe hat, wenn jemand vorhat, einen auseinanderzunehmen."

„Sieht ganz so aus, als wäre es ein wichtiger Punkt, sich einmal sicher fühlen zu können", erwiderte Mel. „Das war auch eins der wichtigsten Dinge, die du mir gegeben hast."

„Aber sie ist so schwer verletzt worden, Mel. Wirklich schlimm. Und wenn der Schaden verheilt ist und sie sich nicht mehr fürchtet ..."

„Jack, hör auf. Ich war vollkommen erschlagen, aber das hat dich nicht eine Sekunde lang entmutigt."

„Aber vielleicht ist das hier jetzt anders ..."

„Du machst dir Sorgen, dass er verletzt werden könnte", stellte sie fest.

„Ja, gut möglich."

Sie lachte, drückte aber gleichzeitig seine Hand. „Du bist ja eine richtige Glucke geworden. Aber er ist ein großer Junge. Lass ihn. Lass sie."

„Ich habe gesehen, wie diese Frau verprügelt wurde. Du weißt, dass der Kerl, der ihr das angetan hat, besessen ist. Er ist bösartig wie der Teufel selbst. Dieser verrückte Scheißkerl wird hinter ihr her sein, und ich hasse die Vorstellung, dass Preacher dabei ins Kreuzfeuer geraten könnte."

„Jack, hör lieber auf das, was ich sage. Das ist nicht deine Entscheidung."

„Seit Jahren habe ich mich jetzt um den Kerl gekümmert", fuhr er fort. „Es überrascht mich einfach total. Preacher hatte nie viel mit Frauen am Hut, und ich weiß nicht, ob ihm klar ist, worauf er sich da einlässt."

„Es muss ihm gar nicht klar sein, worauf er sich einlässt, aber ich wette, du irrst dich auch da", sagte sie lachend. „Alles, was ihm klar sein muss, ist, wie er sich fühlt und was er will. Das ist nicht dein Knochen, Jack. Also kau auch nicht darauf herum. Und wenn du versuchst, es ihm auszureden, wird er dir nur das Kinn brechen."

„Ja", gab er ihr missmutig recht. „Ja."

Er warf den Motor an und fuhr in den Ort zurück. Nachdem er Mel abgesetzt hatte, ging er wieder in die Bar, wo er Preacher hinter dem Tresen fand und Paige vor ihm auf einem Hocker. Vermutlich schlief der Junge noch. Die beiden waren allein, und Preacher hielt ihre Hand.

„Gut, dass du zurück bist. Wir brauchen dich mal einen Moment."

„Klar", antwortete Jack.

„Ich muss mal einen Tag freimachen, wenn du auf mich verzichten kannst."

„Wann?"

„Morgen oder übermorgen. Auf jeden Fall bald."

„Morgen geht klar."

„Ich will auch, dass du weißt, was wir vorhaben. Wir werden nach Grace Valley zu Judge Forrest fahren. Ich hoffe, dass es dir nichts ausmacht, aber ich habe Brie angerufen. Ich wollte sie bitten, für Paige in L. A. einen Anwalt zu besorgen, falls sie einen braucht. Was Paige nun aber gern von Judge Forrest hätte, ist eine einstweilige Verfügung und eine Entscheidung über das Sorgerecht ... zumindest vorläufig. Gegen ihren Mann, weil er sie geschlagen hat. Und das schon oft."

Jack sah zwischen Paige und Preacher hin und her. „Wollt ihr das wirklich tun?"

„Ja, Jack. Ich unterstütze Paige, damit sie aus dieser Scheiße rauskommt und ihr Kind und das Baby in Sicherheit bringen kann." Paige senkte den Kopf, als schämte sie sich. Preacher sah es, stupste sie an und legte einen Finger unter ihr Kinn. „Du hast doch nichts Schlimmes getan, Paige." Dann richtete er sich an Jack: „Ich habe Paige gesagt, dass wir ihr alle helfen und nicht zulassen werden, dass ihr etwas zustößt."

„Etwas zustößt?", wiederholte Jack.

„Paige ist schwanger. Sie braucht unsere Hilfe."

„Natürlich", sagte Jack.

„Die Sache ist die ... und das hängt mit der einstweiligen Verfügung zusammen. Der Mann ... er wird dann erfahren können, wo sie sich aufhält."

„Whoa", sagte Jack. Das hatte er nicht gewusst. „Und du bist dir sicher, dass das der beste Weg ist? Ich meine, wie groß sind denn die Chancen, dass sie jemand hier findet, wenn ihr euch einfach ruhig verhaltet?"

„Irgendwie kommt man wirklich nicht darum herum", erklärte Preacher achselzuckend. „Der Mann ... er hat sie als vermisst gemeldet. Chris auch. Wenn man ihr hier auf die Spur kommt, wird das sogar noch schlimmere Konsequenzen haben. Wir müssen uns dem einfach stellen."

„Wenn du das tust, dann denk bloß immer daran, dass diese Geschichten mit häuslicher Gewalt brenzlig werden können. Richtig gefährlich."

Preacher sah Jack grimmig an. „Wie es aussieht, ist es das schon lange. Dieser Mist muss ein Ende haben. Und Paige braucht unsere Hilfe, um dem ein Ende setzen zu können."

„Okay, ja. Ich bin dabei. Wenn jemand hier auftaucht und

Schwierigkeiten macht, werden wir damit fertig. Das weißt du. Aber ... seid ihr euch wirklich sicher, dass ihr euch darauf einlassen wollt? Es könnte anders laufen als gewünscht", meinte Jack. „Habt ihr schon mal über Alternativen nachgedacht?"

„Er hat recht, John", sagte Paige. „Es könnte ein Fehler sein. Du könntest verletzt werden."

„Ich werde nicht verletzt. Niemand wird verletzt. Außer ihm, im besten Fall."

„Denk wenigstens darüber nach, Preacher", bat Jack.

Preachers Miene verfinsterte sich, seine Augen wurden schmal. „Wir werden das durchziehen, Jack", sagte er.

Jack holte Luft. „Okay, Preach. In Ordnung, ganz wie du willst."

Preacher spürte, dass Paige begann, die Nerven zu verlieren, und er konnte es ihr nicht verübeln. Dafür gab er Jack die Schuld. Es war einfach falsch von ihm, Fragen aufzuwerfen und Paige damit in die Defensive zu drängen, so wie er es getan hatte. Und schon am selben Abend nach dieser Diskussion mit Jack, gleich nachdem sie Chris ins Bett gebracht hatte und obwohl noch ein paar Leute in der Bar waren, sprach Paige ihn leise an: „Ich glaube, wir sollten unseren Plan noch einmal überdenken."

„Es gibt keinen Grund, sich zu fürchten, Paige. Da ist nur eine wirkliche Gefahr, nämlich Christopher vor Gericht zu verlieren. Und vielleicht bin ich ja auch nur ein riesiger Idiot, aber ich wüsste nicht, wie das geschehen sollte. Nicht nach allem, was er dir angetan hat. Er ist bereits vorbestraft, Paige. Also ist es nicht so, dass dein Wort gegen seins steht. Damit würden sie Chris in Gefahr bringen, und ich kann mir nicht vorstellen, dass irgendein Richter das zulässt."

„Jack hat aber recht. Du darfst dich deswegen keiner Gefahr aussetzen. Wir können immer noch entkommen, Christopher und ich. Ich kann zu dieser Adresse in Washington fahren, alles regeln und dann in diesen Untergrund gehen, wo Frauen und Kinder eine neue Identität bekommen ..."

„Hab doch keine Angst", wiederholte er. „Es wird gut laufen. Ich habe mit Judge Forrest gesprochen, und er ist optimistisch, dass eine Lösung gefunden werden kann."

„Ich sage nur, es gibt Alternativen dazu, ein solches Risiko einzugehen …"

„Paige, wenn es so weit kommt, werde ich dich selbst wegbringen, und so lange bei dir bleiben, bis du an einem sicheren Ort bist."

„Das musst du nicht …"

„Ich habe etwas versprochen, Paige."

„Ich werde dich nicht daran erinnern."

„Das ist ein Versprechen, das ich mir *selbst* gegeben habe."

Als Preacher hartnäckig blieb, wünschte Paige ihm nur noch gute Nacht und ging die Hintertreppe hinauf. Da er sich Sorgen um sie machte, schlich er ihr, nachdem er die Bar geschlossen und die Tür verriegelt hatte, auf dieser Treppe nach und klopfte leise an ihre Tür. Als sie aufmachte, konnte er an ihren roten Augen und der geröteten Gesichtsfarbe erkennen, dass sie geweint hatte.

Auf der Kommode stand der kleine Koffer. Er war geöffnet, und ordentlich gefaltet lagen bereits ein paar Kleidungsstücke darin.

„Ach, Paige", sagte er und zog sie an der Hand aus dem Zimmer, denn er wollte Christopher nicht aufwecken.

Sie lehnte sich an ihn und weinte an seiner Brust. Er legte seinen Arm um sie und hielt sie ein Weilchen, während er ihr sanft den Rücken streichelte. „Komm", forderte er sie schließlich auf. „Komm mit zu mir."

Den Arm um ihre Schultern gelegt, brachte er sie nach unten und führte sie in sein Zimmer. Die Tür ließ er offen, damit sie Christopher hören könnten, falls er aufwachte. Er nahm ihre Hand und lenkte sie zu dem Sofa im Wohnbereich, auf dem sich noch immer sein Gewichte-Set tummelte, das er aus seinem alten Schlafzimmer heruntergeholt hatte. Also setzte er sich in den großen Ledersessel, der im rechten Winkel zu ihr stand. Er rückte etwas vor, streckte die Arme aus und nahm ihre Hände. Dann sah er ihr in die Augen und fragte: „Hast du so große Angst, dass du einfach weglaufen willst?“

Sie nickte, und er zeichnete mit einem Finger ihre Kinnlinie nach.

„Lass uns versuchen, das durchzustehen“, drängte er.

„Aber selbst wenn es funktioniert, es gibt nichts, womit ich dir das zurückzahlen kann“, entgegnete Paige.

Er schüttelte nur den Kopf. „Ich will nichts von dir, Paige. Außer, dass dich nie wieder jemand schlägt. Niemals.“

Paige musste einfach sein Gesicht berühren. Sie legte ihre kleine Handfläche an seine Wange und flüsterte: „Du bist solch ein Engel.“

„Nee. Ich bin ein ganz normaler Mann.“ Er lachte leise. „Eher unterdurchschnittlich.“

Sie schüttelte den Kopf, und dabei fiel eine Träne und lief ihr über die Wange. Vorsichtig wischte Preacher sie weg. „Ich kriege da einfach keinen Sinn rein“, meinte er. „Wenn ein Mann doch eine solche Familie hat – du, Christopher und noch ein Baby unterwegs –, warum? Man sollte doch meinen, er würde alle Hebel in Bewegung setzen, um euch Sicherheit zu geben und nicht zu verletzen. Ich wünschte …“ Traurig schüttelte er den Kopf.

„Was wünschst du, John?“

„Du verdienst einen Mann, der dich liebt und dafür sorgt, dass du es auch niemals vergisst. Jemand, der Christopher zu einem aufrechten, starken Mann erziehen will, einem guten Mann, der die Frauen respektiert.“ Er legte die Hand an ihr Haar und schloss die Faust um eine seidige Strähne. „Wenn ich eine Frau wie dich hätte, ich wäre so sorgsam“, flüsterte er.

Sie sah in seine liebevollen Augen und lächelte, aber dieses Lächeln war von Angst und Trauer gefärbt.

„Komm her, lass mich dich halten.“ Er zog sie zu sich, und sie rutschte auf seinen Schoß, nahm die Beine hoch und rollte sich an ihm zusammen, den Kopf an seine Schulter gelegt und seinen Arm im Rücken. Wie ein kleines Kätzchen kuschelte sie sich an seine breite Brust.

Preacher lehnte sich im Sessel zurück und schloss die Augen, legte beide Arme um sie und drückte sie an sich. Alles, was ich ihr bieten muss, ist das hier, dachte er. *Hilfe. Sicherheit. Wir werden diesen Schweinehund aus ihrem Leben vertreiben, und sie wird wieder Stärke und Selbstsicherheit entwickeln. Und dann wird sie gehen. Irgendwann einmal wird es auch wieder einen Mann geben. Einen, der sie gut behandelt. Aber bis es so weit ist, wird sie vielleicht manchmal jemanden brauchen, der sie ein Weilchen hält. Und sollte ich das sein, diese wenigen Male, werde ich das Beste daraus machen.*

So blieb er sitzen, bis die kleine Uhr an der Wand ihm sagte, dass es Mitternacht war. Paige hatte sich seit Stunden nicht bewegt. Sie schlief in seinen Armen, und er selbst hätte bis zum Morgengrauen so verharren können. Einfach ihren kleinen Körper an seinem fühlen. Mit einem tiefen Seufzer küsste er sie auf den Kopf. Dann stand er auf, wobei er sie vorsichtig in seinen Armen festhielt. Sie wachte kurz auf und sah in sein Gesicht hoch. „Schhhh“, machte er. „Wir wollen dich ins Bett bringen. Morgen ist ein großer Tag.“

Preacher trug sie über die Hintertreppe in sein altes Zimmer. Dort legte er sie neben ihren Sohn aufs Bett und strich ihr das Haar aus der Stirn. „Danke, John“, flüsterte sie.

„Du musst mir nicht danken“, wehrte er ab. „Ich tue nur, was ich tun will.“

Jack hackte Holz, als Preacher um sieben Uhr morgens aus der Hintertür seines Quartiers trat und auf ihn zukam. Er lehnte die Axt an den Holzblock und sah seinem Freund entgegen. Als er dann aber den bedrohlichen Ausdruck in Preachers Gesicht wahrnahm, neigte er leicht den Kopf, runzelte die Stirn und fragte sich, was los war.

Aber ehe er noch lange überlegen konnte, hatte Preacher bereits einen niederschmetternden Schlag in sein Gesicht gelandet, der ihn ungefähr einen Meter zurückwarf und flach mit dem Hintern auf dem Boden landen ließ. In seinem Kopf schien eine Bombe hochgegangen zu sein. „Jesses …"

„Was zum Teufel denkst du dir dabei, ihr das Gefühl zu geben, sie würde einen Fehler machen?", wollte Preacher wissen. „Du solltest wirklich mehr Grips im Kopf haben als das!"

„Whoa", war alles, was Jack herausbrachte. Er blieb, wo er war, und presste eine Hand an seinen Kiefer. Ehe er nicht in der Lage war, sich gegen den Mann zu wehren, würde er es nicht wagen, wieder hochzukommen. Und wenn Preacher derart angepisst war, schien das sowieso eine blöde Idee zu sein.

„Die Frau hat eh schon Todesangst und glaubt nicht daran, dass sie Hilfe verdient. Und dann stehst *du* da und stellst *mich* infrage. Was zum Teufel ist mit dir los?"

„Äh, Preacher …"

„Von dir hätte ich mehr erwartet, Jack. Es ist ja nicht so, als würdest du das nicht kennen. Als Mel hier hochkam, hatte sie eine schwere Last auf dem Buckel … nicht dieselbe Scheiße, aber ebenfalls Scheiße. Und wenn ich dir damals, vor ihren Augen, gesagt hätte, du sollst dich da nicht reinziehen lassen, du wärst mit mir auf der Stelle vor die Tür gegangen!"

„Ja", sagte Jack langsam, während er mit der Hand seinen Kiefer hin- und herbewegte. Gebrochen war nichts. „Ja. Okay." Er befühlte seine Wange unter dem Auge … also da könnte schon etwas gebrochen sein.

„Ich dachte, ich könnte mit dir an meiner Seite rechnen. Du hast immer auf mich zählen können!"

„Okay, dann ist die Frau jetzt also wirklich wichtig für dich …", sagte Jack vorsichtig.

„Darum geht es überhaupt nicht! Ich versuche einfach nur zu helfen … ich erwarte gar nichts. Aber mit Sicherheit hätte ich nie erwartet, dass du mir in den Rücken fällst und mir ausreden willst, ihr unter die Arme zu greifen."

„Du hast recht. Es tut mir leid."

„Ich mache nie etwas, wenn ich es nicht machen will!"

„Ich weiß. Junge, ich hab's kapiert." Jack machte Anstalten, sich aufzurichten, und Preacher hielt ihm seine Hand hin. Jack nahm die Hilfe an, nur um dann festzustellen, dass er wieder zurück auf den Boden geschubst wurde.

„Wenn du schon nicht helfen kannst, dann halt zumindest deine verdammte Klappe!"

Und damit drehte Preacher sich um und stapfte zurück in seine Wohnung.

Jack blieb noch eine Minute unten. Er zog die Knie an, legte seine Arme darum und versuchte, wieder einen klaren Kopf zu bekommen. Whoa, dachte er. Verdammt.

Langsam richtete er sich auf und beschloss, dass das Holzspalten warten konnte. Mit ein paar Sternen vor den Augen schwankte er über die Straße zu Docs Praxis und ging hinein. Mel war noch gar nicht im Dorf, aber Doc stand in der Küche und machte Kaffee. Als Jack hereinkam, sah er sich um und verdrehte die Augen. „Und wie sieht der andere Kerl aus?", fragte er.

„Schätze, ich bin Preacher auf seine kleinen Zehen getreten. Hast du einen Eisbeutel?"

Eine halbe Stunde später ging die Haustür auf, und Mel kam herein. Sie ließ ihre Medizintasche in der Rezeption stehen und wollte sich in der Küche einen Kaffee holen. Dort traf sie dann auf Jack, der am Küchentisch saß und sich einen Eisbeutel ans Auge hielt. Irgendwie schien sie gar nicht fürchterlich überrascht zu sein. Gemächlich füllte sie sich einen Becher und setzte sich dann an den Tisch. „Lass mich raten", sagte sie mit einer sehr überlegenen Miene. „Du musstest unbedingt jemandem einen Rat erteilen."

„Warum höre ich eigentlich nie auf dich?", fragte er, ließ den Eisbeutel sinken und gab eine verfärbte Wange und ein blaues Auge frei, das zuzuschwellen drohte. Abgestoßen schüttelte sie den Kopf.

„Wie sich gezeigt hat, weiß Preacher, was ihn getroffen hat", erklärte ihr Jack.

„Hab ich doch gesagt", stellte sie fest, setzte den Ellbogen auf die Tischplatte und legte die Wange in die Hand.

„Irgendwie hat er sich daran gestoßen, dass ich ihm geraten habe, vielleicht doch lieber noch einmal ernsthaft darüber nachzudenken, bevor er sich in diese Misere bringt."

Sie stieß nur zischend die Luft aus, womit sie ihn, ohne es offen auszusprechen, wissen ließ, was sie von ihm hielt.

„Okay, ich habe ihm gesagt, dass es mir leidtut. Dass er recht hat und ich es bedaure."

„Nachdem er dir den Kopf zurechtgerückt hat, nehm ich mal an …"

„Also ja. Hinterher."

„Männer."

„Normal sind wir im selben Team", betonte er.

„Wenn keine Frau zwischen euch steht."

„Das wird mir auch langsam klar."

„Weißt du, es gibt eine kleine Regel, wenn es um Meinungen geht. Die taugen nämlich nur dann etwas, wenn dich jemand wirklich darum bittet."

„Er hat tatsächlich so etwas gesagt wie, dass ich doch einfach die Klappe halten soll."

„Also bitte. Wer hätte gedacht, dass Preacher so weise ist?"

Er schnitt ihr eine Fratze und drückte den Eisbeutel wieder ans Gesicht. Dabei zuckte er zusammen.

„Tut weh, hm?"

„Verdammt, der Junge hat 'nen guten Schlag."

„Du kannst natürlich gern, solange wie du magst, hier sitzen und dich verstecken, aber früher oder später werdet ihr euch küssen und wieder vertragen müssen. Solltest du nicht heute die Bar machen, damit er rüberfahren und den Richter treffen kann?"

„Ja, aber ich wollte ihm Zeit geben, wieder etwas runterzukommen. Wenigstens ein Auge brauche ich, mit dem ich sehen kann."

„Oh, ich denke, wenn Preacher mehr für dich auf Lager hätte, würde er es schon geliefert haben."

Wenig später betrat Jack die Küche der Bar und stellte fest, dass Preacher auf seinen Gruß nur mit einem finsteren Blick reagierte. Mutig ging er weiter zum Tresen. „Hey, Mann“, sprach er ihn an. „Du hast recht und ich unrecht, und ich will, dass wir wieder im selben Team spielen.“

„Bist du dir denn sicher, dass in meinem Team die Schwierigkeiten für Klein Jack nicht zu groß sind?“, fragte Preacher.

„Okay, bist du bald fertig? Denn das hier tut wirklich weh, und ich will versuchen, dich nicht jetzt gleich auf die Matte zu werfen. Ich dachte, wir könnten einfach mal darüber *reden*.“

„Ich wollte nur sicherstellen, dass ich mich klar ausgedrückt habe“, sagte Preacher.

„Ich hab es verstanden, Preach. Jetzt komm schon. Ich werde dich nur einmal fragen.“

Einen Moment lang schien Preacher darüber nachzudenken, dann streckte er langsam die Hand aus. Jack schüttelte sie und sagte: „Mach das nie wieder.“

„Bring du mich nicht so weit, dass ich den Wunsch dazu verspüre.“

Es dauerte nicht lange, bis Paige mit Christopher die Treppe herunterkam. „Oh, mein Gott“, rief sie, als sie Jacks Gesicht sah.

„Es ist viel schlimmer, als es aussieht“, beruhigte er sie.

„Was um aller Welt ist denn passiert?“

„Ich bin dem Hinterteil eines Esels zu nahe gekommen.“ Dann zog er aus seiner Gesäßtasche eine CD. „Mel hat mir gesagt, ich soll Ihnen das geben. Ein paar Fotos, die sie gemacht hat. Falls Sie sie brauchen. Aber sie hat auch gesagt, man sollte die Leute warnen, denn es sind sehr erschreckende Bilder. Was immer das bedeutet“, fügte er hinzu, indem er vorgab, sie noch nie gesehen zu haben. „Sie hat noch Kopien davon, also können Sie sie auch dort lassen, falls jemand danach fragt … wie zum Beispiel der Richter.“

6. KAPITEL

Judge Forrest hatte sich Grace Valley zur Heimat erkoren und war dort beim Berufungsgericht. Mit mehr als siebzig Jahren war er ein rüstiger Mann, der meist eine ernste, wenn nicht grimmige Miene trug. Für Preacher aber hielt er ein freundliches Lächeln bereit und begrüßte ihn mit Handschlag. Ihr Treffen fand nicht im Gerichtssaal statt, sondern im Büro des Richters, wo Preacher und Paige vor seinem Schreibtisch Platz genommen hatten, während Christopher von der Sekretärin im Vorzimmer betreut wurde. Judge Forrest stellte Paige einige Fragen zu ihrem Leben in Los Angeles.

Sie erklärte ihm, dass sie seit sechs Jahren mit Wes Lassiter verheiratet war, mit dem sie einen dreijähriger Sohn hatte – Christopher. Auch sei sie jetzt erneut schwanger, etwas mehr als zwei Monate. Übergriffe hatte es von Anfang an gegeben. Tatsächlich hatte er sie bereits einmal geschlagen, noch bevor sie geheiratet hatten. Während der letzten zwei Jahre war es dann zunehmend schlimmer geworden und schrecklich brutal. „Aber von Anfang an hätte ich es kommen sehen müssen", erklärte sie. „Schon als wir noch gar nicht verheiratet waren, wollte er mich ständig kontrollieren. Und er hatte Wut in sich, seltener auf mich, eher allgemein. Verstehen Sie, wie zum Beispiel beim Fahren. Oder, wenn er sich über irgendwas bei der Arbeit geärgert hatte. Er handelt mit Aktien und Rohstoffen … extrem hoher Stress."

„Und der letzte Übergriff …?", fragte der Richter.

Mit zitternder Hand schob sie ihm die CD über den Schreibtisch. „Gleich am ersten Tag, als ich nach Virgin River kam, hat mich die Hebamme, die dort in der Arztpraxis arbeitet, untersucht, denn es gab Anzeichen für eine Fehlgeburt. Sie hat diese Fotos gemacht."

„Jacks Frau", warf Preacher erklärend ein, denn der Richter kannte Jack vom Angeln. „Mel."

„Das war der letzte Übergriff", fuhr Paige fort. „Damit hat er mich in die Flucht getrieben. Wieder einmal."

Judge Forrest nahm die CD und schob sie in das Laufwerk seines Computers. Er klickte ein paarmal seine Maus an, dann richtete er den Blick auf sie. „Warum sind Sie nicht zur Polizei gegangen?", fragte er.

„Ich hatte Angst."

„Haben Sie überhaupt schon einmal Anzeige erstattet?", fragte er weiter.

„Zweimal. Und ich hatte auch schon einmal eine einstweilige Verfügung, an die er sich nicht gehalten hat. Ich konnte nicht einmal bei meiner Mutter bleiben ... die hat er ebenfalls bedroht."

„Mel Sheridan hat diese Fotos datiert", stellte der Richter fest.

„Ich weiß. Sie hatte mir gesagt, dass sie, ohne den Familiennamen anzugeben, eine Krankengeschichte anlegen wollte, die sie datieren und mir zur Verfügung stellen würde, falls ich sie brauche ... für eine Behandlung oder was auch immer."

„Das war auch notwendig. Ihre Verletzungen sind auf den fünften September datiert. Am zwölften hat er Sie und Ihren Sohn als vermisst gemeldet." Der Richter beugte sich zu ihr vor. „Junge Frau, das ist ein gefährlicher Mann. Wenn Sie ihn nicht anklagen, wird es keine Hoffnung geben, ihn zu stoppen. Allein werden Sie ihn mit Sicherheit nicht aufhalten können."

„Ehrlich gesagt, es hatte mich überrascht, dass er nicht schon viel früher gegen mich vorgegangen ist."

„Mich überrascht das nicht", verkündete der Richter. „Er wollte doch nicht riskieren, dass man Sie findet und nach L. A. zurückbringt, solange Sie aussahen wie auf diesen Bildern." Er warf die CD aus und reichte sie ihr zurück. „Ich werde eine einstweilige Verfügung erlassen und Ihnen das vorläufige Sorgerecht übertragen. Dabei werde ich mich auf diese Fotos stützen und – womit ich sicher rechnen kann – die Zeugenaussagen der Hebamme und anderer. Er hat Sie geschlagen und dann so lange gewartet, dass Sie Zeit hatten zu fliehen und vielleicht sogar den Staat zu verlassen, bevor er Sie als vermisst gemeldet hat. Das setzt ja wohl voraus, dass Sie ihm ihre Absicht mitgeteilt haben müssen. Daher kann ich nur annehmen, dass Sie mit seiner Zustimmung gehandelt haben." Paige öffnete den Mund, aber der Judge bedeutete ihr mit einer Handbewegung zu schweigen. „Sagen Sie kein Wort mehr ohne Anwalt, junge Lady. Diese Woche, die er gewartet hat, bevor er seine Frau und seinen Sohn vermisst, spricht Bände. Aber Sie werden anwaltliche Hilfe brauchen. Wenn Sie Glück haben, können Sie *in absentia* eine Scheidung und das permanente Sorgerecht durchsetzen, aber wundern Sie sich nicht allzu sehr, wenn von Ihnen verlangt wird, dass sie nach L. A. zurückkommen. Wenn das geschieht, wohnen Sie nicht bei Ihrer Familie. Es darf nicht bekannt werden, wo Sie sich aufhalten. Und fahren Sie nicht alleine."

„Dafür werde ich sorgen", sagte Preacher.

Der Richter nickte zustimmend. „Ihre Dokumente sollten in ungefähr einer Stunde fertig sein. Vielleicht auch zwei. Gehen Sie etwas essen, und dann kommen Sie wieder her." Er stand auf. „Ich wünsche Ihnen viel Glück."

Auf dem Rückweg nach Virgin River am späten Nachmittag sagte Paige: „Und jetzt kommt der Teil, der mir Angst macht."

Rick pfiff vor sich hin, als er zur Arbeit erschien. Durch den Hintereingang war er durch die verlassene Küche in die Bar gelaufen, wo er Jack antraf, der gerade ein paar Rezepte durchblätterte. „Hey Jack", grüßte Rick, und Jack sah auf. „Du lieber Gott!", rief Rick erschrocken. „Mann!"

„Ja. Irgendwie hässlich, hm?"

„Wer hat dich geschlagen?"

„Ich bin gegen eine Tür gerannt", antwortete Jack.

„Nee", sagte Rick und schüttelte den Kopf. „Die Tür hat doch einen Namen. Und mir fällt nur ein Kerl ein, der es schaffen könnte, so einen Schlag bei dir zu landen. Was hast du angestellt, das ihn so in Rage gebracht hat?"

Jack schüttelte den Kopf und kicherte. „Du bist viel schlauer, als gut für dich ist, oder? Ich hatte eine Meinung, die ich besser für mich behalten hätte."

„Äh-oh. Du hast ihm gesagt, er soll sich nicht mit Paige einlassen, stimmt's?"

Empört richtete Jack sich auf. „Also wirklich, wie zum Teufel kommst du dazu, so etwas zu sagen?"

„Es ist ja wohl ziemlich offensichtlich, wie Preacher zu ihr und dem Kind steht. Wo ist der große Mann eigentlich?" Rick sah sich um.

„Er ist mit Paige zum Bezirksgericht gefahren, um einen Richter zu treffen. Jeden Augenblick müsste er zurück sein."

Auf Ricks Gesicht erschien ein breites Grinsen, das bald in ein Lachen überging. Er versenkte die Hände in den Taschen, schaukelte sich auf die Fersen zurück und schüttelte den Kopf. Er konnte sich gar nicht mehr beruhigen.

„Was ist daran so lustig?", wollte Jack wissen.

„Ach, Jack", kam die Antwort. „Du hast ihm doch gesagt, dass er das nicht tun soll?"

„Nein!", erwiderte Jack mit Nachdruck und fuhr mit einem tiefen Seufzer fort: „Wenn ich ihm das gesagt hätte, würde es mich jetzt wohl nicht mehr geben." Er wies auf sein Gesicht. „Das hier habe ich dafür bekommen, dass ich ihm gesagt habe, er sollte doch vielleicht noch einmal darüber nachdenken."

„Oh je", sagte Rick. „Den Prediger hat's also voll erwischt. Er hat sich in eine Frau verknallt."

„Ja schon, aber ich bin mir nicht sicher, ob ihm das so wirklich klar ist. Also pass lieber auf, was du sagst."

Rick trat auf Jack zu und puffte ihn mit der Faust in den Arm. „Also ehrlich. Ich bin nicht so dumm, mich zwischen ihn und eine Frau zu stellen."

„Ach ja?" Insgeheim fragte sich Jack, ob er hier wirklich der Einzige war, der keinen Verstand besaß.

Jack verließ die Bar etwas früher als sonst, denn er war die Leute leid, die ihn ständig fragten, was mit seinem Gesicht los sei. Er genoss den ruhigen Abend mit Mel im Waldhaus, als das Telefon klingelte, und strahlte, als er die Stimme seiner jüngsten Schwester hörte. „Brie! Wie geht es dir?“

„Hi, Jack. Gut, und dir?“

„Bestens. Hör mal, Preacher hat mir gesagt, dass er dich wegen der jungen Frau, die er unterstützt, um Rat gebeten hat. Gut, dass du ihm geholfen hast, Brie. Sie ist in einer schlimmen Lage.“

„Ja, und ich rufe dich auch an, um dir ein paar Namen durchzugeben, die du besser aufschreibst. Hast du einen Stift zur Hand?“

„Du scheinst es eilig zu haben.“

„Ja, etwas. Bist du so weit?“

„Sicher“, antwortete er und nahm sich einen Stift. „Leg los.“

Sie ratterte ein paar Namen von Anwälten herunter, ein paar davon in L. A., ein paar in Nordkalifornien, und buchstabierte, wenn er sie darum bat. „Sag der Frau, dass sie sich sofort mit einem dieser Anwälte vor Ort in Verbindung setzen soll, bevor sie etwas unternimmt oder ihr Mann den nächsten Schritt tut. Sofort.“

„Klar. Warum klingst du so angefressen?“, fragte er. „Hattest du einen schlechten Tag bei Gericht?“

„Ein schwieriger Fall“, antwortete sie knapp. „Nicht mein bester Tag.“

„Und was stellt Brad so an? Ist er in der Nähe?“

Ohne auch nur eine Sekunde zu zögern, sagte sie nur: „Gib mir Mel.“

„Sicher“, beschwichtigte Jack. „Alles in Ordnung mit dir?“

„Alles bestens. Kann ich mit Mel sprechen, bitte?“

Jack hielt Mel das Telefon hin, die mit verdutzter Miene von der Couch aufstand, zu ihm kam und verwirrt den Hörer in die Hand nahm. „Hallo?“

„Hör zu“, kam Bries gestresste Stimme vom anderen Ende der Leitung. „Tu mir bitte den Gefallen und sag du es ihm, denn ich kann noch nicht mit ihm darüber sprechen. Sag Jack … Brad hat mich verlassen. Wegen einer anderen Frau. Er hat nicht einmal seine Klamotten mitgenommen, woraus ich schließe, dass er längst schon bei ihr eingezogen war."

„Brie?", stöhnte Mel. „Was …?"

„Meine beste Freundin", erklärte sie, jedes einzelne Wort triefend von Wut. „Christine, meine beste Freundin. Ich habe nie etwas bemerkt. Nicht einmal einen Verdacht hatte ich."

„Brie, wann ist es denn passiert?", fragte Mel, und diese Frage brachte Jack in die Küche zurück, wo er sich nicht mehr wegrührte.

„Vor knapp einer Woche hat er mir eröffnet, dass er seit einem Jahr mit ihr herumvögelt! Währenddessen haben wir über Babys gesprochen. Er war es, der ein Baby wollte, und wir hatten wie verrückt Sex miteinander. Und ein Stück weiter die Straße runter hatte er dann gleich noch mal Sex wie verrückt." Sie lachte bitter. „Glaubst du, sie wollte auch ein Baby?"

„Ach Brie …", setzte Mel an.

„Jetzt will er zurückkommen, um seine Sachen zu holen. Ich spiele mit dem Gedanken, alles auf dem Rasen vorm Haus zu verbrennen."

„Brie …"

„Einen Anwalt hat er auch schon. Er weiß, dass er besser daran tut, nicht ohne einen wirklich guten Anwalt gegen mich anzutreten. Er will die Scheidung. Und das schnell." Sie lachte. „Vielleicht ist sie ja schwanger oder was. Wäre das nicht absurd?" Und dann versagte ihr einen Moment lang die Stimme.

Mel kannte Brie erst seit Kurzem, und genau genommen, kannte sie auch Jack noch gar nicht so lange. Aber von Jacks vier Schwestern fühlte sie sich am stärksten zu Brie hingezogen. Sie waren ungefähr im selben Alter, und Brie war Jacks Liebling. Sie war das Nesthäkchen der Familie.

Vor Kurzem erst waren Jack und Mel in Sacramento gewesen, um dort zu heiraten. Und wenn sie deswegen nicht völlig blind und abgelenkt war, schienen ihr Brad und Brie das verliebteste

Paar im Kreis der vier verheirateten Schwestern gewesen zu sein. Offen hatten sie ihre Zuneigung bekundet, und dies hier jetzt, nur ein paar Wochen später, war für sie unvorstellbar.

„Du sagst es Jack an meiner Stelle, nicht wahr? Für ihn sind alle seine Schwäger Brüder, und es wird ihm zu schaffen machen. Sag ihm …"

„Brie, stopp!", unterbrach Mel sie energisch. „Komm zu uns. Nimm dir eine Woche frei und komm rauf."

„Ich kann nicht." Plötzlich klang Brie wieder nüchtern. „Ich ermittle gerade in einer dicken Sache. Brad kennt sich in meinem Fall übrigens bestens aus. Das hat er mir jetzt eröffnet, wo meine Abwehrkräfte unten sind und ich nichts mehr in mir habe, um noch zu kämpfen." Sie lachte bitter. „Würdest du um einen Mann kämpfen, der ein Jahr lang mit deiner besten Freundin geschlafen hat?"

„Ich weiß nicht", antwortete Mel und fühlte ihr Herz sinken.

„Mel, sag Jack, ich werde ihn bald anrufen. Sag ihm, dass ich im Moment noch nicht mit ihm darüber reden will. Bitte …"

„Natürlich, Liebes. Wie du willst. Hast du jemanden, bei dem du dich anlehnen kannst? Deine Schwestern? Dein Dad?"

„Ja, und ich lehne mich an wie verrückt. Aber ich muss stark sein, um das durchzustehen. Stark und wütend. Wenn ich mit Jack spreche, wird er mich zum Weinen bringen. Vorläufig kann ich es mir nicht leisten zusammenzubrechen."

Und dann legte Brie völlig unvermittelt auf, und Mel hielt mit bestürzter Miene den tutenden Hörer in der Hand.

„Was ist los?", fragte Jack.

„Sie hat mich gebeten, dir zu sagen, dass Brad ausgezogen ist und er sie um die Scheidung gebeten hat."

„Nein!", rief Jack. „Das ist unmöglich."

Mel nickte. „Und sie hat auch gesagt, dass sie bitte im Moment nicht mit dir darüber reden will. Später. Sie wird sich wieder melden."

„Blödsinn", meinte Jack und griff nach dem Telefon.

„Solltest du ihren Wunsch nicht lieber respektieren?", fragte

Mel, während Jack schon auf die Tasten einschlug und die Nummer eingab.

Den Hörer fest ans Ohr gedrückt, blieb er längere Zeit stehen und ließ es läuten. Dann hatte Brie offensichtlich den Anrufbeantworter eingeschaltet, denn er sagte: „Nimm ab, Brie. Komm schon … ich muss deine Stimme hören. Verflucht noch mal, nimm ab! Das kann ich nicht … einfach so abwarten. Brie …“

Mel stand nahe genug neben ihm, um hören zu können, wie sie schließlich nachgab: „Du tust wirklich absolut nie, was man dir sagt, nicht wahr?“ Und Jack seufzte schwer. Mel verließ die Küche.

Das Waldhaus war sehr klein, sodass die Distanz von seinem Standpunkt am Spülbecken bis zum Wohnzimmer ihm nicht allzu viel Privatsphäre bot. Aber er drehte sich um und sprach längere Zeit mit gesenkter Stimme. Öfter war es auch ganz still, was den Schluss zuließ, dass er seinerseits zuhörte, worin Jack für einen Mann ziemlich gut war.

Mel sah ein paarmal auf die Uhr, und es dauerte mehr als dreißig Minuten, bis er den Hörer auflegte und sich zu ihr auf die Couch setzte. „Hast du sie zum Weinen gebracht?“, fragte sie ihn.

Er nickte. „Natürlich war das nicht meine Absicht. Ich musste nur einfach hören, was los ist. Das ist alles. Ich will mit *ihm* reden, aber sie hat gedroht, mich umzubringen, wenn ich ihn anrufe.“

Mit einem Finger streichelte sie seine Wange beziehungsweise die Stelle unter dem Bluterguss. „Als ich dich geheiratet habe, hatte ich ja keine Ahnung, wie sehr du dich in die Angelegenheiten anderer Leute einmischst.“

Jack stand auf und verließ den Raum. Er ging in das leere Zimmer, wo er ein paar Kisten mit Sachen verstaut hatte, die er aus seiner Wohnung hinter der Bar mitgebracht hatte. Als er zurückkam, hielt er ein staubiges gerahmtes Schwarz-Weiß-Foto in der Hand und rieb mit einem Hemdärmel darüber, um es zu säubern. Es zeigte ihn mit sechzehn, wie er Brie im Alter von fünf Jahren auf dem Arm hielt. Sie saß auf seiner Hüfte und hatte die Arme um seinen Hals geschlungen. Sein Blick war auf irgendetwas hinter der Kamera gerichtet, und er wies mit dem Finger dorthin. Brie lachte, und in ihren goldenen Locken spielte der Wind. „Sie war immer wie mein Schatten“, erklärte er. „Ich konnte sie gar nicht loswerden. Als ich zu den Marines ging, war sie erst sechs. Die anderen Mädchen haben es locker verkraftet, dass ich nicht mehr da war, aber Brie hat es das Herz gebrochen.“ Er holte Luft. „Ich weiß, sie ist ein hohes Tier bei der Staatsanwaltschaft. Wie ich hörte, soll sie einer der am meisten gefürchteten Staatsanwälte sein, die sie dort haben. Ein richtig harter Brocken. Aber mir fällt es schwer, etwas anderes in ihr zu sehen als meine kleine Schwester, die kleine Brie. Ich möchte etwas tun ...“

„Du solltest sie sagen lassen, was sie braucht“, riet ihm Mel. „Bring sie mit deinen eigenen Absichten nicht völlig durcheinander.“

„Meine Absichten ...“, wiederholte er irritiert.

„Auch für dich ist das ein Verlust, Jack. Ihr steht euch in eurer Familie alle sehr nahe. Das konnte ich sehen. Jeder wird erschüttert sein. Versuche einfach, mit deinem eigenen Verlust Bries Gefühle nicht zu strapazieren. Ihr Schmerz ist groß genug. In Ordnung?“

„Ja“, stimmte er ihr zu. „Ja.“ Er setzte sich auf der Couch zurück und legte das Foto auf seinen Schoß. Sein Gesicht verfinsterte sich. „Er war wie ein Bruder für mich“, begann er. „Ich habe ihm meine Schwester anvertraut. Ich kann mir nicht vorstellen, dass ich jemals begreifen werde, wie er so überlaufen konnte.“ Er griff nach der Hand seiner Frau. „Und weißt du, mittendrin, während sie mit den Tränen kämpft, sagt Brie mir noch, dass ich Paige auch ihre eigenen Telefonnummern geben soll. Ich soll Paige sagen, dass sie schon mehrfach in solchen Fällen ermittelt hat und sie alle Tricks der Täter kennt. Mel, normalerweise verstehe ich, was Männer tun. Aber im Augenblick werde ich aus Männern überhaupt nicht mehr schlau.“

Paige rief sowohl Brie als auch einen der Anwälte an, den sie ihr empfohlen hatte. Brie riet ihr, sich darauf einzustellen, dass es zu einem Kontakt mit ihrem Mann kommen würde … wahrscheinlich würde er sich melden. Es war mit Streit zu rechnen, vielleicht auch mit Drohungen, und er würde versuchen, ihr Kind als Druckmittel zu benutzen. „Ich weiß", sagte Paige, die jetzt nachts nicht mehr ruhig schlafen konnte, auch wenn John ihr versicherte, dass alles gut verriegelt war und er jedes Geräusch hörte.

Sie zitterte vor Angst und war völlig verstört. Den Gästen fiel auf, dass sie nicht mehr wie sonst lächelte, wenn sie ihnen das Essen servierte und abräumte. Häufig sah sie nach draußen und suchte die Umgebung ab. Und jedes Mal, wenn das Telefon klingelte, verspannte sie sich. „John, wenn er hier anruft, du wirst es mir doch sagen, nicht wahr?", fragte sie ihn.

„Natürlich. Aber er weiß, wer dein Anwalt ist. Den sollte er anrufen."

„Das wird er aber nicht tun", erwiderte Paige.

Mel versuchte sie aufzuheitern und wollte sie einmal nach draußen locken. „Hast du während der letzten drei Tage überhaupt einmal einen Schritt vor die Tür gesetzt?", fragte sie Paige.

Paige rutschte ein Stück näher. „Ich kämpfe gegen das Bedürfnis an, Chris ins Auto zu laden und mich aus dem Staub zu machen."

„Ja, das kann ich mir vorstellen", sagte Mel. „Aber mit etwas Glück werden die Anwälte den Kampf schnell austragen und zu einer Einigung finden."

„Das wäre ein Wunder."

„Ich gehe jetzt rüber und werde mir mit Connie und Joy unsere nachmittägliche Soap anschauen. Komm doch mit … und lach ein bisschen."

„Ich weiß nicht …"

„Paige, du hast jetzt drei Tage lang den Himmel nicht gesehen. Komm schon. Wir müssen nur auf die andere Straßenseite, und wir werden uns auch rechts und links umschauen."

Übervorsichtig kam Preacher noch mit raus auf die Veranda der Bar und beobachtete, wie sie die Straße überquerten, ohne dass ihm jedoch etwas Ungewöhnliches auf der ruhigen Hauptstraße auffiel. Aber dann, nachdem die Seifenoper vorüber war und die beiden Frauen zurückgingen, wurden bei hellem Tageslicht und mitten auf der Straße Paiges schlimmste Befürchtungen Realität. An der Seite der Bar war ein Geländewagen geparkt, und ein Mann hatte sich daran angelehnt. Mel fiel es nicht einmal auf. Sie plauderte gerade über die ständigen Kommentare der beiden älteren Frauen zu der Soap, als Paige abrupt stehen blieb.

„Oh Gott", hauchte sie. Sie zog Mel am Ärmel und hielt sie mitten auf der Straße fest.

Er hatte sich genau zwischen ihnen und der Bar in Stellung gebracht, ein Bein lässig vor das andere gestellt, die Hände in den Taschen. Während er sie beobachtete, verzog er die Lippen und lächelte zufrieden.

„Nein", flüsterte Paige.

„Ist er das?", fragte Mel.

„Ja, das ist er", antwortete sie und rang nach Atem.

Er stieß sich vom Wagen ab und kam auf sie zu. Langsam und gemächlich. Sofort stellte Mel sich zwischen Paige und diesen Mann. „Sie dürfen nicht hierherkommen", hielt sie ihm vor. „Es gibt eine einstweilige Verfügung."

Daraufhin zog er ein großes zusammengefaltetes Dokument aus seiner Gesäßtasche, ging einfach weiter und erwiderte: „Es gibt aber auch einen Gerichtsbeschluss, der besagt, dass Paige meinen Sohn zu einer Anhörung über das Sorgerecht nach Los Angeles zurückbringen muss. Ich bin gekommen, um ihn abzuholen." An Paige gewandt fuhr er fort: „Was glaubst du eigentlich, wen du da verarschen willst, hm? Komm jetzt, wir fahren nach Hause!"

„Jack!", schrie Mel und stellte sich schützend vor Paige. „Lieber Himmel. *Jack!*"

„Nein ...", wehrte sich Paige, und fast war es schon ein Schrei.

Während Paige dann langsam zurückwich, wobei sie sich wieder auf den Laden zubewegte, hielt Mel ihre Stellung. Dieser Mann mochte zwar einen bedrohlichen Zug um den Mund haben, aber ganz klar würde er es mit den Männern nicht aufnehmen können, die dort in der Bar warteten, darauf warteten, Paige zu beschützen. Dieser geschniegelte Kerl mit seiner Bügelfaltenhose und den Slippern von Florsheim Chester war etwas anderes als die stämmigen Männer in Virgin River. Wie schaffte er es überhaupt, eine solche Gewalt auszuüben, so viel Schaden anzurichten? Er war kleiner als Jack und *so* viel kleiner als Preacher. Liebe Güte, er war nur ungefähr so groß wie Rick! Mit seinen kurzen gegeelten, stacheligen Haaren kam er allenfalls auf einsachtzig. Ein hübscher Junge aus der Stadt. Er würde sich noch sehr wundern.

Mel konnte gerade noch sehen, wie Jack auf den Vorbau der Bar heraustrat, als Paige sich umdrehte und losrannte. Wes Lassiter stieß Mel grob aus dem Weg, um ihr nachzujagen. Mel stolperte rückwärts und fiel, wobei sie noch flüchtig daran dachte, dass Jack das gesehen haben musste. Sie konnte seinen schweren Tritt auf der Treppe hören, kam wieder zu sich und sah, wie er über die Straße auf sie zu rannte. Dann warf sie einen Blick über die Schulter und konnte erkennen, dass er nicht schnell genug war, um Paige zu retten. Lassiter hatte Paige bereits eingeholt, griff in ihr Haar am Hinterkopf und warf sie zu Boden. Wie in einer irrealen Szene sah Mel dann verschwommen, wie er mit dem Fuß ausholte und sie trat. Dabei brüllte er: „Was zum Teufel stellst du dir eigentlich vor? Glaubst du etwa, du kannst mich *verlassen*?"

Während er Paige zu Hilfe eilte, sah Jack kurz nach unten zu Mel, die nur einen Blick zu ihm hochwarf.

Und genau in dem Moment, als Lassiter dann noch einmal mit dem Fuß ausholte, um Paige einen zweiten Tritt in den Bauch zu versetzen, legte Jack ihm einen Arm um den Hals, riss ihn hoch und weg von Paige. Lassiter verlor den Boden unter den Füßen, wurde in einer einzigen schnellen Bewegung von seinem Opfer weggeschleudert und landete ein ganzes Stück weiter.

Preacher, der zweifellos in der Küche gestanden hatte, als Mel schrie, war dann der Nächste, der aus der Bar kam, auf den Fersen gefolgt von Rick. Er sah, wie Paige gerade versuchte, sich wieder aufzusetzen, während sie eine Hand vors Gesicht hielt, denn bei ihrem Sturz auf den Boden war sie mit dem Kopf aufgeschlagen, sodass ihre Nase blutete. Als Preacher auf die Straße lief, kroch Mel gerade das kurze Stück auf Paige zu, während Jack schon bemüht war, ihr dabei zu helfen, sich aufzurichten.

Preacher erkannte, dass Mel und Jack sich um Paige kümmerten, daher lief er direkt zu Lassiter, der noch am Boden lag. Er bückte sich in der Taille, packte den Mann unter den Armen, hob ihn an und richtete sich wieder auf. Nun standen sie sich von Angesicht zu Angesicht gegenüber, wobei Lassiters Füße allerdings in der Luft baumelten. Einen Moment lang erschien auf dessen Gesicht der schiere Horror, als er in Preachers wutentbrannte Augen starrte.

„Ich müsste dich nur einmal schlagen, du abgebrochener Zwerg, und du würdest nie wieder hochkommen", knurrte Preacher dem Mann ins Gesicht.

„John!", schrie Paige. „John!"

Preacher fühlte, wie Jack ihm eine Hand auf den Arm legte. „Preach, geh und hol Paige."

Er warf einen Blick über die Schulter und sah sie dort weinend sitzen, eine Hand noch immer auf der Nase, während ihr das Blut vom Kinn tropfte. Mühelos hielt er derweil Lassiter weiterhin über dem Boden fest. Er wollte ihn mit den Fäusten bearbeiten, bis er heulte und schrie. Dann richtete er den Blick noch einmal auf Lassiters verschrecktes Gesicht, starrte eine Sekunde lang in dessen verängstigte Augen und dachte: Vor ihr darf ich keine Gewalt anwenden. Sie könnte glauben, ich wäre wie er. Und ich bin nicht wie er. Also ließ er den Mann einfach fallen, beugte sich noch einmal zu ihm runter, brachte sein Gesicht ganz nah an das von Lassiter und sagte: „Steh bloß *nicht* wieder auf.“ Dann richtete er sich auf, wirbelte herum und ging die wenigen Schritte zu Paige hinüber.

„Oh Gott“, sagte Preacher, kniete sich auf ein Bein und hob sie vom Boden auf. Er nahm sie in die Arme, drückte sie an sich und stand auf.

„Mit mir ist alles in Ordnung“, weinte sie an seiner Brust. „Alles wird okay sein.“

Er zog ihr die Hand vom Gesicht und sah, wie ihr das Blut aus der Nase lief.

„Ach Paige, das hätte dir nie passieren dürfen.“ Dann setzte er sich in Bewegung, um sie in Docs Praxis zu tragen.

Jack half Mel auf die Beine. Sie klopfte sich ab und richtete sich vor ihm auf. „Ich bin nicht verletzt“, beruhigte sie ihn. „Ich hatte nur das Gleichgewicht verloren …“

„Bist du sicher?“, fragte Jack.

Sie nickte, also wandte Jack sich wieder Lassiter zu, der noch immer zusammengekauert am Boden lag. Die Angst war mittlerweile aus seiner Miene gewichen und wurde nun von einem schmaläugigen höhnischen Grinsen ersetzt, das Jack in Rage brachte.

Mutig hatte Rick sich zwischen Jack und Lassiter gestellt, und als Jack sich nun wieder umdrehte, erkannte er auf einen Blick das aufziehende Gewitter in dessen Gesicht. Er sah, wie Jack die Fäuste aufmachte und wieder ballte, und trat ihm aus dem Weg.

Jack ging auf Lassiter zu und reichte ihm eine Hand, um ihm beim Aufstehen zu helfen. „Gut, dass Sie ihn aufgehalten haben“, sagte Lassiter und griff nach der helfenden Hand. „Ich hätte ihn am Arsch gekriegt.“

Zähnefletschend zog Jack ihn hoch, und sowie er auf den Beinen stand, versetzte er ihm einen Faustschlag ins Gesicht, der ihn mehr als einen Meter weit auf die Straße zurückwarf. Dann ging er die wenigen Schritte, stellte sich über Lassiter und sah auf ihn herab. „Und nun willst du mich wohl am Arsch kriegen?“, fragte er ihn.

Lassiter, dem sofort das Blut aus der Nase schoss, sah zu ihm hoch. „Was zum Teufel …?“ Schwerfällig kam er wieder auf die Beine und baute sich mit hochgehaltenen Fäusten wie ein Boxer vor Jack auf. Schlurfenden Schrittes versuchte er zu tänzeln und machte sich bereit, mit geschlossener Faust einen Schlag zu landen.

Jack blieb vollkommen locker und entspannt und musste tatsächlich lachen. „Du scherzt wohl, oder was?“, fragte er und winkte ihn mit der Hand heran. „Na komm.“

Lassiter ging auf ihn los, trat dann plötzlich zurück und drehte sich seitwärts in Hockstellung. Dann schlug mit einem hohen Tritt aus, der auf Jacks Gesicht abzielte. Mit schneller Hand aber wehrte Jack Lassiters Fußangriff ab und umklammerte sein Sprunggelenk. Mit einem kräftigen Ruck ließ er Lassiter auf dem Rücken landen, während er sein Fußgelenk weiter fest im Griff hielt. „Was hast du vor, Kumpel? Willst du mich etwa *treten*?“

„Lass mich los!“

Jack ließ das Bein los, griff nach unten und zog ihn am Kragen seines teuren Hemdes wieder hoch. Er boxte ihn in den Bauch, so, dass Lassiter sich krümmte. Dann gab er ihm noch einen Schlag ins Gesicht, der ihn rückwärts auf den Boden kippen ließ.

Auf der Vordertreppe zu Docs Praxis drehte Preacher sich um und sah über die Schulter hinweg, was Jack tat, dann ging er weiter.

„Das muss dir doch jetzt reichen“, stieß Lassiter atemlos hervor.

„Noch nicht ganz“, erwiderte Jack und riss ihn noch einmal auf die Beine. Er verpasste dem Mann einen weiteren Schlag ins Gesicht, der ihn ein ganzes Stück durch die Luft segeln ließ, bevor er im Staub landete, wo er sich halb bewusstlos zur Seite rollte. Jack rieb seine Hände aneinander, wie um den Makel abzuwaschen. „Jetzt reicht es mir“, sagte er. „Rick, binde ihm die Hände auf dem Rücken zusammen. Ich will den Sheriff anrufen.“

„Natürlich, Jack“, antwortete Rick und sprintete los, um in der Bar nach einem Seil zu suchen.

Mel schüttelte den Kopf. „Schäm dich!“, sagte sie, an Jack gewandt.

„Es tut mir leid, Melinda. Aber irgendwer musste diesem Arschloch wenigstens einmal eine richtige Tracht Prügel verpassen, und wenn Preacher das getan hätte, würde dieser Idiot nie wieder laufen können.“

„Nun, wenn du deswegen Schwierigkeiten bekommst, dann komm nicht zu mir, um dich auszuweinen.“ Damit drehte sie sich um und folgte Paige und Preacher in die Praxis.

Paige lag in Docs Klinik auf dem Untersuchungstisch, während Preacher ihre Hand mit beiden Händen umschlossen hielt. „Ich habe dich hängenlassen“, sagte er so leise, dass Mel es kaum hörte.

„Nein“, flüsterte Paige. „Nein.“

„Paige, hattest du Angst, ich könnte ihm etwas antun?“ Sie sah von seinem Gesicht weg zur Seite, und zart strich er ihr über das Haar an der Schläfe. „Paige, ich hätte ihn schlagen können. Aber ich verliere nicht die Kontrolle. Paige“, drängte er und legte ihr einen Finger und den Daumen ans Kinn, um ihre Augen wieder auf sein Gesicht zu lenken. „Paige, ich verliere die Kontrolle nicht. Okay?“

Sie nickte schwach. Mel legte Paige einen Eisbeutel ans Gesicht und bat sie, ihn dort festzuhalten. Dann bemerkte sie einen dunklen Flecken, der sich im Schritt ihrer Jeans ausbreitete. „Preacher, verlass bitte den Raum und bring mir Doc, damit wir Paige untersuchen können.“

„Es tut mir so leid“, wandte er sich noch einmal an Paige, „dass ich nicht für dich da war.“

Paige legte eine Hand an sein Gesicht, und Preacher gab ihr einen kleinen Kuss auf die Stirn. Dann entfernte er sich mit hängendem Kopf aus dem Zimmer. Mel war klar, dass die Sache nur dann anders hätte ausgehen können, wenn Preacher sich vierundzwanzig Stunden am Tag an Paige angebunden hätte. Lassiter war schnell und niederträchtig. Und offensichtlich war er verrückt.

Und Paige blutete, möglicherweise verlor sie ihr Baby.

Mel schüttelte ein Laken aus, um Paige zuzudecken. Sie beugte sich über sie und bat: „Hilf mir, deine Jeans auszuziehen, Paige. Wir haben ein Problem. Es könnte sein, dass es zu einer Fehlgeburt kommt.“

Auch wenn sie leise dabei weinte, schaffte es Paige, die Hüften so weit anzuheben, dass Mel ihr die Hose abstreifen konnte. Sofort bildete das Blut eine Lache unter ihr, und Mel beschloss, sie nicht zu untersuchen, denn sie wollte die Blutung nicht noch verstärken. Stattdessen versorgte sie Paige mit einer Binde, deckte sie mit dem Laken zu und sagte ihr, sie sei gleich zurück.

Sie traf Doc, der gerade ins Untersuchungszimmer kommen wollte, auf dem Flur. „Wir müssen sie zumindest nach Grace Valley transportieren … und vielleicht sogar ins Kreiskrankenhaus. Könnten Sie bitte John Stone anrufen und Preacher bitten, die Krankentrage zu bringen?“

„Spontaner Abort?“, fragte er.

„Mindestens. Ich hoffe, es ist keine Hämorrhagie der Gebärmutter. Die Frau ist erst neunundzwanzig. Ich werde sie nicht untersuchen. Das überlasse ich lieber John Stone. Sagen Sie ihm bitte, dass es zu einem schweren Unterleibstrauma gekommen ist. Der Schweinehund hat sie getreten.“

Doc schnitt eine Grimasse, nickte aber nur und ging, um mit Preacher zu reden.

Zurück im Untersuchungszimmer beugte Mel sich über Paige. „Ich bringe dich zu dem Geburtshelfer nach Grace Valley, Paige. Wir brauchen einen Spezialisten. Vielleicht sogar einen Chirurgen.“

„Verliere ich das Baby?“, fragte sie schwach.

„Ich will aufrichtig mit dir sein. Es sieht nicht gut aus. Ich habe darum gebeten, dass Preacher die Krankentrage bringt. Möchtest du, dass er dich begleitet?“

„Nein. Aber ich muss mit ihm reden.“

Als Preacher die Trage in den Untersuchungsraum schob, sagte ihm Mel, dass Paige ihn einen Moment lang allein sprechen wolle, aber er solle es kurz machen. Anschließend würde sie seine Hilfe beim Verladen brauchen. Er ging ins Zimmer und nahm ihre Hand, die Hand, die nicht den Eisbeutel am Gesicht festhielt. „John", bat Paige, „sorge bitte dafür, dass mit Christopher alles in Ordnung ist. Dass er seinen Vater nicht sieht. Und er soll wissen, dass seine Mama okay ist. Bitte."

„Mel und Jack können …"

„Nein, John. Bitte. Kümmere du dich um Chris. Mit mir wird alles okay sein, aber ich will nicht, dass er sich ängstigt, und ich will nicht, dass er seinen Vater sieht. Bitte!"

„Ganz wie du willst", sagte er. „Paige …"

„Nein, keine weiteren Entschuldigungen mehr", unterbrach sie ihn. „Sorge für Chris."

Preacher half Mel dabei, Paige vom Untersuchungstisch auf die Krankentrage zu heben, und als er die hellrote Blutlache sah, dröhnte ihm selbst das Blut in den Ohren. Sowie er die Trage durch Docs Büro nach draußen schob, eilte auch schon Rick herbei, um mit anzufassen, sie über die Vordertreppe nach unten und dann zum Hummer zu tragen, der bereits wartete. Unvergossene Tränen standen ihm in den Augen und trübten seinen Blick, als er sagte: „Es wird alles gut, Paige. Ich werde mich um Chris kümmern."

Wes Lassiter war es gelungen, sich mit auf dem Rücken zusammengebundenen Händen auf der Straße hinzuknien. Sein Gesicht war blutig und verschwollen, und allmählich zog er die Aufmerksamkeit auf sich. Ein paar Männer lehnten an der Brüstung der Veranda vor der Bar oder saßen auf den Stühlen, während Jack und Preacher sich auf die Stufen gesetzt hatten und ihn im Auge behielten. Jack hatte die Hand in eine mit Eis gefüllte Schale gesteckt, als der Deputy Sheriff in den Ort einfuhr. Vorsichtig musste er um den Mann auf der Straße herumfahren, dann parkte er vor der Bar, unmittelbar vor Jack.

Es war derselbe Deputy, der auch zuständig gewesen war, als Jack vor etwas mehr als einem Monat einen Drogenabhängigen erschossen hatte, der Betäubungsmittel in Docs Medizinschrank gesucht und Mel dann ein Messer an den Hals gehalten hatte. Deputy Henry Depardeau stieg aus dem Wagen und zog seinen Waffengürtel hoch. „Sheridan", begann er. „In letzter Zeit sehe ich Sie häufiger, als mir lieb ist."

„Dito", parierte Jack und hob seine geschwollene Hand. „Ich würde Ihnen ja gerne die Hand schütteln, aber ..."

Henry sah über die Schulter zurück. „Waren Sie das?"

„Ja, das war ich. Der Mann hat meine schwangere Frau zu Boden gestoßen, um seine eigene schwangere Frau prügeln und treten zu können."

„Uahh." Henry schüttelte den Kopf und sah wieder nach unten auf Jack. „Hat er Sie auch geschlagen?", wollte er wissen, wobei er sich auf die eigene Wange tippte, um die Prellung in Jacks Gesicht anzudeuten.

„Nee. Ich wollte nicht zulassen, dass er mich ebenfalls schlägt. Das ist alt", erklärte er. „Ich bin gegen eine Tür gerannt. Eine große, dumme Tür."

„Dann haben Sie ihn geschlagen. Das sind zwei Fälle von Körperverletzung. Seine und Ihre. Kann sein, dass ich Sie beide festnehmen muss."

„Wenn Sie müssen, Henry. Er hat allerdings versucht, mir gegen den Kopf zu treten. Zählt das irgendwie?"

„Vielleicht. Wenigstens haben Sie ihn diesmal nicht getötet."

„Er hat ihm das Leben gerettet", schaltete Preacher sich ein. „Ich *wollte* ihn töten."

„Woher stammt denn das Blut da an ihrer Kleidung, großer Junge?", wandte Henry sich an Preacher.

„Ich habe Paige zu Doc getragen. Paige ist seine Frau." Preacher sah an sich hinunter und bemerkte erst jetzt den großen Blutfleck auf seinem Hemd. An Jack gewandt fuhr er fort: „Schhh ... ich sollte wohl lieber mal das Hemd wechseln, bevor Chris sein Nickerchen beendet hat. Woran man bei Kindern nicht alles denken muss." Rasch stand er auf und ging ins Haus.

„Also", richtete Henry sich wieder an Jack. „Dann haben Sie das also alles allein geschafft."

„Ganz allein."

„Und was ist mit der Frau?"

„Sie wurde zu einem Spezialisten gebracht, einem Geburtshelfer. Sie könnte das Baby verlieren. Nebenbei bemerkt, er wusste, dass sie schwanger ist", fügte Jack mit einem Blick auf Lassiter hinzu. „Abgesehen davon, dass sie am Haar zu Boden gerissen und in den Bauch getreten wurde, sind, meinen letzten Informationen zufolge, sehr starke Blutungen aufgetreten."

„Irgendwelche Zeugen dafür?"

„Reichlich. Da bin ich, Preacher, Rick hier, meine Frau, die diese Frau zum Arzt nach Grace Valley gefahren hat. Sie können später mit ihr reden. Es war ein Notfall."

„Hey!", schrie Lassiter. „Ich bin *hier*!"

Träge warf Henry ihm einen Blick über die Schulter zu und sagte: „Ach ja? Dann halten Sie die Klappe." Wieder an Jack gewandt, meinte er: „Ich gehe mal davon aus, dass ich Ihnen so weit vertrauen kann, dass Sie hier vor Ort bleiben?"

„Wo sollte ich denn hingehen, Henry? Ich will doch sicher sein, dass mit Mel alles okay ist."

„Ich sag Ihnen, was wir machen. Ich werde ihn festnehmen, und wenn der Sheriff Sie sehen will, fahren Sie einfach rüber. Okay?"

„Alles klar, Henry."

Der schüttelte noch einmal den Kopf. „Ich kann einfach nicht begreifen, wie jemand, der seinen Verstand beieinanderhat, sich an den Frauen in Virgin River vergreifen kann."

„Ja. Es ergibt keinen Sinn", stimmte Jack ihm zu.

Noch bevor es Doc und Mel überhaupt gelang, Paige nach Grace Valley zu bringen, kam es zum spontanen Abort. Paige hatte ihr Baby verloren. John Stone und June Hudson luden sie dann in ihren Ambulanzwagen um und brachten sie ins Valley Hospital, wo dann Gott sei Dank durch eine Ausschabung des Uterus die Blutung verringert werden konnte, sodass keine Operation erforderlich war.

Als Paige nach dem Eingriff wieder aufwachte, erfuhr sie, dass ihre Fortpflanzungsorgane glücklicherweise offensichtlich keinen weiteren Schaden davongetragen hatten. Nur zur Beobachtung sollte sie aber lieber über Nacht dortbleiben, und am nächsten Morgen würde sie dann entlassen werden können. Allerdings wollte Dr. Stone, dass sie wenigstens ein paar Tage lang das Bett hütete.

Das nächste Gesicht, das sich dann über sie beugte, war Preachers. „Hi“, sagte er weich.

Sie griff nach seiner Hand. „Wo ist Christopher?“, fragte sie verschlafen.

„Mel und Jack sind bei ihm. Sie werden in der Bar bleiben, bis ich zurückkomme. Heute Nacht wird er bei mir im Zimmer schlafen, und morgen nehme ich ihn dann mit, wenn ich dich abhole.“

„Hmm.“

„Paige, bist du wach genug, dass ich dir ein paar Dinge sagen kann? Ich möchte nicht, dass der Junge dabei ist.“

„Hmm“, antwortete sie. „Ich denke ja.“

„Im Augenblick sieht es folgendermaßen aus: Wes wurde festgenommen, Paige. Sie haben Drogen bei ihm gefunden. Was es war, wollten sie mir nicht sagen, nur dass er wegen mehrerer Straftaten angeklagt wird. Schwere Körperverletzung, Drogenbesitz, Verstoß gegen eine Schutzverfügung. Vielleicht wird er eine Kaution stellen können, aber er wird sich vor Gericht zu verantworten haben. Wenigstens hat mir Judge Forrest versprochen, dass seine Verhandlung bald stattfinden wird, und glaube mir, wenn ich vierundzwanzig Stunden am Tag auf dich aufpassen muss, bis er im Gefängnis ist – ich bin gerne dazu bereit. Es tut mir so leid, dass ich das geschehen lassen konnte.“

„Du hast getan, was du tun konntest, John“, sagte sie schläfrig.

„Diesmal wird er nicht davonkommen. Dafür hast du gesorgt, Paige. Okay? Hörst du mir noch zu, Paige?“

„Ja. Ja, ich höre dir zu.“

„Und dann …“ Er zögerte. „Wenn er verurteilt und eingesperrt ist, dann kannst du nach Hause gehen, wenn du willst. Du kannst das Sorgerecht beantragen und die Scheidung einreichen. Wenn er im Gefängnis ist, kann er das Sorgerecht nicht bekommen. Ohne Wenn und Aber. Verbrechern wird das Sorgerecht niemals übertragen. Und er kann dich nicht daran hindern, die Scheidung durchzusetzen.“

„Nach Hause?“, fragte sie.

„Du kannst dann tun, was auch immer du willst.“

„Wie lange wird er im Gefängnis bleiben?“, wollte sie wissen.

„Keine Ahnung“, antwortete er. „Dein Anwalt versucht, sie davon zu überzeugen, auch noch versuchten Mord in die Anklage mit aufzunehmen. Weil du dein Baby verloren hast. Aber das ist wohl wirklich etwas weit hergeholt. Paige, das mit dem Baby tut mir schrecklich leid.“

„Dieses Baby“, sagte sie schwach. „Ich habe es versucht, aber es hatte einfach keine Chance.“

Sanft legte er seine große Hand an ihren Bauch, die intimste Berührung, die er sich bislang erlaubt hatte. „Das weiß ich. Es war nicht dein Fehler. Eher noch war es mein Fehler als deiner.“

„John, hör auf, so etwas zu sagen. Von allen Menschen war es am allerwenigsten dein Fehler.“

„Du bist jetzt so gut wie frei.“

„Frei. Ich weiß gar nicht, wie ich damit umgehen soll.“

„Ich denke, du wirst zurück nach L. A. wollen?“, fragte er sie.

„Ich weiß nicht. Dort gibt es so viele schlimme Erinnerungen.“

„Wenn du einen Platz brauchst, wo du eine Weile bleiben kannst, um in Ruhe über alles nachzudenken – das Zimmer mit dem Speckgeruch am Morgen steht dir so lange du willst zur

Verfügung." Sehr leise und eher zu sich selbst gesprochen fügte er noch hinzu: „Dein Leben lang, wenn du magst."

„Ich könnte aushelfen." Verschlafen lächelte sie mit geschlossenen Augen. „Den Abwasch übernehmen." Ihre Augenlider flatterten ein wenig, aber es gelang ihr nicht, sie aufzumachen.

Er strich ihr das Haar zurück. „Jack will ein Haus bauen", sagte er. „Das wird ihn vom Geschäft fernhalten. Hilfe kann ich immer gebrauchen. Du und Christopher ..."

„Hmm."

„Okay", unterbrach er sich. „Du bist erledigt. Du musst schlafen."

„Hmm."

Er beugte sich über sie und berührte sacht mit den Lippen ihre Stirn. „Morgen früh komme ich zurück, um dich abzuholen."

„Okay."

Als er schon gehen wollte, sprach sie ihn noch einmal an: „John?"

Er drehte sich wieder zu ihrem Bett.

„Wäre das denn möglich? Könnte ich bleiben, bis es mir wieder besser geht?"

Auf einmal wurde ihm die Brust ganz eng, so, als könnte sie zerspringen. Er bemühte sich, keine Hoffnung aufkommen zu lassen, aber das war unmöglich. „Natürlich. Ich freue mich, wenn du da bist. Alle freuen sich, wenn du da bist."

„Es ist schön dort", sagte sie, und dann fielen ihr die Augen zu.

7. KAPITEL

Wieder einmal hatte Paige sich in dem Zimmer über der Küche vergraben, aber diesmal waren ihre Verletzungen nicht ganz so schlimm. Ein paar Tage sollte sie im Bett bleiben, um sich von der Ausschabung zu erholen, und wenn ihre Nase auch geblutet hatte, so war sie wenigstens nicht gebrochen. Während sie sich ausruhte, wachte Preacher über Christopher. Brie half aus der Ferne, einen Anwalt in L. A. an den Start zu bringen, der im Hinblick auf die bevorstehende Gerichtsverhandlung Einspruch gegen den Beschluss einlegte, mit dem Christopher seinem Vater zurückgebracht werden sollte. Drei Tage später hinterlegte Wes Lassiter eine Kaution und ging zurück nach Los Angeles, um seine Arbeit wieder aufzunehmen, bevor sein Arbeitgeber Wind von der Verhaftung bekam. Was das betraf, wollte Preacher sich aber nicht auf das Wort von Lassiters Anwalt verlassen. Er rief Mike Valenzuela an, der gerne bereit war – wenn nötig auch zweimal am Tag –, das zu überprüfen und sicherzustellen, dass Lassiter mehrere Hundert Kilometer weit von Virgin River entfernt tatsächlich seiner Arbeit nachging.

Es sah ganz so aus, als könnte sich das Leben zumindest bis zur Gerichtsverhandlung beruhigen, aber dann wurde Mel von einer Patientin überrascht, mit der sie nicht gerechnet hatte. Eine Patientin und ein Umstand, den sie niemals erwartet hätte.

Doc war unterwegs zum Angeln, als ihre Freundin Connie in die Klinik kam. Connie war Anfang fünfzig, eine gutmütige kleine rothaarige Person, die sich noch immer von ihrer Bypassoperation im letzten Mai erholte, aber schon fast wieder ganz die Alte war. Begleitet wurde sie von ihrer Nichte Liz. Mels erste Reaktion auf ihren Anblick war ein strahlendes Lächeln, das allerdings erfror, als ihr auffiel, wie Liz die Augen niedergeschlagen hielt. Und als sie ihren Blick dann nach unten streifen ließ und die sehr leichte Rundung ihres Bauches bemerkte, fühlte Mel ihr Herz sinken. Oh-oh. Sie schielte zu Connie hinüber und sah, wie ihre Freundin das Gesicht verzog und dann hilflos die Schultern zuckte.

Ungefähr zur selben Zeit, als Mel im letzten Frühling nach Virgin River gekommen war, hatte auch Connies Schwester ihre Tochter Liz von Eureka hergeschickt. Im März. Der Grund dafür war, dass Liz ein schwieriges Kind war, so schwierig, dass Connies Schwester nicht mehr mit ihr fertig wurde. Angeblich sei sie in Eureka verwildert. Sowohl Connie wie auch ihre Schwester hatten die Vorstellung, dass Virgin River beruhigend auf das Mädchen einwirken könnte oder zumindest doch weniger Möglichkeiten bot, in Schwierigkeiten zu geraten, als dies in der wesentlich größeren Stadt Eureka der Fall war. Als Connie dann aber im Mai einen Herzanfall erlitt, wurde Liz wieder nach Hause zu ihrer Mutter geschickt.

„Hey du“, sprach Mel sie aufmunternd an. Das war ihre Arbeit. Sie wusste, wie mit dem Schock, mit der Panik umzugehen war. „Willkommen zurück. Wie geht es dir?“

„Nicht so wahnsinnig gut“, antwortete Liz.

„Na, es ist jedenfalls schön, dich zu sehen“, sagte Mel und griff nach ihrer Hand. „Ich wette, du bist wegen einer Untersuchung hergekommen. Warum kommst du nicht einfach gleich mit?“

Liz ließ sich ins Untersuchungszimmer führen. Seit dem letzten Frühjahr hatte das Mädchen sich ganz schön verändert. Als sie damals ins Dorf gekommen war, hatte sie ausgesehen wie ein Flittchen. Röcke nicht größer als ein Taschentuch, hochhackige Stiefel, kurze Tops, Nabelring, Lippengloss und dicke schwarze Wimperntusche auf ihren aufreizend langen Wimpern. Sie wirkte wie eine Reklame für den *Playboy.* Gleichzeitig war sie aber auch einfach nur vierzehn. Eine sehr schöne, provozierende Vierzehnjährige, die eher aussah wie achtzehn. Kein Wunder, dass ihre Mutter sich die größten Sorgen machte. Jetzt steckte sie in Jeans und einem unförmigen Sweatshirt, das sie nach unten gezogen hatte, um ihren Bauch zu verstecken. Trotzdem war sie sichtlich schwanger. Das Make-up war jetzt wesentlich natürlicher und konservativer als früher, aber eigentlich hätte sie es gar nicht gebraucht. Sie war wunderhübsch. Und tatsächlich sah sie heute jünger aus als im Frühjahr. Jünger und verletzbarer.

Rick hatte Liz damals nur einmal angesehen und war völlig übergeschnappt. Wie ältere Ersatzbrüder oder Väter hatten sich Jack und Preacher jahrelang um Rick gekümmert, und Jack zufolge hatte auch eine ernsthafte Unterredung mit Rick über die Gefahren der Intimität stattgefunden, vor allem weil das Mädchen so jung war. Nachdem Liz dann wieder zurück bei ihrer Mutter war, hatte Rick Jack erzählt, dass sie sich nicht mehr trafen. Da sie Rick kannte und wusste, was für ein junger Mann er war, konnte Mel sich nicht vorstellen, dass er Liz schwängern und dann sitzen lassen würde. Zu dieser Sorte Jungs gehörte er einfach nicht. Vielleicht hat Liz in Eureka ja auch keine Zeit verloren und sich dort einen Kerl geangelt, überlegte Mel.

„Also", wandte sie sich an Liz. „Willst du mir sagen, weshalb du hier bist?"

„Ich bin schwanger. Offensichtlich."

„Wurdest du schon von einem Arzt untersucht?"

„Nein. Ich war mir nicht sicher, dass es das war, bis ... Ich dachte, ich würde einfach nur fett."

„Liz, seit wie vielen Monaten hast du deine Periode nicht mehr?"

Sie zuckte die Achseln. „Wer weiß? Da war ja sowieso nie viel. Ich habe nie gewusst, wann ich damit dran war."

„Hast du sonst irgendwie eine Idee, wie weit du sein könntest?"

„Da habe ich eine ganz genaue Idee. Und zwar einfach deshalb, weil es nur eine Person gegeben hat. Einen Mann. Ein Datum." Sie hob die hellblauen Augen und sah Mel gerade in die Augen.

Einen Moment lang hegte Mel die illusorische Hoffnung, dass Rick diesem Schlamassel entgangen sein könnte, und fragte: „Wenn das so ist, wenn du dich an den ungefähren Zeitpunkt der Empfängnis erinnern kannst, werden wir leichter das voraussichtliche Geburtsdatum bestimmen können."

„Der 7. Mai", antwortete sie mit feuchten Augen.

Rick, dachte Mel. Verdammt. Zwei Tage vor Connies Herzanfall, der der Grund dafür war, dass Liz wieder heim zu ihrer Mutter geschickt wurde. Damit war Liz in ihrer Schwangerschaft sogar weiter als Mel. „Also gut, immer eins nach dem anderen. Wir wollen dich jetzt untersuchen und sehen, wie es mit dir steht. Kannst du bitte diesen Umhang umlegen? Und dann zieh dich aus, BH, Slip, alles."

„Ich bin noch nie ... Ich hatte noch nie so eine ..."

„Es ist ganz okay, Liz. Es ist nichts Schlimmes. Ich lasse dir jetzt ein paar Minuten Zeit zum Ausziehen, und wenn ich zurückkomme, werde ich dir während der Untersuchung alles genau erklären. Ich verspreche dir, es wird dir nichts ausmachen. Schwanger oder nicht, regelmäßige Untersuchungen sind sehr wichtig, wenn man einmal sexuell aktiv geworden ist."

Und hätte Liz das Datum der Empfängnis nicht selbst geliefert, Mels gesamter Wissensdurst wäre spätestens dann befriedigt worden, als sie im Wartezimmer auf Connie traf. „Meine Schwester", legte Connie einigermaßen entrüstet los. „Sie meint, Liz wäre in Virgin River schwanger geworden, also könne sie auch dorthin wieder zurückgehen, um das Baby zu bekommen. Man sollte glauben, ich hätte es getan."

Mel schüttelte den Kopf. „So etwas geschieht einfach, Connie. Viel zu oft."

„Ich weiß gar nicht, wen ich zuerst umbringen soll."

„Niemand wird hier umgebracht", beruhigte Mel sie und griff nach ihrer Hand, um sie zu tätscheln. „Wir wollen ihnen einfach dabei helfen, das durchzustehen und schauen, dass sie ihr junges Leben wiedergewinnen können."

„Blöde Idioten", schimpfte Connie. „Was haben sie sich nur dabei gedacht?"

Mel setzte sich auf einen Augenblick neben Connie. „Wie kommst du darauf, dass sie sich etwas dabei gedacht haben?

Wenn ja, dann muss es unterhalb der Gürtellinie stattgefunden haben. Wie fühlst du dich? Wir wollen doch nicht, dass dein Blutdruck steigt."

„Ach, mir geht's gut. Es kam für mich nur völlig überraschend."

„Ich habe so ein Gefühl, dass es für alle eine Überraschung sein wird."

„Wie zum Teufel konnte sie das nicht wissen?"

„Oh Connie, du wärst verblüfft, wie straff diese vierzehnjährigen Bauchmuskeln durch Verleugnung werden."

„Sie ist jetzt fünfzehn. Nicht, als wäre das ein allzu großer Unterschied."

Mel hörte sich selbst lachen, allerdings humorlos. „Vielleicht ist es dann ja etwas weniger überwältigend. Ich will mich jetzt um meine Patientin kümmern, während du tiefe Atemzüge übst. Hmm?"

Liz war bereits weit im fünften Monat. Fast schon im sechsten. Sie hätte merken können, wie sich das Baby bewegt, aber sie war sich nicht sicher gewesen und hatte es einfach für Blähungen gehalten. Wenn ihr die Brüste schmerzten, glaubte sie, kurz vor der Periode zu stehen. Das war typisch für ein junges Mädchen, vor allem für ein junges Mädchen, das keine regelmäßige Periode kannte. Unter dem Einfluss des übermächtigen Wunsches, dass es das nicht sein durfte, hatte sie die Veränderungen in ihrem Körper nicht bewusst wahrgenommen.

„Du wirst jetzt also hierbleiben?", fragte Mel. „Bei deiner Tante Connie?"

Sie zuckte die Schultern. „Ich schätze, ja. Wenn sie mich nicht rauswirft."

„Du weißt doch, dass sie das nicht tut. Soll das heißen, du hast dich entschieden, das Baby zu bekommen?"

„Ja. Was bleibt mir denn sonst übrig?"

„In diesem Stadium sind deine Möglichkeiten allerdings beschränkt."

„Ich werde es bekommen. Etwas anderes kann ich jetzt nicht mehr tun.“ Stoßweise holte sie Atem. „Das wird alles ganz schlimm.“

„Wie kann ich dir helfen, Liz?“

Kläglich schüttelte sie nur den Kopf. „Ich glaube nicht, dass mir irgendjemand jetzt noch helfen kann.“

„Liebes, du bist nicht der erste schwangere Teenager. Ich will dir auch nichts vormachen – das alles wird nicht leicht werden. Aber du wirst es überstehen.“

„Ich hoffe nur, dass ich es heute überstehen werde.“

„Was ist heute so wichtig?“, fragte Mel.

„Ich schätze mal, ich sollte es ihm lieber sagen. Hm?“

„Er weiß es nicht“, stellte Mel fest, und es war keine Frage.

„Nein.“ Liz hob den Blick, und die Tränen liefen ihr aus den Augen. „Er wird so wütend sein.“

„Schätzchen, du bist nicht allein auf diesen Weg geraten. Denk daran. Ich gebe dir ein paar Tage zum Eingewöhnen, dann werden wir nach Grace Valley fahren und lassen eine Ultraschalluntersuchung machen. Dabei wirst du dein Baby auch sehen können. Ich denke, man kann sogar bereits das Geschlecht feststellen, falls du das wissen willst.“

„Okay“, sagte Liz. „Ja, ich will es wissen.“

„Du wirst dir auch schon einmal Gedanken darüber machen können, wer dein Baby zur Welt bringen soll, denn in Grace Valley wirst du den Geburtshelfer bei der Ultraschalluntersuchung kennenlernen. Bei einer ersten Schwangerschaft dürfte die Zeit ausreichen, dich ins Valley Hospital zu bringen. Oder du bekommst dein Baby hier, aber ich verabreiche keine Narkose, das solltest du bedenken.“

„In Ordnung. Ich weiß noch nicht, was ich will“, sagte Liz.

„Lass dir Zeit. Darf ich dir einen Rat geben?“

„Nur zu. Willkommen im Club.“

„Warte nicht. Sag es ihm jetzt gleich. Bring diesen Teil schon mal hinter dich.“

Liz zitterte, sagte aber: „Ja. Ich weiß.“

Rick parkte seinen kleinen Truck gleich neben dem von Jack hinter der Bar und sprang vor sich hin pfeifend die Hintertreppe hinauf in die Küche. Preacher rollte gerade den Teig für seine Pasteten aus, ihm zur Seite Christopher, sein Schatten, der im Schneidersitz auf dem Tresen hockte und munter auf seinen eigenen kleinen Batzen Teig einklopfte. Rick zerzauste dem Jungen das Haar. „Wie geht's, Kumpel? Machst du Pasteten?"

„Mach meine eigenen", antwortete Chris höchst konzentriert.

„Ist ja toll", meinte Rick.

Preacher unterbrach ihn: „Rick, vorne in der Bar wartet jemand auf dich."

„Oh ja?", sagte er grinsend.

„Hör mir zu, Rick", fuhr Preacher fort. „Immer freundlich und gelassen bleiben, Rick. Freundlich und gelassen. Setz deinen Verstand ein. Denk nach, bevor du etwas sagst, okay?"

„Ja?", wiederholte er, und diesmal war es eine Frage.

Rick ging nach nebenan und fand Jack hinter dem Tresen, wie er ein paar Männern Bier servierte. Als sich ihre Augen trafen, wurde Jacks Miene richtig ernst. Mit einer leichten Kopfbewegung wies er in den Gastraum, und Ricks Augen leuchteten auf, als er durch den Raum spähte und sie an einem Ecktisch sitzen sah. Er lächelte. Liz, dachte er. Oh Gott … *Liz!* Sein Herz begann, regelrecht loszuhämmern … Seit letztem Mai hatte er sie nicht mehr gesehen, und er hatte sie wie verrückt vermisst! Er konnte gar nicht zählen, wie oft er an sie gedacht hatte. Er hatte von ihr *geträumt.*

Während er um den Tresen herum auf sie zueilte, erhob sie sich, und als sie stand, gingen ihre Hände unwillkürlich zur Mitte, als wollten sie ihr rundes Bäuchlein hochhalten. Plötzlich verlor Rick den Boden unter den Füßen. Fassungslos blieb er wie angewurzelt stehen. Er war wie paralysiert. Sein Mund klappte auf, und seine Augen wanderten von ihrem Gesicht zu ihrem Bauch und wieder zurück zu ihrem Gesicht. Er wollte um sein Leben rennen. Er wollte sterben.

Durch den Raum hinweg konnte er sehen, wie sich augenblicklich Tränen in ihren Augen sammelten. Sie hatte Angst. Das konnte er erkennen. Preachers Worte fielen ihm ein. Immer freundlich und gelassen bleiben; denk nach, bevor du etwas sagst. Es gelang ihm, den Mund wieder zuzuklappen, und nachdem er einmal geschluckt hatte, ging er langsam auf sie zu. Während er sich ihr näherte, hob sie tapfer das Kinn, obwohl gerade eine dicke fette Träne überlief.

In seinem Kopf drehte sich alles. Wie war das möglich? Es konnte nicht von ihm sein. Sie hatte gesagt, alles sei in Ordnung. Kein Baby. Nächster Gedanke: Ich bin Senior an der Highschool, und das einzige Mädchen, mit dem ich je etwas hatte, ist schwanger und steht jetzt hier und fürchtet sich vor mir zu Tode. Während ich mich gleichzeitig vor *ihr* zu Tode fürchte ... Bitte, lieber Gott, lass nicht zu, dass mir das geschieht.

Und dann noch hilflos: Was denkt sie denn ... glaubt sie etwa, ich würde *ihr* die Schuld geben?

Dann konzentrierte er sich mit aller Kraft, als würde er sein Gehirn festhalten ... es in den Griff bekommen wollen. Vor dir steht ein schwangeres Mädchen, mit dem du es gemacht hast, und sie hat eine Todesangst vor dir. Ihm fiel ein, was Jack gesagt hatte: „Es reicht nicht, sich wie ein Mann zu fühlen, Rick. Du musst auch denken wie ein Mann und das Richtige tun."

Seine Möglichkeiten waren begrenzt. Er könnte weglaufen, leugnen, er könnte ohnmächtig werden, und wenn sie ihn dann wieder zu sich brachten, wäre ihr Bauch verschwunden.

Wieder lief ihr eine Träne über die Wange, während er unter Schock stand. Er versuchte, sich vorzustellen, was Jack tun würde, den er bewunderte und respektierte. Was würde Preacher tun? Und vor seinem geistigen Auge tauchte ein Bild auf, wie Preacher sich um Paige und Chris sorgte. Er nahm sich vor, dass er sich einfach so verhalten würde wie die beiden, egal wie er sich fühlte. Mit den wirklichen Problemen würde er sich dann später befassen. Fürs Erste wollte er zumindest mal aussehen wie ein Mann.

Er stellte sich vor sie und sah ihr in die Augen, in ihre verängstigten Augen, und brachte ein mildes Lächeln zustande. Dann legte er ihr einen Arm um die Taille und zog sie so weit an sich, dass er ihr einen Kuss auf die Stirn geben konnte. Sein ganzes Leben brach auseinander, aber ihm fiel nur auf, dass sie so gut roch. Genau, wie er es in Erinnerung hatte. „Lizzie", flüsterte er. Sie ließ den Kopf an seine Schulter fallen, und er konnte fühlen, wie sie zitterte und ihre Schultern bebten. Er zog sie näher an sich und hielt sie fest. „Wein doch nicht", versuchte er sie leise zu trösten. „Komm schon, Lizzie. Hör auf zu weinen."

Über die Schulter sah er sich nach Jack um, der mit ernster Miene den Kopf in Richtung Tür neigte. Er wandte sich wieder Liz zu. „Komm. Wir müssen irgendwohin gehen und miteinander reden. Komm mit." Den Arm um ihre Taille gelegt, brachte er sie aus der Bar nach draußen, während sie sich tränenüberströmt an ihn lehnte.

Er führte sie hinter die Bar, wo niemand war und sie allein sein konnten, und stellte sich mit ihr unter einen Baum. „Also wirklich", begann er. „Wie sollen wir denn miteinander reden können, wenn du weinst?"

„Rick", schluchzte sie, den Kopf an seiner Schulter. „Es tut mir so leid, Rick."

Mit einem Finger hob er ihr Kinn an und sah, wie rot ihre Augen und wie aufgeraut ihre Wangen waren. Er bemühte sich um eine weiche, mitfühlende Stimme. „Was ist da passiert, Lizzie? Du hattest doch gesagt, alles wäre in Ordnung."

Sie zuckte die Achseln. „Das hatte ich auch gedacht. Und anscheinend war es das, was du von mir hören wolltest."

„Aber doch nur, wenn es auch die Wahrheit wäre", erwiderte er.

„Ich wusste es nicht, das ist alles. Ich habe es einfach nicht gewusst."

„Ich dachte, du hättest deine Periode bekommen. Hattest du mir das nicht gesagt?", fragte er sie.

Wieder zuckte sie die Achseln. „Meine Periode hatte ich noch nie besonders häufig. Letztes Jahr vielleicht viermal. Im ganzen Jahr. Du hattest mich jeden Tag danach gefragt, also habe ich dir gesagt, es wäre in Ordnung, damit du damit aufhörst. Und dann hast du mit mir Schluss gemacht. Sofort. In derselben Minute. Am Telefon. Und das war dann auch schon ziemlich bald alles, woran ich noch denken konnte … da blieb nichts anderes mehr. Nur, dass du Schluss gemacht hast. Dass du mich nicht mehr wolltest. Als hätte ich etwas falsch gemacht, etwas Schlimmes getan. Ich habe mich gefühlt wie …"

„Stopp. Du hast nichts falsch gemacht", unterbrach er sie und schämte sich dafür, dass sie sich seinetwegen so gefühlt hatte.

„So ist es bei mir aber angekommen", wimmerte sie.

Er brauchte weniger als eine halbe Minute, um sich wieder an diese Details zu erinnern und sich absolut beschissen zu fühlen, weil alles genau zutraf. Bloß zwei Tage nach dem kleinen Ausrutscher, der diese Schwangerschaft verursacht hatte, ging Liz wieder nach Hause zu ihrer Mutter nach Eureka zurück. Ständig hatte er sie dann angerufen und immer wieder gefragt, ob sie okay sei, ob sie ihre Periode bekommen hätte, damit sie nicht mehr fürchten müssten, es könnte sie erwischt haben. Irgendwann hatte sie schließlich Ja gesagt, alles sei in Ordnung. Und im selben Gespräch hatte er ihr tatsächlich gesagt, sie sollten sich lieber runterkühlen, sich nicht mehr treffen. Er hatte ihr erklärt, dass sie ihm viel bedeute, aber lieber Himmel, offensichtlich konnten sie sich nicht kontrollieren. Und dass sie beide viel zu jung für ein Baby seien.

Aber nein, das waren sie wohl doch nicht.

Er nahm sie in die Arme. „Oh Liz, Baby. Ich habe doch nur Schluss gemacht, um dich zu schützen!" *Um mich zu schützen!* „Ich wollte nicht noch einmal die Kontrolle verlieren und dich in Schwierigkeiten bringen." *Mich in Schwierigkeiten bringen!* „Du bist so jung! Viel zu jung!" *Ich bin zu jung!* „Oh Gott, Lizzie. Du hättest mir sagen müssen, was los ist."

„Ich wusste es doch nicht", wiederholte sie und schluchzte sich an seiner Schulter aus.

„Okay, Baby. Weine nicht. Es ist nicht deine Schuld. Es ist meine Schuld. Nun komm schon, hör auf zu weinen."

Aber es sah ganz danach aus, als würde sie noch eine Weile damit fortfahren. Erstens, weil sie eine solche Angst vor seiner Reaktion gehabt hatte, und zweitens, weil sie so erleichtert war. Er schien sie nun schon eine ganze Ewigkeit so zu halten, aber zumindest gab ihm das die Zeit, darüber nachzudenken, was er als Nächstes sagen könnte. Als der Tränenfluss dann endlich abebbte, fragte er sie: „Können wir eine kleine Fahrt machen? Geht das?"

Sie nickte.

Mit dem Handrücken wischte er ihr die Tränen von den Wangen. „Musst du deiner Tante Connie noch Bescheid sagen?"

„Das ist in Ordnung", sagte sie. „Sie weiß, dass ich zu dir gegangen bin, um mit dir zu sprechen. Um es dir zu sagen."

„Also gut. Dann fahren wir also ein Stück, beruhigen uns ein wenig und werden uns dann Connie stellen. Hmm?"

„Musst du nicht Jack fragen?"

Er legte ihr einen Arm um die Schultern und führte sie zu seinem kleinen Truck. Jack hatte ihren Bauch bemerkt und gesehen, wie Rick sie aus der Bar geführt hatte. „Jack weiß genau, was ich jetzt mache." Das Einzige, was ich überhaupt machen kann, dachte er. Was ich besser mal gemacht hätte, bevor das hier passieren konnte. Einmal zu versuchen, wie ein Erwachsener zu handeln. Etwas zu spät ...

„Wo fahren wir hin?"

„Lass uns zum Fluss runterfahren. Wir setzen uns auf einen Felsen und reden über das, was jetzt auf uns zukommt. Was meinst du?"

„Du hältst zu mir?", fragte sie ihn.

„Natürlich tue ich das, Liz."

„Liebst du mich, Rick?", fragte sie weiter.

Er sah auf ihren runden Bauch. Das hatte er dort hineingelegt. Verdammte Scheiße, dachte er. Liebe? Das war etwas weit hergeholt. Er wollte damit nichts zu tun haben. Also zwang er sich, an Preach und Jack zu denken, wie sie sich Frauen gegenüber verhielten, und gab ihr einen zarten Kuss auf die Schläfe. „Natürlich tue ich das. Ich wünschte, du würdest jetzt damit aufhören, solche Angst zu haben. Alles wird gut werden. Vielleicht nicht so ohne Weiteres, aber es wird okay sein."

Normalerweise hätte Jack die Bar verlassen, sobald die Zeit des Abendessens vorüber war. Aber Preacher war mit klein Christopher und Paige beschäftigt, und er hatte das Gefühl, dass Rick noch einmal zurückkommen könnte. Vermutlich glaubte er, eine Erklärung abgeben zu müssen, auch wenn es allzu viel gar nicht mehr zu erklären gab. Allein durch ihre Gegenwart hatte Lizzie das Ganze ziemlich deutlich gemacht. Aber dennoch. Rick hatte Jack immer wie einen Vater angesehen, und darüber war Jack nie unglücklich gewesen. Nicht einmal jetzt.

Mit Mel hatte Jack kurz geredet, bevor sie über Nacht nach Hause fuhr. „Wir haben da ein Problem, und ich glaube, dass du alles darüber weißt."

„Ich kann nicht darüber sprechen, Liebling", sagte sie. „Es tut mir leid."

„Ich will doch nur helfen", wandte er ein.

„Das weiß ich doch, Jack. Und trotzdem darf ich nicht über eine Patientin reden."

„Kannst du mir nicht irgendeinen Rat geben?", fragte er sie.

Sie beugte sich zu ihm, gab ihm einen Kuss und sagte: „Du brauchst keinen Rat. Du wirst genau wissen, was zu tun ist." Sie sah nach unten auf seine geschwollene Hand und dann nach oben zu seinem blauen Auge. „Du siehst schrecklich aus. Versuch einmal heute Abend nicht in einen Kampf zu geraten." Und mit dem süßesten Lächeln fügte sie hinzu: „Folge einfach deinem Gefühl, wenn du mit Rick sprichst. Es ist ja nicht so, als wäre dir so etwas noch nie passiert."

Sie hat recht, dachte er. Es ist mir passiert. Er war sich sicher, dass ihr Baby beim ersten Mal, als sie zusammengekommen waren, gezeugt wurde. In unzähligen Jahren war es das einzige Mal gewesen, dass er ungeschützt Sex hatte.

Nun war es fast halb neun, und er stand kurz davor aufzugeben. Preacher hatte Christopher gebadet und zu seiner Mutter ins Bett gelegt. Dann war er wieder nach unten gekommen und schenkte gerade für sie beide einen kleinen Whiskey ein, als Rick eintrat. Er war groß, schon mehr als ein Meter achtzig. Die harte Arbeit in der Bar hatte seine Arme und Schultern geformt und gestärkt. Er war jetzt siebzehn, und dies war sein letztes Jahr an der Highschool. Mit seinen hohen Wangenknochen, dem kräftigen Kinn und den dichten ausdrucksstarken Brauen war er ein attraktiver junger Mann. Als er aber jetzt mit hängendem Kopf, die Hände in die Jackentaschen geschoben, die Bar betrat, schien er Falten bekommen zu haben. Er sah aus, als wäre er innerhalb der letzten wenigen Stunden um zehn Jahre gealtert.

Außer Jack und Preacher war niemand sonst in der Bar, also setzte sich Rick auf einen der Barhocker vor sie. Er fuhr sich mit einer Hand durchs Haar und sah die beiden Männer an, die ihn seit seinem dreizehnten Lebensjahr beraten, wenn nicht erzogen hatten. „Also, das meiste werdet ihr euch bereits denken können. Richtig?“

„Wie es aussieht, ist Liz schwanger“, stellte Jack fest.

„Ja. Dieser kleine Ausrutscher letzten Frühling. Ein Volltreffer. Das Baby wird voraussichtlich im Februar kommen, soweit sie weiß. Soweit Mel das weiß. Sie ist *sehr* schwanger.“

„Mein Gott, Rick“, sagte Preacher mit schon fast schwacher Stimme. „Ach Mann …“

Rick schüttelte den Kopf. „Nun ja, es ist meins. Ich war es.“

„Du warst es nicht allein, Kumpel“, sagte Preacher, der sich nur allzu gut an das Sexbombengehabe erinnern konnte, das Liz seinerzeit an den Tag gelegt hatte.

„Sie wird das Baby austragen“, sagte Rick. „Da kann ich ja wohl mal mindestens die Schuld auf mich nehmen. Abgesehen davon hat sie mich auch nicht festgenagelt.“ Er holte Luft.

„Jungs, es tut mir leid. Ich habe euch enttäuscht. Ich habe Mist gebaut. Großen Mist."

Jack merkte, wie sich ein stolzes Lächeln auf seinen Lippen breitmachen wollte. Jeder andere siebzehnjährige Junge hätte sich längst aus dem Staub gemacht, nicht aber Rick. Wie ein Mann versuchte er, so gut er konnte geradezustehen, und bewies Verantwortungsbewusstsein. Jack und Preacher gegenüberzutreten, musste ihm ebenso schwerfallen, wie dieser Katastrophe ins Auge zu sehen. „Habt ihr euch schon irgendeine Lösung überlegt?"

„Nein, nicht wirklich. In dem Moment, wo du es erfährst, kannst du einfach nicht allzu viel tun. Versteht ihr? Aber ich habe ihr gesagt, dass ich sie nicht hängen lasse. Und dass sie keine Angst haben soll. Dann habe ich Connie noch gesagt, dass ich für alles aufkommen werde, egal, was ich dafür tun muss."

„Wie haben Connie und Ron es aufgenommen?", fragte Preacher.

„Oh, ich glaube, sie haben große Lust, mich auf der Stelle umzubringen", meinte Rick. „Ich musste ganz schön katzbuckeln, mich entschuldigen und betteln. Als ich dann versprochen habe, zu arbeiten, bis ich tot umfalle, schien das den Schmerz ein wenig zu dämpfen."

„So weit muss es ja nicht kommen", sagte Jack. „Mit zusätzlicher Arbeit können wir dir immer unter die Arme greifen. Die Schule ist wichtig, Rick. Egal, was sonst passiert."

„Danke. Das Wichtigste ist im Moment, dass sie sich nicht ängstigt. Sie hat eine so verdammte Angst, dass es mich umbringt. Ich habe sie nicht nur schwanger gemacht, ich habe sie auch zu Tode erschreckt! Lieber Himmel! Ach Jungs. Ich weiß, ihr habt mehr von mir erwartet als das hier."

„Rick, du hast niemanden enttäuscht", beruhigte ihn Jack. „So etwas kann geschehen. Du hast dich wirklich gut gehalten. Besser als die meisten anderen Kerle an deiner Stelle."

„Ist dir aufgefallen, wie verängstigt sie war? Weißt du auch, warum? Sie hatte mir gesagt, dass alles in Ordnung wäre, weil ich sie wieder und wieder danach gefragt hatte. Als ob es das Einzige war, das mich interessierte. Und in demselben Moment, wo sie mich vom Haken gelassen hatte, habe ich sie fallenlassen!“ Er fuhr sich mit der Hand über seinen schweißnassen Nacken. „Mir war schon klar, dass ich da Mist gebaut hatte, aber ich wusste einfach nicht, wie sehr. Ich dachte, ich würde verhindern, dass wir in Schwierigkeiten geraten, stattdessen habe ich verhindert, dass sie es mir früher sagte. Wenn ich es eher erfahren hätte, vielleicht hätten wir noch etwas unternehmen können … was das Baby angeht“, sagte er leise, fast schon ehrfürchtig. „Dieses Baby bewegt sich in ihr. Ich konnte fühlen, wie es sich *bewegt*. Oh Gott.“

Jack merkte, wie in seiner Brust etwas angerührt wurde. Er war über vierzig und mehr als bereit für eine Familie, sicher, trotzdem konnte er Ricks Schock und diese Ehrfurcht gut nachvollziehen.

Was Preacher anging, so wusste niemand auf der Welt, wie viel er dafür geben würde, einen solchen „Schlamassel“ zu erleben. Nicht einmal Jack.

„Sie ist noch ein Kind“, fuhr Rick fort. „Ich weiß nicht, wie ich es bei ihr wiedergutmachen kann.“

„Zunächst einmal, indem du das mit ihr zusammen durchstehst“, sagte Preacher. „Du bist gut zu ihr, so liebevoll wie möglich, und begegnest ihr mit Respekt. Du behandelst sie wie die Mutter deines Babys, egal, was auf dieses Baby zukommen mag.“

„Ja“, stimmte Rick ihm zu. „Sie hat mich auch gefragt, ob ich sie liebe“, fuhr er dann unbehaglich fort.

Einen Moment lang herrschte Schweigen. Dann zog Jack ein drittes Glas heraus, hielt die Whiskeyflasche darüber, gab einen kleinen Schuss hinein und schob es Rick zu, der es vermutlich jetzt brauchen konnte.

„Was hast du geantwortet?“, fragte Preacher.

„Sie trägt mein Baby im Bauch, Preach. Darum hatte sie mich nicht gebeten. Was zum Teufel sollte ich ihr sagen, hm? Vielleicht hätte ich ihr erklären sollen, dass ich im Frühling, als wir es getan haben, jedenfalls glaubte, es wäre so. Ein wirklich grader Typ hätte das getan." Er sah runter in sein Glas und schüttelte den Kopf. „Ich habe ihr gesagt: ‚Natürlich liebe ich dich'."

„Ach Rick, das war richtig so", meinte Preacher. „Was hättest du sonst sagen sollen?"

Jack stieß sein Glas an das von Rick. Er war verdammt stolz auf den Jungen. Da war kein Selbstmitleid, kein Gejammer, dass er über den Tisch gezogen worden sei. Keine Schuldzuweisungen. Dazu gehörte eine Menge, sich so gerade zu machen, den Kopf hochzuhalten, stark zu sein und sich nicht als Opfer zu sehen. Das galt für jedes Alter, und mit siebzehn war es einfach bewundernswert. „Du wirst es schaffen, Kumpel", sagte er und hoffte, es sei wahr.

„Ich fühle, dass ich etwas tun muss, und ich habe keine Ahnung, was", sagte Rick.

„Im Augenblick wirst du gar nichts tun", riet ihm Jack. „Nimm dir Zeit zum Nachdenken. Dreh mir bloß nicht durch und lauf los, um zu heiraten oder so etwas. Du bist siebzehn, sie ist fünfzehn, und sicher ist nur, dass ein Baby unterwegs ist. Steh ihr bei, sei gut zu ihr, und irgendeine Lösung werden wir finden."

„Jack, Preach", begann Rick und bekam ganz feuchte Augen. „Jungs, es tut mir leid. Ihr habt versucht, mich davor zu warnen, und ich ..."

„Rick", unterbrach ihn Jack. „Du bist nicht der erste Mann, dem so etwas passiert, okay? Geh's langsam an." Jack hob sein Glas und trank einen kleinen Schluck. „Wir werden das durchstehen. Mag sein, dass es hart wird, aber Gott sei Dank ... sind wir ja hart im Nehmen."

8. KAPITEL

Die Entschlossenheit, mit der Judge Forrest für eine schnelle Gerichtsverhandlung sorgen wollte, stieß auf ein vorhersehbares Problem: Forrest war zuständig für das Mendocino County, während Lassiter im Humboldt County festgenommen wurde. Sein Fall ging also an einen anderen Richter.

Nach der Attacke gegen seine Frau war bei Lassiter Methamphetamin gefunden worden, ein Umstand, der seinem Anwalt zufolge maßgeblich zu seinem verrückten Verhalten und mangelndem Urteilsvermögen beigetragen hatte. Es wäre eine ganz beachtliche Gefängnisstrafe herausgekommen, wenn es zu einer Verurteilung gekommen wäre. Aber sein Anwalt beantragte eine Drogentherapie, und der Richter gewährte eine bedingte Entlassung unter der Auflage, dass er sich nach der Therapie wegen eines Vergehens und zweier Verbrechen vor Gericht zu verantworten habe, der erfolgreiche Abschluss der therapeutischen Behandlung allerdings bei der Urteilsfindung berücksichtigt werden könnte. Es gab noch weitere Klauseln. Falls er die Behandlung vorzeitig abbrach, würde dieser Beschluss widerrufen, und dann könnte er im Gefängnis auf seine Verhandlung warten. Und während normalerweise die therapeutischen Einrichtungen sich streng an den Kodex absoluter Anonymität hielten, waren im Fall von Lassiter der Staatsanwaltschaft Kontrollen gestattet, die sicherstellen sollten, dass er gut weggeschlossen war und für seine Familie keine Bedrohung darstellte.

Brie rief bei Paige an. „Du musst diese Entscheidung nicht als schlechte Nachricht auffassen“, erklärte sie ihr. „Es ist absolut möglich, dass es seine Perspektive gewaltig verändern kann, wenn er einmal wieder nüchtern ist. Meine Empfehlung ist, dass du die Scheidung und die Sorgerechtsregelung weiter vorantreibst. Solange er sich in Behandlung befindet, kann er zwar Zeit schinden, aber angesichts der Fakten dieser Entscheidung würde ich wetten, dass er sich kooperativ zeigt, um seinen jämmerlichen Hintern aus dem Gefängnis herauszuhalten."

„Wie lange wird er in Behandlung sein?", wollte Paige wissen.

„Das ist schwer zu sagen. Minimum ist ein Monat, aber Meth ist eine ganz schön harte Droge, und ich habe gehört, dass es bei manchen Leuten bis zu mehreren Monaten gedauert hat. Wenn er will, dass diese Vereinbarung in seinem Interesse zum Tragen kommt, kann er nicht einfach gehen. Er muss vom Leiter der Einrichtung entlassen werden."

„Ich habe keine Ahnung, wie schlimm sein Drogenproblem ist", sagte Paige. „Ich hatte Drogen nur vermutet, denn einmal habe ich etwas gefunden, das nach Drogen aussah. Aber ich hatte Angst, ihn danach zu fragen. Jedenfalls ist er jetzt schon geheilt, wenn es darum geht, einen Supervisor davon zu überzeugen. Er ist sehr manipulativ."

„Ja, das sind sie alle. Glaub mir, wenn es auf der Welt einen Ort gibt, wo das Pro aufs Contra verweist, dann ist es die Drogentherapie."

„Seit Monaten sehe ich jetzt schon ständig über die Schulter …"

„Paige, nach allem, was du hinter dir hast, wirst du dich über die Schulter umsehen, solange er *lebt*. Bitte doch Preacher darum, dir das Schießen beizubringen."

Sie musste zwei Tage darüber nachdenken, bevor sie John mit der Idee konfrontierte.

„Es wäre zu überlegen", meinte er. „Das könnten wir machen. Bis dahin gibt's aber noch etwas. Ich hatte doch immer meinen Kumpel Mike angerufen, um sicherzustellen, dass dieser Mistkübel in L. A. ist, wo er hingehört, aber wenn er jetzt in diesem Therapiezentrum in Minnesota steckt, solltest du die Staatsanwaltschaft selbst anrufen und dich vergewissern."

„Oh", sagte sie leicht verzagt. „Vielleicht könnte mein Anwalt das ja übernehmen?"

„Denk darüber nach, Paige", riet ihr Preacher. „Übernimm die Kontrolle. Du weißt, ich passe gerne auf euch auf, aber es ist wichtig, dass du dein Selbstbewusstsein wiedergewinnst. Ich weiß, dass du es hattest, bevor … vor all dem."

Ja, dachte sie. Ich war einmal selbstbewusst. Vielleicht weniger als andere junge Frauen … aber genug, um ein kleines Stück Raum aus der Welt für mich herauszuschneiden. Und obwohl es für sie kaum spürbar war, kehrte dieses Selbstbewusstsein wieder zurück, Stückchen für Stückchen. Ihre frühere Selbstsicherheit, ihr Selbstvertrauen würde sie auch wiedergewinnen müssen, denn für Christopher war sie bald der einzige Elternteil.

Sie hatte nicht daran geglaubt, diese einstweilige Verfügung oder das Sorgerecht beantragen zu können; die Furcht hatte sie im Griff. Aber mit John an ihrer Seite, der sie dazu ermutigte, hatte sie es getan. Es war scheußlich und erschreckend gewesen, aber sie hatte es durchgezogen, und Wes war in Handschellen abgeführt worden. Im Moment mochte er sich zwar in einem bequemen Therapieprogramm befinden, aber damit war es für ihn noch nicht ausgestanden. Es gab eine Menge, wofür er büßen musste, und seine Buße könnte hinter Gittern stattfinden, was sie und ihren Sohn für Jahre von ihm befreien würde. Nun, da sie einmal diese Richtung eingeschlagen hatte – sich von ihm zu befreien und ihr Leben zurückzugewinnen –, war sie entschlossen, sich allem zu stellen. Gleich, wie sehr es sie auch ängstigte.

Ein paarmal lief sie noch vor dem Telefon in der Küche hin und her, dann nahm sie den Hörer in die Hand und rief an. Am nächsten Tag hatte sich das Hin- und Herlaufen schon verkürzt, und als sie dann die Sekretärin des zuständigen Staatsanwalts an der Strippe hatte, wurde ihr mitgeteilt, dass man es an diesem Tag noch nicht überprüft hatte und möglicherweise auch nicht die Zeit dazu wäre. Vielleicht sollte sie lieber am nächsten Tag noch einmal anrufen. Plötzlich wurde sie wütend. „Nein!", erwiderte sie. „Begreifen Sie denn nicht, dass mein Leben und das Leben meines Kindes durch diesen Mann permanent gefährdet sind? Dass er gedroht hat, mich umzubringen? Und wenn Sie einmal einen Blick in meine Arztberichte werfen würden, könnten Sie erkennen, dass er es offensichtlich auch *versucht* hat! Nein. Ich werde nicht bis morgen warten. Ich werde Sie in einer Stunde wieder anrufen!" Das Herz schlug ihr bis zum Hals, als sie auflegte und Preacher einen heimlichen Blick zuwarf. Sie konnte fühlen, wie ihre Wangen heiß geworden waren.

Er zog eine Augenbraue hoch und lächelte leise. „Na bitte", sagte er nur.

Zwanzig Minuten später rief der Assistent der Staatsanwaltschaft dann selbst zurück. Er beruhigte sie und gab ihr die Nummer der Therapieeinrichtung sowie den Namen des Suchtberaters, mit dem er in Kontakt stand, und lud sie ein, direkt und so oft am Tag wie nötig dort anzurufen.

Und wieder lief sie vor dem Telefon auf und ab. „Was ist los?", fragte Preacher.

„Ich weiß nicht. Es ist, als hätte ich Angst davor, er könnte selbst ans Telefon kommen oder so."

„Und was, wenn er es täte?"

„Ich würde sterben!"

„Nein", sagte er ruhig. „Du würdest auflegen, weil du nie wieder mit ihm sprechen musst. Richtig?"

„Ich muss es nicht", wiederholte sie, ein wenig überrascht von dieser Realität. Die Gedanken wirbelten ihr durch den Kopf. Was, wenn er leugnete, sie je angerührt zu haben? Was, wenn er seine Therapeuten davon überzeugte, dass es ihm leidtäte? Schnell nahm sie den Hörer in die Hand und hieb auf die Nummerntasten ein, auch wenn ihr der Kopf von all diesen Möglichkeiten schwirrte. Was, wenn er ihr etwas ausrichten lassen wollte? Was, wenn er darum bat, sie anrufen zu dürfen, um mit Christopher zu sprechen? Er hatte nie mit Christopher reden wollen, aber sie würde ihm durchaus zutrauen, dass er ein Interesse an seinem Sohn vortäuschen könnte.

Ihr Anruf wurde angenommen, sie ließ sich mit dem Berater verbinden, und als er sich meldete, sagte sie: „Hier ist Paige

Lassiter. Ich möchte nur wissen, ob Wes Lassiter noch bei Ihnen ist."

„Er ist sicher verstaut, Madam", antwortete eine ruhige freundliche Stimme. „Sie können ganz beruhigt sein."

„Ich danke Ihnen", sagte sie schwach.

„Versuchen Sie, sich einen schönen Tag zu machen."

Sie legte auf und zitterte einen Augenblick. Dann sah sie John an und stellte fest, dass er lächelte. „Ich weiß, es ist schwer", sagte er weich. „Aber jeden Tag wirst du damit dein Leben ein wenig mehr zurückholen. So macht man das, Paige."

Irak, eine Straße nach Falludschah, die als lebensgefährlich galt. Die amerikanischen Soldaten waren bisher dort gescheitert. Als Sergeant Major Jack Sheridan sein *Platoon* dort hineinführte, wurde einer seiner Trupps unter Führung von Gunnery Sergeant Miguel Valenzuela – für seine Freunde nur Mike – durch ein Selbstmordattentat mit einer Lastwagenbombe vom Zug abgeschnitten. Mit ihren Verletzten konnten sie sich in ein verlassenes Gebäude verkriechen, wo sie dann von Heckenschützen festgenagelt wurden. Neben anderen, die unter dem Beschuss verletzt worden waren, hatten auch Joe Benson und Paul Haggerty gefährliche Blutungen erlitten. *Gunny* hielt dann die Heckenschützen mit einer M 16 in Schach, die er stundenlang immer wieder abfeuerte, bis der Rest der Einheit – unter ihnen Preacher – die Rebellen überwältigen und sie retten konnten. Nachdem es überstanden war, konnte Mike seinen Arm kaum noch bewegen, und seine Schulter war vollkommen steif. Für seinen heroischen Einsatz erhielt er einen Orden.

Mike, Police Sergeant in L. A., war seinerzeit für einen achtzehn Monate währenden Einsatz im Irak eingezogen worden. Er wurde nie verletzt. Er hatte Leben gerettet.

Und jetzt lag er mit drei Schusslöchern im Körper in L. A. in einem Krankenhausbett im Koma. Die Schüsse waren von einem vierzehnjährigen Bandenmitglied abgegeben worden, und der Junge hatte lediglich dort nicht getroffen, wo Mike seine kugelsichere Weste trug. Ein anderer Beamter hatte dann einen tödlichen Schuss auf das Kind abgegeben. Die Ermittlungen deuteten darauf hin, dass es sich um einen Initiationsritus gehandelt haben könnte, bei dem es um die Aufnahme in die Streetgang ging … und den für diese Gang zuständigen Officer umzulegen, war dann wohl eine besondere Heldentat.

Preacher hatte sich wegen Paige an Mike gewandt, und Mike hatte alles in seiner Macht Stehende getan, um zu helfen. Jetzt erhielt Preacher den Anruf.

Es war noch früh, der Kaffee noch nicht fertig, Chris lief noch nicht im Pyjama die Treppe herunter, und gerade erst hatte das laute Krachen der Axt im Hinterhof eingesetzt. Die Schießerei hatte in der Nacht zuvor stattgefunden, und Mikes ältester Bruder Ramon Valenzuela hatte ein paar Stunden gebraucht, um jemanden aus dem ehemaligen Marinetrupp zu erreichen. Währenddessen wurde Mike einer Notoperation unterzogen, und nun lag er auf der Intensivstation im Koma.

Preacher ging zur Hintertür der Bar. „Jack!“, rief er. „Komm mal rein!“

Jacks Miene war besorgt, als er durch die Hintertür in die Küche kam.

„Valenzuela wurde bei seinem Job angeschossen“, kam Preacher gleich zur Sache. „Sein Zustand ist kritisch. Er liegt im Traumazentrum von L. A. Ich werde Zeke anrufen, damit er allen Bescheid sagt, und dann schließe ich die Bar.“

„Oh Gott“, sagte Jack und rieb sich das Kinn. „Was sagen die Ärzte? Wie stehen seine Chancen?“

„Sein Bruder Ramon glaubt, dass er es schaffen wird. Aber er liegt im Koma. Er hat etwas davon gesagt, dass er nie wieder der Alte sein wird.“ Er schüttelte den Kopf. „Schau, ob du dir einen Flug organisieren kannst. Ich werde die Tour mit dem Wagen machen.“

Paige tauchte am Fuß der Treppe auf und wusste, dass etwas Ernstes vor sich ging. Sie blieb stehen und wartete.

„Was ist mit Paige? Christopher?“, hörte sie Jack fragen.

Preacher hob die Schultern. „Ich werde sie mitnehmen müssen. Mit hundertprozentiger Sicherheit werde ich sie nicht allein hierlassen.“

„Wohin willst du mich mitnehmen?“, schaltete sie sich nun ein.

Beide Männer drehten sich um und sahen sie an. „Nach L. A.“, antwortete Preacher. „Jemand hat auf einen unserer Jungs geschossen, während er seine Pflicht erfüllte. Er ist jetzt auf der Intensivstation, und ich muss dorthin.“

„L. A.? John, ich kann nicht nach L. A. gehen.“

„Doch, das kannst du. Du musst. Mein Freund Mike, der dir doch so geholfen hat, ist im Krankenhaus. Jack?“, wandte er sich an seinen besten Freund. „Geh du schon. Ich werde noch Ricks Großmutter anrufen. Sie soll ihm sagen, dass er jeden Tag einmal nach der Bar sieht.“

„Richtig“, sagte Jack und machte sich sofort auf den Weg.

Preacher drehte sich wieder zu Paige um. „Es wird in Ordnung sein. Du bist doch in Sicherheit. Du kannst jeden Tag in diesem Therapiezentrum anrufen, und solange er dort ist, kannst du gleich auch ein paar von deinen Sachen abholen, wenn du willst. Aber ich muss dort hin.“ Ohne sich zu rühren, starrte sie ihn nur an. „Ich muss sofort los, Paige. Und du musst einfach mit mir kommen, denn ich will meinen Freund besuchen und gleichzeitig sicher sein, dass dir und Christopher nichts geschieht. Bitte.“

Sie schüttelte sich einmal, sagte aber nur: „Ich mache uns fertig.“ Dann lief sie die Treppe wieder hinauf.

Sie hörte nicht mehr, wie Preacher in einem Seufzer der Erleichterung einmal langsam die Luft ausblies.

Jack stand mit Mel auf der Veranda vor Docs Haus. Seine Reisetasche lag bereits auf der Ladefläche seines Trucks. „Überleg es dir noch mal“, drängte er. „Komm mit. Ich möchte dich nicht allein zurücklassen.“

Sie legte eine Hand auf seine Brust und sah zu ihm hoch. „Ich werde doch nicht allein sein. Ein ganzes Dorf habe ich hier, und mir wird nichts passieren."

„Aber Preacher wird auch nicht da sein. Und er nimmt Paige und Christopher mit, denn er kann sie nicht zurücklassen. Ich glaube, er würde sonst noch vor Angst umkommen."

„Das ist doch klar. Jack, Doc braucht mich. Ich habe hier einiges zu tun, und mir wird es gut gehen. Niemand wird mir etwas tun. Hier ist der Name eines Arztes, mit dem du reden solltest", sagte sie und steckte ihm einen Zettel in die Hemdtasche. „Sag ihm einfach, dass du seine frühere Krankenschwester geheiratet hast. Er wird dir so weit wie möglich jede Information über Mike geben."

„Du hast mit ihm zusammengearbeitet? Wann?"

„Es ist schon eine Weile her, aber er wird mich nicht vergessen haben. Er ist Unfallchirurg. Vielleicht hat sogar er Mike operiert. Du darfst auch nicht vergessen, ihm die Neuigkeit mitzuteilen, dass wir ein Baby haben werden. Darüber wird er sich sehr freuen."

„Ich werde ihn finden." Er beugte sich hinunter, legte seine Lippen auf ihren Mund und küsste sie leidenschaftlich. Dabei hielt er eine Hand an ihr Kreuz gelegt, während er mit der anderen über ihren runder werdenden Bauch streichelte. „Seit Langem ist mir nichts mehr so schwergefallen wie dich jetzt allein zu lassen", sagte er.

„Du solltest lieber gehen. Du willst doch so schnell wie möglich dort sein."

Jack raste wie verrückt nach Eureka, wobei er gleichzeitig Mels altes Handy im Truck auflud, denn er wollte es benutzen, um sie in L. A. vom Krankenhaus aus anzurufen. Er erreichte einen Flug mit nur einem Zwischenstopp in Redding, der ihn in weniger als drei Stunden nach L. A. brachte. Preacher hingegen wollte die ganze Strecke fahren, für die er mindestens acht, eher wohl sogar zehn Stunden brauchen würde.

Als Jack in L. A. ankam, hielt er nicht einmal bei einem Hotel. Mike wurde noch immer künstlich beatmet, und Besuche waren jeweils nur für ein paar Minuten in der Stunde auf die engsten Familienangehörigen beschränkt. Aber die Menge, die sich im Krankenhaus versammelt hatte, entsprach ziemlich genau dem, was Jack erwartet hatte. Es war eine beeindruckende Anzahl von Menschen. Es war bekannt, dass Cops sich versammelten, wenn es einen von ihnen erwischt hatte, und Dutzende von ihnen hatten sich im und um das Krankenhaus herum verteilt. Auf dem Parkplatz hatten sie ein Wohnmobil abgestellt, wo Mikes Familie gelegentlich eine Pause einlegen konnte, um sich von dem Stress im Krankenhaus zu erholen, und dort standen sie regelrecht Wache. Mike war zweimal verheiratet gewesen, derzeit allerdings Single. Dennoch mangelte es nicht an Familienmitgliedern. Eltern, Brüder, Schwestern, Nichten und Neffen. Eine große Familie. Vermutlich lief auch irgendwo noch eine Exfrau herum, unvermeidlich auch die eine oder andere Freundin. Zwei von den Jungs aus der Truppe waren gekommen, diejenigen, die sich so kurzfristig freimachen konnten – Zeke, ein Feuerwehrmann aus Fresno und Paul Haggerty, Bauunternehmer in Grants Pass. Mit weiteren war zu rechnen, wenn sie es schafften. „Wo ist Preacher?", fragten sie Jack.

„Er müsste bald hier sein. Er ist mit dem Wagen gefahren. Wie geht es Mike?"

„Wir wissen nicht allzu viel. Er wurde dreimal getroffen. Je ein Schuss in den Kopf, die Schulter, die Leiste. Er hat eine Menge Blut verloren und ist noch nicht wieder bei Bewusstsein. Die Operation hat lange gedauert."

Jack zog den Zettel aus der Tasche. „Weiß jemand, wie der Chirurg heißt?", fragte er sie.

Sie sahen sich gegenseitig an und schüttelten die Köpfe.

„Okay, dann lasst mich mal nach diesem Kerl hier suchen", sagte Jack. „Er ist ein alter Freund von Mel. Und er ist Arzt hier. Vielleicht kann er uns etwas sagen. Ich bin gleich zurück."

Jack verbrachte dann aber fast eine Stunde damit, nach Dr. Sean Wilke zu suchen. Vergeblich lief er von einem Schwesternzimmer zum anderen und hinterließ Nachrichten für ihn.

Erst ungefähr zwei Stunden später sah er, wie ein etwa vierzigjähriger Mann mit einem weißen Kittel über der OP-Kleidung auf die Intensivstation zuging. Sein Name war mit blauem Faden auf den Kittel gestickt: „Wilke".

„Dr. Wilke!", rief Jack, trat auf ihn zu und hielt ihn an. Er streckte die Hand aus. „Jack Sheridan. Ich bin wegen Mike Valenzuela hier." Der Arzt wirkte kühl und abgelenkt. Geistesabwesend schüttelte er Jack die Hand. Schließlich waren massenhaft Leute wegen Mike gekommen, und unmöglich konnte der Arzt mit allen sprechen. „Ich bin mit Mel Monroe verheiratet", platzte Jack heraus.

Augenblicklich änderte sich der Gesichtsausdruck des Mannes dramatisch. „Mein Gott", rief er und ergriff begeistert mit beiden Händen Jacks Hand. „Mel? Wie geht es ihr?"

„Hervorragend. Sie hat mir Ihren Namen gegeben. Sie meinte, vielleicht könnten Sie mir ein paar Informationen über meinen Freund geben."

„Ich will nur erst nach meinem Patienten sehen, dann werde ich Ihnen alles sagen, was ich sagen kann. Einverstanden?"

„Darauf können Sie wetten", meinte Jack. „Danke."

Als Jack dann fünfzehn Minuten später Dr. Wilke vor der Intensivstation mit Mikes Mutter, Vater und Bruder bei einem kurzen Gespräch zusammenstehen sah, wurde ihm klar, dass er den Jackpot getroffen hatte. Er war also tatsächlich der Chirurg, der Mike operiert hatte. Nachdem das Gespräch mit der Familie beendet war und diese wieder auf die Intensivstation zurückging, kam Wilke zu Jack. „Kommen Sie mit", forderte er ihn auf. „Ich habe jetzt etwas Zeit."

„Er wird es doch schaffen, oder?"

„Ich denke, dass seine Chance zu überleben bei achtundneunzig Prozent liegt. Aber wieweit er möglicherweise behindert sein wird, können wir nicht wissen." Dr. Wilke ging mit Jack in den Aufenthaltsraum des Personals, der hinter der hektischen Notaufnahme lag. Er schenkte sich und Jack einen Kaffee ein. Jack trank einen Schluck und musste ein Würgen unterdrücken. Er war so schrecklich, dass er ernsthaft überlegte, ob sie möglicherweise das Leitungswasser mit dem Wasser aus dem Putzeimer vermischt hatten. „Ja", bemerkte Wilke. „Ich weiß. Ziemlich übel."

„Oben im Norden habe ich ein Bar-Restaurant. Unser Kaffee ist fantastisch, besser als der bei Starbucks. Ich glaube, dass ich Mel zuerst mit dem Kaffee für mich einnehmen konnte. Sie ist ein Koffeinjunkie. Erzählen Sie mir von Mike, Dr. Wilke."

„Nennen Sie mich doch bitte Sean. Im Augenblick sieht es wie folgt aus: Seine fortdauernde Bewusstlosigkeit rührt von der Kopfwunde her, obwohl sie eigentlich die am wenigsten traumatische Verletzung ist. Die Kugel scheint wunderbarerweise keinen Hirnschaden verursacht zu haben, aber wir mussten eine Kraniotomie durchführen, um sie zu entfernen, und das wiederum hat eine Schwellung verursacht, weshalb wir Shunt und Drainage legen mussten, und ich glaube, dass dies sein Koma erklärt. Die Kugel, die in seine Leiste eingeschlagen ist, war die schlimmste Verletzung, die komplizierteste Operation. Wir mussten Darm und Blase wieder zusammenflicken, und dabei hat er eine Menge Blut verloren."

„Lieber Himmel. Achtzehn Monate war er im Irak und hat nicht einen Kratzer abbekommen ..."

„Die Schulter sieht schlimm aus. Da müssen wir mit einer dauerhaften Beeinträchtigung rechnen. Ich bin mir fast sicher."

„Verdammt", sagte Jack kopfschüttelnd. „Was wird dann aus seinem Job?"

Sean schüttelte den Kopf. „Das kann ich nicht sehen. Seine Verletzungen sind kritisch, und wir gehen von einer langfristigen Rehabilitation aus. Die Schulter ist wirklich gut wieder zusammengenäht, aber sie wird schwach bleiben. Er wäre in seinen Verteidigungsmöglichkeiten beschränkt."

„Aber er ist hart im Nehmen", meinte Jack.

„Ja", sagte Sean. „Das hält ihn am Leben."

„Ich danke Ihnen", sagte Jack. „Für alles, was sie getan haben.

Auch dafür, dass sie sich die Zeit genommen haben, mit mir zu sprechen …"

„Gern geschehen." Er beugte sich vor. „Ich weiß, dass sie im Augenblick vor allem an ihn denken, aber ich würde doch zu gern wissen, wie es Mel geht. Ich habe lange nichts von ihr gehört."

Jack lächelte und war glücklich, ihn mit einem Bericht über Mels Auszug in die Berge auf den neuesten Stand bringen zu können, und erzählte, wie sie am liebsten gleich wieder getürmt wäre und nur noch von dort weg wollte. Und dass sie sich am Ende nicht nur entschlossen hatte zu bleiben, sondern auch noch einmal zu heiraten, und dass jetzt ein Baby unterwegs war.

Wilke war offensichtlich fassungslos.

„Ja, dort hat es einige Überraschungen gegeben. Ich weiß, dass sie das nicht für möglich gehalten hatte. Da war sie, eine Frau, die nicht mehr glauben konnte, jemals wieder glücklich zu sein, eine Hebamme, die niemals selbst ein Kind bekommen würde. Und dann ich mit meinen fast einundvierzig Jahren, ein Marine im Ruhestand, der nie geheiratet hat. Verdammt, ich hatte mich nie auf eine Bindung eingelassen und hatte auch nie die Absicht dazu. Der Tag, an dem wir uns begegnet sind, war der schönste Tag in meinem Leben. Ich schätze, für uns beide ist es ein ganz neues Leben. Sie bedeutet mir alles."

Auf dem Tisch lag ein Notizblock, den Jack nun heranzog. Dann griff er nach dem Stift, den Sean aus seiner Kitteltasche nahm und ihm reichte.

„Rufen Sie sie an. Verlassen Sie sich nicht auf mein Wort. Fragen Sie sie selbst, wie es ihr geht. Sie würde sich freuen, von Ihnen zu hören. Sie hat mir Ihren Namen genannt und gesagt, dass ich Sie aufsuchen soll." Er schrieb die Nummer auf den gelben Block und drehte ihn zu Sean um.

Der zögerte einen Moment, dann riss er das Blatt ab, faltete es zusammen und steckte es ein.

„Wirklich, rufen Sie sie an. Es würde ihr gefallen. Und noch etwas. Besteht vielleicht irgendeine Chance, dass Sie mich auf die Intensivstation einschleusen? Mike war einer meiner besten Jungs. Ein guter Marine. Er hat Leben gerettet. Er war ein Held. Ich liebe diesen Kerl. Wirklich. Und das tun viele."

„Aber sicher", sagte Sean.

Jack blieb die ganze Nacht über bei Mike, sodass die Familie schlafen konnte. Man hatte Mike den Kopf an einer Seite abrasiert, und überall hingen Schläuche und Drainagen. Wahrscheinlich war aber der Anblick, der Jack am meisten zu schaffen machte, wie er durch den Respirator beatmet wurde. Schwestern und Therapeuten bewegten seine Glieder, Mike selbst tat es nicht.

Preacher sprach nur kurz mit Mikes Familie, dann nahm er Jacks Tasche an sich und zog mit Paige los, um in der Nähe zwei Hotelzimmer klarzumachen. Am Morgen kam er zurück und gab Jack einen Schlüssel. Jack ging hinüber, um ein wenig zu schlafen, war dann aber am Nachmittag wieder da und wachte erneut die ganze Nacht an Mikes Bett. Mindestens einmal in der Stunde stand er auf, beugte sich über Mike und redete mit ihm. „Es sind alle hier, Kumpel. Deine Familie, deine Kollegen, ein paar aus der alten Truppe. Alle warten darauf, dass du aufstehst. Wach auf, Junge."

Am dritten Tag wurde dann der Respirator abgenommen, und Mike schlug die Augen auf, sah aber Jack und seine Eltern nur mit leerem Blick an. Die Krankenschwestern versuchten, ihn aufzumuntern, aber er war groggy und blieb teilnahmslos.

Als Jack dann wieder den Platz am Bett seines Freundes einnahm, um eine weitere lange Nacht dort auszuharren, legte Mikes Mutter ihm eine Hand auf die Schulter. Es war mitten in der Nacht, er drehte den Kopf und sah hoch in ihre dunklen Augen. Mrs. Valenzuela war eine attraktive und starke Frau in den Sechzigern; sie hatte acht Kinder großgezogen und jetzt eine ganze Schar Enkelkinder. Wenn sie sich nicht auf der Intensivstation befand, hielt sie sich in der Kapelle auf und bearbeitete die Perlen; inzwischen dürfte der Rosenkranz, der an ihrer Hand baumelte, bereits Blasen verursacht haben. Sie hatte kaum geschlafen. „Sie sind ein sehr geduldiger Mann, nicht wahr, Jack?"

„Nicht in diesem Fall, da bin ich es nicht", antwortete er.

„Ich habe von Ihnen gehört. Miguel ist nicht der erste junge Mann, für den sie Wache geschoben haben. Er sagte mir, sie würden keinen Ihrer Männer jemals verlassen, gleichgültig, wie gefährlich es sein könnte zu bleiben."

„Er übertreibt", wehrte Jack ab.

„Das glaube ich nicht. Ich werde mich jetzt etwas ausruhen, um morgen früh munter zu sein. Danke dafür, dass Sie das tun."

„Diesen Mann hier werde ich niemals verlassen, Mrs. Valenzuela. Er ist ein guter Soldat."

Mitten in der sechsten Nacht schlug Mike dann die Augen auf, drehte den Kopf zur Seite und sagte: *„Sarge?"*

Jack war sofort auf den Beinen und beugte sich über das Bett. Er sah, dass Mikes Blick klar geworden war. „Ja, *Gunny.* Ich bin hier. Da sind jede Menge Leute wegen dir gekommen, Kumpel. Du wirst uns begleiten müssen, denn das Krankenhauspersonal will uns alle rausschmeißen."

Sofort eilte eine Krankenschwester an sein Bett. „Mike?", fragte sie ihn. „Wissen Sie, wo Sie sich befinden?"

„Ich hoffe nur, ich bin nicht im Irak", antwortete er schwach.

„Sie sind im Krankenhaus. Auf der Intensivstation."

„Gut. Dann gibt's auch keine Heckenschützen hier."

„Mike, ich werde deine Mutter rufen", sagte Jack. „Ich bleibe in der Nähe."

Jack verließ die Intensivstation und ging zu dem Aufenthaltsraum, wo Familienangehörige und Freunde warten, telefonieren und ausruhen konnten. Die Valenzuelas selbst waren in dem Wohnmobil, das vom Police Department zur Verfügung gestellt worden war, aber es waren locker ein Dutzend Männer, die die Nacht im Aufenthaltsraum verbrachten, nur um in der Nähe zu sein. „Er ist aufgewacht. Er kann Leute erkennen."

Aus dem Raum kam ein kollektiver Seufzer der Erleichterung. Jack rief im Wohnmobil an und bat darum, Mrs. Valenzuela ans

Bett ihres Sohnes zu bringen. Dann ging er wieder zur Intensivstation, wo sein Freund gerade von zwei Ärzten untersucht wurde, als er hereinkam. Einer davon war Sean, der andere ein Neurologe.

Sean kam um das Bett herum, legte Jack eine Hand auf den Arm und führte ihn etwas von Mike weg. „Ich habe Mel noch nicht angerufen, aber ich werde es tun. Ich möchte Ihnen nur etwas sagen. Sie waren jede Nacht hier, die ganze Nacht über, und das fast eine Woche lang. Ich bin verdammt froh, dass Sie beschlossen haben, Mel nicht einsam werden zu lassen. Sie sind ein guter Mann, Jack. Ein guter Freund."

„Ich hatte es Ihnen bereits gesagt. Mike ist ein guter Kerl. Er würde für mich dasselbe tun." Er lächelte. „Und was Mel angeht – als sie mich in ihr Leben gelassen hat, hat mein Leben neu angefangen."

Während Jack weg war, hatte Mel eine wichtige Sache zu erledigen, die sie beschäftigte. Sie wollte mit Liz zum Geburtshelfer Dr. Stone nach Grace Valley fahren. Liz wartete bereits draußen vor dem Laden an der Ecke auf sie. „Bist du sicher, dass du deine Tante Connie nicht bitten willst mitzukommen?"

„Nicht so gern", antwortete sie. „Ich möchte nur Sie dabei haben."

„Also gut. Du siehst heute sehr hübsch aus", sagte Mel.

Liz lächelte. „Danke."

Es gefiel Mel, dass Liz sich einige Mühe gegeben hatte, heute nett auszusehen, da sie ja Dr. Stone zum ersten Mal treffen würde. Ihr Haar war glänzend sauber und gelockt, das Make-up geschmackvoll. Sie trug einen langen Pullover über dem Bauch, der nicht mehr zuließ, dass sie ihre engen Jeans schließen konnte.

„Freust du dich darauf?"

„Ich denke schon", antwortete sie. „Ich bin nervös."

„Da ist nichts, worüber du dir Sorgen machen müsstest. Es ist vollkommen schmerzlos."

Vor der Klinik in Grace Valley begriff Mel dann, dass der Arzttermin wahrscheinlich nicht der einzige Grund dafür war, dass Liz sich so hergerichtet hatte. Mit Sicherheit aber gab es einen weiteren Grund dafür, dass sie ihre Tante Connie nicht mitnehmen wollte. Als sie nämlich vorfuhren und einparken wollten, stand bereits ein wohlbekannter kleiner weißer Pick-up auf der anderen Straßenseite. Rick stieg aus seinem Truck und kam auf sie zu. Als Liz ihn sah, strahlte sie vor Glück, lief ihm entgegen und traf ihn auf halber Strecke. Nun, Mel hatte die beiden zusammen gesehen, seit Liz nach Virgin River zurückgekehrt war ... in der Bar und sonst wo im Ort. Sie waren ziemlich vorsichtig, vor allem wenn Connie und Ron in der Nähe waren. Und Connie und Ron schienen immer in der Nähe zu sein. Rick hielt ihre Hand, legte auch einmal einen Arm um ihre Schultern oder gab ihr vielleicht einmal einen recht erwachsenen Kuss auf die Schläfe.

Aber das hier war etwas anderes. Sie lief in seine Arme, und liebevoll zog er sie an sich. Mel sah Rick in einem ganz anderen Licht, als er dort stand und ein schwangeres Mädchen in den Armen hielt. Groß, breitschultrig, stark, gut aussehend. Und doch noch ein Junge ... voll von all diesem siebzehnjährigen Testosteron.

Sie umarmten und küssten sich mitten auf der Straße. Küssten sich wie Erwachsene. Liz hatte die Hände an seine Wangen gelegt und zog ihn fest an ihren Mund. Ausgehungert fielen sie gegenseitig über den Mund des anderen her. Ihr Kuss war so voller Leidenschaft, dass schon Dampf aufzusteigen begann. Er hielt sie fest an sich gedrückt und fuhr mit den Händen auf ihrem Rücken auf und ab. Dann sagte er etwas, streichelte mit einer Hand ihren Bauch und betrachtete lächelnd ihre geöffneten Lippen. Das war kein Junge mehr, sondern ein Mann. Mann und Frau. Und doch noch Kinder.

Mel räusperte sich.

Widerstrebend lösten sie sich voneinander und kamen auf Mel zu. „Hey, Rick. Ich wusste gar nicht, dass du kommen wolltest."

„Ich musste die Schule schwänzen, denn ich kann mir nicht vorstellen, dass eine Ultraschalluntersuchung beim Vater zu den entschuldigten Fehlzeiten zählt. Aber Liz wollte, dass ich dabei bin.“

„Das kann ich verstehen.“ So alt. So jung. Sie waren Kinder. Es war verwirrend. Tatsächlich war die Liebe, die sie offensichtlich verband, irgendwie beunruhigender für Mel, als wenn sie ein armes junges Mädchen allein durch so etwas hindurchführen müsste. Die beiden schienen dieses Baby miteinander haben zu wollen, und gab es für so junge Leute noch etwas Unmöglicheres?

„Also lasst uns mal reingehen, dann könnt ihr den Arzt kennenlernen.“

Mit John Stone hatte Mel bereits gesprochen und ihm von ihrer Patientin erzählt. Die Untersuchung konnte gleich beginnen. Rick nahm seinen Platz neben Liz ein und hielt ihre Hand wie ein junger Ehemann. Verliebt sah sie zu ihm auf, während seine Augen eher am Monitor klebten. John bewegte die Sonde über ihrem Bauch, und auf dem Bildschirm zappelte und strampelte das Baby. „Oh Mann“, sagte Rick. „Mann, sieh dir das an.“

„Könnt ihr alles erkennen? Hier sind die Arme, die Beine, der Kopf, der Popo. Da, der Penis“, erklärte John.

Darauf war Mel nicht vorbereitet. Sie konnte sehen, wie Rick eine langsame Transformation durchlief. Er riss die Augen auf; sie wurden feucht. Seine Finger schlossen sich fester um Liz’ Hand, und während er um Beherrschung rang, bildeten seine Lippen eine feste gerade Linie. Ein rundes Bäuchlein zu sehen und zu wissen, es ist deins, die Bewegungen darin zu fühlen und zu verstehen, dass es lebte, war eine Sache. So viel mehr aber war es, dieses Baby wirklich zu sehen und zu wissen, es ist dein *Sohn*.

„Oh Gott“, sagte Rick. Dann senkte er den Kopf und berührte ihre Stirn mit den Lippen, während Liz sich an seine Hände klammerte. „Es ist in Ordnung, Liz. Es ist okay. Alles wird gut werden.“ Er küsste ihr die Tränen weg, und Mel glaubte, mit ihnen zusammen weinen zu müssen.

Diesen Jungen kannte sie nun schon eine ganze Weile, und zwar seit ihrem ersten Abend in Virgin River. Sie hatte ihn gleichzeitig ganz erstaunlich gefunden und das Gefühl gehabt, ihn eigentlich gar nicht zu kennen. Wann war er in dieses andere Leben gewechselt? Wieso war er hier und betrachtete seinen Sohn auf einem Bildschirm, wenn er doch am Matheunterricht teilnehmen sollte?

John stellte das Ultraschallgerät ab, druckte ihnen ein Foto aus, das sie mitnehmen konnten, dann zog er Mel an der Hand aus dem Zimmer, um die Kids ein paar Minuten allein zu lassen.

„Whoa“, stöhnte Mel. „Ich wusste nicht, dass er hier sein würde. Ich kenne diesen Jungen ganz gut, aber so habe ich ihn noch nie erlebt. Ein Vater. Er ist viel zu schnell erwachsen geworden.“

„Jung und dumm und so verliebt, dass ich davon Zahnschmerzen bekomme. Glaubst du, dass es noch zu früh wäre, Sydney ins Kloster zu schicken?“, fragte John.

„Mit acht? Vielleicht doch noch ein wenig.“

„Sie ist fast im sechsten Monat. Fünfzehn Jahre alt. Heiliger Strohsack, hm?“

„Schschsch. Nicht so laut, dass sie dich hören.“

„Mel, sie werden mich nicht hören. Wir sollten tatsächlich lieber an die Tür klopfen, sonst machen sie es gleich noch einmal. Hier im Untersuchungszimmer.“

„Das werden sie nicht tun, John. Ihnen bricht das Herz. Wie sollte es denn auch zu einem Happy End kommen?“

Auf dem Heimweg fragte Mel: „Liz, warum hast du mir nicht gesagt, dass Rick uns dort treffen würde?“

Liz zuckte die Schultern. „Das hätte Connie nicht gefallen.“

„Warum nicht? Er ist der Vater.“

„Tante Connie ist ziemlich wütend darüber. Wütend auf mich und auf Rick. Und meine Mutter … du liebe Güte. Wie eine Rakete ist sie hochgegangen. Sie will, dass wir uns überhaupt nicht mehr sehen …“

„Sie schickt dich nach Virgin River, will aber nicht, dass du Rick siehst?“, fragte Mel verwundert. Welchen Sinn sollte das denn haben?

„Ich weiß“, sagte Liz. „Blöd nicht?“ Mit beiden Händen rieb sie ihren Bauch. „Ein Junge“, sagte sie leise und traurig.

Mel warf ihr heimlich einen Blick zu und sah, wie dem Mädchen eine Träne über die Wange lief.

Dann ertappte sie sich bei dem Gedanken, dass eine Frau, die alt genug war, ein Baby zu empfangen, auch alt genug sein musste, das zu lieben, was in ihr wuchs. Und alt genug, den Mann zu lieben, der es dort hineingebracht hatte.

9. KAPITEL

In Los Angeles konnte Preacher Paige und Chris auch einmal für kurze Zeit im Hotel allein lassen, wenn er ins Krankenhaus ging. Er war überzeugt davon, dass dort keine Gefahr für sie bestand. Nach wie vor rief sie regelmäßig im Therapiezentrum an, aber selbst wenn es Wes gelingen sollte, irgendwie von dort zu entweichen, würde er auf keinen Fall wissen können, wo sie sich aufhielten. Trotzdem seufzte sie jedes Mal hörbar und offensichtlich erleichtert auf, wenn Preacher zurückkam und sie unterstützte. Er war sich nicht ganz sicher, ob das nur an dem Terror lag, den sie in ihrer Ehe erfahren hatte, oder ob es noch tiefer liegende Gründe dafür gab. In seinem Verständnis von ihr klafften noch große Lücken. Und die größte war ihre Familie.

Auf der langen Fahrt von Virgin River in die Stadt, Stunde um Stunde im Truck, während Chris auf dem Rücksitz immer wieder einnickte, hatten sie viel Zeit gehabt, miteinander zu reden. Unbeschwert und lebhaft hatte Paige ihm seifenopernähnliche Geschichten aus dem Schönheitssalon erzählt, in dem sie einmal gearbeitet hatte. Sie hatte von der guten Zeit gesprochen, die sie mit ihren besten Freundinnen in der alten Haushälfte erlebt hatte, die sie sich teilten, und sogar frühere Freunde hatte sie erwähnt. Mit gesenkter Stimme hatte sie ihm weitere Einzelheiten aus ihrem Leben mit Wes enthüllt, immer darauf bedacht, dass Chris sie nicht hören und sich erschrecken konnte. Sowie aber das Gespräch auf ihre verwitwete Mutter und den älteren, verheirateten Bruder kam, schien sie zuzumachen und wirkte nervös und deprimiert. Es gab da eine tiefliegende Ambivalenz, die sie aber nicht erklärte. „Mit meiner Familie hatte ich nicht mehr viel zu tun, nachdem ich geheiratet hatte“, sagte sie nur. „Und Bud und ich waren uns noch nie nahe, nicht einmal als Kinder.“

„Vielleicht wird sich das ja jetzt ändern“, wandte er ein. „Hör mal, du willst doch eine solche Möglichkeit nicht verstreichen lassen. Für eine Stunde mit meiner Mutter würde ich alles tun. Und zu den Marines bin ich gegangen, nur um Brüder zu finden."

„Ich weiß", sagte sie. „Das ist mir klar."

„Hey, lass dich von mir nicht drängen. Aber wenn du doch schon einmal hier bist ..."

„Es könnte sein, dass dir meine Familie nicht gefällt, John", warnte sie ihn.

„Hey Paige, ich muss sie nicht mögen. Und sie müssen mich nicht mögen. Alles, was ich sagen will, ist, dass du jetzt eine Möglichkeit hast, sie zu besuchen."

Es dauerte fünf Tage, bis sie ihre Mutter anrief, und dann noch einmal zwei, bis ein Treffen arrangiert war. Dann lud sie John ein, sie zu einem Abendessen mit der Familie ins Haus ihres Bruders zu begleiten. Ihre Mutter würde auch dort sein.

Innerhalb weniger Minuten ahnte Preacher, was das Problem war, aber er brauchte ungefähr eine Stunde, um alles zusammenzufügen. Achtundfünfzig Minuten zu viel. Er war nicht langsam, aber mit solchen Leuten hatte er bisher nicht allzu viel zu tun gehabt. Ein großer, stiller Einzelgängertyp wie Preacher – wenn ihn etwas anwehte, das irgendwie daneben war, dann machte er einen weiten Bogen darum.

Paiges älterer Bruder Bud erwartete sie an der Tür eines schmalen Reihenhauses, das in einem staubigen kleinen Vorort lag, in dem es nur ungefähr vier verschiedene Arten von Häusern und sehr wenige Bäume gab und wo die Menschen in der Auffahrt an ihren Autos werkelten. Bud hatte einen überdurchschnittlich großen gepflegten grünen Rasen vor dem Haus, das seinerseits an ein Haus grenzte, dessen grasfreier Hof von einem Maschendrahtzaun umschlossen war. Bud trug ein T-Shirt zur Khakihose und hielt ein Bier in der Hand. „Hey, hey, hey", begrüßte er sie und kam ihnen über die Eingangstreppe und den Gehweg entgegen. „Da ist ja mein Mädchen. Wie ist es dir ergangen, Baby?"

„Ganz gut, Bud", antwortete sie und ließ sich von ihm umarmen. Preacher fiel auf, dass ihre Arme dabei nicht so ganz mit im Spiel waren. Mit Chris an der Hand blieb er zurück und sah den beiden zu.

Bud gab sie wieder frei und kam mit einem breiten Grinsen und ausgestreckter Hand auf Preacher zu. „Ist das der neue Freund? Wie geht's? Wie wär's mit einem Bier? Du siehst mir aus wie ein Biertyp."

Preacher nahm die Hand und konzentrierte sich darauf, sie nicht zu fest zu drücken. Tatsächlich war er überhaupt kein besonderer Biertyp. Noch war er ein besonderer Freund. „Danke", sagte er. „Ich bin nicht der neue …"

„Kommt rein. Willkommen in meinem *bescheidenen* Heim."

Preacher war die Betonung nicht entgangen. „Schönes Haus", sagte er, als er ins Wohnzimmer trat. Er verstand nichts von Dekoration, aber es sah recht behaglich aus. Alles fleckenlos sauber. Eine Couch, ein *La-Z-Boy*-Fernsehstuhl und ein wirklich riesiger Fernseher. „Schöner Garten. Ich wette, da hast du viel zu tun."

„Nee", meinte Bud. „Das meiste macht Gin. Sie sagt, es macht ihr Spaß, aber ich glaube, dass sie sich um den ersten Preis in der Nachbarschaft bewirbt." Christopher wurde von Bud gar nicht begrüßt. Er legte ihm lediglich eine Hand hinten an den Kopf und versuchte anscheinend, ihn physisch durch das Wohnzimmer hindurch und wegzuschieben. „Die Kinder sind im Spielzimmer, Chris. Geh und spiel mit den Kindern."

Chris entzog sich ihm vorsichtig und hielt sich an Preachers Bein fest.

Preacher bückte sich und sagte: „Wenn du magst, kannst du auch hierbleiben."

Chris sagte nichts, klammerte sich aber noch fester an ihn.

„Wie auch immer", sagte Bud. „Kommt mit nach hinten. Wir haben Snacks, wir haben Steaks. Nett von dir, Schwesterchen. Ich freue mich, dass du vorbeikommen konntest. Also, was hattest du noch gesagt, hat dich aus deinem Versteck getrieben?"

Preacher sah, wie sie leicht zusammenzuckte. „Johns Freund … Er ist im Krankenhaus. Er ist bei der Polizei …"

Als sie in die Küche kamen, riss sich eine ältere Frau von dem Salat los, den sie zubereitete, und kam um den Tresen herum. „Paige“, hauchte sie. „Oh Paige …“ Sie war kleiner als Paige und sehr dünn. Sie trug eine Hose und eine langärmlige hochgeschlossene Bluse, die so konservativ war, dass Preacher sich für den Bruchteil einer Sekunde an seine eigene Mutter erinnert fühlte.

Sie umarmten sich, und bei beiden schienen die Augen ein wenig feucht zu werden. Und Paige antwortete ihr: „Mom, Mom.“ Diesmal kooperierten ihre Arme bei der Umarmung. Dann folgte die jüngere Frau, die darauf gewartet hatte, an die Reihe zu kommen. Auch diesmal war die Umarmung beidseitig. „Ich freue mich so, dich zu sehen“, sagte sie.

„Dolores, Gin, begrüßt John, den neuen Freund“, sagte Bud.

„Ich bin nicht der neue …“

„Ist Bud Lite okay für dich, Kumpel? Einer der Bud heißt, muss doch auch Bud Lite trinken, denk ich mir. Also, was ist mit deinem Freund? Er ist im Krankenhaus?“

Preacher nahm das Bier an und sagte: „Er ist Cop hier in der Stadt. Man hat auf ihn geschossen, als er seinen Dienst tat. Er wurde ganz schön schwer verletzt, also bin ich runtergekommen.“

„Hey, kann es sein, dass ich davon in den Nachrichten gehört habe?“, fragte Bud. Mit dem Hals seiner Flasche stieß er an die von Preacher, der den Moment für einen Trinkspruch allerdings ziemlich merkwürdig fand.

„Vielleicht. Wahrscheinlich.“

„Ja, ich denke, ich habe davon gehört. Hast du viele Freunde bei den Cops?“, fragte Bud weiter und begab sich zum Tisch. „Chris, geh und spiel mit den Kindern. Sie sind im Spielzimmer. Also, hast du viele Freunde bei den Cops?“

„Nur den einen“, antwortete Preacher, wobei er seine Hand ruhig auf Chris’ Schulter liegenließ. Allmählich dämmerte es ihm. Paiges Bruder war ein Tyrann. Ein herrischer, unreifer, respektloser Tyrann. Er beobachtete Bud, wie er zum Esstisch ging und seinen Platz am Kopfende einnahm. In der Mitte standen eine Schüssel mit Chips und eine mit Salsa. Durch die Tür, die auf die hintere Veranda hinausführte, konnte er in einen manikürten Garten sehen, der von einer hohen Mauer umgeben war. Dort stand übererdig eine Art Whirlpool, der mit einer grünen Lederplane abgedeckt war. Es gab einen Grill, ein Vogelbad, einige Gartenmöbel, aber keinerlei Spielzeug. Hatte Paige nicht von drei Kindern gesprochen?

Bud wies mit der Hand auf einen Stuhl, und Preacher setzte sich neben ihn. Bud war kein kleiner Mann. Er mochte etwa einsachtzig groß sein und hatte gute Arme. Sein Haar war richtig kurz geschnitten, und die Ärmel seines T-Shirts hatte er ein paar Striche hochgeschoben, um seinen Bizeps ins rechte Licht zu rücken. Ständig lächelte er, was allein schon ein Signal war – man lächelt doch nur, wenn einen etwas zum Lächeln bringt. Wieder einmal sagte er Chris, er solle spielen gehen. Preacher hob Chris auf seinen Schoß.

Wie die Lemminge folgten die Frauen und setzten sich zu den Männern an den Tisch. Bud bediente sich an den Chips und Salsa, die er mit Bier hinunterspülte. Er wandte sich an Paige: „Erzähl mir von dem Ort, wo du jetzt wohnst."

„Virgin River", begann sie. „Es liegt in den Bergen oben im Norden. Es ist sehr hübsch. Viele hohe Bäume."

„Und wie bist du dort gelandet?", fragte er.

„Wir waren auf dem Weg zu einer Freundin und hatten uns verfahren", sagte sie, die Stimme nur wenig leiser, als Preacher es inzwischen von ihr gewohnt war. „Chris hatte Fieber, und es gab dort einen Arzt. Also sind wir erst mal dortgeblieben."

Während er Paige zuhörte, wie sie einen nahezu erdichteten Bericht über das Geschehen abgab, gab Preacher sich Mühe, nicht die Stirn zu runzeln. Die Geschichte mochte ja für ihre neuen Freunde in Virgin River gut genug sein, aber sie in dieser Form ihrer Familie zu erzählen, den Leuten, die ihr nahestanden, kam ihm irgendwie so verkehrt vor. Sie erzählte ihnen, dass sie wegen Chris eine Weile dortbleiben musste, und dann hätte sie sich in den Ort verliebt. Die Leute waren so nett, sie brauchten ein wenig Hilfe in der Bar und der Küche, und schließlich hielt sie es für vielleicht genau die Veränderung, die sie brauchte. Sie hätte beschlossen, herauszufinden, ob es das Richtige für sie sei. Bud fragte, was denn Wes davon hielt, und Paige antwortete ihm: „Also, er war nicht wirklich glücklich darüber, Bud, aber ich habe mich entschieden." Nicht wirklich glücklich? Sie und ihr Bruder knabberten da gerade mal am Rande des wirklichen Dramas herum. Preacher wunderte sich. Wussten sie denn gar nichts von ihrem Leben? Nichts von dem traurigen und gefährlichen Zustand ihrer Ehe? Von ihrer Flucht, mit der sie ihr Leben retten wollte? Ihre Kinder retten wollte?

Ein Kind lief durch die Küche. Ein kleines Mädchen, ungefähr sieben oder acht Jahre alt, ein wildes Leuchten in den Augen. Sie schnappte sich eine Handvoll Chips, ihr Vater bellte sie an, sie solle spielen gehen, und schon war sie wieder verschwunden.

Paige sprach noch ein wenig über die Gegend, die Redwoods, die Menschen, den einfachen Lebensstil. Bud erhob sich und holte zwei weitere Flaschen Bier. Eine davon stellte er Preacher hin, der lehnte ab: „Danke, ich habe noch." Doch Bud ließ das Bier einfach vor ihm stehen.

Vorsichtig streckte Chris die Hand aus, um sich ein Chip zu nehmen. „Die sind für die Erwachsenen, mein Junge", sagte Bud, und Chris riss die Hand zurück, als hätte er sich verbrannt. Preacher versuchte, Bud nicht wütend anzufunkeln, zog aber die Schüssel näher zu sich und Chris heran. „Er könnte ja Hunger haben", sagte er nur, nahm ein Chip aus der Schüssel und reichte es Chris. Aus dem Augenwinkel heraus bemerkte er, wie Paige mit dem Anflug eines Lächelns beobachtete, was er tat. Auch fiel ihm auf, dass Dolores und Gin wenig sprachen und, wenn überhaupt, nur sparsam an den *Hors d'oeuvres* partizipierten. Vorsichtig.

Ein anderes Kind kam nun hereingelaufen. Wieder ein Mädchen, schmuddelig, das Haar zerzaust, ungebundene Schuhe.

Was immer dort im Spielzimmer vor sich ging, es schien die Kinder aufzudrehen wie ein ganzer Nachmittag draußen auf dem Spielplatz. Sie griff in die Chips, wurde angebrüllt, sie solle wieder spielen gehen, und verschwand. Preacher mochte ja eine Bar führen und in erster Linie mit Männern zu tun haben, aber an Väter, die ihre Kinder außer Sichtweite hielten, war er nicht gewöhnt. Und das auch noch ziemlich grob. In seinem Bekanntenkreis wurden Familien geschätzt. Die meisten seiner Freunde waren verheiratet und hatten Kinder, und die Kinder waren ein Teil von allem. Frauen wurden nahezu angebetet.

Allmählich begriff er, dass es hier nicht mit Freundlichkeit und Respekt zuging. Er war schon ganz unglücklich über die Art, wie Bud sich Paige gegenüber verhielt, und stand ganz kurz davor zu sagen: „Das Treffen ist beendet." Aber dann hörte man, vermutlich aus dem Spielzimmer, ein Kind schreien, und Gin sprang auf und lief hinaus. Ein paar Minuten später trug sie ein etwa zwei Jahre altes Kind in die Küche, und diesem hübschen Mädchen mit blonden Locken strömten die Tränen über die erhitzten Wangen.

Bud wandte sich an Preacher und fragte ihn, was er so mache.

„Ich? Ich bin Koch. Mein Freund hat eine Bar gekauft. Ich bin mal zum Angeln hochgefahren und dann dort geblieben."

Sie unterhielten sich ein wenig über die Bar. Preacher wollte es versuchen. Dieser Typ war nicht sein Fall, aber er musste ja auch nicht jeden lieben. Er hielt es für eine gute Idee, Paige zuliebe möglichst mit ihm zurechtzukommen. So war das mit Familien. Manchmal war man mit der Familie eben aufgeschmissen. Ganz sicher würde der gute alte Bud auch ein paar nette Seiten haben. Allerdings war sich Preacher nicht sicher, ob er damit heute Abend schon in Berührung gekommen war. Schließlich landeten sie dann bei einem Gespräch darüber, wie gut man dort oben angeln und jagen konnte, und das gefiel Bud. Vielleicht würde er ja einfach mal raufkommen und es austesten. So was würde er ja auch viel häufiger tun, wenn er nicht die ganze Zeit über so verdammt hart arbeiten müsste, aber mit drei Kindern …

Drei Kinder, die er so gut wie nie sieht, dachte Preacher. Dennoch redete Preacher mehr als gewöhnlich, denn er wollte Paige wissen lassen, dass er sein Bestes gab. Er konnte herzlich sein, freundlich.

Währenddessen hielt Gin ihre jüngste Tochter auf dem Schoß und lockte Chris zu sich, um sie miteinander bekannt zu machen. Bei einem Kind, zwei Jahre jünger als er selbst, war Chris nicht schüchtern, und sie begannen, sich anzufreunden. Die Kleine krabbelte vom Schoß ihrer Mutter, und indem sie sie mit den Händen leicht anschob, schickte Gin dann beide Kinder ins Spielzimmer.

„Und was hast du gemacht, bevor du Koch wurdest?", fragte Bud.

„Ich war ungefähr zwölf Jahre lang bei den Marines."

„Den Marines!", rief Bud. „Das hätte ich mir denken können. Auch mal im Krieg gewesen?"

Preacher nickte ernst. „Ein paarmal", antwortete er. „Kein Vergnügen."

„Du bist also der Koch", stellte Bud lachend fest. „Siehst eher aus wie ein Rausschmeißer."

„Normalerweise brauchen wir keinen Rausschmeißer."

„Wo wir vom Kochen reden, wie steht's mit dem Salat?"

Paiges Mutter und ihre Schwägerin erhoben sich vom Tisch und gingen sofort um den Tresen herum in den Arbeitsbereich der Küche. Auch Paige stand auf und fragte, ob sie helfen könne, aber Bud wies auf ihren Stuhl und sagte: „Das machen die beiden." Und sie *setzte* sich.

Die Teller wurden gebracht. Es waren fünf. Preacher zählte zweimal. „Was ist mit den Kindern?", fragte er.

„Gin wird ihnen was ins Spielzimmer bringen. Sie hat ein paar Würstchen, ein paar Bohnen. Das lieben sie. Kinder. Gelegentlich verbringe ich auch gern einmal etwas Zeit nur mit Erwachsenen."

Die Salate wurden gebracht und noch mehr Bier. „Du lässt dich hängen, mein Freund", meinte Bud. „Du musst aufholen!"

Preacher horchte auf das „Spielzimmer". Und während er die Ohren spitzte und sie gerade ihren Salat essen wollten, wandte Bud sich an Paige und fragte: „Was wird denn jetzt aus Wes?"

Sie sah ihrem Bruder gerade in die Augen, antwortete aber nicht sogleich. „Ich weiß es nicht. Er ist in einer Drogentherapie."

„Warum das?", fragte Bud weiter.

Wieder zögerte sie. „Um sich wegen seiner Sucht behandeln zu lassen. Es ist gar nicht so ungewöhnlich; bei diesen Brokern gibt es einige, die abhängig sind … weißt du … von Aufputschmitteln?" Sie hatte es als Frage formuliert. Und Preacher dachte daran, dass es Meth war. Keine klitzekleine harmlose Droge.

„Und du konntest nichts dagegen tun?"

„Was denn zum Beispiel, Bud?", fragte sie zurück.

„Ich weiß nicht. Zum Beispiel ihm dabei helfen. Ich meine, was hattest du denn zu *tun*?"

Paige legte die Gabel ab und sah ihrem Bruder wütend in die Augen. „Nein, Bud. Da konnte ich nicht helfen. Darüber hatte ich nicht die geringste Kontrolle."

Bud sah auf seinen Salat runter, spießte ein Stück mit der Gabel auf und murmelte: „Vielleicht hättest du ja mal dein dummes Maul halten sollen."

Preacher knallte die Gabel auf den Teller. Und er, der kaum einmal Schimpfwörter in den Mund nahm, und wenn, dann nur in den hitzigsten Momenten, stieß jetzt hervor: „Was zum Teufel redest du da für einen Scheiß?"

Buds Blick schoss hoch, und er sah Preacher ins Gesicht. Er knirschte mit dem Kiefer und fragte mit finsterer Miene: „Hat sie dir nicht erzählt, dass sie mehr als fünfhundert Quadratmeter hatte und 'nen Pool?"

Preacher warf Paige einen Blick zu, den sie erwiderte, dann drehte sie die Augen langsam zu Bud, auf den sie den Blick gerichtet hielt, während sie mit Preacher sprach: „Mein Bruder versteht nicht. Die Größe des Hauses, in dem man lebt, hat mit alledem gar nichts zu tun."

„Zum Teufel", erwiderte Bud. „Ich sage bloß, es gibt Zeiten, wo man die Klappe halten sollte. Das ist alles, was ich sage. Du hattest *ausgesorgt.*"

Bis zum letzten roten Blutkörperchen benötigte Preacher seine gesamte Körperkraft, um sich auf dem Stuhl zu halten. Er wollte schreien: *Er hat sie auf der Straße vor meiner Nase verprügelt! Er hat ihr gemeinsames Baby totgetreten!* Unter der Anspannung knetete er seine Gabel in der Hand, und ihm fiel nicht einmal auf, wie er sie verbog. Er hatte nicht das Recht, seine Meinung zu äußern. Er war ein Gast. Dabei sah er sich nicht als Gast von Bud, er war Paiges Gast. Wenn er daran dachte, dass er ursprünglich vorgehabt hatte, sie einfach hier abzusetzen, um sie ihren Besuch allein machen zu lassen, wurde ihm ganz flau im Magen. Er merkte, wie sein Blutdruck stieg und seine Schläfen pochten.

„Bud, er hat sie misshandelt."

„Meine Güte, ihr hattet ein paar Probleme. Der Kerl war *stinkreich,* Herrgott noch mal!"

Preacher fürchtete, gleich zu explodieren, so schnell breitete sich das erhitzte Blut in seinem Körper aus. Er konnte seinen eigenen Herzschlag hören. Und dann fühlte er eine kleine leichte Hand auf seiner geballten Faust. Er hob die Augen und begegnete dem abgestumpften nervösen Blick von Paiges Mutter, die ihn flehend über den Tisch hinweg ansah.

„Bud meint das nicht so", sagte sie. „Es geht doch nur darum, dass wir in der Familie noch nie eine Scheidung hatten. Ich habe die Kinder so erzogen, dass sie begreifen, dass man alles versuchen muss, über die Probleme hinwegzukommen."

„Jeder hat doch Probleme", fügte Gin hinzu und nickte. Dieselben flehenden Augen.

Preacher glaubte nicht, dass er das schaffte. Dies hier auszusitzen. Er war sich ziemlich sicher, dass er nicht bis zum Steak kommen würde, ohne Bud an die Wand zu drücken und ihm einmal zu zeigen, wie man den Mund hielt, zum Beispiel mit so etwas wie seinen Fäusten. Das einzige Hindernis war, es würde genau Wes entsprechen. Wütend werden und ausrasten. Irgendwem die Scheiße aus dem Leib prügeln. Jemandem, auf den man locker so lange einschlagen konnte, bis er sich unterwarf.

„Das waren keine *Probleme*“, beharrte Paige. „Er war *gewalttätig*.“

„Ach Herrgott“, höhnte Bud und hob sein Bier.

Aus dem Spielzimmer ertönte ein gellender Schrei. Preacher war sofort auf den Beinen, aber im selben Moment kam Chris auch schon in die Küche gerannt und hielt mit einer Hand seinen anderen Unterarm. Er lief zu seiner Mutter. Heulend hatte er den Mund aufgerissen, das Gesicht nass von Tränen, den Blick voller Schmerz und Angst. Paige nahm ihn in die Arme und fragte: „Was ist denn los? Was ist passiert?“

Preacher beugte sich hinüber, zog Chris die Hand vom Arm und entdeckte den perfekten Abdruck eines Kindermunds. Völlig entgeistert und total erschrocken sah er Bud an. „Jemand hat ihn *gebissen*!“

„Ach, Kinder. Die regeln das schon unter sich“, tat Bud das Ganze ab, als ob er nichts damit zu tun hätte, dass sie völlig unbeaufsichtigt ganz sich selbst überlassen waren.

Gin sprang auf: „Ich hole etwas dafür.“

Auch Dolores verließ den Tisch: „Eis. Ich hole Eis.“

Sanft zog Preacher Chris von Paige weg, hob ihn auf und nahm ihn an seine breite Brust. Chris legte den Kopf an seine Schulter und weinte. Preacher sah Paige an, und ihre Blicke trafen sich. Er wusste genau, dass in seinen Augen der Zorn loderte, auch wenn er sich die größte Mühe gab, ruhig zu bleiben.

Paige erhob sich – würdevoll, wie Preacher mit leichtem Stolz feststellte. „Wir werden jetzt gehen“, sagte sie.

„Setz dich hin“, fuhr Bud sie an, und Preacher stand – was selten vorkam – kurz davor, sich zu vergessen.

So ruhig wie möglich reichte er Chris seiner Mutter zurück, lehnte sich mit abgestützten Händen über den Tisch und brachte sein Gesicht so nahe an das von Bud heran, dass dieser tatsächlich ein wenig nach hinten auswich. Aus dem Augenwinkel heraus sah er, dass Paige mit ihrer Tasche auf der einen Schulter und Chris an der anderen schon zur Haustür ging. „Auf die Steaks werden wir verzichten", erklärte er in einem deutlich drohenden Flüsterton. Dann nahm er die Gabel, die er in der Hand geknetet hatte, und bemerkte, dass sie ein wenig verbogen war. Also verbog er sie nun ganz, indem er sie mit einer kräftigen Hand in der Mitte zusammenfaltete, und ließ sie anschließend in Buds Salat fallen. „Nicht nötig, dass du aufstehst."

Paige hatte den Weg zum Truck bereits zur Hälfte hinter sich gebracht, als Preacher sie einholte, und schon kamen auch die Frauen aus der Tür geflattert und riefen nach ihr. Ohne auch nur die geringste Erfahrung mit so etwas zu haben, denn nie zuvor war er in einer solchen Position gewesen, wusste Preacher, was da vor sich ging. Sie würden für Bud nach Rechtfertigungen suchen, sich vielleicht sogar für ihn entschuldigen und Paige wahrscheinlich bitten wiederzukommen. Er legte ihr weich die Hand auf die Schulter, sie blieb stehen und drehte sich zu ihm um. Vorsichtig nahm er ihr Chris ab und sagte: „So. Sag du Auf Wiedersehen. Wir machen uns schon mal fahrbereit."

Paige blieb dann noch mit den Frauen auf dem Weg stehen, während er Chris auf dem Kindersitz anschnallte. Beide Frauen hielten Paige an einer Hand fest, aber sie befreite sich aus ihrem Griff.

„Lass mich mal deinen Arm sehen, Kumpel", wandte sich Preacher an Chris. „Ach, das wird schon wieder heilen. Hey, wie wär's denn mit Pfannkuchen? Frühstück zum Abendessen, hm?"

Chris nickte und schluckte ein paar Tränen hinunter. Mit seinen großen Daumen wischte Preacher sie ihm unter beiden Augen weg. „Ja, Pfannkuchen. Und dazu Kakao." Chris nickte noch einmal und hatte schon wieder ein leichtes Lächeln auf den Lippen.

Preacher setzte sich auf den Fahrersitz und wartete, während er Paige zusah, wie sie beide Frauen schließlich umarmte und dann schnellen Schrittes auf den Truck zuging. Sie stieg ein, und er hatte die Bordsteinkante schon verlassen, bevor sie noch ihren Sicherheitsgurt anlegen konnte.

Sie fuhren ein Weilchen, dann sagte Preacher: „Chris und ich, wir denken an Pfannkuchen. Und Kakao."

Sie seufzte tief. „Ich hatte ernsthaft überlegt, ob ich versuchen könnte, es ihnen zu erklären", sagte sie. „Und warum ich wirklich nicht wollte …"

Über die Konsole hinweg griff er nach ihrer Hand, zog sie dort hinauf, wo er sie festhielt und einmal leicht drückte. Lächelnd schüttelte er den Kopf und sah sie an. „Ist okay", formten seine Lippen die Worte, ohne sie auszusprechen. Ihre Hand ließ er nicht wieder los. „Nach den Pfannkuchen würde ich dann gerne kurz im Krankenhaus vorbeischauen, um zu sehen, ob es bei Mike etwas Neues gibt."

„Natürlich", sagte sie.

Wieder schwiegen sie einen Moment, dann sagte Preacher: „Weißt du, meine Mutter – sie war deiner Mutter ganz ähnlich. Dünn, aber viel stärker, als sie aussah. Mit zwölf war ich schon über ein Meter achtzig groß. Wahrscheinlich habe ich meine Mutter bereits in der fünften Klasse überragt. Aber meine Mutter, diese Kirchenfrau, sie hatte da einen Trick. Sie konnte so weit hochreichen, dass sie mich oben am Ohr zu packen bekam, und das drehte sie dann um. Immer wenn ich fluchte oder spuckte oder mich respektlos benahm, hat sie mich so schnell, dass ich es nie kommen sah, am Ohr gezogen und mich in die Knie gezwungen. Noch eine Woche vor ihrem Tod hat sie mich so auf den Boden gezogen. Ich glaube, sie hatte das bei den Nonnen gelernt. Ein paar von denen waren so bissig wie die Kettenhunde. Aber sie hat sich durchgesetzt." Er drückte ihre Hand. „Ich habe nicht den Eindruck, dass deine Mom diesen Trick perfektioniert hat."

Paige lachte leise.

„Paige, als du da eben aufgestanden und einfach gegangen bist, ich war so schrecklich stolz auf dich. Wirklich, du bist stärker, als du scheinst."

Sie seufzte. „Ich hätte viel früher aufstehen und gehen sollen. Ich stand die ganze Zeit kurz davor."

„Ich auch", sagte er. „Ich denke, dass wir uns mit Bud wahrscheinlich viel zu viel Mühe gegeben haben. Wir beide. Ist er immer so?"

„Wenn er nicht gerade schweigend seine schlechte Laune verbreitet."

„Mit Wes ist er ausgekommen?"

„Bud findet Wes fantastisch, denn er hält ihn für reich. Wes hält Bud für einen Idioten."

„Hmm." Preacher dachte nach. Ihre Hand ließ er nicht los. „Meinst du, Bud denkt wirklich, dass es ganz in Ordnung ist, sich für irgendwelche fünfhundert Quadratmeter und einen Pool mehrmals im Jahr den Kopf einschlagen zu lassen?"

„Ich denke schon", antwortete sie. „Ich glaube wirklich, das tut er."

„Hmm. Glaubst du, er würde gern mal in *mein* großes Haus einziehen … die Theorie mal testen?"

Sie lachte. „Hast du denn irgendwo ein großes Haus, John?"

„Im Augenblick nicht." Er zuckte die Achseln. „Aber für Bud will ich mich doch gerne einmal umsehen."

Seit dem Abend ihrer Ankunft in Virgin River hatte es Preacher wie eine langsame Welle überkommen, und es stieg weiter an. Ihre Gegenwart machte ihn sanft, festigte ihn. Ließ ihn wünschen, ein besserer Mann zu sein. Auch hatte sie noch eine weitere Wirkung auf ihn, die etwas beunruhigender war. Wenn Paige ihn nur streifte, wenn er nur einen Hauch von ihrem süßen natürlichen Duft auffing, war er kurz davor, sexuell erregt zu sein.

Seit Wochen befanden sie sich nun zu dritt in ständiger Gesellschaft, und seine Bindung an Chris verstärkte sich, während seine Zuneigung zu Paige sich täglich, wenn nicht stündlich vertiefte. Wenn er ihre kleine Hand in seine nahm, entzog sie sie ihm niemals, und das gefiel ihm. Manchmal legte er ihr einen Arm um die Schultern, nur um sie wissen zu lassen, dass er bei ihr war, aufpasste, sich um sie sorgte, und dann lehnte sie sich ein wenig an ihn.

Er wünschte sich, es würde niemals enden.

In Los Angeles wohnten sie in einem Hotelzimmer mit zwei großen Einzelbetten. Preacher in einem, Paige und ihr Sohn in dem anderen. Für ihn war es herrlich und schmerzhaft zugleich, in einem Zimmer mit ihr zu liegen. Auf jedes kleine Geräusch horchte er, jedes kleine Rascheln in diesem Bett nahm er wahr und fragte sich, wie es wohl wäre, neben ihr zu liegen, sie an sich zu ziehen. Wenn er morgens nach ihr duschte, stieg ihm der Duft ihrer Seife, des Shampoos, der Lotion zu Kopf.

Mike Valenzuela konnte sich im Bett aufsetzen und nahm schon Nahrung zu sich, wenn er auch noch immer Schmerzen hatte und sein Kopf leicht benebelt war. Es bestand wenig Hoffnung, dass er wieder in den Polizeidienst zurückkehren könnte, und seine Genesung und die Physiotherapie würden anstrengend sein. Nachdem aber die schlimmste Krise überstanden war, nahm die Zahl der Polizisten ab, die im Krankenhaus Dauerwache hielten. Zeke und Paul waren bereits wieder nach Hause gefahren; Jack und Preacher redeten davon, nach Virgin River zurückzukehren.

Auf Preachers Drängen hin und als letzter Schritt vor ihrer Abreise aus Los Angeles machten sie einen Abstecher zu Paiges Haus. Sie wollten nur ein paar Sachen in den Truck laden, bevor sie anschließend in Richtung Norden aufbrechen würden. Christopher schlummerte in seinem Kindersitz auf der Rückbank des Trucks, wofür Preacher dankbar war. Vorübergehend hatte ihn nämlich die Sorge erfasst, der Junge könnte, ohne zu verstehen, welche Gefahr sein Vater bedeutete, den Wunsch haben, zu Hause zu bleiben.

„Ich glaube nicht, dass du weißt, was dich da erwartet, John“, sagte Paige. „Es ist wirklich jede Menge Haus.“

„Ja, das erwähnte Bud bereits. Hat es dir denn überhaupt nichts ausgemacht, so ein großes, schickes Haus zu verlassen?“

Sie schüttelte den Kopf. „Ich werde mich beeilen. Da ist wirklich nicht viel, was ich haben will."

Durch ein bewachtes Tor fuhren sie in ein exklusives Wohnviertel der gehobenen Preisklasse, und Preacher musste sich zusammennehmen, um nicht auf das pompöse Szenario zu reagieren. Aber er schluckte es hinunter. Die auf manikürten Rasenflächen von der Straße abgesetzten Häuser erschienen ihm monströs. Landschaftsgärtner waren bei der Arbeit, Putzfrauen gingen auf Eingangstüren zu. Paiges Haus war ein riesiges doppelstöckiges Ziegelsteingebäude mit einer gewundenen Auffahrt und schmiedeeisernen Toren. Es wirkte wie ein Landsitz. Wie Murmeln in einer Blechdose mussten sie darin geklappert haben. Es war einfach gewaltig.

Preacher setzte rückwärts in die Einfahrt, sodass die Ladefläche leichter erreichbar war. „Mein Gott, das ist unglaublich", murmelte er. „Ein Teil von dir muss doch, wenn auch vielleicht nur für fünf Minuten, das Gefühl gehabt haben, dass das hier eine große Sache war."

Sie legte eine Hand auf sein Knie, sah zu ihm hoch und sagte: „Nicht einmal für fünf Minuten. Ich hatte ihn angebettelt, das Haus nicht zu kaufen. Ständig hat er sich über die Kosten geärgert, diese ganzen Rechnungen. Aber er musste es unbedingt haben. Möchtest du mit reinkommen? Dich einmal umsehen?"

Das wollte er nicht. In einem Zimmer über der Dorfbar hatte er sie untergebracht. Ein Schlafzimmer ohne jede Annehmlichkeit. In einem kleinen Ort ohne Schule. „Nee, ich habe genug gesehen. Ich werde hier draußen auf dich warten und Christopher bei mir behalten."

Während sie die Haustür mit ihrem Schlüssel öffnete und hineinging, lehnte sich Preacher an den Truck und dachte darüber nach, wie es für jemanden wie Wes sein musste, all dies zu verlieren. Die Frau, das Kind, das große schicke Haus? Ob es ihm je in den Sinn kam, dass er alles noch haben könnte, wenn er nur behutsam gewesen wäre?

Vier kleine weiche Leinentaschen stopfte Paige mit Kleidung für sich selbst und Christopher voll. Sie nahm ein paar Spielsachen und Bücher mit, und nachträglich fiel ihr dann noch sein Dreirad mit den großen Rädern ein, das sie mit auf die Ladefläche warf. Dann fuhr Preacher sie auch schon aus der Stadt hinaus. Als sie L. A. etwa zwei Stunden weit hinter sich gelassen hatten, streckte sie den Arm aus und legte ihre Hand auf die von Preacher. „Gott, welche Erleichterung. Ich hoffe, dass ich nie wieder durch diese Haustür gehen muss."

„Es ist zu schade, all das zu haben und es dann zu verlieren. Es ist doch ganz der amerikanische Traum. Jeder hält das für das perfekte Leben. Eine Familie, Erfolg, Krempel."

„Ist das in etwa auch deine Vorstellung von dem großen Traum, John?"

Er lachte. „Meine Vorstellung ist sehr viel kleiner."

Eine ganze Weile betrachtete sie sein Profil. Dann sagte sie sehr leise: „Ich wette, sie ist nicht wirklich kleiner. Aber vielleicht sehr viel weniger kompliziert."

Jetzt nicht mehr, dachte er. Seine Vorstellung vom perfekten Leben, dem Besten, was das Universum ihm bieten könnte, saß direkt neben ihm. So nah und doch so unerreichbar.

Sein ganzes Leben hatte Rick in Virgin River verbracht, war jahrelang mit denselben Kindern zur Schule gegangen und bei seinen Schulkameraden sehr beliebt. Er war ein Senior im Endspurt auf den Abschluss, als seine Highschool-Erfahrung einen drastischen Umweg einschlug. Jetzt holte er jeden Morgen ein schwangeres Mädchen ab und nahm sie mit zur Schule.

Liz war kaum noch als das Mädchen zu erkennen, das im letzten Jahr ein paar Monate in Virgin River verbracht hatte. Tatsächlich wirkte die schwangere Zehntklässlerin jünger als die Neuntklässlerin mit den kurzen Röcken und den hochhackigen Stiefeln vom letzten Jahr. Damals schien sie sehr viel weltgewandter zu sein. Heute zeigte sie nicht mehr her, was sie hatte. Sie war scheu, verlegen und verletzlich. Eben einfach ein kleines schwangeres Mädchen und vollkommen auf Rick angewiesen.

Soweit ihm das möglich war, blieb Rick in ihrer Nähe und versuchte, sie in die Klassenzimmer zu begleiten. Er konnte sie nicht allein lassen, sie dem Spießrutenlauf durch die kichernden Mädchen überlassen, von denen die Hälfte für ein Date mit Rick alles getan hätte. Manchmal kam er zu spät in seine eigene Klasse, weil er Liz in ihre gebracht hatte. Seine Lehrer waren nicht wirklich verständnisvoll. Er gab auch nicht vor, dass dies nur irgendein Techtelmechtel oder eine Cousine zweiten Grades wäre. Er machte sich gerade und stand zu ihr. Sein Mädchen und sein Baby. Er wünschte sich, das nicht tun zu müssen, aber er musste. Sonst hatte sie niemanden.

Es dauerte nicht allzu lange, bis er in eine Schlägerei geriet. Ein großmäuliger, dümmlicher Junior namens Jordan Whitley riss einen fiesen Witz über Rick, irgendwas davon, dass er „es jede Nacht treiben würde“, und das gab ihm den Rest. Rick stieß Whitley gegen die Spinde und versetzte ihm einen Schlag. Whitley gelang es, auch ihm einen zu verpassen, bevor die Lehrer sie wieder trennten. Als Rick am Nachmittag zur Arbeit in der Bar erschien, brachte er ein Veilchen mit.

„Was zum Teufel ist denn mit dir passiert?“, fragte Preacher.

„Nichts“, antwortete er. „Nur, dass so ein Arschloch seine Meinung über mein Liebesleben verkündet hat.“

„Ach was? Und du hattest dann das Gefühl, dir ins Gesicht schlagen lassen zu müssen?“

„Nein, Preach. Ich hatte ihn schon am Boden und er hätte eigentlich nicht mehr aufstehen sollen, aber wie es aussieht, habe ich wohl nicht hart genug zugeschlagen.“

„Mann. Das ist wohl alles etwas zu viel für dich.“

Rick zuckte die Achseln. Tatsächlich hasste er diesen kleinen Drecksack, und insgeheim hatte er sich schon seit mindestens einem Jahr gewünscht, ihn einmal zu verprügeln. „Er hat eine ziemlich große Klappe. Vielleicht hält er sie ja jetzt einmal.“

Und was sein Liebesleben anging, war das eher öde. Oh ja, es stimmte, er hatte Sex.

Er wollte auch nicht leugnen, dass damit bestimmte Bedürfnisse befriedigt wurden, aber es war schon mehr als seltsam. Liz wollte berührt werden, wollte geliebt werden. Aber das Mädchen, das sich jetzt so weich an ihn schmiegte, war Welten von der heißen kleinen Nummer entfernt, die sich im letzten Jahr wie wild auf seinem Schoß gewunden hatte. Und diese kurzen Runden endeten nicht nur häufig damit, dass sie heulte, manchmal konnte er auch fühlen, wie sein Baby sich bewegte, während er sie in den Armen hielt und liebte. Wenn sie weinte, musste er sie nur an sich ziehen und trösten, ihr sagen, dass alles gut würde und sie eine Lösung finden würden. Er sagte es, zweifelte aber selbst ständig daran.

Wie die Dinge standen, bekamen sie zwar ein Baby und sollten sich wie Erwachsene verhalten, während gleichzeitig Tante Connie aber mit Adleraugen über sie wachte und aufpasste, dass sie nichts Erwachsenes taten. Mit Liz konnte er nur dann einmal allein sein, wenn er auf dem Rückweg von der Schule einen Abstecher machte und kurze Zeit irgendwo anhielt, eine Aktion, die ihn gleichermaßen aufbrachte als auch Schuldgefühle in ihm weckte. Nach allem, was ihnen geschehen war, wurde ihnen nicht erlaubt, sich zusammen in ein Bett zu legen. Gott verhüte! Was, wenn Liz schwanger würde, oder was?

Sie wollte mit ihm durchbrennen und heiraten. Sie waren fünfzehn und siebzehn Jahre alt. Lieber Himmel! Als sie sich diesen kleinen Fehlgriff im Urteilsvermögen geleistet hatten, waren sie erst vierzehn und sechzehn gewesen. Für ihn war es ein regelrechtes Warnsignal. Er hielt sie davon ab, hielt sie hin, versicherte ihr, dass er sie niemals verlassen würde. Sagte ihr aber auch, dass er etwas so Einschneidendes wie eine Heirat nicht für notwendig hielt. Für diesen Schritt war es zu früh. Der Schritt, den sie bereits getan hatten, war erschreckend genug. Und an den meisten Tagen glaubte er, sie davon überzeugt zu haben, zumindest so lange damit zu warten, bis sie wissen würden, was mit dem Baby geschehen sollte.

Mit der Zeit schien es allerdings immer verwirrender zu werden, das Richtige zu tun oder überhaupt zu wissen, was das Richtige war. Wenn er mit Liz zusammen war, versuchte er, sich das nicht anmerken zu lassen. Sie hatte es schwer genug, auch ohne dass Rick durchblicken ließ, dass er sich über seine Gefühle nicht im Klaren war und nicht wusste, was er tun sollte.

Es zehrte an ihm.

10. KAPITEL

Auf der Rückfahrt nach Virgin River stellte Preacher Paige viele Fragen über ihre Freundinnen Jeannie und Pat, zu denen sie den Kontakt verloren hatte. „Glaubst du, dass sie glücklich geworden sind, nachdem sie geheiratet haben?“, wollte er wissen.

„Sie hatten Wes so schnell durchschaut, ich glaube, sie haben viel mehr auf dem Kasten als ich. Ich kenne ihre Familien, die Eltern, die Brüder und Schwestern. Sie schienen in Ordnung zu sein.“

Als sie wieder zurück waren, suchte Preacher im Internet. Die Informationen hatte er schnell gefunden, aber er brauchte noch ein paar Tage, um auch den Mut zu finden, ihr seine Resultate zu präsentieren. Als sie dann einmal in die Küche kam, nachdem sie Chris auf ein Nickerchen ins Bett gebracht hatte, legte er sein Messer aus der Hand und sagte: „Ich … eh … ich hoffe, dass ich damit nicht zu weit gegangen bin. Ich habe sie gefunden. Deine Freundinnen.“ Damit zog er einen Zettel aus der Tasche seiner Jeans, auf dem er ihre Ehenamen, die Adressen und Telefonnummern notiert hatte.

Ihr blieb regelrecht der Mund offen stehen, während sie ihn anstarrte und zögernd nach dem Zettel griff. Sie warf einen Blick darauf, dann wanderten ihre Augen von dem Blatt zu seinem Gesicht und wieder zurück zu dem Blatt, hin und her. Er zuckte die Schultern und sagte: „Ich habe mich wieder einmal in deine Privatangelegenheiten eingemischt, aber ich dachte einfach …“

Sie schrie seinen Namen, warf ihm die Arme um den Hals und drückte ihn so fest, dass er einen Schritt zurücktrat und anfing zu lachen. Dann nahm er sie in die Arme und hob sie in ihrer Aufregung vom Boden weg. Mehrmals küsste sie ihn auf beide Wangen, laute dicke Schmatzer. Er lachte über sie, hielt sie weiter fest und hasste die Vorstellung, sie wieder loszulassen. Viel zu früh aber musste er sie dann doch wieder absetzen. Mit großen, feuchten grünen Augen sah sie zu ihm hoch, völlig überwältigt und mit einem phänomenalen Lächeln auf den Lippen. „Wie hast du das geschafft?“, fragte sie atemlos.

„Das war leicht“, meinte er. „Ich muss dir einmal zeigen, wie man mit dem Computer umgeht. Ich kann gar nicht glauben, dass du noch nie einen Computer benutzt hast.“

Sie schüttelte nur den Kopf und starrte auf den Zettel. Wes wollte ihr nicht erlauben, seinen Computer zu benutzen. Das hätte sie zu sehr mit der Außenwelt in Kontakt gebracht.

„Mach schon“, forderte er sie auf. „Ruf sie an. Du kannst mein Telefon benutzen. Du musst sie nicht von hier aus anrufen. Nimm dir ein bisschen Zeit allein mit deinen Freundinnen.“

Sie stellte sich auf die Zehenspitzen und küsste ihn noch einmal auf die eine Wange, während sie ihre kleine Hand an seine andere legte. Mit einer solchen Dankbarkeit sah sie ihn an, dass ihm das Herz schmolz. Dann wirbelte sie herum und lief in sein Apartment. Dabei hielt sie das Blatt Papier wie eine Rettungsleine in der Hand.

„Ja“, murmelte er vor sich hin und nickte. „Ich wette, es gibt noch eine Menge kleiner Dinge, die ich für sie nachschlagen kann. Ja.“ Dann hackte er sein Gemüse weiter.

Jack kam in die Küche, sah Preacher und runzelte die Stirn. „Weshalb grinst du so?“, fragte er ihn.

„Ich grinse doch nicht“, erwiderte Preacher.

„Preacher, ich wusste gar nicht, dass du so viele Zähne hast.“

„Ach. Paige. Ich habe etwas für sie herausgesucht. Darüber hat sie sich wahnsinnig gefreut. Das ist alles.“

„Wie es aussieht, scheinst du dich aber auch ein wenig darüber zu freuen. Du bist ja richtig aufgekratzt. Und meine Güte, das sind ja wirkliche Prachtstücke. Mir hast du nie ein solches Lächeln gezeigt.“

Ja, dachte Preacher. Großes Geheimnis. Leg du mal die Arme um mich und küss mich so ab wie sie, dann zeige ich dir ein paar Prachtstücke … meine Fäuste. Aber er konnte einfach nicht damit aufhören zu lächeln. Er bemerkte es und konnte doch nicht damit aufhören. Jack schüttelte nur den Kopf und verließ die Küche.

Und als würde all diese Zuneigung nicht schon reichen, hatte das Ganze auch noch einen weiteren Nebeneffekt. Paige hatte ihm so viel zu erzählen. Pat lebte noch in L. A., wo sie jetzt in einem anderen Salon, einem wirklich schicken Etablissement, halbtags arbeitete, und sie hatte eine kleine Tochter. Einige ihrer Klientinnen waren Prominente – keine Superstars, aber Pat wurde immer bekannter. Jeannie war in Oregon gelandet. Ausgerechnet! Und sie hatte ihr eigenes Geschäft! Sie hatte einen zwölf Jahre älteren Mann geheiratet, der aber vorher noch nie verheiratet gewesen war. Er war Frachtflieger, zehn Tage unterwegs und dann mindestens zwei Wochen zu Hause. Ihren Laden hatten sie vor ein paar Jahren gekauft, und nun standen sie da, dreißig und zweiundvierzig Jahre alt, und wollten gerne eine Familie gründen, wenn sie doch nur für die Geschäftsführung eine Lösung finden könnte.

„Sie hat mir einen Job angeboten, kannst du das glauben?“, berichtete Paige aufgeregt. „Sie meinte, sie würde mich liebend gern dort haben und mich zur Assistentin der Geschäftsleitung ausbilden.“

„Wow“, sagte Preacher. „Das muss dir ja richtig guttun. Glaubst du, dass du das könntest?“

Sie lachte und legte ihm eine Hand auf den Arm. „Ich habe noch ein, zwei Dinge zu regeln, bevor ich überhaupt an so etwas denken kann“, antwortete sie.

Es gab noch eine Menge Details über das Leben ihrer alten Freundinnen zu berichten, und anscheinend ließ sie auch nicht das Geringste aus. Lange saßen sie vor dem Feuer, bis es sehr spät geworden war. „Ich weiß nicht, wie ich dir danken soll. Es war so wunderschön, mit ihnen zu reden.“

„Du solltest so oft wie möglich mit ihnen reden. Dich über alles auf den neuesten Stand bringen.“

„Es sind Ferngespräche, John.“

„Ach, das macht doch nichts. Wenn du willst, ruf sie nur jeden

Tag an. Glaubst du, dass ihr euch bald einmal treffen werdet?", fragte er sie.

„Nun, Pat ist in L. A., und dorthin werde ich nicht mehr zurückgehen. Ich zittere ja schon bei dem Gedanken daran. Aber wenn sich die Dinge ein wenig geklärt haben, werde ich mir vielleicht einmal Jeannies Mann ansehen und ihr Geschäft."

Ihr Anwalt hatte die Scheidungsklage eingereicht, solange Wes sich noch in Behandlung befand, aber er hatte Paige gewarnt, dass man sie ihm vielleicht nicht zustellen könnte.

Während der Therapie war er so geschützt, wie er sein wollte, solange er dort blieb. Nach ein paar Tagen jedoch rief ihr Anwalt sie an, um ihr mitzuteilen, dass der Schriftsatz nicht nur zugestellt, sondern auch akzeptiert worden war und Wes übermitteln ließ, dass er große Reue empfand und kooperativ sein wollte. Die einzige Ausnahme von ihren Bedingungen: Er wünschte sich zumindest überwachte Begegnungen mit seinem Sohn. Er hoffte, zu Thanksgiving mit einem positiven Bericht endlich aus der Behandlung entlassen zu werden.

Noch einmal bat Paige John darum, in seinem Apartment ein Ferngespräch führen zu dürfen, aber diesmal war es kein Anruf bei einer ihrer Freundinnen. Sie berichtete Brie, was sie erfahren hatte.

„Dem Ganzen traue ich nicht eine Sekunde lang", schloss sie.

„Das solltest du auch nicht. Hier ein paar Fakten: Wir haben keine Ahnung, wie die Therapie bei ihm verläuft. Es gibt keine Möglichkeit, festzustellen, ob er an seiner Genesung interessiert oder eines ihrer Problemkinder ist. Und wenn ich sein Anwalt wäre, ich würde ihm raten, reuig und kooperativ, beschämt und nachgiebig aufzutreten. Ich würde ihm sagen, dass er bei seiner Verhandlung heulen und alles auf die Drogen schieben kann. Das kommt nämlich wesentlich besser an, als sich hinzustellen und darüber zu jammern, wie gemein er von der Frau über den Tisch gezogen wurde, die er mehrfach krankenhausreif geschlagen hat."

„Na toll", meinte Paige.

„Das heißt nicht, dass es unbedingt schlecht sein muss, was die Anwälte da tun. Ein solcher Rat verändert bei einem Angeklagten oft auch die innere Einstellung, denn er muss ja sein schreckliches Verhalten revidieren, Bedauern zeigen, nett sein. Das funktioniert nicht immer, aber oft. Er kann sein Ziel nicht erreichen, wenn er vor Gericht eine andere Haltung einnimmt. Und auch wenn wir nicht wissen, wie seine Therapie verläuft, die Tatsache, dass er nach dreißig Tagen noch nicht mit einem positiven Abschlussbericht entlassen wurde, ist jedenfalls als Hinweis zu werten, dass er die Prinzipien nicht wirklich verinnerlicht hat. Zwei Monate gehen aber auch noch. Bislang hat er es sich also noch nicht verbaut."

„Aber es ist doch sein drittes Gewaltdelikt", warf Paige ein. „Das bedeutet doch auf jeden Fall Gefängnis, richtig?"

„Aah", begann Brie. „Urteilsvoraussetzungen variieren. Man kann ihn anklagen, darüber verhandeln und ihn überführen, und trotzdem könnte das Urteil unter dem liegen, was du dir erhoffst. Er hat einen guten Anwalt. Es könnte milde ausfallen. Eine kürzere Strafzeit, eine lange Bewährungszeit. Dennoch ist es eine Verurteilung, ein Schuldspruch. Solange das Verfahren nicht endgültig abgeschlossen ist, kann der Richter nach seinem Ermessen entscheiden. Mein Rat? Verweigere ihm das Besuchsrecht und klemm dich hinter diese Scheidung wie ein Bullenbeißer. Wenn er wirklich clean wird, kann er die Sorgerechtsfrage wieder aufnehmen, nachdem er sich bewiesen hat. Das wird Jahre dauern."

„Bis dahin", fuhr Brie fort, „sieh hinter dich. Bleib achtsam. Denke immer daran, wer dieser Kerl ist. Du kennst ihn besser als jeder andere."

„Oh mein Gott, dann wird er aus der Behandlung entlassen und kann wieder hier auftauchen?" Paige geriet beinahe in Panik.

„Das könnte er tun. Aber ich vermute eher, dass er sich an seine Auflagen halten wird, um nicht wieder in Untersuchungshaft zu kommen. Dann wird er seine Verhandlung durchziehen und versuchen, einer Verurteilung wegen zweifachen Verbrechens zu entgehen. Oder zumindest versuchen, das Strafmaß runterzuhandeln. Freiheit, Paige. Das ist die große Karotte, die man ihm momentan vor die Nase hält. Und die Verhandlung kann bald sein, vielleicht Anfang nächsten Jahres."

„Bis dahin werde ich graue Haare haben", erwiderte Paige.

Paige war ein wenig nachdenklich geworden, wobei sie hoffte, dass man es ihr nicht allzu sehr anmerkte. Seltsamerweise war es gar nicht einmal Wes oder ihre Scheidung, die ihre Gedanken beschäftigten, sondern John. Der November begann regnerisch und kalt, und sie war nun schon seit mehr als zwei Monaten in Virgin River. Es gab Zeiten, da konnte sie sich ganz in der Gegenwart verlieren und war seltsam zufrieden mit dem alltäglichen Einerlei ihres Lebens, und es reichte ihr, mit ihm zusammen in der Küche zu arbeiten. Sie waren gut aufeinander abgestimmt, und das hatten sie nicht geprobt. Er hackte die Schalotten, sie schabte sie in die Schüssel. Er rieb den Käse, sie reinigte die Reibe. Sie verquirlte die Eier, er machte das Omelett. Er rührte den Teig an, sie rollte die Pasteten aus. Sie liebte es, John bei der Arbeit zuzusehen. Seine Bewegungen waren so langsam, gleichmäßig und sicher. Und wenn sie abends geschlossen hatten und noch ein wenig miteinander plauderten, empfand sie dies als Belohnung. Der Klang seiner leicht heiseren, weichen Stimme, wenn er Chris vorlas, beruhigte sie ebenso sehr wie ihren Sohn.

Sie ertappte sich bei der Vorstellung, wie es sich anfühlen mochte, in diesen starken Armen zu liegen und seine Lippen an ihrem Hals zu spüren. Sie konnte sich gar nicht mehr daran erinnern, wann sie zuletzt Lust empfunden hatte. Man sollte doch meinen, dass bei so vielen Stunden, die sie fortwährend jeden Tag miteinander verbrachten, zumindest einmal irgendwelche kleineren Fehler erkennbar würden, aber sie konnte keinen einzigen entdecken. Er konnte so süß und zärtlich mit ihr sein, während er zu anderen Zeiten – zum Beispiel bei ihrer Familie in L. A. – ganz und gar als der Verfechter ihrer Sache auftrat. Hin und wieder fragte sie sich, ob sie nicht die Augen vor seinem wahren Charakter verschloss. Machte er ihr nur etwas vor, um sie an Land zu ziehen? Aber nein. An ihm war absolut gar nichts unritterlich. Und das war ja auch nicht allein ihre Meinung. Seine engsten Freunde und der ganze Ort vertrauten ihm bedingungslos.

Sie war dabei, sich in ihn zu verlieben. Sie konnte sich nicht daran erinnern, jemals zuvor geliebt zu haben. Diese Illusion von Liebe, die sie in den ersten Tagen mit Wes erlebt hatte, kam ihr nicht einmal in den Sinn.

Manchmal fragte sie sich, ob sie nicht eine Zurückweisung in Kauf nehmen und es ihm einfach sagen sollte. *Ich will für immer hier bei dir bleiben.* Aber sie hatte fürchterliche Angst davor, dass er eine betroffene Miene aufsetzen und ihr in seiner geduldigen direkten Art erklären würde, dass sie für ihn nur eine gute Freundin war und er doch nur tat, was richtig war.

Sie hatte Chris am Abend gebadet und ging nach unten in die Küche. „Möchtest du ihm heute Abend vorlesen, John, oder soll ich das übernehmen?“, fragte sie ihn.

„Lass mich das machen“, antwortete er. „Ich freue mich schon darauf. Ist er fertig?“

„Quietschsauber ist er.“

Während John oben war, ging sie in die Bar, wo sie Jack fand, der den Tresen reinigte und die Gläser für den nächsten Tag aufreihte. Als sie hereinkam, verließen gerade mindestens zwei Gäste die Bar und verabschiedeten sich von Jack mit einem Winken und einem Dankeschön.

„Preacher liest vor?“, fragte Jack.

„Yup. Wenn du gehen willst, kann ich mich hier ein wenig kümmern. In ein paar Minuten wird er wieder unten sein.“

„Danke. Ist es denn in Ordnung für dich? Hier unten allein zu bleiben?“

Sie lächelte ihn an. „Ich werde die Tür abschließen. Was glaubst du, wie lange John brauchen würde, um runterzukommen, wenn ich schreie?“

„Ich schätze, du bist in guten Händen. Heute Abend ist es nass da draußen. Rick habe ich vor einer halben Stunde nach Hause geschickt."

„Geh du nur zu deiner Frau", lud sie ihn ein.

Sie blieb im Gastraum, und es dauerte gar nicht lange, bis John ihr dort Gesellschaft leistete. „Er ist eingeschlafen, bevor die Geschichte zu Ende war. Ich schätze, er war einfach völlig groggy." Er holte ein Glas aus dem Schrank. „Möchtest du heute Abend auch etwas haben?"

„Nein danke."

„Du bist ein wenig still geworden. Und das jetzt schon seit ein paar Tagen", stellte er fest.

Sie stützte den Ellbogen auf den Tresen und legte das Kinn in die Hand. „Ich habe viel nachgedacht. Bald werde ich geschieden sein. Das ist unglaublich. Auch wenn ich nicht weiß, was jetzt kommt."

Er schenkte sich seinen Schlummertrunk ein. „Ich habe da etwas, das dich aufmuntern könnte", meinte er. „Bleib sitzen." Er ging nach hinten in sein Apartment und kehrte schnell mit einem länglichen weißen Umschlag in der Hand zurück, den er ihr reichte. „Ich wollte es einfach riskieren. Wenn für dich nichts daraus wird, ist das keine große Sache."

Sie öffnete den Umschlag und fand zwei Rückflugtickets nach Portland darin. „Was ist das?"

„Du hast den Kopf so voll", erklärte er. „Ich habe mir gedacht, dass du dir wahrscheinlich Sorgen darüber machst, was auf dich zukommt. Vielleicht ist es ja ein guter Zeitpunkt, diese alte Freundin zu besuchen und dir einmal diesen Schönheitssalon anzusehen. Nur für den Fall …"

„Für welchen Fall?"

„Für den Fall, dass du dich entschließt, wieder zu dieser Art von Arbeit zurückzukehren …"

Sie legte den Umschlag auf den Tresen. Als sie davon gesprochen hatte, dass sie nicht wüsste, was als Nächstes kommen würde, hatte sie gemeint „von Wes". Nicht, dass sie nicht wüsste, was sie tun, wohin sie gehen sollte. Sie war genau dort, wo sie sein wollte. „John, sag mir die Wahrheit. Reicht es dir? Sollen Chris und ich weiterziehen? Die Wahrheit, John."

Er wirkte völlig verblüfft. „Nein!", sagte er mit Nachdruck. „Ich habe dir die Tickets nicht besorgt, weil ich will, dass ihr geht. Hey, das sind Rückflugtickets! Ich dachte nur … ich weiß doch, dass du sie vermisst. Und ich weiß auch, dass du irgendwann einmal …" Seine Stimme verlor sich und ließ den Satz unvollendet.

Sie biss sich auf die Unterlippe und sah ihm ins Gesicht. „Ich muss wissen, was du denkst. Was bedeutet *irgendwann einmal* für dich?"

„Paige, ich mache mir doch nichts vor. Ich weiß, dass du hier nicht lange glücklich sein kannst. Ich meine, wenn du dein Leben wieder im Griff hast, wieder auf die Beine kommst …"

Sag es ihm, forderte sie sich selbst heraus. *Sag ihm, dass es nur eins auf Erden gibt, das dich glücklich machen könnte, nämlich für immer hierzubleiben!* „Im Augenblick kann ich mir nichts vorstellen, was ich lieber täte."

„Das ist der Grund, weshalb ich euch die Tickets besorgt habe, dir und Chris. Für einen Besuch. Du sollst Alternativen haben. Ich habe sie übrigens nicht angerufen und gefragt. Und weil es während der Ferien über Thanksgiving ist, habe ich sie rückerstattungsfähig bekommen. Wenn du also die Termine ändern musst …"

Sie überlegte einen Moment. „Vielleicht sollte ich doch etwas trinken. Wie wär's mit einem kleinen Rotwein? Hast du da hinten etwas offen?"

Er sah unter dem Tresen nach und zog eine Flasche Cabernet heraus, die er ihr zeigte. Sie nickte, und er schenkte ihr ein Glas ein. Nachdem sie einen Schluck getrunken hatte, nahm sie den Umschlag wieder in die Hand. „Das war sehr nett von dir. Und sehr teuer."

„Betrachte es als Weihnachtsgeschenk, wenn du magst. War Chris schon einmal in einem Flugzeug?"

Sie schüttelte den Kopf. „Und was ist, wenn ich nach Portland gehe und mir dort alles gut gefällt? Wie wäre das für dich?"

Er lächelte sie liebevoll an, beugte sich über den Tresen und drückte ihr seine Lippen auf die Stirn. „Niemand, den ich kenne, verdient es mehr als du, glücklich zu sein", sagte er mit weicher Stimme.

Preacher wollte, dass sie eine Möglichkeit hatte zu wählen. Deshalb hatte er das getan. Er war nicht dumm. Er konnte sehen, dass es ihr in seiner Küche, in diesem kleinen Ort hier gut gefiel. Hier fühlte sie sich sicher und beschützt. Ihr Sohn war glücklich. Aber sie sollte herausfinden, ob es nicht noch etwas Besseres für sie gab. Er wollte verhindern, dass sie blieb, nur weil es der Weg des geringsten Widerstandes war. Es musste ihr ultimativer Wunsch sein.

Wenn sie ging, würde er den Verstand verlieren. Wenn sie blieb, würde er den Verstand verlieren.

Sie druckste noch ein wenig herum wegen der Reise, aber schließlich machte sie sich auf den Weg. Nach Eureka fuhr sie mit ihrem eigenen Wagen, den sie am Airport stehenließ. Dann flog sie mit Chris zu ihrer Freundin. Sie rief an, als sie dort angekommen war, und meldete sich zwei Tage später noch einmal, um zu berichten, dass die Stadt wunderschön und Jeannies Geschäft fantastisch sei. Einen Hund hatten sie dort, einen großen freundlichen Labrador, in den Chris sich verliebt hatte.

Preacher konzentrierte sich auf die Vorbereitung des Thanksgiving Dinners, eine Tradition in der Bar. Er war dankbar dafür, dass ihm so viel Arbeit mit dem Kochen bevorstand, denn das würde seine Gedanken von anderen Dingen ablenken. Er stellte seine Liste zusammen, suchte seine Rezepte heraus. Und mit dem Tag ihrer Abreise hörte er auf, sich den Schädel zu rasieren. Schon nach vier Tagen bedeckte eine Mütze aus kurzem schwarzen Haar seinen Kopf.

„Was tut sich denn hier?", sagte Mel lachend, griff hoch und fuhr mit einer Hand über seinen borstigen dunklen Schopf.

„Mein Kopf wurde kalt", erklärte er.

„Mir gefällt das. Lässt du dir jeden Winter die Haare wachsen?"

„Hab' noch nie im Winter einen so kalten Kopf gehabt." Und er war auch noch nie im Winter in eine Frau verknallt gewesen, die ihren Lebensunterhalt einmal mit Haareschneiden verdient hatte.

„Hast du Paige schon erzählt, dass du Haare auf dem Kopf hast?"

„Warum sollte ich das tun?", fragte er zurück.

Sie hob die Schultern. „Dinge, die für Frauen eine große Neuigkeit sein können, sind für Männer vermutlich weniger interessant", meinte sie. „Hast du in dieser Woche schon etwas von ihr gehört?"

„Sie hat angerufen. Sie hat erzählt, dass ihnen der Besuch viel Spaß macht. Ihre Freundin hat einen Hund, und Chris ist ganz verrückt nach diesem Hund." Er wischte über den Tresen. „Glaubst du, dass ein Hund hier im Weg wäre?"

Sie musste über ihn lachen. „Preacher, was ist los? Vermisst du sie so sehr?"

„Nee, ist schon alles in Ordnung", wehrte er ab. „Paige hat ihre Freundin seit Jahren nicht gesehen."

„Er macht mich fertig", wandte Mel sich leise an Jack. „Sieh ihn dir an. Er ist ganz unglücklich. Er ist so verliebt in sie, dass er schon gar nicht mehr denken kann. Aber spricht er etwa darüber? Mit irgendjemandem? Und ohne diesen kleinen blonden Engel auf seiner Schulter ist es, als wäre er amputiert. Er muss sie anrufen. Ihr sagen, dass er sie vermisst."

Jack zog eine Augenbraue hoch und sah seine Frau zweifelnd an. „Du willst dich da nicht einmischen", warnte er. „Er könnte versuchen, dir das Kinn zu brechen."

Am Abend, nachdem Jack schon nach Hause gegangen war und auch der letzte späte Gast sich verabschiedet hatte, stieg Preacher die Treppe hinauf zu Paiges Schlafzimmer und öffnete die Tür. Dass sie so viele Dinge hiergelassen hatte, Christophers

Spielzeug eingeschlossen, gab ihm keine Hoffnung. Er konnte einfach nicht glauben, dass sie hierher zurückkehren würde. Zu ihm. Wenn sie überhaupt noch einmal zurückkam, dann sicher nur, um ihre Sachen abzuholen. Er konnte sich nicht vorstellen, dass er ihr mehr als einen sicheren Hafen bieten könnte, und das und mehr war bei Jeannie und ihrem Mann vermutlich auch gegeben.

Ihr Nachthemd hatte sie aufs Bett geworfen. Er hob es an die Nase und atmete ihren frischen Duft ein. Tränen standen ihm in den Augen.

Die Vorbereitung eines größeren Essens hatte schon immer geholfen, Preacher von anderen Dingen abzulenken. Es sollte nur eine kleine Gesellschaft von Leuten aus Virgin River sein, aber es war kein kleines Mahl. Außer Jack, Mel und Doc würden noch Hope McCrea, Connie, Ron und Liz, Rick und seine Großmutter Lydie, Joy und Bruce dabei sein.

Am Thanksgiving Day kamen Mel und Jack gegen Mittag in die Bar, um ihm beim Kochen zu helfen. Mel rollte den Teig für Preachers Pasteten aus und schälte Kartoffeln, während Jack die Kochtöpfe spülte. Sie sprachen darüber, wie sie Weihnachten bei seiner Familie in Sacramento verbringen würden und dass ihr Baby beim nächsten Weihnachtsfest dabei wäre. Preacher war still bei der Arbeit. Er hatte seine Rezeptbücher vor sich aufgestellt, stopfte die Füllung in einen elf Kilogramm schweren Vogel, schlug Sahne, füllte Pastetenhüllen und stellte sie in den Ofen. Dabei wirkte er die ganze Zeit bedrückt. Als er in die Bar ging, um Teller und andere Utensilien zu holen, fragte Jack: „Was ist nur mit Preacher los? Er wird doch nichts ausbrüten?“

„Doch, er brütet da etwas aus“, flüsterte Mel ihm zu. „Paige und Chris heißt die Krankheit. Er scheint zu glauben, sie kämen nie wieder zurück.“

„Aber Montag ist doch der Rückflug, nicht wahr?“

„Natürlich! Er hat ihr die Tickets gekauft, ihr gesagt, sie solle gehen, und jetzt bringt es ihn um. Er sieht so nett aus mit seinen

Haaren, ich wünschte, sie könnte ihn sehen. Er hat es für sie getan. Da bin ich mir sicher. Wer hätte ahnen können, dass an seinem Gesicht so viel mehr ist als nur diese große Glatze und die buschigen Brauen?“

Da Preacher seine Person nie sonderlich in den Mittelpunkt rückte, fiel seine getrübte Stimmung auch nur seinen besten Freunden auf. Als die Gäste nach und nach zum Essen eintrafen, wurden die Tische zusammengerückt, die Stühle aufgestellt, und Jack begann, Getränke und Weingläser zu verteilen. Preacher brachte zwei Tabletts mit *Hors d'oeuvres* aus der Küche, legte das Brot in den Wärmer und zog den Truthahn aus dem Ofen, um ihn vor dem Tranchieren eine Minute abkühlen zu lassen. Die ganze Bar war von köstlichen Düften erfüllt, und im Kamin brannte das Feuer hell und warm.

Preacher ertappte sich bei dem Wunsch, dies alles wäre schon vorüber und er wieder allein. Er sah dem Moment entgegen, wenn alle gingen; dann wollte er sich beim Aufräumen Zeit lassen, sich noch einen Whiskey gönnen und ins Bett gehen. Hoffentlich würde er dann Schlaf finden.

Es war wenige Minuten vor fünf und fast an der Zeit, den Braten anzuschneiden, als die Tür der Bar aufging und Paige im Eingang stand. Sie hielt Christopher an der Hand und blickte in den Raum. Kurz sah sie in alle Gesichter, bis sie Preacher gefunden hatte, und als sie ihn hinter dem Tresen entdeckte, leuchteten ihre Augen so sehr auf, dass sie funkelten. Was den großen Mann anging, zeichnete Überraschung seine Züge. Offensichtlich völlig erschüttert, blieb ihm tatsächlich der Mund offen stehen.

Ebenso gut hätte niemand sonst im Raum sein können. Sie ging auf den Tresen zu, er kam um den Tresen herum. „Es tut mir leid, dass ich nicht rechtzeitig hier sein konnte, um zu helfen“, sagte sie.

Preacher bückte sich, um Christopher aufzuheben, der ihm die Arme um den Hals legte und dann mit den Händen über seinen Kopf rieb. „Hassu nich' radiert“, stellte er fest.

Preacher gab dem kleinen Jungen einen Kuss auf die Wange. „Mein Kopf war ganz kalt", erklärte er ihm.

Paige schlang ihre Arme um seine Taille, sah zu ihm auf und sagte: „Ich hoffe, du hast noch Platz für zwei."

„Was machst du hier?", fragte er sie leise.

Sie zuckte die Schultern. „Ich habe die Tickets umgetauscht. Ich wollte hier sein. Bei dir. Ich hoffe, du hast mich ein kleines bisschen vermisst."

„Ein kleines bisschen", sagte er. Dann legte er lächelnd einen Arm um ihre Schultern und zog sie fest an sich.

Die Thanksgiving-Party wurde etwas früher beendet als geplant, da sich jeder im Raum der heißen Blicke bewusst war, die Paige an Preacher aussandte und die dieser auch auf jeden Fall empfing, selbst wenn er sie anscheinend nicht erfolgreich interpretierte. Die Frauen halfen beim Abwasch, damit es schneller ging und das Paar endlich allein sein konnte.

„Vielleicht haben sie sich ja über etwas gestritten, bevor sie abgereist ist", rätselte Mel und fragte Jack: „Hast du irgendeine Ahnung, was sich zwischen ihnen abspielt?"

„Vorher oder jetzt?"

„Vorher", sagte sie.

„Nicht die geringste."

„Und jetzt?"

„Jetzt würde ich darum wetten, dass die alte Bar so stark wackelt, dass sie sich gleich aus den Angeln hebt."

Nachdem der letzte Teller eingeräumt, der Boden gewischt, das „Geöffnet"-Schild gelöscht und die Tür verriegelt war, stapfte Preacher langsam die Treppe zu seinem alten Zimmer hinauf. Dort angekommen, sah er, wie Christopher auf dem Bett herumhopste, während Paige mit seiner Pyjamajacke in der Hand daneben stand und versuchte, ihn nach seinem Bad zur Ruhe zu betten. Mit einem matten Lächeln sah sie ihn über die Schulter hinweg an. Sie war sichtlich am Ende ihrer Kräfte, denn immerhin hatte sie einen großen Teil des Tages mit ihm im Flugzeug und im Auto eingezwängt zugebracht.

„Okay, Cowboy“, sagte Preacher und ging auf ihn zu. Er nahm Paige die Jacke aus der Hand und hielt sie dem Jungen hin. Christopher steckte seine Arme hinein, drehte sich dann um, sodass Preacher sie ihm auf dem Rücken schließen konnte. „Braver Junge“, sagte er.

Paige legte Preacher eine Hand auf den Arm: „Bring du bitte den Cowboy ins Bett. Ich werde unten auf dich warten.“

Christopher stürzte sich auf Preacher, warf sich an ihn, die Arme um seinen Hals und die Beine um seine Taille geschlungen, und drückte ihn ganz fest. „Willst du deiner Mommy nicht einen Gutenachtkuss geben?“, fragte Preacher.

Christopher beugte sich mit gekräuselten Lippen ein wenig um Preacher herum, ließ ihn aber nicht los. Er empfing seinen Kuss, dann ließ Paige sie allein.

„Und jetzt schnell in die Federn“, sagte Preacher.

„Lies was“, forderte Chris ihn auf.

„Ach, nun komm schon. Es war ein langer Tag.“

„Lies was. Nur eine Seite.“

„Also gut, eine Seite.“ Preacher setzte sich neben ihn aufs Bett und nahm das Buch in die Hand. Er las drei Seiten. „Jetzt musst du aber schlafen.“

Chris fing an zu jammern und zappelte herum.

„Hat dir jemand zu viel Zucker gegeben?“, fragte Preacher. „Leg dich jetzt hin. Es reicht jetzt.“ Er deckte ihn gut zu und gab ihm einen Kuss auf die Stirn. „Schlaf gut und träum was Schönes.“

„G’ Nacht“, antwortete Christopher und kuschelte sich ins Bett.

Als Preacher nach unten kam, fand er Paige in der Bar an dem Tisch vor dem Feuer, und für ihn hatte sie bereits einen Schluck Whiskey eingeschenkt, für sich selbst ein Glas Wein. Auch hatte sie ein weiteres Holzscheit aufgelegt, ein unausgesprochener Hinweis darauf, dass sie noch eine Weile dort sitzen würden. In ihrem seidigen hellbraunen Haar spiegelte sich der Schein der Flammen. Ihre Wangen waren leicht gerötet und ihre vollen Lippen weich und einladend. Ein schmerzhaftes Verlangen, das er nicht mehr verdrängen konnte, breitete sich in ihm aus.

„Ich habe dir deinen Drink schon eingeschenkt und mich selbst bedient."

„Danke", sagte er. „Er ist heute Abend etwas aufgekratzt. Ich habe ihn gefragt, ob ihm jemand Zucker gegeben hat, und dann erst fiel mir ein, dass ich ja selbst derjenige war. Pastete und Eis, zwei Portionen. Und ich glaube, eine Cola hatte er auch noch."

„Nun, er ist erschöpft. Sobald er entgiftet ist, wird er sich abschalten wie eine Glühbirne. Es war ein wunderbares Dinner, John. Ich glaube, du hast dich selbst übertroffen."

„Ich hätte nie damit gerechnet, dass du früher zurückkommen würdest." Er zog einen Stuhl vor und setzte sich zu ihr. „Ist etwas passiert?"

Sie schüttelte den Kopf. „Der Besuch war fantastisch. Jeannies Mann ist großartig und ist super mit Christopher umgegangen. Sie schuftet in ihrem Laden wie ein Tier, aber sie wird damit Erfolg haben und ist so stolz auf sich selbst. Noch einmal danke dafür, dass du das getan hast."

„Du hattest sie vermisst", meinte er.

„Und weißt du was?" Sie lächelte ihn an. „Nach ein paar Tagen habe ich dich vermisst. Ich habe Mel und Jack vermisst und auch ein paar von den andern." Sie lachte. „Selbst die Küche habe ich vermisst."

„Hat sie dir diesen Job angeboten?", fragte er zaghaft.

„Das hat sie. Ich habe ihr gesagt, dass ich darüber nachdenken werde, aber nicht glaube, dass ich es letztendlich tatsächlich mache."

Er war sich ziemlich sicher, nicht richtig verstanden zu haben. „Hast du denn eine bessere Idee?"

Sie zog eine Augenbraue hoch. „Glaubst du, dass man mit einer Ladenkette in Virgin River bestehen kann?", fragte sie zurück. „Im Augenblick geht es mir gut. Chris geht es gut. Ich habe dich das schon einmal gefragt, und ich vertraue dir, John, dass du mir die Wahrheit sagst. Denn du sagst mir doch, es sei in Ordnung, wenn ich hierbleibe. Und ich hoffe, du wirst es mir auch dann sagen, wenn es nicht mehr wirklich gut für dich ist oder gut für die Bar."

„Paige, ich würde dich nicht belügen. Habe ich dich jemals belogen?"

Sie lachte. „Nein, nicht richtig. Aber du bist schon dafür bekannt, dass du Informationen auch einmal verzögert weitergibst."

„Ach, nicht so oft", meinte er. „Paige, weiß er ... fragt Christopher schon einmal nach ihm? Nach seinem Vater?"

Sie schüttelte den Kopf. „Er hat nur nach seinem Dreirad gefragt." Sie senkte den Blick. „Es gibt etwas, das mir wirklich Sorgen macht, John. Bei meinem Bruder, der ein Abbild meines streitlustigen Vaters ist, und Wes fürchte ich, dass Chris mit so einem bösartigen DNA-Ding geschlagen sein könnte, das ihn wütend macht, ihn dazu bringt loszuschlagen und Menschen zu verletzen. Davor habe ich wirklich Angst. Vielleicht könntest du das ja einmal nachschlagen?"

„Das könnte ich, aber ich denke, man kann doch sehen, wie süß und gutgelaunt er immer ist. Wahrscheinlich ist es aber schon eine gute Idee, das im Auge zu behalten. Wird gemacht." Er nippte an seinem Drink. „Wes – hat er eigentlich irgendwo jemanden? Hat er Familie?"

„Da ist niemand", antwortete sie. „Als Kind hatte er es wirklich schwer. Pflegefamilien, Heimaufenthalte. Er wurde viel herumgeschoben." Sie lachte kläglich. „Ich fand es ziemlich bewundernswert, dass jemand, der unter solch schwierigen Bedingungen aufgewachsen war, etwas aus sich gemacht hatte. Dabei habe ich nur die Fassade gesehen und ausgeblendet, was dahinter stand. Er ist nie darüber hinweggekommen. Er hat es immer mit sich herumgetragen."

Preacher schwieg und dachte nach. „Beim Militär kannte ich mal jemanden, der auch in Pflegefamilien aufgewachsen war", sagte er schließlich. „Als Kind hatte er es wirklich schwer gehabt. Der netteste Kerl, den man sich vorstellen kann. Gerade wegen seiner Kindheit wollte er es im Leben besser machen. So etwas kann man nie vorhersehen. Welche Richtung das einschlägt. Du musst eben nur dein Bestes geben, um ihn richtig zu erziehen." Dann grinste er. „Ich kann dir ja mal diesen Ohrgriff meiner Mutter zeigen ..."

Paige lächelte und trank einen Schluck Wein. Mit Jeannie hatte sie mehrmals bis spät in die Nacht hinein zusammengesessen und lange Gespräche geführt – über John, über Virgin River. Tagsüber hatte Jeannie immer viel Zeit in ihrem Geschäft verbracht, und Paige hatte versucht, zu helfen, indem sie das Haus sauber hielt und das Essen zubereitete. Aber wenn sie auch müde war, ihre alte beste Freundin saß dann doch noch mit ihr zusammen und hörte sich die Geschichte von ihrer ersten Begegnung mit John an, der Konfrontation zwischen John und Wes, dem Besuch bei ihrer Familie in L. A., wie John ihnen gegenüber standgehalten, wie er ihr den Rücken gestärkt hatte. John und Chris. Sie zeigte Jeannie den Teddy mit dem blau-grauen Flanellbein. Jeannie streichelte darüber und sagte: „Mein Gott. Mir ist noch nie ein Mann begegnet, der so etwas macht. Das ist ganz erstaunlich."

„Es war einer der ersten Gründe, die mich veranlasst haben, dort zu bleiben. Die Art, wie er mit Chris umgeht."

„Das ist auch wirklich toll", meinte Jeannie. „Aber weißt du, nur wegen seiner netten Art deinem Kind gegenüber wirst du dort nicht ewig bleiben können."

„Das ist ja auch nicht alles", hatte Paige leise gesagt. „Es ist auch wegen seiner netten Art mir gegenüber. Aber er ist so still. So ... zurückhaltend. Mir ist nicht klar, ob er nur schüchtern ist oder einfach ein großer Pfadfinder, der immer das Richtige tut, dann aber die Tage zählt, bis ich wieder verschwinde und er von dieser Pflicht befreit ist ..."

Jeannie lachte. „Dann bring ihn doch dazu, dass er es dir sagt."

„Hm?"

„Du hast völlig vergessen, wie man flirtet. Das ist ja auch kein Wunder. Lass ihn wissen, dass du dort sein willst. Dass du das Leben dort liebst und er die größte Attraktion daran ist. Lass ihn wissen, dass du dich in seiner Gegenwart wunderbar fühlst. Sei zurückhaltend, aber bring die Botschaft rüber, dass du eine Frau bist, die bereit ist für einen Mann wie ihn. Wenn du ein wenig mit ihm flirtest und er nicht interessiert ist, wird er dir das schließlich klarmachen. Und wenn er tatsächlich so schüchtern ist, solltest du ihn auch nicht direkt konfrontieren und die Pferde scheu machen. Wie also könntest du das anstellen?“

Paige fragte John: „Bist du dir auch wirklich sicher, dass es okay ist, wenn wir noch hierbleiben? Ich meine, wo doch jetzt die Ferien kommen …“

„Ich weiß nicht, was ich ohne euch hier anfangen sollte“, antwortete er.

„Das ist gut.“ Sie nahm einen letzten Schluck von ihrem Wein, stand auf und küsste ihn auf die Stirn. Dabei ließ sie ihre Lippen ein wenig dort verweilen. „Hier ist der einzige Ort, wo ich sein will. Übrigens, dein Haar ist richtig sexy. Sehr sexy.“

Damit ging sie durch die Küche und die Treppe hinauf in ihr Zimmer. Und er glaubte, er müsse zusammenbrechen.

Zum Jahresende hin hatte die Lachs- und Störsaison am Virgin einen Höhepunkt erreicht, und scharenweise kamen die Angler zum Fluss, was auch bedcutete, dass die Bar eine Menge Besucher hatte. Viele von denen, die an dieses Fleckchen Erde reisten, waren vorher schon einmal hier gewesen und kannten Jack und Preacher zumindest flüchtig. Sie begrüßten aber auch erfreut das neue Gesicht in der Szene.

Paige fühlte sich glücklich und lebendig. Sie servierte Speisen und Getränke, räumte die Tische ab, lachte mit den Gästen und – was keineswegs unbemerkt blieb – himmelte Preacher an, wenn sie sich beide in einem Raum befanden.

Die Gespräche in der Bar drehten sich anscheinend immer um die Größe des Fangs, die Bedingungen am Fluss und das

Wetter. Gelegentlich kam aber auch einmal zur Sprache, welchen Fang Preacher da offensichtlich gemacht hatte.

Jack bediente ein paar Angler am Tresen, als Paige ein Tablett mit schmutzigem Geschirr in die Küche trug. „Die Bar hier wird immer schöner“, bemerkte einer der Männer. „Die neue Hilfe wird den Umsatz sicherlich mächtig steigern. Wo hat Preacher diese junge Schönheit gefunden?“

„Ich glaube, sie hat ihn gefunden“, meinte Jack und hob seine Kaffeetasse.

„Sollte er da nicht öfter mal lächeln?“

„Ihr kennt doch Preach. Er zeigt seine Gefühle nicht so gern.“

Was Paige betraf, sie glaubte schon, dass John auf sie reagierte, wenn es sich auch nur in kleinen Dingen zeigte. Mit Sicherheit wies er sie nicht zurück, und das verstand sie als Ermutigung. Lippen berührten Wangen und Stirn nun häufiger. Dann gab es auch noch die gelegentliche Umarmung. Der schönste Teil ihres Tages, wenn nicht ihres Lebens, war die Zeit, nachdem der letzte Gast die Bar verlassen und John das „Geöffnet“-Schild ausgeschaltet hatte. Wenn Christopher gebadet war, der Abwasch erledigt, die Gutenachtgeschichte gelesen war und sie und John ihre freie Zeit gemeinsam verbrachten. Ein leises Gespräch vor dem Feuer am späten Abend. Er hatte begonnen, ihr einen ganz kleinen Kuss auf die Lippen zu geben, bevor sie die Treppe hinauf und er in sein Zimmer hinter dem Restaurant ging.

Er war das Beste, das ihr je begegnet war. Sie hoffte, er würde bald merken, dass sie nicht nur Dankbarkeit für ihn empfand.

Jack hatte Rick sehr genau beobachtet und auch keineswegs erwartet, dass er völlig sorglos sein würde. Die finstere Miene des Jungen aber schien sich immer mehr zu verdunkeln, und Jack war entschlossen nicht zuzulassen, dass dieser Fehler – sein einziger – ihn auffressen würde.

„Du siehst aus wie ein Mann, der angeln gehen muss“, sprach Jack ihn an.

„Ich muss arbeiten“, erwiderte Rick.

„Ich bin ein wirklich guter Boss“, erklärte Jack grinsend. „Ich wäre bereit, dir das als Arbeitszeit anzurechnen, wenn du bereit bist, darüber zu reden.“

„Du wirst es bedauern“, meinte Rick. „Ich bin so daneben, nicht mal ein Weltklasse-Psychiater könnte mir helfen.“

„Dann ist es ja gut, dass du mich hast. Hol dein Angelzeug.“

Es entsprach ihrer Art, dass sie nicht gleich zum Thema kamen. Sie fuhren zum Fluss hinaus, stiegen in ihre Wathosen und fingen an, die Angeln auszuwerfen. Zu dieser Jahreszeit waren viele Angler dort, aber das war kein Problem. Sie steckten einfach ihr eigenes kleines Stückchen Fluss ab, wo sie sich in Ruhe unterhalten konnten, ohne über das Rauschen des Wassers hinweg von jemandem gehört zu werden. Nach einer Weile, in der sie die Angeln bereits einige Male ausgeworfen hatten, begann Jack: „Sag es mir, Junge. Was macht dir so zu schaffen?“

„Ich glaube nicht, dass ich das fertigbringe, Jack. Ich kann meinen Sohn nicht weggeben.“

„Whoa.“ Darauf war Jack nicht vorbereitet, obwohl er es wahrscheinlich sein sollte. Wo steckte Mel nur, wenn er sie einmal brauchte? „Was hast du vor?“

„Ich habe nicht die leiseste Ahnung“, antwortete Rick. „Bei dieser Ultraschalluntersuchung habe ich ihn gesehen, wie er da herumgestrampelt ist. Ich konnte seinen *Penis* erkennen. Mein *Sohn*. Ich kann nicht zulassen, dass ihn jemand anders aufzieht. Wo er doch von mir ist. Ich würde mir ständig Sorgen machen. Verstehst du das?“

Es war nicht so, als hätte Jack größere Schwierigkeiten damit, diese Gefühle nachzuvollziehen. „Ich habe gehört, dass es Adoptionen gibt, wo du in Verbindung bleiben kannst, dich beteiligen kannst.“

„Ich weiß nicht, ob mir das genügen wird“, meinte Rick. „Ich weiß, es ist verrückt …“

„Was sagt Liz dazu?“

Rick lachte, aber es klang hohl. „Sie würde am liebsten die Schule sofort abbrechen. Weglaufen und heiraten. Kannst du dir ansatzweise vorstellen, wie schrecklich es für sie ist, zur Schule zu gehen?“

Jack kam sich plötzlich reichlich dumm vor. Bei allen Dingen, die er sich vorstellen konnte, deren er sich bewusst war – es war ihm nie in den Sinn gekommen, wie fürchterlich es für ein fünfzehnjähriges schwangeres Mädchen sein musste, jeden Tag in die Schule zu gehen. Zumal sie im letzten Frühling nur zwei Monate diese Schule besucht hatte, die ihr also praktisch auch noch vollkommen fremd war. Ebenso gut könnte sie ein Brandmal auf der Stirn tragen. „Ach Rick“, sagte er. „Es tut mir so leid, das zu hören.“

„Nach jeder Unterrichtsstunde versuche ich, für sie da zu sein, sie in die nächste Klasse zu begleiten. Oft komme ich dann selbst zu spät und gerate häufig in Schwierigkeiten. Es kotzt mich so an.“ Er seufzte schwer. „Lizzie ist so jung. Vorher war sie mir überhaupt nicht so jung erschienen. Bevor wir in diesen Schlamassel geraten sind. Sie war … Ich konnte meine verdammten Hände einfach nicht von ihr lassen, so scharf war sie. Umgekehrt ging es ihr genauso. Sie schien so … erfahren zu sein. Aber das war sie nicht, verstehst du? Vor mir hat es niemanden gegeben, und nach mir hat es niemanden gegeben. Und jetzt ist sie einfach nur noch dieses verängstigte kleine Mädchen, das alles dafür gäbe, wenn es diese Probleme nicht hätte.“ Er holte Luft. „Sie braucht mich so sehr.“

„Mein Gott“, sagte Jack. „Es tut mir leid, Rick. Ich war mit so vielen anderen Dingen beschäftigt, dass ich nie daran gedacht habe …“

„Hey, das ist nicht dein Problem, okay? Es ist mein Problem. Wenn ich anfangs auf dich gehört hätte …“

„Mach dich nicht selbst fertig. Du bist nicht der erste Mann, der einmal ungeschützten Sex hatte. Aber mit Sicherheit gehörst du zu der auserlesenen Zahl derjenigen, die es geschafft haben, eine Frau bei diesem ersten und einzigen Schuss zu schwängern. Wir sind auf jeden Fall nur eine kleine Brüderschaft.“

„Dir ist das auch passiert?“, fragte Rick erstaunt.

„Ja. Ganz bestimmt."

„Wie alt warst du?"

Jack drehte sich um und sah Rick in die Augen. „Vierzig."

„Mel?", fragte er erstaunt.

„Das bleibt aber unter uns, okay?", sagte Jack. „Ich weiß nicht, was Mel davon halten würde, wenn ich darüber rede. Aber ja, soweit wir wissen – der Erstschlag. Der Unterschied ist nur, dass ich ein alter Mann bin und es nicht bedaure. Ich will es nicht anders haben. In meinem Fall ist es wirklich ein Glückstreffer."

„Sieh einer an. Also wenn einer Hebamme so etwas passieren kann, dann muss es mir gar nicht so peinlich sein, denk ich mal."

„Da habe ich einen Fehler gemacht, Kumpel. In meinem ganzen Erwachsenendasein war der Griff zum Kondom automatisch", sagte Jack. „Nicht nur, um eine Schwangerschaft zu vermeiden, sondern auch, weil man eine Frau nicht irgendwelchen Gefahren aussetzen will. Wenn eine Frau bereit ist, dir ihren Körper zu schenken, dann willst du das Risiko nicht eingehen, ihr irgendwelche sexuell übertragbaren Krankheiten anzuhängen, von denen du nicht einmal weißt, dass du sie hast. Und du willst dich auch selbst keiner Gefahr aussetzen. Ich hatte den Kopf verloren. Wenn ich nicht so dankbar für das Baby wäre, würde ich mich deswegen schlecht fühlen. Aber zum Teufel, diese Dinge passieren den Menschen nun einmal, Kumpel. Wenigstens sind wir alt genug, ein Baby zu haben. Und wir wollen es haben. Aber du? Verdammt, Junge, euch Kids hat es hart getroffen. Ich kann mir gar nicht vorstellen, wie heftig das für euch sein muss. Für euch beide."

„Im Moment ist mein Leben so seltsam", erklärte Rick. „Ich bin auf der Highschool, und ich schleiche herum, um mit dem Mädchen allein zu sein, das mein Baby in sich trägt. Und es ist auch nicht so, als wäre es eine Strafe, mit ihr allein zu sein, verstehst du? Aber ich tue es gar nicht mal für mich. Sie ist diejenige, die Zuwendung braucht. Ich kann mich doch nicht weigern, sie zu berühren, wenn sie Zärtlichkeit braucht. Nicht, wenn sie so etwas durchmacht. Richtig?"

„Sie würde denken, dass dir nichts an ihr liegt", gab Jack ihm recht.

Ricks Stimme wurde leise. „Manchmal weint sie nur. Wir tun es … Ich will, dass es schön für sie ist, will sie halten, ihr Sicherheit geben. Und wenn es dann vorüber ist, weint sie ohne Ende. Und ich weiß nicht, was ich noch tun kann."

Ich würde vermutlich ebenfalls weinen, dachte Jack. „Ich denke, es sollte ihr überlassen sein", sagte er. „Nicht, was du willst. Was sie will."

„Das denke ich auch. Vielleicht sollte ich es einfach versuchen. Ich könnte mit meiner Großmutter sprechen, dass sie Liz bei uns wohnen lässt, in meinem Zimmer. Wir könnten heiraten oder was."

„Ich glaube, da werdet ihr noch die Zustimmung von jemand anders brauchen."

Rick schüttelte den Kopf und lachte. „Wir bekommen verdammt noch mal ein Baby! In weniger als drei Monaten!"

„Also …"

„Sie wollen, dass sie ihn weggibt. Keine Diskussion. Alle sagen, es wäre das Beste für ihn. Und selbst wenn sie es schaffen könnten, Liz davon zu überzeugen, ich glaube nicht, dass ihnen das bei mir gelingt. Kannst du dir vorstellen, wie schwer es mir im Augenblick fällt, den Mund zu halten?"

„Oh Mann …" In diesem Moment wünschte sich Jack mindestens zwanzig Dinge auf einmal. Ganz oben auf der Liste – er wünschte, Rick wäre sein Sohn, dann könnte er einschreiten und helfen, eine Lösung zu finden. Es war ihm klar, dass sie zu jung waren, um gemeinsam ein Baby zu haben, aber das würde sowieso geschehen. Und Rick sollte mit siebzehn niemanden heiraten. Trotzdem, das Baby sollte auch nicht von seiner Mutter und seinem Vater getrennt werden. Und welche Alternative hatten sie in ihrem zarten Alter denn schon? „Du bist der Vater. Musst du da nicht etwas unterschreiben, um ihn gehen zu lassen?"

„Ich weiß nicht. Was zum Teufel weiß ich schon?"

„Du solltest mit Mel reden“, schlug er vor. „Im Ernst, das ist eher ein Gespräch für dich und Mel. Sie ist für die Babys zuständig, ich kümmere mich um andere Dinge.“

„Jack“, sagte Rick. „Zum Teil bedauere ich es total, dass ich, wie geschehen, diese Grenze überschritten habe und damit alles für uns in Gang gesetzt habe, für mich und Liz. Aber da gibt es auch noch einen anderen Teil in mir, der diesen kleinen Kerl auf dem Bildschirm gesehen hat und ihn einfach nur halten will. Ich will ihm zeigen, wie man einen Ball fängt …“ Dann schüttelte er den Kopf. „Die Leute können noch so viel reden, es gibt keine Möglichkeit, dass irgendjemand dich auf das vorbereiten könnte, was mit deinem Leben geschieht, wenn du dieses Kondom nicht aus der Tasche kriegst.“

„Ja“, sagte Jack.

„Jack, es tut mir leid. Ich habe dich enttäuscht.“

„Nein. Ich fühle mich nicht enttäuscht. Um euretwillen fühle ich mich ganz schlecht, aber ich bin nicht von dir enttäuscht. Du hast dich bei alledem sehr gut gehalten. Jetzt werden wir einen Weg finden müssen, der euch das Leben wiedergibt, euch beiden. Und zwar bevor es noch schlimmer werden kann.“

„Egal was dir dazu einfällt, Jack, dieses Leben werde ich nie zurückgewinnen können. Und Liz ebenso wenig.“

Als Jack aus der Küche in die Bar kam, saß am anderen Ende des Tresens ein Mann, der bei Jacks Erscheinen die dunklen Augen hob. Er trug einen Westernhut, einen Shady Brady, und es dauerte keine fünf Sekunden, bis Jack in ihm den Mann wiedererkannt hatte, der vor ein paar Monaten schon einmal in seiner Bar aufgetaucht war und versucht hatte, seinen Drink mit einem Hundertdollarschein zu bezahlen, den er aus einem dicken Bündel Banknoten schälte, dem der typische Stinktiergeruch von grünem Marihuana anhaftete. Jack hatte sich geweigert, dieses Geld anzunehmen.

Und als würde das allein als Erklärung für das ungute Gefühl nicht ausreichen, das Jack diesem Mann gegenüber empfand –

darüber hinaus hatte er auch noch Mel eines Abends an ihrem Waldhaus abgepasst, um sie zu einer in den Bergen versteckten Marihuanaplantage mitzunehmen, wo eine Frau ein Kind zur Welt brachte. Aus diesem Grund verspürte Jack den dringenden Wunsch, ihn sich einmal zur Brust zu nehmen, um sicherzustellen, dass er sich nie wieder einfallen lassen würde, so etwas zu versuchen. Stattdessen aber wischte er den Tresen vor sich ab. „Heineken und Beam, richtig?"

„Gutes Gedächtnis", sagte der Mann.

„An wichtige Dinge erinnere ich mich, denn ich habe nicht vor, mir anzugewöhnen, Ihnen die Drinks auszugeben."

Der Mann griff in seine Gesäßtasche, zog eine dünne Lederbörse hervor, entnahm ihr eine Zwanzigdollarnote, legte sie auf den Tresen und sagte: „Frisch gewaschen für meinen zimperlichen Freund."

Jack gab ihm seine Getränke. „Womit sind Sie denn heutzutage unterwegs?", fragte er. Der Mann sah ihm kurz von unten ins Gesicht. „Ich habe doch Ihren Range Rover gesehen", fuhr Jack fort. „Neben der Straße an einem Berghang. Totalschaden. Ich habe dem Deputy die Stelle bezeichnet."

Der Mann kippte seinen Whiskey hinunter. „Ja", meinte er. „Pech gehabt. Ich hatte die Kurve nicht gekriegt. Wahrscheinlich war ich zu schnell. Aber dann habe ich günstig einen gebrauchten Truck gefunden." Er hob sein Bier und trank in einem langen Zug. „War's das?", fragte er. Offensichtlich war ihm an einer Fortsetzung des Gesprächs wenig gelegen.

„Noch nicht ganz", erwiderte Jack. „Es gab da eine Geburt in einem Wohnwagen irgendwo da hinten …"

Mit einem ziemlich heftigen Ruck setzte der Mann das Bier ab und sah Jack wütend an. „So viel also zur ärztlichen Schweigepflicht."

„Die Hebamme ist *meine* Frau. So etwas darf nicht geschehen. Sind wir uns da einig?"

Überrascht riss der Mann die Augen auf und umfasste sein kühles Bier etwas fester.

„Es stimmt, Cowboy. Sie ist meine Frau. Also verstehen wir uns? Ich will nicht, dass sie solche Risiken eingeht."

Der Mann verzog das Gesicht zu einem schiefen Lächeln. Er hob sein Bier und nahm einen weiteren kräftigen Schluck. „Ich bezweifle, dass ich noch einmal in eine solche Situation geraten werde." Jack sah den Mann durchdringend an. „Sie war nicht in Gefahr, aber Sie haben recht. So etwas sollte sie wahrscheinlich wirklich nicht machen."

Sie schwiegen einen Augenblick, dann sagte Jack: „Vielleicht wäre Clear River für Sie ein besserer Ort, um einen Drink zu nehmen."

Der Mann schob das Whiskeyglas über den Tresen. „Ruhiger ist es dort auf jeden Fall."

Jack goss ihm noch einmal nach, nahm dann die zwanzig Dollar, um sie zu wechseln, womit er dem Mann zu verstehen gab, dass er mehr nicht bekommen würde. Dann begab Jack sich ans andere Ende des Tresens und beschäftigte sich damit, ihn abzuwischen und Gläser und Flaschen gerade zu rücken. Er hob den Kopf, als er hörte, wie der Barhocker zurückgeschoben wurde. Der Mann stand auf, drehte sich um und ging langsam aus der Bar, ohne sich noch einmal nach Jack umzudrehen. Jack sah, dass er kein Geld zurückgelassen hatte, und musste unwillkürlich leise kichern.

Dann ging er zum Fenster, um festzustellen, wie der Truck aussah, von dem er gesprochen hatte. Nun, er hatte seinen Standard ein wenig heruntergeschraubt. Ein dunkler Ford, hochgestellt, Scheinwerfer auf dem Dach, getönte Scheiben. Er prägte sich das Kennzeichen ein, wusste aber, dass es wenig nützen würde.

Es dauerte keine Minute, bis die Tür wieder aufging und Mel hereinkam. Ihre Jacke stand offen und ihr Bauch wölbte sich leicht darunter hervor. Sie sah ganz seltsam drein.

„Hast du diesen Kerl gesehen, Mel?", fragte Jack. Sie nickte. „Hat er irgendwas gesagt?"

Sie setzte sich auf einen Hocker. „Hm-mmm. Er hat mich ausgiebig von oben bis unten gemustert und mir dann gratuliert."

„Du wirst doch nicht mit ihm gesprochen haben, hoffe ich."

„Ich habe ihn gefragt, wie es diesem Baby geht. Und er sagte, dass sie alles haben, was sie brauchen."

„Ach Mel ..."

„Dieser Mann hat mir nie Angst eingejagt, Jack. Es mag ja sein, dass es in diesen versteckten Marihuanaplantagen massenhaft furchterregende Typen gibt, aber irgendetwas sagt mir, dass er nicht dazugehört."

11. KAPITEL

Nach zwei Wochen Krankenhaus, zwei Wochen Reha und zwei Wochen bei seiner Mutter bekam Mike Valenzuela allmählich einen klaustrophobischen Koller. Sein Arm war noch immer gelähmt, und er drehte durch, weil ihm die Decke auf den Kopf fiel. Nicht zu erwähnen, dass er noch immer völlig erschüttert war, weil es so lange gedauert hatte, bis sein Kopf wieder klar funktionierte. Nichts machte ihm so viel Angst wie sein Gedächtnisverlust, und nicht mehr in der Lage zu sein, das richtige Wort zu finden oder das richtige Wort zu haben, es aber für falsch zu halten.

Körperlich ging es ihm besser, aber immer noch hatte er Schmerzen. Vor allem in Schulter, Arm, Nacken und Schulterblatt, und nachts konnte es so schlimm werden, dass er nicht schlafen und sich nicht mehr bewegen konnte. Wenn das geschah, schaffte er es kaum aus dem Bett, und das Einzige, das ihm dann noch half, waren ein großer Eisbeutel und eine Schmerztablette. Weitere Schmerzen hingen mit der andauernden Steifheit und Schwäche in der Leistengegend zusammen. Das wurde zwar immer besser, aber wegen dieser linksseitigen Kraftlosigkeit nutzte er einen Stock beim Gehen.

Der Spiegel zeigte ihm einen dünnen ausgelaugten Körper, der einmal durchtrainiert und muskulös gewesen war. Er sah einen leicht gebeugten Mann, dem Leiste und Unterleib schmerzten, wenn er sich aufrichtete. Seinen rechten Arm hielt er schonend vor der Brust angewinkelt, die Hand einwärts gebogen und viel zu steif und schwach, um sie ganz zu öffnen. Sein dichtes schwarzes mexikanisch-amerikanisches Haar, das man ihm an einer Seite des Kopfes abrasiert hatte, um eine Kugel zu entfernen, war noch kaum wieder nachgewachsen. Er sah einen Mann, der im Alter von sechsunddreißig Jahren mit einer hundertprozentigen Behinderung aus dem Polizeidienst in den Ruhestand versetzt wurde. Einen Mann, der im Haus seiner Mutter wohnte, weil er seinen zwei Exfrauen die Häuser überlassen und sein gemietetes Apartment aufgegeben hatte, nachdem er angeschossen worden war.

Es gab da auch noch eine andere kleine Sache, etwas, das nicht sichtbar war: Er hatte immer noch Schwierigkeiten beim Pinkeln, und an eine Erektion konnte er sich kaum noch erinnern. Bei alledem ging ihm dann schon auch einmal durch den Kopf, wie sein ganzes Leben den Bach runterging und er nun hier stand und kaum noch ein Rinnsal zustande brachte.

Mike hatte immer gerne ein hartes Leben geführt. Der Tanz auf dem Vulkan. Die Marines im Kampfeinsatz, der Polizeidienst. Frauen. Jede Menge Männerkram. Gewichtheben, Sport, Poker, Jagen, Angeln. Noch mehr Frauen. Ein Leben im Augenblick. Spaß, Spaß, Spaß. Ah. Sofortige Befriedigung. Er hatte zweimal geheiratet, weil er in der Stimmung dazu gewesen war, aber den Ehefrauen gegenüber fühlte er sich – offensichtlich – nicht sonderlich verpflichtet. Und er hatte viel zu vielen anderen nachgejagt. Mit Sicherheit war das jetzt kein Thema mehr. Vielleicht sind einem ja auch nur so und so viele Erektionen vergönnt, dachte er, und meine habe ich bereits alle verbraucht.

Es war nicht ratsam, eine lange Strecke zu fahren, aber er schaffte es. Sein rechtes Bein war in Ordnung, der linke Arm funktionierte bestens. Die Ärzte waren dagegen, sie dachten eher an weitere Rehamaßnahmen. Aber er war ein Sturkopf, der sich verzweifelt wünschte, das alles hinter sich zu lassen. Er warf die Sachen, die er brauchte, in seinen Jeep und machte sich auf nach Norden. „Bleib, so lange du willst“, hatte Jack gesagt. „Du wirst aber bei uns wohnen müssen. Preacher hat das leere Zimmer in der Bar vergeben. Vielleicht erinnerst du dich an die Frau. Preacher hatte dich wegen ihr angerufen. Sie war in der Bar aufgetaucht, grün und blau geschlagen, auf der Flucht vor ihrem gewalttätigen Mann.“

Mike erinnerte sich, aber nur vage.

Was Mike sich wünschte, war ein Platz, wo er sein konnte, ohne dass sich seine Familie in seine Angelegenheiten einmischte, ihm nicht von der Seite wich und im Nacken saß. Ein Platz, wo ihn seine Freunde von der Polizei nicht permanent anriefen, um zu hören, wie es ihm ging, denn es ging ihm nun mal nicht so besonders. Der Arzt meinte, dass die Funktionsfähigkeit seines Armes irgendwann einmal wieder fast hundert Prozent wiederhergestellt sein könnte, dass es aber lange dauern würde und harte Arbeit bedeute. Die anderen Dinge, das Pinkeln, die Erektion – diese Chosen würden sich entweder spontan wieder einstellen oder auch nicht. Im Moment könne man da gar nichts tun.

Mit Virgin River hatte er schon immer gute Erinnerungen verbunden. Es bedeutete ihm zugleich Zufluchtsort wie Herausforderung. Zweimal im Jahr fuhr er mit den Jungs von der Truppe dort hoch, für eine Woche oder so. Sie campten, gingen jeden Tag angeln, jagten ein bisschen, spielten Poker und tranken die ganze Nacht, lachten sich halb tot, ließen es sich gut gehen. Und was Mike dringend brauchte, war Bewegung für seinen Arm und seine Leiste. Er wollte seinen Körper zurück. Dann könnte er über seine Zukunft nachdenken. Im Augenblick aber sah es so aus, als wären die Dinge, die er sich wünschte, unerreichbar.

Noch vor zwei Monaten war er zuletzt in Virgin River gewesen. Im August ... nicht zu ihrem üblichen Angel/Jagd/Poker-Trip. Jack hatte angerufen und gesagt, dass er jemanden getötet hätte. Ein Verrückter aus den Wäldern hatte Jacks Frau ein Messer an den Hals gehalten und Drogen gefordert. Jack hatte anschließend ein paar Leute zusammengetrommelt, um die Wälder zu durchkämmen. Also hatte Mike bei den Jungs den Rundruf gestartet, und selbstverständlich hatten sie sich alle wegen eines dringenden Notfalls Urlaub genommen und waren schon am nächsten Morgen dort. Wenn einer von ihnen rief, dann kamen alle. In den Wäldern hatten sie letztlich nichts Gefährliches gefunden, außer einem riesigen, grimmigen, stinkenden, wütenden Bären.

Und sie hatten Jack angetroffen, ihren Anführer, der zum ersten Mal in seinem Leben in eine Frau verliebt war. Mel, eine zierliche, atemberaubende, wunderbare Frau. Jack, der immer mit wenig ernsthaftem Interesse und einer Menge überflüssigem

Charme mit den Frauen gespielt hatte und sich nun an eine Frau binden wollte. Inzwischen war Mel seine Frau, und sie war schwanger. Es verblüffte Mike, dass das geschehen konnte. Er vermutete, dass Jack schließlich bei einer Frau gelandet war, die ihm ein Bein stellen und ihn einfangen konnte und die ihn glauben ließ, er wäre auch noch glücklich darüber, gefangen worden zu sein.

Das und die drei Kugeln hatten in Mike ein tiefes Gefühl des Bedauerns ausgelöst. Und die Sehnsucht nach einer anderen Lebensweise. Er hatte das Gefühl, etwas verpasst zu haben.

Also begab er sich mit seiner Kleidung, seinen Waffen, seinen Gewichten, seiner Spule und Angel nach Virgin River, auch wenn er gar nicht sicher war, dass er so weit kommen würde, das alles auch zu benutzen. Er plante, seinen Arm zu trainieren, sich etwas auszuruhen und mittels Preachers Kochkunst wieder etwas Gewicht zuzulegen.

Als er an der Bar vorfuhr, hupte er, und Jack erschien auf der Veranda. Mithilfe seiner Krücke stieg Mike aus dem Geländewagen. Jack riss sich zusammen und behandelte Mike nicht wie einen mitleiderregenden, dünnen, leicht hinkenden Mann, der seinen Arm noch immer nicht gebrauchen konnte. Stattdessen umarmte er ihn wie einen Bruder, wenn auch etwas vorsichtiger als früher, und sagte: „Verdammt, ich freue mich, dass du hier bist."

„Ja", sagte Mike. „Ich auch. Ich werde hart arbeiten müssen, um wieder zu Kräften zu kommen."

„Du wirst es schaffen."

Mel kam heraus, und die Schwangerschaft war ihr jetzt anzusehen. Das neue Leben in ihr machte sie schöner als je zuvor und ließ sie strahlen. Mit einem herzlichen Lächeln hieß sie ihn willkommen und breitete die Arme aus. „Auch ich freue mich, dass du hier bist, Mike", sagte sie. „Ich kann dir bei deinem Arm helfen. Wir werden ihn wiederherstellen."

Mit seinem gesunden Arm drückte er sie an sich. „Ja, das werden wir. Danke."

„Komm herein“, forderte Mel ihn auf. „Da ist jemand, den du noch nicht kennst, auch wenn du ihr geholfen hast.“

Jack ließ Mike die Verandatreppe allein bewältigen, musste aber offensichtlich gegen das Bedürfnis ankämpfen, ihm dabei zu helfen. Als sie im Haus waren, rief Jack nach Preacher, und der große Mann kam aus der Küche, die Schürze noch umgebunden. Er begrüßte Mike mit einem seiner seltenen Lächeln und lief mit ausgebreiteten Armen um den Tresen herum auf ihn zu.

„Oh Mann“, begrüßte ihn Preacher und umarmte ihn. Mehrmals klopfte er ihm dabei kräftig auf den Rücken, was Mike vor Schmerzen zusammenzucken ließ. Dann hielt er ihn ein Stück von sich weg und sah ihn an. „Es ist verdammt schön, dich zu sehen!“

„Okay, super. Aber jetzt mach das nie wieder.“

„Oh Mann, tut mir leid. Immer noch Schmerzen?“

„Ein wenig, ja. Was sehe ich denn da? Trägt mein Prediger etwa Haar?“

„Der Kopf wurde mir kalt.“ Preacher duckte sich scheu. „Alles in Ordnung mit dir? Ich habe dir doch nicht wehgetan, oder?“

„Vielleicht könntest du mir ja mal ein Bier machen. Das würde helfen.“

„Na klar, Kumpel. Kommt sofort. Vielleicht auch etwas zu essen, hm?“

„Erst ein Bier, okay?“

Preacher ging hinter den Tresen und zapfte ein Bier für ihn. Mel und Jack setzten sich neben Mike, und Mel wandte sich ihm zu. „Wie schlimm sind die Schmerzen?“, fragte sie.

Er zuckte die Achseln. „Eigentlich ist das ja alles nur weiches Gewebe“, antwortete er. „Aber es kann wirklich … wirklich hart werden.“

„Was nimmst du dagegen ein?“

„Ich versuche, mit entzündungshemmenden Mitteln auszukommen, vielleicht einmal ein Bier. Aber manchmal geht es einfach nicht mehr anders, dann nehme ich auch mal ein Percodan. Das hasse ich, denn davon wird mir ganz komisch.“

„Du bist auch so schon komisch genug“, frotzelte Jack. „Preacher, lass mich mal mit meinem Mann hier anstoßen.“ Als sein Glas eingeschenkt war, hielt Jack es hoch und sah Mike an. „Auf deine Genesung, Junge. Möge sie schnell und vollkommen sein.“

„Hoffentlich hat Gott dich auch gehört“, meinte Mike und nahm einen langen erfrischenden Zug. „Der Doc meinte, es würde drei Monate dauern, bevor ich anfange, mich wieder besser zu fühlen. Und ich habe erst sechs Wochen hinter mir, aber …“

Und dann kam sie aus der Küche. Mike hätte sich beinahe an seinen eigenen Worten verschluckt. Sie lächelte ihn an und sagte: „Hallo. Sie müssen Mike sein.“ Dann stellte sie sich neben Preacher, der ihr besitzergreifend einen Arm um die Schulter legte, allerdings genau beobachtete, wie Mikes Augen aufleuchteten. Mein Gott, dachte Mike. Preacher hat eine Frau. Und was für eine Frau.

„Ja“, sagte Mike gedehnt. Sie war hinreißend. Weiches hellbraunes Haar fiel ihr in seidigen Wellen auf die Schultern. Ihre Haut wie weicher Satin, die Lippen pfirsichfarben mit einer Linie, einer Narbe in der Unterlippe. Er wusste, woher das kam. Jetzt konnte er sich wieder besser erinnern. Ihre Augen, ein warmes erotisches Grün, gerahmt von dichten dunklen Wimpern und perfekt gebogenen Brauen. Unter Preachers Arm schmiegte sie sich an ihn.

„Es ist einfach nicht zu fassen“, sagte Mike und lachte. „Ihr zwei habt die schönsten, erotischsten Frauen ausgerechnet hier im Hinterwald gefunden. Sollte nicht wenigstens eine von euch in Los Angeles sein?“

„Tatsächlich kommen wir beide aus Los Angeles“, sagte Mel. „Und beide haben wir glücklicherweise den Weg in den Hinterwald gefunden.“

Preacher hat mit Sicherheit keine Ahnung, was er da im Arm hält, dachte Mike. Und wahrscheinlich fühlt er sich im Moment ein wenig bedroht, denn er kennt ja meine leichtfertige Art im Umgang mit Frauen – beinahe jedermanns Frau. Trotz lahmer Hand und Stock. Er weiß ja nicht …

„Na so ein Pech aber auch“, meinte Mike und hob sein Glas. „Also, auf euer Glück. Euch allen.“ Er sah Jack an. „Tut mir leid, *Sarge*, aber ich bin fertig. Diese Fahrt. Es war viel anstrengender, als ich gedacht hatte. Würde es dir etwas ausmachen, wenn ich …?“

„Komm mit“, unterbrach ihn Jack. „Du kannst mir zum Waldhaus raus hinterherfahren, und ich helfe dir dann, dein Gepäck auszuladen. Ruh dich etwas aus, und vielleicht hast du ja später Lust, noch einmal zurückzukommen und Preachers Abendessen zu probieren. Wenn nicht, bringe ich dir etwas mit nach Hause.“

„Danke, mein Freund.“ Er streckte seine gesunde Hand aus, um Preacher die Hand zu schütteln.

Preachers Miene hellte auf. „Schön, dass du hier bist, Mike. Wir werden dich schon wieder aufpäppeln.“

Jeden Morgen trank Mike einen der Proteinshakes, die Mel ihm verabreichte, auch wenn sie gotterbärmlich schmeckten. Dann hob er eine Weile mickrige Gewichte und machte seine Dehnungsübungen. Gegen zehn Uhr vormittags war er in Schweiß gebadet und brauchte eine Dusche und ein Nickerchen. Sich hinzulegen hatte immer denselben Effekt, nämlich Muskelkater und Schmerzen, wenn er wieder aufstand. Er zwang sich hoch, versuchte, die Stellen zu kühlen und wenn möglich gegen drei in der Bar zu sein, um die Schmerzen mit einem Bier dämpfen zu können, bevor er Mel in der Praxis aufsuchte. Sowie er dort eintraf, bearbeitete sie ihn genauso brutal wie irgendein Physiotherapeut. Mit einer Tiefenmassage von Schulter und Oberarm fing sie an, dann ging es los mit den Übungen. Es reichte aus, um ihn wie ein Baby heulen zu lassen.

Mit seinem rechten Arm hob er seitwärts ein Gewicht von einem Pfund und schaffte es nicht einmal auf Schulterhöhe. Dennoch lobte sie ihn dafür, aber es war eine Qual. Keine drei Teller auf einmal konnte Mike aus einem Schrank heben. Er hatte es versucht und dabei zwei davon zerschlagen. Dann war er die ganze Strecke nach Fortuna gefahren, um sie wieder zu ersetzen.

Hin und wieder nahm er auch schon mal seine rechtshändige 9 mm in die Hand, hob sie hoch und versuchte, sie mit ausgestrecktem Arm vor sich zu halten und dabei über das Rohr zu zielen. Keine Chance.

„Ich denke wirklich, wir sollten dich einem Orthopäden vorstellen. An der Küste kann ich einen für dich finden", schlug Mel vor.

„Nein. Keine weiteren Operationen", wehrte er ab.

„So könnte es aber sehr viel länger dauern."

Er fürchtete sich jedoch vor ärztlichen Kunstfehlern ... wenn sie einen aufschnitten, um eine Sache zu reparieren, und dabei etwas anderes verpfuschten. „Was habe ich denn sonst zu tun? Sparen wir den Orthopäden. Ich werde es schon schaffen."

„Hast du noch andere Probleme?", fragte sie ihn. „Der Kopf und die Leiste?"

„Alles bestens", antwortete er, ohne ihr dabei aber in die Augen zu sehen.

Nach fast zwei Wochen in Virgin River und acht Wochen nach seiner OP brachte er immer noch keinen Sit-up zustande. Aber er hatte etwas Gewicht zugelegt, und es fiel ihm leichter, aufrecht zu gehen, also hatten sich die Dinge doch etwas verbessert. Und seine Freunde – Jack, Mel, Preacher, Paige – standen es gemeinsam mit ihm durch und bestärkten ihn bei jeder Bewegung.

An manchen Tagen, wenn die Sonne schien, konnte er zum Virgin rausfahren und den Anglern zusehen. Besonders gern beobachtete er Jack und Preacher beim Auswerfen ihrer Leinen, und noch besser gefiel es ihm, wenn sie den Jungen Rick dabei hatten. Als Kind hatten sie es ihm beigebracht, und jetzt war er ein Meister im Angeln. Die drei zu sehen, Seite an Seite, wenn ihre Leinen sich in perfekten S-Kurven in die Luft hoben, die Fliegen dann mit einer solchen Anmut und Finesse auf dem Fluss landeten und sie ihren Fang einholten. Es war wie ein Ballett.

Früher war Mike selbst einmal ein verdammt guter Angler gewesen. Viele Dinge hatte er ziemlich gut gekonnt.

In einer solchen Stimmung erschien Mike eines Tages etwas

später als sonst in Jacks Bar. Es waren nur ein paar Angler dort, die ihr spätes Mahl an einem Tisch beim Feuer einnahmen. Als Preacher nach der Gutenachtgeschichte wieder nach unten kam, saß Mike am Tresen. Jack verabschiedete sich und überließ es Preacher abzuschließen. Mike bat um einen weiteren Drink. Dann begann er zu murren, wie frustriert er war, mit seinem Arm, den Schmerzen, seiner Unbeholfenheit. Und noch ein paar anderen Dingen.

Preacher goss sich seinen üblichen Schuss Whiskey zum Tagesabschluss ein, blieb hinter dem Tresen und hörte zu, wie Mike sich beklagte. Dabei nickte er von Zeit zu Zeit und sagte: „Ja, Kumpel. Ja."

„Ich kriege die Knarre nicht hoch, ich kriege eine Menge Dinge nicht hoch. Kennst du eigentlich die wahre Bedeutung von ‚Schlappschwanz'?", fragte Mike missmutig. Preacher zog die Augenbrauen hoch, und Mike sah ihm mit glasigen Augen von unten ins Gesicht. „So ist es. Mit dem alten Jungen ist's aus und vorbei. Genauso gut hätte er ihn mir wegschießen können …"

Preacher hob sein Glas. „Du bist der einzige Mann, den ich kenne, der es fertigbringt, sich zu beklagen, dass er ein paar Wochen lang keinen Sex mehr hatte, weil er im Koma lag. Schätze, du hast dir vorgestellt, auch bewusstlos noch eine Frau flachlegen zu können …"

„Das stellst du dir so vor", lallte Mike. „Sehe ich etwa aus, als wäre ich jetzt bewusstlos?"

„Hey Mann, hier gibt es nicht besonders viele Frauen in der Gegend. Gut möglich, dass du einmal eine Zeit lang ohne sie auskommen musst …"

„Wenn du morgens aufwachst, Preacher, was siehst du? Ein hübsches Zelt, hm? Ich sehe nur … das … das weite Flachland."

Preacher runzelte die Stirn. „Hast du heute Abend eine Schmerztablette genommen, Mike?" Keine Antwort. „Mike? Hattest du heute Abend eine Schmerztablette?"

„Weiß nicht."

„Hmm. Bleib sitzen. Rühr dich nicht vom Fleck. Bin gleich wieder da."

Stillsitzen? Vage ging Mike durch den Kopf, dass Bewegung ja wohl kaum eine Alternative war. Wahrscheinlich hatte er nicht einmal bemerkt, dass Preacher weg gewesen war, als der auch schon wieder zurückkam. Noch immer starrte er in sein Getränk und brabbelte auf dem Tresen zusammengesackt vor sich hin. Und als Jack ihm beim Aufstehen half, war anscheinend überhaupt keine Zeit vergangen.

„Komm mit, Mike. So ist's gut. Vergiss den Stock, stütz dich einfach auf mich."

„Was …"

„Ja, heute Nacht wirst du gut schlafen, das steht fest", sagte Jack.

Preacher hielt die Tür auf, während Jack Mike über die Schwelle half. „Es könnte auch mehr als eine Pille gewesen sein, Jack. Ich hatte ihn gefragt, ob er eine Schmerztablette genommen hat, und er wusste es nicht."

„Weißt du, wie viele Drinks es waren?"

„Mehr als sein übliches Limit, das ist mal sicher", sagte Preacher. „Zwei, vielleicht drei."

„Ich habe ihm zwei gegeben", erinnerte sich Jack, während Mike schlaff an ihm hing.

„Ich einen", sagte Preacher. „Sprich mit Mel. Sie wird wissen, ob das etwas ist, worüber man sich Sorgen machen muss."

„Ja, okay. Danke für den Anruf. Ich übernehm die Sache."

Am nächsten Morgen erschien Mike nicht zum Frühstück in der Bar, aber gegen Nachmittag, kurz vor seiner Verabredung mit Mel, tauchte er auf und wirkte ziemlich kleinlaut. Er hatte Preacher angerufen und darum gebeten, ihn mit dem Auto abzuholen, da sein Geländewagen im Ort auf ihn wartete.

„Wie hast du geschlafen?", fragte Preacher, als Mike vorsichtig in seinen Truck stieg.

„Wahrscheinlich gut", antwortete Mike. „Ich kann es dir nicht sagen."

„Du musst bei diesen Schmerztabletten mit Alkohol vorsichtig sein. Ich denke, du hattest vielleicht zwei Pillen eingenommen, dann ein paar Drinks und warst gleich darauf völlig gaga."

„Ja, möglich wär's. Manchmal ist es einfach schrecklich …"

„Und dann ist da noch die Depression", fuhr Preacher fort. „Nach einer größeren Operation sind Depressionen ziemlich normal, wusstest du das? Vor allem bei Herzoperationen oder wenn Gewalt im Spiel war. Bei dir wird es wohl die Gewalt sein, schätze ich mal. Bei drei Kugeln."

„Könnte reichen", sagte Mike ausweichend.

Preacher griff in die Tasche seines Jeanshemds und zog ein zusammengefaltetes Blatt Papier heraus. „Und dann ist da noch die Sache mit dem Morgenzelt …", begann er. „Ich habe all diese Sachen letzte Nacht nachgeschlagen. Erektile Dysfunktion. Kommt häufig vor nach einer größeren Operation, nach Gewaltverbrechen, unter dem Einfluss von Betäubungsmitteln et cetera. Das war eine ganze Liste von Sachen. Abgesehen davon, dass du warten musst, bis es dir wieder besser geht – und das wird es –, solltest du dich auf eine chronische Blaseninfektion untersuchen lassen. Das kommt vor, wenn man im Krankenhaus war und diese Katheterdinger hatte. Mit Mel kannst du darüber sprechen. Kein Problem. Mel erzählt nicht einmal Jack irgendwelche Sachen. Ich habe es für dich ausgedruckt."

Mit spitzen Fingern nahm Mike das Blatt in die Hand und faltete es auseinander. „Jesses, das kann ich dir doch unmöglich erzählt haben …"

„Es wird sich wieder einstellen, denke ich. Wenn nicht, kannst du dir immer noch einen Stab einpflanzen lassen. Aber ich weiß nicht, Mike … ich glaube nicht, dass ich mir einen Stab in den Schwanz setzen lassen würde. Ich glaube, ich würde es erst mal mit Beten versuchen …"

„Ach Scheiße …", sagte Mike.

„Über eine Sache solltest du aber wirklich nachdenken. Nimm etwas gegen deine Depression. Da wird Mel dir was geben können. Und vielleicht sollte sie auch deine Schmerztabletten abzählen. Mann, du warst ein Todeskandidat."

„Preacher, ich schwöre bei Gott, wenn du jemals …"

„Warum sollte ich darüber reden? Nun mach mal halblang, hm?"

Mike sah sich den Ausdruck an. „Wo hast du das Zeug gefunden?"

„Im Computer. Sprich einfach mit Mel. Oder auch mit Doc. Aber ich würde es Mel erzählen, auch wenn sie eine Frau ist. Bei manchen Sachen hat sie viel mehr drauf als Doc. Ich wüsste auch nicht, wie Doc bei den Schaffarmern hier viel von solchen Dingen zu sehen bekommen sollte. Verstehst du?"

„Ich hasse dich im Augenblick so sehr", meinte Mike.

„Ach ja? Du wirst darüber hinwegkommen. Wahrscheinlich sogar schon ziemlich bald, spätestens dann, wenn du das nächste Mal etwas zu essen haben willst."

Er schmollte erst noch ein paar Tage, aber dann brachte Mike während einer Rehasession seine Probleme gegenüber Mel zur Sprache. Sie gab ihm eine Runde Antibiotika gegen eine chronische Blasenentzündung und ein Antidepressivum, das er voraussichtlich nur ein paar Monate lang einnehmen müsste. Aber eher hätte er sich die Zunge abgebissen, als Preacher zu danken. Über solche Dinge reden Männer einfach nicht. Jedenfalls nicht, wenn sie nüchtern sind.

Insgeheim aber fand er es einigermaßen erstaunlich, dass es von Preacher gekommen war.

Eines Nachmittags kam er in der Zeit zwischen Mittag- und Abendessen in die Bar, wo er Preacher mit einem Handtuch um die Schultern auf einem Stuhl sitzend vorfand. Paige hielt eine Schere in der Hand und schnitt ihm die Haare. Mike legte den Kopf zur Seite und sah dem Geschehen zu.

„Ich war früher Kosmetikerin", erklärte sie lächelnd. „Und wenn John sich Haare wachsen lässt, soll es auch ordentlich aussehen. Dafür werde ich sorgen." Als sie dann den Kamm an eine seiner buschigen Augenbrauen setzte, fügte sie hinzu: „Nicht zu erwähnen diese grausigen Dinger. Ich habe noch nie einen Mann gesehen, der so viel Haar hier hatte."

„Er sieht neuerdings besser aus. Das war mir schon aufgefallen", sagte Mike. „Ich dachte mir, dass es an dir liegt."

Preacher wirkte verärgert.

Lachend strich sich Mike mit einer Hand über den eigenen bizarren Schopf. Auf einer Seite war das Haar länger als auf der anderen und immer noch ein wenig dünn über der temporalen Narbe.

„Soll ich dir das nicht etwas ausgleichen? Wo ich doch schon einmal meine Sachen ausgepackt habe?"

„Hey, das wäre fantastisch. Macht es dir auch nichts aus?"

„Es würde mich freuen. John ist hier fertig", sagte sie und schüttelte das Handtuch aus.

„Ist es okay für dich, Preacher, wenn ich mich von deinem Mädchen mit der Schere anfassen lasse?"

Preacher verzog nur ärgerlich das Gesicht und gab den Stuhl frei. Aber er drehte sich zu Paige um und gab ihr einen kleinen väterlichen Kuss auf die Stirn. Nur für den Fall, dass es irgendwelche Fragen geben könnte.

Paige legte eine Hand auf seinen Unterarm und sah bewundernd zu ihm auf. Aber Preacher schien es nicht zu bemerken. Mike fragte sich, ob Preacher auch nur ansatzweise ahnte, was da vor sich ging.

„Ich will einmal nachsehen, ob Christopher schon wach ist", sagte Preacher.

„Danke. Ich bin dann auch gleich in der Küche, um dir zu helfen." Und an Mike gewandt: „Der Nächste?"

Er setzte sich auf den Stuhl, und sie legte ihm das Handtuch um.

„Ah ja. Damit kann ich arbeiten. Tut das hier noch weh?", fragte sie und berührte vorsichtig die Narbe.

„Nein, damit ist alles in Ordnung. Aber das Haar scheint Schwierigkeiten zu haben, dort wieder nachzuwachsen."

„Ich krieg das schon hin. Lass es mich sehr viel kürzer schneiden, dann hat es auf dieser Seite hier die Chance, wieder aufzuholen. Ich verspreche dir, es wird nicht schlimm aussehen. Kürzeres Haar wird dir gut stehen."

„Ja, das meinten sie beim Marinecorps auch. Sie fanden mich irre süß mit meinem *Jarhead, den Kurzhaarschnitt.* Was immer du tust, es ist in Ordnung. Ich weiß es zu schätzen."

„Du musst schreckliche Angst gehabt haben, als das passierte", bemerkte Paige.

„Ich kann mich an nichts erinnern. Der totale Blackout."

„Das ist auch gut so, nehme ich an." Sie schnippelte ein wenig, und schwarzes Haar fiel auf seine Schultern und den Boden. „Ich glaube, ich muss mich bei dir bedanken. Ich weiß, dass John dich wegen mir angerufen hat ... wegen der Situation mit meinem Exmann."

„Jetzt Ex?", fragte er.

„Ja, das ist erst seit Kurzem der Fall. Ich trage nicht einmal mehr den Namen."

„Und ich nehme an, wenn du immer noch hier bist ..."

„Ich liebe es hier. Ich weiß nicht, wann ich mich mehr ... keine Ahnung – normal gefühlt habe. Und Christopher ist so glücklich. Er liebt John so sehr."

„Und wie Preach ... wie John sich fühlt, ist ja ziemlich eindeutig."

„Ist es das?", fragte sie.

Mike lachte. „Okay, er ist nicht der aufdringliche Typ, aber du kannst darauf wetten, dass ich ihn noch nie so erlebt habe. Es ist ziemlich offensichtlich."

Sie nahm den Spiegel vom Tresen und reichte ihn ihm. „Was meinst du?", fragte sie.

„Du bist begabt", sagte er. „Wer aus einem solchen Chaos etwas machen kann, sollte eine eigene Ladenkette haben."

„Nicht in Virgin River, glaube ich." Sie lachte. „Abgesehen davon, arbeite ich so gern mit John zusammen."

Eines Morgens, als er nicht schlafen konnte, hievte Mike sich aus dem Bett, kühlte die Schulter und ging mit seiner 9 mm nach draußen. Er stellte sich auf die Veranda, hielt sie mit seinem linken Arm hoch und spähte über das Rohr.

Jack kam heraus, bereits fertig angekleidet, um in den Ort zu fahren. „Ist das Wild in Gefahr?“, fragte er.

Mike drehte sich um. „Ich glaube, ich sollte mal damit anfangen, die linke Hand zu trainieren. Für den Fall, dass … du verstehst schon. Für den Fall, dass ich die Rechte nicht wieder gebrauchen kann.“

Jack zuckte die Achseln. „Es schadet nie, wenn man weiß, was man kann. Aber ich würde den rechten Arm nicht aufgeben. Noch nicht. Es ist noch nicht so lange her, Mike.“

„Es ist einfach absolut frustrierend, weiter nichts.“ Er steckte die Waffe ins Halfter. „Ist hier irgendwo ein Ort, wo ich schießen kann?“

„Ungefähr dreißig Minuten von hier gibt es einen Schießstand. Kurz hinter Clear River. Ich werde dir eine Wegbeschreibung geben.“

„Du fährst ins Dorf?“, fragte Mike.

„Noch nicht, aber gleich. Ich will jetzt erst einmal Mel aus dem Bett werfen.“

„Dann sehen wir uns dort“, sagte Mike, während er vorsichtig die Stufen hinunterging und in seinen Geländewagen stieg.

Jack sah Mike noch nach, bis er die Lichtung verlassen hatte. Dann zog er seine Stiefel aus und ließ sie auf der Veranda stehen. Im Schlafzimmer entledigte er sich seiner Kleidung bis auf die Boxershorts, schlüpfte neben seiner Frau unter die Decke und nahm sie in die Arme. „Hmm“, machte sie und kuschelte sich an ihn. Sie schnupperte. „Du hast schon Kaffee getrunken.“

„Mel“, flüsterte er. „Wir sind allein.“

Sie schlug die Augen auf, drehte sich zu ihm um, und sogleich fand sie ihren Mund von einem glühenden Kuss verschlossen. Sie brauchte eine Sekunde, bis sie verstand, was er da gesagt hatte, und als es so weit war, erwiderte sie den Kuss. „Bist du sicher?“, fragte sie.

„Ich habe gesehen, wie er wegfuhr", sagte Jack und lächelte sie von oben an. „Du kannst also laut sein, wie du willst."

„So laut bin ich doch gar nicht", erwiderte sie. Dann zog sie an seinen Boxershorts. „Oh-oh. Vielleicht werde ich ja doch ein bisschen laut sein."

„Nur zu, Baby. Das könnte mir auch passieren."

Mike fuhr vor die Bar und parkte, blieb aber im Wagen sitzen. Auf der Veranda saß, zusammengesackt auf einem Stuhl, eine Frau. Sie war groß, trug eine lange Männerhose, Stiefel, die unverschnürt offen standen, ein kariertes Hemd und eine wattierte Weste. Ihr Kopf hing seitlich nach unten, die Arme baumelten über den Armlehnen des Stuhls, und auf den Bohlen der Veranda stand eine leere Flasche.

Er schob die 9mm unter den Sitz und ließ seinen Stock im Wagen zurück. Um die Treppe hinaufsteigen zu können, musste er sich am Geländer der Veranda festhalten. Er ging zu der Frau und legte ihr zwei Finger an die Halsschlagader. Wenigstens lebte sie.

Mike versuchte es an der Eingangstür der Bar, musste aber feststellen, dass sie verriegelt war. Kein Grund, jemanden aufzuwecken. Er ging wieder zurück zu seinem Wagen und zog vom Rücksitz eine Decke, mit der er die Frau zudeckte. Anschließend verbrauchte er ein ganzes Heftchen Streichhölzer, um einen der Gasheizer zu entzünden, die Jack im Winter auf der Veranda bereitstellte. Dann setzte er sich auf einen Stuhl am anderen Ende der Veranda und wartete.

Nach ungefähr fünfzehn Minuten ging ihm allmählich ein Licht auf. Lieber Himmel, manchmal war er ja wirklich blöd. Plötzlich begannen die Teile sich für ihn zusammenzufügen. Tolle Detektivarbeit, Valenzuela, dachte er. Nachts, wenn sie alle im Bett lagen, konnte er hören, wie sie leise miteinander sprachen. Er konnte zwar nicht verstehen, was sie sagten, aber die gedämpften Stimmen ihrer nächtlichen Unterhaltung drangen bis in sein Zimmer. Und wenn er nachts kaum Schlaf finden konnte, sagte Mel am nächsten Morgen meist so etwas wie: „Das war eine schlimme Nacht, nicht wahr? Alles in Ordnung mit dir?“ Jedes Stöhnen, jede Wasserspülung … es war ein einziger großer Raum. Ebenso gut könnten sie zusammen campen.

Und nur weil er keine Erektion mehr bekam, bedeutete das schließlich nicht, dass niemand eine hatte. Jack und Mel brauchten etwas Zeit für sich. Mein Gott, sie waren frisch verheiratet, und Mel war in ihrer Schwangerschaft nicht so weit fortgeschritten, dass sie ein gesundes, befriedigendes Sexualleben nicht genießen könnte. Er nahm sich fest vor, darauf achtzugeben. Sich Beschäftigungen zu suchen, die das Waldhaus entlasten würden. Und sicherzustellen, dass sie es auch erfuhren, wenn er eine ganze Weile nicht zurückkommen würde, um ihnen ein Privatleben zu ermöglichen.

Er könnte sich nach einem anderen Platz umsehen, wo er bleiben könnte und sie nicht mehr stören würde. Aber Jack hatte sich darüber gefreut, dass Mike zu ihm gekommen war. Und Mel war glücklich, ihm bei seiner Rehabilitation helfen zu können. Es wäre besser, einfach feinfühlig Möglichkeiten zu finden, um ihnen hie und da für ein paar Stunden das Haus allein zu überlassen.

Er sah zu der Frau hinüber und fragte sich, wer sie war und was sie hier tat. Diese Flasche könnte aus dem Vorrat der Bar stammen. Hatte Preacher ihr etwa die ganze Flasche gegeben und sie dann weggeschickt, um abschließen zu können? Aber wenn sie schon seit gestern Abend bewusstlos hier läge, wäre sie wahrscheinlich jetzt erfroren. Nachts fielen die Temperaturen ziemlich weit nach unten. Es wurde verdammt kalt. Kalt genug jedenfalls, um sie der Gefahr einer ernsthaften Unterkühlung auszusetzen.

Es dauerte noch dreißig Minuten, bis Jack vorfuhr und seinen Truck neben Mikes Geländewagen stellte. Er stieg aus und runzelte die Stirn. „Was ist das?“, fragte er.

„Ich hatte gehofft, dass du mir das sagen könntest“, antwortete Mike.

„Preacher ist noch nicht auf?"

„Ich weiß nicht. Möglich, dass er hinten in der Küche ist, aber die Tür ist noch verschlossen, und ich wollte das Risiko nicht eingehen, das ganze Haus aufzuwecken, verstehst du?"

„Hey, Kumpel, es tut mir leid. Ich …"

„Jack. Du musst mir nichts erklären. Ich bin derjenige, der versuchen sollte, etwas zu erklären. Manchmal denke ich einfach nicht nach."

„Meine Güte, Mike …"

Mike legte den Kopf zur Seite und lachte plötzlich. „Lieber Himmel! Wirst du etwa rot?", fragte er erstaunt. „Du bist mit der Frau verheiratet, um Gottes willen. Wir haben zusammen herumgehurt, und da hast du nie …"

Dann konnte er fühlen, wie eine kräftige Hand seine gesunde Schulter packte. „Das ist jetzt der Punkt, an dem wir aufhören, darüber zu reden", sagte Jack.

„Lass mich nur noch sagen, dass ihr Glück gehabt habt und ich jetzt sensibilisiert bin. Du und die *comadrona* verdient ein Zusammenleben wie Mann und Frau."

„*Comadrona?*"

Mike lachte. „Die Hebamme. Von nun an werde ich ein besserer Hausgast sein."

„Mach dir deswegen keine Sorgen. Du musst wieder zu Kräften kommen, das ist deine vorrangige Priorität. *Unsere* vorrangige Priorität."

„Da weiß man wirklich, wer seine Freunde sind", meinte Mike lachend. „So, und wer ist das hier?"

„Ihr Name ist Cheryl Chreighton. Ich fürchte, sie ist Alkoholikerin."

„Kommt es öfter vor, dass sie hier zusammenbricht?"

„Nein. Es ist das erste Mal."

„Ist die Flasche aus deiner Bar?"

„Nein. Bei uns bekommt sie nichts. Ich kann nicht sagen, woher sie die Flasche hat. Normalerweise hält sie sich an dieses grässliche *Everclear*. Hier in der Gegend ist das schwer zu finden, denn außer uns gibt es im Ort keine Bar." Mit einer Hand rieb er sich über den Nacken. „Wir sollten sie wohl besser von hier wegbringen."

„Wohin bringst du sie?"

„Nach Hause."

Das Türschloss ging, und die Tür wurde geöffnet. Preacher blieb auf der Schwelle stehen, sah hinaus, peilte die Lage und meinte: „Oh Mist."

„Preacher, hast du schon Kaffee gemacht?", fragte Jack.

„Ja."

„Dann lasst uns einen Kaffee trinken und überlegen, was wir mit ihr machen. So schnell wird sie noch nicht aufwachen." Er bückte sich und hob die leere Flasche auf, um sie wegzuwerfen.

Zwanzig Minuten später kam Mel in die Bar. Sie hatte den Kragen ihrer Jacke um den Hals hochgeschlagen, die Hände in der Tasche, und all das blonde Haar bauschte sich auf ihren Schultern. Mike warf ihr einen anerkennenden Blick zu. Die Liebe hatte ihre Wangen rosig gefärbt, ihre Augen leuchteten heller, ihre Lippen waren pink aufgewölbt. „Jack, Cheryl Chreighton läuft ziemlich wankend mit einer Decke um die Schultern auf der Straße herum. Weißt du etwas darüber?"

„Ja", antwortete er. „Das bedeutet, dass ich sie nicht nach Hause fahren muss. Sie lag besinnungslos auf der Veranda, als wir heute Morgen aufmachten."

„Oh Jack, es muss doch einen Weg geben, dieser Frau irgendwie zu helfen. Mein Gott, sie ist erst dreißig Jahre alt!"

„Wenn dir etwas einfällt, bin ich gerne dabei", meinte er. „Aber, Mel, ihre Eltern versuchen es schon seit Jahren."

„Offensichtlich versuchen sie es nicht mit den richtigen Mitteln." Traurig schüttelte sie den Kopf und verließ die Bar.

Jack war gerade erst mit dem Holzspalten fertig, als Connie sichtlich aufgeregt in der Bar erschien. „Also, sie haben es getan", sagte sie. „Sie sind weggelaufen."

„Ach Mist", meinte Jack. „Wann?"

„Wer weiß?" Sie zuckte die Achseln. „Es könnte mitten in der Nacht gewesen sein. Ich habe nichts gehört. Ron fährt jetzt die Gegend ab. Ich darf gar nicht daran denken, dass ich meine Schwester anrufen muss."

„Nun, dann lass es", sagte Jack. „Gib mir eine Minute. Nimm dir einen Kaffee." Er ging in die Küche, zog die Visitenkarte heraus, die zwischen Telefon und Wand steckte, wählte die Nummer des Sheriff-Departments und bat darum, Henry Depardeau loszuschicken, den für dieses Gebiet zuständigen Deputy. Dann rief er noch die California Highway Patrol an. In beiden Fällen gab er eine Beschreibung von Ricks Truck ab und erklärte, dass Familienangehörige in Virgin River mit dem jungen Paar Kontakt aufnehmen müssten. Dann ging er wieder zu Connie zurück und schenkte sich noch einmal Kaffee nach. „Ich habe versucht, mich da rauszuhalten, Connie. Aber vielleicht hätte ich das nicht tun sollen."

„Warum sagst du das?"

„Nun, Rick hat nur Lydie, und die ist alt und gesundheitlich meist nicht ganz auf der Höhe. Wenn es für Rick jemanden gibt, der ihm dabei hilft, sich zu einem Mann zu entwickeln, und versucht, ihm etwas beizubringen, dann sind das Preacher und ich. Wahrscheinlich nicht gerade die besten Vaterfiguren der Welt, aber das ist alles, was er hat. Wir sollten es mit diesen Kids jetzt besser angehen."

„Versteh doch, Jack, ich mache es so gut ich kann."

„Das weiß ich doch. Aber weißt du auch, warum sie weggelaufen sind? Ich habe da nämlich ein paar Ideen. Eine davon ist, sie wollen das Baby nicht weggeben. An dieser harten Linie festzuhalten, auch wenn es das Sinnvollste zu sein scheint, könnte sie zu weiteren drastischen Maßnahmen verleiten."

„Was sollen sie denn mit einem Baby machen, Jack?"

„Als Rick von dem Baby erfuhr, hat er gesagt, er würde sicherstellen, dass Lizzie keine Angst hätte. Er wird sie beschützen, egal was das bedeutet. Dabei muss er sich gefühlt haben, als würde er einem Exekutionskommando gegenüberstehen. Du verstehst, ein siebzehnjähriger Junge bei der Aussicht, Vater zu werden? Hm? Aber er sagte, er würde Liz beistehen. Preacher und ich waren deswegen verdammt stolz auf ihn. Er versucht, sich in der Sache wie ein Mann zu halten, sich um die Mutter und sein Kind zu kümmern. Und vor uns sollte er sie wirklich nicht beschützen müssen."

„Da stimme ich dir zu, er ist ein guter Junge. Aber trotzdem, Jack ..."

Er zuckte die Schultern. „In ein paar Monaten wird Rick achtzehn. Das ist jung, aber er wäre nicht der jüngste aktenkundige Vater. Dennoch lebt er bei seiner Großmutter und Liz bei euch. Sie können nicht einmal allein zusammen sein."

„Jack, sie sollten sich nicht noch mehr aufeinander einlassen! Sie sind Kinder!"

„Sie haben gemeinsam ein Baby geschaffen, Connie. Glaubst du etwa, du könntest den Schuss aus dieser Waffe wieder zurücklenken? Jeder Tag ist für Liz ein harter Tag, und manchmal braucht sie es einfach, dass die Person, die sie auf ihrer Seite sieht, in die Arme schließt. Es ist nicht gut für sie, zu glauben, keine Liebe in ihrem Leben zu haben, wenn es gleichzeitig jeden Tag in ihr weiterwächst. Sie braucht ihn, Connie."

„Aber Jack, Lizzie ist fünfzehn ..."

Er nickte. „Auch darüber bin ich mir im Klaren. Nun, Connie, ich hoffe, nie etwas über eine Frau zu sagen, das nicht gentlemanlike ist, aber erinnere dich doch mal. Als Rick und Liz sich kennenlernten, war sie erst vierzehn. Vierzehn, und schien schon auf die einundzwanzig zuzugehen. Zwei Kinder mit den Körpern von Erwachsenen und dem Bewusstsein Heranwachsender. Ich weiß nicht, wie du das siehst, aber ich halte es für besser, wenn sie noch nicht gleich jetzt heiraten. Und als jemand, der in einer ähnlichen Position ist wie Rick – niemand würde mir mein Baby nehmen können. Nicht einmal mit vorgehaltenem Messer."

Sie sah zu Boden und schüttelte den Kopf. „Ich hatte selbst

nie Kinder", sagte sie. „Meine Schwester hätte mir das nicht anhängen dürfen. Sie meinte, ich solle aufpassen, dass ihre Beziehung nicht noch ernster wird, und dafür sorgen, dass das Baby von Leuten adoptiert wird, die ihm ein gutes Zuhause bieten können."

„Da hast du recht. Sie hätte dir das nicht antun dürfen. Aber ich bin froh, dass sie es getan hat, denn es klingt nicht so, als hätte deine Schwester die Weisheit und Geduld dazu. Dich kenne ich nun schon geraume Zeit. Ich weiß, du wirst damit fertig. Vielleicht wäre es auch besser, wenn du einmal beginnst, nach deinen eigenen und nicht nach den Regeln anderer zu spielen. Letztendlich lebt Liz unter deinem Dach."

„Ich weiß nicht, was richtig und was falsch ist ..."

„Natürlich weißt du das. Sie sind ein Paar, Liz und Rick. Unglücklicherweise sind sie viel zu früh dazu gekommen, und wir wissen nicht, ob es von Dauer sein wird, aber im Augenblick sind sie es. Sie sollten sich auf das Baby vorbereiten, denn ich kann dir sagen, dieses Baby wird kommen, unabhängig davon, wozu sie sich letztlich entschließen werden. Und selbst wenn man Liz dazu zwingen könnte, ihren Sohn wegzugeben, Rick wird es nicht fertigbringen. Vielleicht sollten wir uns einmal zusammensetzen und schauen, wie wir ihnen dabei helfen können, Eltern zu sein und die Schule abzuschließen, denn Eltern werden sie. Das ist das Einzige, was im Augenblick sicher ist, egal wie wir uns verhalten. Ebenso gut können wir ihnen auch etwas Unterstützung anbieten."

„Ich werde mich nicht in Vollzeit um ein Baby kümmern", wandte sie ein. „Ich glaube nicht, dass ich das gesundheitlich schaffe."

„Hier gibt es jede Menge Hilfe, Connie. Preacher und ich – wir würden alles für Rick tun. Ich glaube, auch Mel und Paige fallen unter diese Kategorie. Anstatt ihnen zu sagen, was sie tun müssen, sollten wir lieber einmal damit beginnen, sie zu fragen, was sie brauchen." Er zuckte die Achseln. „Connie, wenn diese Kids sich im Augenblick gegenseitig brauchen, ist es an der Zeit, sich zurückzuhalten. Mehr als schwanger kann sie nicht werden. Das könnte sie davon abhalten, zu heiraten, bevor sie alt genug sind zu wählen." Er trank einen Schluck Kaffee. „Es sei denn, wir sind bereits zu spät damit."

Das Telefon klingelte, und Jack ging in die Küche. Sekunden später war er wieder zurück. „Wir haben sie. Henry Depardeau hält sie auf der 99 bei einem Reifenwechsel hin. Ich werde sie abholen, wenn du so lange ein Auge auf die Bar hältst, bis Preacher rauskommt. Okay?"

Jack musste nur fünfzehn Minuten den Highway runterfahren, bis er den Wagen des Sheriffs entdeckte und gleich darauf den kleinen weißen Truck. Er stellte sich davor und stieg aus. Rick hatte bereits den alten Reifen abgenommen und den neuen aufgesetzt. In dem Moment, als Liz Jack entdeckte, schlug sie die Hände vors Gesicht und fing an zu weinen.

Rick legte ihr einen Arm um die Schultern, und sie barg ihr Gesicht an seiner Brust. Jack trat hinter sie und zog sie mit kräftigen Händen an ihren Oberarmen von Rick weg und in seine Umarmung. „Liz, Schätzchen, ich will, dass du aufhörst zu weinen. Alles wird gut werden. Geh, setz dich in meinen Truck und lass uns hier diesen Reifen montieren. Mach schon, es ist alles in Ordnung."

Rick hielt den Radmutternschlüssel in der Hand und sah Jack an. „Bist du jetzt sauer?", fragte er.

„Nee. Was ist passiert?"

Rick setzte den Schlüssel auf eine der Schrauben und drehte ihn in einer ruckartigen, wütenden Bewegung. Nicht zum ersten Mal bemerkte Jack, welche Kraft der Junge hatte. „Lizzie ist an eine Grenze gestoßen. Die totale Panik. Hysterie. Sie hat Angst, das Baby zu verlieren. Mich zu verlieren."

„Mist", sagte Jack. „Da wirst du das Gefühl gehabt haben, etwas dagegen unternehmen zu müssen."

„Ja, ich habe es versucht." Er zog eine weitere Schraube fest. „Ich dachte, wenn ich mit ihr irgendwohin fahre ... Oregon. Sie heirate. Dass sie sich dann wieder beruhigt. Irgendwie geht sie mir immer mehr unter die Haut, Jack. Ich kann nicht zulassen, dass sie so völlig durcheinandergerät. Da mache ich mir einfach Sorgen." Noch einmal setzte er den Radmutternschlüssel an. „Ich sollte so oft wie möglich mit ihr zusammen sein und versuchen, sie zu beruhigen."

„Da hast du recht. Aber du kannst nicht weglaufen. Fahr sie nach Hause und setz dich mit Connie zusammen. Sage Connie, dass du jetzt das Steuer übernehmen musst. Du musst dich um dein Mädchen kümmern, um dein Baby. Ich denke, dass sie dir vielleicht zuhören wird. Ich habe mit ihr geredet."

„Ja?"

Jack hängte die Daumen an seinen Gürtel und sah nach unten. „Rick, ich weiß, du versuchst zu verhindern, dass alles außer Kontrolle gerät. Du musst einen klaren Kopf bewahren, mein Freund. Bevor du aber so etwas Verrücktes anstellst, wie wegzulaufen und ein fünfzehnjähriges Mädchen zu heiraten, sprich mit mir. Wirst du das machen, bitte? Wir beide können doch weiter vernünftig miteinander umgehen."

„Manchmal scheint das unmöglich zu sein", sagte Rick und zog die letzte Schraube fest.

„Ich weiß, Rick. Aber …"

„Ich will dieses Baby", erklärte er schlicht.

„Das würde ich auch wollen", gab Jack zu. „Wir wollen uns darauf konzentrieren, eine möglichst gute Lösung zu finden. Ich bin in deinem Team, Rick."

„Ich weiß wirklich nicht, wie das sein könnte, denn schließlich habe ich vorher nicht unbedingt auf dich gehört."

„Das habe ich nie so gesehen, und das weißt du längst. Du bist nicht der *Lone Ranger* in diesem Schlamassel. Okay?"

„Ich wollte immer nur, dass ihr beide stolz auf mich seid", sagte Rick.

Jack packte den Jungen am Oberarm und schüttelte ihn leicht. „Dass du mir nie etwas anderes glaubst. Das Einzige, was mich noch stolzer machen könnte, wäre, dich als Sohn zu haben."

12. KAPITEL

Nur vier Angler standen im Fluss, die ganz zähen Kämpfer. Das Wetter war kalt und regnerisch, der Lachs hatte seine Wanderung in dieser Saison beinahe abgeschlossen, auf den höheren Bergen fiel bereits der Schnee, und Weihnachten stand kurz vor der Tür.

Preacher holte seinen dritten Tagesfang ein – ein Fisch von beachtlicher Größe – und begann mit gesenktem Kopf aus dem Fluss zu steigen. Langsam wurde es lächerlich. Zwar war es nicht so, als würden Jack und Preacher sich sehr oft lange unterhalten, aber dieses verdrießliche, geistesabwesende Schweigen nahm allmählich überhand. Irgendwie hing Preacher in den Seilen.

Kopfschüttelnd ging Jack ihm nach. „Hey, Preacher", rief er. „Warte." Jack holte ihn ein. „Für heute Abend haben wir doch genug Fisch zu säubern?"

Preacher nickte und wandte sich ab, wobei er weiter auf den Truck zuging. Jack griff nach dem Ärmel seiner Regenjacke. „Preacher. Ich muss dich etwas fragen. Was zum Teufel macht dir zu schaffen?"

„Was meinst du damit?", fragte er und runzelte die Stirn.

Frustriert schüttelte Jack den Kopf. „Du hast diese wunderbare kleine Familie unter deinem Dach. Passt auf sie auf wie ein Papa Bär. Das Kind bewundert dich. Du hast eine süße, kuschelige Schönheit, mit der du jede Nacht ins Bett hüpfen kannst, und du bist *deprimiert*. Ich meine, du bist ganz offensichtlich deprimiert!"

„Ich bin nicht deprimiert", wehrte Preacher etwas kleinlaut ab. „Und ich bin mit niemandem ins Bett gehüpft."

„Was?", fragte Jack verwirrt. „Was meinst du?"

„Du hast mich schon richtig verstanden. Ich habe sie nicht angefasst."

„Hat sie Probleme? Vielleicht hat es ja mit diesem gewalttätigen Ex zu tun oder so?"

„Nein", antwortete Preacher. „Ich habe Probleme."

Jack lachte. „Ach ja? Du willst sie nicht? Weil sie …"

„Ich weiß nicht, was ich tun soll", platzte Preacher heraus und wandte den Blick ab.

„Natürlich weißt du das, Preacher. Du ziehst dich aus, dann zieht sie sich aus …"

Preachers Kopf fuhr wieder herum. „Ich weiß schon, wie es geht. Aber ich bin mir nicht sicher, dass sie bereits so weit ist …"

„Preacher, mein Junge, hast du denn keine Augen im Kopf? Sie sieht dich an, als würde sie dich am liebsten …"

„Mein Gott, sie jagt mir eine *Todesangst* ein! Ich habe Angst, ihr wehzutun." Niedergeschlagen schüttelte er den Kopf. Zum Teufel, was soll's, dachte er. Jack ist mein bester Freund. Wenn ich es Jack nicht erzählen kann, werde ich es niemandem erzählen können. Aber er warnte ihn: „Lass davon auch nur einen Ton verlauten, und ich schwöre bei Gott, ich werde dich umbringen."

Jack lachte nur über ihn. „Warum sollte ich das jemandem erzählen? Preacher, du wirst ihr nicht wehtun."

„Und was, wenn doch? Sie hat so viel hinter sich. Sie ist so weich. So klein. Und ich bin … verflucht, ich bin nur eine riesige, tolpatschige Fahnenstange."

„Nein, das bist du nicht", beruhigte ihn Jack und lachte wieder. „Preacher, dir gehen nicht einmal die Eidotter kaputt. Du bist … also ja, du bist groß. Das steht fest." Er kicherte. „Wahrscheinlich bist du überall groß", fuhr er fort und schüttelte den Kopf. „Glaube mir, dagegen haben Frauen gar nichts."

Preacher hob das Kinn und runzelte die Stirn, unsicher, ob er sich nun gerade ein Kompliment oder eine Beleidigung eingefangen hatte.

„Hör auf mich, Kumpel, du hast die Probleme nicht, die du zu haben glaubst. Du musst dir selbst vertrauen."

„Das ist es ja gerade. Das tu ich nicht. Ich habe Angst, dass ich den Verstand verliere und etwas mache, das … Ich habe Angst, sie mitten entzweizubrechen." Er sah auf seine Hand hinunter und spreizte die Finger. „Was, wenn sie wegen mir einen blauen Fleck bekommt? Ich würde sterben."

„Also gut, jetzt hör zu. Du wirst Folgendes tun. Du wirst Paige sagen, was dich bedrückt. Okay? Dass du sie nicht angefasst hast, weil du fürchtest, deine eigene Kraft nicht zu kennen und deshalb vielleicht zu rau mit ihr umgehen könntest. Und dass du das nicht willst. Sie wird dir helfen, Preacher. Sie wird dich da durchführen. Verdammt, die Frau will dich so sehr, dass es schon beunruhigend ist." Er schüttelte den Kopf. „Mann, wie sie dich ansieht. Ich dachte, du hättest sie seit zwei Wochen nicht mehr schlafen lassen!"

„Ich glaube nicht, dass einer von uns schläft ..."

„Also, zum Teufel ... wie könntet ihr das auch? Du musst dir das Problem vom Hals schaffen!" Und gleich darauf dachte Jack, dass er es nachempfinden konnte. Seit Wochen hatte er jetzt einen Gast in diesem Waldhaus mit den papierdünnen Wänden. Es war ein einziges *Catch-as-catch-can* in diesem Haus, und auch wenn er ein Mann war, der einen gelegentlichen Quickie zu schätzen wusste, so war das als Dauerdiät alles andere als befriedigend. Er würde alles dafür geben, einmal wieder eine lange, langsame Nacht mit Mel allein verbringen zu können. Fast war er schon selbst dabei, den Verstand zu verlieren. Das Haus, das er bauen wollte, würde jedenfalls schallisoliert sein.

„Es gab nicht ... ich war noch nicht mit vielen Frauen zusammen", unterbrach Preacher seine Gedanken. „Das waren bestimmt nicht mal ein Zehntel so viele wie bei dir."

„Das ist gut, eine gute Sache. Du bist ein Mann, der es ernst meint. Dafür wirst du Punkte sammeln! Du musst nur bereit sein ... mein Gott, ich kann es nicht fassen, dass ich das tue." Finster runzelte Preacher die Stirn. Eine Sekunde lang dachte Jack, wenn er mich schlägt, werde ich ihn nicht noch einmal davonkommen lassen. „Okay, also hör zu. Du musst einfach nur bereit sein, auf die kleinen Dinge zu achten. Die Details, Preacher. Ihre Laute, verstehst du, wenn du sie berührst. Sag ihr, sie soll dir zeigen, was ... arghh." Er knurrte frustriert, dann zwang er sich dazu weiterzureden. „Also gut, bitte sie, dir zu zeigen, was sie mag. Und frage sie: Ist das in Ordnung? Höre auf sie. Je nachdem, welche Laute sie macht, wirst du wissen, ob du an der richtigen Stelle bist. Sag ihr, sie soll deine Hand dahin führen, wo sie sie haben will. Sie soll dir zeigen, wo sie von dir berührt werden will. *Wie* sie die Berührung gerne hätte. Es ist ziemlich einfach. Du willst doch nur, dass sie sich gut fühlt."

„Aaahh, Mann", stöhnte Preacher hilflos.

„Verflucht, ich schätze mal, irgendjemand muss es dir sagen. Soll ich dir einen Film raussuchen oder so etwas?"

„Nein! Um Himmels willen!"

„Ist vielleicht auch besser so. In diesen Filmen machen sie es auch nicht so besonders gut. Du wirst besser damit fahren, wenn du einfach zugibst, dass du unsicher bist und willst, dass es gut wird. Man führt sich gegenseitig, Preach. Das ist das Beste."

„Ich hatte noch nie … du weißt schon."

„Eine Frau, die du geliebt hast", vollendete Jack seinen Satz. Es war keine Frage.

„Ja", sagte Preacher und ließ den Kopf hängen. „Mein Gott. Es war mir vorher nie so wichtig. Ich schätze, deswegen müsste ich mir auch noch total mies vorkommen … Aber …"

„Reiß dich zusammen, Preacher. Du bist nicht rau. Du bist sanft, aber du bist stark. Das ist eine fantastische Kombination, glaube mir. Alles, woran du wirklich denken musst, ist, dass sie an erster Stelle kommt." Preacher legte die Stirn in Falten. „Nun komm schon, Mann, du verstehst, was ich meine. Du hältst dich so lange zurück, bis du dir sicher sein kannst, dass sie befriedigt ist. Dann bist du frei und unbeschwert. Das ist der beste Ratschlag, den ich dir geben kann. Und du solltest nicht länger warten. Ich habe das Gefühl, du hast es jetzt schon viel zu lange hinausgeschoben."

„Wenn du irgendjemandem davon erzählst, ich schwöre bei Gott …"

„Ich weiß. Du wirst mich umbringen. Vergiss es, Preacher. Du solltest lieber auf der Stelle etwas daran ändern. Ich meine, Herrgott, Mann, wundert es dich überhaupt nicht, dass sie noch immer hier herumhängt? Die Frau wartet auf dich, und du solltest deinen Job erledigen. So, und jetzt komm, lass uns mal die Fische sauber machen." Jack warf Angel und Fang hinten auf Preachers Truck. Verdammt, dachte er. Der arme Kerl. Die arme *Frau!*

Als Mike in die Bar kam, war dort niemand. Nun, an regnerischen Nachmittagen war es öfter einmal ziemlich leer hier. Ihm war es recht. Er wollte nur ein Bier, um dem Schmerz in Schulter und Nacken die Spitze zu nehmen. Es war schon erstaunlich, wie heftig er manchmal wurde, und bei Regen und Kälte war es regelmäßig schlimmer als sonst.

Das Feuer war dabei auszugehen, also ging er zum Kamin, lehnte seine Krücke an die Wand und entfernte das Schutzgitter. Mit der linken Hand nahm er den Feuerhaken, stocherte ein wenig in der Glut herum, bis eine Flamme aufstieg, und griff nach einem Holzscheit, das er ins Feuer legte. Dann noch ein weiteres. Dabei hielt er den rechten Arm immer schonend vor der Körpermitte.

Er sah auf die Uhr. Es war drei. Ein Bier könnte er sich auch selbst zapfen. Jack und Preacher würden nichts dagegen haben. Aber er ging nach hinten in die Küche, wo er Paige vorfand, die mit dem Rücken zu ihm stand und gerade einen dicken Batzen Teig knetete. „Hey", begrüßte er sie.

Sie drehte sich zu ihm um, und genauso schnell wandte sie sich wieder ab. Da waren Tränen in ihrem Gesicht. Er runzelte die Stirn. Was war das? Ärger im Paradies? „Hey", wiederholte er, stellte sich hinter sie und drückte ihren Oberarm mit der linken Hand. „Was ist los?"

„Nichts", antwortete sie schniefend.

Er drehte sie zu sich um und sah in ihr hübsches Gesicht. Dieser verdammte Preacher, dachte er zum hundertsten Mal. Ich wette, er hat überhaupt keine Ahnung, was er hier hat. „Das ist doch nicht nichts", sagte er und wischte ihr eine Träne von der Wange.

„Ich kann nicht darüber reden", sagte sie.

„Natürlich kannst du das. Wie es aussieht, solltest du das auch besser tun. Du bist ja völlig aufgelöst."

„Ich werde schon damit fertig."
„Hat Preacher dich irgendwie verletzt?"
Sofort fing sie wieder an zu weinen, beugte sich vor und ließ ihren Kopf an seine Brust fallen. Er legte einen Arm um sie und sagte: „Hey, hey, hey. Ist ja alles in Ordnung."
„Nichts ist in Ordnung", erwiderte sie schluchzend. „Ich weiß nicht, was ich falsch mache."
„Vielleicht kann ich dir helfen, wenn du mir sagst, was los ist. Du wirst beeindruckt sein von meiner kostenfreien Beratung."
„Es ist nur, dass … ich ihn so gern habe. Aber er findet mich einfach nicht …"
Mike hob ihr das Kinn. „Was, Paige?"
„Er findet mich nicht attraktiv."
„Blödsinn."
„Begehrenswert."
„Paige, das ist Unsinn. So wie er dich ansieht. Er verschlingt dich doch mit seinen Blicken. Er ist völlig verrückt nach dir."
„Er will mich einfach nicht berühren", sagte sie, und eine dicke Träne löste sich aus ihren Augen.
Das hätte Mike fast umgeworfen. „Unmöglich."
Sie nickte mitleiderregend.
„Oh Mann", sagte Mike. Wie jeder andere hatte er geglaubt, dass die beiden es nächtelang trieben. Die Art, wie sie sich gegenseitig ansahen, als könnten sie es gar nicht erwarten, dass alle gingen und sie wieder allein wären, um damit fortfahren zu können. Diese süßen kleinen Küsse auf Stirn und Wangen. Wie sie sich berührten – vorsichtig, denn niemand sollte die Funken fliegen sehen, aber die Funken flogen in der ganzen Bar herum! Die erotische Spannung war elektrisierend. „Oh Mann", wiederholte er. Er drückte sie ein wenig. „Paige, er will dich. Er will dich so sehr, das zeigt sich an allem."
„Und warum dann?"
„Ich weiß es nicht, Liebes. Preacher ist seltsam. Mit Frauen konnte er noch nie so gut umgehen, verstehst du? Während unserer Dienstzeit hatten wir es alle geschafft, irgendwo eine Frau

zu finden. Auf diese Art habe ich zwei Ehen zerstört. Nicht so Preacher. Bei ihm kam es selten vor, dass …“ Er unterbrach sich und versuchte, sich zu erinnern. Hatte es da überhaupt Frauen gegeben? Er war sich nicht sicher. Allerdings wusste er, dass Preacher niemals fest mit einem Mädchen zusammen war. Er glaubte zwar, sich an die eine oder andere Frau zu erinnern, aber schließlich war es ja auch nicht so, dass er auf Preachers Liebesleben fokussiert gewesen wäre. Dafür war er viel zu sehr mit seinem eigenen beschäftigt. Vielleicht mangelte es ihm an sexueller Selbstsicherheit, überlegte Mike. Es musste ihm schwerfallen, eine Frau sexuell anzumachen, die er unbedingt für sich gewinnen wollte.

„Ich wette, er hat Angst“, hörte Mike sich selbst sagen.

„Wie sollte das möglich sein? Ich habe mich ihm praktisch an den Hals geworfen! Er weiß, dass er nicht auf Ablehnung stoßen wird!“ Sie senkte die Augen und sprach flüsternd weiter. „Er muss doch wissen, wie sehr ich …“

„Oh Junge“, sagte Mike. „Ich wette, es ist gar nicht mal die Angst davor, abgelehnt zu werden. Ach, Paige, Preacher ist so scheu, manchmal ist es schon regelrecht lächerlich. Aber ich verspreche dir, Paige, ich kenne den Mann jetzt schon eine lange Zeit …“

„Er hat mir gesagt, dass er dir sein Leben anvertrauen würde. Dass er …“

„Ja, es stimmt, wir haben ein solches Verhältnis. Aber Männer sind seltsam. Sie können sich gegenseitig ihr Leben anvertrauen und trotzdem nie über etwas Persönliches miteinander reden, verstehst du? Manchmal scheint mir Preacher ein wenig naiv zu sein, was die Dinge des Lebens angeht.“ Dann erinnerte er sich an ihr Gespräch über Depression et cetera, das noch gar nicht so lange zurücklag, und er fügte hinzu: „Und manchmal lässt er den Grand Canyon flach aussehen.“ Er schüttelte den Kopf. „Preacher kann einem Rätsel aufgeben. In ihm steckt mehr als … Du hast ihn wirklich gern?“

„Ja.“

„Dann habe nur Geduld. Er wird schon die Kurve kriegen. Paige, es ist offensichtlich. Auch er mag dich sehr. Dich und Christopher. Ich habe ihn noch nie mit irgendjemand anders so erlebt.“

„Vielleicht will er sich ja auch nur vergewissern, dass ich nicht bloß ...“

Mike schüttelte den Kopf. „Er will sich seiner selbst sicher sein, Paige. Preacher ist wirklich vorsichtig. Ich könnte mir denken, dass der Mann eine wahnsinnige Angst davor hat, dich zu enttäuschen. Darauf würde ich wetten.“

„Das könnte er niemals“, sagte sie, und wieder fiel eine Träne.

Mike wischte sie weg. „Du musst mir da einfach vertrauen. Er ist ein Nervenbündel. Im Kampf, im Krieg ist er wirklich gut, und wer hätte geglaubt, dass er sich als so ein guter Koch erweisen würde, hm? Aber mit Frauen? Paige, er war nie ein Frauenheld. Ich weiß nichts von irgendwelchen Frauen. Er war nie der Typ dazu. Nie so ein streunender Kater wie manch einer von uns andern.“

„Das ist eins von den Dingen, die mir am besten gefallen“, flüsterte sie.

Mike lächelte. „Du gibst ihm noch etwas Zeit, hm?“

Sie nickte, ein schwaches Lächeln auf den Lippen.

Mike gab ihr einen brüderlichen Kuss auf die Stirn. „Das wird schon.“

„Glaubst du?“

„Oh ja. Bleib nur am Ball. Gib ihn nicht auf.“ Dieser verdammte Schweinepriester, dachte Mike. Die Frau betete ihn an. Sie wünschte sich nichts mehr, als ihn die ganze Nacht lang glücklich zu machen. „Geh, wasch dir dein Gesicht. Ich werde mir ein Bier zapfen.“ Er drückte ihr noch einmal die Schulter, und als sie sich von ihm wegdrehte, stand Preacher mit seinem Fang in der Hintertür.

Um ihre Tränen vor ihm zu verbergen, huschte Paige mit gesenktem Kopf an Preacher vorbei. Finsteren Blickes wandte dieser sich an Mike: „Brauchst du was?“

„Ich brauche ein Bier, bevor ich zu Doc rübergehe und mich von Mel foltern lasse. Soll ich es mir gleich selbst nehmen?"

„Bedien dich", antwortete Preacher und warf seine Fische in das große Waschbecken.

Gleich nach ihm kam Jack herein. „Hey Mike. Wie geht es dir heute?" Er warf seinen Fang auf Preachers.

Mit der linken Hand rieb sich Mike über den rechten Oberarm. „Jeden Tag ein wenig besser. Soll ich mit anfassen? Eine Hand habe ich immerhin."

„Nee, aber wenn du dein Bier hier hinten trinken willst, während wir den Fisch säubern, bist du willkommen."

Preacher machte eine gefüllte Forelle, die einfach umwerfend gut war. Es war ganz schön aufwendig. Der Fisch wurde filetiert, mit einer köstlichen Getreidemischung gefüllt, dann wieder in die Forellenhaut geschlagen und unter den Bratrost geschoben. Eins von Paiges Lieblingsgerichten. Er servierte es mit einem Spinatsoufflé, warmer Pasta in weißer Knoblauchsauce und Brot. Es tat ihm gut, ein arbeitsintensives Gericht zu kochen, das lenkte ihn von anderen Dingen ab.

Er hatte gesehen, wie sie an Mike lehnte; hatte gesehen, wie Mike sie auf die Stirn geküsst hatte, wie er sie anlächelte und ihr etwas zuflüsterte. Nun, er wäre nicht überrascht, wenn sie sich in Mike verknallen würde. Mike war sexy, er war der romantische Typ, selbst dann noch, wenn er ein wenig angeschrammt war. Immer erfolgreich im Umwerben von Frauen. Er hatte mehr Frauen gehabt, als er verdiente. Wenn es also so kommen sollte – Preacher wäre nicht überrascht. Von Anfang an hatte er geglaubt, dass Paige in ihm nur einen wahren Freund sah, einen Mann, der sie vor der Welt beschützen konnte. Und diese ganzen Sachen, dieses süße Lächeln, die Umarmungen … sie war wahrscheinlich einfach nur bereit. Und Punkt. Bereit, aber nicht notwendigerweise für Preacher.

Jetzt war es ihm unendlich peinlich, dass er Jack das alles erzählt hatte.

Sie hatte das Brot gebacken. „Es ist dir gut gelungen, Paige", lobte er sie.

„Ich habe es genauso gemacht, wie du gesagt hast", meinte sie. „Alles in Ordnung mit dir?"

„Ich glaube, ich habe mir im Regen eine verstopfte Nase geholt", log er. „Es war heute so kalt da draußen."

„Hast du etwas eingenommen dagegen?"

„Nein, schon in Ordnung."

„Warum soll ich dir nicht etwas holen? Aspirin oder sonst etwas."

„Nee, vergiss es. Ich werd schon wieder."

Wie so oft an regnerischen Abenden erschienen nur wenige Leute zum Essen. Jack saß mit Mel, Doc Mullins und Mike an einem Tisch, während Paige mit Christopher vor dem Tresen saß und Preacher von der anderen Seite her Christopher zuredete, doch noch ein wenig mehr zu essen. Noch vor sieben Uhr hatten alle ihr Mahl beendet, und Jack sammelte bereits die Teller ein. Mel ging mit ihm nach hinten in die Küche, wo sie anfingen abzuwaschen.

„Hey Mann", sagte Preacher. „Lass mich das machen."

„Wir sind hier schon fast fertig. Dann seid ihr uns los."

„Keine Eile, Mann. Ich muss noch den Boden wischen."

„Das könnte ich auch übernehmen", bot Jack sich an.

„Mach dir keinen Kopf deswegen."

Zehn Minuten später hielt Jack für Mel den Mantel hin. Mullins schob sich durch die Tür, und Paige ging mit Christopher nach oben, um ihn zu baden.

„Kommst du auch, Mike?", fragte Jack.

„Ja, in einer Minute bin ich unterwegs."

„Dass du mir nicht die Gastfreundschaft überstrapazierst", riet ihm Jack.

„Ich fahre euch gleich hinterher."

Als alle weg waren, stellte Mike sich an den Tresen. Preacher begann, Stühle auf die Tische zu stellen, um putzen zu können. Aber Mike meinte: „Hey Preacher, willst du nicht mal einen Augenblick herkommen, Kumpel?"

Zögernd stellte Preacher sich hinter den Tresen. Sag es mir jetzt nicht, flehte er innerlich. Erzähl mir nichts von dir und Paige. Ich will es nicht hören. Lass es einfach geschehen, und ich werde damit leben. Ich werde einen Weg finden, damit fertig zu werden. Ich hatte sowieso nie wirklich geglaubt, bei ihr eine Chance zu haben.

„Trink einen mit mir. Einen Kurzen. Heute ohne Schmerztabletten, ich schwöre es."

Preacher holte zwei Gläser heraus und gab in beide einen Schuss Whiskey.

„Ich werde dir jetzt etwas erzählen, und du wirst dich so verhalten, als hättest du es nie gehört. Hast du mich verstanden?"

„Klar", antwortete Preacher und kippte seinen Schuss weg, um sich Mut zu machen.

„Ich habe dein Mädchen heute dabei überrascht, als sie weinte."

In Preachers Gesicht stand der Schock.

„Das stimmt, alter Junge. Sie wird aus dir nicht schlau. Ich glaube, sie liebt dich, Preacher. Sie wartet. Sie braucht etwas Aufmerksamkeit. Kannst du mir folgen?"

Preacher nickte ernst. Mit Mike wollte er nicht darüber reden.

„Sie denkt, du findest sie nicht attraktiv, nicht begehrenswert."

„Ach, das ist doch Mist", sagte Preacher und schenkte sich einen Schuss nach.

„Ich sag's dir. Da gibt es keine Entschuldigungen für dich, Partner. Wenn du nicht auf sie zugehst, wird sie glauben, dass du sie nicht willst, sie nicht gern hast. Ich fände es schrecklich, wenn sie das glauben würde, denn wenn ich euch beide so ansehe – euch drei –, dann denke ich, dass es wirklich eine saublöde Schande wäre, wenn ihr drei euch verliert, nur weil du so ein Idiot bist. Also, ich werde jetzt nicht herumrätseln, warum es mit euch beiden nicht weitergeht. Preacher, mein Freund, es wird Zeit, dass das geschieht."

Preacher kippte diesen zweiten Schuss hinunter, während Mike lediglich sein Glas hob, ohne zu trinken.

„Ich dachte, du hättest dich an mein Mädchen rangemacht", gestand Preacher.

„Nein, ich habe ihr nur gesagt, sie sollte versuchen, mit dir Geduld zu haben, weil du doch diesen extra-schwachen IQ hast." Dann lachte er über Preachers finsteren Blick.

„Du hast doch schon immer allen Männern die Frauen ausgespannt", meinte dieser.

„Nicht allen Männern, Preach. Ich würde nie die Frau eines Bruders anrühren, das solltest du wissen. Diese Grenze überschreite selbst ich nicht. Und auch wenn du es Paige noch nicht klargemacht hast, allen anderen ist längst klar – sie ist dein Mädchen. Abgesehen davon bin ich für dich eh keine Bedrohung. Du bist es, den sie will, und das so sehr, dass sie deswegen weint." Mike schluckte ungefähr die Hälfte seines Drinks und stand auf. „Tu dir selbst einen Gefallen, Preacher. Dein Mädchen braucht dich, und du willst sie doch nicht hängenlassen. Du solltest keine Minute mehr verlieren." Den Rest seines Drinks ließ er stehen und sah Preacher fest in die Augen. „Kümmere dich mal lieber ums Geschäft. *Roger?*"

Roger, dachte Preacher. Soldaten-Slang. „Ja. *Roger.*"

Preacher ging hoch, um Christopher ins Bett zu bringen. Mit nacktem Po lief der im Zimmer herum und versuchte, seinem Pyjama zu entkommen. Das Kind liebte es, Nackedei zu sein. Preacher hob ihn auf, schwang ihn kichernd herum, und stellte ihn aufs Bett. „Genug jetzt", erklärte er ihm. „Du musst ins Bett."

„Lies mir was vor", forderte Christopher und hüpfte auf und ab.

„Heute Abend wird dir deine Mommy vorlesen. Zehn Minuten. Und dann Licht aus."

Preacher steckte ihn in den Schlafanzug und gab Paige einen kleinen Klaps aufs Hinterteil. „Wir sehen uns unten, in zehn Minuten."

„Okay“, sagte sie ein wenig überrascht, dass er so zum Scherzen aufgelegt war.

Innerlich angespannt, begab sich Preacher in sein Quartier. Er rasierte sich und sprang schnell unter die Dusche. Dann zog er sich eine Jogginghose und ein T-Shirt über. Er betrachtete sein Bett, zog die Bettdecke herunter und legte sie zusammen. Ich will es als etwas ansehen, das ich für eine Freundin tun muss, überlegte er. Nicht für mich. Für sie. So soll es sein.

Sie war noch nicht wieder unten, also fachte er das Feuer ein wenig an und setzte sich in den Sessel, die Füße auf dem Kaminabsatz vor dem Feuer. Als sie den Raum betrat, sagte er: „Komm her, Paige.“ Er hielt ihr eine Hand entgegen und zog sie auf seinen Schoß. Mit seinen großen Händen strich er an ihren Seiten entlang bis hinunter zur Taille und beugte sich ihr entgegen. Sie begegnete seinen Lippen auf einen kleinen Kuss, aber als er den Kopf nicht wegnahm, kam sie zurück, und diesmal wurde der Kuss lang, langsam und herrlich. Seine Lippen öffneten sich leicht, und mit der Rückseite seiner Hand, den Fingerknöcheln, streifte er ihre Brust und fühlte, wie sie an seinem offenen Mund seufzte. Dann legte er seine große Hand über ihre Brust.

Sie strich ihm mit einer Hand über die Wange. „Du hast dich rasiert“, stellte sie fest.

„Hm-mmm. Ich wollte deine Haut nicht mit einem Backenbart kratzen. Mmm. Paige, hast du eine Ahnung, was ich für dich empfinde?“ Sie sah ihn nur an. „Wie viel ich für dich empfinde?“

„Du hast nie wirklich gesagt ...“

„Ich hätte es sagen sollen. Aber ich ...“ Er unterbrach sich und atmete einmal tief durch. „Es ist schwer für mich, das in Worte zu fassen, aber es ist so ... Das, was ich für dich empfinde ... es wird jeden Tag stärker.“ Lächelnd sah sie ihm in die dunklen Augen. „Du bist so weich. So klein im Vergleich zu mir. Ich will dich, Paige. Mein Gott. Aber ich war mir nicht sicher, ob du dazu bereit bist ...“

„Ich bin bereit“, flüsterte sie.

„Ich habe mir Sorgen macht. Ich will doch nichts tun, was dir wehtun könnte. Besonders nach allem … nach allem, was vor mir war. Vor uns."

Einen Moment lang war sie völlig verblüfft. Als sie dann den liebevollen Ausdruck in seinen Augen sah, drückte sie ihre Lippen an seine und küsste ihn noch einmal. Diesmal war es ein leichter Kuss, und mit den Lippen an seinem Mund sagte sie ihm: „Du bist der sanfteste Mann, der mir je begegnet ist. Du wirst mir nicht wehtun."

„Ich habe nicht sonderlich viele Erfahrungen mit Frauen", erklärte er. „Ich bin mir nie sicher, was ich am besten tun sollte, und noch nie war es mir wichtiger, alles richtig zu machen, als mit dir."

„Das ist gut." Sie lächelte. „Dann können wir gemeinsam herausfinden, was für uns beide das Beste ist. Es wird einmalig sein. Etwas Neues."

„Meine Freunde kennen sich mit Frauen gut aus. Ich habe dem nie viel Aufmerksamkeit geschenkt. Bis jetzt. Bis du kamst."

„Ich weiß", sagte sie. „Das ist etwas, das ich an dir liebe."

„Wirklich?"

„So kann ich mich als etwas ganz Besonderes fühlen."

„Auch wenn ich nicht alles weiß, was ich über Frauen wissen sollte …?"

„Ich werde dir sagen, was du wissen musst", flüsterte sie.

Er stöhnte und zog sie fester an seinen Mund, während er sie leidenschaftlich küsste und fühlte, wie ihre kleine Zunge in seinen Mund schlüpfte und ihre Arme ihn fester umschlossen. „Glaubst du, dass er schon schläft?", fragte Preacher leicht atemlos. „Denn wir werden die Tür schließen müssen."

„Er war schon fast eingeschlafen, bevor ich wegging. Er wird nicht aus dem Bett steigen, John."

Er küsste sie wieder. Und noch einmal. Dann nahm er sie auf die Arme, stand auf und hob sie mit sich hoch. Während er sie in sein Zimmer trug, fühlte er ihren Mund, der erst weiche Küsse an seinen Hals drückte, dann sanft an seinem Ohrläppchen saugte und dabei kleine, feine Laute von sich gab.

Er setzte sie auf seinem Bett ab, und sie kniete sich vor ihn. Seine Lippen lagen an ihrem Mund, während er begann, sich an den Knöpfen ihrer Bluse zu schaffen zu machen. Sie schob die Hände unter sein T-Shirt, streichelte seine glatte Brust und spielte mit seinen Nippeln. Er öffnete ihre Bluse, streifte sie ihr über die Schultern und ließ sie dann fallen. Dann sah er zu ihr hinunter. Ohne diese Prellungen war ihre Haut makellos. Sie griff nach hinten, hakte ihren BH auf und schleuderte ihn weg. Einen Augenblick lang betrachtete er sie nur, sah sich satt an ihrer wunderbaren, elfenbeinfarbenen Haut und ihren vollen Brüsten. Als er ihrem Blick begegnete, lächelte sie zu ihm auf, erfreut, seine Augen auf sich zu fühlen.

Preacher riss sich das Hemd über den Kopf und zog sie an sich. In seiner Jogginghose hatte sich bereits ein nettes großes Zelt gebildet. „Paige", sagte er, während er sie weiter festhielt. „Oh, das könnte alles viel zu schnell vorüber sein …"

Sie lachte leise und küsste seinen Hals, seine Wangen, seine Lippen. „Was für ein Glück wir doch haben, dass dies nicht unsere einzige Chance ist."

Der Gedanke war ihm überhaupt noch nicht in den Sinn gekommen. In seiner Panik, alles richtig machen zu müssen, sie glücklich zu machen und ihr zu gefallen, war ihm nicht einmal eingefallen, dass dies erst der Anfang sein könnte, nicht das Abschlussexamen. Er könnte es vermasseln – womit er schon halbwegs rechnete – und würde doch eine zweite Chance erhalten. Entschlossen griff er nach dem Druckknopf an ihrer Jeans und zog ihn auf. „Ich habe Kondome, Paige."

„Hast du dich einmal untersuchen lassen … seit dem letzten Mal …? Denn bei mir wurde nach meiner Ausschabung alles abgecheckt, und ich nehme die Pille."

„Ich habe nicht …" Er küsste sie wieder und ertrank in ihrem Mund. Er legte ihr die Hände auf die Hüften und schob langsam ihre Jeans nach unten. „Da war nichts. Es besteht kein Risiko. Oh, ich kann nicht fassen, wie gut du dich anfühlst. Ich kann nicht fassen, dass ich dich so berühren kann …"

Sie schloss die Augen und fühlte, wie seine Hände an ihren Seiten auf und ab fuhren, über ihren Hintern wanderten und die Hüften entlang wieder nach oben. Seine Hände waren groß und kräftig, aber genau so, wie sie es sich vorgestellt hatte, waren seine Berührungen vorsichtig und verführerisch. Langsam und köstlich. Und es machte sie verrückt vor Verlangen. Sie legte nun ihrerseits die Hände an seine Hüften. Und trotz der Behinderung durch eine erstaunlich prächtige Erektion ließ sich seine Jogginghose leicht abstreifen. „Sieh dich nur an“, hauchte sie und lächelte, während sie seine breite, unbehaarte Brust und die schmalen Hüften in Augenschein nahm. Endlich sah sie auch einmal den Rest des Tattoos an seinem linken Oberarm, das sonst immer nur ein Stückchen unter dem Ärmel eines T-Shirts hervorlugte – ein amerikanischer Adler.

„Sag mir, was du magst“, flüsterte er an ihrem Mund.

Noch immer kniend, lenkte sie seine Lippen ein wenig tiefer zu ihren Brüsten. Sanft und leicht umkreiste er mit der Zunge ihren Nippel, und sie legte den Kopf zurück und seufzte. Unter seiner Zunge lebte dieser Nippel auf, und er zog sie fester an seinen Mund, während er zärtlich daran saugte. Damit entlockte er ihnen beiden ein tiefes Stöhnen. Er bemerkte, dass sie eine seiner Hände um sich herum von hinten wegzog, bis sie sie vor sich hatte. Dann legte sie ihre Hand auf seine und schob sie über ihren Bauch hinweg nach unten, über ihren sanften Hügel und tiefer. Mit ihren Fingern drückte sie seine Finger in sich hinein und bewegte sie. „Da“, flüsterte sie. Und noch einmal: „Da.“ Er prägte sich die Stelle ein. Den Laut. Die Details.

Wie sollte er auch wissen, dass seine Fähigkeiten als Liebhaber für sie kein Thema waren, die Tatsache allerdings, dass er sich nichts sehnlicher wünschte, als ihr zu gefallen und sie glücklich zu machen, dafür eine immense Bedeutung hatte. Es dauerte doch nur eine Sekunde, ihm zu zeigen, wo und wie sie berührt werden wollte, und schon machte er allein weiter und trieb sie vor Verlangen in den Wahnsinn. Möglicherweise kam ihm auch gar nicht in den Sinn, dass er nicht der Einzige war, der in seinem

Leben diese Freude lange Zeit vermisst hatte. Für Paige war es eine ganze Lebensspanne, und sie war überaus bereit, sowohl Liebe als auch Lust zu empfinden.

John kniff die Augen zusammen und betete darum, die Kontrolle nicht zu verlieren. Er hoffte, in der Lage zu sein, überhaupt feststellen zu können, wann sie befriedigt wäre. Er war sich nicht ganz sicher, wie er das anstellen sollte, denn darauf hatte er noch nie geachtet. Ein ziemliches Keuchen, Drehen und Winden, nahm er mal an. Vielleicht hatte er ja Glück, und sie würde es ihm einfach sagen.

Ihre Brust an seinem Mund zu fühlen, seine Finger zwischen ihren weichen, glitschigen Schamlippen … ihm wurde ganz schwindlig. Dann berührte sie mit der Hand auch noch seine Erektion. Er stöhnte ganz unglücklich und hob den Kopf. „Das solltest du lieber noch nicht tun“, warnte er sie. „Es tut mir leid. Ich hatte mich so sehr nach dir gesehnt, es ist schon ein Glück, dass wir es überhaupt bis ins Schlafzimmer geschafft haben …“

Langsam ließ sie sich aufs Bett zurücksinken und zog ihn dabei mit sich nach unten. „Kein Problem, John“, flüsterte sie. „Mir ging es doch genauso.“ Er stützte sich über ihr ab, und sie schob seinen Finger wieder an jene Stelle zurück, erinnerte ihn daran, wie er ihn bewegen sollte. „Oohh“, stöhnte sie, bevor sie ihn gleich darauf noch einmal küsste, ihre Zunge süß und stark in seinem Mund. So fuhr er eine Weile fort, und schon wurden die Seufzer stärker. Sie bewegte die Hüften und presste sich gegen seine Hand.

„Sag mir, was ich tun soll. Sag mir, was du willst. Ich werde alles tun, was dir gefällt“, versprach er. „Ich möchte, dass es gut für dich ist.“

Noch einmal berührte sie ihn gewagt und meinte: „John, lass es uns tun, gleich jetzt. Auf der Stelle. Experimentieren können wir später …“

„Ich wollte es zuerst für dich tun“, erwiderte er. „Ich will, dass du dich wirklich gut fühlst.“

Leise lachte sie an seinen Lippen. „Ich fühle mich wirklich gut.“

Dann öffnete sie die Beine für ihn, und er senkte sich etwas uber ihr ab. Während sie ihn mit der Hand führte, schob er sich langsam und tief in sie hinein. Er war erstaunt über ihre Kraft, erstaunt, dass sie absolut nicht von ihm überwältigt schien, sondern vielmehr eine beeindruckende Partnerin, die sich ihm entgegenbog und ihn tiefer in sich hineinzog. „Ah“, seufzte sie. „Das ist absolut perfekt.“ Er vernahm ein tiefes Summen aus ihrer Kehle und merkte, wie sie unter ihm die Hüften bewegte, also begann er, in ihrem Rhythmus zu pumpen. Er glaubte, eventuell ein paar Sekunden – keine Minuten – durchhalten zu können, und hoffte, es würde reichen. Aber dann erinnerte er sich. Es fiel ihm wieder ein, was ihr dieses tiefe Stöhnen entlockt hatte, daher schob er seine Hand zwischen ihren Körpern nach unten und tastete sich mit dem Finger langsam bis zu dem Punkt vor, den sie so liebte. Und dann hörte er es wieder. „Oh, John ...“ Ihre Bewegungen wurden nun heftiger. Sie warf ein Bein über ihn und zog ihn tiefer und tiefer in sich hinein. Er rieb diesen harten kleinen Knoten, während er in sie hineinstieß und sie regelrecht aufeinanderprallten, denn sie kam ihm bei jeder Bewegung von unten entgegen.

Gleich darauf geschah etwas. Ihr Körper zog sich um ihn herum zusammen, und er fühlte es wie einen festen Griff, ein Drücken, ein Pulsieren. Es erschreckte ihn, so gut fühlte es sich an. So verblüfft war er, dass er sogar in der Lage war, sich zurückzuhalten, denn nun befand er sich in Trance. Das erlebte er zum ersten Mal; noch nie hatte er das überhaupt wahrgenommen. Noch nie fühlen können. Er versteifte sich, als ihr Atem aussetzte und sie sich an ihn presste. Als ihn heiße Krämpfe umfingen, die ihn in flüssige Hitze tauchten. „Paige“, flüsterte er überwältigt. „Oh Paige.“ Sie schrie leise auf, wieder und wieder, riss ihn kraftvoll an sich und verlor sich völlig in ihrem eigenen Orgasmus. Dann war ihr Mund wieder auf seinem, verschlang ihn, saugte an seinen Lippen und der Zunge. Während sie ihren Höhepunkt erlebte, schaukelte er mit ihr. Dabei verströmte sie sich mit einer solchen Macht, bis sie nichts mehr in sich zu haben schien. Dann begann sie sich allmählich unter ihm zu entspannen und lag völlig erschöpft in seinen Armen. Schwach, schlaff und befriedigt. Die ganze Kraft, die er noch vor einem Moment gespürt hatte, verwandelte sich in seinen Armen in nichts als Schwäche. Er war von ihrer Resonanz völlig ergriffen. Er sah auf sie hinunter, strich ihr das Haar aus dem Gesicht und fragte in einem heiseren Flüstern: „War es das?"

Sie lächelte verträumt. „Das war es."

„Es ist *unglaublich*", sagte er.

Sie lachte leise. „Ja, das ist es." Dann bewegte sie wieder die Hüften unter ihm und fügte hinzu: „Wir sind aber noch nicht fertig."

„Nein", stimmte er ihr lächelnd zu. „Ich schätze, das sind wir nicht."

Sie schlang die Beine um seine Taille, und er hielt ihren Hintern mit den Händen fest. So schob er sich in sie hinein, bis er sich fallen ließ, und das war gewaltiger als alles, was er in seinem Leben bisher erfahren hatte. Die Gewissheit, dass er in der Lage war, ihr dies geben zu können, es mit ihr zusammen erfahren zu können, erschütterte ihn. Jeder Muskel in seinem Körper spannte sich, bis er erbebte. Dann begann er, langsam wieder zu entspannen. Es dauerte ziemlich lange, bis er nicht mehr keuchte; noch länger, bis sein Atem wieder gleichmäßig kam. Er richtete sich über ihr auf. „Paige", sagte er erschöpft. „So etwas habe ich noch nie erlebt, in meinem ganzen Leben nicht."

Sie berührte sein Gesicht. „Du bist einfach zu gut, um wahr zu sein, weißt du das?", flüsterte sie und küsste ihn. Sie hatte gewusst, dass es so sein würde. Jede einzelne Berührung war kraftvoll, und doch so süß. In jeder Hinsicht so, wie es ihm entsprach. „John, versprich mir etwas."

„Ich verspreche dir alles."

„Du kannst mir alles sagen, John. Sei bitte nie wieder so schüchtern mir gegenüber."

„Nie wieder", versprach er und senkte langsam seinen Mund auf ihre Brust, wo er zärtlich an einem Nippel saugte. Und schon folgte ihre Reaktion: „Oooh, John." Er hatte sich die Stelle gemerkt, den Laut.

So war es also, wenn man jemanden liebte. Wenn man sich wünschte, eher dem anderen Freude zu bereiten, als einfach nur die eigene Lust zu verfolgen. Wenn man darauf achtgab, was sie schnurren und seufzen ließ. Davon hatte er nichts gewusst. Während er sie an sich gedrückt hielt, konnte er gar nicht mehr aufhören, sie zu küssen, sie zu berühren, sie zu schmecken und ihren Körper mit sanften Fingern zu erkunden. Mit Küssen. Mit seinem Mund, seiner Zunge. „Ich glaube nicht, dass ich von dir genug bekommen kann", flüsterte er ihr zu.

„Das ist gut. Ich bin nämlich kein bisschen müde. Und deine Hände auf mir ... Deine Hände fühlen sich an wie Samt. Du bist so vorsichtig, aber du lässt auch nichts aus. Es ist genauso, wie ich es mir vorgestellt habe, John. Du bist vollkommen."

„Paige, ist es so eigentlich normal? Wissen andere Männer alles darüber?"

Sie lachte leise. „Ich weiß nicht, was andere Männer wissen. Ich bin auch nicht sehr erfahren."

„Ich habe mich noch nie ... das schwöre ich. Ich habe mich noch nie so gefühlt wie jetzt."

„Das geht mir genauso. Du bist ein wunderbarer Liebhaber. Wirklich wundervoll."

„Ich hätte nie gedacht, dass du jemanden wie mich wollen könntest", gestand er ihr.

„Du siehst dich selbst überhaupt nicht. Das hatte ich bereits vermutet. John, du bist so schön, so klug und freundlich und stark. Du weißt nicht einmal, wie gut du aussiehst. Und du hast einen wirklich unglaublichen Körper. So groß, fest und fit. Nicht ein Gramm Fett oder Schwabbel." Mit ihrer kleinen Hand strich sie ihm über Schulter und Bizeps. „Deine Hände sind vollkommen. So kräftig und weich. Ich wette, das kommt von der ganzen Küchenarbeit. Wenn deine Hände mich berühren ... es ist genau so, wie ich es mir erträumt habe. Du siehst dich einfach nicht."

„Ich konnte einfach nicht glauben, dass wirklich ich es war, nach dem du dich gesehnt hast. Ich dachte, dass du vielleicht ..."

„Schsch. Glaubst du nicht, dass ich nach meinem bisherigen Leben einen guten Mann erkennen kann, wenn ich ihn finde? Wie konntest du an mir zweifeln?"

„Es tut mir leid, dass es dir wegen mir schlecht ging", entschuldigte er sich. „Als ob ich dich nicht gewollt hätte. Wo du doch alles warst, woran ich denken konnte. Mein Gott, praktisch seit dem ersten Tag."

„Da muss jemand geplaudert haben", stellte sie fest, aber es klang nicht verärgert.

„Mike hat mir gesagt, ich sollte mal lieber voranmachen und mich um mein Mädchen kümmern. Sonst könnte ich sie verlieren."

„Ich glaube, du wirst mich nicht mehr los. Aber trotzdem, ich bin froh, dass du nicht noch länger gewartet hast."

„Du machst es mir so leicht", sagte er. „Ich wollte nichts weiter, als dass du dich gut fühlst. Ich hatte keine Ahnung, dass es auch für mich so wunderschön sein würde. Und als ich sie spürte – deine Lust –, dachte ich, dass ich ohnmächtig werde. Es hat sich so gut angefühlt."

Sie legte die Hand an ihn. Schon richtete er sich wieder auf.

„Für den Rest meines Lebens möchte ich dir jede Nacht dieses Gefühl geben", sagte er.

„Irgendwie gefällt mir die Idee", meinte sie. „John. Ich will dich nicht erschrecken, aber ich habe mich in dich verliebt."

Er vergrub sein Gesicht an ihrem Hals, in ihrem weichen Haar. „Baby, ich liebe dich so sehr, ich glaube, es wird mich umbringen."

„Siehst du, John? Das ist alles, was ich will. Dich. Dass du mich liebst und ich dich liebe."

„Und was machen wir jetzt?", fragte er sie, während ihre Hand schon an ihm und seine Hände an ihr lagen.

„Jetzt machen wir es noch einmal. Und diesmal langsamer."

13. KAPITEL

Die Sonne schien, und trotz der kalten Dezemberluft war es ein heller, sonniger Tag. Als Mel in den Ort kam, sah sie zuerst bei Doc vorbei, um festzustellen, ob etwas anlag. Dann ging sie in die Bar hinüber, um einen Kaffee mit ihrem Mann zu trinken.

Jack war definitiv ein Morgenmensch. Es war seine beste Zeit. Indem er bei fast jedem Wetter Holz spaltete, hielt er sich fit, und er tat es das ganze Jahr über, auch im Sommer, wenn man kein Kaminfeuer brauchte. Er ließ Mel schlafen und schlich sich leise aus dem Haus. Auch war er morgens gern ganz früh in der Bar, ließ sich sagen, was Preacher zu kochen plante, machte eine Bestandsaufnahme seiner Vorräte, erstellte eine Liste von Hausarbeiten, die erledigt werden mussten, und vergewisserte sich, dass alles für den Tag bereitstand.

Mel fand ihn hinter dem Tresen bei einem Becher Kaffee. Christopher saß auf einem Barhocker. Seine Schale Müsli und ein Glas Orangensaft hatte er etwas beiseitegeschoben und malte eine Seite in seinem Malbuch aus, die Schachtel mit den Farbstiften griffbereit offen vor ihm.

Mel schwang sich auf einen Hocker neben ihn und sagte: „Morgen, mein Freund. Wie geht es dir?“

„Mmm, gut“, murmelte Christopher, weiter voll auf seine Seite konzentriert.

Jack schenkte ihr einen Becher Kaffee ein. „Christopher, erzähl doch mal Mel, was du mir heute Morgen gesagt hast.“

„Was?“

„Du weißt schon. Dass du so groß wirst.“

„Ja. Ich werde groß.“

„Das stimmt“, bestätigte Mel.

„Und …?“, half ihm Jack auf die Sprünge.

„Und John sagt, dass ich mein eigenes Bett haben muss. Ein eigenes Zimmer. Weil ich doch so groß werde.“

„Nun“, meinte Mel. „Ich schätze, das solltest du auch.“

Paige kam kurz aus der Küche, um einmal in der Bar vorbeizuschauen. „Hi Mel“, grüßte sie strahlend. Die Wangen leicht rosig aufgeraut, blitzten ihre Augen hinter schweren Lidern auf, und ihr Lächeln war einen Hauch verschwörerisch. Vom vielen Küssen während der Nacht waren ihre Lippen rubinrot gefärbt und vielleicht ein wenig geschwollen. Heiter schien sie in den Raum zu schweben, und Mel dachte, dass es schon erstaunlich war, wie man es doch immer erkennen konnte, wenn jemand Sex gehabt hatte. Viel Sex. „Wie weit bist du mit deinem Müsli, mein Kleiner?“, fragte Paige ihren Sohn.

„Hmm“, antwortete er nur, ohne sich beim Malen stören zu lassen.

„Ich glaube, er ist fertig“, sagte Jack. „Seit dem letzten Mal, als du nachgeschaut hast, hat er es nicht mehr angerührt.“

„Also gut“, meinte sie und nahm ihm die Schale weg. „Aber trink bitte deinen Saft“, und damit trug sie die Schale in die Küche.

Mel sah zu ihrem Mann hoch. Jack hob eine Augenbraue und lächelte sie ein wenig schief an. Sie lehnte sich über den Tresen, packte ihn am Hemd, zog ihn zu sich heran und flüsterte: „Was ist denn hier los?“

„Das ist doch wohl ziemlich eindeutig.“

„Ich will, dass du jetzt auf der Stelle mit mir nach Hause fährst und ...“

„Das kann ich nicht“, flüsterte Jack zurück.

„Warum nicht?“

„Weil wir Besuch haben. Und du schreist nun mal.“

„Lieber Himmel, das ist lächerlich. Ich bin so eifersüchtig, ich könnte speien.“

„Es ist wirklich nicht lustig, das ist mal sicher.“ Mit einem Blick über die Schulter in Richtung Küche fügte er hinzu: „Nun, wenigstens haben ein paar von uns ihren Spaß. Endlich.“

Ein paar Minuten später tauchte Mike auf. Er wünschte allen einen guten Morgen, zerzauste Christopher das weiche Haar und erhielt von Jack einen Becher mit dampfendem Kaffee. „Wie geht es euch heute Morgen?“, fragte er.

„Ein schöner Vormittag“, antwortete Jack und trank einen Schluck.

„Das auf jeden Fall. Ich hatte eine ziemlich gute Nacht.“ Er lehnte seinen Stock an den Tresen und ging in die Küche, wo er Paige und Preacher, als er den Kopf zur Tür hereinsteckte, bei einem ausgedehnten Zungenspiel beschäftigt fand. Da er sich irgendwie als Urheber für diese heiße Umarmung fühlte, sah er eine Minute lang zu. Paige hatte Preacher die Arme um den Hals gelegt, während er sie, die großen Hände auf ihrem Hintern, fest an sich drückte. Sie bemerkten absolut nichts davon, dass sie beobachtet wurden, und Mike konnte einfach nicht widerstehen. Dann räusperte er sich.

Paige zuckte zusammen und zog ihre Arme zurück, aber ohne die Hände auch nur zu rühren, weigerte Preacher sich, Paige loszulassen, und sah nur schmaläugig über ihren Kopf hinweg.

„Einen wunderschönen guten Morgen“, grüßte Mike. „Falls du einmal einen Augenblick Zeit haben solltest, könnte ich dann ein Frühstück bekommen? Ich habe Hunger.“ Er grinste und ließ sie allein.

Zurück in der Bar hievte er sich vorsichtig auf einen Hocker und nahm seinen Becher in die Hand. „Allmählich werden die Dinge hier immer besser“, stellte er fest. „Ich glaube, dass ich nicht der Einzige bin, der heute eine gute Nacht hatte.“

„Ach wirklich?“, fragte Jack.

„Ich kann nur hoffen, dass ich mein Frühstück noch bekomme, bevor es Mittag wird.“

Preacher hatte seine Trainingsbank abgebaut und im Vorratsschuppen hinter der Bar verstaut. Nur ein paar Hanteln und Gewichte behielt er zurück. Stattdessen stand nun ein kleiner Baum dort, ein zweiter in der Bar. Er hatte Christopher mit in den Wald genommen, als er sie geschlagen hatte, und gemeinsam hatten sie sie dann geschmückt. Unter dem Baum in seinem Apartment lagen bereits die Geschenke für den Weihnachtsmorgen bereit.

Zum Teil hatten Preacher und Paige sie gemeinsam, zum Teil getrennt voneinander sorgfältig ausgesucht.

Mel und Jack reisten ein paar Tage vor Weihnachten zu einem großen Sheridan Familientreffen nach Sacramento. Mike konnte nicht dazu überredet werden mitzukommen. Ebenso wenig war er daran interessiert, nach L. A. heimzufahren. Noch nicht. Er war erst seit ein paar Wochen in Virgin River und versicherte, dass es für ihn völlig in Ordnung sei, im Waldhaus allein zu bleiben. Daher würde Mike Heiligabend und den Weihnachtstag mit Preacher und seiner neuen Familie verbringen.

Angesichts der Wendung, die sein Leben genommen hatte, befand Preacher sich noch immer in einem euphorischen Schockzustand. Zwar war es mehr als drei Monate her, dass Paige in sein Leben getreten war, allerdings waren sie gerade erst seit wenigen Tagen intim miteinander. Nichts hätte ihn auf die Freude, die er empfand, vorbereiten können. Da sie tagsüber Seite an Seite zusammenarbeiteten, hatte er in ihr eine allumfassende Partnerin gefunden. In perfekter Übereinstimmung taten sie alles gemeinsam, angefangen vom Management der Bar und der Zubereitung des Essens bis hin zu Christophers Erziehung. Sie ging ihm zur Hand und suchte nach Möglichkeiten, ihm zu helfen, während er ständig in ihrer Nähe blieb und sich um alle ihre Bedürfnisse kümmerte.

Und nachts, wenn der Kleine schlief, konnte Preacher feststellen, dass er zu einem Meisterliebhaber geworden war, etwas, das er selbst in seinen wildesten Träumen niemals für möglich gehalten hätte. Daran hatte er nicht einmal gedacht. Schon gar nicht mit einer Frau wie dieser. Einer jungen Frau, die in seinen Augen von atemberaubender Schönheit und dem Wesen nach ein Engel war.

Im Nu hatte er gelernt, wie er ihr auf jede mögliche Weise ein Seufzen entlocken, wie er sie dazu bringen konnte aufzuschreien. Preacher, der sonst so leicht in Verlegenheit geriet und still wurde, war bei Paige kühn und wagemutig geworden. Experimentierfreudig. Er hatte angefangen, seinen Händen, seinen

Instinkten zu vertrauen, und das sehr zu ihrer Zufriedenheit. Und dieser Gedanke, den Details Aufmerksamkeit zu schenken, sich Berührungen und Laute zu merken, sie danach zu fragen, was sie sich wünschte, was ihr gefiel … also das war einfach genial. Wäre ihm dieses erstaunliche Geschehen mit Paige nicht allzu privat erschienen, er hätte Jack vielleicht sogar für den Ratschlag gedankt.

Als er sie einmal Haut an Haut an sich drückte, fragte er sie: „Du sagst mir doch, wenn es dir zu viel wird? Wenn ich zu viel fordere?"

„Ja, John", antwortete sie atemlos. „Du wirst es mir doch auch sagen?"

„Ja, natürlich. Aber du wirst mich von den Toten aufwecken müssen, um mich das zu fragen", meinte er mit einem wollüstigen Lachen.

„Dann mach das, was du gerade tust … noch einmal."

„Und noch einmal und noch einmal und noch einmal?", fragte er sie neckend.

„Ooh, John …"

Für Preacher war es die größte Entdeckung seines Lebens – diese Sache mit dem weiblichen Orgasmus. Er musste besser sein als der eines Mannes; besser für einen Mann als sein eigener. In dieser Angelegenheit, von der er nicht einmal gewusst hatte, dass er dazu überhaupt in der Lage war, hatte er sich sehr schnell zu einem Experten entwickelt. Dabei war er sich ziemlich sicher, dass es nicht einmal für sie eine solche Freude war wie für ihn. Er verfügte über ein Dutzend Methoden, aber eine seiner bevorzugten war es, sie aufs Angenehmste auf die Folter zu spannen, indem er ihren ganzen Körper küsste, von den Augenlidern bis zu den Zehenspitzen, und dabei ein wenig extra Zeit auf das Zentrum ihres Körpers verwandte. Gerne begann er mit sanften Küssen und endete mit einem Einsatz seiner kräftigen Zunge, und wenn er fühlte, wenn er *wusste*, dass sie kurz davor stand, wieder einmal zu explodieren, schlüpfte er schnell in sie hinein, um es mit ihr zusammen genießen zu können. Auf der ganzen Welt gab es nichts, was dem gleichkam. Diese heißen Kontraktionen, die ihn packten und die sie manchmal veranlassten, seinen Namen herauszuschreien, während sie sich an ihm festklammerte, als hätte sie Angst, er könne ihr entschweben. Wenn er so mit ihr durch ihre wunderbare Erlösung schaukelte, sagte er öfter einmal: „Ich glaube, damit könnte ich ewig fortfahren. Meinen Lebensunterhalt könnte ich damit verdienen …"

Und wenn sie anschließend atemlos keuchend auf die Erde zurückfiel, völlig erschöpft von einem elektrisierenden Orgasmus, fing er sie gerne auf. Es war eine Freude für ihn, dass er sich zurückgehalten hatte, seine eigene Erlösung zurückgestellt hatte, denn so konnte er es ihr noch einmal schenken. Er ließ ihr ein wenig Zeit, sich zu erholen, bevor er wieder begann, sich in ihr zu bewegen. Zuerst langsam, sanft und süß. Ihre Reaktionen zeigten ihm dann, wenn es an der Zeit war, etwas aggressiver zu werden, ein wenig mehr Kraft einzusetzen. Sie war diejenige, die den Druck und die Geschwindigkeit bestimmte, und er musste lachen, wenn er daran dachte, wie besorgt er gewesen war, dass er sie entzweibrechen könnte. Auf feine Art war sie wie gehärteter Stahl, und sie überraschte ihn mit ihrer Stärke, ihrer Kraft.

Nicht selten kam es vor, dass sie ihre Beine um seine Taille legte und sich weigerte, ihn loszulassen, oder ihn auf den Rücken drehte und dann ihm ein wenig von seiner eigenen Medizin verabreichte, womit sie ihm die Entscheidung nahm, noch länger zu warten.

Er hatte keine Ahnung gehabt, dass sein Leben so befriedigend sein könnte. So zutiefst erfüllend. Auch hatte er niemals in Erwägung gezogen, dass es so viel Freude machen könnte. Sie hatten heißen Sex und konnten hinterher miteinander lachen, sich ein wenig necken und so die Leichtigkeit in ihr Leben holen, mit der die Balance wiederhergestellt war.

„Wie kann ich dich nur so sehr lieben?", fragte er sie.

„Oder so oft?", konterte sie lachend.

„Paige, ich möchte, dass du etwas weißt. Mir ist klar, dass es wirklich noch zu früh ist, über ein ganzes Leben nachzudenken, aber ich spiele hier nicht nur so herum. Ich erwarte nichts, das schwöre ich dir. Ich will nur, dass du es weißt. Ich stehe voll dahinter und bin wirklich engagiert. Ich will nicht, dass du dir jemals Sorgen machst, du könntest nichts als ein Zeitvertreib für mich sein."

Sie strich ihm mit den Fingerspitzen über das kurze Haar an seinen Schläfen. „Hast du denn gar keine Angst, du könntest mich irgendwann leid sein, John?"

Er schüttelte den Kopf. „Ich bin nicht der Typ dazu. Ich gehe alles langsam an. Manchmal zu langsam. Wenn ich etwas tue, lasse ich mir Zeit. Ich will sicher sein, dass es etwas Gutes ist. Aber meine Meinung ändere ich nicht. Ich weiß, dass das manchmal auch schlecht sein kann, aber ich mag es, wenn die Dinge bleiben, wie sie sind."

„Ich will dich zu nichts verpflichten", sagte sie. „Ich bin einfach glücklich, hier zu sein, so wie es ist, im Augenblick ..."

„Es gibt noch etwas, das ich dazu sagen will. Zu uns. Ich bin kein Mann, der keine Widerworte duldet oder nicht will, dass du eine eigene Meinung hast, oder der von dir erwartet, dass du niemals einen schlechten Tag hast, auch wenn du total gereizt und verärgert bist. Ich will alles haben. Ich will, dass du den Mund aufmachst, Forderungen stellst, auf einer ganz besonderen Behandlung bestehst und sauer wirst, wenn du sie nicht erhältst. Ich will, dass du dir sicher sein kannst, mich auch anschreien zu dürfen, wenn dir danach ist. Wenn ich nicht das bin, was du dir langfristig wünschst, werde ich damit leben können. Aber ich könnte niemals damit leben, dass du Angst vor meiner Reaktion hättest, nur weil du einfach du selbst bist."

Unmöglich konnte sie verhindern, dass ihr die Tränen in die Augen stiegen. „John ... Noch nie hat mich jemand so geliebt ..."

„Nun Baby, ich tue es. Tatsächlich kann ich dich gar nicht anders lieben. Ich liebe alles an dir. Ob du nun stark und herrisch bist oder verängstigt und hilfsbedürftig. Das ist mir egal. Wenn ich dich haben soll, dann muss es alles sein, nicht nur irgendein kleiner Teil, bei dem ich mich sicher fühle."

Sie küsste ihn ganz schnell auf die Lippen. Er strich ihr eine Träne von der Wange.

„Ich weiß, dass das Baby, das du verloren hast, nicht geplant war. Und trotzdem hat es dir ganz schön wehgetan, dass es nicht durchgekommen ist. Vielleicht wirst du ja eines Tages, wenn du so weit bist, einmal mit mir über die Erweiterung unserer Familie sprechen. Dass wir Chris einen kleinen Bruder oder eine Schwester schenken."

„Du möchtest gern Kinder haben?", fragte sie.

„Ich habe nie geglaubt, dass ich das wollte. Aber mit dir kommt es mir in den Sinn." Er lachte. „Es kommt mir sogar ziemlich mächtig in den Sinn. Das wird dauern, Paige. Es ist natürlich nur eine Idee ..."

Zärtlich streichelte sie sein Gesicht. „Aber du weißt schon, dass du dich etwas zurückhalten müsstest, wenn da ein Baby zwischen uns wäre?"

„Wie sehr?", fragte er mit diesem Stirnrunzeln, bei dem er die Augenbrauen zusammenschob und das sie inzwischen so lieb gewonnen hatte. Sie musste lachen.

„Du willst mich wohl auf den Arm nehmen. Okay, du hast es so gewollt", sagte er und begann bei ihren Augenlidern.

Mit beiden Händen umschloss sie sein Gesicht und hielt ihn zurück. „John", sagte sie. „Ich will dich auch. Alles. Alles von dir. Ich war noch nie so glücklich."

Er lächelte. „Aus dieser Quelle kannst du noch lange schöpfen. Für immer, wenn du magst."

Mel freute sich so sehr darüber, Weihnachten in Sacramento zu feiern, dass sie es kaum abwarten konnte. Jacks Schwestern und ihre Familien würden sowohl Heiligabend als auch am ersten Feiertag zusammenkommen. Die Zugabe aber war dann noch, dass ihre eigene Schwester Joey mit ihrem Mann Bill und den drei Kindern einfliegen würde. In Sam Sheridans Haus war genug Platz für alle, denn Jacks Schwestern hatten ihre eigenen Wohnungen in der Stadt. Liebevoll und mit offenen Armen waren Mel und Joey, die nur noch einander als Familie hatten, in den Sheridan Clan aufgenommen worden. Dies war zwar erst das dritte Mal, dass Mel Jacks Familie besuchte, aber sie hatte bereits das Gefühl, nach Hause zu kommen.

Den Hummer hatte sie Doc überlassen, für den Fall, dass er jemanden ins Krankenhaus transportieren müsste. Auf der Ladefläche von Jacks Truck stapelten sich die Geschenke, die sie zum großen Teil noch in Redding besorgten, wo sie übernachteten, um ihre restlichen Einkäufe erledigen zu können … und um die Annehmlichkeiten eines Hotelzimmers zu genießen, wo es weder papierdünne Wände gab noch einen Marine auf der anderen Seite des Flurs.

Aber auch wenn sie es keineswegs als Geldverschwendung ansahen, es wurde keine Nacht voll wilder Leidenschaft, wie es wohl noch ein paar Monate zuvor der Fall gewesen wäre. Mel war jetzt im siebten Monat, und in ihr tobte im wahrsten Sinne des Wortes ein Mädchen herum. Sex zu haben war schön, aber es fiel doch wesentlich zahmer aus als zu der Zeit, in der dieses kleine Genie gezeugt wurde. Anstatt bei ihrem Orgasmus voller Leidenschaft Jacks Namen zu rufen, sagte sie nun: „Ugh."

„Also weißt du, wenn ich nicht ein unglaublich selbstsicherer Mann wäre, ich wäre jetzt wirklich beunruhigt", meinte Jack.

„Es tut mir leid, Liebling. Mein Rücken tut mir weh, meine Brüste schmerzen, und ich habe das Gefühl, eine Marschkapelle in mir zu tragen, nicht ein kleines Mädchen."

„Damit dürfte das Potenzial für sehr viel mehr Sex heute Nacht wohl eliminiert sein, schätze ich."

„Damit beginnt die Eliminierung des Potenzials für sehr viel mehr Sex bis zum Frühling", klärte sie ihn auf.

Sie lag auf dem Rücken, und ihr Bauch stand wie ein Berg im Rahmen ihres kleinen Körpers. Jack konnte seine Hände einfach nicht davon lassen. Und wie es einmal eine Zeit gegeben hatte, dass er seine Hände nicht vom Rest ihres Körpers lassen konnte – sie hatte keinen Zweifel, dass sie auch bald wieder dorthin zurückwandern würden –, im Augenblick waren es die Possen seines Babys in ihr, die ihn voll und ganz in Anspruch nahmen. Er fiel in lautes Gebrüll, wenn sich ihr ganzer Bauch verschob und auf einer Seite eine Delle erschien, während er sich auf der anderen enorm herauswölbte. Ganz besonders gefiel es ihm, wenn sich ein Fuß als große Beule an der Seite entlangzuschieben schien. Tatsächlich konnte sie einschlummern, während er sich mit ihrer Schwangerschaft beschäftigte. Vor ihrem inneren Auge erschien ein Bild von ihm, wie er aussehen mochte, wenn er mit seinem kleinen Mädchen einen Ball über den Boden rollte, sie auf seinem Schoß hopsen ließ oder sie über seinen Kopf hochschwang.

„Wir sollten uns einmal Gedanken darüber machen, wie wir deine neue Spielgefährtin nennen wollen“, sagte sie.

„Ich hätte da einen Vorschlag“, meinte er. „Emma.“

„Emma gefällt mir. Eine alte Freundin von dir?“

„Meine Mutter“, erklärte er.

„Ah, das ist süß. Ich glaube, deine Mutter wäre glücklich darüber, dass du endlich solide wirst.“

„Mel? Macht es dich nicht nervös ... du weißt schon ... die Geburt?“

„Überhaupt nicht. Und weißt du auch, warum, großer Junge? Ich werde mich mit John Stone im Valley Hospital treffen, und wenn gar nichts mehr geht, lasse ich mir eine dicke, fette Epiduralanästhesie verpassen. Hinterher werde ich mir ein englisches Steak gönnen und ein großes Bier.“

„Mel“, sagte er und strich ihr mit der Hand übers Haar bis auf die Schulter. „Ich will, dass du diese Anästhesie bekommst.“

„Jack ... bist *du* nervös?“

„Oh Baby, *nervös* ist gar kein Ausdruck. Du bist meine ganze Welt. Ich glaube nicht, dass ich es ertragen könnte, zuzusehen, wie du leidest. Aber ich muss dabei sein, verstehst du?“

Sie lächelte und schüttelte den Kopf. „Weißt du noch, wie du mir immer gesagt hast, ich solle Vertrauen zu dir haben? Also, jetzt ist es an der Zeit, dass du Vertrauen zu mir hast. Ich weiß, was ich tue, Jack."

„Ja. Das wäre dann also wenigstens mal einer von uns."

Als sie sich am nächsten Morgen fertig machten, um das letzte Stück nach Sacramento zu fahren, föhnte Mel sich im Badezimmer des Hotels das Haar. Es war ein großes Bad, ausgestattet mit vielen Spiegeln. In ihrem kleinen Haus im Wald gab es dagegen nur einen Spiegel in Augenhöhe. Jack war ganz fasziniert von ihrem Anblick, wie sie dort nackt vor all diesen Spiegeln stand. Er hatte sie noch nie wirklich so gesehen. Natürlich wusste er, wie sie aussah, aber entweder lag sie dann oder stand mehr als einen Kopf kleiner vor ihm, wenn sie gemeinsam duschten. Jetzt bückte er sich, sah sie von der Seite an und sagte: „Mein Gott, Melinda, dein Bauch ist ja gewaltig."

Sie warf ihm einen Blick zu, der ihm eine andere Wortwahl nahelegte.

„Ich meine, du siehst fantastisch aus, Mel. Sieh doch nur!"

„Sei einfach still, Jack", sagte sie.

Als sie bei Sam Sheridans Haus eingetroffen waren, ging Mel auf dem Weg zur Haustür vor Jack her, der bereits ein paar Gepäckstücke und Geschenke trug. „Mel", rief er ihr nach, sodass sie sich umdrehte und sah, wie er sie strahlend anlächelte. „Du fängst an zu *watscheln*", verkündete er stolz.

„Uh!", rief sie, warf ihr Haar zurück und wandte sich abrupt von ihm ab.

Erst am nächsten Tag war Heiligabend, aber Jacks Schwestern und deren Männer, wenn nicht gar alle Kinder, waren gekommen, um sie zu begrüßen. Auch Mels Schwester und ihre Familie waren dort, denn sie waren bereits vor ihnen eingetroffen. Wie immer war es also ein einziges Gewimmel. Als sie ins Haus kamen, liefen die Frauen auf Mel zu, umarmten sie, schätzten den Umfang ihres Bauches ein und riefen: „Oh mein Gott, dein Bauch ist ja *gewaltig*!" Diesmal kicherte Mel nur glücklich und ließ stolz zu, dass ihr alle mit den Händen über den Bauch rieben. Joey kreischte: „Du watschelst ja wie eine Ente!“ Und alle kringelten sich in hysterischem Lachen, Mel eingeschlossen.

Finster zog Jack die Stirn kraus. Zwei seiner Schwäger, Dan und Ryan, kamen auf ihn zu und fragten: „Sollen wir dir beim Ausladen helfen, Jack?“

„Ja“, antwortete er, die Brauen zusammengeschoben.

„Was ist denn los?“, fragte Ryan.

„Ich habe ihr haargenau dieselben Worte gesagt – *gewaltig* und *watscheln* – und sie war total sauer auf mich.“

Die Männer lachten. Bob klopfte ihm mit der Hand auf die Schulter. „Komm schon, Bruder. Lass uns dir beim Ausladen helfen, dann besorgen wir dir ein Bier und werden dich mal über die Tatsachen des Lebens aufklären. Draußen, wo Männer noch Männer sein können und die Frauen uns nicht hören.“

Im Patio, wo es jetzt zu kalt war, um dort ein Picknick zu veranstalten, standen zwei große Gasheizer, die Sam in weiser Voraussicht bereitgestellt hatte, denn er wusste, dass die Männer der Familie ungestört ihre Zigarren rauchen und Bier trinken wollten. Und wo auch Sam sich einmal zurückziehen wollte, solange seine Töchter das Haus überrannten und alle Welt herumkommandierten. Zusammen mit Mel und Joey waren sie sechs, seine Enkelinnen gar nicht zu erwähnen. Eine beeindruckende und einschüchternde Frauengruppe.

Dort lernte Jack aus der Erfahrung seiner vier Schwäger und den gelegentlichen Bemerkungen, die Sam einwarf, dass es ein partnerschaftliches Projekt war, Kinder zu haben, eine Schwangerschaft allerdings eher mit einem Teamsport verglichen werden konnte, bei dem die Frauen die Regeln kannten. Was ein Mann sagte, wurde aus einer völlig anderen Perspektive aufgenommen als das, was Freundinnen oder Schwestern sagten. Wenn die Schwester äußerte, dass sie einen gewaltigen Bauch hatte, wurde das als Ehrenzeichen verstanden. Sagte der Mann dasselbe, glaubte sie doch nur, er finde sie fett. Wenn die beste

Freundin feststellte, dass sie watschelte, war das liebenswert. Sagte der Mann dasselbe, glaubte sie doch nur, sie hätte einen komischen Gang und er fände sie nicht mehr attraktiv.

„Und sieh dich vor", warnte ihn Joeys Mann Bill, Vater von drei Kindern. „Wenn du versuchst, Liebe mit ihr zu machen, wird sie dich für einen Perversen halten, und wenn du es nicht tust, wird sie dir vorwerfen, dass du sie nicht mehr begehrenswert findest, während sie sich opfert, um dein Kind auszutragen."

„Beim letzten Mal, als wir Sex hatten, hat sie schon nicht mehr ‚Oh Gott, oh Gott' geschrien, sondern nur noch ‚Ugh' gemacht."

Ryan prustete einen Mundvoll Bier aus und bekam einen Lachkrampf. „Das kenne ich, Bruder", würgte er schließlich hervor.

„Willst du wissen, was da noch auf dich zukommt, oder willst du dich überraschen lassen?", fragte Bob.

„Oh bitte, noch mehr Überraschungen kann ich nicht verkraften", antwortete Jack.

„Okay, du wirst an den Punkt kommen, wo du das Baby mehr liebst als sie. Alles dreht sich nur noch um das Baby – sie wird dir vorkommen wie eine Zuchtstute."

„Und was kann man dagegen tun?"

„Nun, beginne damit, nichts von weiteren Kindern zu erwähnen."

„Du musst vor ihr auf dem Bauch kriechen", meinte jemand anders. „Bitte sie um Verzeihung."

„Aber stell dir auch nicht selbst ein Bein und behaupte, dass sie dir *bei Weitem* wichtiger ist als das Baby. Damit handelst du dir nur wieder eine ganze Reihe anderer Probleme ein."

„Meine Güte, Jesus."

„Und da du nun einmal nicht den dicken Bauch und die Rückenschmerzen hast, wäre es ratsam, nicht zu erwähnen, dass all das absolut natürlich ist. Sie könnte dir eins überbraten."

„Man sollte doch meinen, dass eine Hebamme über solch lächerliche Neigungen erhaben ist."

„Oh, sie kann nichts dafür. Da hat es eine Östrogen-Explosion gegeben. Das liegt jenseits ihrer Kontrolle."

„Ganz besonders vorsichtig solltest du damit sein, ihre Brüste zu bewundern", riet ihm Jennies Mann Dan. Er nahm einen Zug aus seiner Zigarre. „Vor allem, weil sie, wie du ja weißt, nur vorübergehend so aussehen werden."

„Oh Gott, das wird mir so schwerfallen, denn ..."

„Ich weiß." Jemand anders lachte. „Sind sie nicht *riesig*?"

„Ziemlich bald werden nun die Wehen einsetzen, und es kommt zur Geburt", setzte Bill die Reihe fort. „Und die Liebe deines Lebens, der du den Rücken massieren möchtest und für die du alles tun willst, um sie zu ermutigen und es ihr so angenehm wie möglich zu machen, sie wird dir sagen, du sollst den Mund halten und deine verdammten, geilen Hände von ihr nehmen."

Darüber mussten alle – sogar Sam – so laut lachen, dass es eine allgemeingültige Tatsache zu sein schien.

„Dad", fragte Jack bestürzt. „Hat Mom jemals geflucht?"

Gelassen zog Sam an seiner Zigarre. „Ich glaube, vielleicht fünfmal", antwortete er, woraufhin die Männer erneut in Lachen ausbrachen.

„Warum erzählt einem niemand diese Dinge vorher?", wollte Jack wissen.

„Welchen Unterschied hätte das denn gemacht, Jack? Du wusstest doch sowieso nicht, dass du mit einer Schwangerschaft punkten würdest. Ich weiß, ich weiß – du hast geglaubt, alles über die Frauen zu wissen. Jetzt zeigt sich, dass du genauso dumm bist wie wir anderen auch."

Weitere Scherze machten die Runde, bis Jack feststellte: „Es fehlt jemand."

Betreten senkten alle den Blick, selbst Joeys Mann Bill. Bries Mann, der nun schon bald ein Ex sein würde, war der einzige nicht anwesende Gatte, und Brie, die einzige Schwester ohne Kinder, war nun nicht länger gebunden. Und so sehr hatte sie sich ein Baby gewünscht.

„Hat ihn mal jemand gesehen?“, fragte Jack.

„Nee“, sagte einer, und die ganze Gruppe schüttelte wie ein Mann den Kopf.

„Und wie geht es ihr?“, fragte er weiter.

„Sie sagt, es gehe ihr gut, aber es geht ihr nicht gut.“

„Ihren Schwestern zufolge.“

„Und er ist in dem neuen Haus mit der neuen Frau, die in Bries Leben die alte Freundin war. Und Weihnachten hat er sein Familienfest mit ihr und ihren Kindern.“

„Während meine Schwester, die sich ein Baby gewünscht hat, hier bei uns ist“, stellte Jack fest.

„Ja, dieser Schweinehund.“

„Könnten wir nicht einfach noch ein paar Bier trinken und dann rübermarschieren?“, fragte Jack. „Ihn einfach mal ein bisschen aufmöbeln oder so?“

„Ich wünschte, das wäre möglich. Insgeheim würden es alle gerne tun, aber wir hätten den Rest unseres Lebens Stubenarrest.“

„Kann sich denn keiner von uns gegen diese Frauen durchsetzen?“

„Nee“, kam es unisono von drei Männern.

„Ich kapier's einfach nicht“, sagte Jack zum hundertsten Mal.

„Jack, hast du dich einmal gefragt, was du getan hättest, wenn du verheiratet gewesen wärest, als du Mel begegnet bist? Was hättest du gemacht?“

„Das haben wir uns alle schon gefragt“, ergänzte Ryan betrübt.

Auch Jack *hatte* sich das bereits gefragt, aber es war ihm unmöglich, sich das vorzustellen. Vor Mel hatte es viele Frauen gegeben, und letztlich doch keine. Einige hatte er wirklich gern gehabt, aber irgendwie hatte er es geschafft, keine von ihnen zu heiraten. „Ich will glauben, dass ich dann das Richtige getan und mich einfach umgebracht hätte.“ Er sah die Jungs an. „Sie wird doch gut da herauskommen? Ich meine, mit dem Haus und so?“

„Scheiße. Frag lieber nicht danach“, sagte Dan.
„Oh, sag mir nicht …“
„Sie behält das Haus“, erklärte ihm Bob. „Sie zahlt ihn aus. Und sie zahlt ihm Unterhalt.“
„Unmöglich!“
„Wir haben dir doch gesagt, du sollst nicht fragen.“
„Wie kann das sein?“
„Sie ist Anwältin, er ist Polizist. Sie verdient das meiste Geld.“
„Also, da seht ihr's doch. Wir müssen einfach rüber und ihm eins überbraten.“

Heiligabend gab es Schinken und Kartoffelgratin, während für den Weihnachtstag gefüllter Truthahn auf dem Speiseplan stand. Gegen vier begann der Familienclan, sich einzufinden, und das Haus dröhnte vor Lärm und Lachen. Sie aßen, tranken, versammelten sich im Wohnzimmer und sangen Weihnachtslieder. Die Männer sangen falsch und viel zu laut, und ausnahmslos alle Frauen mussten die Rückfahrt nach Hause übernehmen. Mel und Joey leiteten ihre Männer zu den Betten, wo sie hineinplumpsten und bald schon all ihre Biere, Drinks, Brandys und Zigarren bitter bereuen würden. Noch mehr, als dass Jack an Heiligabend zu viel getrunken hatte, ärgerte es Mel, dass er sich nicht lange genug auf den Beinen halten konnte, um sich in der Dusche von dem Geruch illegaler kubanischer Zigarren zu befreien.

Die Kinder steckten in ihren Betten und die Männer schliefen, um es höflich auszudrücken. Joey hatte ihren Pyjama angezogen, Mel einen weichen, weiten Jogginganzug. Sie trafen sich im Wohnzimmer. Mel holte Steppdecke und Kissen aus ihrem Schlafzimmer, und so kuschelten sie sich zusammen auf die Couch, aßen Eis und unterhielten sich.

„Von deinem Sodbrennen einmal abgesehen, geht es dir also gut?“
„Mir geht es geradezu wunderbar“, sagte Mel. „Wenn man bedenkt, dass ich eine ganze Kita in mir trage.“

„Und in Virgin River steht alles zum Besten?“

„Oh Joey, du solltest Preacher und Paige sehen. In meinem ganzen Leben habe ich keine solche Transformation erlebt. Sie sind so ineinander verliebt, dass sie praktisch beide von einem Glorienschein umrahmt sind. Wenn sie sich gegenseitig nur ansehen, steigt schon der Dampf auf.“

Sie hörten ein Geräusch an der Haustür, und beide Frauen beugten sich auf der Couch vor, um sehen zu können, wer hereinkam. Es war Brie. Sie trug ihren Mantel, hatte die Handtasche über der Schulter hängen und Tränenspuren auf den Wangen. Sie stellte sich vor sie hin und sagte: „Ich will nicht nach Hause. Allein. Heiligabend.“

„Oh Schätzchen“, rief Mel und breitete die Arme aus.

Spontan rutschten Mel und Joey auseinander, sodass Brie sich zwischen sie setzen konnte. Brie ließ ihre Handtasche fallen, zog sich den Mantel aus, entledigte sich ihrer Schuhe und stieg in diese kleine Lücke auf der Couch, die sie ihr anboten. Und fing an zu weinen.

„Es ist ja nicht, als hätte ich noch nie Leute in ihrem Scheidungsverfahren begleitet“, sagte sie. „Aber man kann sich nicht vorstellen, wie es ist, wenn der Mann, den man liebt, der Mann, der einen verlässt, einen dann bittet, seine Freundin zu sein.“

„Mein Gott, so eine Frechheit!“, empörte sich Mel.

„Und wisst ihr, was das Schlimmste ist? Ich hasse ihn für das, was er getan hat. Aber trotzdem kann ich nicht damit aufhören, mir zu wünschen, er käme wieder zurück.“

„Oh Brie …“

„Wenn er heute Abend kommen und mir sagen würde, dass er einen schrecklichen Fehler gemacht hat – ich glaube, ich würde ihm verzeihen. Wisst ihr, dass er von mir Unterhalt verlangt? Geld, das er dann für sie und ihre Kinder verwendet? Sie erhält Unterhalt und Geld für die Kinder von ihrem Mann, und ich zahle dann auch noch für sie. Und beide haben sie gute Jobs. Bei dem Deal werden sie auch noch richtig Geld machen.“

„Dieser Mistkerl …“

„Und ich kann es gar nicht abwarten, ihn endlich dafür zu hassen. Aber dann habe ich auch wieder so viel Angst davor, ihn zu hassen, weil sich damit ja auch die Tür endgültig schließen würde. Und ich will ihn wiederhaben“, jammerte sie. „Ich glaube, ich liebe diesen Schweinehund noch immer.“

Mel und Joey legten die Arme um sie und hielten sie, während sie weinte.

„Es tut mir so leid“, sagte Brie. „Es ist Weihnachten, und ich wette, es ist das erste wirklich schöne Weihnachtsfest, das du seit Langem hattest, Mel.“

„Wir sind eine Familie“, beruhigte sie Mel. „Wir freuen uns gemeinsam und teilen unsere Schmerzen. Du bleibst jetzt einfach hier bei uns. Wir schlafen sowieso heute Nacht auf der Couch. Ich wette, man kann sie ausziehen.“

„Warum schlaft ihr auf der Couch?“

„Unsere betrunkenen Männer stinken so“, erklärte Joey.

14. KAPITEL

Früh am Weihnachtsmorgen drehte Jack sich mit einem lauten Stöhnen auf die andere Seite um. Der Kopf schien ihm platzen zu wollen, und irgendwo tauchten darin Erinnerungen auf, dass er mit viel zu viel Alkohol die Fakten über schwangere Frauen erfahren hatte. Oder war das in der Nacht davor gewesen? Er war sich nicht sicher. Möglicherweise war es sogar zu unangebrachten Scherzen in Anwesenheit der Frauen gekommen. Er konnte nur hoffen, dass sie dazu alle viel zu betrunken gewesen waren. Der Geschmack in seinem Mund erinnerte ihn vage an ein Katzenklo. Er öffnete ein blutunterlaufenes Auge und stellte fest, dass das Bett neben ihm leer war. „Oh-oh", sagte er. Die plötzliche Erkenntnis, dass der einzige Mann der Familie Sheridan, der nicht in Schwierigkeiten steckte, Sam sein würde, half ihm wenig.

Schwerfällig hob er sich aus dem Bett und sah auf die Uhr. 6:00 Uhr früh. Zeit genug also, seine Zäune wieder auszubessern, bevor die Massen wieder über sie herfielen, aber zuerst musste er seine Frau überhaupt einmal finden. Er hoffte, dass sie wenigstens noch in Sacramento war.

Er spülte sich den Mund aus und fuhr sich mit einer Bürste übers Haar, das ihm in allen Richtungen vom Kopf abstand. Er hatte nur einen Gedanken, dass nämlich seine lausigen Schwager hoffentlich noch größere Probleme hatten als die, die er zweifellos zu erwarten hatte. Denn sie hatten ihm das eingebrockt. Ausnahmslos alle waren sie ein schlechter Einfluss.

Noch immer trug er die Hose von gestern Abend. Kein gutes Zeichen. Allerdings hatte sie ihn nicht im Schlaf gekillt, und das war ein gutes Zeichen. Wahrscheinlich hob sie sich seine Exekution für später auf, nämlich dann, wenn er auch etwas davon mitbekam. Er baute sich vor dem Spiegel auf und streckte seine haarige Brust heraus. Er beugte den Arm und ließ seinen tätowierten Bizeps spielen. Ich bin ein Marine, sagte er sich.

Sie ist nur einssechzig groß. Sichtlich sank er in sich zusammen, und sein nächster Gedanke war: Wem mache ich denn etwas vor?

Er schlich sich aus dem Schlafzimmer in das stille Haus. Ah, da waren sie ja. Mel, Brie und Joey auf dem Couchbett. Brie? Nun gut, das würde er später herausfinden. Er kniete sich neben Mel und strich ihr zärtlich das Haar aus den Augen. Ein Auge ging auf, und darin lag kein Lächeln. „Baby, bist du sauer?“, fragte er sie vorsichtig.

„Ja.“

„Es tut mir leid. Gut möglich, dass ich einen zu viel hatte.“

„Das ist mir nicht entgangen. Ich hoffe, du leidest Höllenqualen.“

„Was machst du denn hier draußen?“

„Ich versuche, nicht in einem Aschenbecher zu schlafen.“

„Und was macht Brie hier?“

„Lass uns später darüber reden.“

„Wirst du mich bestrafen?“, fragte er.

„Ja“, sagte sie und schloss das Auge wieder.

Es zeigte sich, dass der großartige Liebhaber Jack Sheridan sich mit Frauen längst nicht so gut auskannte, wie er geglaubt hatte. Er beschloss zu duschen und sich anzuziehen, ein Versuch, Punkte für seinen guten Willen zu sammeln. Nachdem er damit fertig war, schlich er sich leise in die Küche, um Kaffee zu kochen und ein Aspirin zu nehmen. Er war absolut nicht in der Verfassung zu streiten; er hatte einen Kater. Und binnen weniger Stunden würde die ganze gewaltige Bande wieder ins Haus einfallen, Geschenke aufreißen, schreien, lachen und seinen Kopf zum Platzen bringen.

Dort traf ihn Sam an. „Das wird ja heute lustig werden“, meinte er. „Ihr Jungs versteht es wirklich, die Frauen auf die Palme zu bringen.“

„Spar dir das. Willst du mir dabei helfen, den Vogel fertig zu machen?“

„Ja, das sollten wir tun. Dann machen wir einen Brunch.“

„Von Brunch verstehe ich was“, sagte Jack. „Hast du schon gesehen, dass Brie hier ist?“

„Das habe ich“, sagte Sam. „Und ich habe auch bemerkt, dass bislang zwei von fünf verheirateten Frauen in dieser Familie die Nacht nicht im Bett bei ihren Männern verbracht haben.“

„Okay, *spar* dir das. Ich werde es später noch in aller Ausführlichkeit zu hören bekommen, da brauche ich deine Bemerkungen jetzt nicht.“

„Ganz wie du willst, mein Sohn. Wenn es richtig schlimm kommt, kannst du sie ja vielleicht nach hinten in mein Büro bringen und ihr alle deine Medaillen zeigen. Dann erzählst du ihr, wie du ein Dutzend Mal nur knapp dem Tod entgangen bist und dass sie dir einfach keine Angst einjagt.“

Wütend funkelte Jack seinen Vater an. Sam lachte nur, denn es amüsierte ihn viel zu sehr. Dann fing Jack an, das Essen zuzubereiten. Er sautierte Zwiebeln und Sellerie in Butter, wusch den Truthahn ab, rührte die Füllung an, schälte Kartoffeln. Es war ihm schon aufgefallen, wie Mel weich wurde, wenn sie sah, dass er Hausarbeiten erledigte.

Brie war dann die Nächste, die in die Küche kam, gehüllt in eins von Mels bequemen langen Flanellnachthemden. Mel trug sie nur in Gegenwart anderer Leute, denn zu Hause mit Jack, der eine solch intensive Körperhitze besaß, konnte sie es kaum ertragen, überhaupt etwas am Leib zu haben. Brie legte die Arme um Sam und sagte: „Morgen, Daddy. Ich konnte einfach gestern Abend nicht nach Hause gehen.“

Es zerriss Jack das Herz. Am liebsten hätte er Brad umgebracht und Brie in die Arme genommen.

„Ich bin froh, dass du hiergeblieben bist, Liebes“, sagte Sam. „Du weißt, dass du immer hier zu Hause bist. Bleib auch heute Nacht.“

„Vielleicht werde ich das“, sagte sie und vergrub ihr Gesicht an seiner Brust, während er sie festhielt.

Mel kam als Nächste. Noch immer trug sie ihren Jogginganzug von gestern Abend. Aber als sie verschlafen in die Küche kam, lief sie gleich in Jacks Arme, und er musste hörbar aufgeatmet haben, als sie ihm zuflüsterte: „Deine Strafe bekommst du noch, aber nicht an Weihnachten."

Er lächelte und gab ihr einen Kuss auf den Kopf, denn das war eins der Dinge, die er mit Sicherheit über Frauen zu wissen glaubte: Wenn die Exekution aufgeschoben wurde, dann verloren sie leicht das Interesse daran. War sie nicht wütend genug, sich jetzt gleich auf ihn zu stürzen, dann war sie auch nicht wütend genug.

Weihnachten in Virgin River war eine sehr viel ruhigere Angelegenheit. Zum ersten Mal seit der Eröffnung wurde die Bar an diesem Tag geschlossen. Christopher erhielt seine Geschenke bereits am Vormittag, sodass er den ganzen Tag über reichlich beschäftigt war. Preacher zauberte eine köstliche gebratene Ente nebst allen Beilagen, während Paige sich um den Nachtisch kümmerte. Gegen fünf traf Mike mit seinen Geschenken ein. Bücher für Christopher, ein grüner Kaschmirpullover für Paige in der Farbe ihrer Augen und für Preacher spezielle Küchenutensilien, die er bei *Williams-Sonoma* erstanden hatte. „Die sind *fantastisch*!" Preacher war richtig begeistert.

„Ich weiß nicht mal, wozu ein paar von diesen Sachen gut sind", meinte Mike. „Aber für jemanden, der gerne kocht, haben sie mir das garantiert."

„Lass sehen, da haben wir einen Mandolinenschneider, ein Thermo-Tablett … mein Gott, die Sachen sind wirklich unglaublich. Ein Soßentrenner, den brauche ich zwar nicht wirklich, denn meine Soßen sind *perfekt*. Dann ein Greif-Wender, Schöpf- und Gießlöffel, Mikroreibe. Klasse, Mike", freute er sich grinsend.

Als sie sich zum Essen setzten und Paige in die Bar kam, hatte sie ihren neuen Pullover angezogen. Mike fiel auf, dass in ihrem V-Ausschnitt ein wunderschöner Diamant-Anhänger an einer Kette baumelte. „Also Weihnachten war hier für jemanden wohl ganz besonders schön", stellte er fest.

Sie berührte die Halskette – eine riesige, wunderschöne Überraschung von ihrem Mann. Wer hätte geglaubt, dass Preacher Schmuck kaufen könnte? Wer hätte geahnt, dass Preacher überhaupt wusste, was Schmuck *war*! „Ich fühle mich ganz schlecht, Mike. Für dich haben wir gar nichts."

„Mit euch Dreien hier zusammenzusitzen, ist für mich Weihnachten genug", sagte er und meinte es auch so.

„Hast du heute mit deiner Familie gesprochen?", fragte sie ihn.

„Oh ja ... mit ungefähr hundert Leuten. Alle waren bei Mom und Dad."

Preacher begann, die Ente zu zerlegen. „Vermisst du es nicht, jetzt dort zu sein, bei ihnen?"

„Noch nicht. Nicht, bis ich ein wenig weiter wiederhergestellt bin, verstehst du? Ich brauche diesen Freiraum. Sie sind Latinos und Latinas. Sehr ausdrucksstark. Anhänglich. Intensiv, verstehst du? So besorgt und wohlmeinend, dass es schon zu viel ist. Ich will zumindest in der Lage sein, mein Fleisch mit der rechten Hand schneiden zu können, bevor ich sie besuche."

„Ich verstehe", sagte Preacher. „Pass auf, du wirst sehen, du bist ganz schnell wieder auf den Beinen."

Nach dem Essen ließ Paige die beiden Männer allein vor dem Feuer Kribbage spielen, während sie die Küche aufräumte. Wenig später stand dann auch schon Christopher unten, sauber geschrubbt und mit einem seiner alten Bücher in der Hand. Er kletterte auf Preachers Schoß, als hätte er das getan, seit er laufen lernte. Und Preacher hob ihn hoch wie ein Vater. „Das hier soll ich dir vorlesen?", fragte er den Jungen.

„Horton", bestätigte er.

„Willst du nicht einmal ein neues Buch probieren? Horton lesen wir doch jetzt schon jeden Abend."

„Mazy, der faule Vogel ...", stellte Christopher klar.

Mike drehte seinen Sessel zum Kamin und legte die Füße hoch. Er genoss es, Preachers Stimme zuzuhören, der die Geschichte auswendig hererzählte, und Christopher, der die Zeilen ergänzte, die Preacher zum Spaß absichtlich einmal ausließ. Mein Freund Preacher, dachte er. Vollkommen sanft und süß, mit einer Stimme, rau und kratzig wie Sandpapier. Er hält das Kind auf dem Schoß, als hätte er sein Leben lang nichts anderes getan. Dies war ein Mann, dem man mit finsterem Blick und erhobenen Fäusten nicht begegnen wollte. Er hatte noch dieses Bild von ihm im Kopf im Kampfanzug, eine M 16 in Händen, die Zähne gefletscht … der Kerl konnte es mit einer ganzen Armee aufnehmen. Nun sah Mike ihn mit neuen Augen. Er hatte sich in einen großen, knuddligen Bären verwandelt. Gebunden. Liebevoll. Absolut hingegeben.

Es dauerte nicht lange, bis Preacher mit dem Vorlesen aufhörte, seinem schlafenden Jungen einen Kuss auf den Kopf drückte und Mike bat: „Schenk uns schon mal irgendwas Kleines ein. Bin gleich zurück."

Mike wählte den Whiskey, den Preacher offensichtlich bevorzugte – ein schöner milder aus Kanada –, und trug die Flasche und zwei Gläser zum Tisch. Als Christopher dann wohl verpackt im Bett lag und Preacher wieder unten war, hob Mike sein Glas und prostete Preacher zu. „Auf dich, alter Junge. Ich denke, du könntest da wirklich das große Los gezogen haben."

„Darauf muss ich trinken", sagte Preacher und setzte sich. „Es ist nämlich so – ich glaube tatsächlich, dass ich alles gewinnen werde. Wenn dieser ganze Mist mit Lassiter einmal geregelt ist und noch etwas weiter hinter ihr liegt, dann werden wir uns über ein Versprechen fürs Leben unterhalten. Und über Kinder. Weitere Kinder, verstehst du, denn wir haben ja bereits eine perfekte Familie." Er holte Luft. „Mann, ich hätte nie gedacht, dass mir das einmal passieren könnte."

Mike war überrascht, erholte sich aber schnell wieder. „Also hey", sagte er. „Meine Glückwünsche. Ich schätze, alles ist so gekommen, wie es sein soll."

„Puh!", rutschte es Preacher heraus, bevor er sich bremsen konnte.

Mike kicherte. Schön für ihn, dachte er. Schließlich war es ja auch nicht so, als hätte Preacher nicht lange genug darauf gewartet, dieses Glück zu finden. „Sie ist ein tolles Mädchen, Preacher.“

„Hast du bemerkt, wie klasse das Kind ist?“, fragte Preacher. „Denn sie ist einfach eine fantastische Mutter – deshalb.“

„Und sie wird auch eine fantastische Frau sein“, ergänzte Mike.

„Wir haben noch ein paar Probleme, die wir regeln müssen. Diese Geschichte mit ihrem Ex. Das ist noch immer ziemlich aktuell“, sagte Preacher.

Mike rückte in seinem Sessel ein Stück nach vorne. „Wie das?“

„Nun, er hat hier angerufen. Er sollte es nicht, aber er hat es getan.“

„Hast du jemandem davon erzählt?“, fragte Mike und richtete sich auf.

„Ja, wir haben ihren Anwalt informiert, der sich mit dem Richter in Verbindung setzen will. Sie hat nicht selbst mit ihm gesprochen, aber ich musste es ihr sagen. Ich werde vor Paige nichts verheimlichen. Ein paarmal schon hat er angerufen und glaubt wohl, sie würde mit ihm reden. Er will wissen, ob sich nicht etwas regeln ließe, ob er nicht Chris wenigstens an den Wochenenden oder so haben kann. Lieber Himmel, Mann – da hätte ich eine Todesangst. Das darf ich mir gar nicht vorstellen.“

„Kommt Paige damit klar?“, fragte Mike.

Preacher zuckte die Achseln. „Es hat sie ganz schön aufgewühlt, aber sie hat nicht nachgegeben. Die Frau ist tapfer. Ich kann zusehen, wie sie es jeden Tag mehr wird. Sie hat sich geweigert, sich einwickeln zu lassen, auch wenn es sie ein bisschen geschüttelt hat. Aber ich muss dir gestehen, ich wäre versucht, mit Paige und Chris abzuhauen, wenn es irgendeine Chance gäbe, dass das Gericht Chris diesem brutalen Irren in die Hände gibt.“ Er trank einen Schluck und fuhr fort: „Das könnte ich nicht zulassen. Paige und Chris können etwas Besseres von mir erwarten.“

„Ja“, sagte Mike. „Das kann ich auf jeden Fall verstehen.“

„Ja? Wirklich?“

„Natürlich verstehe ich das. Du musst dich um deine Frau kümmern. Um deine Familie. Egal, was dazugehört.“

„Sobald wir Weihnachten hinter uns gebracht haben, werden wir Brie anrufen. Sie kennt sich aus mit dieser Sorte von Monstern. Und in Kalifornien kennt sie jeden. Sie wird uns einen Rat geben können.“

„Gute Idee“, stimmte Mike ihm zu.

„Ja“, fuhr Preacher fort. „Weißt du, ich habe mich nie als Familienmensch gesehen. Ich hatte mir vorgestellt, den Rest meines Lebens mit Angeln zu verbringen und in dieser kleinen Bar für andere Angler zu kochen. Hier in der Gegend gibt es keine Frauen, jedenfalls ist es nicht der Rede wert. Wie groß sind denn da die Chancen, dass eine Frau hier hereinspaziert und ausgerechnet mich braucht?“

„Es geht doch nicht nur darum, dass sie dich braucht.“

„Ja“, stimmte Preacher ihm zu. „So ist es.“

„Du und Jack“, sagte Mike und lächelte. Die beiden unwahrscheinlichsten Kandidaten für häusliches Glück, die ihm einfielen. Jack, weil er ständig irgendwelche Frauen hatte, wenn auch keine von ihnen sein Interesse lange genug fesseln konnte, dass es für irgendwelche Bindungen gereicht hätte. Immer hatte er behauptet: „Ich? Heiraten? Ich habe die größten Zweifel, dass das möglich ist.“ Und dann Preacher, der nicht einmal zu bemerken schien, dass Frauen überhaupt existierten.

„Jack.“ Preacher schüttelte den Kopf. „Das hättest du sehen müssen.“ Er lachte. „Unser Jack. Lieber Himmel, ich mag gar nicht an all die Frauen denken, mit denen er zu tun hatte, ohne auch nur eine einzige schlaflose Minute zu haben.“ Grinsend sah er Mike an. „Und Mel brauchte dann ungefähr dreißig Sekunden, um ihn in einen riesigen zitternden Wackelpudding zu verwandeln.“

„Tatsächlich?“, fragte Mike lächelnd.

„Dann wurde es lustig“, fuhr Preacher fort. „Sie wollte nämlich nichts von ihm.“

„Moment mal. Ich war doch letztes Jahr mit den Jungs hier oben zum Angeln. Da sah es für mich so aus, als hätte er sie fest im Griff. Als Nächstes habe ich dann gehört, dass sie schwanger ist und er sie heiraten würde. Ich dachte, er sei schließlich einer Frau begegnet, die ihm ein Bein stellen konnte."

Preacher pfiff durch die Zähne. „Nee, so war das nicht. Jack war hinter ihr her wie der Fuchs hinter der Henne. Und sie ist ihm ständig ausgewichen. Das Waldhaus hat er komplett für sie renoviert, ohne dass ihn jemand darum gebeten hätte. Und ich glaube, dafür hat er *vielleicht* einen Kuss bekommen. Sie kam manchmal auf ein Bier hier in die Bar und dann fing er an zu strahlen wie ein verdammter Weihnachtsbaum. Und wenn sie dann wieder weg war, marschierte er in Richtung Dusche. Der arme Kerl. Monatelang war er hinter ihr her. Ich schätze, vorher hat ihm noch keine einen Korb gegeben."

Bei mir haben sie auch immer alle Ja gesagt, dachte Mike.

„Wenn man sie jetzt so sieht, scheint es, als wären sie von Kindesbeinen an zusammen", meinte Preacher und fuhr dann mit einer etwas weicheren Stimme fort: „Und das ist auch das, was ich bei Paige empfinde. Es ist, als würde sie schon ewig zu meinem Leben gehören."

Mike dachte einen Augenblick lang darüber nach, dann sagte er: „Das freut mich für dich, Mann." Er leerte sein Glas und stand auf. „Ich lasse dich mit deinem Mädel jetzt allein. Ich will mal früh ins Bett gehen."

„Bist du sicher, Mann? Denn ich glaube, Paige ist noch damit beschäftigt, Christophers Geschenke zu verstauen."

„Ja, ich mach mich jetzt wieder ins Waldhaus auf. Hey, das Essen war fantastisch. Mit das Beste, das du je gezaubert hast." Vorsichtig streckte er seinen Rücken, dann den Arm. „Wir sehen uns irgendwann morgen, schätze ich. Danke für diesen Weihnachtsabend."

Es ist schon lustig, wie die Dinge sich entwickeln, dachte Mike. Jack und Preacher, zwei Männer, die geglaubt hatten, sich niemals binden zu können, lagen jetzt auf der Matte und wurden ausgezählt. Ihre beiden Frauen hielten sie fest im Griff mit ihren hübschen kleinen Händen.

Nun, Mike selbst hatte durchaus Bindungen im Kopf gehabt. Tatsächlich gehörte es für ihn automatisch dazu, was ihn wahrscheinlich auch in seine Ehen getrieben hatte, ohne dass er ausreichend und ernsthaft darüber nachgedacht hätte. Alle seine Brüder hatten runde, glückliche Frauen und viele Kinder. Seine Schwestern hatten sich gut verheiratet und vergrößerten die Schar der Enkel. Er aber hatte seine Ehen vermasselt, dank der guten alten Latino-Potenz, diesem Jucken, das ganz schnell gekratzt werden musste, ohne dabei über Konsequenzen nachzudenken. Jetzt war das ja nun kein Thema mehr.

Aber wenn er Jack und Preacher ansah, musste er sich einfach fragen, wie schön es wäre, jemanden in seinem Leben zu haben, für den man sterben könnte. Verdammt, wie aufregend musste das sein. So etwas hatte er noch nie für eine Frau empfunden.

Andererseits war er dann aber doch auch wieder froh, dass es bei ihm nicht so weit gekommen war. Er würde es hassen, eine schöne, liebevolle Frau in seinem Bett zu haben, die er nicht zufriedenstellen könnte. Also – die Kugeln hatten es entschieden. Von nun an war er allein. Aber er hatte auch etwas entdeckt, nämlich, dass es hier etwas leichter war, allein zu sein, als an vielen anderen Orten. Hier hatte er treue Freunde, und die Luft tat wirklich gut. Und wenn er dranblieb, weiterarbeitete und seine Übungen machte, würde er in der Lage sein, mit dem linken Arm und der Hand recht gut angeln und schießen zu können.

Auf dem Weg zurück nach Virgin River fuhr Jack, kurz bevor sie den Ort erreichten, von der Straße ab. „Fahren wir nicht nach Hause?“, fragte Mel.

„Wir halten nur kurz“, antwortete er und fuhr auf diese holprige schmale Straße, die immer weiter bergauf führte, bis sie die Lichtung erreichten, von wo aus man meilenweit sehen konnte.

„Warum sind wir hergekommen?“, wollte Mel wissen.

Er griff zum Handschuhfach vor ihr, öffnete es und zog ein dickes Dokument heraus, das er ihr reichte. „Frohe Weihnachten, Mel. Es gehört uns. Genau hier werde ich dir ein Haus bauen.“

„Oh“, sagte sie etwas atemlos und dann, als ihr auch schon die Tränen in die Augen traten: „Oh Gott. Wie hast du sie dazu überredet?“

„Das war leicht. Ich habe ihnen gesagt, dass es für dich ist. Hast du überhaupt eine Ahnung, wie sehr du in diesem Ort geliebt wirst?“

Es war genau das, wovon sie geträumt hatte, als sie sich damals entschied, hierherzukommen. Gute Leute vom Land, die ihre Hilfe zu schätzen wussten. „Sie bedeuten mir auch wahnsinnig viel. Und dann bist du da …“

Lange Zeit blieben sie einfach im Truck sitzen, sahen auf die Landschaft hinaus und sprachen über das Haus. „Ein großes Kaminzimmer und eine Küche, die groß genug ist, dass deine ganze Familie dort zusammenkommen kann“, sagte sie.

„Ein schallisoliertes Hauptschlafzimmer“, sagte er.

„Und ein Hauptbadezimmer mit zwei Toiletten und zwei Waschbecken“, fügte sie hinzu.

„Außer unserem dann noch drei Schlafzimmer und vielleicht auch ein Gästehaus. Ein Gästehaus mit einem Zimmer, einem Kühlschrank und einem geräumigen Bad. Falls mein Vater, du verstehst …“

„Falls dein Vater was?“, fragte sie.

„Einmal bei uns einen Platz braucht. Im Alter.“

„Würde er nicht lieber bei einer deiner Schwestern wohnen wollen?“

„Ich glaube eher, dass er inzwischen schon seit Jahren versucht, ihnen zu entkommen.“ Jack lachte. „Ist dir nicht aufgefallen, wie herrschsüchtig sie sind? Nein, das kann dir ja gar nicht auffallen, denn …“ Er unterbrach sich plötzlich, und sie warf ihm einen Blick zu. Er dachte: Was ist los mit mir? Bin ich etwa selbstmordgefährdet? Und sagte: „Denn ihr versteht euch ja so gut."

„Da hast du dich ja noch mal aus der Schlinge gezogen", bemerkte sie. „Wozu brauchst du denn all diese Schlafzimmer?"

„Man kann doch nie wissen." Er zuckte die Achseln. „Vielleicht bekommt Emma ja Gesellschaft."

„Wie ... Meinst du Geschwister? Jack, schon dieses Baby war eigentlich unmöglich!"

„Ich weiß. Und doch ..."

„Es wird nicht noch einmal geschehen", sagte sie, aber gleichzeitig überlief sie ein Zittern.

„Was war das?", fragte er.

„Ich kann mir nicht helfen. Manchmal, wenn ich an diese Nacht zurückdenke ... Diese erste Nacht ... Weißt du, ich glaube, ich wurde schon schwanger, als du mich nur berührt hast."

Er war sicher, dass das zutraf. „Deshalb ja auch die Schlafzimmer", sagte er.

„Und Jack?"

„Hmm?"

„An den Wänden in meinem Haus wird es keine toten Tiere geben."

„Oahhh."

„Kein einziges!"

Jack und Mel machten sich sofort an die Arbeit und erstellten und berechneten einen Bauplan, den sie an einen der Marines, den Architekten Joe Benson, nach Grant Pass, Oregon, schicken konnten. Nach seinem ersten Einsatz im Corps war Joe Reservist geworden, erwarb sein Diplom und begann, sein Geschäft aufzubauen. Dann aber wurde er für den Irakeinsatz eingezogen, wo er zusammen mit den anderen unter Jack diente. Er freute sich wahnsinnig, dass er gebeten wurde, die Pläne zu zeichnen. Im Januar hatte er den ersten Entwurf fertig und kam damit nach Virgin River. Mel und Jack erwarteten ihn, als er die

Bar betrat. Joe hatte die zusammengerollten Pläne unter einen Arm geklemmt, und Mel, die sofort aufsprang, verschlug es vor lauter Aufregung den Atem.

Joe blieb mitten im Türrahmen stehen und musterte sie von oben bis unten. Dabei breitete sich auf seinem Mund ein Lächeln aus, und in seine Augen trat ein warmes Leuchten. „Oh Liebes“, hauchte er. „Sieh dich an. Du bist einfach umwerfend.“

Mel lachte. Diese Kerle, dachte sie. Ausnahmslos alle liebten sie schwangere Frauen, was ganz erstaunlich war und sehr sexy. Niemand wusste diesen Männertyp besser zu schätzen als eine Hebamme.

Er legte die Pläne auf einen Tisch und streckte vorsichtig die Hände aus, als er auf sie zukam.

„Nur zu“, forderte sie ihn auf.

Sogleich lagen seine Hände auf ihrem Bauch. „Ah Mel.“ Dann zog er sie in seine Arme und drückte sie fest an sich. „Reif und rund. Du bist so schön.“

„Ich bin hier hinten“, meldete Jack sich von seinem Platz hinter dem Tresen zu Wort.

Joe lachte. „Zu dir komme ich gleich, Kamerad. Im Augenblick habe ich die Hände voll Frau.“

„Ja. Meine Frau“, stellte Jack klar.

„Du brauchst deine eigene Frau“, meinte Mel. Auch Joe war einer dieser großen attraktiven Engel von Mann wie ihr eigener, aber immer noch war er ohne jegliche Bindung, obwohl er inzwischen sicher über fünfunddreißig sein musste.

„Du hast recht“, meinte er und tippte ihr auf die Nase. „Warum suchst du mir nicht eine?“

„Ich werde sofort damit anfangen“, versprach sie, befreite sich aus seinen Armen und griff nach den zusammengerollten Plänen auf dem Tisch.

Sie sahen sie sich gemeinsam an, dann fuhren Jack und Joe zu dem Grundstück raus, um es abzuschreiten. Bevor sie allerdings Pfähle einschlagen oder einen Umriss auf den Boden zeichnen würden, wollten Mel und Jack sich noch mindestens zwei Wochen Zeit lassen, um über Änderungen nachzudenken. Angesichts der Fahrtstrecke von vier bis sechs Stunden nach Grants Pass blieb Joe eine Nacht dort und verbrachte einen angenehmen Abend mit Preacher, Paige und Mike.

Anschließend lagen die Pläne dann meistens in der Bar, und immer, wenn jemand, der sich für ihr Haus interessierte, hereinkam, wurde nach den Plänen gefragt. Doc Mullins meinte: „Massenhaft überflüssiger Platz in dieser Küche."

„Ich möchte aber gern eine große Küche haben", erwiderte Mel. Allerdings war sie sich gar nicht so sicher, wozu genau, denn wenn sie zu Hause waren, schien Jack sich meist ums Kochen zu kümmern, und den größten Teil ihrer Mahlzeiten nahmen sie in der Bar ein. „Jack möchte gern eine große Küche haben", korrigierte sie sich.

„Dieser Jack", meinte Connie. „Du hast ihn jedenfalls gut trainiert."

„Er war schon gut trainiert, als ich ihn fand", sagte Mel.

„Ich liebe dieses Badezimmer", verkündete Connie. „Was würde ich nicht für ein solches Badezimmer geben!"

„Alles, was ich in einem Bad brauche, ist ein Loch im Boden", brummte Ron.

Jack und Mel verbrachten viel Zeit damit, die Pläne gemeinsam zu studieren, während ihnen die Leute über die Schulter schauten. Eines Morgens kam Mel in die Bar, um mit Jack Kaffee zu trinken, der aber noch draußen beim Holzhacken war, während Preacher und Harv ganz allein über den Plänen brüteten.

Mel ging rückwärts wieder hinaus und außen ums Haus herum nach hinten, wo sie Jack fand. Als sie näher kam, unterbrach er seine Beschäftigung.

„Weißt du, was da drin geschieht? Preacher und Harv haben unsere Pläne ausgebreitet und studieren sie. Unser Haus ist inzwischen ein Gemeinschaftsprojekt."

„Ich weiß. Mach dir nichts draus. Wir tun, was wir wollen."

„Aber stört es dich nicht, dass jeder eine Meinung dazu hat?

Die dann meistens auch noch von unseren Vorstellungen abweicht?"

Er lächelte stolz. „Ich habe die Ausschachtung organisiert. In der ersten Februarwoche werden sie anfangen. Der Boden wird freigemacht und eingeebnet, und die Straße wird verbreitert. Sie sollen auch die Bäume entasten und als Feuerholz stapeln."

„Es geht also los", sagte sie. „Es geschieht wirklich."

„Jep. Es geschieht."

„Jack? Nicht einmal Fische. Keinerlei tote Tiere."

Rick pfiff vor sich hin, während er die Eismaschine unter der Bar reinigte. „Dir scheint es ja neuerdings wieder besser zu gehen", bemerkte Preacher.

Rick stand auf. „Ja, es ist jetzt etwas besser geworden. Wahrscheinlich, weil Jack sich mal mit Connie zusammengesetzt hat."

„Tatsächlich? Was ist geschehen?"

„Ein paar Dinge sind jetzt ausgebügelt. Lizzie wohnt bei mir. Sie muss in meiner Nähe bleiben, Preach. Weißt du, ich muss dafür sorgen, dass sie ruhig bleibt."

„Klar. Darauf solltest du ein Auge behalten."

„Wir übernachten also jetzt bei meiner Großmutter. Ich glaube, sie fühlt sich gut damit, Leute um sich zu haben. Und meine Großmutter hat schon immer gesagt, dass mir das Haus eines Tages sowieso gehören wird. Dort ist zwar nicht viel Platz", fuhr er achselzuckend fort, „aber im Augenblick reicht es. Wir haben ein kleines Kinderbett ins Zimmer gestellt und auch schon ein paar Sachen für das Baby. Lizzie hilft tagsüber im Laden aus. Sie hat sich für eine kurze Zeit von der Schule freistellen lassen. Nach den Weihnachtsferien ist sie nicht mehr zurückgegangen und fühlt sich jetzt viel besser. Sie ist sehr viel ruhiger geworden. In zwei Monaten wird das Baby da sein, dann wird sie dafür auch noch etwas Zeit brauchen. Sie wird ein Stück zurückfallen, aber ich werde rechtzeitig meinen Abschluss machen. Anschließend kümmern wir uns dann um ihr Abgangszeugnis."

„Habt ihr vor, das Baby zu behalten?", fragte Preacher.

„Ich kann nicht anders, Mann. Es wird nicht leicht werden. Ich werde mich um das Baby kümmern, während sie in der Schule ist, und wenn sie nachmittags nach Hause kommt, kann ich herkommen und bis acht, neun oder so arbeiten. Wir werden nicht versuchen zu heiraten, bevor wir nicht ein bis zwei Jahre zusammen waren. Und ein bisschen älter sind."

„Hast du mal ans College gedacht?"

Rick lachte. „Seit ein paar Monaten nicht mehr."

„Immer eins nach dem anderen, Junge. Du musst jetzt an eine Familie denken, und dann gibt es immer noch das Community College, solange Liz in der Highschool ist. Ich will damit sagen, solche Sachen muss man nicht überstürzen. Es hat keinen Sinn, sich mit Dingen zu belasten, die dann einfach zu viel werden. Du bist erst siebzehn. Du hast noch Zeit."

„Ungefähr dasselbe hat Jack auch gesagt ..."

Preacher grinste. „Ach, hat er das?" Jack und er hatten darüber geredet. Oft.

„Mein Gott", sagte Rick und schüttelte den Kopf. „Ihr beiden, ihr seid die besten Freunde, die ich je hatte."

„Das gebe ich dir gerne zurück, mein Freund. Du darfst einfach nur nie in Panik geraten. Es kann sich alles von selbst ergeben."

„Vielleicht stimmt das ja", meinte Rick.

„Mit Sicherheit stimmt das. Du hältst dich gut, Kleiner. Du solltest ein wenig an dich selbst glauben. Wir alten Knacker sind richtig stolz auf dich."

Nachmittags kam Mel in die Bar und fragte nach Jack. Preacher sagte ihr, dass er zu ihrem Grundstück rausgefahren sei, um mit Mike Schießübungen zu machen. „Wo ist Paige?" Mel sah sich um.

„Sie hat sich mit Chris wohl etwas hingelegt, glaube ich. Sie wollte ihn auf ein Nickerchen hochbringen und sich vielleicht etwas zu ihm legen."

Mel warf einen Blick auf ihre Uhr. Sie hatte noch fünfundzwanzig Minuten vor ihrem nächsten Termin totzuschlagen, und genau auf eine solche Gelegenheit hatte sie gewartet. Also schwang sie sich auf einen Hocker und sah Preacher an. „Paige scheint sehr glücklich zu sein“, stellte sie fest.

Preachers Miene nahm einen sehnsüchtigen, verklärten Ausdruck an. „Das ist sie auch“, sagte er. „Ich kann’s gar nicht fassen.“

Mel musste einfach kichern. „Könnte ich wohl ein Ginger Ale haben? Ich wollte mit dir über etwas reden …“

Er schüttete ihr ein Glas ein und stellte es vor sie auf eine Serviette. „Ja?“

„Du erinnerst dich doch noch an damals vor ein paar Monaten, als die Jungs zum Angeln und Pokern hier oben waren und Jack dann hinterher diesen Zusammenbruch hatte, sich volllaufen ließ, bis er umfiel, und dann ins Bett gebracht werden musste. Du hattest mir gesagt, dass die Vergangenheit ihn manchmal einholt und es eine Weile dauern würde, bis er wieder stabil sei.“ Preacher nickte kurz und runzelte die Stirn. „Also, du weißt doch, was das war, stimmt’s? Ich bin mir sicher, dass sie euch beim Marine Corps etwas darüber gesagt haben, wenn ihr im Kampf eingesetzt wart.“ Er sah sie nur an. „Posttraumatische Belastungsstörung. PTSD.“

„Hat er damit noch Probleme?“, fragte Preacher.

„Nein, so weit geht’s ihm gut. Aber ich behalte es im Auge. Ich will dir eine Geschichte erzählen. Es dauert nicht lange. In dem Krankenhaus in L. A., in dem ich damals gearbeitet habe, hatte ich eine Freundin. Sie war in der Verwaltung, älter als ich. Eine großartige Frau. Als ich sie kennenlernte, war sie bereits zwanzig Jahre in zweiter Ehe verheiratet. Eines Abends hat sie mir bei einem Glas Wein von ihrer ersten Ehe erzählt. Diese Ehe war kurz und extrem gewalttätig. Regelmäßig hat er sie zu Brei geschlagen. Und auch wenn es in ihrer zweiten Ehe absolut freundlich und liebevoll zuging, nahm sie manchmal einen Ausdruck im Gesicht ihres Mannes wahr oder einen Ton in seiner Stimme – von seiner Seite aus absolut unschuldig. Trotzdem wurde damit etwas aus ihrem früheren Leben mit ihrem Exmann heraufbeschworen, und sie wurde von Gefühlen überschwemmt. Angst, Wut, Terror. Sie war total erschreckt, fühlte sich deprimiert, und jedes Mal war es eine Herausforderung für sie, damit fertig zu werden. Sie sagte mir, dass es ihr vorkam, als wäre ihr Nervensystem darauf programmiert in einer bestimmten Weise zu reagieren, etwas, das ihr geholfen hatte, die erste Ehe zu überleben. Aber sie fühlte sich schlecht wegen der Gefühle, die ihre Reaktion bei ihrem zweiten Mann auslösen musste. Als hätte er etwas Falsches getan, wo doch das Fehlverhalten Ewigkeiten zurücklag."

Preacher senkte den Blick. „Du meinst, ich könnte sie irgendwie an diesen Scheißkerl erinnern?"

„Nicht wirklich, nein", sagte Mel. „Das läuft eher unterschwellig. Irgendetwas Harmloses, Unschuldiges ‚suggeriert' diese frühere Zeit … denn …" Mels Erklärung verlor sich.

Nach einem Augenblick des Schweigens meinte Preacher: „Ich kann es verstehen. Wie bei einem Kriegsveteranen, der ein Feuerwerk hört und sich plötzlich fühlt, als wäre er wieder im Feuergefecht."

„Genau das", stimmte sie ihm zu. „Und dann ist da noch die Sache mit der Scham. Meine Freundin, sie hat mir gesagt, dass sie sich manchmal davon verfolgt fühlte. Es ist schwer zu verstehen, warum eine Frau, die nichts falsch gemacht hat und misshandelt wurde, überhaupt Scham empfinden sollte. Es ist die Scham, sich überhaupt in eine solche Situation gebracht zu haben, nicht früher damit Schluss gemacht zu haben, die Scham, es zugelassen zu haben. Dabei geht es nicht darum, ob das nun richtig oder falsch ist. Es ist einfach so. Gefühle können wir nicht beurteilen. John, ich wollte, dass du darüber Bescheid weißt. Für den Fall, dass es dir einmal begegnet."

Er schwieg eine Minute lang. Dann sagte er schließlich: „Gibt es etwas Bestimmtes, das ich tun sollte?"

„Nein", sagte sie und schüttelte den Kopf. „Wenn du das Gefühl hast, es könnte ein chronisches Problem geben, wenn dir ein Verhalten auffällt, das du nicht verstehen oder erklären kannst, dann denke einmal an eine unterstützende Beratung. Vielleicht wird bei Paige ja auch nichts dergleichen vorkommen. Ich sage es dir nur, weil es möglich wäre. Es könnte passieren und du solltest Bescheid wissen. Ich denke, du machst einfach das, was für dich völlig natürlich ist. Liebevoll sein, verzeihend, geduldig, verständnisvoll. Damals diese Nacht mit Jack? Ich hielt ihn in meinen Armen und habe ihm gesagt, dass alles in Ordnung ist."

Wieder schwieg er eine Minute lang. „Diese Frau, deine Freundin. In diesen Momenten, wenn ihr Mann da irgendwas getan hatte ... Hat sie dann aufgehört, ihn zu lieben? Vielleicht nur für kurze Zeit?"

„Nein. Mit Liebe hatte das nie etwas zu tun. Abgesehen davon, hat er ihr Leben gerettet, indem er sie in dieser reinen Weise so geliebt hat. Es hatte nur damit zu tun, dass sie wirklich einmal schlimm verletzt worden war. Ein bisschen Zeit, eine Realitätsprüfung ihrerseits, ein zuverlässiger Partner ... Sie konnte es immer schaffen, wieder in die Spur zurückzufinden. Ähnlich wie bei Jack. Das Glück, gute Leute in der Nähe zu haben. Das Glück, in Sicherheit zu sein."

Er lächelte ein wenig.

„Wenn du irgendwann das Gefühl hast, etwas könnte nicht stimmen, dann halte es nicht zu lange bei dir. Lass mich dir dabei helfen. Ich kenne mich da ein wenig aus." Sie sah auf ihre Uhr. „Gleich kommt eine Patientin. Ich muss gehen. Ich wollte nur mal mit dir darüber reden. Mach dir keine Gedanken", sagte sie und glitt vom Hocker.

15. KAPITEL

Wes Lassiter musste sich keiner Gerichtsverhandlung stellen. Die Staatsanwaltschaft und die Verteidigung hatten sich im Vorfeld geeinigt, und Paige kam nicht zur Ruhe. Der Richter war zwar von Lassiter enttäuscht, weil dieser durch seine Anrufe bei Paige und den Versuch, Druck auf sie auszuüben, gegen die Auflagen seiner Kautionsregelung verstoßen hatte, aber letztlich schickte er den Mann nur für vierundfünfzig Tage ins Gefängnis, gab ihm fünf Jahre Bewährungszeit und zweitausend Stunden gemeinnütziger Arbeit. Dazu kam, dass er täglich an den Sitzungen der Anonymen Suchtkranken teilnehmen musste, die Schutzverfügung verschärft wurde und die Sorgerechtsregelung bestehen blieb. Und er musste direkt ins Gefängnis.

„Ich weiß, es kommt dir nicht so vor, aber du bist dabei zu gewinnen", erklärte ihr Brie in einem Telefonat. „Er wurde an die Kandare genommen. Man wird ihm nichts mehr durchgehen lassen. Auch wenn die Gefängnisstrafe nur kurz ist, könnte es reichen, sein Verhalten zu ändern. Das Gefängnis ist hässlich. Gemein und gefährlich. Und man hört, er müsse Geld flüssigmachen, um seinen Anwalt bezahlen zu können, was wiederum bedeutet, dass du das Geld aus deiner Scheidungsvereinbarung erhältst."

„Das ist mir egal. Das Geld interessiert mich nicht. Ich will nur vor ihm sicher sein."

„Ich weiß", fuhr Brie fort. „Aber objektiv gesehen, sind vierundfünfzig Tage, mit der Aussicht, dass der Richter durchdreht und ihn zu zehn Jahren verurteilt, falls er es vermasselt, besser als drei bis fünf. Wirklich."

„Warum fühlt es sich für mich dann nicht so an?", fragte Paige.

„Weil du Angst hast", antwortete Brie. „Das ginge mir genauso. Aber es ist gut so. Niemand lässt ihn davonkommen. Und die Chance, dass er dich während dieser fünf Jahre Bewährungszeit anruft oder sich dir nähert und dafür dann die Hucke voll kriegt … Es ist ein starkes Abwehrmittel. Während dieser fünf Jahre könnte er sich auch tatsächlich weiterentwickeln. Ich habe zwar nicht viel Hoffnung, dass er sich in ein anderes menschliches Wesen verwandelt, aber so Gott will, er könnte vielleicht ein neues Ziel finden. Oh – möge Gott das wollen."

„Ich weiß nicht, ob das jetzt ermutigend ist oder das Schlimmste, was ich je gehört habe."

„Das ist mir klar", sagte Brie. „Aber so geht es zu in unserem Metier."

Paige erhielt die Benachrichtigung, dass das Haus zum Verkauf stehe und ihre Unterschrift erforderlich sei. Ihr Anwalt schickte Papiere, die die Liquidierung von Sparkonten und Rentenversicherungen betrafen. Dabei waren die aufgelösten Giro- und Geldmarktkonten ebenso berechnet wie die Kreditkonten und die Hypothekenbelastung.

In einer ruhigen Minute fragte Preacher: „Machst du dir Sorgen um Geld?"

„Nein, ich mache mir nur Sorgen darum, dass ich niemals von ihm freikomme. Ich will keine Angst mehr haben."

„Ich weiß nicht, wie ich das ändern kann, außer dir zu versprechen, dass ich alles für eure Sicherheit tun werde. Aber es sieht doch ganz danach aus, dass du hier ein paar Dollar bekommen wirst. Vielleicht kannst du es ja als Reserve für Notfälle zurücklegen. Und was deine Angst angeht, wir werden uns damit auseinandersetzen, während wir weiterleben. Ich will tun, was ich kann, um dir zu helfen."

„Das weiß ich, John. Es tut mir leid, dass du jetzt mit diesem Nervenbündel, das sich vor seinem eigenen Schatten fürchtet, festsitzt."

„Ich sitze nicht fest", sagte er lächelnd. „Ich hatte noch nie das Gefühl, festzusitzen. Ich führe ein wirklich einfaches Leben, Paige. Über Geld habe ich mir nie allzu viele Sorgen gemacht. Vielleicht sollten wir uns einmal ein wenig darüber unterhalten. Über Geld."

„Könnten wir das nicht lieber lassen?", fragte sie. „Geld und

Sachen. Für Wes war das so wichtig. Er ist durchgedreht, weil er versuchte, reich zu sein, viel zu besitzen, zu zeigen, dass er Erfolg hatte. Davon habe ich noch immer einen so schlechten Nachgeschmack, dass ich vielleicht nicht einmal in der Lage sein werde, ihn einzulösen, wenn ein Scheck mit der Post kommt!"

„Das ist verständlich", sagte er. „Aber ich will nicht, dass du glaubst, du müsstest dir um deine Zukunft Sorgen machen – oder die von Chris –, wenn ihr beide meine Familie seid."

„Wenn ich mir den Unterschied zwischen meinem Leben damals und heute ansehe, fühle ich mich jetzt reicher. Ich habe alles, was ich brauche. Chris und ich – uns geht es heute so viel besser."

Preacher beschloss, das Thema ruhen zu lassen, jedenfalls fürs Erste. Er hatte noch nie mit jemandem über Geld gesprochen. Er und seine Mom hatten allenfalls der unteren Mittelklasse angehört, wenn sie nicht sogar arm waren. Sie lebten in einem Zweizimmerhaus aus Schlackenbetonblöcken, der Vorgarten von einem Maschendrahtzaun eingefasst und unter einem Dach, das nicht ganz verlässlich war. In ihrem Häuserblock gab es weder Bürgersteige noch eine Straßenbeleuchtung. Sie hielt alles wirklich hübsch in Ordnung, aber sein Leben lang konnte er sich an kein einziges neues Möbelstück erinnern. Als sie starb, gab es eine Versicherungspolice, die die Restzahlung des Hauses deckte, sowie eine Lebensversicherung und eine kleine Pension von der Kirche. Mit anderen Worten, eine kleine Vorstadtimmobilie in einer zunehmend heruntergekommenen Wohngegend in Cincinnati plus eine bescheidene Summe Geld. Er war erst siebzehn und es war ihm gleichgültig, was ihm ein Verkauf einbringen würde. Er wollte seine Mom und mit ihr zusammen sein Heim.

Als er zu den Marines ging, musste er sich davon lösen, musste sich eingestehen, dass er dieses Leben nie wiederhaben konnte. Insgesamt waren es dann einhundertvierzigtausend Dollar, ein Vermögen für einen achtzehnjährigen Jungen ohne Familie – von der Brüderbande einmal abgesehen, bei der er angeheuert hatte. Ein wenig ging es ihm damals ähnlich wie Paige, so, als könnte er den Scheck nicht einmal einlösen. Also tat er das Nächstbeste und legte es sicher an. Ein Einlagenzertifikat. Ein paar Jahre später packte er alles in einen Investmentfonds. Und weil er in keiner Weise daran hing und es ihm so wenig bedeutete, brachte es ihm auch überhaupt keinen Stress ein, es ein wenig herumzuschieben, von hier nach dort. Inzwischen hatte er seinen ersten Computer, und er schlug Dinge nach. Gleich nach Angeln, Jagen und dem Lesen von Büchern über Militärgeschichte war dies seine liebste Freizeitbeschäftigung. Über den Computer informierte er sich ein wenig über Investitionen, dann begann er, online einiges anzulegen. In vierzehn Jahren waren seine Anlagenwerte beträchtlich angewachsen. Inzwischen lagen sie fast bei neunhunderttausend Dollar.

Das einzige Vergnügen, das Preacher bislang von seinem Notgroschen gehabt hatte, war, zu beobachten, wie sein Guthaben stieg. Er hatte keine Verwendung dafür. Jetzt aber hatte er einen Jungen, der in etwa fünfzehn Jahren zum College gehen würde. Mit etwas Glück könnten es auch noch mehr Kinder sein, die eine Collegeausbildung brauchten. Er konnte so weitermachen, investieren und neu investieren, aber jetzt dachte er auch daran, ein paar Hunderttausend Dollar in festverzinsliche Wertpapiere zu packen, eine sichere Geschichte, mit der garantiert wäre, dass das Geld zur Hand war, wenn es gebraucht wurde.

Später, wenn der richtige Zeitpunkt dafür gekommen war, wollte er Paige sagen, dass es nicht das Geringste ausmachte, wenn sie diesen Scheck aus ihrer Scheidungsvereinbarung nicht einlösen könnte. Sie hatte wirklich alles, was sie brauchte. Sie wusste es nur noch nicht.

Mel war vielleicht etwas gedankenverloren, was man von schwangeren Frauen ja kennt. Sie befand sich in Clear River, wo sie den Hummer vollgetankt hatte, und während sie vor der einzigen Ampel im Ort wartete, sprang diese auf Grün um, ohne dass sie sich in Bewegung setzte. In dem Moment, als sie aufschaute und feststellte, dass sie fahren konnte, war da auch schon ein lauter Knall, und mit einem Ruck wurde der Hummer auf die Kreuzung geschoben. Als sie aus dem Fahrzeug stieg – eine Hand in den Rücken gepresst und mit einem Bauch, der hervorstand wie der Kilimandscharo –, verlor der Mann in dem Pick-up-Truck, der ihr von hinten aufgefahren war, die Farbe aus dem Gesicht. Sie erkannte diesen Mann. Er trug seinen Shady Brady, und vor ein paar Monaten hatte er sie regelrecht gekidnappt, damit sie in einem Wohnwagen auf einer illegalen Marihuanaplantage Geburtshilfe leistete.

Mel sah sich die Beule im Hummer an. Eine Seite war ganz schön eingedrückt.

„Mist", sagte sie.

„Alles in Ordnung mit Ihnen?", fragte er mit einem Anflug von Panik im Gesicht.

„Ja, ich denke schon."

„Oh herrje, ich will wirklich nicht mit Ihrem Mann darüber verhandeln müssen", meinte er.

„Ich ebenso wenig."

„Ich habe eine Versicherung. Ich habe einen Führerschein. Ich habe, was immer Sie brauchen. Sagen Sie mir nur, dass mit Ihnen alles in Ordnung ist."

„Immer mit der Ruhe. Versuchen Sie, sich meinetwegen nicht verrückt zu machen. Dass Sie mir nur nicht vom Unfallort fliehen oder sonst was richtig Dummes anstellen."

„Ja", meinte er nervös. „In Ordnung."

In Clear River gab es keine Polizei vor Ort, also ging Mel zurück zu der Tankstelle und rief die California Highway Patrol an. Sie informierte Jack und versicherte ihm, dass mit ihr wirklich alles in Ordnung war. Natürlich wusste sie, dass ihm das nicht reichen und insbesondere nicht davon abhalten würde, über den Berg geflogen zu kommen.

Ungefähr dreißig Minuten später traf die CHP ein und stellte sich mit eingeschalteten Signallampen auf die Kreuzung, um den Verkehr vom Unfall fernzuhalten. Als der Streifenpolizist aus seinem Wagen stieg, fand er Mel auf dem Beifahrersitz des Hummers, wie sie bei geöffneter Tür und mit den Füßen auf der Straße ihren Bauch mit einem Stethoskop abhorchte. Mit gerunzelter Stirn sah er auf Mels dicken Bauch. „Oh je. Alles in Ordnung mit Ihnen?", fragte er.

„Ja", antwortete sie und strich mit der Hand über ihren Bauch. „Es geht mir gut."

„Hm. Sie sind ja schrecklich schwanger", meinte er.

„Was Sie nicht sagen."

„Sind Sie Ärztin?"

„Hebamme."

„Dann wissen Sie ja, was Sie brauchen, schätze ich mal."

Just in diesem Moment kam Jacks Truck quietschend auf der Kreuzung zum Stillstand, und schon war er ausgestiegen und kam mit großen Schritten auf sie zu. Mel sah zu dem Beamten hoch. „Also das wird wahrscheinlich irrelevant sein."

Ein Blick auf seinen alten Freund mit dem Shady Brady reichte Jack, um sich innerlich hochzuschaukeln. Die Schlagader an seinem Kinn pochte, seine Gesichtsfarbe verdunkelte sich vor Wut. Sie legte ihm eine Hand auf den Arm. „Ich weiß, rein technisch ist es seine Schuld, aber die Ampel war umgesprungen und ich bin nicht angefahren. Also versuche doch bitte, deine persönlichen Gefühle hier rauszuhalten, und lass den Polizisten seine Arbeit machen."

Er sah zu dem Polizisten hinüber, der die Daten des Mannes aufnahm, und meinte: „Es fällt mir wirklich schwer, dabei nicht persönlich zu werden."

„Also gut", erwiderte Mel. „Dann lass es uns einfach mal mit Vernunft versuchen."

Vierzig Minuten später lag sie auf dem Untersuchungstisch in Grace Valley, während das Ultraschallgerät neben ihr piepste. Jack war zwar nahe daran zu verzweifeln, aber sonst war niemand sonderlich besorgt. John meinte nur, es könne ja nicht schaden, einmal nachzuschauen und sicherzustellen, dass alles in Ordnung war. Das Baby selbst war eindeutig nicht traumatisiert, denn es hopste herum wie eine Turnerin. June Hudson und

Susan Stone spähten über Mels großen Bauch und betrachteten das Baby auf dem Bildschirm, während John die Sonde bewegte. Auf einmal fluchte er: „So ein Mist."

„Auweia", fügte seine Frau hinzu.

„Was ist los?", fragte Jack. „Was ist?"

„Aber ich habe doch all diese rosa Sachen! Von Weihnachten!", kreischte Mel.

„Was?", wiederholte Jack. „Was zum Teufel ist los? Ist mit dem Baby alles in Ordnung?"

„Dem Baby geht's gut", sagte John. „Mit Sicherheit ist es aber keine Emma. Sieh mal hier – Femur, Femur, Penis. Ich hab's verhauen. Und dabei bin ich doch so gut. Ich habe keine Ahnung, wie mir das passieren konnte."

„Wahrscheinlich war es nur ein wenig früh", meinte June. „Wir hätten es in der zwanzigsten Woche wiederholen sollen, um sicher zu sein."

„Ja, aber ich bin doch so verdammt *gut*", beharrte John.

„Penis?", fragte Jack.

Mel sah in seine Augen hoch. „Wir werden uns einen anderen Namen einfallen lassen müssen."

Jack wirkte völlig verdattert. Mit einem solchen Ausdruck hatte Mel ihn, soweit sie sich erinnern konnte, noch nie gesehen. „Mann", hauchte er. „Gut möglich, dass ich überhaupt nicht weiß, wie ich jetzt mit einem Jungen umgehen soll."

„Nun, die Neuigkeit haben wir ja gerade noch rechtzeitig erfahren", stellte June fest und verließ das Untersuchungszimmer.

„Ja, rechtzeitig vor meiner Dusche", fügte Susan hinzu und folgte ihr.

„Ich war mir sicher, es ganz klar feststellen zu können", sagte John. „Irgendwie fühle ich mich betrogen."

Mel sah ihrem Mann weiterhin in die Augen und konnte beobachten, wie er langsam anfing, mächtig zu grinsen. „Was denkst du gerade, Jack?", fragte sie ihn.

„Dass ich es gar nicht abwarten kann, meine Schwäger anzurufen, diese Nichtsnutze."

Gerade wollte Mel die Praxis für den Tag verlassen, um gegenüber auf der anderen Straßenseite mit ihrem Mann gemeinsam zu Abend zu essen, als Connie ihrer Nichte durch die Eingangstür half, indem sie Liz mit einer Hand unter dem Ellbogen stützte, während diese ihren Bauch festhielt. Ein dunkler, feuchter Fleck verbreitete sich zwischen ihren Beinen an den Jeans herunter, und sie weinte. „Es tut so weh", schrie sie. „Es tut *weh*!"

„Okay, Liebes", sagte Mel, trat auf sie zu und nahm ihre andere Hand. „Wir wollen mal sehen, was los ist. Wann warst du zuletzt bei Dr. Stone?"

„Vor zwei Wochen. Oohh."

„Hat sie ihre Wehen?", fragte Connie.

„Vielleicht. Wir werden es gleich wissen. Komm mit ins Untersuchungszimmer und lass mich nachschauen. Dann werden wir entscheiden, ob du ins Krankenhaus gehen solltest."

Mel und Connie halfen Liz beim Ausziehen, zogen ihr die feuchte Jeans herunter, warfen ihr einen Umhang um und legten sie auf den Untersuchungstisch. „Jetzt übernehme ich", wandte Mel sich an Connie. „Ich will wissen, was los ist."

„Ruf Rick an", schrie Liz. „Bitte, Tante Connie! Bitte! Ich brauche ihn!"

„Natürlich, Liebes." Connie verließ das Zimmer und zog die Tür hinter sich zu. Mel setzte das Stethoskop auf ihren Bauch, obwohl Liz sich vor Schmerzen krümmte. Sie wartete darauf, dass die Kontraktion abklingen würde, aber es dauerte lange, und sie war ziemlich heftig. Endlich entspannte sich ihr Uterus, aber Liz konnte es nicht als besondere Erleichterung empfinden.

Ihr Weinen wurde allerdings jetzt leiser, und Mel bemühte sich, etwas zu hören, während sie das Stethoskop hin- und herbewegte. Dann hängte sie es sich um den Hals und zog das Dopton heraus, ein Instrument, mit dem die kindlichen Herztöne hörbar gemacht werden. So ruhig wie möglich bewegte sie es über ihren Bauch, während Liz sich wieder krümmte und stöhnte.

„Ist der Herzschlag in Ordnung?", fragte sie.

„Bei den Kontraktionen ist es im Augenblick schwer festzustellen. Ich will es noch einmal versuchen, nachdem ich mir deinen Muttermund angesehen habe." Dann zog sie sich Handschuhe an. „Also gut, Liz, lass mich dich jetzt untersuchen. Die Füße in die Bügel, und rutsch bitte ein Stückchen nach vorne. Ich werde so sanft wie möglich sein. So ist es gut. Ein paarmal langsam und tief durchatmen." Vorsichtig schob sie die Hand in den Geburtskanal. Sechs Zentimeter. Keine sieben. Blutige Flüssigkeit.

„Liz", sagte sie, „es ist so weit. Du stehst kurz vor der Geburt." Noch einmal versuchte es Mel mit dem Dopton, und ihr sank das Herz. Liz war etwas früh dran. Sie hatte noch nicht einmal mit den wöchentlichen Besuchen bei Dr. Stone begonnen, die im letzten Monat anstanden. Wahrscheinlich hatte sie seit der Untersuchung durch Mel anlässlich ihrer Rückkehr nach Virgin River überhaupt keine Vaginaluntersuchung mehr gehabt.

Mel untersuchte ihren Blutdruck und horchte ihr Herz ab. Unter den Bedingungen normal. Dann legte sie noch einmal das Dopton an. „Hast du diese Kontraktionen schon lange?", fragte sie Liz.

„Ich weiß nicht. Den ganzen Tag schon, glaube ich. Aber ich wusste nicht, was es war. Es wurde einfach nur immer schlimmer. Nicht diese Braxton-Dinger. Das war wie ein *Messer*!"

„Okay, Liebes. Es ist in Ordnung. Hat sich das Baby viel bewegt?"

„Nein. Mir hat nur der Rücken wehgetan und jede Menge … Hin und wieder Bauchschmerzen. Blähungen, denke ich. Waren es Blähungen?"

„Ich weiß nicht, Liebes. Wann hast du zuletzt gemerkt, dass sich das Baby bewegt?"

„Ich bin mir nicht sicher", schrie Liz. „Ist alles in Ordnung mit ihm?"

„Versuch einmal, so zu atmen", sagte Mel und demonstrierte ihr ein tiefes Einatmen und ein langsames Ausatmen. Aber Liz war schon viel zu weit. Also zeigte sie ihr ein Hecheln, bei dem die Luft in kleinen Stößen ausgeatmet wurde, was etwas besser zu funktionieren schien. „So ist's gut. Ich will mal sicherstellen, dass deine Tante Connie auch wirklich bei Rick angerufen hat. Okay?"

„Okay. Aber lass mich nicht allein."

„Es dauert nur eine Minute. Versuch's weiter mit dieser Atmung."

Mel ging aus dem Zimmer und schloss die Tür hinter sich. „Connie, hast du Rick erreicht?"

„Jack hat ihn nach Garberville geschickt, wo er Fleisch für die Bar holen soll. Er muss wohl bald zurück sein."

„Wie bald?", wollte Mel wissen. Aus dem Bauch heraus hätte sie es Liz am liebsten gleich gesagt – dass da kein Herzschlag war, keine Bewegung. Aber sie war so jung, so verletzlich, so sehr auf Rick angewiesen.

„Jack sprach von Minuten", antwortete Connie.

„Okay, gut. Liz hat Geburtswehen und ist geweitet. Kannst du bitte reingehen und ein paar Minuten bei ihr bleiben? Ich muss Dr. Stone anrufen. Es wird nicht lange dauern."

Auf dem Flur begegnete ihr Doc Mullins. „Was ist los?", fragte er.

Mel trat nahe an ihn heran und flüsterte. „Ich habe keinen Herzschlag von dem Kind, keine Bewegung. Sieben Zentimeter, und sie kann sich nicht erinnern, wann sie zuletzt gefühlt hat, dass sich das Baby bewegt."

Während Mel mit ihm sprach, schoben sich seine weißen Brauen mehr und mehr zusammen. Als sie geendet hatte, fluchte er: „Gott*verdammt*!"

„Könnten Sie nicht mal reingehen und es versuchen? Bitte!"

„Ihre Ohren sind viel besser als meine."

„Nehmen Sie das Dopton und versuchen Sie es trotzdem einmal. Bitte!", bat sie ihn. „Ich will John anrufen. Er hat sie schon untersucht."

Doc legte ihr seine alte Hand auf die Schulter. „Sie hätten nichts daran ändern können."

„Ich weiß, aber bitte versuchen Sie es, Doc“, wiederholte sie, auch wenn sie wusste, dass er nichts finden würde. Ein Kindstod in utero. Sie könnten versuchen, sie noch ins Valley Hospital zu transportieren, aber so weit, wie Liz in ihren Wehen fortgeschritten war, würde es nicht viel bringen. Dem Baby war nicht zu helfen, und zu dem Zeitpunkt, wenn sie dort eintrafen, würde es für eine Epiduralanästhesie viel zu spät sein, sodass man sie nicht einmal von ihren Schmerzen befreien könnte. Mel wollte sich darauf konzentrieren, Liz durch die Wehen zu helfen und das Baby so schnell wie möglich herauszuholen. Aber erst musste sie mit John sprechen. Gott sei Dank war er gleich am Telefon, und sie erklärte ihm die Situation.

„Ich habe sie vor zwei Wochen untersucht“, teilte John ihr mit. „Da war alles in Ordnung. Liegt eine Präeklampsie vor?“

„Nein. Ihr Blutdruck ist in Ordnung, und es würde nicht viel bringen, bei diesen Blutungen ihren Urin zu untersuchen. Einen Katheter will ich jetzt nicht anlegen, wo so viel geschieht. Aber ich sage mal Nein. Ich sehe keine Ödeme. Sie hatte Bauchschmerzen und kann sich an die letzte fötale Regung nicht erinnern. Ihre Wehen kommen sehr stark. Ihr Uterus arbeitet mächtig. Vor ein paar Minuten war sie auf sieben.“

„Du kannst nichts weiter tun, als dieses Baby herauszuholen“, meinte John. „Willst du, dass ich hochkomme?“

„Was könntest du tun?“, fragte Mel.

„Ich könnte die Entbindung für dich übernehmen, Mel. Ich hasse die Vorstellung, dass du das durchfichst, während du selbst schwanger bist. Es ist traumatisch für dich.“

„Ich werde sie da schon durchbringen“, beruhigte sie ihn. „Aber verdammt!“

„Ja, verdammt“, sagte John leise.

„Wenigstens scheint es sehr schnell zu gehen“, meinte sie noch, bevor sie auflegte. Anschließend rief sie gleich bei Jack an. „Ich brauche hier etwas Hilfe. Liz steht kurz vor der Geburt, und ich kann sie nicht nach oben bringen.“

„Schon unterwegs“, sagte er nur.

Doc kam gerade aus dem Untersuchungszimmer, als Mel dort hinein wollte. Traurig schüttelte er den Kopf. Mel hatte nur noch einen Gedanken: Oh Gott, konnte es für diese Kids eigentlich noch schlimmer kommen? Es war doch schon schwierig genug, ein Baby zu bekommen, wenn man zu jung war, aber es war einfach entsetzlich, ein Baby zu bekommen, das nicht mehr lebte.

Reiß dich zusammen, sagte sie sich. Es wird eine Menge Tränen geben. Reiß dich zusammen. Einer muss stark bleiben. Einer muss sie da durchführen.

„Jack ist unterwegs hierher", informierte sie Doc. „Er kann sie für uns die Treppe hinauftragen. Schicken Sie ihn gleich rein, okay?" Dann ging sie wieder ins Untersuchungszimmer. „Liz, ich muss offen mit dir reden. Es wird jetzt sehr schnell gehen. Wir haben keine Zeit mehr, dich ins Krankenhaus zu transportieren. Wir werden dich nach oben ins Bett bringen. Ich stehe das mit dir durch."

„Was ist denn mit der Spritze gegen die Schmerzen?", fragte Liz, die schon mächtig schwitzte.

„Ich will nicht, dass du langsamer wirst oder mir abdriftest, Liebes. Ich kann dir etwas geben, wenn wir oben sind … Aber lass uns damit weiterkommen. Ich werde dir helfen, richtig zu atmen. Und Rick wird auch gleich hier sein."

Jack betrat den Raum. Er war einfühlsamer, als ihm guttat. Seinem Gesicht war anzusehen, dass ihm klar war, dass irgendetwas nicht stimmte, auch wenn er nicht genau wusste, was es war. Mel gab den Untersuchungstisch frei, und Jack beugte sich über Liz. „Komm schon, Liebchen", sagte er weich. „Ich werde dich nach oben tragen." Als er sie in seine Arme hob, rutschte das Laken weg, mit dem sie bedeckt war, und gab ihren nackten Unterleib frei, aber das war Jacks geringste Sorge. „Auf geht's. Immer hübsch vorsichtig und langsam."

Er trug sie über die Treppe nach oben in das Zimmer, wo Mel ihre erste Entbindung in diesem Ort durchgeführt hatte. Liz krümmte sich und weinte, während er sie behutsam auf den sauberen weißen Laken absetzte. Als er seine Arme unter ihr wegzog, war einer seiner Hemdärmel feucht von blutiger Flüssigkeit. „Rick?“, fragte sie.

„Er ist unterwegs hierher, Liz. Er muss jeden Augenblick da sein.“

„Ich brauche ihn bei mir“, meinte sie weinend.

„Er kommt ja gleich, Liebes“, versicherte ihr Jack.

Mel versuchte es noch einmal mit dem Dopton und betete dabei um ein Wunder, aber da war nichts. Nichts als heftige Wehen und kein Leben darin.

„Doc, können Sie bitte einen Moment bei Liz bleiben?“

„Natürlich“, antwortete Doc, ging zu ihr, nahm ihre Hand in seine und begann, mit ihr zu trainieren. „Lass uns mal ein bisschen diese Hechelatmung üben, Lizzie“, sagte er.

Mel ging mit Jack und Connie raus auf den Flur, und Jack rollte sich gerade seinen verschmutzten Ärmel auf, als die Tür zu Docs Praxis aufschlug und Rick laut schrie: „Liz? Mel?“

Mel legte Jack eine Hand auf den Arm und bedeutete ihm, er solle bleiben. „Hier oben, Rick“, rief sie. Mit Sorgenfalten in seinem jungen Gesicht kam er die Treppe heraufgesprungen. Er war völlig überdreht und hatte offensichtlich Angst.

„Ist es zu früh gekommen?“, fragte er.

Mel nahm Connie an eine und Rick an die andere Hand und sagte: „Rick, ich muss dir etwas sagen, und du musst stärker sein als jemals zuvor. Für Liz. Du wirst uns dabei helfen, das durchzustehen.“ Jack trat hinter Rick und legte ihm seine starken Hände auf die Schultern. „Das Baby, Rick. Es gibt keinen Herzschlag.“ Mit medizinischer Terminologie hielt sie sich nicht auf. Diesem siebzehnjährigen Jungen sagte sie: „Es ist gestorben, Rick.“

„Was?“, fragte er und runzelte verwirrt die Stirn. „Was hast du gesagt?“

„Es gibt keinen Herzschlag. Keine Bewegung. Liz liegt in den Wehen, und sie wird bald entbinden, aber es wird nicht leben.“

Connie begriff erst jetzt, senkte den Kopf und fing leise mit zuckenden Schultern an zu weinen. Rick brauchte eine Minute. Er schüttelte den Kopf und wollte, dass es nicht so wäre. „Warum?“, fragte er. „Wie?“

„Wir wissen es nicht, Rick. Gerade vor ein paar Minuten habe ich mit Dr. Stone gesprochen. Es war alles in Ordnung, als er sie zuletzt untersuchte. Bei Liz scheinen keine Schwangerschaftsstörungen vorzuliegen. Es ist eine Weile her, dass sie eine Bewegung gespürt hat. Es kann vor ein paar Stunden gewesen sein, vor ein paar Tagen ... So etwas kommt selten vor, aber es geschieht. Und wir werden es ihr sagen müssen.“

„Ich dachte, dass es letzte Nacht einfach nur still war. War es ...?“, fragte Rick. „Letzte Nacht, als ich sie im Arm hielt, habe ich nicht ... Nein“, sagte er kopfschüttelnd. Er bekam feuchte Augen, blieb aber aufrecht stehen. „Nein“, wiederholte er. Mel nahm ihn in die Arme, diesen großen, standfesten Jungen, der viel zu jung zum Vater wurde und viel zu früh ein trauernder Vater. Er lehnte sich an sie, schüttelte den Kopf und sagte: Nein, Nein, Nein, Nein, wieder und wieder. Sie hielt es für das Beste, dass er sich erst einmal ein wenig abreagierte, bevor er zu Liz ging, aber dann erreichte sie ein Schrei aus dem Geburtszimmer, und er riss den Kopf hoch, als höre er einen Pistolenschuss. Sie konnte beobachten, wie er tapfer darum kämpfte, seine Tränen unter Kontrolle zu bringen.

„Sie wird dich so sehr brauchen. Schlimmer als jetzt kann es nicht werden.“

„Vielleicht sollten wir es lieber nicht tun. Ihr das sagen.“

„Wir müssen es ihr sagen. Es ist ihr Baby. Schaffst du das mit mir zusammen? Denn ich brauche deine Hilfe wirklich.“

„Ja“, sagte er, schluckte die Tränen hinunter und wischte sich mit dem Ärmel über die Nase. „Ja, ich glaube, dass ich das schaffe. Oh Gott“, meinte er stöhnend und verlor einen Moment lang die Beherrschung. „Das habe ich ihr angetan!“

„Nein, Rick. Das ist einfach geschehen. Es ist grausam und es ist entsetzlich, aber niemand hat Schuld daran. Irgendwie müssen wir da jetzt durch.“

„Was, wenn wir sie ganz schnell ins Krankenhaus bringen?", fragte er.

„Es tut mir leid. Es würde nichts ändern. Komm schon, lass uns …"

„Aber vielleicht *irrst* du dich ja."

„Du weißt ja nicht, wie sehr ich mir wünsche, dass ich mich irre. Komm mit mir. Sie ist jetzt bald so weit, und sie muss es erfahren." Sie griff nach seiner Hand. „Du wirst für sie da sein müssen." Sie zog ihn in das Zimmer, und als sie eintraten, verließ Doc den Raum, um Mel ihre Arbeit machen zu lassen.

„Rick", presste Liz schluchzend hervor und streckte die Arme nach ihm aus. Sie war in Schweiß gebadet, hatte feuchtes Haar, und ihre Gesichtszüge waren schmerzverzerrt.

Rick eilte zu ihr, nahm sie in die Arme und hielt sie fest an sich gedrückt, während ihm stille Tränen über die Wangen liefen. Liz war viel zu sehr im Griff der starken Schmerzen, als dass sie sich darüber gewundert hätte, was mit ihm los war. Nachdem die Wehe abgeklungen war, griff Mel nach ihrer Hand und sagte: „Liz, Rick und ich müssen dir etwas sagen …" Rick hob den Kopf von ihrer Schulter und sah Liz mit festem Blick an, wenn auch seine Wangen feucht waren.

„Was?", fragte sie schwach. „Was ist los?"

Rick strich ihr das Haar aus der Stirn, und es war kaum noch ein Flüstern, als er sagte: „Das Baby, Liz. Es ist nicht in Ordnung."

„Was?", fragte sie wieder.

Flehend sah Rick zu Mel. „Das Baby lebt nicht mehr, Liz", erklärte sie und kämpfte gegen ihre eigenen Tränen an.

„Woher willst du das wissen?", fragte Liz scharf, rutschte im Bett hoch und war plötzlich alarmiert und verängstigt. „Woher weißt du das?"

„Das Herz schlägt nicht mehr, Liebchen. Die ganze Zeit schon."

Und dann wurde Liz erneut von einer starken Wehe gepackt.

„Kannst du ihr nicht etwas geben?", fragte Rick.

Mel zog sich ein paar Handschuhe über, um bei Liz nachsehen zu können. „Ich werde ihr etwas geben, um dem Schmerz die Spitze zu nehmen, ohne dass sie langsamer wird oder wegtritt. Aber wir müssen das hier in Gang halten", erklärte sie den beiden. „Lass mich einmal nachsehen, Liebes. Stell die Knie auf. Gutes Mädchen. So ist's gut. Gut … wir nähern uns. Es wird nicht mehr sehr viel länger dauern."

„Warum?", fragte Liz schluchzend. „Warum? Was ist geschehen?"

„Niemand weiß es, Baby", sagte Rick. „Ein Irrtum der Natur … Niemand weiß es."

„Oh Gott, Rick!"

„Ich bin hier, Baby. Ich verlasse dich nicht. Ich liebe dich, Liz. Ich liebe dich so sehr. Wir werden das überstehen."

„Kann denn niemand etwas tun?", kreischte sie.

„Wenn sie es könnten, würden sie es tun. Ich bin bei dir, Baby. Ich lass dich nicht allein."

Während sie zusammen weinten, sich durch eine quälende Wehe nach der anderen hindurch aneinander festhielten, konnte Mel gar nicht anders, als so etwas wie einen tragischen Stolz auf diese beiden Kinder zu empfinden, die sich gegenseitig durch ein Erlebnis hindurchhalfen, das gewiss das Schrecklichste war, was jemand überhaupt ertragen konnte, gleich welchen Alters.

„Ich werde dich gleich bitten zu pressen, Liz." Mel ging zur Tür, öffnete sie kurz, um Doc, der dort wartete, zu sagen: „Es ist gleich so weit. Sie steht kurz vor zehn Zentimetern."

Zurück im Zimmer, leitete sie Liz und Rick beim Pressen an, ein mühsamer Prozess. Liz verhielt sich heldenhaft, und zwischen den starken Wehen schluchzte sie hemmungslos. Dann kam John Stone in den Raum. „Ich dachte, du könntest etwas Hilfe brauchen", sagte er. „Ich bin hier, wenn nötig."

Tonlos formten Mels Lippen ein Danke, dann wandte sie sich wieder dem Geburtsfeld zu. John zog sich Handschuhe über und legte Klammern und Schere bereit.

Liz presste mehrmals und klammerte sich zwischen den Kontraktionen an Rick. Ein paarmal begegnete Mel seinem Blick und sah, dass er sich erstaunlich gut im Griff hatte. Kurz kam ihr in den Sinn, wie sehr der Junge Jack ähnlich war. Seine Augen waren klar, aber er hatte feuchte Wangen und biss die Zähne zusammen. Wenn er sich aber bückte und seine Lippen auf ihre Stirn legte, wurden seine Züge weicher und er murmelte ihr süße Worte zu, sagte Liz, dass er da war, dass er sie liebte.

Mel sah, wie sich die Labia teilten und die Schädeldecke des Babys sichtbar wurde. Es würde schnell herauskommen, denn es war nicht völlig ausgereift und kleiner als der Durchschnitt.

Der Kopf des Babys tauchte dann ganz auf, und der Entwicklungsabbruch war sogleich an der leicht bläulichen Verfärbung zu erkennen. Aber seine Haut war intakt. Dieses Baby war vielleicht vor einem Tag gestorben. „Einmal noch, Liz, dann ist es vorbei.“ Mel zog eine Schulter heraus.

Den schlaffen, leblosen Körper des kleinen Jungen ließ Mel auf dem Bett zwischen ihren Beinen liegen und überließ es John, zu klammern und zu schneiden. Dann wickelte sie das Baby in seine Decke, liebevoll und behutsam, als wäre es am Leben, und ließ das Gesicht herausschauen. Seine Augen waren geschlossen, Arme und Beine schlapp.

„Gib ihn uns“, forderte Liz. „Gib ihn mir!“

Mel legte Liz das Baby in die Arme. Gemeinsam hielten Rick und Liz ihn fest, steckten die Köpfe zusammen und trauerten um ihn. Rick weinte leise mit zuckenden Schultern, Liz schluchzte herzzerreißend. Dann sah Mel zu, wie sie ihn langsam auswickelten, ihn berührten und Zentimeter für Zentimeter erkundeten, ganz so, als hätte sie ihnen ein lebendes Baby präsentiert. Die Tränen trübten ihr den Blick, und sie spürte sie auf ihren Wangen. In ihrem Bauch fühlte sie die Tritte ihres eigenen Kindes.

Ein paar Minuten lang massierte sie Liz die Gebärmutter, dann kam die Plazenta heraus. Während sie nachschaute, ob sie vollständig war, dachte sie daran, dass dort das Baby gelebt hatte und gestorben war. Es war so sinnlos. Und als sie zu Liz und

Rick schaute, stellte sie fest, dass sie trotz der Tränen, die ihnen über die Wangen liefen, noch immer das nackte Baby erforschten, es sanft und liebevoll streichelten und seine winzigen Finger in den Händen hielten. Überwältigt senkte Mel den Blick.

Dann fühlte sie Johns Hand auf ihrer Schulter. Er flüsterte ihr ins Ohr: „Soll ich das nicht für dich zu Ende bringen?"

Sie nickte und zog sich zurück. Normalerweise hätte sie darauf bestanden, bis zur Reinigung alles selbst zu machen. Aber durch diesen plötzlichen, heftigen Verlust, in Kombination mit ihrer eigenen Schwangerschaft, war sie in einer anderen Verfassung. Sie sah zu, wie John Liz untersuchte, um festzustellen, ob sie genäht werden musste, und deckte sie dann zu. John wollte sich vergewissern, dass Liz und Rick in Ordnung waren, aber keiner von den beiden schien ihn überhaupt wahrzunehmen. Dann legte er Mel einen Arm um die Schulter und sagte: „Wir wollen ihnen ein paar Minuten geben. Komm mit."

Er zog Mel aus dem Zimmer, und sowie sie draußen waren, lehnte sie sich schluchzend an ihn. John hielt sie fest, während sie heftige Tränen vergoss. Er hatte sie an sich gedrückt und konnte nun fühlen, wie sich das Baby in ihr bewegte, und obwohl er der Starke sein wollte, bekam er feuchte Augen. Es dauerte einige Zeit, bis sie nach Luft schnappte und zu ihm hochsah. Sie lächelte und trocknete sich die Wangen. „Danke, dass du gekommen bist."

„Ich konnte dich das doch nicht allein durchstehen lassen", sagte John.

„Ich war nicht allein", sagte sie leise. „Ich war mit zwei der stärksten, tapfersten Kids zusammen, die ich je gekannt habe."

Doc brachte das Baby ins Valley Hospital, um eine Autopsie durchführen zu lassen, aber es wäre keineswegs ungewöhnlich, wenn man in einem solchen Fall eine bestimmte Todesursache nicht feststellen könnte. Trotz des katastrophalen Endes hatte Liz die Geburt gut überstanden. Mel brauchte noch zwei Stunden, um mit Johns Hilfe alles wiederherzurichten und sauberzumachen. John gab Liz ein Beruhigungsmittel, und kurz darauf schlief sie ein. Dann war auch Doc wieder zurück, und Rick hatte sich auf das schmale Bett neben Liz ausgestreckt und hielt sie in seinen starken Armen. Mel bot Rick an, auch ein Beruhigungsmittel zu nehmen. „Nein", lehnte er stoisch ab. „Ich will wach bleiben für Liz, falls sie mich braucht."

Es war zehn geworden, als John wieder heimfuhr und Mel völlig niedergeschlagen mit schleppenden Schritten über die Straße zur Bar ging. Als sie die Tür öffnete, stellte sie fest, dass nicht nur Jack noch dort war, sondern auch Paige, Preacher und Mike noch wach waren und auf sie warteten. Jack stand vom Tisch auf.

Sie kam herein, sah sie alle an, schüttelte den Kopf und sagte: „Diese armen Kinder."

Jack schloss sie in die Arme, und einen Moment lang legte sie den Kopf an seine Brust. „Mir ist innerlich so kalt", sagte sie. „Ich brauche das Feuer. Und einen Brandy. Nur einen kleinen Schluck Brandy, bitte."

Er führte sie zum Feuer, und als sie sich gesetzt hatte, griff Paige nach ihrer Hand. „Schlimm?"

„Das Baby war schon tot, bevor es zur Welt kam." Bei jedem anderen hätte sie vermutlich davon gesprochen, dass es sehr traurig war. Ihren engen Freunden aber sagte sie: „Mein Herz liegt in tausend Stücken. Es tut mir so leid für sie."

Jack brachte Mel ein kleines Gläschen Remy. Mit zitternder Hand hob sie es an die Lippen und trank einen Schluck, dann stellte sie es auf den Tisch zurück. Mit dem Rücken zum Feuer zog sie ihren Mantel fester um sich. „Man weiß nie, wo man Mut findet", fuhr sie fort. „Mein Gott, diese beiden Kids. Sie haben sich aneinander geklammert und den schlimmsten Tag ihres Lebens hinter sich gebracht."

„Wenigstens sind sie noch jung", sagte Paige.

„Ja, wenigstens das."

Dann war es still im Raum, während Mel die Hitze des Feuers absorbierte und schweigend die Hälfte ihres Brandys zu sich nahm. Dann sagte sie: „Jack, ich möchte, dass du heimfährst und dich etwas ausruhst. Ich werde heute Nacht bei den Kids bleiben, falls sie mich brauchen."

Sofort richtete er sich auf. „Mel, das kann doch Doc übernehmen. Oder du hättest John bitten sollen, hierzubleiben. Letztendlich ist Liz seine Patientin. Du bist ..."

„Ich werde in der Praxis bleiben. Und mir wäre es lieb, wenn du nach Hause fährst und versuchst, etwas zu schlafen. Rick wird dich morgen brauchen."

„Ich werde hier warten, falls ..."

„Bitte", unterbrach sie ihn. „Lass uns nicht darüber streiten. Du weißt doch, dass ich sie jetzt nicht alleine lasse."

„Mel ..."

„Mein Entschluss steht fest, Jack. Wir sehen uns morgen früh."

Obwohl Preacher ihm sein Bett oder zumindest doch die Couch in seinem Apartment anbot, fuhr Jack wie geheißen ins Waldhaus. Natürlich konnte er nicht schlafen. In dieser Nacht wollte er den Bauch seiner Frau an sich pressen und fühlen, wie sein Sohn sich lebendig darin bewegte. Aber er verstand. Mel war ebenso stur wie stark, und wäre sie mit ihm nach Hause gefahren, hätte sie sich die ganze Nacht lang um Liz und Rick gesorgt.

Gegen vier Uhr morgens hielt er es nicht länger aus. Er stieg aus dem Bett und kleidete sich an, zog seine schwere Wildlederjacke und die Lederhandschuhe über und fuhr in den Ort zurück. Er parkte seinen Truck vor der Praxis gleich neben dem von Rick, stieg aus und lehnte sich an die Tür. Er hätte auch in die Bar gehen und Kaffee machen können, aber es war sinnlos, das ganze Haus aufzuwecken. Preacher und Paige sollten so lange wie möglich schlafen können, schließlich mussten auch sie tief davon betroffen sein.

Ohne die Kälte zu spüren, blieb Jack dort stehen, während sein Atem als Dampfwolke über ihm aufstieg, bis mehr als zwei Stunden später die ersten Strahlen der Wintersonne über den

Berg zu kriechen begannen. Er wollte da sein, wenn Mel herauskam, nachdem sie ihre Nachtwache beendet hatte, und er würde ihr ein Frühstück bereiten, sie nach Hause fahren und dafür sorgen, dass sie etwas Ruhe fand. Lange Zeit starrte er einfach nur den Boden an und grübelte darüber nach, wie etwas so Grausames möglich sein konnte.

Als sich die Tür der Praxis öffnete, hob er den Kopf. Es war jedoch nicht Mel, sondern Rick, der auf die Veranda heraustrat. Sogleich hatte Jack nur noch einen Gedanken: Wie schrecklich, auf diese Weise zum Mann zu werden! Rick blieb einen Augenblick lang dort stehen, dann stieg er langsam von der Veranda herunter auf die Straße. Als sich ihre Blicke begegneten, sah Jack so viel Leid darin, so viel Schmerz über den Verlust.

Jack ging auf ihn zu, legte dem Jungen eine Hand in den Nacken und zog seinen Kopf an seine Schulter. Er hörte, wie Rick tief und gequält seufzte. Jack schloss seinen anderen Arm um ihn, und nun ließ Rick sich gehen. Er sank an Jacks Brust, und dann flossen die Tränen. „Ja, Kumpel. Lass es raus. Ich verstehe."

„Warum konnte ich gar nichts tun?", fragte Rick leise.

„Keiner von uns konnte das, mein Sohn. Es ist einfach furchtbar. Es tut mir so leid."

Mit zuckenden Schultern weinte Rick leise und traurig vor sich hin, während Jack ihn hielt. Bei all den Anfechtungen dieser Schwangerschaft, der ganzen Tristesse, die mit ihrer Situation verbunden war, und bei all ihren Kämpfen, sie wie Erwachsene mit ein wenig Würde durchzustehen, konnte nichts davon Liz und Rick darauf vorbereitet haben, sich dem hier zu stellen. Der Junge, der sich wie ein Mann geradegemacht und Verantwortung übernommen hatte, war am Ende seiner Kräfte und lehnte leise schluchzend in der Qual seiner Trauer an Jack. Sein Herz war zerrissen, und Jacks Herz schmerzte, während er ihn so hielt.

Eine einzelne Träne zog eine Spur über Jacks unrasierte Wange.

16. KAPITEL

Liz lag zwei Tage bei Doc im Krankenzimmer, und Rick blieb die ganze Zeit bei ihr. Sie weinten viel und klammerten sich aneinander fest. Mel verbrachte viel Zeit mit ihnen und versuchte, sie zu trösten. Wichtig sei, sagte sie ihnen, dass sie sich zwei Dinge klarmachten: Erstens war es nichts, woran sie oder irgendjemand sonst Schuld hätte, und zweitens gab es keinen Grund, zu glauben, es könne irgendwann noch einmal passieren. Es kam zwar nur äußerst selten vor, dass ein intrauteriner Exitus nicht durch eine Eklampsie oder eine andere Schwangerschaftskomplikation verursacht war, aber leider geschah es von Zeit zu Zeit.

Jack und Mel trafen die Vorbereitungen für die Beerdigung des Babys. Liz wollte ihn nach Eureka heimbringen, wo sie aufgewachsen war und wo ihre Großeltern begraben lagen. Anschließend wollte Liz dann bei ihrer Mutter bleiben, die angesichts der Tragödie dem jungen Paar gegenüber sehr viel einfühlsamer geworden war. Sie ging sogar so weit, Rick einzuladen, so lange und so oft zu kommen, wie er wolle, denn seine Unterstützung wurde dringend gebraucht, um Liz durch diese dunklen Tage zu leiten.

Mel litt. Gewiss, es war nicht der erste Todesfall für sie, aber die Heilkunst und Geburtshilfe in einem kleinen Ort machten die Patienten zu Freunden, und dieses junge Paar bedeutete ihr ganz besonders viel. Jack, der nicht recht wusste, was er für seine Frau tun konnte, fuhr mit ihr nach Grace Valley ins Haus von June Hudson. Außer June und ihrem Mann Jim waren noch John und Susan anwesend und auch der alte Doc Hudson. Beim Dinner waren alle sehr ernst und sprachen über ihre schlimmsten Momente, ihre tragischen Verluste. Es ging alles andere als vergnügt zu, aber sich daran zu erinnern, dass dies die Kehrseite der Medizin war und sie dabei nicht allein war, half Mel, damit fertig zu werden.

Während des Essens dachte Jack flüchtig daran, dass das Bedürfnis dieser Mediziner, untereinander ihre Kriegsgeschichten auszutauschen, nicht viel anders war als das der Soldaten, und seine Marines hatten es genauso gemacht. Es war ein Gleichmacher. Es erinnerte einen daran, dass jeder irgendwie dazu beitrug, den anderen aufzurichten, dass sie die Siege miteinander teilten und ebenso die Tragödien.

Rick empfing seine Kraft von Jack und Preacher, die ihn nicht aus den Augen ließen und am Ende des Tages stundenlange Gespräche mit ihm führten, ihm ihre starken Schultern boten und den Kameradschaftsgeist geteilter Erfahrungen. Diese Männer waren im Krieg gewesen und hatten die begraben, die sie geliebt hatten. Junge Männer, deren Leben tragisch abgeschnitten worden war. Verlust war für sie kein Fremdwort, und Rick hatte sich nur allzu früh ihren Reihen angeschlossen.

Der ganze Ort schien mit Rick und Liz zu trauern, aber für Paige war klar, dass Mel in ganz besonderer Weise litt. Während sie immer runder wurde und die Geburt ihres eigenen Babys näher rückte, war sie in einer Zeit, die ihr eigentlich große Freude bringen sollte, viel zu still. Paige hatte von der Geschichte gehört, wie Mel nach Virgin River gekommen war und schon wieder fliehen wollte, als ein ausgesetztes neugeborenes Baby auf Docs Veranda gefunden wurde und Mel ihre eigenen Bedürfnisse zurückstellte, um zu bleiben und sich um das Baby zu kümmern, bis ein Heim gefunden werden konnte. Und selbst nachdem Lilly Anderson sich längst um das kleine Mädchen kümmerte, war Mel noch Wochen und Monate lang zu der Anderson Ranch rausgefahren, um sie in die Arme zu nehmen. So stark war ihre Verbindung.

Also ging Paige eines Nachmittags in die Praxis und bat Mel, sie zu begleiten. Sie müsse etwas erledigen und wolle es nicht allein machen. Dann fuhr sie zu der Anderson Ranch hinaus, und Mel fragte: „Was tun wir hier?"

„Es ist ein gutes Heilmittel", antwortete Paige. „Komm mit."

Paige legte Mel einen Arm um die Schultern und führte sie auf die Veranda. Als Lilly an die Tür kam, erklärte ihr Paige: „Hier muss mal jemand ein lebendiges Baby im Arm halten."

Mel sah sie scharf an und begann schon, den Kopf zu schütteln, aber Lilly griff nach ihrer Hand. „Natürlich musst du das", sagte sie und zog sie ins Haus.

Die kleine Chloe schlief, aber das störte Lilly nicht. Wenn Mel etwas brauchte, dann gab es in Virgin River niemanden, der nicht Himmel und Hölle in Bewegung gesetzt hätte, um ihr zu helfen. Chloe war jetzt fast ein Jahr alt. Lilly hob ihre Tochter aus dem Bettchen und reichte sie Mel, die das kleine Bündel Leben an sich drückte und aus dieser Umarmung sowie dem schläfrigen Seufzen des Kindes Kraft zog. Es war nicht ganz so, als würde sie ein Neugeborenes, ein gesundes Baby halten, das sie aus dem Bauch der Mutter geholt hätte, aber es erfüllte den Zweck. Lilly ließ Mel im Kinderzimmer allein, wo sie Chloe lange Zeit schaukelte, während sie selbst mit Paige in der Küche Tee trank. Es schien Mel eine gewisse Heilung zu verschaffen, die Wärme des Lebens an ihrer Brust zu fühlen. In ihrem Bauch machte ihr eigenes Baby mit Tritten und Drehungen auf sich aufmerksam, und Mel war dankbar für jede Bewegung, selbst die unangenehmen.

Auf der Rückfahrt ins Dorf fragte Mel: „Wie bist du darauf gekommen, das zu tun?"

Paige zuckte die Achseln. „Es ist noch gar nicht so lange her, Mel. Ich hatte das Kind zwar noch nicht ausgetragen, aber ..."

Einen Moment lang verschlug es Mel die Sprache. Dann griff sie über den Vordersitz nach Paiges Hand, während diese fuhr. „Oh Paige, es tut mir so leid."

„Danke Mel. Aber ..."

„Nein, es tut mir leid! Wir waren alle so darauf konzentriert, wie gefährlich dein Mann war. Die Tatsache, dass du sein Baby verloren hattest, schien nicht ... Oh Gott, ausgerechnet ich von allen Leuten! Es war *dein* Baby! Paige, bitte verzeih mir. Ich hätte dir bei deiner Trauer helfen müssen. Stattdessen hilfst du mir jetzt bei meiner."

Lächelnd warf Paige ihr einen liebevollen Blick zu. „Ich freue mich so, dass ich helfen konnte. Und was mich betrifft, ich werde eine weitere Chance erhalten. Und das nächste Mal wird das Kind sicherer sein und alles leichter und liebevoller."

Mel drückte ihr die Hand. „Habe ich dir schon gesagt, wie froh ich bin, dass du in den Ort gekommen bist?"

Die erste Februarwoche kam und mit ihr kam der Ausschachtungstrupp. Die zweite Februarwoche brachte dann zwei Babypartys mit sich, eine in Virgin River im Haus von Lilly Anderson, die zweite in Grace Valley, ausgerichtet von June Hudson und Susan Stone.

Je weiter der Februar fortschritt und ihre Zeit näher rückte, mochte Mels Schritt zwar etwas langsamer werden, aber ihre Augen wurden heller und sie strahlte. Joe Benson brachte die endgültigen Pläne nach Virgin River, und Mel saß neben ihrem Mann in seinem Truck und sah zu, wie die Fundamente für ihr Haus und das Einzimmergästehaus eingeschalt wurden, sodass sie gegossen werden konnten.

Mit zunehmendem Gewicht wurde es dann auch von Tag zu Tag offensichtlicher, dass sie nicht mehr viele Noteinsätze für Doc übernehmen konnte, wenn überhaupt noch. Geburtstermine standen keine an, also kam Mel zwar jeden Tag in den Ort, aber morgens nun doch etwas später. Und nie war ihr Mann weit von ihr entfernt.

Als Mel und Jack eines Abends gemeinsam die Bar verließen, lehnte sich Paige an Preacher und flüsterte: „Ich kann es gar nicht abwarten, bis wir auch so weit sind."

„Dick?", fragte er kichernd.

„Dick, voll und kurz davor, mit einem neuen Baby zu platzen. Ich denke daran, die Pille abzusetzen", sagte sie.

„Wann immer du dazu bereit bist." Er legte einen Arm um sie. „Ich habe dir ja gesagt, dass ich aufs Ganze gehen will."

„Hmm, das ist so schön. Ich will Christopher baden, während du hier fertig machst und die Bar schließt."

„In einer Minute bin ich oben", sagte er und gab ihr einen liebevollen Klaps auf den Hintern.

Es war diese Tageszeit, in der Preacher inzwischen den Zauber sah, der sein Leben gestaltete. Er schätzte jedes Detail bis hin zu dem Ritual, seine Küche aufzuräumen. Dabei versäumte er nie, dankbar zu sein für alles, was er hatte. Wäre er nicht hier gewesen und hätte den Platz für seinen besten Freund in Ordnung gehalten, wäre er Paige und Christopher, der nun sein Sohn war, niemals begegnet.

Er verschloss die Tür und ging nach oben in Christophers Zimmer, der bereits im Bett lag und mit seinem Buch auf ihn wartete. Preacher setzte sich neben ihn aufs Bett, und Chris kam angekrabbelt, kletterte auf seinen Schoß und zeigte auf die Bilder im Buch, während Preacher leise vorlas. Es dauerte nicht lange, bis der kleine Kerl eingeschlafen war und Preacher ihn mit einem Kuss unter die Decke stecken und das Licht ausschalten konnte.

In seinem eigenen Zimmer stand Paige vor dem Spiegel im Badezimmer und bürstete sich ihr Haar aus. Sie trug nur das Oberteil ihres Pyjamas, das ihr bis zu den Oberschenkeln reichte. Er stellte sich hinter sie und schob ihr das Haar über eine Schulter, um ihren Nacken küssen zu können. Dabei strich er ihr mit seiner großen Hand vom Schenkel hoch bis zur Hüfte, wo er erfreut feststellte, dass sie darunter nackt war. Nicht, dass sie übersinnliche Fähigkeiten gebraucht hätte, um seine Wünsche vorauszuahnen. Er wollte sie die ganze Zeit, und sie wollte, dass er sie wollte, und das ließ sie ihn wissen.

Unter dem Hemd ließ er seine Hände dann weiter nach oben wandern, bis er in jeder Hand eine Brust hielt. Sie legte den Kopf zurück, lehnte sich an ihn und schnurrte vor Freude. Dann zog er seine Hände heraus und begann, ihr das Oberteil aufzuknöpfen, während er sich mit ihr zusammen im Spiegel betrachtete. Sie hob den rechten Arm, griff hinter sich an seine Schulter und legte die Hand um seinen Nacken. Ihr Top stand nun aufgeknöpft offen, also schob er eine Hand hinein und umschloss ihre Brust, während er die andere nach unten auf ihren weichen Schamhügel gleiten ließ. Und er beobachtete ihr Spiegelbild. Den Kopf seitwärts gedreht, stand sie mit geschlossenen Augen an seine Brust geschmiegt, einen Arm hoch über ihrem Kopf ausgestreckt, um ihn zu umarmen, während der andere locker auf seinem Arm lag, mit dem er ihre Brust festhielt. Nie hätte er gewagt, darauf zu hoffen, dass er einmal die Hälfte eines Paares sein würde, eines attraktiven, erotischen, liebevollen, perfekten Paares. Und etwas überraschte ihn dabei. Er sah überhaupt nicht ängstlich aus. Er sah aus wie ein Mann, der liebte, ein Mann, der seine Frau mit sicheren, starken und sanften Händen hielt. Und er sah seine Frau, die sich in seine Umarmung schmiegte, von Sehnsucht nach ihm erfüllt, die Lippen zu einem leisen Seufzen leicht geöffnet. Seufzer, die bald laut sein würden, wenn sie sich ihm vollkommen hingab. In ihrer Liebe war er aufgeblüht.

Preacher hatte nie die geringste Ahnung gehabt, dass dies möglich war, dass er so erotisch sein konnte, so sicher, so tief verliebt. Er beugte sich nach unten und gab ihr einen Kuss auf den Kopf. „Baby, es wird dir so gut gehen mit mir."

„Ich weiß, John", flüsterte sie. „Ich weiß."

Seit der Nacht, als Mike Valenzuela im Bett liegend zugehört hatte, wie Jack sich hin und her warf, nachdem Liz und Rick ihr Baby verloren hatten, wusste er, dass es an der Zeit war. Und doch – Zeit wozu? Er hatte kein Interesse daran, nach L. A. zurückzukehren, obwohl er seiner Familie einen Besuch schuldig war. In Virgin River gab es keinen anderen Platz, wo er wohnen konnte. Aber drei Monate auf so engem Raum mit Mel und Jack zusammen waren längst mehr als genug, auch wenn sie sich nie anmerken ließen, dass sie es als Belastung empfinden könnten.

In jener Nacht wurde es ihm klar. Sie mussten ihr Heim wiederhaben. Das brachte ihn zum Nachdenken, und schließlich kam er auch auf Ideen.

Inzwischen war er an dem Punkt, dass sein rechter Arm deutlich kräftiger geworden war und ihm die Schulter weniger wehtat. Auch konnte er mit der Hand schon wieder einigermaßen zugreifen. Zwar konnte er mit dem rechten Arm noch keine Angelleine auswerfen, aber da war er guter Hoffnung, denn mit der rechten Hand konnte er inzwischen eine Pistole halten und abdrücken, solange er sie mit der Linken abstützte. Hinzu kam, dass er mit dem linken Arm seine Ziele sowohl mit Gewehr als auch mit der Pistole getroffen hatte. Mit Jack konnte er mithalten, und der war ein ausgezeichneter Scharfschütze.

Ohne dass es ihn sonderlich überraschte, stellte er fest, dass dies hier der Platz für ihn war. Zwar wusste er nicht, was er hier tun würde, aber das war nicht wirklich wichtig, denn er konnte sich zur Ruhe setzen, wenn er wollte. Er hatte seine Behinderung, seine Pension. Und das Leben hier kostete nichts. Solange er nicht auf andere Gedanken kam, wollte er dieses relaxte Leben an einem kleinen, unkomplizierten Ort führen. Wenn Jack im Frühsommer so weit sein würde, dass er die Wände seines Hauses hochziehen konnte, würden sein rechter Arm und die Schulter auch wieder kräftig genug sein, um ihm dabei zu helfen. Den Speiseplan in der Bar könnte er mit seinem eigenen Fisch ergänzen, und er wollte im Dorf helfen, wo immer man ihn brauchte. Er würde leben, wie Jack und Preacher gelebt hatten, im Zentrum eines Ortes, der ihre guten Werke und treue Freundschaft zu schätzen wusste.

Wenn er jetzt mit freiem Oberkörper vor dem Spiegel stand, sah er auf Brust, Schultern und Armen wieder Muskeln. Seine rechte Seite war um Schulter und Bizeps zwar noch immer ein wenig dünner, aber er hatte es weit gebracht, und es war kaum noch wahrnehmbar. Sit-ups fielen ihm inzwischen leicht, und seinen Waschbrettbauch hatte er auch zurück.

Dank der Antibiotika, die Mel ihm verschrieben hatte, fiel ihm das Pinkeln auch nicht mehr schwer. Diese andere Sache allerdings – gut möglich, dass das endgültig verloren war. Zweimal hatte es einen falschen Alarm gegeben, als er mit einer netten Morgenlatte aufgewacht war. Wie ein Ertrinkender hatte er voller Hoffnung danach gegriffen. Aber nichts. Sie war jedes Mal einfach wieder runtergefallen und mit ihr die schwache Erinnerung, die ihm davon geblieben war. Er fürchtete sich davor zu hoffen, aber da er ein Mann war, wartete er doch auf ein Wunder.

Mike fuhr also nach Eureka, wo er ein Wohnmobil kaufte, sein neues Heim. Er wollte komplett aus dem Waldhaus ausgezogen sein, bevor das Baby kam, und Jack und Mel Gelegenheit geben, wieder zu ihrem eigenen Leben finden zu können. Wo immer er gebraucht wurde, konnte er es parken, hinter der Bar, draußen bei Mels Waldhaus, sogar auf dem Grundstück, wo Jack bauen wollte. Als er es abholte, koppelte er seinen Geländewagen hinten an und fuhr im Ort direkt vor die Bar. Es war das Ende eines Arbeitstages. Zeit fürs Abendessen. Preacher und Paige waren sicherlich beim Kochen, Rick würde seine Arbeit machen, Jack und Mel saßen vermutlich mit Doc zusammen, der sich seinen üblichen Drink nach getaner Arbeit gönnte. Nachbarn und Freunde würden sich bald einfinden.

Um den vollen Effekt zu erzielen, erweiterte er die Schlaf- und Wohnzimmerwände mit den ausfaltbaren Klappwänden und drückte den Knopf für die Sonnensegel. Mit den herausgeschobenen Wänden kamen Schlafzimmer und Wohnzimmer auf eine bequeme Größe. Dann drückte er auf die Hupe, womit er sie alle auf die Veranda lockte.

Er sprang heraus – inzwischen war er schon wochenlang ohne seine Krücke –, stellte sich vor das Wohnmobil und lehnte sich daran an. Mel war die Erste, die aus der Tür trat, Jack folgte ihr auf den Fersen.

„Mein neues Apartment“, verkündete Mike.

„Wann …? Was …?“, stammelte Mel.

Er streckte ihr die linke Hand entgegen, um ihr die Verandatreppe herunterzuhelfen. Als sie unten war, legte er einen Arm um ihre Schultern. „Ich wollte aus dem Waldhaus raus sein, bevor das Baby kommt. Es wird Zeit, dass ihr das Kinderzimmer vorbereitet, und dabei werde ich euch helfen.“

„Aber wohin gehst du?“, fragte sie und sah mit Augen zu ihm hoch, die auf einmal ganz feucht wurden.

„Ich gehe nirgendwohin, Schätzchen. Ich liebe es hier. Aber ich brauche mein eigenes Haus. Noch wichtiger, ihr braucht euer eigenes Haus.“

Und als er das sagte, ließ sie sich an seine Brust fallen und weinte.

„Ah", sagte er und hielt sie mit seinem gesunden Arm fest. „Ich hoffe, das sind Freudentränen."

Sie hob den Kopf und sah ihm ins Gesicht. „Ich wollte doch nicht, dass wir dich verlieren", flüsterte sie. Ungeduldig wischte sie sich über die Augen. „Lieber Himmel, es tut mir leid. Du hast ja keine Ahnung, was es bedeutet, schwanger zu sein. Meine Gefühle sind wie ein Erdrutsch."

„Nee, ich fühle mich geehrt, Mel. Ihr beiden ... in den letzten Monaten wart ihr alles für mich. Ich hatte schon angefangen, zu glauben, dass es mir gut genug geht, um wieder nach Hause zurückzukehren. Dann habe ich aber erkannt, dass ich mich hier zu Hause fühle."

Sie legte ihre Arme um seine Taille und drückte ihn. „Ich bin so glücklich, dass du das sagst."

„Lust auf eine kleine Besichtigungstour?"

„Natürlich. Jack, hohl doch Preacher, Paige und Rick."

Als Rick auf die Veranda kam, breitete sich auf seinem Gesicht ein gewaltiges Grinsen aus, und Mike wurde ganz warm ums Herz. Nach seinem schweren Verlust hatte Rick sich wirklich gut gehalten, aber der flapsige Kerl, den Mike – wie auch die übrigen Marines – schon längst als einen kleinen Bruder ansah, hatte sich in einen stillen und traurigen jungen Mann verwandelt.

„Was zum Teufel ...?", fragte Rick.

„Meine neue Bleibe. Was hältst du davon?"

„Ich finde sie fantastisch", rief er und sprang von der Veranda, um an der Besichtigung teilzunehmen.

Sie durchkämmten das Wohnmobil und bewunderten die Ausrüstung. Die Küche war voll ausgestattet mit einem fast normal großen Kühlschrank, Gefrierschrank, Waschmaschine und Trockner, das Schlafzimmer geräumig mit einem breiten Bett und einem Einbauschrank ausgestattet, der eine ganze Wand einnahm, ein großes Badezimmer mit Doppeldusche, in Schlaf- und Wohnzimmer Fernseher mit Satellitenempfang. Für einen

Junggesellen war in Regalen und Schränken ausreichend Platz vorhanden, weiterer Stauraum befand sich unter dem Fußboden.

Es dauerte nicht lange, bis eine ganze Reihe von Leuten Schmutz durch das neue Wohnmobil trugen. Connie und Ron, Doc, Hope McCrea, die Bristols und die Carpenters. Christopher gefiel vor allem das große Bett, das ganz hinten im Ende des Wohnmobils steckte.

„Wo wirst du dieses Ding parken?“, fragte Preacher.

„Ich weiß nicht. Wahrscheinlich draußen bei Jack und Mel, bis mir etwas Besseres einfällt. Ich könnte auch da drüben hinter der Bar bei den Bäumen parken, wo die Jungs immer stehen, wenn sie zum Angeln in den Ort kommen. Vielleicht sehe ich mich sogar einmal nach Land um. Aber erst mal noch nicht. Im Augenblick will ich einfach nur abhängen. In der Nähe meiner Freunde.“

Während des Essens sprachen sie über das Kinderzimmer, die Spachtel-, Streich- und Tapezierarbeiten, die Mel getan haben wollte. Mike sagte ihnen, dass er vorhätte, am nächsten Morgen aus seinem Zimmer auszuziehen, und anschließend helfen würde, den Raum für das Baby vorzubereiten. Er wollte mit Mel nach Ukiah fahren, wo es einen Baumarkt gab, in dem sie sich aussuchen konnte, was sie haben wollte. Und wenn das Zimmer dann fertig eingerichtet war, würde er gleich nach L. A. runterfahren, um seine Eltern, Brüder und Schwestern zu besuchen, damit er wieder zurück wäre, wenn Mel das Baby zur Welt brachte. „Ich schätze, ich bin einer der vielen Onkel, also sollte ich wohl hier sein, wenn es so weit ist.“

„Hier ist der Platz, wo du sein solltest“, versicherte sie ihm und bedeckte seine Hand mit ihren beiden Händen.

Vier Tage später stand Mel im Türrahmen des zweiten Schlafzimmers in diesem kleinen Waldhaus und sah in einen gelb gestrichenen Raum mit blauem Holzwerk und winzigen Hand- und Fußabdrücken an den Wänden. Ein weißes Bettchen und eine Wickelkommode standen bereit, den nächsten Sheridan aufzunehmen, und all die kleinen Decken, Strampelhöschen, Jäckchen, Söckchen und vieles andere mehr waren gewaschen und liebevoll gefaltet verstaut. Während sie das Zimmer bewunderte, kam Jack ins Haus und trug einen wunderschönen Schaukelstuhl herein, der zu dem Kinderbett zu passen schien, das ihr Sam geschenkt hatte.

Sie strich mit der Hand über Seiten und Armlehne und konnte es gar nicht erwarten, ihr Baby in diesem Stuhl zu schaukeln.

In der ersten Märzwoche erhielt Paige einen Scheck über hundertzwanzigtausend Dollar und ein paar Zerquetschte – die Bilanz aus dem Verkauf eines Hauses im Wert von drei Millionen Dollar, der Liquidierung von Rentenfonds und etwas Cash, minus Schulden und Gebühren. „Ich kann es kaum anfassen", erklärte sie Preacher.

Preacher starrte auf die Zahl und dachte, wie erbärmlich es war, dass ein Mann, der genug verdient hatte, um in einer kleinen Villa zu wohnen, steuerabzugsfähige Dollars für die Altersvorsorge zurücklegen und eine Menge weißes Pulver rauchen oder spritzen konnte, letztendlich nur über einen so geringen Nettowert verfügte. Wahrscheinlich lag es an dem weißen Pulver. „Leg ihn eine Weile beiseite, aber verliere ihn nicht aus den Augen", riet er ihr. „Wenn der Schock sich gelegt hat, kann ich dir dabei helfen, eine Art Treuhandfonds für Chris zu finden. Du selbst wirst das Geld wirklich nicht brauchen."

„Ich hasse es, ihn überhaupt zu haben. Seit den Flitterwochen gab es nur noch eins, was ich von dieser Ehe wollte. Wieder da herauszukommen."

„Das kann ich verstehen. Aber eines Tages wirst du einfach praktisch denken und schauen, wie du etwas Gutes aus dem Geld machen kannst. Verwende es für deine Kinder oder so."

Sie reichte ihm den Scheck. „Dann pass du darauf auf. Wenn ich jemals darüber hinwegkomme, können wir eine Entscheidung treffen."

Nicht lange nach diesem Gespräch geschah es. Zwar hatten sie versucht, sich darauf vorzubereiten, aber es war eben unabwendbar. Wes Lassiter wurde nach Verbüßung seiner Haftstrafe aus dem Gefängnis entlassen. Der Bezirksstaatsanwalt rief an und teilte mit, dass er nach Los Angeles zurückgekehrt sei, um dort mit den Sitzungen bei den Anonymen Suchtkranken zu beginnen, Kontakt mit seinem Bewährungshelfer aufzunehmen und die Arbeitsstunden in einer gemeinnützigen Einrichtung abzuleisten. Jedoch war die gemeinnützige Einrichtung noch nicht ausgewählt und vom Gericht befürwortet, die Gespräche mit seinem Bewährungshelfer hatten noch nicht begonnen, und die Anonymen Suchtkranken würden sich voraussichtlich weigern, mit jemandem zu kooperieren, der danach fragte, ob er zu den Sitzungen erschien oder nicht.

„Wir werden gut aufpassen“, sagte Preacher. „Die ganze Nachbarschaft hier wird die Augen offen halten, mach dir keine Sorgen. Das hier ist ein richtig neugieriges Dorf.“

Aber Paige stiegen die Tränen in die Augen, sie lief in ihr Schlafzimmer und weinte.

Als Rick zur Arbeit erschien, stand Preacher über seinen Tresen gebeugt und starrte mit leerem Blick nach unten. „Hey“, sagte Rick. „Wo ist denn der Kleine?“

„Nickerchen“, antwortete Preacher knapp.

Rick hob den Kopf und lauschte. Wenn auch gedämpft, konnte man Paige doch schluchzen hören. „Alles in Ordnung?“, fragte er.

„Es wird alles gut gehen“, sagte Preacher.

In der Bar traf Rick dann auf Jack und Mike. Jack stand mit dem Klemmbrett hinter dem Tresen und stellte seine Einkaufsliste zusammen, während Mike vor ihm saß und ihn mit der Frage nervte, warum er denn nicht Preacher die Bestände und Rezepte in den Computer eingeben ließ. Rick stellte sich neben Jack und sagte: „In der Küche stimmt was nicht. Preacher ist sauer und Paige weint. Man kann sie hören. Sieht ganz danach aus, als hätten sie einen riesigen Streit oder so.“

Jack und Mike tauschten einen kurzen Blick, standen auf und gingen in die Küche. Auch sie hatten bereits die Tage gezählt. Rick folgte ihnen.

„Was ist los, Mann?“, wandte Jack sich an Preacher.

Mit leiser Stimme erklärte Preacher: „Er ist entlassen. Es heißt, er sei nach L. A. zurückgegangen, aber es gibt keine Möglichkeit, das zu überprüfen. Paige hat Angst. Sie ist völlig aufgelöst. Ich weiß nicht recht, was ich machen soll.“

„Du musst auf alles vorbereitet sein“, sagte Jack. „Das ist doch das, worauf wir trainiert wurden, oder etwa nicht?“

„Ja, aber da ist auch noch Chris. Wir werden sehr genau darauf achten müssen, wie wir dabei vorgehen. Ich will nicht, dass er sich ängstigt, versteht ihr? Und ich will nicht, dass er glaubt, es gehe um seinen Dad.“

„Das lässt sich regeln“, meinte Jack. „Unter der Bar oder so werden wir keine geladene Waffe deponieren. Aber wenn doch drüben im Nachbarort gerade ein Raubüberfall stattgefunden hat, könnten wir eine Zeit lang Waffen am Körper tragen, bis es so aussieht, als hätte die Lage sich wieder entspannt. Eine Waffe am Körper, hier in der Gegend? Das ist nicht einmal interessant. Und Chris sollte immer schön in der Nähe bleiben, weil es doch da im Nachbarort diesen Raubüberfall gegeben hat, hm?“

Preacher schüttelte den Kopf. „Ich will nicht, dass er sich ängstigt.“

„Ich weiß“, schaltete Mike sich ein. „Aber es ist doch besser, ein wenig nervös zu sein, als ein wenig entführt zu werden. Wir werden einen klaren Kopf behalten müssen, Preach.“

„Ich glaube, Paige ist gerade dabei durchzudrehen“, sagte Preacher.

„Du solltest zu ihr gehen“, riet ihm Jack und deutete mit einer Kinnbewegung auf Preachers Wohnung. „Sage ihr, dass wir ein bis zwei Waffen zur Hand halten, aber niemals eine Waffe irgendwo liegenlassen werden, wo ein Kind sie in die Finger bekommen könnte. Das werden wir so lange machen, bis die Gegend hier wieder sicherer wird, okay?“

„Wie lange wird es dauern, was glaubst du?“

„Keine Ahnung“, meinte Jack. „Ich könnte ein Jahr lang damit leben, ohne es als Belastung zu empfinden. Kannst du mit einer Waffe unterm Arm kochen? Wo es doch drüben im nächsten Ort diesen Ärger gegeben hat?"

Wieder schüttelte Preacher den Kopf, diesmal allerdings weniger als Verneinung, sondern eher aus Frustration.

„Ich hatte vor, nach L. A. zu fahren, um meine Familie zu besuchen, aber ich kann auch hierbleiben", bot Mike an. „Ich kann sie später immer noch sehen."

„Nein, fahr hin", sagte Preacher schnell. „Vielleicht hast du ja den einen oder anderen Kontakt, über den wir erfahren können, ob er dort ist und seinen Auflagen nachkommt. Das wäre eine Hilfe."

„Das lässt sich feststellen", sagte Mike. „Ich werde nur kurz wegbleiben und zusehen, dass ich etwas herausfinde. Einverstanden?"

„Das ist gut. Danke."

„Wenn ich in der Bar bin, werde ich auch eine Waffe tragen", verkündete Rick, und als alle drei Männer stirnrunzelnd die Köpfe zu ihm umschwenkten, setzte er hinzu: „Was ist los? Ich habe doch eine Lizenz! Warum sollte ich mich nicht daran beteiligen?"

„Nein", sagte Jack.

„Es wird euch noch leidtun, wenn er mich ohne Knarre erwischt."

„Nichts dergleichen wird geschehen", sagte Mike ruhig. „Er wird nicht in die Bar gestürmt kommen und sich erschießen lassen. Falls er etwas tut, wird er wahrscheinlich Paige anrufen und versuchen, sie davon zu überzeugen, dass er sich geändert hat. Er wird herausfinden wollen, ob mit ihr ein Deal zu machen ist, um diese Schutzverfügung aufheben zu lassen und vielleicht die Sorgerechtsregelung noch einmal neu aufzurollen. Typen wie er sind manipulativ."

„Er hat sie schon einmal angegriffen", warf Preacher ein. „Genau hier, draußen auf der Straße."

„Also hat es Sinn, sich zu verteidigen. Und es hat Sinn, ihn im Auge zu behalten. Aber vergiss nicht, das ist passiert, bevor er eine langjährige Freiheitsstrafe riskieren musste. Er ist ein Schweinehund, aber ein cleverer, manipulativer Schweinehund. Wir wollen mal sehen, ob er nach Hause gegangen ist ..."

„Das Haus ist weg", sagte Preacher. „Verkauft."

„Mein Gott, dann könnte es also etwas schwierig sein, ihn zu finden. Aber jeder kann gefunden werden."

„Preach", sagte Jack. „Geh zu Paige. Sag ihr, dass wir mit an Bord sind. Wir werden tun, was wir können, um sie und Chris zu beschützen. Im besten Fall werden wir die Nachricht erhalten, dass er in L. A. seine Hausaufgaben macht und versucht, sein Leben wieder auf die Reihe zu bringen. Dann werden wir weitersehen. Aber wir werden nicht zu früh damit aufhören, hm? Sag ihr das. Wir hören nicht zu früh auf."

„Ja", stimmte Preacher ihm zu. „Du hast recht."

Es fiel Mel nicht leicht, sich daran zu gewöhnen, Jack mit einer Waffe hinter dem Tresen stehen zu sehen. Mit der Tatsache, dass jeder in Virgin River eine Waffe besaß, hatte sie sich arrangiert. Es war notwendig. Es ging um den Viehbestand, es ging um Probleme mit wilden Tieren. Diese Gewehre, die man in den Halterungen der Pick-ups sah, waren geladen. Die Kinder wurden schon früh im sicheren Umgang mit Waffen unterwiesen. Aber dort, wo sie herkam, in L. A., waren Menschen, die Waffen trugen, entweder Gesetzeshüter oder gefährlich.

Verständlicherweise war Paige sehr aufgeregt, als sie hörte, dass ihr Ex aus dem Gefängnis entlassen worden war, aber schon eine Woche später schien sie etwas entspannter, zumal Mike aus L. A. angerufen hatte, um mitzuteilen, dass Wes seinen Bewährungsauflagen nachkam und sich um einen Platz in einer gemeinnützigen Einrichtung kümmerte. Das ließ sie hoffen, all diese Vorsichtsmaßnahmen könnten einfach nur eine Übung sein.

Währenddessen begann Mels Baby, nach unten zu drücken, und sie hatte Rückenschmerzen. Sie war eine kleine Frau für ein solches Gewicht, und der Druck konnte sehr heftig sein. Ein paar Tage lang kamen die Rückenschmerzen und gingen auch wieder. Manchmal, wenn sie sich eine Pause gönnte und ein wenig hinlegte, verschwanden sie ganz. Sie wusste, dass sie kurz vor der Geburt stand.

„Allmählich sehen Sie mir ganz danach aus, als sollten Sie aufhören zu arbeiten“, meinte Doc.

„Allmählich sehe ich ganz danach aus, als würde ich ein komplettes Footballteam zur Welt bringen“, erwiderte sie. „Was soll ich denn mit mir anfangen, wenn ich nicht zur Arbeit komme? Etwa den ganzen Tag im Waldhaus sitzen und mir seichte Fernsehsendungen ansehen?“

„Ruhen Sie sich aus“, riet er ihr. „Sie werden sich noch wünschen, Sie hätten es getan.“

„Ehrlich gesagt, es gibt nur eins, das ich mir im Augenblick wünsche. Mir läuft schon das Wasser im Mund zusammen, wenn ich nur an diese Epiduralspritze denke …“

„Wie wär's denn mit einer kleinen Partie Gin Rommé? Wenn Sie mich dann eingeseift haben, können Sie anschließend nach Hause fahren und ein Nickerchen machen.“

„Klingt gut, finde ich.“ Sie holte die Karten heraus, aber bevor sie sie noch verteilen konnte, kam ein Patient zur Tür herein. Doc stand auf, um nachzusehen, Mel ging ihm nach.

Carrie Bristol stützte ihre dreizehnjährige Tochter Jodie mit einer Hand unter dem Ellbogen, während Jodie sich den Bauch festhielt. „Ganz schlimmes Bauchweh“, erklärte Carrie.

„Dann lass uns doch mal nachschauen“, lud Doc sie ein, ging über den Flur voraus und trat dann beiseite, um sie ins Untersuchungszimmer eintreten zu lassen. Ein paar Minuten später rief er nach Mel. „Sieht mir ganz nach einem positiven Appix aus“, sagte er, womit er eine Blinddarmentzündung meinte.

„Ups“, sagte Mel, trat ein und sah Jodie in die verdrehten Augen. „Schlimm, was?“

„Fieber, Übelkeit, Schmerzen“, erklärte Doc.

„Haben Sie ihr mal auf die Fußsohlen geklopft?“, fragte Mel. Wenn der Blinddarm nämlich darauf reagierte, war das ein Zeichen.

„Natürlich. Legen Sie mir doch bitte schon mal eine Infusion an, okay? Ich glaube, wir werden sie ins Krankenhaus bringen."

„Muss sie operiert werden?", fragte Carrie. „Wie können Sie da so sicher sein?"

„Wissen Sie was, oft sind wir das nicht einmal", erklärte ihr Mel. „Tatsächlich entfernen die Chirurgen öfter mal einen gesunden Blinddarm, und zwar ganz einfach deshalb, weil es sicherer ist, sich zu irren, was die Notwendigkeit einer Operation angeht, als es zu einem Durchbruch kommen zu lassen. Wenn im Krankenhaus noch Zeit dazu ist und die Blinddarmschmerzen nicht allzu groß sind, werden immer noch ein paar Bluttests durchgeführt, um die Anzahl der weißen Blutkörperchen zu bestimmen. Wenn es zu viele sind, ist das ein Zeichen dafür, dass er raus muss. Aber die Symptome bei Jodie sind sehr deutlich. Es wird das Beste sein, wir beeilen uns und fahren einfach. Dann soll der Chirurg entscheiden."

Mel holte den Infusionsständer und legte ihr eine Kanüle an. Es dauerte nicht lange, und Jodie konnte auf die Krankentrage gelegt werden.

„Soll ich mitkommen?"

„Lieber Himmel, nein!", sagte Doc. „Carrie kann hinten bei ihr sitzen. Eine Entbindung kann ich unterwegs nicht gebrauchen."

„Wir wären aber dann immerhin schon mal in der richtigen Richtung unterwegs", meinte Mel.

„Schließen Sie nur ab, dann gehen Sie nach Hause und machen ein Nickerchen."

„Na gut. Aber zumindest lassen Sie sie nicht hinten auf dem Pick-up liegen. Nehmen Sie den Hummer", sagte sie ihm.

„In Ordnung. Auf geht's. Carrie, du hilfst mir mit der Trage. Melinda steht kurz davor zu werfen."

Mel ging mit ihnen vor die Tür und tätschelte Jodie die Hand. „Du wirst alles gut überstehen."

Nachdem sie weg waren, blieb sie noch ein paar Minuten auf Docs Veranda. Sie beobachtete, wie Cheryl Chreighton neben der vernagelten Kirche herumwankte, eine unverwechselbare Flasche in der Hand. Mel strich sich mit der Hand über den Bauch und schwor im Stillen, dass sie, nachdem ihr Baby geboren war, einen Weg finden würde, dieser Frau irgendwie zu helfen. Dabei war es irrelevant, dass sie gar keine Patientin war. Sie war ein menschliches Wesen in Not, und wenn Mel jemanden sah, der in Not war, dann tat sie etwas dagegen.

Die leichte Brise nahm zu und verwandelte sich in einen frischen Wind, während der Himmel sich verdunkelte. Ein paar schwere Tropfen fielen vor ihr auf die Straße, und sie dachte daran, wie sehr ihr bei einem faulen Nachmittag ein schwerer Regen gefallen würde. Dann dauerte es auch nur noch zwei Minuten, bis sie beschloss, dass Doc vermutlich recht hatte und sie den Rest des Tages freimachen sollte. Ihr Rücken brachte sie um. Eine heiße Dusche und ein Schläfchen wären genau das Richtige.

Sie ging hinüber in die Bar und wuchtete sich auf einen Hocker. „Hallo, meine Schöne", begrüßte sie Jack und lehnte sich über den Tresen, um ihr einen kleinen Kuss auf die Lippen zu geben. „Wie fühlst du dich?"

„Gigantisch", antwortete sie. „Wie sieht's hier aus?"

„Ruhig. Still. Nett."

„Kann ich bitte ein Ginger Ale haben?"

„Kommt sofort. Was ist bei euch los?"

„Doc hat eine Patientin ins Valley Hospital gebracht. Verdacht auf Blinddarmentzündung. Also werde ich mir den Nachmittag freinehmen. Kann ich mir deinen Truck ausleihen? Du könntest doch Rick oder Preacher bitten, dich später nach Hause zu fahren?"

„Ich denke, das lässt sich arrangieren. Soll ich nicht eine kleine Pause einlegen und dich schnell fahren?", fragte er.

„Das ist nett von dir, aber ich habe lieber den Truck bei mir. Ich hasse es, da draußen ohne Fahrzeug festzusitzen. Wenn du ihn brauchen solltest, kann ich auch nach Docs Schlüsseln suchen …"

„Nee, nimm ihn. Mir ist es lieber, du sitzt in meinem Truck."

Sie trank einen Schluck von ihrem Ginger Ale, und als es laut donnerte, sah sie zur Decke hoch. „Ich denke, ich werde heiß duschen, mir mein Flanellnachthemd anziehen und mich dann vom Regen auf dem Dach in den Schlaf wiegen lassen."

„Ich kann ja dann kommen und dich etwas später wieder wecken", schlug er vor. „Ich werde dir den Rücken massieren."

„Er macht mich wahnsinnig", brachte sie stöhnend hervor und presste sich eine Hand ins Kreuz. „Dieses Kerlchen muss sich auf meiner Wirbelsäule ausruhen, wenn es nicht gerade auf meinen Nieren herumtanzt."

Über den Tresen gebeugt, hielt Jack ihre beiden Hände. „Ich weiß, dass es in letzter Zeit ganz schön hart für dich war, Mel. Es dauert ja nicht mehr lange, dann ist er da, und du wirst dich bald wieder besser fühlen."

Sie lächelte und sah ihm liebevoll in die Augen. „Du weißt doch, dass ich um nichts in der Welt tauschen würde."

„Es ist das größte Geschenk meines Lebens", meinte er. „Ich liebe dich so sehr." Während er die Schlüssel aus seiner Tasche zog, kam er um den Tresen herum. Dann begleitete er sie noch auf die Veranda, wo sie einmal tief durchatmete. „Riechst du diese Luft? Liebst du den Geruch von Regen auch so sehr? Er wird uns Blumen bringen."

Er gab ihr einen Kuss auf den Kopf. „In ein paar Stunden bin ich da. Schau, dass du etwas Schlaf findest. Ich weiß doch, nachts schläfst du niemals durch."

Sie gab ihm einen Klaps auf den Hintern und ging die Verandatreppe hinunter zu seinem Truck. Dann winkte sie ihm noch zu, während sie eine weite Kehrtwende machte und aus dem Dorf fuhr. In ihrem Rücken setzte nun ein regelrechtes Pochen ein, während zugleich der Wind auf der Straße zunahm und mit einem kräftigen Blasen die Zweige wild gegen den Truck peitschte. Dann blitzte es ein paarmal sehr hell, und der Regen schlug mit Sturmstärke gegen die Windschutzscheibe. Sie war noch ungefähr vierhundert Meter von ihrem Waldhaus entfernt, als ein scharfer Schmerz ihr vorne durch den Bauch fuhr, und als sie ihre Hand dorthin legte, fühlte sie, wie ihre Gebärmutter steinhart geworden war. Mist! dachte sie. Du Pseudoprofi! Wer hat nur zugelassen, dass du Hebamme wirst? Das sind Wehen! Rückenwehen! Schon den ganzen Tag über! Und gestern hat es angefangen!

Plötzlich lag vor ihr eine Kiefer quer über der Straße, die offensichtlich von einem Blitzschlag getroffen worden war, und sie konnte nicht mehr bremsen. Wenigstens traf sie nicht frontal auf, denn sie konnte noch zur Seite ausweichen, allerdings stieß sie mit dem linken Stoßflügel an und rollte mit dem rechten Vorderrad des Trucks bis über den Seitenstreifen hinaus.

Abgelenkt von ihrer Wehe, hatte sie fast einen Unfall gebaut. Besser gesagt, es hätte weit schlimmer kommen können, denn zum Glück war auch der Airbag nicht aufgegangen. In dem Stadium ihrer Schwangerschaft hätte das ein böses Ende nehmen können. Sie würde jetzt wieder zurück zu Jack fahren und dann ins Krankenhaus.

Sie legte den Rückwärtsgang ein, und die Reifen drehten durch. Wieder und wieder versuchte sie es und ließ den Truck dabei schaukeln. Und jetzt, dachte sie, habe ich es endgültig vermasselt. Warum bin ich nicht nur noch zehn Minuten länger in der Bar geblieben? Das hätte gereicht, und die erste richtige Wehe hätte dort eingesetzt!

Es blieb ihr gar nichts anderes übrig, als das letzte Stück bis zum Waldhaus zu laufen und Jack von dort aus anzurufen. Es war nicht weit; diesen kleinen Akrobaten würde sie jedenfalls nicht auf den Boden fallen lassen. Aber ich werde sehr, sehr nass werden, dachte sie. Und ich werde etwas früher als erwartet ein Baby haben.

17. KAPITEL

Mel musste über den dicken Baumstamm klettern, an dem auch noch massenhaft Äste hingen. Eine echte Herausforderung, bei ihrem Bauch und allem. Ihre Medizintasche hatte sie, also schlug sie sich den Kragen ihres Mantels hoch und stapfte los. Sie musste sich dem Wind entgegenstemmen und kämpfte sich leicht vorgebeugt voran. Weit war sie nicht gekommen, als sie von einer weiteren Wehe gepackt wurde. Whoa, dachte sie, denn die letzte war noch gar nicht so lange her. Aber es war ja ihr erstes Baby, also gab es noch jede Menge Zeit. Zweifellos würde sie stundenlang in den Wehen liegen und dann noch einmal eine Stunde lang pressen müssen. Keine Panik – da ist noch reichlich Zeit. Aber sie hasste die Vorstellung, noch einmal über diesen Baumstamm klettern zu müssen, wenn sie an ein Fahrzeug gelangen wollte. Nun, dachte sie, dann wird er mich eben tragen müssen. Gut, dass ich mir einen großen starken Mann ausgesucht habe!

Auf der Veranda ihres Waldhauses geschah es wieder. Eine weitere Kontraktion. Sie zählte. Es war ganz schön heftig und dauerte lange. Kaum noch ein Zweifel. Das war es.

Als sie hereinkam, ging sie, ohne sich Stiefel oder Mantel auszuziehen, sofort zum Telefon. Sie nahm den schnurlosen Hörer in die Hand und tippte ein paar Nummern ein, dann lauschte sie. Kein Klingelzeichen. Sie legte auf und horchte. Kein Freizeichen. Oh Mist, dachte sie.

Sie sagte sich, dass es ganz in Ordnung wäre, wenn sie jetzt etwas heulen würde. Also schniefte sie ein paarmal, während sie gleichzeitig versuchte, im Kopf auszurechnen, wo sie mit ihren Wehen in ein paar Stunden stehen würde, wenn es Jack endlich einfiele, sich heimfahren zu lassen. Sie drückte auf den Lichtschalter. Nichts. Okay, es war also auf jeden Fall in Ordnung zu heulen. Kein Strom, kein Telefon, kein Arzt, lediglich eine schwachsinnige Hebamme im Haus. Und das Baby kommt. Es ist unterwegs.

Mel setzte sich an den Küchentisch, legte die Hand an den Bauch und versuchte, sich zu sammeln. Um sich zu beruhigen, atmete sie ein paarmal tief durch. Es gab nichts, was sie tun konnte, als sich auf den Fall vorzubereiten, dass das Baby zu Hause geboren würde. Sie war noch tropfnass vom Regen. Sie wollte versuchen, die Erweiterung ihres Muttermunds zu messen, was bei der dicken Wölbung, die da im Weg war, mehr als schwierig sein dürfte. Aber zuerst wollte sie noch irgendwie ihre Matratze schützen, ein paar Handtücher und Decken zusammensuchen, eine Schüssel oder einen Kessel und die Medizintasche neben das Bett stellen. Sie wollte kurz duschen. Wenn sie doch nur ihre Stiefel runter bekäme! Das war immer schwieriger, als sie dachte, und bevor sie den zweiten ausgezogen hatte, setzte auch schon die nächste Wehe ein.

Sie fand ein paar Mülltüten aus Plastik, entfernte das Spannbettlaken und legte sie über die Matratze. Über dem Plastik breitete sie noch zwei Handtücher aus und zog dann wieder das Laken auf. Obendrauf packte sie noch zwei weitere Handtücher. Aus der kleinen Kammer holte sie zusätzliche Kissen, um sich abzustützen. In Küche, Wohn- und Schlafzimmer sammelte sie die Kerzen ein und stellte sie auf ihren Toilettentisch und das Nachtschränkchen. Oh, sie hoffte doch sehr, dass sie sich nicht selbst bei Kerzenlicht entbinden müsste. Und mittendrin traf es sie wieder. Heftig. Sie musste sich ein Weilchen auf den Bettrand setzen und abwarten. Dann holte sie die Babydecken und weitere Handtücher und legte sie neben das Bett.

Als sie endlich so weit alles vorbereitet hatte, machte sie sich auf, um zu duschen. Sie stellte das Wasser an, damit es heiß werden konnte, zog sich die nassen Sachen aus und schob sie mit dem Fuß beiseite. Sorgfältig wusch sie sich die Hände und wartete nun schon ziemlich ungeduldig darauf, dass die nächste Kontraktion kam und ging. Als es so weit war, ging sie mit gespreizten Beinen in die Hocke, wobei sie sich mit einer Hand am Waschbecken festhielt, um die Balance nicht zu verlieren.

Die andere Hand schob sie unter ihren Bauch und tastete sich dann weiter mit den Fingern in ihren Geburtskanal vor. Es war alles, was sie tun konnte. Vorsichtig tastend, drückte sie ein wenig. Ein verdammt schwieriges Manöver. Ein, zwei, drei Finger und noch etwas Platz. Oh Gott. Es waren schon mehr als sieben Zentimeter. Sie war reif. In diesem Augenblick wusste sie, dass sie nirgendwo mehr hingehen würde.

Sie zog die Hand heraus, und mit ihr kam ein ganzer Schwall Fruchtwasser, der sich zwischen ihren Beinen auf den Boden ergoss.

Okay. Keine Dusche mehr.

Sie warf ein paar Handtücher auf die Fliesen, um die Flüssigkeit aufzunehmen, dann versuchte sie, sich selbst abzutrocknen. Würde sie jetzt eine andere bei der Geburt begleiten, ließe sie die Mutter nun gehen, hocken, die Hüften hin- und herschwingen und die Schwerkraft nutzen, um dem Baby nach unten und rauszuhelfen. Aber das hier war ein anderes Spiel. Sie wollte Gesellschaft. Wenigstens Jack und vorzugsweise John Stone oder Doc.

Ihr Omanachthemd aus Flanell wäre als Entbindungsgewand eine doch etwas unpraktische Wahl, also entschied sie sich für eins von Jacks übergroßen T-Shirts. Sie raffte das Shirt bis zu den Brüsten hoch und legte sich im Bett auf zwei dicke, weiche Frotteetücher, bedeckte ihren Bauch mit dem Laken und hoffte, dass sie die Geburt noch eine Weile aufhalten könnte. So lange, bis jemand diesen Truck am Baum entdeckte; so lange, bis jemand versuchen würde, sie anzurufen, und ihm auffiel, dass es keine Verbindung gab.

Sie holte das Stethoskop aus der Tasche und lauschte, dankbar dafür, dass das Baby einen so starken und regelmäßigen Herzschlag hatte.

Gott sei Dank war Jack ja immer so ein Schwarzseher. Wenigstens einmal wäre das jetzt praktisch. Wieder spürte sie eine weitere Kontraktion und sah auf die Uhr. Zwei Minuten dauerte es. Sie wartete … weniger als drei Minuten später kam die nächste, und jedes Mal wurde noch mehr Fruchtwasser ausgestoßen. Weitere zwei Minuten … oh Gott, dieser Junge kam aus ihr herausgerast!

Jack hatte versucht, Mel anzurufen, nur um sicherzustellen, dass sie es ohne Zwischenfall zum Waldhaus geschafft hatte, denn gleich nachdem sie losgefahren war, hatte der Sturm doch deutlich zugelegt. Aber sie nahm nicht ab. Vielleicht brauchte sie ja bei diesem Regen auch etwas länger. Zehn Minuten später versuchte er es noch einmal, wieder ohne Erfolg.

„Hat sie sich gemeldet?“, fragte Rick.

„Noch nicht. Sie meinte, sie würde heimfahren, duschen und sich dann ins Bett legen. Wahrscheinlich steht sie jetzt gerade unter der Dusche.“

Es war kurz vor der Zeit, in der das Abendessen serviert wurde, und es waren bereits ein paar Leute in der Bar. Jack brachte ihnen ihre Drinks und ging dann wieder zum Telefon. Keine Antwort.

„Könnte sie das Telefon nicht abgestellt haben?“, fragte Preacher.

„Wahrscheinlich. Damit ich nicht alle zehn Minuten anrufe, um sie zu fragen, wie es ihr geht.“

Paige machte gerade ein paar Brötchen fertig, um sie in den Ofen zu schieben. Sie lachte ihn aus. „Jack, sie würde dich doch anrufen, wenn sie dich braucht.“

„Ich weiß“, sagte er, wählte aber noch einmal. Nichts.

Kurz darauf lief er unruhig hin und her. „Glaubst du, sie kann schlafen, wenn das Telefon klingelt?“, fragte Preacher.

„Es würde mich überraschen, wenn sie überhaupt schläft“, meinte Jack. „Ihr Rücken bringt sie um.“

„Ich hoffe, es sind keine Rückenwehen“, bemerkte Paige etwas abgelenkt. „Das hat mir bei Christopher ganz schön zu schaffen gemacht. Es ist schrecklich.“

„Sie würde es doch wissen, wenn sie Wehen hätte“, wandte Jack ein.

„Ja, das nehme ich an. Aber ich wusste es nicht. Erst als es sich nach vorne drehte, und da war ich dann schon ziemlich weit.“

Jack warf Preacher einen geplagten Blick zu, dann Rick. Wie lange war sie jetzt weg? Eine halbe Stunde? Eine Stunde?

„Okay, wir sind unterwegs“, sagte er. „Komm schon, Rick. Lass uns fahren.“

„Es wird schon alles in Ordnung sein, Jack“, versuchte Paige, ihn zu beruhigen.

„Ich weiß“, meinte er, lief aber auch schon los, um sich seinen Mantel zu schnappen, und sprintete aus der Hintertür. Rick hinterher. Jack lief zur Fahrerseite von Ricks kleinem Truck, denn auf dem Beifahrersitz hätte er es jetzt nicht ausgehalten. Dazu war er viel zu nervös und besorgt. Rick ließ ihn gewähren, denn er wusste, es würde keinen Sinn haben, mit dem Mann zu streiten. Er warf ihm die Schlüssel zu, und Jack ließ den Motor an, schmiss den Gang rein und raste aus dem Ort, bevor Rick noch seine Tür schließen konnte.

Bis zum Waldhaus waren es lange zehn Minuten, und die ganze Zeit über versuchte Rick, ihm gut zuzureden. „Sie weiß doch, was sie tut. Du musst dir keine Sorgen um Mel machen. Sie hätte doch angerufen.“ Jack sagte gar nichts. Er flog über die Straße und schnitt diese scharfen Kurven mit wirklich hoher Geschwindigkeit. Nach allem, was er gerade hinter sich hatte, merkte Rick, wie seine eigene Panik wieder hochkam. Er versuchte, es sich nicht anmerken zu lassen. „Weißt du, alles wird in …“

Rick brach mitten im Satz ab, als Jack mit kreischenden Bremsen hinter seinem eigenen Truck, dessen linke Vorderseite in einen umgefallenen Baum gerammt war, zum Stillstand kam. „Oh Gott“, rief er, sprang aus Ricks kleinem Truck und lief zu der Unfallstelle. „Mel!“, schrie er und riss die Fahrertür auf. Als er dort niemanden fand, suchte er nach Blut, nach ihrer Tasche. Nichts davon war zu sehen, also sprang er über den riesigen Baum und rannte auf das Waldhaus zu, als ginge es um sein Leben.

Als er ins Haus geflogen kam, rutschte er auf dem Holzfußboden aus. Fast wäre er noch mit seinen matschigen Stiefeln und den tropfnassen Klamotten auf dem Hintern gelandet. „Mel!", rief er.

„Jack", antwortete sie mit schwacher, angestrengter Stimme.

Aus dem Schlafzimmer fiel ein sanfter Lichtschein, also ging er dorthin. Sie saß mit den Kissen im Rücken im Bett und hatte sich das Laken übergelegt.

„Es ist so weit", sagte sie.

Er eilte an ihre Seite und kniete sich auf den Boden. „Ich nehme dich jetzt und bringe dich ins Krankenhaus."

„Zu spät", sagte sie. „Die Fahrt schaffe ich nicht mehr. Dafür bin ich viel zu weit. Aber du kannst John holen, frag ihn, ob er kommen kann ..." Sie ächzte unter einer Wehe und packte Jacks Hand. „Das Telefon geht nicht. Fahr ins Dorf zurück, rufe John an und sag ihm, dass meine Fruchtblase geplatzt ist und ich bei acht stehe. Kannst du das behalten?"

„Alles klar." Er rannte also wieder zu Rick, gab die Botschaft weiter, und schon war der Junge unterwegs. Jack lief zurück zu Mel und nahm ihre Hand. „Sag mir, was ich tun muss."

Eine Wehe klang gerade ab, und sie atmete auf. „Okay. Also hör mir zu. Wisch das alles auf, was du hereingetragen hast, bevor du dich noch umbringst, weil du in einer Pfütze ausrutschst. Dann zieh dir ein paar trockene Sachen an, versuche hier etwas mehr Licht hereinzubekommen, und dann wollen wir sehen, wie weit wir sind. Es wird noch ein wenig dauern. Vielleicht wird John es ja rechtzeitig schaffen. Puh", sagte sie und lehnte sich zurück. „Ich weiß nicht, wann ich je glücklicher war, dich zu sehen."

Wieder verzog sich ihr Gesicht vor Schmerz, und sie begann, kurz und flach zu atmen, zu hecheln, während er neben ihr stand und hilflos auf sie hinuntersah. Als es ihr wieder besser ging, sagte sie: „Jack, mach bitte, was ich dir gesagt habe."

„Ja. Richtig."

Er begann damit, im Badezimmer nach einem Handtuch zu

suchen, um die Pfützen, die er hereingetragen hatte, aufzuwischen. Dort fand er ihre Kleidung, die sie hastig abgestreift hatte, zusammen mit dem leicht blutverschmierten Slip und nassen Handtüchern in einem Haufen auf dem Fußboden. Er schob alles mit dem Fuß beiseite und räumte einen Weg im Bad frei. Schließlich entschied er sich für den Küchenmopp, mit dem er die Wasserspur zwischen Eingangstür und Schlafzimmer wegwischte. Seine Stiefel ließ er an der Tür stehen und zog sich anschließend eilig Jeans und Hemd aus, die er auf den Haufen nasser Handtücher und Kleidungsstücke warf, zog sich frische, trockene Sachen und Socken an und ging dann wieder zu ihr ans Bett.

„Haben wir noch mehr Kerzen?“, fragte sie ihn.

„Nicht dass ich wüsste.“

„Wie sieht es mit Taschenlampen aus?“

„Ja, da habe ich zwei.“

„Hol die stärkste. Wenn er anfängt herauszukommen, bevor John eintrifft, könnte ich vielleicht noch in der Lage sein, für dich das Licht zu halten.“

„Für … Mich?“

„Jack, es sind nur zwei Leute hier. Einer von uns wird ihn rauspressen und einer von uns wird ihn in Empfang nehmen. Welchen Job hättest du denn gerne?“

„Oh“, sagte er nur und machte sich auf, die Taschenlampe zu suchen. Als er damit zurückkam, demonstrierte er ihre Stärke, indem er ihr damit direkt in die Augen strahlte. Sie schreckte zurück, und er schaltete sie aus.

Sie rieb sich die Augen. „Meine Güte. Vielleicht wäre es doch besser, wenn du das Pressen übernimmst. Ich bin ruhiger. Ja, ich stimme für dich.“

Er hockte sich mit einem Knie auf dem Boden an ihre Bettseite. „Melinda, wie kannst du jetzt so sarkastisch sein?“

„Also ehrlich, du bist Barbesitzer und hast keinen Alkohol zu Hause“, keuchte sie. „Ich könnte einen Schluck gebrauchen. Manchmal verlangsamt das die Wehen.“

„Beim nächsten Mal werden wir eine Flasche bereithalten."

„Du redest ständig so, als würde es dazu kommen. Wie lächerlich."

„Ich denke doch, meine Bilanz spricht für sich. Aber Mel, ich will sie nur machen, nicht entbinden."

„Was du nicht sagst, Kumpel", sagte sie und wurde gleich darauf wieder von einer Kontraktion gepackt. Sie versuchte es mit Hecheln, aber die Wehen waren jetzt immer stärker, dauerten länger, und die Abstände dazwischen wurden immer kürzer. Sie sah auf die Uhr. „Oh Mann", stöhnte sie atemlos. „Das wird mich zu einer sehr viel verständnisvolleren Hebamme machen. Yiiii."

„Was soll ich tun?", fragte er.

„Hol dir einen Stuhl … oder sonst was. Im Augenblick haben wir nichts als Wehen."

Jack ging ins Kinderzimmer und holte den Schaukelstuhl. Er stellte ihn neben sie ans Bett, setzte sich auf den Rand und beugte sich zu ihr vor. „Bist du in den Baum gefahren?", fragte er, nahm sich ein Handtuch vom Bett und wischte ihr sanft den Schweiß von der Stirn.

„Ein bisschen. Ich hatte eine Wehe, die erste richtige, und das hatte mich abgelenkt. Und dann lag er einfach da, mitten auf der Straße."

„Also hat nicht der Unfall die Wehen ausgelöst?"

„Nein. Ich habe den Verdacht, dass ich schon den ganzen Tag über Wehen hatte und es nicht erkannt habe. Es hat sich alles in meinem Rücken abgespielt und mich fast umgebracht!"

„Deshalb bin ich auch hier. Paige hatte erwähnt, dass es bei ihr genauso war."

„Gott segne sie. Huh? Uhh!" Schon wieder eine. Sie hielt ihren Bauch fest. Es schien ewig zu dauern. Endlich entspannte sie sich und sank in die Kissen zurück. Sie schloss die Augen und atmete tief durch. „Oh Mann, das ist härter, als es scheint. Wenigstens sitzt er mir nicht mehr im Rücken."

„Gott, ich wünschte, ich könnte das für dich übernehmen."

„Dann sind wir jetzt schon zwei." Einen Augenblick lang schloss sie die Augen, und zwei Minuten später ging es wieder los. Sie hechelte sich durch. Jack ging ins Badezimmer und feuchtete einen Waschlappen an, kam zurück und strich ihr damit über Stirn und Nacken. „Das tut gut", sagte sie.

„Du musst auf John warten", meinte er.

„Ich tue, was ich kann, Jack."

Während mehrerer weiterer Kontraktionen hielt er ihre Hand und wischte ihr die Stirn ab. Dabei murmelte er immer wieder: „Es ist okay, Baby. Es ist okay …"

Auf einmal fuhr sie ihn an: „Ich weiß, es ist okay! Hör auf, das zu sagen!"

Oh, davon hatte er gehört. Wenn sie dich hasst, obwohl du tust, was du kannst.

„Tut mir leid", entschuldigte sie sich. „Kann vorkommen in der Austreibungsphase."

„Austreibungsphase?", wiederholte er.

„Wir kommen der Sache näher." Und nachdem die nächste Wehe sich verzogen hatte, fuhr sie fort: „Okay, es ist jetzt irgendwie ein bisschen anders. Ich glaube, er sinkt. Ich habe das Gefühl, als würde in einer Minute …" Noch bevor sie den Satz zu Ende bringen konnte, hob es sie fast aus dem Bett, so stark war das Bedürfnis zu pressen. Durch Hecheln schien sie sich zurückhalten, sich bremsen zu können. Zwei Minuten ist eine lange Zeit, wenn man so etwas durchmacht. Oder wenn man zusieht, wie jemand so etwas durchmacht. Als es vorüber war, sank sie wieder in die Kissen und hatte jetzt Schwierigkeiten damit, tief durchzuatmen.

„Jack", sagte sie atemlos. „Du wirst einmal nachsehen müssen. Nimm die Taschenlampe und richte sie direkt auf meinen Beckenboden. Schau nach, ob sich der Geburtskanal geöffnet hat. Sag mir, ob du ihn kommen siehst."

„Wie soll ich denn wissen, wonach ich suchen soll?", fragte er.

Sie kniff die Augen zusammen und antwortete in einem ziemlich abfälligen Ton: „Es hat Haare."

„Okay, jetzt hab dich mal nicht so. Ich verdiene schließlich nicht mein Geld damit."

Sie stellte die Knie auf und spreizte sie, während Jack die Taschenlampe auf sie richtete. „Whoa", sagte er und sah ihr über die Knie hinweg ins Gesicht. Er wirkte ein wenig blass.

„Zeig mir, wie groß es ist. So." Mit Daumen und Zeigefinger demonstrierte sie einen Kreis für ihn. Er reagierte darauf, indem er ihr einen Kreis zeigte, der größer war als ihrer. „Uh, Junge", stöhnte sie.

Er schaltete die Taschenlampe ab. „Melinda, ich will, dass du auf John wartest …"

„Ich kann es *absolut* nicht mehr hören, dass ich auf John warten soll!", fauchte sie böse. „Jack, hör mir zu. Ich bekomme dieses Baby. Und Schluss. Und du wirst jetzt aufpassen und dabei helfen. Hast du das verstanden?"

„Ahh, Melinda …"

Sie packte sein Handgelenk und grub ihre Nägel hinein. „Glaubst du etwa, ich hätte mir das so gewünscht?"

Kurz dachte er daran, ihr doch noch einmal nahezulegen, dass sie versuchen sollte, es zurückzuhalten. Aber er wusste schon, dass er hier nicht das Sagen hatte, und musste auch dem Bedürfnis widerstehen, nachzusehen, ob sein Handgelenk blutete. Gewiss war es unmöglich, sie dazu zu bewegen, auf die Stimme der Vernunft zu hören, und er war schon immer gut darin, Befehle zu befolgen. Also würde er das jetzt wieder tun. „Ich hab's kapiert", sagte er.

„Okay, dann werden wir jetzt Folgendes machen. Breite da unten am Fußende des Bettes eine Decke aus. Eine kleine Decke für das Baby. Okay?"

„Okay."

„Gut. Nimm aus meiner Tasche hier zwei Klammern und eine Schere. Die Saugglocke. Wir werden ein Gefäß für die Plazenta brauchen. Eine große Schüssel oder ein Kochtopf wird reichen. Dann geh ins Bad, krempel dir die Ärmel auf und schrubb dir die Hände bis zu den Ellbogen hoch mit Seife ab. Nimm sehr viel Seife und mach das Wasser so heiß, wie du es aushalten kannst. Dann trockne dich mit einem sauberen Handtuch ab. Wenn du mit alledem fertig bist und wieder zurückkommst, wird der Kreis größer sein. Okay?“

„Okay.“ Er öffnete die Tasche und musste erst ein paar andere Dinge hochhalten, bevor sie ihm bestätigte, dass er eine Klammer erwischt hatte. Die Saugglocke war ein absolutes Geheimnis. Während er damit beschäftigt war, bäumte sie sich erneut auf und presste mit einem lauten und sehr primären Knurren. Dabei hielt sie sich an ihren Oberschenkeln fest und drückte, bis ihr Gesicht rot wurde. Instinktiv nahm er die Taschenlampe in die Hand und richtete das Licht auf ihren Beckenboden. Oh Herrgott, dachte er. Dieser Haarkreis, der der Kopf seines Sohnes war, wurde in der Tat größer. Er ging davon aus, dass es keinen Sinn ergab, ihr zu sagen, sie solle damit aufhören. „Wie viel Zeit haben wir noch?“, fragte er.

„Geh. Wasch dich. Halt dich nicht auf.“

„Schon erledigt“, sagte er. Aber es war schrecklich, am Waschbecken zu stehen und sich einzuseifen, während sie ächzend und stöhnend im Schlafzimmer lag und ihr Baby aus sich herauspresste. Er wollte sie anschreien, damit aufzuhören, aber er wusste, dass sie dann nur sauer würde. Als er zum Bett zurückkam, wollte er nach der Taschenlampe greifen, aber sie schrie: „Nein! Nicht anfassen! Nimm sie mit einem sauberen Handtuch in die Hand! Gib sie mir!“

Er sah sich um, und als er die Handtücher oben neben ihren Kissen entdeckte, nahm er eins davon und reichte ihr damit die Taschenlampe. Mühsam setzte sie sich ein wenig auf und hielt die Taschenlampe so, dass das Licht nach unten fiel. „Heiliger Strohsack, Mel!“, rief er aus.

Sie glaubte zu wissen, was das bedeutete. Sie ließ sich in die Kissen zurückfallen und sah auf ihre Uhr. Es war jetzt fast eineinhalb Stunden her, dass Rick von hier losgedüst war. Wo zum Teufel steckte John? „Er wird kommen, Jack“, sagte sie erschöpft.

Er nahm ihr die Taschenlampe mit dem Handtuch aus der Hand. „Gib mir das." Dann lehnte er sie an ein zusammengerolltes Handtuch, so, dass sie das Geburtsfeld beleuchtete. „Okay, jetzt musst du nur noch an eine Sache denken."

„Gebären?", fragte sie.

„Zwei Sachen", korrigierte er sich. „Gebären und mir sagen, was ich tun muss."

Bei der nächsten Kontraktion zog sie sich hoch, packte ihre Schenkel, und die Schädeldecke des Babys wurde ein Stückchen weiter sichtbar. „Heiliger Strohsack", wiederholte Jack. Sie musste noch dreimal pressen, und dann tauchte der ganze Kopf des Babys auf. „Oh mein Gott", kommentierte er.

„Jack, schau nach, ob um den Hals des Babys eine Schnur liegt. Sie ist violett und seilartig. Ahhh", stöhnte sie und kämpfte gegen die nächste Wehe an. „Nimm deinen Zeigefinger und stell fest, ob du irgendetwas um den Hals des Babys herum fühlen kannst. Ahhh!"

Genau in diesem Moment wurde die Haustür mit einem Knall aufgestoßen.

„John!", schrie Jack. „John, komm *schnell*!"

Triefnass und in einem Tempo, das für Jacks Geschmack viel zu langsam war, erschien John im Schlafzimmer. Jack wollte aufstehen, aber John sagte: „Mach weiter, Mann!" Auf einen Blick hatte er sich ein Bild von der Lage gemacht. „Gut. Hast du schon nach der Schnur getastet?"

„Ja, aber was zum Teufel weiß ich denn?"

John ließ den Mantel von den Schultern rutschen, nahm die Taschenlampe und brachte sie etwas näher heran. „Sehr schön", stellte er fest. „Jack, benutz deine Hände. Sie wird ihn jetzt rausbringen. Stell dich darauf ein."

„Bist du wahnsinnig geworden, verdammt noch mal?", erwiderte Jack, der bei alledem allmählich am Rand der Verzweiflung stand.

„Du hast es geschafft, Jack. Jetzt." Über Mels aufgestellte Knie hinweg sah John zu. „Ein kleiner Schub, Mel", forderte er sie auf.

Mel ächzte und schob, und das Baby kam herausgerutscht, als wäre es kinderleicht.

„Halte ihn mit dem Gesicht nach unten, deine Hand unter seiner Brust und reibe ihm den Rücken“, wies John ihn an. Aber bevor Jack überhaupt so weit kam, fing das Baby an zu schreien.

„Ah, gut“, sagte John und legte Mel eine Decke über den Bauch. „Gut gemacht. Dann leg ihn jetzt gleich hierher. Wir wollen ihn schön abtrocknen und hübsch warm einwickeln.“

Jack zitterten die Hände, während er dies tat und die Käseschmiere von dem kleinen Körper seines Sohnes abwischte. Mühsam richtete Mel sich auf, um ihn sehen zu können, dabei streckte sie die Hände aus, um ihn zu berühren. Einen Moment lang war Jack wie paralysiert. Gelähmt. Bevor er die Decke um ihn schlagen konnte, starrte er ihn in reiner Verwunderung nur an. Sein Sohn. Gerade aus dem Körper seiner Frau gekommen. Nackt, mit Schleim bedeckt, schreiend und das Schönste, was er je gesehen hatte. Seine kleinen Arme und Beine schlugen wild um sich, der Mund war zu einem Heulen aufgerissen. Gerade dachte Jack, wie winzig er war, als John sagte: „Lieber Himmel, Melinda, er ist riesig. Wo hattest du den verstaut?“

„Oh“, sagte Mel. „Jetzt geht es mir *so* viel besser.“

Endlich war John mit im Spiel und massierte sanft ihre Gebärmutter. „Was für eine Frau“, meinte er. „Wir müssen nicht einmal nähen.“ Er setzte die Klammern an die Nabelschnur, reichte Jack die Schere und sagte ihm, wo er schneiden sollte. Jack, noch immer betäubt von einem Ereignis, bei dem er sich absolut hilflos gefühlt hatte, tat wie ihm geheißen und befreite das Baby von seinem Ankerplatz.

„Gut gemacht“, lobte ihn John. „Lass Mel jetzt ihr Baby halten, Jack. Ich werde mich waschen und dann beim Saubermachen helfen.“

John verschwand im Badezimmer, während Jack liebevoll das Baby aufnahm. Mel zog sich ihr T-Shirt hoch, und Jack reichte ihr das Baby. Sie legte es mit der Wange an ihre warme Brust und streichelte mit den Fingern über sein perfektes Köpfchen. Das Baby hörte auf zu weinen und schien sich umzusehen. Mel sah zu Jack hoch und lächelte ihn leise an.

„Komm schon, mein Kleiner“, gurrte sie, ruhig und heiter und vollkommen auf ihren Sohn konzentriert. „Mach mal deine Arbeit hier. Lass es aufhören zu bluten und bring die Plazenta heraus.“ Sie drückte ihren Nippel zusammen, um ihn dem Mund des Babys anzupassen, und versuchte, ihn damit zu locken. Jack fühlte sich von Emotionen überflutet. Er wusste nicht genau, ob er gleich in Jubelgesang ausbrechen oder ohnmächtig zusammenbrechen würde. Er ließ sich auf die Knie nieder, um näher dabei zu sein, und beobachtete, wie Mel Mund und Wange des Babys mit ihrem Nippel reizte, der Kleine dann instinktiv den Kopf drehte, sich festklammerte, seine Position fand und saugte. Und Mel sagte: „Meine Güte! Das kannst du aber sehr gut.“ Dann sah sie Jack an, der ganz benommen neben dem Bett kniete. Sie lächelte ihn erschöpft an und sagte: „Danke, Liebling.“

Er beugte sich näher zu ihr, das Gesicht ganz nahe am Kopf seines Sohnes. „Mein Gott, Melinda“, hauchte er. „Was zum Teufel haben wir da gerade gemacht?“

Eine Stunde später ging das Licht wieder an, und Preacher stand bei Jack auf der Veranda und wollte wissen, was los ist. John hatte geholfen, Mel in Ordnung zu bringen, und das Baby gewaschen. Dann hatte er mit Jack zusammen das Bett frisch bezogen und war nun so weit, sich zu verabschieden. „Es gibt keinen Grund, sie bei diesem Wetter rauszubringen“, sagte er. „Sie sind beide in guter Verfassung. Brauchst du ein Beruhigungsmittel, Mann?“, fragte er Jack lachend.

„Ich könnte eins gebrauchen, ja. Hast du nicht in dieser Tasche da einen guten Single-Malt?“

„Das wäre genau das Richtige, nicht wahr?“ Er klopfte Jack auf den Rücken und sagte: „Gute Arbeit, Kumpel. Ich bin stolz auf dich.“

„Ach ja? Was hätte ich sonst tun sollen? Das war ganz allein sie."

„Zeig Onkel Preach das Baby. Ich fahre nach Hause. Und ich schätze, du wirst *tonnenweise* Wäsche zu waschen haben."

„Tonnen." Jack lachte.

Jack trug das Baby ins Wohnzimmer und ließ Preacher einen Blick darauf werfen. „Und du hast ihn entbunden?", fragte Preacher.

„Meine Idee war es nicht", antwortete Jack.

Preacher grinste breit. „Sieht aus, als hättest du es gut hingekriegt."

„Dennoch werde ich mich nicht darum reißen, das zu wiederholen", meinte Jack, lächelte aber. „Wo ist Paige? Chris?"

„Rick hält Wache", erklärte Preacher. „Er trägt meine Waffe und ist ein bisschen zu glücklich darüber."

„Tatsächlich? Nun, dann fahr lieber wieder zurück. Entwaffne ihn."

Jack legte das Baby zurück in das Kinderbett neben Mel, deren Gesicht wieder die weichen, schönen Züge angenommen hatte wie vor ihrer harten Arbeit. Er ging im Haus herum und sammelte Kleidungsstücke, Handtücher und Laken ein. Er wusch, er machte sauber und brachte das Haus wieder in Ordnung. Gegen neun Uhr klopfte es leise an der Tür, und als er nachsah, stellte er fest, dass Preacher zurückgekehrt war. Er hob eine Flasche in die Höhe. „John meinte doch, du könntest vielleicht ein Beruhigungsmittel brauchen", erklärte er.

„Ja. Komm rein. Aber ganz leise."

Jack holte zwei Gläser, und Preacher hielt die Flasche darüber. Dann hob er sein Glas und Jack das seine. „Herzlichen Glückwunsch, Dad", flüsterte Preacher.

Jack kippte den Schluck nach hinten weg, und als er seinen Kopf wieder zurückbrachte, liefen ihm die Augen über. „Meine Frau", sagte er im Flüsterton. „Du hast keine Ahnung, wie viel Kraft das braucht. Sie war einfach erstaunlich. Ich habe ihr Gesicht dabei beobachtet. Sie ist an einer Kraftquelle gewesen, die ich nicht kenne. Und dann, als ich ihr das Baby gereicht habe, als sie unseren Sohn an ihre Brust legte …“ Er nahm noch einen Schluck. „Als sie unserem Sohn die Brust gab, war sie in einer anderen Welt. Dort war so viel Frieden und Liebe … Gott.“

„Ja“, stimmte Preacher ihm zu. „Das war Gott.“ Preacher breitete die Arme aus und drückte den Mann einmal fest an sich, während er ihm auf den Rücken klopfte.

„In meinem ganzen Leben habe ich noch nie so etwas gesehen“, flüsterte Jack.

Mit kräftigen Händen packte Preacher Jacks Oberarme und schüttelte ihn leicht. „Ich bin wirklich glücklich für dich, Mann.“

Um Mitternacht blies Jack die meisten Kerzen aus und setzte sich in den Schaukelstuhl neben ihr Bett. Neben sein Bettchen. Gegen zwei Uhr morgens reichte er Mel das Baby und sah fasziniert zu, wie sie ihn an jeder Seite ein paar Minuten lang saugen ließ, sein Bäuerchen abwartete und ihn wieder an Jack übergab mit der verschlafenen Anweisung, ihm die Windeln zu wechseln. Was er tat.

Gegen fünf Uhr morgens wiederholte er den Vorgang, hob seinen schreienden Sohn in die Arme seiner Mutter und sah wieder zu, wie sie ihm die Brust gab. Und wieder wechselte er die Windeln und machte ihn sauber. Dann hielt er ihn im Arm und schaukelte ihn eine Stunde lang, bevor er ihn in sein Bettchen zurücklegte. Um acht Uhr morgens geschah es wieder, ein Füttern und Windelwechsel, und Jack hatte nicht einmal ein Nickerchen gemacht. Stattdessen hatte er jedes Auf und Ab der Brust seines Sohnes beobachtet, jeden Atemzug, und oft hatte er den Arm ausgestreckt, um sanft seinen perfekten kleinen Kopf zu streicheln.

Gegen neun Uhr morgens hörte er das Geräusch von Sägen und trat auf die Veranda. Sehr weit konnte er wegen des umgefallenen Baumes nicht auf die Straße sehen, aber er wusste, was da geschah. Preacher räumte die Straße.

Gegen Mittag stand Mel aus dem Bett auf. Er war ganz erstaunt über die Tatsache, dass sie sich aufsetzte, die Füße auf den Boden stellte, aufstand und sich streckte. „Ah", sagte sie. „Ich glaube, ich werde mir eine Dusche gönnen."

„Alles in Ordnung mit dir?", fragte er.

„Ich fühle mich so viel besser." Sie legte die Hände an ihr Kreuz. „Mein Rücken tut mir nicht mehr weh." Sie ging auf ihn zu, ließ sich umarmen und drückte ihn an sich. „Danke, Jack. Ohne dich hätte ich das nicht geschafft."

„Tja, ich denke eigentlich schon, dass du das gekonnt hättest." Er sah an ihr hinunter.

„Was ist los?"

„Nachdem ich gesehen habe, was du gestern Abend getan hast, kann ich nicht fassen, dass du überhaupt stehen kannst."

Sie lachte leise. „Das ist erstaunlich, nicht wahr? Wie der Körper einer Frau sich öffnen und ein Kind von dieser Größe zur Welt bringen kann? Dir ist es noch gar nicht recht klar, aber es war eine wundervolle Erfahrung, die du da gemacht hast. Dein eigenes Kind zur Welt zu bringen."

Er küsste sie auf die Stirn. „Wie kommst du darauf, dass mir das nicht klar ist?"

Sie legte eine Hand an seine Wange. „Hast du geschlafen?"

„Ich kann nicht", antwortete er und schüttelte den Kopf. „Mir ist immer noch ganz seltsam zumute."

„Nun, vielleicht ist es dir ja doch klar. Ich will jetzt ein bisschen sauber werden, dann habe ich ein paar Dinge, die du erledigen kannst."

„Was denn?", fragte er. „Meine Wäsche habe ich gemacht."

Sie lachte über ihn. „Jack, wir haben noch nichts gegessen. Und du musst ein paar Anrufe erledigen. Ich habe Sägen gehört. Glaubst du, dass dein Truck inzwischen rausgezogen wurde?"

„Er steht vor dem Haus."

Sie schüttelte den Kopf. „Was für ein Ort. Wie die Leute hier einfach aus dem Gefühl heraus handeln, ohne dass man sie bittet. Okay, ich habe Hunger. Ich will mich waschen."

Als sie aus der Dusche kam, stand eine Schale mit heißer Suppe für sie bereit. „Bist du sicher, dass du hier allein zurechtkommst?“, fragte er sie.

„Von jetzt an wird es gehen, Cowboy“, sagte sie und machte sich über ihre Suppe her.

Eilig erledigte Jack seine Telefonate, während Paige und Preacher ihm ein nettes Essen zum Mitnehmen einpackten. Ein leckeres Eintopfgericht, Brot, ein paar Sandwiches, Früchte und Kuchen. Dann durchstöberte er die Küche selbst noch nach ein paar weiteren Lebensmitteln. Eier, Käse, Milch, Fruchtsaft. Jack hielt es nicht lange aus, von ihnen getrennt zu sein. Rasch fuhr er wieder zurück ins Waldhaus, wo er Mel und das Baby schlafend vorfand. Also schürte er das Feuer, lehnte sich auf der Couch zurück und legte die Füße ausgestreckt auf die Truhe, die als Sofatisch diente. Fast wie nach einem Beruhigungsmittel hatte sich ein ganz weiches Gefühl in ihm ausgebreitet, und er kam sich vor wie im Himmel, so herrlich war es.

Ein paar Stunden später fühlte er, wie sie ihm mit der Hand durchs Haar strich, und er schlug die Augen auf. Sie saß neben ihm auf der Couch und hielt das Baby im Arm. „Hast du ihn gefüttert?“, fragte Jack.

„Und gefüttert und gefüttert und gefüttert.“

„Lass mich ihn halten“, sagte er und nahm ihr das Baby ab. Er küsste es auf den Kopf. „Gott“, meinte er. „Ich kann es noch immer nicht glauben. Weißt du, wie ich mich fühle? Als wäre ich in meinem Leben noch nie so glücklich gewesen, denn dies ist so … Es ist so viel mehr als das stärkste Glücksgefühl, das ich kenne.“ Er legte ihr eine Hand an die Wange. „Es ist das größte Geschenk meines Lebens, Melinda.“

„Gut zu wissen, Jack“, sagte sie lachend.

„Küss mich“, bat er sie und beugte sich zu ihr. Sie tat ihm den Gefallen und verschloss seinen Mund in einem liebevollen Zungenkuss.

„Hast du all deine Anrufe erledigt?“

„Hm-mmm. Joey wird kommen, aber ich hoffe, du bist mir nicht böse, denn ich habe sie gebeten, uns ein paar Tage zu lassen. Ich möchte gern noch ein wenig allein mit euch sein."

„In Ordnung. Bis du wieder auf der Erde landest. Was ist denn mit der Bar? Wirst du dort nicht wegen Paige gebraucht?"

„Ron und Bruce wechseln sich ab und hängen dort herum. Werde ich wieder auf der Erde landen? Ich habe nicht das Gefühl, dass das geschehen wird."

„Es wird", sagte sie. „Aber ich hoffe, noch nicht sofort. Ich mag dich sehr, wenn du so bist. So ganz süß und überwältigt."

„So mag ich mich auch."

Anstatt zur Arbeit kam Rick nach der Schule zu Mel ins Waldhaus. Leise klopfte er an die Tür, und Mel machte auf. Sie lächelte. „Alles in Ordnung mit dir?", fragte er sie.

„Es geht mir wunderbar", antwortete sie flüsternd. Sie legte einen Finger an die Lippen, griff nach seiner Hand und zog ihn herein. „Sei ganz leise", flüsterte sie. „Hier entlang."

Sie führte ihn ins Wohnzimmer, wo Jack auf der Couch schlief, die Füße auf der Truhe. Sie wies auf den Sessel. „Gib mir deine Jacke und setz dich." Er zog sie schnell aus und reichte sie ihr, dann folgte er ihrer Anweisung, während sie das Zimmer verließ. Sekunden später war sie wieder da, das kleine Bündel im Arm. Sie brachte Rick das Baby und legte es ihm in die Arme. Sehr flink für eine Frau in ihrem Zustand kniete sie sich dann neben ihn auf den Boden und legte Rick einen Arm um die Schulter, das Gesicht an sein Gesicht.

Rick hielt das neue Leben, Jack und Mels Sohn, und bewunderte den hübschen runden Kopf, den kleinen, rosigen, herzförmigen Mund. Das Baby wand sich ein wenig in seinen Armen und machte köstliche kleine Geräusche.

Jack schlug die Augen auf, rührte sich aber nicht. Über die kurze Entfernung in dem kleinen Zimmer hinweg sah er, wie Rick das Baby und Mel Rick hielt. Auf Ricks Wangen glitzerte es ein wenig.

„So ist es, wie er sein sollte“, flüsterte Rick.

„So ist es, wie es sein wird“, versicherte ihm Mel und gab ihm einen sanften Kuss auf die Wange. „Alles zu seiner Zeit.“

Dann ging sie zur Couch und kuschelte sich an Jack. Automatisch hob er den Arm, um sie an sich zu ziehen, und so blieben sie zu viert fast eine Stunde lang sitzen.

18. KAPITEL

Mike Valenzuela hatte einen Freund bei der Bewährungshilfe. Der Mann war eine Informationsquelle für ihn gewesen, als er noch in der Abteilung für Bandenkriminalität gearbeitet hatte, und bot eine ausgezeichnete Möglichkeit, Bandenmitglieder mit Bewährungsauflagen im Auge zu behalten, nachdem sie aus dem Gefängnis entlassen und wieder auf der Straße waren. Und auch wenn er jetzt nicht mehr in seinem Job arbeitete, war es für ihn immer noch eine einfache Sache, herauszufinden, ob jemand seinen Bewährungsauflagen nachkam. Mike war ein Officer, dem man höchsten Respekt zollte. Man vertraute ihm.

„Er hält seine wöchentlichen Termine ein und liefert brav seine Bescheinigungen über die täglichen Treffen bei den Anonymen Suchtkranken ab", berichtete er Paige und Preacher. „An zwei Abenden in der Woche arbeitet er in einer Suppenküche und bemüht sich darum, seinen früheren Job wiederzubekommen."

„Suppenküche?", fragte Paige und schüttelte den Kopf. „Ich kann es mir kaum vorstellen."

„Das Folgende wirst du dir schon eher vorstellen können. Bereits jetzt versucht er, die Arbeitsauflage in der gemeinnützigen Einrichtung ganz aufheben zu lassen und die wöchentlichen Treffen mit dem Bewährungshelfer auf einmal monatlich zu reduzieren. Und … er lebt mit einer Frau zusammen, die er in der Therapie kennengelernt hat."

„Oh Gott", rief Paige aufgeschreckt. „Brie hatte davon gesprochen, dass so etwas geschehen könnte …"

„Das war in der Tat vorhersehbar", meinte Mike. „Sie warnen ihre Leute zwar vor jeglicher Form von Partnerbeziehung während des ersten Jahres, in dem sie clean sind. Das gilt für jede Beziehung, aber vor allem für eine Beziehung mit anderen Suchtkranken. Trotzdem passiert es ständig. Paige, man darf auf keinen Fall glauben, dass er dich vergessen hat, aber wie es aussieht, scheint er sich im Augenblick vor allem darauf zu konzentrieren, den Druck, der ihm aus seinem Urteil entsteht, lockern zu wollen. Und vielleicht auch auf eine neue Frau."

„Er hat weder angerufen noch sonst was", sagte sie. „Du hattest geglaubt, dass er das tun könnte."

„Richtig", bestätigte Mike. „Wenn es ihm noch um das Sorgerecht ginge oder darum, dass du eure Beziehung noch einmal überdenkst, hätte ich als Erstes einen Anruf erwartet, und zwar deshalb, weil ein Anruf den Richter zwar ernsthaft verärgern könnte, er aber mit Sicherheit eine lange Strafe schieben muss, sowie er einen Fuß nach Virgin River setzt, um dich irgendwie zu belästigen oder zu bedrohen. Es ist ein ziemlich gutes Abschreckungsmittel, vor allem für einen Mann, der bereits im Gefängnis war. Da drin ist es wirklich nicht nett."

„Glaubst du, dass wir uns entspannen können?", fragte sie ihn.

„Nur ein bisschen, vielleicht. Versucht weiterhin, wachsam zu bleiben. Ich denke, dass er eines Tages auftauchen wird. Typen wie er hegen einen Groll und lassen selten einmal von ihrer Besessenheit ab. Ich glaube nicht daran, dass sie sich ändern. Aber im Augenblick ist er ziemlich beschäftigt. Es könnte auch zehn Jahre dauern, bis du dich wieder mit ihm auseinandersetzen musst."

Preacher legte einen Arm um sie und zog sie an sich. „Wie auch immer. Wirst du gelegentlich mal nachfragen?"

„Auf jeden Fall", versprach Mike. „Jede Woche."

Preacher hatte erwartet, dass Paige zumindest etwas erleichtert sein würde, denn zweifellos hatte Mike eine gute Nachricht überbracht. Aber er sah, dass sie niedergeschlagen war, vielleicht sogar ein wenig deprimiert. Als der Tag seinem Ende zuging, ihre spezielle gemeinsame Zeit, und er sie an sich zog, hob er ihr Kinn und fragte sie: „Warum freust du dich nicht ein bisschen? Liegt es daran, dass du Wes nicht trauen kannst?"

„Oh, das kann ich nicht. Das können wir nicht. Aber es ist vor allem die Vorstellung, dass ich vielleicht nie wirklich von ihm befreit sein werde und dass ich das in dein Leben hineingetragen habe. Wahnsinn und Schwierigkeiten. Vielleicht sogar Gefahr. Oh John … Was hast du dir nur mit mir eingehandelt!"

Er lächelte sie an und streifte ihre Lippen mit seinen. „Du glaubst doch wohl nicht eine Sekunde lang, dass ich das so empfinde. Paige, mir ist es gleich, ob eine ganze Horde betrunkener Hunnen hinter dir her ist. Der Tag, an dem du mit Chris in mein Leben getreten bist, war das größte Wunder, das mir je begegnet ist. Ich würde dich gegen nichts und niemanden eintauschen wollen."

Sie umarmte ihn. „Weißt du, dass du der süßeste Mann bist, den es je gegeben hat?"

Er lachte über sie. „Siehst du, genau das ist es. Vor dir war ich bloß Angler und Koch. Und jetzt sieh mich an." Er grinste. „Jetzt bin ich nicht nur der süßeste Mann weit und breit, ich bin auch so etwas wie der größte Liebhaber auf Erden."

Das war das Schöne an John. Im Handumdrehen gelang es ihm, ihre Stimmung aufzuheitern, indem er einfach aussprach, was er dachte. Wenn sie an ihm etwas verstand, dann war es, dass er sagte, was er empfand. Sie erwiderte sein Lächeln und fragte: „Das glaubst du wirklich, hm?"

„Nun, dann lass uns doch mal sehen, ob ich mich noch verbessern kann. Was hältst du davon?"

Joey war die Erste, die eintraf, als Baby David erst fünf Tage alt war. Dann kam Opa Sam, der sich sehr bemüht hatte, nicht aufdringlich zu sein, aber feststellen musste, dass er sich einfach nicht fernhalten konnte. Mike, der immer noch mit seinem Wohnmobil draußen bei Mel und Jack stand, schlief auf dem Sofa und überließ Sam sein Bett. Dann kamen eine nach der anderen Jacks Schwestern und ein paar der Nichten. Nach und nach schauten dann auch fast sämtliche Anwohner aus Virgin River vorbei, brachten irgendein eingepacktes Essen mit, Kuchen oder einen Teller Plätzchen. Die Wochen der Besuche und der Feiern schienen wie im Flug zu vergehen. Brie war die Einzige aus Jacks Familie, die noch nicht gekommen war, denn sie steckte mitten in einem der größten Gerichtsverfahren ihrer jungen Karriere, ein Vergewaltigungsprozess, der sich zum Medienspektakel entwickelt hatte.

Der Mai brachte viel Sonne und Blumen mit sich und Rehe in den Garten. Und es gab ein Baby, das so oft gehalten wurde, dass man die Laken in seinem Bettchen kaum wechseln musste. Jack begann sich zu fragen, ob vor Mel eigentlich andere Frauen auch schon Babys bekommen hatten, denn noch nie war ihm eine so spektakuläre, eine solch verwirrende Verwandlung aufgefallen. Dank der Wunderdiät des Stillens hatte sie eine Menge von dem Schwangerschaftsspeck schnell verloren. Als Erstes gewann ihr schönes Gesicht seine frühere ovale Form mit den hohen Wangenknochen zurück, und sie strahlte vor Glück. Alles um sie herum wirkte irgendwie heller. Und auch wenn sie sich beklagte, dass es noch lange dauern würde, bis sie ihre Figur wiederhätte, aus seiner Sicht war sie noch nie so sexy gewesen. Er betete ihren Körper an, ganz besonders, weil er bei der Entbindung seines Sohnes geholfen hatte. Langsam wurde ihr Bauch flacher, während ihre Brüste voll und fest blieben; ihr Lachen war hell und ansteckend. Und wenn sie ihren Sohn hielt und stillte, schien sie zu strahlen, als wäre ein Licht in ihr. Für Jack war sie ein Traumbild. Er war bis über beide Ohren verliebt.

Jack hackte jetzt sehr viel mehr Holz als sonst, und in der Dusche versuchte er, Mel nicht anzusehen. Sie hatte eine unglaubliche Wirkung auf ihn. Da das Baby nun kein Hindernis mehr war, merkte er, wie sehr er sich nach der Zeit sehnte, wo er sie von den Füßen in seine Arme heben, sie schnell zum Bett tragen und hungrig – verhungernd – über sie herfallen würde. Und wie sein Hunger dann auf ihren Hunger, der ihn immer wieder beeindruckte, treffen würde. Er merkte, wie er davon fantasierte, einmal etwas wilder zu sein, und wie überaus bereit er war, dieser Hitze und Kraft wieder zu begegnen, die sie anfangs miteinander verbunden hatte, bevor sie begann, mit Klein

David rund zu werden; bevor er das Gefühl hatte, sie vor der Macht seines Verlangens schützen zu müssen.

Wenn er sie in diesen Tagen küsste, wenn sie ihren Mund unter seinem öffnete und seine Zunge hereinließ, dann stöhnte er so tief, dass sie genau wusste, was los war, und an seinen Lippen flüsterte sie dann: „Bald, Jack. Sehr bald."

Nicht annähernd bald genug, war alles, was er denken konnte. Es machte ihn selbstsüchtig und ungeduldig. Dann hatte Brie ihren Prozess überstanden, und sie kam zu ihnen. Sie brauchte eine Pause, um sich von dem Verfahren zu erholen, das nicht gut für sie gelaufen war, und bedurfte des engen Kontakts zu ihrem Bruder, ihrer Schwägerin und dem neuen Neffen. Wie immer freute sich Jack, seine Schwester zu sehen und insbesondere zu beobachten, wie sie sich nach einem schwierigen und enttäuschenden Gerichtsverfahren sehr schnell wieder erholte. Offensichtlich hatte sie nach ihrer Scheidung auch wieder Vertrauen ins Leben gewonnen, und doch hatte er nur einen Gedanken im Kopf, nämlich den, dass es nun noch mindestens eine weitere Woche dauern würde.

Brie stellte fest, dass sich das Leben ihres Bruders in dem kleinen Waldhaus in vielerlei Hinsicht geändert hatte. Mel und Jack hatten das Baby neben ihr Bett gestellt, und nachts und am frühen Morgen konnte sie hören, wie es sich regte und quengelte, und dann das leise Murmeln ihres Bruders und ihrer Schwägerin. Sie hätte wissen sollen, dass Jack bei jedem Füttern wach sein würde und oft auch aufstand, um David die Windeln zu wechseln und ihn dann wieder neben Mel ins Bett zu legen.

Eine weitere Neuentwicklung war dieses Wohnmobil auf der Lichtung. In der Stunde vor dem Morgengrauen schlich sie sich manchmal heimlich aus dem Haus, setzte sich in einen der Adirondack Chairs auf die Veranda und lauschte der leisen Melodie der spanischen Gitarre, die aus dem offenen Fenster über den Hof herüberwehte. Mike wusste nicht, dass sie dort war, dass sie zuhörte, dass die Musik sie bewegte. Seine rechte Hand, mit der er die Saiten griff, war noch ein wenig zaghaft, aber mit der linken schlug und zupfte er gekonnt. Öfter unterbrach er sich einmal, um von vorne zu beginnen. Sie konnte sich vorstellen, dass sein Spiel nichts weniger als großartig sein würde, sobald seine Kraft wieder ganz hergestellt war.

Manchmal lehnte sie sich dann zurück, schloss die Augen und träumte davon, dass er für sie spielte. Mike. Vor Jahren hatte sie ihn in Sacramento kennengelernt, als Jack noch einmal Urlaub gehabt hatte, bevor er zu seinem letzten Einsatz in den Irak ging. Damals war Brie gerade frisch verheiratet. Später war sie ihm auf der Hochzeit von Mel und Jack wiederbegegnet. Man konnte sie also schon beinahe als alte Freunde bezeichnen. Eigentlich hieß er Miguel. Das wusste sie. Obwohl in den Vereinigten Staaten geboren, hatte er es geschafft, seine kulturellen Wurzeln zu bewahren, die Romantik seines Landes, die in seiner Musik anklang, in dieser erotischen spanischen Gitarre.

Es war jetzt mehr als sechs Monate her, dass Brad sie verlassen hatte. Allmählich war sie bereit für ein wenig Aufmerksamkeit vonseiten eines Mannes. Aber diesmal würde sie vorsichtiger sein. Nicht noch einmal wollte sie sich auf einen Mann einlassen, dem es an Bindungsfähigkeit mangelte. Brie wusste alles über Mike. Er hatte schon lange Zeit mit Jack zu tun und war ein perfekter Flirt. Wahrscheinlich sah er sich selbst als den großen Latin Lover. Sie hatte davon gehört, dass er zwei Ehefrauen und irgendwelche hundert Freundinnen hinter sich gebracht hatte. Ein Wunder war das kaum, denn er sah gut aus und war sehr sexy. Wahrscheinlich lagen sie ihm zu Füßen. Sie wollte die Musik genießen und die Fantasie. Der Mann selbst war eindeutig Gift.

Brie genoss einen wunderschönen Aufenthalt. Mit dem Baby im Schlepptau durchkreuzte sie mit Mel die Redwoods, besuchte in Grace Valley ihre Freunde, machte Einkaufsbummel in den Küstenstädtchen und Besuche bei den Einheimischen. Mel ging so relaxed mit dem Baby um, das sie in einem Tragetuch am Körper hielt. Und wenn ihr nach einer Pause zumute war, verlängerte sie nur die Bänder an dieser Trage, sodass sie Jack genau passten, und reichte ihm seinen Sohn. Die Leute in Virgin River gewöhnten sich bereits daran, dass ihnen die Drinks von einem Mann serviert wurden, der ein Baby umgebunden hatte.

Während einer typischen Dinnerrunde in der Bar stand Mel irgendwann auf, ließ Brie und Mike allein am Tisch und reichte ihrem Mann den Sohn, um der Damentoilette einen Besuch abzustatten. Jedes Mal, wenn sie David an Jack übergab, wurden seine Augen weich und warm und füllten sich mit Liebe und Stolz, wenn er das Baby übernahm. Dann schlich sich aber auch noch ein anderer Ausdruck in seine Züge, während er seiner Frau nachsah. Die Blickrichtung senkte sich auf ihren Hintern, und seine Kinnpartie verspannte sich.

„Mein Bruder", wandte Brie sich eines Tages an Mike, als sie gesellig in der Bar zusammensaßen. „Ich hätte nie gedacht, dass ich ihn einmal so sehen würde, mit einer Frau und einem Sohn. Er scheint mehr als glücklich zu sein. Aber hin und wieder meine ich doch, auch etwas wie Unruhe in seiner Miene zu erkennen. Vielleicht ist er auch einfach von der Verantwortung überwältigt."

„Ich bin mir nicht sicher, ob es das ist, was du siehst", entgegnete Mike, dem Jacks Miene ebenfalls gerade aufgefallen war. „Ich habe vier verheiratete Brüder. Männer unterhalten sich."

„Worüber reden sie?", wollte sie wissen.

Anstelle einer Antwort fragte er sie: „Wie alt ist David jetzt?"

„Fast sechs Wochen. Warum?"

Er lächelte und legte eine Hand über ihre. „Warum kommst du nicht morgen mit mir zum Angeln raus? Du könntest dir Mels Ausrüstung und ihre Wathose ausleihen. Wir könnten stundenlang draußen am Fluss bleiben."

Sie zog ihre Hand unter seiner weg. „Oh, danke, aber Mel und ich wollten nach …"

„Du könntest Mel und Jack sagen, dass du stundenlang am Fluss bleiben wirst", sagte er. „*Stundenlang*."

„Aber …"

Er verdrehte die Augen. „Brie, es würde dir gefallen. Das garantiere ich."

Sie beugte sich zu ihm. „Hör zu, Mike. Du solltest eins verstehen. Ich bin hier, um Mel und Jack und das Baby zu sehen, nicht um ..."

Er schielte zur Bar hinüber und sah, dass Mel zurück war und gerade das Baby wieder übernahm. „Wir sollten sie ein paar Stunden allein lassen. Glaube mir, ich habe dabei nicht an uns gedacht. Ich dachte an *sie*."

Sie warf einen Blick über die Schulter und sah, wie ihr Bruder und ihre Schwägerin sich über den Kopf des Babys hinweg nur einen kurzen Kuss gaben. Dann sah sie wieder Mike an. „Glaubst du wirklich?"

„Ich kenne diesen Blick. Wenn du morgen mit mir angeln gehst, wirst du diesen Ausdruck im Gesicht deines Bruders nicht mehr sehen, wenn du zurückkommst. Diese verspannten Züge werden größtenteils verschwunden sein. Da bin ich mir ziemlich sicher."

„Was, wenn mir nicht sonderlich viel am Angeln liegt?"

„Sag ihnen einfach nur, dass du angeln gehst. Wir können uns dann auch etwas anderes überlegen. Etwas, das *Stunden* dauern wird."

Sie beugte sich näher zu ihm. „Wirst du die Gitarre mitbringen?", flüsterte sie. Er beantwortete die Frage nur mit einem aufgeschreckten, überraschten Blick.

Als Mel an den Tisch zurückkehrte, sagte Brie: „Mel, wirst du fürchterlich enttäuscht sein, wenn ich morgen mit Mike zum Angeln gehe? Wenn ich mir deine Ausrüstung ausleihen könnte?"

„Nein", sagte sie und schüttelte den Kopf. „Das ist okay. Mensch, ich wusste ja gar nicht, dass du gern angelst."

„Nun, ich werde eine kostenlose Unterrichtsstunde bekommen. Wenn es dir recht ist, werden wir den größten Teil des Tages unterwegs sein."

„Kein Problem", sagte Mel. „Bist du so weit, dass wir gleich heimfahren können?"

„Natürlich“, antwortete Brie. „Um wie viel Uhr, Mike?“

„Wie wär’s mit zehn? Ich werde Preacher bitten, uns ein Mittagessen einzupacken.“

Als die Frauen gegangen waren, schlenderte Mike zum Tresen. „Wie steht’s mit einem Kaffee?“, fragte er Jack.

„Kommt sofort“, antwortete dieser und goss ihm einen Becher voll ein.

Preacher brachte gerade ein Gestell mit Gläsern aus der Küche und schob sie unter den Tresen. „Hey Preacher, kann ich dich um einen Gefallen bitten?“, fragte Mike.

„Worum geht’s, Kumpel?“

„Ich werde mit Brie morgen zum Fluss rausfahren. Ein bisschen angeln. Kann ich dich dazu überreden, uns ein Lunchpaket zu machen? Etwas Nettes, damit sie mich liebenswert findet? Vielleicht könntest du auch noch eine Flasche Wein in den Korb legen?“

„Aber sicher“, sagte Preacher und grinste.

Jack nahm sich eins der Gläser und fing an, mit einem Küchenhandtuch alle Wasserspuren wegzureiben. „Du denkst daran, mit meiner kleinen Schwester rumzuschäkern?“, fragte er Mike. „Sie hat eine schwere Zeit hinter sich und muss nicht …“

„Nein, Jack.“ Mike lachte. „Ich schäkere mit niemandem herum, glaub’s mir. Aber ich dachte, wenn ich sie für ein paar Stunden beschäftigen kann, könntest du vielleicht mal mit der Mutter des Babys rumschäkern.“

Jack kniff die Augen zusammen.

Mike trank von seinem Becher. „Ich werde sie während der Zeit fürs Nickerchen dort draußen festhalten“, meinte er. „Vielleicht auch lange genug, um zwei Nickerchen zu machen.“

Jack beugte sich näher an Mike heran. „Lass bloß die Finger von meiner kleinen Schwester. Vergiss nicht, dass ich dich kenne und weiß, wie du mit Frauen umspringst, und hier reden wir über meine Schwester.“

Mike lachte. „Glaubst du etwa, ich hätte Lust, noch einmal

auf mich schießen zu lassen? Mein Freund, das alles gehört der Vergangenheit an. Ich verspreche dir, Brie wie eine Schwester zu behandeln. Es gibt nichts, weshalb du dir Sorgen machen müsstest."

„Ah, das ist also Vergangenheit, hm? Und was hat dich so weit gebracht?"

„Drei Kugeln." Er trank noch einen Schluck von seinem Kaffee, ließ den Becher auf dem Tresen stehen und steckte kurz den Kopf in die Küche. „Preach", rief er. Ich werde morgen so gegen zehn vorbeikommen, um mein Lunchpaket abzuholen. Geht das in Ordnung?"

Jack fand es seltsam, dass er sich im Augenblick sogar noch weniger sicher war, die Liebe seiner Frau gewinnen zu können, als damals, während er sie umwarb. Er bedauerte sehr, ihr nichts davon gesagt zu haben, dass sie etwas Zeit allein miteinander verbringen konnten. Ein schwerer taktischer Fehler. Er hätte sich eine Antwort von ihr geben lassen sollen, denn er hasste es, voller Vitalität und total angeheizt zum Waldhaus rauszufahren, nur um sich dann vielleicht sagen zu lassen, dass es noch zu früh sei, dass sie noch nicht so weit wäre.

Aber er hatte nichts davon erwähnt und sich stattdessen für eine etwas romantischere Vorgehensweise entschieden. Er wollte sie mitten am Tag überraschen, sie umwerben, sie verführen. Auch sie wusste ja, dass Brie fast den ganzen Tag mit Mike zusammen unterwegs sein würde, und Mel war nicht scheu. Sie hätte vorschlagen können, dass sie die Situation ausnutzen sollten. Und hatte es nicht getan.

Wie soll ein Mann wissen, wann seine Frau nach einer Geburt wieder Lust auf Sex hat? Er wusste, dass die Nachblutungen schon vor Langem aufgehört hatten, denn er war derjenige, der den täglichen Müll hinten auf seinen Truck lud und ihn in den Ort fuhr, wo er ihn in die Mülltonne stopfte. Diese kleinen Binden waren weniger geworden und schließlich ganz verschwunden, dafür hatte es immer mehr von diesen netten kleinen Wegwerfwindelpäckchen gegeben. Und Mels Bewegungen waren nicht mehr langsam, sondern schnell. Sie hatte aufgehört, über Wundschmerzen zu klagen, und Badewannensitzbäder wie noch vor drei Wochen gab es auch nicht mehr.

Je weiter er sich dem Waldhaus näherte, desto mehr dachte er über dieses Abenteuer nach. In weniger als einer Woche hatte sie ihren Termin bei John Stone, um sicherzustellen, dass nach der Geburt alles in Ordnung wäre. Zweifellos wollte sie das abwarten. Als er ankam, fand er sie in der Küche, wo sie gerade damit fertig wurde, David zu baden. „So, so", sagte sie lächelnd. „Ich sehe dich nicht oft mitten am Vormittag."

„In der Bar ist es wirklich ruhig", meinte er träge.

„Wenn ich hier fertig bin, werde ich David füttern und ihn dann hinlegen müssen." Und dabei gurrte sie und lächelte und schnitt dem Baby Fratzen, völlig hingegeben an seine Bedürfnisse. „Dann werde ich mich um dich kümmern", fuhr sie fort. Und wieder hatte sie ihr Gesicht bei David, küsste ihn und machte ihm lustige kleine Geräusche vor.

Jack ging hinaus auf die Veranda. Er setzte sich auf die Stufen und ließ den Kopf hängen. Er kam sich vor wie ein Wüstling. Wie ein geiler Brutalo, der dabei war, die Milch aus dem Mund seines Babys zu stehlen. Das war wirklich keine Art, seine ehelichen Rechte einzufordern. Nach der ersten sich bietenden Möglichkeit zu greifen und seine Frau auszunutzen.

Er atmete tief durch und hielt sich dann selbst eine Vorlesung. Trink mit deiner Frau eine Tasse Kaffee, sagte er sich. Verbringe ein wenig Zeit mit ihr, sprich mit ihr und lass ganz gentlemanlike und zurückhaltend in das Gespräch einfließen, dass du es kaum abwarten kannst, bis sie dich wieder in ihr Bett nimmt. So auf diese vielsagende Art. Frag sie danach, ob sie noch auf grünes Licht von ihrem Arzt wartet, und um Himmels willen, geh es langsam an. Lass ihr alle Zeit, die sie braucht. Auf diese Art wird alles besser laufen. Mit den Pferden durchzugehen würde ihm absolut nichts einbringen. Sie hatte ein Baby, an das sie denken musste.

„Was machst du denn hier draußen?“

Er drehte sich um und sah sie in der Haustür stehen, mit nichts weiter bekleidet als mit einem seiner Hemden. Als er ihre volle Brust und die schlanken Beine wahrnahm, wäre sein Herz fast explodiert.

„Du hast dir noch nicht einmal die Stiefel ausgezogen. Ich hätte schwören können, dass du hergekommen bist, um dich mit dem Körper deiner Frau wieder vertraut zu machen.“

Er schluckte. „Geht das denn?“, fragte er vorsichtig. Hoffnungsvoll.

„Es ist keinen Augenblick zu früh“, antwortete sie, drehte sich um und ging ins Haus zurück.

Seine Stiefel ließ er auf der Veranda zurück, sein Hemd im Wohnzimmer, und bei der Schlafzimmertür hatte er dann auch die Hose unten und mit dem Fuß beiseitegeschoben.

Von seinem Hemd kaum bedeckt, lag Mel mit dem Rücken auf dem Bett. Langsam begann sie, es von oben nach unten aufzuknöpfen. Ruhig Junge, sagte er sich. Finde lieber erst heraus, wie die Dinge jetzt stehen, nachdem sie gerade das Baby bekommen hat. Er legte sich neben sie, zog sie an sich, und während er sie küsste und festhielt, fragte er: „Ist es auch in Ordnung für dich? Bist du dir sicher?“

„Jack, ich werde nie wieder ganz genauso sein wie vor dem Baby. Mein Körper hat sich verändert.“

„Du willst mich auf den Arm nehmen, nicht wahr? Dein Körper ist für mich faszinierend. Nach dem, was du getan hast … Irgendwie bin ich fast schon neidisch auf eine ganz seltsame Weise.“

Sie lachte über ihn. „Weißt du noch, die letzten zwei oder drei Monate?“

„Ja?“

„Was wir alles getan hätten, wenn wir nicht so schrecklich schwanger gewesen wären? Wenn wir nicht gerade ein Baby bekommen hätten?“

„Ja?“

„Kannst du bitte all diese Sachen jetzt mit mir machen? Alles auf einmal. Bis du vor Erschöpfung fast umfällst. Bitte?"

„Oh ja!"

Sie öffnete das Hemd und enthüllte ihren nackten Körper, den er gierig mit den Augen verschlang. Sie war voller geworden, runder und so sexy. Ihre Formen hatten einen neuen Reichtum gewonnen, er war völlig überwältigt. „Nun komm schon, großer Junge. Ich werde verrückt vor Sehnsucht nach dir."

„Melinda", flüsterte er, während er seine Hände mit ihrem süßen Körper füllte. „Habe ich dir schon gesagt, wie gerne ich mit dir verheiratet bin?"

„Schschsch. Zeig's mir lieber."

Mike hatte nicht deshalb darum gebeten, einen Wein mit in den Picknickkorb zu packen, weil er Brie dazu bringen wollte, sich zu entspannen oder mit ihm zu plaudern. Er hatte es einfach für eine nette Geste gehalten, da er sich ziemlich sicher war, dass sie nicht angeln würden. Und damit hatte er recht. Stattdessen fuhren sie durch einen Redwood-Wald und weiter talwärts zu dem unteren, etwas flacheren Teil des Flusses, wo das Flussufer breit und mit großen Felsblöcken übersät war. An einem riesigen Felsbrocken nahe am Wasser, unter dem Kronendach hoher Bäume, breitete er eine Decke aus. Und bei einem Picknick gab es eben nicht viel anderes zu tun, als sich zu unterhalten und, auf ihr Drängen hin, einen Versuch an der Gitarre zu wagen. Sein Spiel war so eingerostet, er hasste es, sie dem auszusetzen. Aber sie schien seine vielen Fehler gar nicht zu bemerken. Sie lehnte sich an den Felsblock, schloss die Augen, und auf ihren Lippen lag ein leichtes Lächeln, während sie ihm zuhörte. In früheren Jahren würde Mike sie schon längst auf der Decke liegen haben, aber diese Jahre gehörten der Vergangenheit an.

Es fiel ihm schwer, sich diese zarte, so jung aussehende Frau als einen der härtesten Staatsanwälte in Sacramento Valley vorzustellen. Sie war ein kleines Ding in engen Jeans und Mokassins mit einem hellblauen Chambrayshirt, das sie in der Taille zusammengeknotet hatte. Ihr Haar trug sie offen, eine dicke hellbraune Mähne, die ihr über den Rücken bis fast zur Taille fiel, und die vollkommen makellose elfenbeinfarbene Haut musste sich unter der Hand eines Mannes wie Seide anfühlen. Während er spielte, ließ sie ihre warmen braunen Augen langsam zufallen und schob anerkennend ihre rosigen Lippen vor.

Brie fröstelte in der Brise, und Mike legte die Gitarre aus der Hand. Er ging zum Wagen zurück, zog seine Jacke vom Rücksitz und brachte sie ihr. Als er sie ihr über die Schultern legte und sah, wie sie sie enger um sich herum zusammenzog, wurde sein Blick wärmer. Dann bemerkte er, wie sie am Kragen schnupperte, und da wurde er schwach. Er sah keine Schwester in ihr.

„Deiner Musik nach zu urteilen, müsste dein Arm fast ganz wiederhergestellt sein", sagte sie.

„Fast ganz", bestätigte er und setzte sich wieder auf die Decke. „Ich denke, dass ich ihn zu hundert Prozent wieder hinkriegen kann, oder doch beinahe."

„Und alles andere ist wieder verheilt, nicht wahr?"

„Nicht alles." Es überraschte ihn selbst, dass er davon sprach. „Hin und wieder habe ich Schwierigkeiten, das richtige Wort zu finden, und ich mache mir Sorgen um mein Gehirn. Aber das fällt mir mehr auf als irgendjemandem sonst, also könnte es auch eine Überreaktion meinerseits sein. Und ein Schuss hat mich in die Leiste getroffen. Eine schlimme Stelle."

„Oh", sagte sie, und er merkte, dass sie ihn nicht danach fragen wollte.

„Nichts Lebensbedrohendes", erklärte er, und gern hätte er noch hinzugefügt: Nichts, worüber du dir Sorgen machen müsstest. Es ist auch nicht nötig, zu Jack zu gehen und ihn danach zu fragen, wenn sie dir bisher nichts davon erzählt haben.

„Und du denkst daran, hierzubleiben?"

„Warum nicht?", antwortete er schulterzuckend. „Hier sind meine Freunde. Es ist ruhig und friedlich. Hier kennt man keinen Stress." Er lachte kurz. „Davon hatte ich genug. Ich habe in deiner Welt gelebt. In meinem Job habe ich mit vielen Staatsanwälten zusammengearbeitet. Du bist wie alt? Dreißig? Einunddreißig? Und du verdienst dein Geld damit, Leute wegzusperren?"

„So viele wie möglich. Und ich bin dreißig. Dreißig und verheiratet und wieder geschieden."

„Hey, das ist ja wohl kaum dein Fehler, Brie. So wie ich es von Jack gehört habe, hatte es mit dir gar nichts zu tun."

„Was erzählt Jack denn so?"

Mike senkte den Blick. Fettnäpfchen Nummer zwei, dachte er. Erst der Schuss in die Leiste, dann die Scheidungsgeschichten. Er sah wieder hoch. „Jack hat gesagt, dass Brad die Scheidung wollte. Dass du am Boden zerstört warst."

„Brad hat mich mit meiner besten Freundin betrogen", klärte sie ihn auf. „Er hat mich verlassen und ist bei ihr eingezogen, und ich zahle ihm Alimente. Ihr Mann zahlt ihr Alimente und Unterhalt für das Kind. Für die Hälfte des Hauses habe ich ihm einen dicken Scheck ausgestellt, und weißt du, was er gesagt hat? Er hat gesagt: ‚Brie, ich hoffe, wir können Freunde bleiben'." Sie lachte trocken, ein Lachen, das das ganze Gewicht ihrer Wut trug.

„Ah, *Dios,* es tut mir so leid, dass das geschehen ist. *Tu no mereces esto.* Das hast du nicht verdient", übersetzte er.

„Was ist das mit manchen Männern?", fragte sie ihn verärgert. „Warum macht ein Mann so etwas?"

Er lachte reumütig. „Zumindest so etwas habe ich nie getan", murmelte er eher zu sich selbst. Und gleich darauf wunderte er sich, wie er es geschafft hatte, wenigstens diese Taktlosigkeit zu vermeiden.

„Bei dir gibt es sicherlich auch eine Menge Dinge zu verzeihen", sagte sie.

„Weißt du was, Brie? Ich habe so viele Fehler gemacht, ich kann sie nicht einmal zählen. Und ich will mir auch nicht einbilden, dass mir das jemals vergeben wird. Wenn ich eine Million Fehler gemacht habe, hatte ich mindestens ebenso viele Entschuldigungen parat. Brad könnte es am Ende gehen wie mir.

Eines Tages könnte es ihm aufrichtig leidtun, und zwar wirklich zu spät."

„Cops", sagte sie leicht angewidert. „Diese Kerle."

„Ach, komm schon – das sind nicht nur die Cops. Obwohl ich dir zugestehen muss, dass viele Burschen mit schicken Uniformen und einer Waffe bei den Mädels gut ankommen. Aber wenn sich herausgestellt hat, dass er ein solcher Typ ist, dann bist du ohne ihn besser dran."

„Sind deine Exfrauen ohne dich besser dran?"

„Du machst dir keine Vorstellung", antwortete er verlegen und schüttelte den Kopf.

„Ein schwacher Trost", meinte sie.

„Brie, du bist schön, brillant und stark. Ein Mann, der jemanden wie dich betrügt, verdient dich schlicht und ergreifend nicht." Er streckte den Arm aus und legte seine Hand auf ihre. „Du bist viel zu wertvoll, Brie, als an einen solchen Mann gebunden zu sein."

Sie entzog ihm ihre Hand. „Und wie hast du deine Ehen in den Sand gesetzt?"

„Ich war absolut unverantwortlich", erklärte er. „Ich verstand es, ein Liebhaber zu sein, aber nicht, wie man liebt. Männer brauchen oft lange, um zu Männern zu werden, glaube ich. Frauen haben es da leichter. Zumindest seid ihr erwachsen, bevor ihr alt werdet."

„Du meinst also, dass du jetzt endlich doch erwachsen geworden bist, hm?"

„Möglich wär's", sagte er achselzuckend. „Wenn man fast getötet wird, neigt man dazu, auf so etwas zu achten."

„Wenn du alles noch einmal machen könntest? Was würdest du ändern?"

Einen Augenblick lang dachte er nach. „Als Erstes würde ich nicht mehr so schnell heiraten. Nicht, bis ich die richtige Frau gefunden hätte, dieses Gefühl, das keinen Zweifel lässt. Jack hat es richtig gemacht. Er hat Bindungen vermieden, bis die Richtige kam. Mit Preacher war es genauso, obwohl ich nicht ganz sicher bin, ob es bei ihm Absicht war. Es ist offensichtlich, dass die beiden die Sache fürs Leben gefunden haben. Dieses ,Für immer und ewig'. Auch wenn es für keinen von beiden früh gekommen ist. Oder leicht gewesen wäre. Ich habe nicht darauf gewartet. Ich bin herumgestreunt, immer auf der Pirsch, aber für mich war das Jagen wichtiger als das, was ich dabei gewinnen würde." Er zog die dunklen Augenbrauen hoch. „Ich gebe zu, dass ich dumm war. Oh *mija*, du hast keine Ahnung, was ich dafür geben würde, eine zweite Chance zu erhalten." Er beugte sich zu ihr. „Wenn ich eine Frau wie dich in meinem Leben hätte, ich denke, ich würde wissen, was ich da hätte."

Sie lachte ihn aus. „Gütiger Gott, du bist ja so leicht zu durchschauen. Du versuchst, mich anzumachen!"

Manche Angewohnheiten wird man nur schwer wieder los, dachte er. Aber er war ihr so nahe, dass er ihr süßes Parfum riechen konnte, und das hatte ihm ein wenig den Kopf verwirrt. „*Dios*, nein! Das würde ich nicht wagen! Ich bewundere dich, das ist alles."

„Also du kannst damit aufhören, mich zu bewundern. Jemandem wie dir werde ich mich niemals weiter als auf zweihundert Meilen nähern."

„Jemandem wie ... mir?"

„Du hast zwei Ehefrauen hinter dir und eine Million anderer Frauen. Nicht unbedingt ein gutes Resümee, Mike." Er stützte sich rückwärts mit den Händen ab und lächelte sie an. „Ein Weilchen dachte ich, dass du mich magst."

Sie zog die Augenbrauen hoch. „Ich habe nicht vor, mich von einem Mann, der gerne flirtet, austricksen zu lassen."

Er hob die Schultern. „Sollte es dazu kommen, es würde unter uns bleiben, Brie", versprach er und lächelte sie an.

„Ein schöner Platz", bemerkte sie. „Warum sind hier keine Angler?"

„Für die größeren Fische ist das Wasser zu flach. Hier treffen sich die jungen Leute, wenn sie allein sein wollen. Hier unten, wo es weiches Gras, hohe Bäume und ein paar große Felsbrocken gibt, hinter denen man sich verstecken kann. Und während sie miteinander flüstern, hören sie hinter sich das Flüstern des Flusses. Dieser alte Fels, an dem du lehnst, er hat schon ein paar sehr delikate Dinge zu sehen bekommen."

„Das Delikateste, was er heute zu sehen bekommt, ist Preachers Lunch", konterte sie, lächelte aber, als sie das sagte.

„Gott sei Dank", scherzte er. „Ich muss zugeben, dass ich mir schon ganz schöne Sorgen gemacht und bereits überlegt hatte, was ich mache … Wo ich dir doch Wein und Musik biete und du anfangen könntest, mich zu verführen. Wie sollte ich …"

„Da wieder rauskommen?", unterbrach sie ihn amüsiert.

„Nicht direkt, *mija.*" Er grinste. „Wie sollte ich Jack davon abhalten, mich umzubringen?"

„Das darfst du nicht falsch verstehen, Mike, es ist nicht persönlich gemeint. Aber Jack ist nicht verantwortlich für das, was ich tue. Das glaubt er zwar, aber er ist es nicht."

„Große Brüder", meinte Mike, „sie können sehr lästige Gesellen sein …" Dann wurde er ernst. „Ich bedaure das mit deiner Scheidung, Brie. Und auch dieser Gerichtsprozess. Von den Einzelheiten weiß ich nicht viel, aber Jack meinte, dass es eine schreckliche Erfahrung für dich war."

„Schlimmer als schrecklich", bestätigte sie, zog sich das Haar unter dem Kragen seiner Jacke hervor und schüttelte es mit zurückgelegtem Kopf über dem Rücken aus. Er merkte, wie er darauf hoffte, dass ein paar dieser Strähnen noch darin wären, wenn er sie zurückbekam. „Da draußen laufen eine Menge furchterregender Leute herum, die weggeschlossen werden müssten. Manche schlimmer als andere. Da fällt es schwer, zu verlieren … eines der größten Verfahren meiner Karriere … ein Serienvergewaltiger … und ich habe verloren. Er konnte gehen und ist schuldig wie der Teufel. Das wird mir nicht noch einmal passieren."

„Was ist schiefgelaufen?"

„Meine Zeugen, meine Opfer, sie sind zickzack gelaufen wie die Kaninchen. Ich kann es nicht beweisen, aber ich vermute, dass er sie bedroht hat. Wenn ich noch einmal einen Fall von ihm in die Finger bekomme, werde ich dafür sorgen, dass er lebenslänglich bekommt. Aber diese Art Krimineller sucht sich einfach ein anderes Territorium. Er wird die Stadt verlassen. So machen sie das."

„Es braucht eine Menge Kraft, so etwas zu übernehmen", sagte er bewundernd. „Du bist erstaunlich." Er stand auf und hielt ihr die Hand hin. „Du bist jederzeit willkommen, darauf zurückzukommen und mir nach einem Weilchen das Herz zu brechen, *mija*", sagte er. „Aber jetzt lass uns in den Ort zurückfahren. Wir wollen eine Tasse Kaffee trinken und den Liebenden noch eine Stunde miteinander gönnen."

„Ein paar Herzen zu brechen, das interessiert mich", sagte sie lachend und legte ihre Hand in seine, um sich beim Aufstehen helfen zu lassen. Als sie dann aber beide standen, entzog sie sie ihm nicht wieder.

Er hätte loslassen und sich bücken sollen, um die Decke aufzuheben, aber er wollte ihre Hand nicht freigeben, die klein und weich, aber auch mit festem Griff in seiner lag. Er lächelte sie an. „Ich glaube, das letzte Mal, dass mich dieses Gefühl überkommen hat, als ein Mädchen meine Hand hielt, da war ich dreizehn. Du wirst gut darin sein, denke ich. Im Herzbrechen." Und noch immer zog sie die Hand nicht zurück, brach den Zauber nicht. Am Schluss war er es, der Brie losließ, sich bückte, um ihren Korb zu schließen und die Decke aufzunehmen, die er ihr zusammengefaltet reichte. „Danke für diesen Tag, Brie."

„Es war ein schöner Tag", sagte sie, und ihr Lächeln war aufrichtig. „Mir scheint, du hattest auch keinerlei Schwierigkeiten, die richtigen Worte zu finden."

Und es gibt eh keine Worte, dachte Mike, für das, was ich zu fühlen beginne ...

Mit einem Plastikmüllbeutel in der Hand, den sie fest zusammengebunden hatte, damit kein Müllgeruch aufsteigen und das Wild anlocken konnte, trat Paige aus der Hintertür der Bar. Sie überquerte den ungepflasterten großen Hof, wo sie und John,

Jack und oft auch Rick meistens ihre Fahrzeuge parkten. Der Container stand unter einem großen alten Baum und wurde von allen Anwohnern der Straße genutzt, nicht nur von der Bar. Sie hob den schweren Deckel an, aber noch bevor sie den Beutel hineinwerfen konnte, wurde ihr Handgelenk wie von einem Schraubstock umklammert und sie selbst außer Sichtweite der Bar oder der Straße zur Seite gezerrt. Die Mülltüte fiel zu Boden, und sie spürte etwas Hartes und Kaltes unter ihrem Kinn.

„Das hast du mir leicht gemacht", hörte sie Wes Lassiter mit gefährlich leiser Stimme sagen. „Ich dachte, ich müsste reinkommen und dich suchen. Wir haben zwei Möglichkeiten. Du kannst jetzt gleich mit mir kommen, immer hübsch ruhig, oder wir können durch diese Tür wieder hineingehen, ein wenig herumschießen und meinen Sohn holen."

„Wes", wisperte sie. „Lieber Himmel. Nein."

„Das hast du mir angetan, Paige. Du hast es immer schon geschafft, einen Weg zu finden, mich zu provozieren, mich wahnsinnig zu machen. Du hast mich verdammt noch mal ins *Gefängnis* gebracht!"

„Bitte", flehte sie leise. „Alles …"

„Vorwärts, Paige. Nimm dich in Acht. Im Augenblick bist du es allein. Oder besser, wir drei, ohne dass er mit betroffen ist."

Sie blinzelte, und die Tränen fielen ihr aus den Augen und liefen ihr die Wangen hinunter. Anstatt aber darum zu beten, dass John sie hören und kommen würde, betete sie darum, dass er es nicht tat. Wenn es nur um sie ging, dann war mit Christopher alles in Ordnung. John würde niemals zulassen, dass ihm etwas geschah, und er würde ihn gut erziehen. Also ließ sie sich zu einem alten Truck führen, der hinter der Mülltonne stand. Wes stieß sie durch die Fahrertür hinein und rutschte neben sie.

„Wes", sagte sie mit zitternder Stimme, während ihr die Tränen über die Wangen liefen. „Damit machst du doch alles nur noch viel schlimmer. Nicht nur für mich, sondern für dich."

Er drehte sich zu ihr um und sah sie mit zusammengekniffenen Augen an, dennoch konnte sie erkennen, dass seine Pupillen stecknadelkopfgroß waren. Er war high, und sein Lachen klang grausam. „Das glaube ich nicht, Paige“, sagte er. „Ich werde endlich aus dieser ganzen Scheiße rauskommen.“ Er warf den Motor an, drehte hinter der Mülltonne eine Kehrtwende und fuhr dann anstatt an der Bar vorbei in die entgegengesetzte Richtung davon. Paige strengte sich an, sah aber nicht eine einzige Person auf der Straße, niemanden, der auf seiner Veranda saß. Und soweit sie feststellen konnte, wurde sie auch von niemandem gesehen.

Sie wusste es besser, als zu versuchen, ihm mit vernünftigen Argumenten beizukommen. Dies übertraf alle Albträume ihres Lebens. Ihr war klar, dass John nicht allzu viel Zeit verstreichen lassen würde, bis er aus der Küchentür schauen und den verlassenen Müllbeutel dort entdecken würde. Sie fasste einen Entschluss. Sie wollte sich aus dem Truck werfen, und wenn sie das überlebte, würde sie losrennen. Aber nicht, bevor sie ein wenig weiter aus dem Ort heraus wären. Nicht, bevor John Zeit hatte, festzustellen, dass etwas fürchterlich nicht in Ordnung war, und sich und Christopher in Sicherheit bringen konnte.

Wes sagte kein Wort. Das Gewehr hatte er sich über den Schoß gelegt, saß vorgebeugt in dem Truck und hielt das Lenkrad fest. Das verkniffene Kinn und die schmalen Augen, an die sie sich nur allzu gut erinnern konnte, waren auf die Straße gerichtet, während sie dahinrollten. Der Truck besaß schlechte Stoßdämpfer, der Sitz war hart und ließ sie auf und ab hüpfen. Sie fuhren den Berg hinunter in Richtung Highway 101, der sie zu allen Städten führen könnte, wo sie ihre Vorräte einkauften – Garberville, Fortuna oder Eureka. Und wenn er weiterfuhr, sogar noch weiter südlich bis runter nach L. A. Sie begegneten nur wenigen Fahrzeugen, von denen sie keines erkannte.

Nachdem sie zehn Minuten lang schweigend gefahren waren, verließ er die Straße bei Alderpoint und fuhr den Berg wieder hinauf in Richtung Virgin River. Diese Straße konnte sie allerdings nicht nach Virgin River hinein führen, vielmehr umging sie den Ort. Wenigstens wusste sie ungefähr, wo sie sich befanden. In einer plötzlichen verzweifelten Bewegung packte sie den Griff an der Tür und versuchte, sie wütend zu öffnen. Sie suchte nach einem Sperrknopf, während sie gleichzeitig gegen die Tür drückte, aber sie gab nicht nach. Immer wieder drückte sie auf den kleinen Knopf oben auf der Tür unter dem Fenster – auf und ab, auf und ab, zerrte an dem Griff, stieß dagegen. Nichts.

Dann wurde sie hart am Oberarm gepackt und wandte ihre tränennassen Augen in voller Panik zu Wes. Finsteren Blickes starrte er sie an, und dann verzog sich seine düstere Miene zu einem gemeinen Grinsen. „Verklemmt, Paige. Für wie dumm hältst du mich eigentlich?“

Sie schluckte schwer und fragte: „Hast du vor, unseren Sohn ohne seine Mutter zurückzulassen?“

„Zweifellos“, antwortete er mit beängstigender Ruhe. „Aber nicht, bevor ich sichergestellt habe, dass ich ihn auch ohne potenziellen Stiefvater zurücklasse.“

„Mein Gott“, flüsterte sie schwach. „Warum, Wes? John hat dir nichts getan!“

„Nein?“, fragte er zurück. „Er hat mir nur meine Familie genommen. Und er hat meine Familie dazu gebracht, sich gegen mich zu wenden.“

„Nein“, erwiderte sie und schüttelte den Kopf. „Nein, so war es nicht, Wes. Ich bin vor dir weggelaufen.“

„Natürlich bist du das, Paige. Und wenn der Kerl nicht gewesen wäre, würdest du immer noch laufen. Laufen und laufen, und ich würde dich finden und finden. Aber das, was du getan hast – einen endgültigen Schlussstrich zu ziehen und mich in dieses verdammte *Gefängnis* zu stecken, das war *sein* Werk. Wir wissen doch beide, dass du den Mut dazu nicht gehabt hättest.“ Er drehte den Kopf und grinste gemein. „Er wird dich suchen. Das weißt du.“

Ich bin ein Köder, dachte sie. Nichts als ein Köder.

„Gegen ein Scheibchen von diesem anderen Kerl hätte ich auch nichts einzuwenden“, fuhr er fort. „Diesem Sheridan.“

In Paige veränderte sich jetzt etwas. Es schien aus dem Kern ihres Wesens aufzusteigen. *Du hast den Mut nicht dazu* ... der Gedanke daran, dass dieser gefährliche Verrückte skrupellos und ohne Gewissensbisse John und seinen eigenen Sohn angreifen würde, zischte in ihr wie siedend heißes Öl. Ihre Angst verflog allmählich und wurde von Wut ersetzt. „Du wirst in der Hölle braten“, flüsterte sie. Aber durch den Lärm des alten Pick-ups konnte er sie nicht hören.

Als Brie und Mike in die Bar kamen, war niemand dort, aber sie konnten Preacher aus der Küche hören, und sogar von Weitem klang seine Stimme aufgebracht. Mike ging nach hinten in die Küche, wo er ihn mit dem Telefon in der Hand hin und her laufen sah, und er sprach schneller, als Mike ihn je gehört hatte. Preacher redete nicht viel, und wenn er es tat, war es wohlüberlegt und langsam. Diesmal war es anders. Bevor er sich noch ein Bild davon machen konnte, worum es ging, hörte er ihn sagen: „Mike ist zurück. Dann komm jetzt. Sofort.“

Preacher legte den Hörer auf und sah Mike an. „Da stimmt etwas nicht. Irgendetwas ist passiert. Paige. Sie wollte nur etwas Müll raustragen, und jetzt ist sie verschwunden. Der Beutel liegt da draußen vor dem Container auf dem Boden, und sie ist nicht wieder zurückgekommen. Ich muss mich um Chris kümmern. Er schläft oben, und ich kann hier nicht weg. Ich habe Jack angerufen. Er kommt wieder ins Dorf.“

„Hast du bei Connie angerufen? Doc?“

„Ja. Dort ist sie nicht.“

„Wie lange ist das her?“, fragte Mike.

„Fünfzehn Minuten, vielleicht weniger. Ich hätte schon vorher nachgesehen, aber ich hatte Teig ausgerollt und dachte, dass sie vielleicht einfach an mir vorbeigehuscht und bloß in unser Zimmer gegangen ist. Ich muss die Straße abgehen und nachsehen, ob sie irgendwo steckt ...“

„Ja, okay. Ich komme mit“, sagte Mike. „Brie wird hierbleiben und sich um Chris kümmern.“

„Da ist etwas faul“, sagte Preacher und schüttelte den Kopf. „Das ist absolut nicht in Ordnung. Sie macht so etwas nicht. Immer sagt sie, wo sie hingeht. Sie ist wirklich sehr vorsichtig.“

Mike und Brie tauschten einen Blick aus. Brie runzelte die Stirn. „Geh und erkundige dich bei den Nachbarn.“ Sie griff in ihre Handtasche, zog eine Brieftasche heraus, schlug sie auf und entnahm ihr eine Visitenkarte. Als sie den Telefonhörer von der Gabel hob, war Preacher schon im Eilschritt zur Hintertür hinaus.

„Was hältst du davon?“, fragte Mike.

Sie sah ihm unverwandt in die Augen. „Dass etwas faul ist, so wie er gesagt hat. Geh schon, und kommt schnell zurück. Vielleicht könnt ihr ja auch einen Nachbarn bitten, dabei zu helfen, an die Türen zu klopfen. Ich werde ein paar Anrufe machen. Mal sehen, ob ich etwas herausfinde.“

Mike verließ die Bar in der anderen Richtung und ging zu seinem Geländewagen zurück, wo er das Handschuhfach öffnete und seinen Revolver herauszog. Nur um vorbereitet zu sein. Er steckte ihn sich in den Gürtel und holte Preacher ein Stück weiter unten auf der Straße ein. Sowie sie dann bei Joy und den Carpenters angelangt waren, hatten sie auch zwei Frauen gefunden, die bereit waren, das Türklopfen zu übernehmen, sodass sie wieder in die Bar zurückkehren konnten. „Vergesst nicht, jedes Mal zu fragen, ob irgendwelche fremden Fahrzeuge gesichtet wurden oder ob man ungewöhnliche Geräusche gehört hat“, wies Mike sie an.

Genau in dem Moment, als sie zurückkamen, kletterte Jack gerade aus seinem Truck, gefolgt von Mel, die sich das Baby umgebunden hatte. Alle zusammen gingen sie hinein, wo sie Brie mit einem sehr unglücklichen Gesicht hinter dem Tresen vorfanden. „Okay“, erklärte sie. „Der zuständige Staatsanwalt wird sich mit dem Sheriff und der örtlichen Polizei in den größeren Städten in Verbindung setzen. Jemand wird versuchen, herauszufinden, wo Lassiter sich in L. A. aufhält, und feststellen, ob er aufzufinden ist. Ich habe Paige als vermisst gemeldet. Vielleicht lässt sich das Ganze mit ein paar Telefonaten klären. In der Zwischenzeit lasst uns schauen, ob wir sie hier in der Gegend finden können."

Preacher machte ein langes Gesicht. „Herrgott", hauchte er. „Das ist er. Ich weiß, dass er es ist ..."

„Wir wissen nichts davon, dass er hierhergekommen ist, Preacher", meinte Brie.

„Es ist die einzige Erklärung dafür. Paige würde nicht einfach so verschwinden. Ihr Auto ist hier, um Himmels willen. Ihre Handtasche. Ihr *Sohn*!"

„Es gibt keinen Beweis dafür, dass ein Verbrechen vorliegt. Dennoch", sagte Brie, griff noch einmal in ihre Handtasche und zog diesmal eine Glock18 heraus. Sie nahm sie aus dem Halfter und überzeugte sich davon, dass das Magazin voll war und sich eine Patrone im Lager befand, dann steckte sie sie wieder zurück, zuerst ins Halfter und dann in ihre Handtasche. „Ihr Männer solltet euch im Ort umsehen und die Farmen und Ranchen in der Gegend anrufen, und zwar bei Connie und Doc, damit das Telefon hier frei bleibt. Und es sollte mal jemand in dieser alten Kirche nachschauen, sehr vorsichtig. Mel und ich werden hier bei Chris bleiben, und sollten Probleme auftauchen, werde ich schon damit fertig. Ich werde hier die Anrufe beantworten."

„Du trägst eine Waffe?", fragte Mike und trat auf sie zu.

„Hmm. Das war notwendig", antwortete sie. „Und ja, ich weiß, wie man damit umgeht. Und nein, ich habe keine Angst davor, es auch zu tun."

Preacher war schon aus der Tür heraus, als Jack fragte: „Notwendig?"

„Es ist nicht so ganz ungewöhnlich, dass man bedroht wird", antwortete sie. „Nicht für jemanden in meiner Position. Die Leute, die ich verfolge, sind gefährlich und sehr oft gewalttätig. Und ... du wirst dich erinnern, ich habe keinen bewaffneten Mann mehr im Haus."

„Brie ..."

„Nicht jetzt, Jack."

„Ja", gab er unglücklich nach. Die Vorstellung, dass man seine kleine Schwester bedrohte, verstärkte nur die Anspannung, die er plötzlich empfand. Er stimmte mit Preacher überein. Da war etwas Übles im Schwange. Paige hatte sich ganz nett entspannt, aber sie scheute immer noch sehr davor zurück, sich weit von Preacher zu entfernen. Es war auch erst ungefähr acht Wochen her, dass Lassiter aus dem Gefängnis entlassen worden war. Er überquerte die Straße, um bei Doc das Telefon zu benutzen und Jim Post auf den Weg von Grace Valley nach Virgin River zu bringen, für den Fall, dass sie ihre Suche ausdehnen müssten. Jim hatte als verdeckter Ermittler bei der DEA gearbeitet, bevor er sich zur Ruhe gesetzt und June Hudson geheiratet hatte, und kannte eine Menge versteckter Camps in den Bergen.

Nach einer Stunde hatte sich im Ort noch nichts ergeben, ebenso wenig hatte jemand von den Ranchen und Farmen, die sie anriefen, etwas gesehen oder gehört. Dann aber kam die schlechte Nachricht übers Telefon. Ein paar Anrufe hatten ergeben, dass Wes Lassiter sich am Tag zuvor ein Flugticket von L. A. nach Eureka gekauft hatte. Er konnte unmöglich eine Waffe bei sich getragen haben, es sei denn, er hätte sie heimlich und illegal in das kontrollierte Gepäck verpackt, aber er hatte sich ein Auto gemietet. Und in Fortuna in den frühen Morgenstunden war ein Truck gestohlen worden. Der 83er Ford eines Farmers, hellbraun, wurde vermisst. In der Halterung hatte ein Gewehr gesteckt.

„Er hat sie", sagte Preacher. „Jetzt ist alles klar, er hat sie in seiner Gewalt."

„Wenn das zutrifft, wird man den Mietwagen in der Nähe des Grundstücks dieses Farmers finden", meinte Brie. „Die Polizei in Fortuna wird sich sofort dort umsehen."

Während alle herumstanden und sich gegenseitig ansahen, lief Preacher auf der Stelle in sein Apartment. Fünf Minuten später war er zurück und legte ein paar Westen, Gewehre und Handfeuerwaffen auf einen der Tische. Auch an Jacken und Taschenlampen hatte er gedacht, denn die Nacht würde kommen, und dann war es kalt und dunkel. Er wollte etwas unternehmen, ob es nun weitere Informationen gab oder nicht.

Mike ging zu seinem Fahrzeug und kehrte mit seinem eigenen Gewehr, einer kugelsicheren Weste und einer Weste mit Daunenfüllung zurück. Er hatte längst keinen Grund mehr, eine kugelsichere Weste in seinem Wagen mit sich zu führen, aber als er noch gegen Banden ermittelte, hatte er sie immer dabeigehabt, für den Fall, dass etwas ablief, bei dem es zu einer Schießerei kam, wenn er in der Nähe war. Und seitdem Lassiter entlassen war, hatte er sich die ganze Zeit auf alles vorbereitet gehalten.

Kopfschüttelnd ging auch Jack nach draußen, um sich seine eigene Ausrüstung aus dem Truck zu holen. Als er die Sachen auf die Ladefläche geworfen hatte, da hatte er noch geglaubt: Sie wird schon wieder auftauchen. Es wird sich herausstellen, dass sie ein Stück weiter die Straße runter mit Lydie Sudder bei einem Tee auf der Veranda gesessen und die Nachmittagssonne genossen hatte. Aber Preacher neigte normalerweise nicht zu Überreaktionen, daher wollte auch Jack vorbereitet sein, für den unwahrscheinlichen Fall, dass etwas Übles abging. Mel hatte noch gemeint: „Oh um Himmels willen! Ist das nicht ein wenig übertrieben?“

„Ich hoffe es“, hatte er geantwortet. „Ich hoffe es wirklich.“

Als er wieder hereinkam, zog Rick sich gerade eine der kugelsicheren Westen über. „Eh, Rick. Ich glaube, die Frauen könnten jemanden hier im Ort brauchen …“

„Holt Doc“, erwiderte Rick und zog Preachers Weste, die ihm sehr locker saß, enger zusammen, indem er die Klettgurte weit übereinanderlegte. „Doc kann hier helfen. Er ist ein ganz guter Schütze.“

Während er sich seine eigene Schutzweste anzog, wandte Jack sich nun an Preacher: „Sag mir, was hast du vor?“

„Es tut mir leid, Jack. Mein Kopf ist leer. Ich weiß einfach nur, dass ich versuchen muss, sie zu finden.“

„Richtig. Okay, also hier ist mein Vorschlag. Der Sheriff, die Highway Patrol und das Forstamt werden Beschreibungen von Paige und den Fahrzeugen bekommen. Sie werden die Straßen unter Kontrolle halten, daher werden wir uns darauf konzentrieren, tiefer in die Wälder einzudringen. Wir werden nach alten Holzabfuhrstraßen und niedergedrücktem Unterholz Ausschau halten, nach allem, was auf eine Durchfahrtmöglichkeit hinweist. Wenn er mit diesem alten Truck unterwegs ist, wird er nicht im freien Gelände fahren. Er wird einen Weg brauchen, um vorwärts zu kommen. Wir wollen auf Jim Post warten. Er kennt sich in der Gegend ziemlich gut aus, vielleicht besser, als wir es tun. Wir werden uns darauf konzentrieren, Lagerstätten zu finden, Bewegungsanzeichen, vielleicht ein verstecktes Fahrzeug ..."

„Inzwischen könnte er schon weit weg sein", unterbrach ihn Rick.

„Nein, er wird nicht weit kommen", entgegnete Preacher. „Er kann nicht entkommen, nicht mit Paige. Paige hat sich verändert, seit sie nicht mehr mit ihm zusammen ist. Sie wird nicht mehr schweigend alles mitmachen. Dieser Angebertyp mit seinem Drei-Millionen-Dollar-Haus – er wird nicht mit der Frau, die er für seine Frau hält, in irgendeine billige Bruchbude nach L. A. zurückrennen. Wenn sie bei ihm ist, dann nur, weil er sie gekidnappt hat. Er läuft nicht davon. Er versteckt sich. Er wird etwas Schlimmes tun."

„Preacher könnte recht haben", meinte Mike. „Rick, wir brauchen Karten vom Trinity und Humboldt County. Lauf rüber zu Connie und hole welche. Wir werden uns eine Route überlegen und Treffpunkte bestimmen. Auf diese Weise können wir dann auch immer wieder hierher zurückkommen, um neue Informationen zu erhalten. Jack, habt ihr ein paar Kisten Wasserflaschen?"

„Kommt sofort."

„Preacher, gibt es irgendwo Fotos von Paige? Vielleicht in ihrer Brieftasche?"

„Ich werde nachsehen“, sagte er und stand sofort auf.

Wieder waren alle in Bewegung und kümmerten sich um die Dinge. Es waren ungefähr vierzig Minuten vergangen, während sie ihre Waffen einsammelten und die Karten studierten, als Jim Post auftauchte. Er war bereits komplett ausgerüstet, und unter seinem Hemd trug er offensichtlich eine Schutzweste und Handfeuerwaffen. Gerade hatte er einen Blick auf die Fahndungsringe und Treffpunkte geworfen, als das Telefon in der Küche klingelte. Brie ging hin, um das Gespräch anzunehmen, und mit grimmiger Miene kehrte sie in die Bar zurück. „Keine gute Nachricht. In Fortuna haben sie den Mietwagen gefunden. Ich fürchte, er ist es. In dem Truck.“

Preacher ging zu Mel, die herumstand und nervös das Baby an ihrer Schulter schaukelte. „Mel, Chris wird ziemlich bald von seinem Nickerchen aufwachen. Du kannst doch verhindern, dass er Angst bekommt, oder?“

„Natürlich“, beruhigte sie ihn und legte ihre kleine Hand an sein Gesicht. „Es wird okay sein.“

Einen Moment lang schloss er die Augen. „Es ist jetzt schon nicht okay, Mel.“

„John?“, hörte er ein Stimmchen. Und im Durchgang zur Küche stand Chris mit seinem Lieblingskuscheltier, das mit dem blau-grau karierten Flanellbein. „Was masse da, John?“

Preachers Gesicht zerschmolz in ein weiches Lächeln. Er ging zu dem Jungen und hob ihn auf. „Jagen“, erklärte er. „Wir gehen nur ein bisschen jagen.“

„Wo ist Mom?“

Preacher gab ihm einen Kuss auf das rosige Bäckchen. „Sie wird bald zurück sein. Sie muss etwas erledigen. Und du wirst schön bei Mel und Brie bleiben, während wir auf die Jagd gehen.“

Während Wes fuhr, redete er. Dabei sah er Paige nicht an. Seine Augen zuckten etwas wild hin und her, als würde er nach etwas suchen, das er verlegt hatte. Sie fragte sich, ob es an den Drogen lag oder ob er sich in diesen Bergen verfahren hatte, denn öfter als einmal schien er sich im Kreis zu bewegen. Er fuhr eine Straße hinauf, und dann drehte er entweder wieder um oder setzte rückwärts zurück. Aber währenddessen hörte sie ihm zu.

Sie erfuhr, wie sehr er sein Leben in L. A. verabscheute. Diese Frau war bloß ein Mittel zum Zweck. Sie hatte eine Wohnung, wo er sich aufhalten konnte. Auf gar keinen Fall würde er sich einmal in der Woche bei so einem Staatslakeien melden oder jeden Tag zu diesen dämlichen Sitzungen gehen, aber er wusste schon, wie er damit umzugehen hatte. Und dann machten sie in unregelmäßigen Abständen ein Drogenscreening, berichtete er. „Wusstest du das? Ständig wollen sie eine Urinprobe von mir." Dann lachte er. „Es gibt viele Orte, wo man gute Pisse bekommen kann." Und da wurde ihr alles klar. Er hatte es geschafft, ihnen seit mindestens drei Monaten einen Schritt voraus zu sein. Irgendetwas nahm er, und wenn er nicht sowieso schon einfach völlig verrückt war, dann trugen die Drogen noch dazu bei.

Paige gab keine Antwort. Sie hörte zu und beobachtete. Es war nicht nur deshalb dunkel hier, weil sie auf kurvigen Straßen unter Bäumen durch abgelegene Wälder fuhren, sondern auch, weil die Sonne sank. Nachts im Wald war es auch im Mai noch kalt, und sie fröstelte. Sie hatte keine Ahnung, wo sie sich befanden.

„Hast du überhaupt eine Vorstellung, wie das ist im Gefängnis?" Mit einer ruckartigen Bewegung wandte er ihr das Gesicht zu. „Schon mal einen Gefängnisfilm gesehen, Paige? Es ist schlimmer als der schlimmste Gefängnisfilm, den du je gesehen hast."

Sie hob das Kinn und dachte: *Verprügeln* sie dich dort etwa, Wes? Wie ist das denn? Hm? Aber sie sagte nichts.

„Ich kann immer noch nicht fassen, dass du mir das angetan hast. Ich kann es einfach verdammt noch mal nicht glauben! Als wüsstest du nicht, wie sehr ich dich geliebt habe! Mein Gott, ich habe dir alles gegeben. Hättest du je gedacht, in einem Haus zu leben wie dem, das ich für dich gebaut habe? Hättest du das je gedacht? Ich habe dich aus dieser Absteige rausgeholt, in der du gehaust hast, und habe dich an einen anständigen Ort gebracht, einen Ort mit etwas Klasse. Hast du je etwas gebraucht, das ich dir nicht gegeben hätte?" Und in diesem Stil redete er pausenlos weiter. Während sie ihm zuhörte, fiel ihr als Erstes auf, wie wahnhaft er war. Es erschreckte und ängstigte sie in gleichem Maße. Er glaubte wirklich, dass ein schönes Haus, ein paar materielle Dinge die Misshandlungen erträglich machen könnten.

Sie dachte an John. Den freundlichen, liebevollen John. Sie erinnerte sich daran, was er ihr über die Angst gesagt hatte. *Sie zeigen dir, wie man Tapferkeit vortäuscht.* In ihrem Körper schien jeder einzelne Muskel unter ihrer zunehmenden Wut zu zittern. Sie wäre verflucht, wenn sie zuließe, dass dieser wahnhafte Fanatiker ihr – und Chris – diesen süßen Mann raubte.

Und das Nächste, was ihr auffiel: Christopher erwähnte er überhaupt nicht. Nicht seit dem Moment, als er sie entführt hatte, und da ging es nur darum, Druck auf sie auszuüben. Nicht, weil er seinen Sohn wollte. Er hatte nie einen Sohn gewollt, hatte überhaupt nie Kinder gewollt. Während sie in anderen Umständen war, hatte er sie sexuell nicht berührt. Es war, als hätte es seinen Fokus gestört, dass ein Baby unterwegs war. Immer hatte es nur um sie beide gehen sollen.

Sie hätte wissen müssen, dass diese Schläge absichtlich so heftig waren, damit sie das Baby verlor. Es war ein Wunder, dass ihr Chris geblieben war.

Er fuhr eine spiralförmig ansteigende Straße hinauf, die auf einer kleinen Anhöhe endete, wo es nur wenige Bäume gab. Als sie nach unten blickte, konnte sie nicht nur die sich aufwindende Straße sehen, sondern auch die Verbindungsstraße weiter unten. Dort unten sah sie einen Truck vorbeizischen und hinter dem Berg verschwinden.

„Das müsste passen", sagte er, stellte den Hebel auf *Parken* und schaltete den Motor aus.

„Wozu?", fragte sie.

Er sah zu ihr hinüber, und obwohl seine Miene bösartig blieb, legte er eine Hand an ihre Wange. Zärtlich. Sie schauderte bei der Berührung. Er hatte sie noch nicht geschlagen, und das war das, was er am besten konnte.

„Warum bist du nicht einfach weggelaufen?“, fragte sie flüsternd. „Wenn du dich keiner Gerichtsverhandlung mehr stellen willst oder der Möglichkeit, ins Gefängnis zu kommen – warum bist du nicht einfach weggelaufen? Du hast Geld, Wes. Du hättest davonkommen können.“

Er schnaubte verächtlich und lachte. „Du verstehst nicht sehr viel von Bewährung, nicht wahr, Paige? Mein Pass wurde eingezogen. Abgesehen davon, je mehr ich darüber nachdachte, über dich und mich, habe ich beschlossen, dass es so besser sein wird. Wir werden es einfach auf diese Weise beenden.“ Mit einem seltsamen Lächeln sah er sie an, dann griff er unter den Sitz und zog eine schwere Rolle Isolierband hervor. „Los jetzt, Paige. Hier steigen wir aus.“

Jack, Preacher, Jim Post, Mike und Rick preschten gegen vier Uhr los, etwa eine Stunde, nachdem Paige verschwunden war. Sie ließen eine grobe Karte in der Bar zurück, in der die Treffpunkte genauso eingezeichnet waren wie auf der Karte, die Jack bei sich trug. Sie hatten vor, die Umgebung von Virgin River in immer weiteren Kreisen abzusuchen. Wenn sie nicht gleich etwas finden würden, wollten sie gegen acht und dann wieder um Mitternacht einen Abstecher in den Ort machen, um festzustellen, ob Paige aufgetaucht beziehungsweise von der Polizei gerettet worden war. Die Suche abzubrechen, bevor sie gefunden wurde, kam für keinen von ihnen infrage. Sie verließen das Dorf in zwei Trucks und fuhren zuerst in die niedrigeren Berge im Norden. In einer weiten Straßenbiegung hielten sie an und gingen mit Taschenlampen zu Fuß unter die Bäume, um nach Spuren zu suchen, denen sie folgen könnten.

Immer, wenn sie auf ein Haus oder ein Fahrzeug stießen, blieben sie stehen, zeigten das Foto von Paige und beschrieben den gestohlenen Truck und Wes Lassiter.

Als sie gegen acht nach Virgin River zurückkamen, fanden sie dort Buck Anderson und seine drei erwachsenen Söhne, Doug Carpenter und Fish Bristol, Ron und Bruce sowie ein paar weitere Männer vor. Sie alle warfen einen Blick auf die Karte, und diesmal fuhren sie in Richtung Highway 36, der sich in die Berge des Trinity County hinaufwand. Brie konnte ihnen sagen, dass weder das Department des Sheriffs noch die CHP etwas Neues zu berichten hatten.

Während der größte Teil der Männer mit ihren Trucks vorauspreschten, hielten Jack, Preacher und Jim in Clear River an. Preacher und Jim sprachen mit den Leuten auf der Straße, während Jack einen alten, vertrauten Treffpunkt aufsuchte – eine kleine Bar, in der eine Kellnerin bediente, mit der Jack ein Verhältnis gehabt hatte, bevor Mel in sein Leben trat. Es berührte ihn, als er bemerkte, wie ihre Augen bei seinem Eintreten aufleuchteten. Charmaine war eine attraktive Frau, ungefähr zehn Jahre älter als Jack und eine der gutherzigsten Frauen, die er kannte.

„Hi Kumpel. Es ist lange her."

„Charmaine", sagte er und nickte. „Ich bin nicht hergekommen, um dich zu besuchen. Eine Frau aus unserem Ort wird vermisst." Er zeigte ihr das Bild. „Wir haben einen gewalttätigen Exmann in Verdacht, der erst vor Kurzem aus dem Gefängnis entlassen wurde. Die Frau, sie heißt übrigens Paige und ist das Mädchen meines Kochs."

„Ach du lieber Himmel, Jack, das ist ja furchtbar."

„Wir sind alle unterwegs und suchen sie. Könntest du vielleicht jedem, der hier auf einen Drink reinkommt, Bescheid sagen?"

„Darauf kannst du wetten."

Also beschrieb ihr Jack den vermissten Truck und den Exmann. Dann erklärte er ihr, dass nicht absolut sicher war, dass da ein Zusammenhang bestand, es aber schon sehr wahrscheinlich sei, dass er sie hatte. Paige fürchtete sich vor ihm und wäre nicht einfach weggegangen. Ihren Wagen und die Handtasche hatte sie zurückgelassen.

„Ich werde es jedem erzählen, der mir zuhört“, versprach sie.

„Danke.“ Er wollte schon gehen, drehte sich aber noch einmal um. „Ich bin jetzt verheiratet.“

Sie nickte. „Davon habe ich gehört. Herzlichen Glückwunsch!“

„Wir haben gerade ein Baby bekommen. Einen Sohn. Vor ungefähr sechs Wochen.“

Sie lächelte. „Dann ist es ja gut gelaufen.“

Er nickte.

„Du wärst auch keinen Pfifferling wert gewesen, wenn nicht.“

„Da hast du absolut recht. Alles, was du in dieser Sache tun kannst, Charmaine, würde ich als persönlichen Gefallen ansehen.“

„Das mache ich doch nicht für dich, Jack. Wir alle helfen uns gegenseitig, wenn so etwas geschieht. Ich wette, dass es da draußen kalt ist, auch wenn wir schon fast Sommer haben. Ich hoffe, sie ist okay.“

„Ja. Das hoffe ich auch.“

Als er gegangen war, schob sich ein Mann in Jeansjacke und mit einem Shady Brady auf dem Kopf vom anderen Ende des Tresens näher zu Charmaine heran. „Was war das?“

„Jetzt wollen Sie also doch reden?“, fragte sie lächelnd und wischte über den Tresen. „Wahrscheinlich haben Sie es ja gehört. Eine Frau aus Virgin River wird vermisst. Sie verdächtigen ihren Ex, der gerade aus dem Gefängnis entlassen wurde und möglicherweise mit einem geklauten 83er Ford Truck unterwegs ist. Hellbraun.“

„Tatsächlich?“ Er trank sein Bier aus, legte eine Zehndollarnote hin, tippte an seinen Hut und verließ die Bar.

Paige wusste, was jetzt geschehen würde. Er zerrte sie zu Boden, setzte sie mit dem Rücken an einen Baum und fesselte ihr vorne mit dem Isolierband die Hände, die er anschließend mit den Fußgelenken zusammenband. Zuletzt klebte er ihr einen Streifen davon über den Mund. „Das steht dir gut, Paige“, sagte er. „Wenigstens einmal kannst du jetzt keine Widerworte mehr geben."

Er positionierte zwei Taschenlampen in ihre Richtung, sodass sie angestrahlt und in der Dunkelheit in Sicht gebracht werden konnte. Dann saß er fast eine Stunde lang nicht weit von ihr entfernt auf dem Boden und redete über die Enttäuschungen in seinem Leben, angefangen von der unglücklichen Kindheit, die er erlitten hatte, bis hin zu der kurzen Gefängnisstrafe, die seiner Beschreibung nach jahrelang gedauert haben könnte. Auch gab es einiges an ihrer Ehe, worüber er sich beschwerte. Wie es aussah, trug seiner Vorstellung nach allein sie die Schuld an dem ganzen Streit. Mit ihren Sticheleien, ihren Widerworten hatte sie ihn zu diesen Übergriffen getrieben. Aber er sprach langsam. Er hatte die stille, stoische Gelassenheit eines Selbstmörders.

Sein Plan war, dass Paiges Abwesenheit John veranlassen würde, nach ihr zu suchen, und vielleicht auch Jack. Sie waren nicht weit vom Ort entfernt, weshalb sie auch den Eindruck gehabt hatte, dass er im Kreis fuhr. Von hier oben würde er beobachten können, wie sich ihre Fahrzeuge näherten. Als Wes dann lange genug geredet hatte, ließ er den Truck gut sichtbar und nicht weit von ihr entfernt oben auf dem Hügel stehen, schaltete die Taschenlampen ein und verzog sich unter die Bäume, von wo aus er das Herannahen eines jeglichen Retters beobachten konnte. Er hatte vor, erst John zu erschießen, dann Paige und sich selbst. „Ich habe die Nase voll von dieser Farce", teilte er ihr mit. „Du hast gewonnen." Er lächelte. „Sozusagen."

Und wenn auch Paige mit dem Klebestreifen auf den Lippen keine Antwort geben konnte, am Denken konnte er sie nicht hindern, und das war: Du hast ja keine Ahnung von John. Von John und seinen Freunden. Sie sind nicht nur stärker als du, sie sind auch klüger. Und dann schloss sie die Augen und betete: *Lass sie bitte so klug sein wie nie zuvor!*

Als der Mond aufging, war der Suchtrupp auf mehr als zwanzig Männer angewachsen, von denen einige schon grummelten, ob es wirklich so weise sei, nachts den dichten Wald nach Paige abzusuchen, wenn sie schon längst in San Francisco sein könnte oder sogar auf dem Weg nach Los Angeles. Und selbst wenn sie tatsächlich im Wald festgehalten wurde, könnte es aussichtslos werden, denn auf dieser unermesslichen Fläche konnte sie irgendwo sein, wo man sie nie wieder finden würde.

„Machst du dir Sorgen, dass du sie nicht finden könntest, Preach?“, fragte Rick.

„Ich mache mir Sorgen, dass ich sie zu spät finden könnte“, antwortete er.

Sie waren über Bergstraßen gefahren, alte Holzabfuhrwege, Schotterstraßen und Fußwege, hatten mit starken Taschenlampen Schluchten und Hohlwege ausgeleuchtet. Aber nichts. Auf der Ladefläche seines Trucks führte Jack Gurte und Seile mit sich, für den Fall, dass sie unten an einem Berghang etwas entdecken würden und sich an einer steilen Wand abseilen müssten, um näher heranzukommen. Aber bislang hatte es dazu keinen Anlass gegeben. Die meisten von ihnen kämpften gegen ihre Erschöpfung an, aber Preacher war getrieben, und solange das der Fall war, hielten seine Freunde mit ihm durch.

Ein Mann, der einfach nur Dan hieß, hatte in einer Bar in Clear River bei einem Drink die Einzelheiten zu der Suche in der Gegend aufgeschnappt, und er glaubte, den Truck vorher gesehen zu haben. Wahrscheinlich gab es in diesen Hügeln mehr als einen alten hellbraunen Ford, aber dieser war mit einem Mann und einer Frau besetzt gewesen. Der Mann hatte das Lenkrad ziemlich fest umklammert, starrte durch die Windschutzscheibe und machte einen nervösen Eindruck beim Fahren. Dan war ein geschulter Beobachter, und das war ihm aufgefallen, bevor er überhaupt von der vermutlichen Entführung gehört hatte.

Dan war als illegaler Marihuanazüchter in der Gegend bekannt. Mit der Zeit hatte er sich mit anderen aus dem Metier angefreundet. Sie waren eine wirklich sehr eng verbundene Gruppe. Vertrauen kam nur langsam auf. Sie konnten sich gegenseitig leicht erkennen, denn alle kauften sie die Sachen, die man für den Anbau brauchte, auf den Ladeflächen ihrer Trucks transportierten sie Hühnerdung zu ihren Verstecken, zogen stinkende Dollarnoten aus der Tasche, aber *niemals* zeigten sie sich gegenseitig ihre Aufzuchtanlagen oder Pflanzen. Nach ungefähr drei Jahren war es ihm gelungen, Zugang zu ihrem Zirkel zu finden.

Die meisten von ihnen lebten bei ihren Anlagen, aber Dan bevorzugte angeheuerte Hilfskräfte. Das gab ihm die Bewegungsfreiheit, die er brauchte, anstatt an einer Stelle festzusitzen. Auch konnte er auf diese Weise, über die drei Countys verteilt, eine Menge Anlagen betreiben. Und er konnte woanders wohnen, weg von all diesen Leuten, nachdem er so hart daran gearbeitet hatte, sich mit ihnen anzufreunden.

Dan bot nicht an, sich der Suche anzuschließen, denn damit hätten sie vielleicht ein Problem gehabt. Auch erwähnte er nicht, dass er sich selbst ein wenig umsehen wollte. Aber ein paarmal war er in dieser Bar in Virgin River gewesen und hatte diese Frau gesehen, die Freundin des Kochs. Die Frau des Besitzers, eine Hebamme, hatte ihm vor einiger Zeit einen Gefallen getan, als eine Frau, die für ihn arbeitete, ihn damit überrascht hatte, dass ein Baby unterwegs war. Er hatte sich damals gedacht, dass er sich lieber mal um Hilfe kümmern sollte, und wie sich gezeigt hatte, war das ein verdammt guter Gedanke gewesen. Ohne Mel Sheridans Hilfe hätte dieses Baby es nicht geschafft. Ganz zu schweigen davon, dass er der Hebamme erst neulich hinten aufgefahren war, und da hatten die beiden sich wirklich zivilisiert verhalten.

Er hatte viel Zeit damit verbracht, diese abgelegenen Berge hier zu durchstreifen, und kannte sich gut aus. Er beschloss, einmal an Stellen nachzusehen, an die sonst niemand denken würde. Wenn es sich ergab, könnte er vielleicht einen Gefallen erwidern. Anonym.

Er wusste genau, wo er seinen Truck im Gelände verstecken konnte, und zwar dort, wo sich die verlassenen Holzabfuhrwege und die versteckten Schleichwege befanden. Nicht immer trug er eine Handfeuerwaffe bei sich, aber bei dieser Mission tat er es. Wenn die Frau tatsächlich von einem gefährlichen Ex entführt worden war, könnte es hässlich werden. Es war eine dunkle Nacht, aber er wusste, wohin er wollte, und hielt die Taschenlampe auf schwacher Stufe und nach unten gerichtet. Von Zeit zu Zeit sah er die Suchtrupps in einer Kolonne von Trucks vorbeischwirren, also wusste er, dass sie nicht dort suchten, wo er suchte, und allein das ließ ihn fortfahren.

Diese junge Frau, das Mädchen des Kochs, sie schien eine nette junge Frau zu sein, ungefähr im selben Alter und von gleicher Größe wie Dans eigene Frau. Inzwischen zwar Exfrau, aber er konnte sich beim besten Willen nicht vorstellen, was er getan hätte, wenn sie ihm auf diese Weise genommen worden wäre. Wahrscheinlich wäre er durchgedreht.

Der Mond ging auf, als er den Truck und die Frau entdeckte. Auf einen Blick erkannte er, dass sich da etwas Übles abspielte. Wozu sonst sollte man eine gefesselte Frau an einem Baum zurücklassen, Taschenlampen auf sie richten, das Fahrzeug gut sichtbar parken, wenn es nicht irgendeine Falle war. Er dachte schon, dass sie vielleicht tot und mit einer Sprengladung versehen sein könnte, aber dann sah er, wie sie sich bewegte. Sie hob den Kopf und lehnte ihn zitternd an den Baum zurück. Vielleicht lebte sie auch, war aber trotzdem mit einer Sprengladung verkabelt, und allein bei dem Gedanken daran wurde ihm ganz übel. Soweit er sehen konnte, war sonst niemand da. Er spähte durch das Wagenfenster und in die Ladefläche des Trucks. Niemand.

Er steckte die Taschenlampe in seinen Gürtel und zog sich geräuschlos auf der unbefestigten Straße zurück bis ganz nach unten, wo er ein Stück weit links herumgehen und dann wieder hinaufsteigen konnte. Der wahrscheinlichste Platz, wo er suchen sollte, war die Stelle direkt vor ihr. Als er den Einstieg des Schleichpfads erreicht hatte und sich darauf einstellte, auf ihm wieder hinaufzuklettern, sah er sich mit zwei schweren Problemen konfrontiert. Erstens, er konnte keine Taschenlampe benutzen und es war dunkler als der Hades. Und zweitens, er durfte im Dunkeln nicht stolpern oder ausrutschen und ein Geräusch verursachen, falls er recht hatte und dort jemand war, der sie beobachtete.

Er hatte vor, einen weiten Kreis um die Frau zu schlagen, und wenn er nichts beziehungsweise niemanden fand, wollte er sich ihr nähern, die Lage peilen und feststellen, ob eine Sprengladung an ihr angebracht war.

Kaum hatte er seinen Anstieg in Angriff genommen, als der hochstehende Vollmond ihm den Weg ausleuchtete, wofür er unendlich dankbar war. Immer wenn der Nachtwind durch die Zweige der höchsten Kiefern fuhr und ihnen ein Flüstern und Knarzen entlockte, setzte er vorsichtig einen Schritt voran. Ein paarmal trat er auf einen Zweig, und wenn das geschah, blieb er regungslos stehen und lauschte. Jedes Mal war er wie versteinert und hielt die Luft an.

Er war noch gar nicht sehr weit den Hügel hinaufgekommen, als er erkennen konnte, dass dort oben jemand war, der sich hinter einem Baum verbarg. Dann hörte er aus der Ferne Fahrzeuge heranrücken und hob den Kopf. Unter dem Schutz der Motorengeräusche stieg er schnell wieder hinunter, zurück auf die Straße. Er suchte sich einen Platz, wo er durch den Wald gedeckt war, stellte sich auf die Straße, ließ seine Taschenlampe kreisen und veranlasste sie anzuhalten.

Jack ließ sein Fenster herunter. „Was zum Teufel …?“

„Hier ist es“, erklärte Dan ruhig. „Fahren Sie langsam an diesem Hügel vorbei, sodass es aussieht, als würden Sie weiterfahren, und dann ist dort oben auf der linken Seite ein großer Platz an der Straße. Dort können Sie Ihre Trucks neben der Straße abstellen und anschließend zu Fuß zurückkommen. Ich werde Sie hinaufführen. Schaltet die Taschenlampen aus. Sie sind dort oben“, sagte er mit einer Kopfbewegung in Richtung der Anhöhe. „Auf geht's.“

Preacher beugte sich vor. „Ist sie okay?“

„Ich denke schon, bis jetzt. Los, weiter, wir wollen nicht seine Aufmerksamkeit wecken. Fahrt an dem Hügel *vorbei.*"

Jack legte den Gang ein und fuhr weiter, während der Mann neben der Straße dem zweiten Truck die Richtung wies.

Dan wartete ein Weilchen, und dann konnte er sie auch schon hören, wie sie zu Fuß zurückkamen. Als sich fünf Männer um ihn herum versammelt hatten, erklärte er: „Er hat etwas vor. Die Frau ist gefesselt und von Weitem zu sehen. Ihn konnte ich kurz erkennen, wie er sich zwischen den Bäumen versteckt. Ich konnte es nicht genau sehen, aber ich wette, dass er eine Waffe auf sie gerichtet hält und wartet. Diese alte Straße geht bis dort oben hin, wo er den Truck geparkt hat. Einer kann mir auf der Rückseite des Hügels nach oben folgen. Aber dort gibt es keinen Weg. Ist hier jemand, der leicht und geräuschlos gehen kann?"

„Das kann ich", meldete sich Jim.

„Ich werde euch den Rücken decken. Ich kann es ziemlich gut", sagte Mike.

„In Ordnung, wir werden einen Kreis schließen. Ihr Jungs haltet euch an diese Straße, immer schön langsam und in aller Ruhe. Allenfalls eine Taschenlampe, abgedunkelt und auf den Boden gehalten. Gebt uns einen Vorsprung. Wir haben keine Straße. Wenn wir Glück haben, werden wir uns oben treffen."

Bevor er aber Jim und Mike zur Rückseite der Anhöhe führen konnte, sah er sich von Jack gestoppt, der ihn mit der Faust an der Jacke festhielt. „Warum tun Sie das?"

„Hey, ich war in der Bar in Clear River, als Sie hereinkamen", erklärte er defensiv. „Ich kenne die Hügel hier hinten ziemlich gut. Sie glauben doch nicht, dass ich …"

Jim Post schob einen kräftigen Arm zwischen Jack und Dan und sagte: „Los jetzt. Kommt schon. Wir werden das später klären."

Und damit trennte sich das Team. Jack, Preacher und Rick gingen hintereinander die Straße hinauf, Preacher vorneweg, ein wenig zu schnell. Mike, Jim und Dan, die den Hügel umrundeten, um Lassiter von hinten anzugehen. Für Preachers Gruppe war der Anstieg leicht, weniger schnell kamen Jim und Mike voran, die einen überwachsenen Abhang ohne Pfad hinaufgeführt wurden.

Sowie Preacher die Spitze des Hügels erreicht hatte, sah er auch schon den alten Truck. Sofort blieb er stehen, ging in die Hocke und schlich sich an, Jack und Rick immer dicht hinter ihm. Wenig weiter sah er dann Paige an einem Baum sitzen, das Kinn auf die Brust gesenkt, als würde sie schlafen. Ebenso gut konnte sie aber auch tot sein.

Im selben Augenblick, als Preacher sie dort an diesem Baum sitzen sah, flüsterte er fassungslos ihren Namen und begann, blind einfach auf sie zuzulaufen. Jack flüsterte noch, er solle stehen bleiben, und wollte ihn an der Schulter zurückhalten, aber vergebens. Als sie Preacher mit hämmernden Schritten auf sie zukommen hörte, hob sie den Kopf, die Augen weit aufgerissen vor Angst. Und das Nächste, was er dann registrierte, waren zwei Arme, die sich um seine Fußgelenke schlossen und ihn zu Boden brachten. Auf halber Strecke hörte er den Schuss einer Waffe und fühlte den scharfen, stechenden Schmerz, der ihm wie ein Messer durch den linken Bizeps fuhr. Dann knallte er wie ein Stein auf die Erde und rollte mit Jack auf die Seite.

Es gab keinen zweiten Schluss, aber man hörte eine Unruhe in den Bäumen. Rick blieb hinter dem Truck, die Waffe im Anschlag, ohne jedoch ein Ziel zu haben. Den Geräuschen nach zu urteilen, die aus den Bäumen kamen, schien Lassiter sich aus dem Staub zu machen, hoffentlich nur, um sich auf dem Weg nach unten von Mike und Jim fangen zu lassen.

Preacher befreite sich aus Jacks Umklammerung und kroch mit unglaublicher Geschwindigkeit auf dem Bauch zu Paige. Er kauerte sich hinter diesen Baum, griff mit seinen langen Armen nach vorne, packte sie fester als je zuvor und zog sie, noch immer komplett gefesselt, an einem Arm zu sich hinter den Baum in Sicherheit. Als Erstes legte er die Finger an den Klebestreifen, der ihren Mund bedeckte. „Es wird wehtun, Baby“, flüsterte er und riss ihn dann mit einem scharfen, schnellen Ruck ab.

Ohne einen Laut von sich zu geben, kniff sie nur tapfer die Augen fest zusammen. Dann sagte sie: „John, er hat auf dich gewartet. Er will dich und mich erschießen."

Preacher zog sein Schweizer Armeemesser aus der Tasche und befreite sie in Windeseile von den Fesseln um ihre Hand- und Fußgelenke. „Dieser verrückte Saukerl", flüsterte er, während er das Isolierband zerschnitt. Er spähte um den Baum herum. Da war tatsächlich jemand, der den Hügel hinunterlief. Vielleicht war er auch bereits gefasst und versuchte nur, sich loszureißen.

Sie berührte seine Schulter, über dem Armansatz, während ihm das Blut den Arm hinunterlief. „Du bist verletzt", flüsterte sie.

Er legte den Finger an die Lippen, und beide blieben sie regungslos stehen und lauschten. Aus den Bäumen war jetzt nur noch ein Rascheln zu hören; ansonsten war die Nacht still.

Eine spannende Minute verstrich, dann rief jemand mit lauter Stimme: „Hey! Euer Bösewicht ist gefasst! Wir bringen ihn jetzt raus!"

Paige flüsterte: „Das ist nicht Wes."

Noch einmal spähte Preacher am Baum vorbei, wo er Jack, das Gewehr im Anschlag, auf dem Bauch liegen und in Richtung der Bäume zielen sah. Der Mann, der Jim und Mike die Anhöhe hochgeführt hatte, schien zwar seinen Shady Brady verloren zu haben, aber er schleifte Wes an seinem Gürtel, den er im Rücken gepackt hielt und in dem Wes bewusstlos zusammengefaltet hing, durch die Bäume hinter sich her. Wes fiel wie ein Sack auf den Boden; der Mann wischte sich mit der Hand den Schweiß von der Stirn. Dann schüttelte er den Kopf. „Das wird kompliziert", sagte er. Preacher half Paige auf die Beine und hielt sie hinter seinem Rücken, während er vorsichtig näherkam.

„Was zum Teufel haben Sie gemacht?", fragte Jack, kam auf die Knie und stand dann auf.

„Ah Mist. Ich hätte wissen sollen, dass ihr euch nicht beherrschen könnt, bis wir hinter ihm sein konnten. Hatte ich euch nicht gesagt, ihr sollt warten? Bis wir es auch nach oben schaffen konnten?" Er hockte sich hin, zog ein Paar Handschellen hinten aus seinem Gürtel und legte sie Wes an, indem er ihm die Hände auf den Rücken zerrte. Jim kam als Nächster aus den Bäumen und hielt zwei Waffen in den Händen, seine und die ihres Führers. Gleich hinter ihm erschien dann auch Mike, beide außer Atem.

Jack sah nach unten. „Ist er tot?"

„Nein." Noch immer hielt Dan seine Taschenlampe in der Hand. „Aber er wird Kopfschmerzen haben. Nur gut, dass er mich nicht gesehen hat. Ich darf nicht damit in Verbindung gebracht werden. Die Gründe liegen ja wohl auf der Hand."

„Dann werden Sie aber auf eine Menge Leute zählen müssen, die Sie decken. Es könnte leicht jemand aus Versehen die Wahrheit erwähnen."

„Nun, so was kann passieren. Es wäre nicht das erste Mal, dass ich den Standort wechseln muss. Aber ich sage euch – das Leben ist gut, hier und jetzt. Es wäre mir lieber, ihr würdet mich da raushalten."

Bewusstlos lag Wes Lassiter mit dem Gesicht nach unten auf dem Boden. Mike Valenzuela, immer noch bemüht, wieder Luft zu bekommen, trat zu Dan.

„Sie haben ihn zusammengeschlagen?"

„Nun, eure Männer hier haben für einen Kurswechsel gesorgt, und ich konnte nicht genug sehen, um ihn zu erschießen …"

„Sie tragen Handschellen?", fragte Mike.

Dan grinste. „Jaa. Wissen Sie. Perverse Sexspiele … sollten Sie mal versuchen."

„Ich glaube, das werde ich", sagte Mike lachend.

Dan sah Jack an. „Wie wär's, sollten wir hier nicht mal einen Tausch vornehmen? Die Taschenlampen?" Er zog einen Lappen aus der Tasche und wischte die Fingerabdrücke von seiner Taschenlampe.

„Diese nicht", wehrte Jack ab. „Die habe ich benutzt, als ich meinen Sohn entbunden habe." Er lächelte. „Ich konnte keine Hebamme finden."

Dan lachte. „Ich fand, dass ich Ihnen etwas schuldig bin. Zumindest einen Gefallen. Aber im Ernst. Ich darf hier nicht involviert sein."

„Nimm meine", bot Jim Post sich an, und das ließ Jack noch ein wenig hellhöriger werden. Jim warf Dan die Taschenlampe zu und erhielt den Ersatz auf die gleiche Weise zurück.

Dan fuhr sich mit der Hand an den Kopf. „Verdammt, ich habe meinen Hut verloren", fluchte er. „Jedenfalls werdet ihr jetzt Ruhe haben. Er wird für immer verschwinden. Da wird es keinen Ärger mehr geben. Kidnapping soll 'ne dicke Sache sein, habe ich gehört." Er drehte sich um und lief durch die Bäume den Hügel hinab.

Ein paar Sekunden lang schwiegen alle, bis das Rascheln seiner Schritte den Abhang hinunter leiser wurde. Der Mann am Boden stöhnte und fing an, sich zu winden. Preacher knurrte und holte schon mit einem Fuß aus, fing sich aber wieder und sah davon ab, ihn mit einem Stiefel zu treten, hinter dem zweihundertfünfzig Pfund geballter Zorn steckte.

Jim Post wies mit dem Kopf in die Richtung, in welcher der Mann, der Taschenlampen austauschte, verschwunden war. „Du kennst ihn?"

„Nein", antwortete Jack. „Er kam mal auf einen Drink in die Bar und hatte ein dickes Bündel stinkender Scheine dabei. Und dann hat er Mel einmal zu einer Pflanzanlage rausgefahren, damit sie dort ein Baby entbindet, und ich bin vor Angst fast verrückt geworden. Als ich ihn dann das nächste Mal sah, habe ich ihm gesagt, dass es so etwas einfach nicht geben darf." Er zuckte mit den Schultern. „Er meinte, sie wäre nicht in Gefahr gewesen, aber es würde auch nicht noch einmal vorkommen. Und jetzt das hier."

„Ja, das hier", wiederholte Jim.

„Bisher der verrückteste Teil unserer Beziehung", stellte Jack fest.

„Also er war bei diesem Aufstieg etwas schneller als wir", berichtete Jim. „Er muss gehört haben, dass ihr oben angekommen wart, denn er ließ seine Waffe fallen und preschte durch das Unterholz den Hügel hinauf. Ich hörte den Schuss, dann den Kampf. Er ist da ein großes Risiko eingegangen. Wenn dieser Kerl hier etwas besser mit seiner Waffe umgehen könnte, hätte er unseren Mann erledigt. Unseren Freund."

„Er ist ein guter Freund von mir", stellte Preacher fest. Paige kam um ihn herum, und Preacher legte ihr seinen unverletzten Arm um die Schultern, während der andere an seiner Seite hing und das Blut daran hinunterlief.

Jim sah jedem der Männer und Paige nacheinander fest in die Augen. „Ich habe diesem Kerl von hinten auf den Kopf geschlagen, okay? Sind wir uns da einig? Denn ich glaube, dass euer Freund, der Cowboy ... ich glaube, dass er nicht das ist, was er zu sein scheint."

„Müsste das nicht ein Gericht entscheiden?", fragte Jack.

Jim Post hatte in diesen Bergen als verdeckter Ermittler im Haschischgeschäft gearbeitet, als er June begegnete und sich in sie verliebte. „Überlasst das mir, okay? Ich kenne immer noch ein paar Leute. Lasst es gut sein. Das schulden wir ihm."

„Mindestens das", sagte Paige.

Wes Lassiter wachte mit einer Kopfverletzung im Krankenhaus wieder auf, fand sich mit Handschellen ans Bett gefesselt und hatte nicht die geringste Idee, wer ihn geschlagen haben könnte. Er behauptete, sich nicht daran erinnern zu können, seine Frau entführt zu haben, und war aus seiner Sicht natürlich Opfer und nicht Täter.

Aber es gab viele Zeugen. Von Paige über den Suchtrupp bis hin zu dem Mann, der ihn gesehen hatte, wie er eine Waffe auf die Stelle gerichtet hielt, wo Paige gefangen und gefesselt saß – Jim Post. Eine Zeugenaussage, die seltsamerweise niemals notwendig wurde. Der Vertreter der Staatsanwaltschaft versprach, sie würden sich auf keine Antragsvereinbarungen mehr einlassen nach so vielen Verstößen gegen die Bewährungsauflagen – angefangen vom Drogenbesitz, über die Verletzung einer Schutzverfügung in Verbindung mit Kidnapping, bis hin zum versuchten Mord – aber am Ende tat er es doch. So kam Wes allein für das Kidnapping auf fünfundzwanzig Jahre, und das ausdrücklich ohne die Chance auf eine vorzeitige Strafaussetzung zur Bewährung. Über die weiteren ihm zur Last gelegten Verbrechen sollte erst später entschieden werden. Immerhin könnte dann die Anschlussvollstreckung möglicherweise auch irgendwann einmal zur Bewährung ausgesetzt werden. Aber er würde ein sehr, sehr alter Mann sein, bevor an eine Bewährung überhaupt zu denken war. Hätte er sich einem Gerichtsverfahren gestellt, hätte er mit lebenslänglich ohne jegliche Aussicht auf eine Bewährungsentlassung rechnen müssen. Paige und ganz Virgin River waren äußerst dankbar.

Öfters fuhr Paige nachts noch mit einem Schrei aus dem Schlaf, schüttelte sich, zitterte und bebte vor Angst. Dann zog John sie an sich und sagte: „Ich bin hier, Baby. Ich bin ja bei dir. Ich werde immer bei dir sein."

Das beruhigte sie. Sie fühlte sich sicher. „Es ist wirklich vorbei", flüsterte sie.

„Und wir haben noch immer den ganzen Rest unseres Lebens", flüsterte er dann jedes Mal zurück.

19. KAPITEL

Rick hatte seinen Highschoolabschluss in der Tasche und wollte einen Nachmittag von der Bar freinehmen, um Liz in Eureka zu besuchen. Er fragte Jack und Preacher, ob sie beide bis Toresschluss in der Bar wären, denn er würde gern mit ihnen reden, wenn er wieder im Dorf sei. Als er dann auftauchte, war es kurz vor neun. „Danke, dass du so lange geblieben bist, Jack", sagte er. „Ist Preacher noch in der Küche?"

„Ja. Wie geht es Liz?"

„Sie kommt zurecht. Sie geht wieder auf ihre alte Highschool und nimmt an einem Ferienkurs teil, um aufzuholen. Dort macht sie auch eine Art Therapie." Er zuckte die Achseln. „An manchen Tagen ist sie noch sehr traurig, aber sie scheint damit fertig zu werden. Besser, als ich gedacht hätte."

„Es freut mich, das zu hören", sagte Jack.

Rick schwang sich auf einen Hocker. „Ich bin jetzt achtzehn", begann er. „Es ist nicht ganz legal, aber ich würde gern einmal mit dir und Preach einen Drink nehmen. Was hältst du davon? Wäre das möglich?"

„Wir feiern also etwas?", fragte Jack und holte drei Gläser heraus.

„Ja, so ist es. Ich habe mich verpflichtet."

Jack blieb die Hand in der Luft stehen. Er musste sich zwingen, die Bewegung zu vollenden und die Gläser abzustellen. Dann schlug er mit der Faust an die Wand, die die Küche von der Bar trennte, um Preacher nach vorne zu holen.

„Wir hätten darüber reden können", meinte er.

„Da gab es nichts zu reden", erwiderte Rick.

„Was zum …", setzte Preacher an, der mit zerstreuter Miene schnell aus der Küche gelaufen kam.

„Rick hat sich verpflichtet", erklärte Jack.

Nun wirkte Preacher nicht mehr nur aufgeschreckt, sondern zutiefst erschrocken. „Ach Rick, was zum Teufel …"

„Wir werden darauf trinken, wenn du dich wieder eingekriegt hast", sagte Rick.

„Mann, darauf zu trinken wird mir nicht leichtfallen", meinte Preacher.

Jack nahm einen guten Whiskey und hielt die Flasche kurz über die drei Gläser. „Willst du uns erzählen, was du dir dabei gedacht hast?"

„Natürlich. Ich muss etwas machen, das hart für mich ist", erklärte er. „Ich kann nicht jeden Morgen aufwachen und darauf hoffen, dass ich heute vielleicht etwas weniger traurig bin. Ich brauche etwas, das mich fordert. Etwas, das mir zeigen wird, was ich drauf habe. Etwas, das mir zeigt, wer ich bin." Mit klaren Augen sah er erst Jack ins Gesicht, dann Preacher. „Denn das weiß ich nicht mehr."

„Rick, wir hätten etwas finden können, das dich fordert, aber nicht ganz so gefährlich wäre. Dieses Land führt Krieg. Die Marines sind im Kampfeinsatz. Nicht alle kommen nach Hause zurück."

„Manchmal schaffen sie es nicht einmal aus dem Bauch ihrer Mutter heraus", sagte Rick leise.

„Ach Rick …", begann Preacher und ließ den Kopf hängen. „Es war wirklich ein schweres Jahr für dich."

„Ja. Ich habe an vieles gedacht. Ausbildung, ein Jahr lang im ganzen Land herumreisen und als Holzfäller jobben oder beim Bau. Ich könnte auch Liz bitten, mich zu heiraten … aber wie es aussieht, ist sie immer noch erst fünfzehn." Er lächelte schwach. „Es ist das Einzige, das für mich infrage kommt, Jack. Wenn du mal darüber nachdenkst, ist es auch genau das, wozu ich erzogen wurde."

„Jetzt ist es also nicht schon schlimm genug, dass du das machen willst, du willst uns auch noch die Verantwortung zuschieben?", warf Jack ihm vor.

Rick grinste. „Wenn ich es gut mache, werdet ihr es euch als Verdienst anrechnen."

Einen Moment lang schwiegen sie, dann sagte Jack: „Du wirst uns noch Bescheid geben, wenn's losgeht?"

„Nicht wirklich, Jack. Ich will sofort aufbrechen. Ich hatte gehofft, dass du mich zum Bus nach Garberville bringen könntest."

„Was heißt sofort?"

„Morgen."

„Bist du schon vereidigt?", fragte Jack, und Rick nickte. „Wir haben also nicht einmal Zeit für eine Abschiedsparty?"

Rick schüttelte den Kopf. „Ich wollte nur noch sicherstellen, dass mit Liz alles in Ordnung ist. Damit ich weiß, dass ich gehen kann und sie okay ist."

„Und …?"

„Sie ist nicht gerade begeistert, aber sie ist inzwischen ganz schön abgehärtet. Sie sagt, sie will mir schreiben, aber weißt du was? Sie ist so jung. Wenn ich mal eine Weile von der Bildfläche verschwunden bin, wird sie die Möglichkeit haben, noch einmal von vorn anzufangen, ohne dass diese Sache, die wir gemeinsam erlebt haben, wie eine dunkle Wolke über ihr schwebt. Es würde mich fast mehr freuen, wenn sie mir nicht schreibt, denn das würde bedeuten, dass sie ein paar Schritte weiter ist."

„Wünschst du dir denn, dass sie weiterkommt?", wollte Preacher wissen.

„Das ist einer der Gründe, weshalb ich so etwas tun muss, denn auch das weiß ich nicht. Woher soll ich denn wissen, was uns beide verbindet? Außer einem Baby, das nicht lebt." Er sah zu Boden. „Ich habe so sehr darum gekämpft, alles so gut zu machen, wie ich konnte. Ich bin gar nicht dazu gekommen, herauszufinden, was ich empfinden würde, wenn es keinerlei Druck gäbe. Ihr ging es genauso, und es ist ihr gegenüber einfach nicht fair."

„Was ist denn mit dem College, Rick?", fragte Preacher. „Ich dachte, dass wenigstens einer von uns dreien zum College gehen würde."

„Dazu wäre immer noch Zeit, falls ich mich dazu entschließe. Ich habe mich ja nicht lebenslang verpflichtet, sondern nur für vier Jahre unterschrieben."

„Eine Sache noch“, sagte Jack. „Das ist doch nicht etwa so eine idiotische Vorstellung, die du da im Kopf hast – dass du uns stolz machen willst? Denn du weißt ja längst, dass wir stolz auf dich sind. Stolzer könnten wir nicht sein. Das ist dir doch klar, nicht wahr?“

Rick lächelte. „Gerade weil ihr beide so stolz wart, habe ich das alles überhaupt durchstehen können. Nee, darum geht es nicht. Ich glaube, wenn ich noch lange darüber trauere, werde ich sterben. Ich muss gehen. Ich muss etwas tun. Mit etwas Wichtigem neu anfangen. Ich muss mich gegen etwas stemmen, wo ich auf Gegendruck stoße.“

„Semper. Das Marine Corps wird dir Gegendruck bieten, Rick“, versprach Preacher. „Es wird dir richtig harten Gegendruck leisten, so wie du es haben willst.“

Jack hob sein Glas. „Trinken wir auf die Härte?“

„Das wäre gut“, willigte Rick ein. „Sagt mir, dass ihr mich unterstützt. Sagt mir, dass ihr meine Entscheidung respektiert.“

„Du bist ein Mann, Rick. Du hast es dir gut überlegt, du hast eine Entscheidung getroffen. Auf dich!“

Sie tranken. Preacher wandte den Kopf ab und musste schniefen. „Du bringst mich um, Mann“, sagte er.

Rick langte über den Tresen, fasste den großen Mann an seinem gesunden Arm und schüttelte ihn. Er musste schwer schlucken. „Werdet ihr beiden nach meiner Großmutter schauen? Aufpassen, dass mit ihr alles in Ordnung ist?“

„Was hat sie denn dazu gesagt, Rick?“, fragte Jack.

Tapfer hob er das Kinn. „Sie sagt, dass sie es versteht. Sie ist sehr stolz, wisst ihr. Sie möchte nicht, dass ich hier herumhänge und mich um sie kümmere. Und sie weiß auch, dass das alles sehr schwer für mich war und ich darüber hinwegkommen muss. Egal, wie ich es schaffe.“

„Eine gute Frau“, meinte Preacher. „Wir werden uns um sie kümmern.“

„Danke.“ Rick stand von seinem Barhocker auf. „Ihr beide kommt doch ohne mich klar?“

„Hey“, sagte Jack. „Wir sind hart im Nehmen. Wann willst du los?“

„Morgen früh um sieben. Ich werde runterkommen.“

Für alle kam der Morgen viel zu schnell. Rick erschien mit seinem gepackten Seesack, konnte der Versammlung in der Bar allerdings nicht ausweichen. Mike war gekommen, um ihn zu verabschieden, und Mel wollte ihn unter gar keinen Umständen ohne eine tränenreiche Umarmung ziehen lassen. Dasselbe galt für Paige und Doc. Sogar Chris war, wenn auch noch im Pyjama, so früh schon auf den Beinen und klammerte sich an Ricks Hals fest, sodass er regelrecht losgeeist werden musste. Connie und Ron waren gekommen, und ihnen schien der Abschied sehr nahezugehen. Preacher hätte ihn mit seiner einarmigen stürmischen Umarmung fast erdrückt. „Mein Gott“, sagte er. „Pass gut auf dich auf.“

„Hey, es ist nur das Basic Training. Im Basic können sie mir nicht allzu viel anhaben. Aber ja, Preach. Ich werde sehr vorsichtig sein, du musst dir keine Sorgen machen.“

Auf dem Weg nach Garberville kam das Gespräch nur stockend in Gang. Jack fühlte einen mächtigen Schmerz in der Brust und einen Knoten im Hals.

„Ich freue mich darauf, Jack. Es ist das erste Mal seit Monaten, dass ich mich freue. Kannst du dich noch daran erinnern, als du zum ersten Mal angetreten bist?“

„Ich habe mir in die Hose gemacht vor Angst.“

„Ja.“ Rick lachte. „Ein bisschen Angst habe ich auch.“

„Rick, sie werden versuchen, dich zur Schnecke zu machen. Du wirst glauben, dass es persönlich gemeint ist. Das ist es nicht.“

„Ich weiß.“

„Du wirst abhauen wollen und wirst es nicht können.“

„Ich weiß.“

„Du musst nicht kämpfen, weißt du. Es gibt zwei Corps – die Kampfeinheiten und die Logistik. Du musst nicht kämpfen, wenn du dir nicht sicher bist.“

„Warst du dir sicher?", fragte Rick.

„Nein, mein Sohn." Jack sah ihn an. Rick saß dort, groß und stark. „Nein, Rick. Ich war mir nicht sicher, bis ich das Training hinter mir hatte, und dann war ich mir immer noch nicht sicher. Ich hatte damals einfach das Gefühl, dass es das Richtige für mich war, und bin diesen Weg gegangen, auch wenn ich wusste, dass ich mich irren könnte. Aber ich habe es getan."

„Das ist der Punkt, an dem ich stehe. Es ist nur ein Gefühl. Aber verdammt, es tut gut, wieder einmal ein Gefühl zu haben. Eins, das nicht schmerzt."

„Ja", sagte Jack und im selben Atemzug: „Das kann ich mir vorstellen."

Am Bus umarmten sie sich noch ein letztes Mal. „Wir sehen uns, wenn du das Basic hinter dir hast", sagte Jack. „Du wirst gut sein. Ich bin stolz auf dich."

„Danke", sagte Rick. Und auch wenn Jack feuchte Augen hatte, blieb Rick cool. Jetzt war er wieder getrieben und voller Zuversicht. Vielleicht ja ein wenig wie Jack selbst vor geraumer Zeit, als er im gleichen Alter gewesen war.

Rick warf dem Fahrer seinen Seesack zu und stieg ein. Jack blieb auf dem Bürgersteig stehen, bis der Bus nicht mehr zu sehen war. Dann ging er die Straße hinunter zu einem Münztelefon. Er steckte alle Vierteldollarmünzen aus seiner Tasche hinein und wählte. Sam meldete sich.

„Ja, Dad?" An die Wand der Telefonzelle gestützt, legte er den Kopf auf seinen Arm. „Dad?"

„Jack. Was ist los?"

„Dad, ich glaube, ich weiß jetzt, wie du dich gefühlt haben musst. Damals, als ich zum Marine Corps aufgebrochen bin. Sicher wärst du am liebsten gestorben."

Es war Anfang Juni, als die ganze Familie Sheridan *en masse* in Virgin River einfiel. Sie hatten Wohnmobile gemietet, führten schicke Zelte mit sich, Camper und Anhänger. Auch die Marines traten auf den Plan, und diesmal hatten ein paar von ihnen ihre Familien dabei. Zeke kam mit Christa und vier Kindern, ein Neugeborenes inklusive. Josh Phillips hatte Patti und die Babys im Schlepptau. Corny brachte Sue und die zwei kleinen Mädchen mit. Aus Reno erschien Tom Stephens, der die Familie allerdings daheim lassen musste. Joe und Paul reisten aus Grants Pass an. Alle lagerten auf dem Gelände des neuen Sheridan Domizils. Man hatte Quads und Geländemotorräder mitgebracht, um die Meute zu unterhalten. Ein paar Tage vorher waren mit Pritschenwagen Picknicktische angeliefert worden, plus zwei riesige Barbecues und mobile Toiletten. Jack hatte die letzten zwei Monate damit zugebracht, das Holz für die Rahmenkonstruktion vorzubereiten, und gestern hatten die Männer dann die Konstruktion für Mel und Jacks neues Haus aufgebaut. Nebenbei wurde eine Menge Essen verzehrt, getrunken und gefeiert.

Aber das war nicht der einzige Anlass dieser Zusammenkunft. Da alle versammelt waren, gab es auch noch ein weiteres besonderes Ereignis. Eine Hochzeit.

Paige und Chris waren bei Mel, wo Paige sich schmückte und ein süßes schlichtes Sommerkleid mit Blumenmuster anzog. Dazu trug sie hochhackige Sandaletten. Während sie sich ankleidete, fegten die Männer und Frauen der Familie Sheridan das Fundament der Rahmenkonstruktion und verzierten die Holzbalken mit Girlanden. Gemietete Faltstühle wurden herbeigebracht und aufgestellt – einhundert Stück, und das war kaum ausreichend, denn fast der ganze Ort würde erscheinen.

„Ich habe dich noch nie so schön gesehen", flüsterte Mel Paige zu. „Nervös?"

Paige schüttelte den Kopf. „Überhaupt nicht."

„Wann hast du es gewusst?", fragte Brie. „Wann warst du dir sicher, dass er genau der Richtige für dich ist?"

„Nicht sofort", gab sie zu. „Ich wollte nichts mit einem Mann zu tun haben, der behauptete, er könne für mich sorgen. Die Gründe liegen ja wohl auf der Hand. Aber John bewegt sich wirklich langsam." Sie lachte. „*Wirklich* langsam. Es war die Art, wie sich sein finsterer Blick langsam aufhellte, wenn er mich ansah, die Art, wie seine Stimme ganz weich und zärtlich wurde, wenn er mit mir sprach. Seine Zurückhaltung, seine Schüchternheit. Einem Mann wie John fällt es sehr schwer, auf jemanden zuzugehen. Er muss sich in allem ganz sicher sein. Als er dann endlich so weit war, mir zu sagen, dass er mich liebt, dachte ich schon, ich müsse sterben, während ich auf ihn warte. Aber er ist ein vorsichtiger Mann – und er ändert seine Entscheidungen nicht."

„Wie hat er es angestellt?", wollte Brie wissen. „Wie hat er dir den Heiratsantrag gemacht."

„Hmm." Paige dachte nach. „Nun, wir hatten schon eine ganze Weile darüber gesprochen, dass wir eine festere Bindung eingehen würden, wenn die Wogen sich geglättet hätten. Weihnachten hatte er mir gesagt, dass er für immer mit mir zusammen sein möchte, wir eine Familie sein könnten, und das habe ich mir auch gewünscht. Aber wenn es um den genauen Zeitpunkt des offiziellen Antrags geht, das war, als er gerade Kartoffeln schälte. Er unterbrach seine Arbeit und sah mich durch die Küche hinweg an. Mein Haar war total strähnig, ich schwitzte von der Hitze des Ofens und spülte gerade das Geschirr. Und da sagte er: ‚Wann immer du so weit bist, möchte ich dich heiraten. Ich *sterbe* vor Sehnsucht danach, dich zu heiraten.' So hat er sich ausgedrückt."

„Also das muss dich ja umgeworfen haben", meinte Brie unbeeindruckt.

„Ja, das hat es", erwiderte Paige mit einem Seufzer. „John ist der einzige Mensch, der mir je begegnet ist, der mich in meiner schlimmsten physischen und emotionalen Verfassung sehen kann und mich perfekt findet."

Mel griff nach ihrer Hand. „Kommt jetzt. Wir sind schon fast zu spät dran. Wir müssen los."

Die Frauen verfrachteten Chris und Baby David in den Hummer und fuhren zum Baugelände hinaus. Die verbreiterte Straße war gesäumt von Pkws und Trucks, und oben auf der Anhöhe standen noch mehr Fahrzeuge, Wohnmobile und Wohnwagen. Mel fuhr den ganzen Weg bis nach oben und parkte neben dem Gerippe, das eines Tages ihr Haus sein würde. Picknicktische bogen sich unter der Last des Essens, die Holzbalken des Hauses waren mit Blumengirlanden umwunden, und alle Stühle auf dem Fundament waren besetzt, während weitere Personen dahinter oder draußen im Hof standen. Von den heißen Barbecues stieg der Rauch auf, und überall liefen Kinder herum. Eine Zeremonie, ein Picknick, eine Party, Zeit zum Spielen. Und ausnahmsweise einmal hatte Preacher überhaupt nicht gekocht.

Paige, Mel und Brie kletterten aus dem Hummer. Irgendjemand überreichte ihnen schlichte Blumensträuße und nahm Mel das Baby ab, sodass sie an der Zeremonie teilnehmen konnte. Christopher bekam eine Blume ans Hemd gesteckt, und er klemmte sich Bär unter den Arm.

Musik gab es nicht, aber dies sollte auch keine traditionelle Hochzeit sein, es war nicht beabsichtigt, dass sie anderen Hochzeiten glich. John und Paige wollten, dass dieser Tag das widerspiegelte, was sie waren – einfache, dankbare Menschen, die einander mehr liebten als dieses Ereignis. Die Bar war nicht groß genug und die Kirche schon seit Jahren verbarrikadiert. John hatte die Idee gehabt. „Wenn wir für Jacks Haus die Rahmenkonstruktion aufbauen, wird nicht nur jeder dort sein, der uns wichtig ist, es wird auch jede Menge Platz geben." Paiges erster Gedanke war: Wer heiratet denn in einer Rahmenkonstruktion? Aber sogleich hatte sie auch schon ihre Antwort gefunden: Menschen wie John und ich.

Als sie es aber jetzt sah, mit Blumen geschmückt, war es so wunderschön, dass es ihr eine Sekunde lang den Atem nahm. Auf der linken Seite ein unendlicher Ausblick und rechts die majestätischen Berge. Es hatte sich in eine Kirche unter freiem Himmel verwandelt, angefüllt mit Freunden.

Chris ging vor ihr auf die Planke zu, die zum Fundament hinaufführte. Mel und Brie hielten sie an beiden Händen. Sie lächelte die Leute an. Es waren weit mehr gekommen, als sie erwartet hatte. Einladungen hatten sie nicht verschickt, sondern lediglich in der Bar einen Anschlag gemacht, dass jeder, der Lust hätte, teilnehmen sollte, und sie waren in Scharen gekommen. Natürlich berührte sie der Gedanke, wie viel Respekt sie ihr damit entgegenbrachten, aber noch viel tiefer empfand sie die Ehre, die sie John – Preacher – erwiesen. Er handelte immer richtig, allen gegenüber, die ihm begegneten, nicht nur, wenn es um sie ging.

Da der Boden des Hauses höher lag, konnte sie nur die sitzenden und stehenden Hochzeitsgäste sehen. Chris lief ihr voraus, die Planke hinauf und den Gang hinunter. Vorsichtig stieg dann auch sie über die Planke ins Haus, gefolgt von ihren Brautjungfern.

Dann sah sie ihn. Er stand am Ende des Ganges, dort, wo irgendwann einmal ein Kamin gebaut würde. Chris stand vor ihm, und John hatte ihm die Hände auf die Schultern gelegt. Jack und Mike rechts und links neben ihm. Sogar aus dieser Entfernung konnte sie erkennen, wie seine Augen aufleuchteten. Er war eine Säule von Mann, mit seinen Stiefeln kam er wahrscheinlich auf eins achtundneunzig. Zum ersten Mal überhaupt trug er ein Leinenhemd mit Kragen und Knöpfen, und sie hatte den Verdacht, dass seine Jeans neu waren, bezweifelte aber, dass er jemals eine Krawatte besessen hatte. Bevor sie überhaupt den ganzen Weg bis zu ihrem behelfsmäßigen Altar, wo er sie empfangen sollte, zurücklegen konnte, ließ er seine Trauzeugen stehen, schritt auf sie zu, reichte ihr die Hand und begleitete sie den Rest des Weges. Er bewegte sich nicht mehr langsam, nicht, wenn es um sie ging. Dieser Mann hatte ihr das Leben gerettet, er hatte ihr Leben verändert. Bis in den Kern seines Wesens bestand er aus Güte. Er war so stark, so authentisch.

Er war einfach großartig.

– ENDE –

mtb
ROBYN CARR
NEUBEGINN
IN
Virgin River
ROMAN
NETFLIX
EIN NETFLIX
ORIGINAL

Robyn Carr
Schicksalsstürme in Thunder Point
€ 9,99, Taschenbuch
ISBN 978-3-95649-669-1

Als Kinder und Jugendliche waren Iris McKinley und Seth Sileski unzertrennlich – bis zu jenem verhängnisvollen Abschlussball. Seit siebzehn Jahren herrscht Funkstille zwischen ihnen. Daher war es Iris nur recht, dass Seth für eine Sportlerkarriere das kleine Thunder Point verließ. Jetzt kehrt Seth nach all den Jahren in seinen Heimatort zurück, und Iris ist gezwungen, sich mit ihren Gefühlen für ihren einstigen Vertrauten und heimlichen Schwarm auseinanderzusetzen ...